KB130345

학교에서 부치는 편지

2012학년도 서곡초등학교

4학년 2반

저자 **우길주**

차 례

제(1~2)주 학습지도 계획안

(2012년 3월 2일 ~ 3월 9일) ○○초등학교 4학년 2반

구분	금(3/2)	월(3/5)	~ 수(3/7)	목(3/8)	금(3/9)
행사	시업식			국가수준 교과학습 진단평가	
1 교시	창의적 체험활동	국어	국어	국어	영어
	학교행사 시업식 참석 자기 소개하기	학습준비(1/2) 국어공부의 달인되기	1. 생생한 느낌 그대로(2/10) 이야기 듣고, 장면에 대한 생각과 느낌 나누기 (듣말쓰 8-13쪽)	국가수준 교과학습 진단평가	1단원 학습하기
2 교시	창의적 체험활동	수학	창의적 체험활동	수학	수학
	〃	학습준비(1/2) 수학교과서 살펴보기	자기 이해하기	국가수준 교과학습 진단평가	1.큰 수(2/10) 다섯자리 수를 쓰고 읽기 (6-7쪽, 익 8- 9쪽)
3 교시	창의적 체험활동	국어	영어	사회	창의적 체험활동
	교실 정리정돈	학습준비(2/2) 국어공부의 달인되기	1단원 학습하기	국가수준 교과학습 진단평가	교실 정리하기
4 교시	사회	체육	체육	과학	국어
	학습준비(1/2) 교과서 훑어보기	1.건강활동 (1/24)단원 도입 및 기초 체력의 뜻과 종류 (7-11쪽)	1.건강 활동(2/24) 스트레칭을 통한 유연성 기르기 (12-13쪽)	국가수준 교과학습 진단평가	1. 생생한 느낌 그대로(4/10) 독서감상문 쓰는 방법을알고 알고 쓰기 (듣말 14-19쪽)
5 교시		과학	음악	영어	사회
		학습준비(1/2) 교과서 살피기	1. 종달새의 하루 (1/2) 쉼표가 있는 리듬꼴(6-7)	국가수준 교과학습 진단평가	1.우리 지역 자연환경과 생활 모습(2/17) 위치와 영역 살펴보는 방법 알아보기(8-11쪽)
6 교시					
			1. 형과 색(2/14) 형과 색 놀이 (풍선 놀이, 색카드놀이) (6~7쪽)		
준비물			스케치북,색연필, 체육복, 운동화, 리듬악기, 잡지책		

교 과	국어	도덕	사회	수학	과학	체육	음악	미술	영어	창체	원어민	오름길	합계
계 획	204	34	102	136	102	102	68	68	68	102	0	0	986
실 시	6	1	4	4	2	2	1	2	3	5	0	0	30
누 계	6	1	4	4	2	2	1	2	3	5	0	0	30

자유와 민주의 신념

안녕하십니까? 이번에 ○○○의 담임을 맡은 교사 '△△△'라고 합니다. 작년 전담으로 과학과 도덕을 가르쳤기 때문에 아시는 분들도 꽤 있겠군요. 자녀들과 관련하여 재밌는 이야기나 즐거웠던 기억, 혹은 하고 싶었던 말들도.

지난 일 년, 부모님들께서는 어떻게 받아들였는지 모르지만 저는 올해를 마지막으로 내년에는 교직을 떠납니다. 그동안 많은 아이들과 여러 희로애락을 거치며 교직이라는 의미를 언제나 마음에 깊이 담아두고 살았다고 생각하고 싶습니다. 때론 기쁨과 기대로, 또는 서글픔과 안타까움으로 하루하루를 지내며 그 다가오는 의미들에 흠뻑 빠져 살아왔다는 생각, 어쩌면 착각으로. 지금 와서 보니 그렇게 살아온 시간들은 스스로를 위로하는 한 방법이 아니었나 싶기도 하군요. 어쩌면 남들보다 조금은 더 외로웠을 삶을 아이들과의 생활에서 달랠 수 있었으니까요.

그럼에도… 쓸데없는 부록 같은 이런 이야기들이 주 학습 지도안, 또는 계획안이란 자리를 통해 진술된다는 게 과연 정당한 건지 모르겠습니다. 현실이라는 객관에 제 내면의 욕망, 어떤 이미지의 환상, 아직 뭔가 마무리하지 못한 것 같은 아쉬운…! 하긴 누구나 하고 싶은 말들은 많이 있을 겁니다. 기회가 없어서, 방법을 찾지 못해서, 혹은 세상이 인정해주지 않아서…. 아마 저도 몰래 한 인생의 사이클을 마무리하고 싶은 마음이 강해선지도. 보통 이런 지도안의 아랫부분엔 각종 학교 소식과 안내를 하는 자리가 있어 〈다음 수요일에는 현장체험학습을 갑니다. 준비물은 ○○입니다〉처럼 학교에서 보내는 소식을 아주 짤막한 글로 전하는데(위 표에서는 지웠습니다. 칸도 좁아 첫째 주인 3월 2일(금)을 넣는 대신 둘째 주 3월 6일(화)을 임의로 삭제한), 그럼에도 올해는 각 가정에 보내는 지도안에 덧붙여 이것저것 쓸데없는 여러 이야기들을 써보고 싶었던 잠재적인 욕망을 이번 마지막 교직 생활을 맞아 실제로 횡설수설 떠들려고 해서 죄송한 마음입니다. 뭐 그저 학교에서 아이들을 가르치며 평소 떠오른 쓰잘머리 없는 이야기들에 불과하지만. 만약 어느 분이 장황하고 지극히 개인적인 내면의 풍경을 이런 자리를 빌려 왜 쓰느냐고 나무라시면 바로 멈출 생각입니다. 어쩌면 개인에서 출발한 과도하고 어그러진 내면을 진술할 때도 있을 텐데 그럴 수도 있겠다는 배려의 마음을 바랄 뿐입니다. 혹여 균형과 형평을 벗어나 강하게 내면을 진술하는 부분들엔 따끔한 질책도. 하지만 그래도 교육은 결과보다는 이런 과정들의 연속에서 더욱 자세히 돌아볼 수 있음을.

조선 후기에 청구영언(靑丘永言)을 편찬한 김천택(金天澤)이라는 가객(歌客-시조 작가)이 있었지요. 숙종과 영조 연간에 포도청의 포교로 있었는데 시조집 『청구영언(靑丘永言)』을 편찬하여 80여 수의 시조 작품을 남겼다고 합니다. 「해동가요」라는 책에 그의 시조 '서검(書劍-文武)를 못 이루고'란 작품이 있다고 하더군요.

書劍을 못 일우고 쓸 씌 업쓴 몸이 되야
五十春光(오십춘광)을 ᄒᆡ옴 업씨 지ᄂᆡ연져
두어라 언의 곳 靑山(청산)이야 날 씔 쑬이 잇시랴

⇒ 글공부와 무예로 이룬 것 없이 쓸데없는 몸이 되어
　오십 년을 해온 것 없이 지냈구나

두어라, 어느 곳의 자연이야 나를 싫어할 리 있겠느냐

나이가 오십이 되도록 이룬 것은 없지만 자연은 나를 싫어하지 않으니 자연으로 돌아가 순응하며 살겠다는 내용인 것 같습니다. 어찌 보면 패자(敗者)의 낙향 같은 푸념으로까지 들릴 수 있는. 저는 오십을 훨씬 뛰어넘어 올해가 교직의 마지막이 되어선지 새삼 그런 자연을 돌아보고 싶은 마음인지도 모르겠습니다. 제 고향 부산 남항 등대와 낡은 배, 태풍 사라호와 해녀, 그리고 바다의 울음소리 같은. 어쩌면 바다의 마녀 세이렌(Seiren)의 고문 같은 기억의 채찍들을 이런 푸념으로 초월하려는 심리인지도. 비록 文武(글공부와 무예), 또는 벼슬이나 명망, 황금을 이루지는 못했지만 그런 고향처럼 은근히 위로해줄. 정말로 평생을 마음속 깊은 곳에 오랫동안 가라앉아 있던. 저도 새삼 기대되기도 하는군요. 인생 2막이라던가!

좋은 글은 어렵지 않고 쉽게 쓰는 글임을 잘 알고 있습니다. 제 글이 조금 과시적인 〈현학〉과 어려운 한문과 복문, 중문, 그리고 어울리지 않는 단어나 문장이 문득문득 끼어들어가는 단점이 많아 여의치 않다는 점을 인정합니다. 그러나 여태 글을 그런 식으로 써왔고, 제 생각을 문장으로 나타내는 최선의 방법으로 적응해왔습니다. 쓰는 저도 호흡이 가쁘겠지만 읽어주시는 학부모님들도 난삽한 주관을 객관으로 변용시켜 해석하려면 역시 맘과 호흡이 가빠지겠다는…. 하지만 그래도 지금처럼 인터넷 시대의 〈넘치고 번잡한〉 글로 영합하지는 않겠다는 생각입니다. 일부러 이런 자리를 어렵게 만들려고 하는데 선불리 따라가다 보면 이도저도 아닌 한바탕 웃음거리가 될 뿐이란 생각이 과하군요. 우리들이 자주 떠올리지 못하던 삶의 모습들을 만나보며 새삼 스스로의 되새김과 여유를 돌아보는 기회가 된다면 더할 수 없는 보람이란 생각까지도.

제(2)주 학습지도 계획안

(2012년 3월 5일 ~ 3월 9일) 4학년 2반

⇒ 첫째 주가 하루뿐이어서 계속 이어서 씁니다.

제가 아이들과 세대 차가 많아 저 스스로 먼저 시대와 불화되는 면도 있고, 아이들도 우선은 쉽게 다가오지 못하는 면도 있습니다. 모든 처음은 아무래도 서먹함이란 과정으로 시작하니까요. 하지만 꽤 오랜 세월 아이들과 함께 생활하며 교류하다 보니 아이들의 특징이나 마음의 회로, 반의 분위기 등을 나름으로 깨우치고 있음도 이야기할 수 있을 것 같군요. 그래서 제 나이대가 가르칠 수 있는 것들을 외면하지 않겠지만 더 많이 아이들과 동류 하며 같은 방식에서 어울릴 생각입니다. 어떨 땐 제가 더 어리광을 부리기도 하고, 필요하다면 같이 장난도 치며 더욱 가깝게 아이들과 호흡을 나눌 생각입니다. 도대체 어디로 튈지 모르는 현대의 아이들에게 짐짓 관록이라든가 경험으로 굳어진, 그러나 분명 현대와 불화할 수밖에 없는 고루한 삶의 태도와 방식을 강요한다면 그건 견고한 자기만족에 머물 뿐 진정한 교육이 될 수 없다는 걸 받아들이고 최우선 순위를 아이들 옆에 저를 자연스럽게 다가갈 수 있도록 하겠습니다. 제 생각보다 먼저 아이들의 생각을 더욱 존중할 생각입니다. 교육의 주체는 어디까지나 학생이고, 그들의 생각이나 행동이 시대의 표준과 양식으로 존재하기 때문이지요. 물론 어느 정도 담임의 책무로서 컨트롤할 부분들은 외면하지 않겠지만, 그렇게 하지 않으면 교육이란 장면 자체가 불가능한 시대가 되어버렸다고 생각합니다. 교육은 경험과 판단에 의한 강요가 아니라 아이들 수준의 〈

평등한 교류〉라고 자주 느끼고 있습니다. 옹고집 꼰대의 가르침보다 친구로서 보고, 듣고, 느끼며 서로 화합하는 것임을. 눈 앞에 펼쳐지는 현장이 바로 교육의 현장이고, 거기서 함께 행동하는 게 진정한 교육임을. 필요하다면 구슬치기도, 축구도, 아니 장난도. 그리고 〈낄낄낄, 우헤헤!〉 마구 웃는 모습도!

교사라는 직업이 가진 가장 큰 매력은 끊임없이 새로운 감수성(感受性)을 만날 수 있는 거라고 생각합니다. 나이를 먹다 보면 세상사 그런대로 돌아가는 걸 이해하고 있고, 그래서 나름으로 삶에 대한 방식을 굳건한 관념으로 쌓아둡니다. 인생관이라고 할까요? 동시에 나와 간격이 다른 삶들을 만나며 세상이 단순하지 않고 겹눈으로 이해되는 멀티플렉스 같은 장면들이 겹쳐있음을 눈치채기도 하지요. 삶은 개인이 받아들일 수 있는 범위보다 훨씬 세밀하고, 제각각인 현상으로서 다가오고, 그래서 점점 노련과 혜안으로 발전할 수 있을 겁니다. 어쩌면 경험은 인류의 문명을 받쳐주는 작동방식이며 진화의 씨앗이랄 수도 있겠군요. 가르친다는 건 배움의 또 다른 모습임을, 그래서 아이들을 만나 그들의 세상을 만날 수 있다는 건 거의 교사들만의 신선한 축복이랄 수 있습니다.

『To sir, with my love』란 원제(原題)보다 『언제나 마음은 태양』이란 한국제목이 더욱 멋졌던 미국 영화가 생각나는군요. 극장 개봉도 했고, TV를 통해 방송도 몇 번 했으니까 아마 많은 분들이 보셨고, 그리고 추억의 한 자락으로 남겨놓았을. 흑인으로는 최초로 아카데미 남우주연상을 수상한 미남 배우 '시드니 포이티어'가 런던 빈민지역의 학교에서 거친 반항기로 가득한 아이들을 거두어 긍정적인 학생들로 변화시키는. 반항과 일탈, 그리고 관용과 포용으로 전투와 같은 교육의 장을 거치며 결국 교사와 아이들이 서로를 이해하고 사랑으로 완성하는 학원 영화의 명작이었습니다. 비록 이야기 구조로서는 정교한 맛이 떨어졌고, 그리고 영화의 문법과 현실과는 많은 부분에서 같지 않는-, 생략과 과장, 기계적 구조 속에서 벌어지는 이야기를 현실과 착각하는 건 조금 바보스럽지만 그러나 또 다른 영화 같은 현실도 존재하니까요. 영화에서 보면 현실이 영화처럼 이해할 수 없는, 신비한 감성이 살아 숨 쉬는 세상입니다. 영화는 최상의 판타지로 조직된 그림이라고 이해하면 그 또한 받아들일 수 있습니다. 거기에 기대 우리는 영화를 보지요.

이번에 새삼 영화 포스터를 찾아보니 〈學生時節은 靑春의 燈불!〉, 〈스승과의 葛藤은 人生의 길잡이!〉라고 표기되어 있더군요. 이야기를 함축적으로 드러낸 말이 아닐 수 없습니다.

그래선지 가슴 뭉클한 장면이 많았습니다. 불량기 가득한 반항 대장이랄 수 있는 〈데넘〉역의 '크리스찬 로버츠'를 비롯한 여러 아이들과 런던박물관을 관람하는 장면에서는 아이들이 세상을 향한 눈을 뜨는 계기가 되었고, 유색인종인 반 아이의 부모님 장례식에 참석하지 않으려던 아이들이 꽃을 들고 참석하는 장면은 그 확산된 실천을 보여주었으며, 마지막 졸업 파티 때 〈바바라〉란 학생으로 분(扮)한 유명한 가수 '룰루'가 원제의 노래를 부르는 가운데 반항적인 〈파멜라〉 역을 맡았던 '주디 기슨'이 주인공 〈마크 데커리〉 선생님과 함께 춤을 추는 귀여운 모습은 그 완성을 보여주었습니다. 보신 분들도 아마 많은 부분 공감하셨을 거라고 생각되며 학원 영화의 대표적인 텍스트로 간직하고 있을 겁니다.

- 세상은 너희들을 기다리고 있어. 너희는 멋진 아이들이야!

- 선생님, 사랑해요!

지금도 눈물과 함께 생생하게 들려오는 감동적인 그 말을 새삼 떠올리다보니 원제와 한국식 제목 모두가 표상하는 의미는 현재보다 〈미래의 몫〉이었음을 새삼 깨달았습니다.

이 영화를 보며 교육의 주체는 물론 아이들이지만 그 못지않게 교사의 사랑과 헌신이 바탕에 깔려야 함을 확연히 느낄 수 있었습니다. 지식이야 누구나 가르칠 수 있겠지만 〈인간〉을 가르치는 건 교사의 사랑과 헌신이 함께 해야 함을 절실히 보여주고 있습니다. 최종적인 목적인 교육을 위해 교사는 사랑으로, 헌신을 먹고 살아야 함을. 시작과 끝을 함께 해야 함을.

아이들에게 몸으로 다가가겠습니다. 비록 그게 말로서는 쉬운 일이지만 실제로는 여러 가지 사정으로 무척 힘든 일이 아닐 수 없습니다. 다람쥐 쳇바퀴 돌 듯 기계처럼 정교하게 돌아가는 번잡한 현대도시의 학교에서는 무척 어렵지요. 하지만 우리 학교처럼 소규모 학교에서는 가능하다고 생각합니다. 저번 시골의 자그마한 학교에서 실제 겪었지요. 12명으로 구성된 한 반이 바로 한 학년인. 아이들과 텃밭을 가꾸고, 동네 뒤 들판에 나가 달래, 냉이를 캐며 술래잡기로 마구마구 깔깔 웃고, 자주 마을 뒤 산자락 냇가에 가서 송사리, 다슬기, 민물새우, 개구리를 잡고 돌아오며 제가 대장처럼 〈시냇물은 졸졸조올~졸〉 노랠 선창하면 아이들은 〈우리들은 깔 깔 까~아알〉 따라 부르며 한바탕 웃던 모습들, 동네라 해봐야 모두 이웃집인 할아버지, 할머니를 모시고 며칠 밤새며 준비한 재롱잔치로 모두 활짝 웃던 모습들…. 다양한 행사를 하며 그 터전에서 마치 가족처럼 소통하며 한마음으로 생활했던 기억들은 아이들과 저를 단단히 결속해준 방법론이었습니다. 학교 일을 하다 늦게 아이 집에 가서 밥을 얻어먹어도 자연스러웠던 새삼 그리운 풍경들! 여기 아이들도 그런 다정한 말과 손길을 그리워하고 있음을 지난 일 년 절실히 느꼈습니다. 어쩌면 시골 학교보다 도심 바깥 변두리 언덕 위 자그만 학교를 터전으로 삼은 아이들은 그런 손길을 더욱 그리고 있음을 잘 알고 있습니다. 아마 제가 먼저 손을 내밀면 순박한 이 아이들도 슬며시 손을 내밀고, 그래서 다가가는 만큼 가까워질 수 있다고 생각합니다. 지난 일 년 동안 이 아이들이 그리워하는 것이 무언지를 절실히 느꼈기 때문이지요. 아이들 자체가 참 착하고 맑은 심성을 가졌음을. 비록 정교한 현대적 삶과 조금 떨어져 변두리 서민들의 감성이 뭉클 베여있는 현장을 터전으로 사는 아이들이라선지 순박과 정직, 수용과 이해가 도심지 아이들과 많이 달랐지만 속으로는 더욱 그리워하고 있음을.

작년엔 참 장난도 많이 치고, 전담실로 찾아오는 아이들과 무시로 재밌는 놀이도 꽤 했습니다. 제가 많이 가르쳤지만 아마 학생들 팽이치기(줄로 감아 던져 돌리는 줄팽이, 그리고 채찍으로 쳐서 굴리는 일명 촌팽이가 있지요) 대회나 굴렁쇠 굴리기 대회가 있으면 몇몇 아이들은 부산 초등 전체에서도 크게 뒤지지 않을 거라고 자신합니다. 그래 봐도 프로 못잖은 저에겐 아직 상대도 되지 못하지만. 후후! 제 교실 뒤 사물함에는 지금도 팽이와 굴렁쇠가 한 반 20명쯤은 충분히 놀이할 수 있을 정도로 많이 있습니다. 언제든지 가져가서 실력을 연마하면 좋겠습니다. 잃어버리면 또 구입하면 되니까요. 체육 시간에 강당에서 줄팽이를 돌려 손바닥에 올린 후 비스듬히 잡은 줄로 옮겨 타고 내려가게 하는 묘기를 보였더니 아이들이 환호를 지르더군요. 또 알록달록 무지개처럼 색칠한 촌팽이를 채로 쳐서 굴리며 저 혼자 아이들과 넘어뜨리기 시합했는데 이건 아예 상대가 되지못했습니다. 반 이상이 팽이를 제대로 돌리지도 못했고, 며칠 가르친 아이들 팽이는 겨우 뒤뚱뒤뚱 돌아가는데 제가 채로 한번 치면 팽이 서너 개가 한꺼번에 와르르 쓰러질 정도로. 〈에헴! 이 녀석들, 내가 선생님이닷!〉하며 웃어주었지요. 그래서 아이들에게 선생님 실력을 자랑하기 위해 저 혼자 6학년 전체

남학생 22명과 〈깨금발싸움-일명 닭싸움〉을 했습니다. 제대로 다리를 잡을 줄도 몰라 한쪽 발을 다른 발 무릎에 올려 잡고 폴짝폴짝 뛰는 법을 가르쳤더니 제법 폼이 나더군요. 제가 내기를 했습니다. 내가 지면 전부 과자 하나씩 주겠다며. 녀석들이 무작정 다가오는데 피식 웃음이. 실력을 떠나서도 전 마라톤을 하고 있기 때문에 다리 힘도 좋거든요. 달려가 한 바퀴 돌며 무릎으로 〈와르르〉 내리쳤더니 거짓말처럼 〈우루루〉 넘어지더군요. 뒤에서 쭈볏거리던 녀석들 몇 명에게 소리치며 다가갔더니 발을 내리고 도망가버렸습니다. 6학년에서 덩치가 꽤 크고 잘하는 아이 5명을 뽑아 저와 붙을 때 잡고 있던 왼발을 순간적으로 밑에서 쳐올렸더니 공중에 붕 떠오르는 걸 보고 겁이 나서 오히려 잡아주기도. 엄지척 하는 아이들이 귀여워서 과자 하나씩 돌렸습니다.

아, 참! 그러니까 생각나는데 〈굴렁쇠!〉 새삼스레 참 아름답고, 잘 어울리고, 또 정겨운 우리말이라는 생각이 드는군요. 아이들의 놀이 중에서도 아마 가장 어린이다운. 1988년 서울올림픽 개막식 때 그 넓은 운동장을 모자와 티셔츠, 반바지, 양말과 신발까지 모두 흰색으로 차려입은 소년이(아마도 백의민족을 표상한 듯) 굴렁쇠를 굴리며 운동장을 가로지르는 현미경 같은 장면은 제가 볼 땐 올림픽 개막식사상 가장 감동적인 장면으로 남아있습니다. 전 세계가 숨을 죽이며 주시하는 가운데 여백 같은 넓은 운동장을 굴렁쇠가 한 줄로 가로지르며 지구인의 마음을 단번에 정숙일순(靜寂一瞬)으로 숨 막히게 했을 때 우리나라 사람들 마음의 정서가 얼마나 깊고 넓은지 감동으로 고개를 끄덕였지요. 염화미소(拈華微笑)라든가 이심전심(以心傳心) 같은 말들이 그 흔들림 없는 차분한 움직임에서 저절로 우러나와 세계인의 마음을 감동시켰던 것 같습니다. 굴렁쇠라는 아이들 놀이에 그런 엄청난 에너지가 담겨있었다니! 지금 새삼 되돌아보니 마치 하얀 동시(童詩)

한줄기가 띠처럼 운동장을 흐르는 듯한 느낌까지 드는군요! 그 후에 우리 사회에 굴렁쇠가 한참 유행하기도 했습니다. (퇴직하면 손수 만든 채찍과 팽이, 굴렁쇠 각 한 벌쯤은 갖고 와서 계속 운동하고픈 마음이군요. 가능하다면 굴렁쇠를 굴리며 풀코스 마라톤을 달리는-, 이 세상에서 가장 아름다울 것 같은 설레는 꿈도.)

기타 공깃돌 놀이나 사방치기, 땅따먹기. 제기차기. 비석치기, 자치기. 딱지치기, 구슬치기, 두꺼비 집짓기…. 저로선 저 혼자 아이들 모두와 함께해도 지지 않을 정도로 잘할 수 있는 재밌는 놀이들이지만 과연 바쁜 학교생활에서 얼마만큼 할 수 있을지? 〈아침 바람 찬 바람에/울고 가는 저 기러기/…〉라고 노래 부르며 서로의 손뼉을 마주치는 '쎄쎄쎄' 놀이나, 여학생들이 좋아할 '반달'이나 '푸른 잔디' 등의 3박자 동요에 맞춰 짝과 손바닥 마주치기 놀이 등등도. 그러니까 까마득한 5~60년대 초에 유행했던 아이들 노래도 생각나는군요. 전쟁의 상흔이 가시지 않은 궁핍한 시대 계집아이들이 노래 부르며 고무줄놀이를 하던. 그러면 짓궂은 우리 머스마들은 칼로 자르고 도망쳤지요. 지금은 워낙 오래되어 애매한데 아무래도 군가에 가사를 바꿔 부른 듯한 생각도.

무찌르자 오랑캐 몇백만이냐
대한 남아 가는 길 초개로구나
나아가자 나아가 승리의 길로
나아가자 나아가 자유의 길로

2절은 '쳐부수자 공산당 몇천만이냐~'로 불렀는데 요즘 여학생들은 고무줄놀이 자체를 모르더군요. 저도 그냥 노래로 가르쳐주었습니다. 어쩌면 할머니들 연배의 어르신들 중에선 아직 기억하시는 분들도 있을 겁니다.

교실 뒤 진열대에 있는 햄스터들과 커다란 어항 속 송사리들과 가재, 새우, 우렁이, 다슬기, 그리고 정원처럼 꾸며 놓은 많은 화분과 분재들은 아이들 정서를 콕 사로잡는 강력한 환경이 되어 올해도 전교생에게 개방할 생각입니다. 하긴 전담 교실이라서 시도 때도 없이 쳐들어오는 아이들을 막을 수도 없었지만. 자연에서 점점 멀어지고 비정한 도시의 메커니즘에 물들어가는 아이들에게 자연과 삶의 단정한, 그리고 원시적인 생명의 모습을 일깨워주는 것 같습니다. 살아있는 생물에 완전히 뿅 간 모습을 보노라면 아이들은 아직 순수함을 너나없이 모두 가슴 속에 품고 있음을. 햄스터에게 중얼중얼 무슨 집안 이야기나 소원을 비는 아이도, 어항 속 바닥에서 거머리를 발견하고 검은 지렁이가 있다고 호들갑스럽게 저를 부르는 모습도. 이번 춘계방학에도 돌봄교실 아이들이 제가 없는 동안 자기들끼리 먹이를 주고, 물도 줘서 좀 편했습니다.

교실 뒤 사물함에는 칠교, 바둑과 장기판, 스케치북, 색종이 접기, 제기, 구슬, 딱지, 연, 도미노 칩, 오자미, 스도쿠북, 줄넘기, 북 아트 등등 각종 활동에 필요한 자료와 재료들이 많이 있습니다. 작년부턴가 〈학습준비물 지원제도〉가 생겨 교육청의 지원으로 기본 학용품이나 준비물 등을 구입하는데 학교 자체적으로 예산을 짜서 교구 구입할 때 눈치 보지 않고 가득 적어내거나 제가 필요한 자료들을 직접 교구사에서 구입하기도 했거든요. 작년 이 학교로 오며 자료실 구석구석을 뒤져 학생들 활동에 필요하다 싶은 것들을 모으고 구입했더니 생각보다 꽤 다양한 활동을 할 수 있을 정도는 된다고 생각합니다. 아, 그렇지요! 전에 생각해본 적이 있는데 방송실에 가면 지금은 아날로그 시대의 유물처럼 별로 쓰일 데 없는 학습용

VHS 비디오테이프 7~8백여 개가 먼지를 뒤집어쓰고 있습니다. 그걸로 〈도미노?〉 놀이를 하면 아이들이 무척 좋아할 겁니다. 사물함에 있는 카드 크기의 도미노 칩들과 함께 1층 넓은 강당(? 교실 2개를 튼)으로 가져와 다양한 모양으로 정성스레 쌓은 후 맨 처음 한 조각을 밀면 마치 살아있는 듯 몇 가닥으로 갈라지며 차르르 연속 쓰러지는 걸 보면서 엄청 좋아할 게 틀림없을 것 같군요. 예전 「환상의 도미노 특급」이란 제목으로 SBS 방송에서 한국과 일본의 고등학생들이 시즈오카 고등학교에 모여 200만 개가 훨씬 넘는 알록달록하고 다양한 모양의 칩들을 한 달 동안 협동하여 엄청 넓은 강당에서 마치 살아있는 유기체처럼 수십 가닥으로, 입체로 갈라져 차르르 쓰러지며 화산 분출, 달리는 말, 대형 풍경화, 회전하는 지구, 고흐의 자화상, 고래 잡는 낚시꾼, 볼링하는 사람, 2층에서 다이빙하는 선수, 기차와 속도감 있게 쓰러지는 도미노와의 경주 등등 끝없이 펼쳐지는 화려하고 다양한 모양의 도미노 퍼포먼스를 펼치는 비디오를 보여줬는데 아이들이 눈을 떼지 못하고 연신 환호하더군요. 그동안 바빠 실행해보지 못했는데 올핸 알맞은 날을 골라 다른 학년 아이들도 같이 참여하여 대규모로 실시해보고 싶습니다. 다양한 갈래로 나뉘어 쓰러지다 끝부분 책상 위에 인형을 세워서 마지막 도미노가 밀어뜨려 아래 물통으로 다이빙하는. 후후! 어째, 제가 더 신나하는 것 같습니다. 아마도 도미노를 쌓다 집중하지 못해 이미 쌓은 것들이 차르르 전부 쓰러지는 걸 막을 수 없어 처음부터 다시 쌓아야 하는 과정을 많이 겪어야 할 겁니다. 〈공든 탑도 무너진다〉는 걸 확인하고, 그래서 머리에 쥐가 날 정도로 다시, 또다시 계속 쌓아야 마지막에 우리가 원하는 결과를 얻을 수 있음을. 그게 교육이지요. 그래서 더욱 달콤한 결과를.

겨울에는 제 어릴 적 고향 충무동 등대에서 용두산 공원 패들과 연날리기 놀이를(? 보다는 등대의 자존심을 걸고 대결) 하던 기억도 나는데(저는 그때 나이가 어려 직접 날리기보다 막대처럼 잔뜩 굳은 아교를 녹여 거기에 가루로 만든 유리를 개어 종이나 천 조각에 담은 후 명주실이 거기를 통과하여 덧칠되도록 자세(얼레)로 감으며 형들을 도와주었습니다. 그걸 우린 〈사(砂)를 먹인다〉고 했지요. 잘못하여 실을 감을 때 손을 베여 피가 나기도.) 방패연과 가오리연을 만들고 날리는 법을 잘 가르쳐 신나는 추억을 새겨주고 싶군요. 만들고 날리기가 쉽지 않지만 몇 차시에 걸쳐 하나하나 잘 짚어주면 꽤 날릴 수 있을 것 같습니다. 우리 학교가 산 위쪽이라 담벼락 근처에서 날리면 제법 신나게 날아오를 것도 같은? 아마도 자세를 감고 푸는 법을 익혀야 하는데 그게 쉽지 않겠지만 또 그걸 그런대로 익히면 밥도 먹지 않고 야단일 겁니다. 예전 60년대 초 제 고향 남부민동 등대에서 이발소를 경영하던 ‘밋짱’이란 벙어리 형이(작년까지도 그 자리에서 계속 일하고 있더군요. 그런데 정말로, 참으로 희귀한 경우지만 같은 벙어리에 또 동갑이었던 ‘얏짱’이란 형도 있었는데 제가 국민학교 들어가기 전 옛 〈해양고등학교〉 뒤 아리랑 고개에서 술에 취해 떨어져 죽은 형도 있었습니다. 어쩌면 자살했다는 이야기도. 두 형들의 수화를 보며 무슨 말인지 몰라 고개를 흔들며 키득대던 기억이 뚜렷합니다. 그렇게 동네마다 슬픈 전설이 있는 모양입니다만 아무튼 모두 떠나버렸는데 밋짱형 홀로 시대를 잃어버리고 벽에 걸린 낡은 사진처럼 아직) 만들어 사용하다 제게 준 아주 커다랗고 멋진 얼레가 있었는데 이리저리 살기 바빠 어느 틈에 부서지고…. 아마 우리 학교처럼 연날리기 좋은 환경도 쉽게 볼 수 없을 겁니다. 제가 신문 반절 크기의 방패연, 또는 꼬리가 20m 정도 되는 특별한 가오리연을 만들어 100m 이상 되는 까마득한 하늘 멀리 날리면 아이들 꿈도 그렇게 둥실 날아오를 게 틀림없을. (물론 그런 자작의 대형 연은 일반적인 실이 아닌 나일론 실로 날려야 좋고, 힘과 기술도 많이 있어야 하는데 잠시 얼레를 잡아보는 것만으로도 비행기 조종하는 것처럼 재잘재잘 시끄러울 겁니다. 아이들은 무조건 실제 해봐야 가슴에 새겨지거든요.) 연중 틈틈이 연 만들기와 날리기 연습을 하면 아이들 스스로 만든 연을 20~30미터쯤은 날릴 수 있으리라 생각하고, 그건 강력한 블랙홀처럼 커서도 머릿속에 진하게 각인될 겁니다. 하긴 요즘은 문방구점에서 비닐로 만든 연을 많이 팔더군요. 바쁜 학교생활-, 물론 저는 크고 멋진 무늬를 입힌 연을 만들겠지만 어쩌면 아이들에게는 힘들 것 같아 학교에서 학습준비물로 구입해 나눠줘서 날리게 할 수도.

아이들이 반 속에서 섬처럼 외롭게만 있도록 하지는 않겠습니다. 외로움은 아이들 가슴에 침략해 들어오는 바이러스처럼 마음을 파괴하기 때문이지요. 삶이 외롭다는 건 신의 저주에 다름 아닙니다. 어릴 때부터 가슴에 차갑고 건조한 마음의 모래가 달그락 굴러다니지 않도록 하겠습니다. 그 알갱이는 서러움과 쓸쓸함과 눈물과…. 아마도 그 백신이 가장 필요한 시기가 초등학생 때일 겁니다. 평생을 그런 부채로 가슴에 마냥 새겨놓을 수는 없지요. 비록 제게 모두의 가슴을 따뜻하게 할 수 있는 만능 백신은 없지만.

그렇다고 담임으로서 가르치고 돌봐야 할 부분이나 책무를 피하지 않겠습니다. 균형과 절제는 삶을 떠받치는 실제적 덕목이라고 생각합니다. 성적이 떨어지는, 어딘지 외로운, 언제나 힘이 없는, 눈치를 보는, 자신을 소외시키는, 숨기고 싶은 뚱뚱한 몸을, 게으름으로 잘 따라오지 못하는, 언제나 말이 없이 외로운…, 그런 식으로 자신을 자책하게 둘 수는 없습니다. 그 아이들에게 다만 한 줄기 화색이 돌 수 있기만 한다면 제 교육은 성공이라고 확신할 수 있을 것 같기도. 필요할 땐 강하게 끌고 가겠으며, 야단도 칠 생각입니다. 학업이 뒤떨어지지 않도록 더욱 단단히 챙겨보겠습니다. 될수록 약자들을 돌보는 담임이 되고 싶습니다. 자신도 있음을 조심스레 이야기할 수 있겠군요. 어디선가 읽었는데 기억이 잘 나지 않는. 〈사랑의 기본은 상대에 대한 배려와 이해이며, 지배하는 것이 아니라 주는 것〉이라고.

물론 제 나이라면 세상사 살아오며 가졌던 생각들이 자기 나름의 질서로 고착되어 〈꼰대〉라는 소리를 들을 정도로 옹고집이 되기도 합니다만, 그러나 항상 삶에 대한 정교한 응시와 나름의 해석으로 살아왔다고 생각합니다. 삶을 자기만의 고집으로 지켜나가는 건 좋은 점도 있겠지만, 그러나 대개 주변과 화합하지 못하고 지적과 독단, 강요에 머물기 쉬움을. 물론 실제로 저도 오랜 세월에서 다져진 더욱 〈견고한 관념과 고답적(高踏的)인 사고방식〉으로 존재하며, 또한 당연히 세상에 머리 숙이고 타협할 생각도 없지만 그런 내재적인 것은 제 마음 속 깊은 곳에 두고, 교실이란 현실에서 마주하는 그런저런 것들을 이해하고, 제 스스로 이율배반이 되더라도 이 아이들에게만은 그들이 마주하는 세상의 많은 것들을 알려주고, 가르쳐주고, 함께 행동하고 싶습니다. 당장의 도움과 가르침과 어울림에 비하면 제 관념과 고답(高踏)은 어처구니없을 정도로 시정의 현란한 삶들과 격리되어 있지만. 어쨌든 담임은 오직 아이들과의 교감에서만 존재해야 함을.

영화 속 마지막 장면에서 데커리 선생님은 원하던 좋은 직장에서 합격통지서를 받았지만 포기하고 아이들과 계속 함께하겠다고 결심하지요. 그런데 아무것도 모르는 아래 학년의 학생들 몇이 교실에 들어왔다가 선생님인 줄 모르고 만만찮은 장난을 칩니다. 아! 올해도 이 골 때리는 녀석들과 더욱 열심히 땀을 흘리며 살아야겠다고 다짐하는. 과연 어떤 아이가 '파멜라'로, '바바라'로, '로버츠'란 이름으로 다가올른지!

혹 자녀로 한정하여 담임에 대한 개인적인 아쉬움이 있을 수도 있겠지만 참고 기다려주시면 고맙겠습니다. 간혹 개인을 너무 앞세워 〈상황과 집단 속의 자녀〉임을 잊어버리고 보편과 상식을 외면한 채 〈내 자녀만의 정의〉를 내세우는 모습을 보이기도 하는데 그건 자녀의 전인적인 성장을 가로막고, 세상을 개인, 혹은 가족 이기로 재단하는 편협임을 이해하시고 〈학급 속 자녀의 균형과 절제〉를 맞춰주시면 참으로 감사하겠습니다. 무성한 개인일수록 뒤에 보면 언제나 보잘것없는 작은 것들이기 일쑨데 말입니다. 하긴 교사도 그런 면으로 마찬가지겠지만 우선은 지켜봐주시면 고맙겠습니다. 시간은 긴 호흡으로 존재하며 그 속에 갖가지 의미들을 복합적으로 내포하고 있다고 생각합니다. 저는 교실의 정의도 강하게 가르칠 생각입니다. 교실은 단회(斷回)로 존재하지 않고 항상적(恒常的)이거든요. 데커리 선생님의 결심처럼.

아이에 대해 하실 말씀은 언제라도 상의해주시길 바랍니다. 교직을 마무리 짓는 올 일 년, 아이들에게 그래도 기억되는 선생님으로 남겨지길 바라며….

제(3)주 학습지도 계획안

(2012년 3월 12일 ~ 3월 16일) 4학년 2반

가르침의 바탕

≡ 저번 주에 언급했던 노래 중에 전래동요로 알려졌지만 사실 일본의 총칼 앞에 굴복한 동요들도 있습니다. 대표적으로 '쎄쎄쎄' 같은 노래는 일본 동요로 뒤에 밝혀지기도 했지요. 역사의 격랑 속에서 친일가요(親日歌謠)란 오명을 뒤집어쓰고 시소를 타야만 했던 지난 세월이 참 안타깝습니다.

≡ 대신 역시 고무줄놀이를 할 때 고려를 지키려다 이성계에 의해 죽은 '최영(崔瑩)' 장군의 이야기와 함께 노래를 가르쳐 놀기도 했습니다.
황금을 보기를 돌 같이 하라/이르신 어버이 뜻을 받들어/한평생 나라 위해 바치셨으니/겨레의 스승이라 최영 장군.

제가 세상과 조금 떨어져 외롭게 살았던 기억이 있어 세상과 연결된다면 얼마나 좋을까 하는 소망을 지금도 지워지지 않는 상처처럼 간직하고 있습니다. 뒤로 처져 도는 마음은 자신을 피동으로 만들어 무목적의 맹목으로 만들더군요. 언제나 눈치를 보고, 자신을 내면으로 가두고, 무리들 밖에서 어슬렁거리게 했습니다. 아마도 천형(天刑)으로 세포에 각인된 것처럼. 그건 세상의 한 부분에서마저 자신을 삭제하는 것에 다름 아닙니다. 우리 반 아이 중에도 그런 〈회색 풍경〉을 가슴에 품고 있는 아이들이 있더군요. 겉으로는 차분하고, 말을 잘 듣는.

예전에도 그런 아이들은 꽤 있었습니다. 십여 년 전 북부교육청에 있을

때 언젠가 아이 한 명이 이틀 결석했는데 집으로 전화했지만 연락되지 않았습니다. 아이의 내성적 성향으로 조금 걱정이 되어 집을 아는 아이와 함께 찾아가 봤지만 아무도 없었습니다. 그런데 다음날 밤 자정이 훨씬 넘은 시간에 저 먼 경남 창원의 어느 파출소에서 아이를 데리고 있다는 연락이 와서 놀래 달려간 기억이 나는군요. 얼마나 가슴 아팠으면 집을 떠나 그 먼 곳에…. 그래도 제 이름과 전화번호를 알고 이야기할 수 있었다는 건 세상과의 끈 하나만은 꼭 잡고 있어야 한다는 무언의 바람으로서는 아니었는지. 새벽같이 차를 몰고 가서 아이를 인계받아 근처 시장에서 식사를 함께하며 많은 이야기를 나눴습니다. 빚쟁이들 때문에 집안이 풍비박산처럼 허물어져 무작정 떠났다고 하더군요. 돌아오며 사람들이 살아가는 이야기들을 많이 했습니다. 저도 방황을 많이 했던 기억을 더듬어 주고받았더니 마음을 다져 먹고 공부를 열심히 하여 중학교로 진학할 수 있었지요. 졸업식 때 어머니가 박카스 한 통을 들고 찾아왔습니다. 세상에서 가장 귀한 선물을 받은 것 같아 싱긋 웃으며 손을 잡고 흔들어주었습니다. 그 후로도 한동안 건강하게 직장생활을 하는 그 아이와 연락을 주고받은 적이 있습니다만. 담임도 아이들과 많은 정보와 교감을 하고 있어야 한다는 것을 새삼. 물론 그 전에 부모와 아이와의 대화는 가장 좋은 소통 방법일 겁니다.

그래선지 전담 때와는 또 다른 아이들의 특성이 하나씩 나타나는군요. 단편적으로 만나던 때와 달리 낮 하루 동안 함께 생활하다보니 좀 더 내밀한 모습이 보이기도 합니다. 말없이 제 스스로 학급일이나 개인 일에 성실한 아이가 있는가 하면, 그저 눈치를 보며 신나게 놀기에 바쁜 녀석도 있고, 차분하고 치밀한가 하면 또 금방 덤벙대거나 실수를 하고, 언제나 발표를 도맡아 하려는 아이와 반대로 종일 말 한마디 않고 지명을 하면 수줍어 제대로 대답을 못하는 아이, 혹시나 자신의 콤플렉스를 건드릴까 조심조심 행동하거나 반대로 스스로를 자가발전하기, 또는 외롭게 비켜선 녀석과 왠지 아이들이 곁에 들끓는 녀석. 떼쟁이, 고집쟁이, 말썽쟁이… 대체로 제가 알던 아이들의 모습에 근접하고 있지만, 꽉 찬 일상으로 존재하는 담임의 시점을 벗어나 보면 그냥 개구쟁이와는 조금씩 다른 의미를 띄기도 합니다. 개인이란 단체와는 아주 다른 색상으로 존재하거든요. 그럴수록 아이들 한명 한명에 신경이 더 가는군요. 제각각에 맞게 생활이나 공부에 필요한 일들을 가르쳐주려고 하지만 대책 없이 제멋대로 하려는 녀석은 좀 더 가르침의 방식을 고민도 해야겠군요. 우리 반뿐만 아니라 많은 아이들이 자신감이 부족해선지 위축되어 있고, 수동적으로 따라 하려는 아이들이 많습니다. 아마도 생활이 알게 모르게 아이에게 한 걸음 세상의 뒤편으로 물러나야 한다는 생각을 새겨준 것이겠지만 그럴수록 자신이 남들과 다른 특별한 사람임을 알려주고, 각자의 특기를 북돋아주어야겠다고 생각합니다.

어쩌면 그래서 더욱 필요한…, 저희 반도 다른 반과 마찬가지로 규격화된 급훈이 있습니다. 급훈이라니까 뭐 거창한 교육목표라든가, 강제된 가치의 개념으로서가 아니라 〈공동체의 소박한 바램〉, 또는 〈개인에게 새겨지는 마음의 빛깔〉 같은 의미를 더욱 많이 내포하고 있다고 생각합니다.

- 빛나는 공부보다 더 반짝이는 건 따뜻한 마음이다.

전에 고학년을 맡았을 때는 〈작은 일에 눈길을 주는 사람은 인생을 이해할 수 있다〉 등으로 급훈을 정하기도 했는데 어째 이거나 그거나 모두 아이들에겐 좀 어렵고 막연한 느낌이 들기도 하지요? 저도 조금은 낯선,

현실적이지 못한 느낌도 드는데 어떻게 생각하면 신선하다는 느낌도 있군요. 시간이 지나 뒤늦게 〈따뜻함〉의 의미를 깨닫는 경우가 더 많으리라 생각하지만. 하긴 급훈이란 겉으로 드러내는 표상이지만 실제론 삶의 전면에서 저절로 드러나는.

우리 아이들은 아직 마음 속에 인생의 다양이 녹아들지 않아 행동이 흔들리고, 입체적인 이성이 발현되지 못해 판단이 단선적인 자기 본위에 머물고, 또한 시야가 본능적 범주에 머물러 집단의 가치에 부합되지 못합니다. 솔직히 말한다면 각자 자기의 나이와 환경을 뛰어넘을 수 없습니다.

일반적으로 보면 그 나이의 아이들에게 꼭 필요한 가치가 있습니다. 〈슬기롭고 예의 바른~〉, 〈착하고 배려하는~〉, 〈친절하고 활기찬~〉 등의 심동적(心動的) 부분들도 필요하고, 〈자기주도적인 학습 태도~〉, 〈자기 생각을 분명하게~〉, 〈한 가지 악기를 깊이~〉 등의 기능적인 부분들도 있습니다. 규격화되었다기보다는 꼭 필요한 가치와 덕목들이어서 분명하게 제시되어야 한다고 생각합니다. 저도 그런 부분들에 아주 많이 신경을 쓰겠습니다.

동시에 아직 미분화된 아이들에게 지식이나 기능적 측면 이외에 세상을 보는 깊숙한 눈도 동시에 심어주고 싶습니다. 인생이란 거대한 장면들에서 공부가 중요하지만 궁극적으로 필요한 것은 〈따뜻한 마음〉입니다. 아마도 생의 가치는 그 〈마음이 가지고 있는 결〉에서 판단되리란 생각이 드는군요. 자신의 주장과 이념을 마음껏 펼칠 수 있는 지위와 권력, 세상의 첨단에서 호기롭게 선도할 수 있는 자본과 명예…. 그런 것들은 솔직히 말하면 강철 같은 미신에 다름 아닙니다. 삶은 그런 것들에서 피어나지 않고 개인의 내면 깊숙한 곳에서 마술처럼 피어나는 본향(本鄕)의 만족 속에서 진정한 행복을 느낄 수 있다고 생각합니다. 이념과 권력과 명예와 지성이라는 껍데기와 피상으로는 일방적인 구호와 플래카드 같은 획일로 난무하여 악취가 진동하는 시궁창이 되기 쉽습니다. 그러나 인간의 따뜻한 덕목과 본성 속에서는 압도하는 감동이 향기로 피어나게 되지요. 서럽게 우는 소녀에게서 삶의 안타까움도 보듬어 안을 수 있는, 형편없이 무너진 노인의 퀭한 눈에서 우주의 흐름에 순응하는 생의 원대함을, 웨딩 소리와 함께 걸어오는 신부에게서 사람들의 정당하고 찬란한 습속(習俗)의 향기를, 병상에서 죽어가는 어머니에게서 경건한 삶의 매듭을 느낄 수 있는 마음의 양식을 길러야 하겠습니다. 따뜻하고 향기로운 인간의 무한한 아름다움을. 논리는 수단과 방법의 범주에 머물 수밖에 없지만 감성은 그 끝 삶의 지평을 열어주는 마법의 열쇠입니다. 아이들에게 그런 기미(氣味)를 맛보게 하고 싶습니다. 일부 유명론에 집착하는 사람들은 끝내 그 세계를 이해하지 못하고 현실의 첨단에서 수혜 받은 자아도취로 마감하기도 합니다만. 저는 아이들에게 그런 세상보다는 마음의 〈自足〉이란 기쁨을 알려주고 싶습니다.

그러고 보니까 조금 원론적이어서 이상에 치우친 느낌도 나지요? 하하! 그렇다고 현실적인 담임의 책무에 게으르겠다는 의미는 아닙니다. 공부와 생활, 직설적이지만 그런 면에서 더욱 엄격할 때도 있을 겁니다. 서두에서 말씀드린 것처럼 아이들 특성에 따라 적절한 지도를 마다하지 않겠습니다. 공부가 부담되는 녀석에게는 인내와 자극을, 자기본위적인 녀석에게는 따끔한 꾸중과 반성을, 허약한 녀석에게는 자신과 도전을, 앞서려는 욕심이 과한 녀석에게는 절제와 균형을, 무책임한 녀석에게는 헌신과 규율을 가르쳐 학급이라는, 나아가서 사회라는 세상 속에서 자신이 감당해야 할 무게들을 이겨나가고, 자연스럽게 따뜻함의 가치를 이해하고 온기를 조금은 남에게 베풀 수 있도록 가르치고, 도와주고 싶습니다.

무엇보다 세상을 이루는 가장 본질적인 구조로 〈자유〉와 〈민주〉라는 강력한 가치를 신념으로 심어주고 싶습니다. 실제적으로 우리 몸을 온전히 담고 살아가는 현실이니까요. 물론 체험적인 가치로 다가오기 쉽지 않고 그저 딱딱하게 굳은 언어들이지만 따지고 보면 인간으로 존재하는 그 가장 뚜렷한 명제는 〈개인〉이랄 수 있겠군요. 개인이란 절대적 가치가 모여 사회가 영위되거든요. 사회는 개인이라는 씨줄과 날줄이 만들어내는 터전입니다. 자유와 민주는 그 개인의 천부적인 의미를 겉으로 드러내는 가장 적절한 틀이자 개념입니다. 국가나 도덕 같은 형이상학은 자유와 민주라는 굳건한 터전에서만 존재할 수 있는, 아니, 차라리 신기루 같은 것이라는 생각입니다. 인간이 일부러 만든 허상이 실제로 우리 삶에 강제로 치고 들어올 때 가져오는 비극을 우리는 많이 겪었습니다. 갈등, 노동, 기아, 전쟁, 학살…. 개인은 국가라도 함부로 할 수 없는 〈천부인권〉입니다.

하지만 나 아닌 다른 개인들과 어울려 살기 위해선 다른 천부인권도 존중해야겠지요. 내 인권을 위해 다른 인권이 침해되어서는 안되니까요. 천부인권은 어디까지나 상대적인 가치 속에서만 절대적 의미를 가질 수밖에 없습니다. 개인들의 어울림은 그래서 중요한 의미를 가지고 있지요. 절대적인 개인들의 조화! 우선 방법론적으로 도덕과 헌법 같은 가치들이 일견 그 조화를 담당하는 것처럼 느껴집니다. 우리는 그런 가치들 속 개인으로 존재하니까요. 하지만 사실 인간은 그런 것보다 〈개인의 감성〉에 따라 더 많이 움직인다고 할 수 있습니다. 도덕과 법은 즉각적이지 않고 상대적으로 재어보고, 판단해야 하는 후천적인 패션에 불과하거든요. 사람들은 제각각의 감성으로 세상과 직접적으로 만납니다. 마음 속에서 돋보기처럼 커다란 감성으로 세상을 쳐다보고 교유(交遊)합니다. 어머니 품에서 따뜻한, 가난한 사람을 보고 연민과 동정의, 땀 흘리며 일하는 사람들의 얼굴에서 시대를 감당하는 굳건한, 오늘도 밤을 새우며 연구에 연구를 거듭하는 도수 높은 안경 낀 연구원의 땀방울에서 우리는 아름다운 감성의 결을 가슴에 새기며 오늘도 살아가고 있습니다. 감성은 그런 다양한 인권들의 조합 속에서 피어나는군요.

그렇지만 그 가치가 정당한 신념이 되기 위해서 당연해야 할 행동의 율(律)도 동시에 각인시킬 생각입니다. 자유와 민주는 상처를 입기 쉽습니다. 자칫 자유가 방종이 되고, 민주가 독단으로 흐르지 않는 방법은 개인이 아니라 사회와 그 속에 내재된 질서와 배려, 희생과 헌신, 예의와 노작(勞作)임을. 그래서 인생이라는 거대한 강을 자책과 회한이 아니라 긍정과 관조로 이해할 수 있도록 이끌고 싶습니다. 학급이라는 사회 속에서 그런 씨앗을 심을 수 있다면 아마도 제 교육의 정당성은 인정받을 수 있으리라 생각합니다.

깊숙하고 따뜻한 눈으로 세상을 바라봐야만 교훈의 깊은 속을 진정으로 자기 것으로 받아들일 수 있을 겁니다. 갑자기 누군가가 한 말이 생각나는군요. 과장되고 선동적이며 엉뚱한 느낌도 있어 어떤 의미로 한 말인지는 좀 더 생각해봐야겠지만, 아마도 현실의 억압에 대한 결의에 찬 말인 것 같은.

- 우리 교육 앞에 〈내 자녀가 민주공화국의 시민으로 살기를 원하는가, 18세기 계급 사회에 살기를 원하는가?〉 라고 물어본다.

화, 수요일에 〈전교 임원 및 학급 임원 선거〉가 있습니다. 앞에 〈민주공화국의 시민〉이란 의미에서 요즘 임원 선거를 짚어보면 불현듯 가치라든가 덕목, 진실 등은 고정되지 않고 시대나 장소에 따라 달라지고 있음을 실감합니다. 왕조 시대에는 그 시대의 가치가 있고, 미래 세계에는 아마도 그 시대의 문화가 있을 겁니다. 태평양 섬나라와 뉴욕의 메트로폴리탄이 같을 수 없겠지요. 타임머신을 타고 과거와 미래를 오가는 영화들을 보았는데 시대와의 불화로 기막힌 좌충우돌, 요절복통, 희비쌍곡선이 벌어지곤 했습니다. 그러나 언제나 결론은 모든 것이 잘 맺어지는 해피엔딩으로 끝나더군요.

그 이유는 아마도 근본적인 인간관계가 개입되어 있기 때문이라고 생각됩니다. 시대에 덧입혀진 물질과 권력과 미(美)와 편리 등등을 건너뛴 순수한 풍습과 역사와 전설들이. 그것들은 알몸과 같이 사람들의 근저에 본태적으로 내장되어 있습니다. 그런 본심은 시대와 가치, 지식, 빈부 같은 것들을 뛰어넘어 가슴에 직접 새겨지지요.

아이들은 어른들과는 〈다른〉 존재들입니다. 그러나 우리 어른들은 덧입혀진 형식들에 빠져 좀체 헤어나지 못합니다. 전교 임원이나 학급 임원은 부모의 재력, 학생의 성적, 문화적 향유 정도 등등으로 부합하는 사람들만 해야 한다는. 그래선 안됩니다. 지금의 가치와 덕목은 그런 〈껍데기〉가 지배하는 시대가 아닙니다. 신동엽(申東曄)은 시 「껍데기는 가라」에서 4·19 이후 쇠붙이로 상징되는 시대에 저항하며 소리쳤지만, 지금 시대는 학급 속 〈자유〉와 〈민주〉가 가장 지고한 가치입니다. 껍데기가 아닌 그런 순수로 접근해야 합니다.

능력? 그런 건 특별한 경우가 아니라면 누구나 다 감당할 수 있습니다. '폴 포츠'란 사람이 어느 날 갑자기 나타나 엄청난 소리로 기존 성악계를 뒤집어엎은 것도. 저는 TV나 인터넷과 가까이하지 않는 편이어서 세상 돌아가는 걸 미처 알아내지 못할 때가 많습니다. 폴 포츠 이야기도 얼마 전에야 뒤늦게 우연히 알았을 뿐이고, 아직 소리를 직접 들어보지 않았습니다만. 사람은 모습이 제각기 다른 것처럼 능력도 누구나 다릅니다. 껍데기를 벗어버리면 그런 능력들이 선명하게 드러납니다. 학부모님들의 자녀도 충분히 임원이 되어 학교와 반을 이끌어갈 수 있습니다. 아이에게 상처를 주지 않기를 바랍니다. 아이가 원한다면 아이에게 맡겨주시면 됩니다. 자녀의 또 다른 모습을 본다는 것은 부모로서 참으로 기쁘고 행복한 일입니다. 힘들어하면 제가 모든 필요한 사항들을 조성해놓도록 하겠습니다. 단 한 표도 얻지 못하더라도 자랑스럽게 생각할 수 있도록. 아이들에게 미리 포기해버리는 마음의 후퇴를 도전으로 바꿔볼 생각입니다. 저희 반 학생들은 이번 선거에 모두 원하는 대로 즐겁게 참여하기를 바랍니다.

진단평가를 토대로 아이들 제각각에게 필요한 방식을 찾아 실력을 기를 수 있도록 해보겠습니다. 얼마만큼 이해하고 있는지, 어느 과목, 어디에서 저항이 있는지, 어떻게 가르치면 이해할 수 있는지…. 쉬운 일이 아니지만 뭐 경험이 없는 것도 아니니까 아마도 자신감은 가질 수 있으리라 생각합니다. 아이의 기억에 그런 그림이 떠올려진다면 해보려는 생각을 가질 수 있겠지요.

저번 주에 빠졌군요. 담임 전화번호입니다. (010-○○○○-○○○○). 환영합니다. 아이와 관련하여 이야기하고 싶은 일이 있을 때 언제나 연락 주시기 바랍니다. 밤에 잘 때도 좋습니다. 특히 아이의 마음이 우울하거나 아파할 땐 더욱. 전 아이의 마음을 잘 알아채는 재주가 있다고 자신합니…. 죄송!

제(4)주 학습지도 계획안

(2012년 3월 19일 ~ 3월 23일) 4학년 2반

권리와 책임

바쁜 학년 초입니다. 올해부터는 주 5일제 수업의 전면 실시로 학교의 교육과정 자체가 전면 재수정되었고, 그에 따른 학년교육과정과 수행평가, 업무계획 등등을 일일이 새롭게 조직했습니다. 거기다 홍수 같이 밀려드는 업무 처리, 환경정리, 수업발표 준비, 토요스쿨…. 학교가 존재하는 가장 큰 의미인 수업이 충실하지 못하다 싶을 정도로 느껴지고 부수적인 조직과 규정 같은 외연들이 강압적인 주제로 넘쳐납니다. 물론 본질과 형식은 당연히 함께할 수밖에 없겠지만 밤 10시 넘어 퇴근하는 3월의 분주는 그렇게 정신의 보릿고개처럼 다가오는가 봅니다.

저번 주에 전교 임원과 학급 임원 선거가 있었습니다. 결국 그런 것들도 본질을 위한 피상이겠지만. 두 가지 행사도 3월의 분주로 지나갔습니다. 임원으로 선출되었든, 되지 않았든 모든 학생들에게 정정당당한 시간들이었습니다. 쭈볏쭈볏 생전 처음 임원 선거에 출마한 녀석들의 표정이 어찌 그리 우스웠던지. 그러나 그런 그림은 언젠가는 자신의 내면에서 단련된 의지와 도전으로 나타날 겁니다.

저 자신 까마득한 국민학교 4학년 시절 급장선거에 나가서 단 한 표(제

가 스스로 찍었지요)를 얻어 아이들을 웃기게 만들었지만 어쩐지 그 후로 아이들이 저를 참 가까이 해주던 기억이 새삼스럽군요. 비로소 혼자 자학처럼 외롭게 지내지 않고 아이들과 재밌는 학창 시절을 보낼 수 있었습니다. 자주 느끼곤 하지만 그때가 제가 패배자가 되지 않을 수 있었던 최초의 기회가 아닌가 싶기도. 그래서 그런지 좀 다른 고백이지만 6학년 중학교 입시 때(그때 한 반 학생이 60명 넘은 것 같은데 8~9반까지 있었던 걸로 기억합니다.) 1반인 우리 반 담임이 6학년 주임선생님(요즘은 〈주임〉이란 일제 시대 명칭 대신 〈부장〉이란 말을 사용하지만)이셨는데 일류 중학교에 갈 수 있는 아이들이 가장 많이 배정되어 있었습니다. 대부분 선생님 댁에서 저녁에 과외를 받았는데 저는 과외는커녕 뒤에서 세는 게 훨씬 빠를 정도로 공부에 게을렀습니다. 걱정하던 어머니가 말해 열흘쯤 과외도 받긴 했지만 조금 아이들에게 업신여김을 받는 것 같아 그만뒀습니다. 동네 많은 형들처럼 저도 그저 2~3류 중고등학교나 다니다 뱃놈이 될 게 당연하다는 자조도. 그러나 어쩐지 억울했습니다. 그때 벌써 등대라는 압도적인 존재에 자부심을 갖고 있었던 때문인지 태생부터 전혀 다른 윗동네 부잣집 아이들에게 절대 지고 싶지 않았습니다. 어머니와 형의 질책도 있어 남은 두 달 정도 정말 이빨을 뿌드득 소리가 날 정도로 씹으며 혼자 열심히 공부했습니다.

지금도 훤히 생각나는데 당시 합격자 발표는 라디오로 했습니다.(당시 벽에 건 라디오는 채널도 없이 그냥 〈ON-OFF〉와 볼륨을 겸하는 스위치 하나만 있는 일종의 유선이었습니다. 초등학교 교실에 달린 궤짝 스피커와 모양이 꼭 같은) 등대 동네에서 건방지게 혼자 지원해선지 선구(船具) 및 잡화 가게를 하는 반장 할아버지 집 안방에 많은 동네 사람들이 모여 기특하다며 제 머리를 쓰다듬으며 들었습니다. 아직도 선명하게 기억하는 제 수험번호 〈133〉번을 혹여 지나칠까 긴장하며. 그러나 100번을 지나치자 점점 가슴이 졸아들더군요. 103, 104, 115, 121… 식으로 뭉텅뭉텅 건너뛰는 소리에 가슴이 콩닥거

렀습니다. 사람들이 따라 불렀습니다. 131, 132번을 들은 것 같은데 순간 지나친 듯싶어 눈앞이 하얗게 변하더군요. 그런데 사람들의 환호가 터져 나왔습니다. 합격이라며 제 손을 잡고 등대에 경사 났다고 했습니다. 어머니도 얼씨구 춤을 추었고. 어쩌면 등대라는 변두리 회색 풍경이 만들어낸 자학을 깨뜨리려는(깨트리려는?) 자존심과 경쟁심이 절 이끌었는지도. 그 중학교에 합격한 건 등대 동네 역사상 처음이라서 저의 합격은 동네의 자존심을 한껏 부풀린. 어머니의 통 큰 합격 턱으로 스물 가까운 어른들과 함께 왁자지껄 자장면과 만두를 시켜 먹은 기억이 선명하군요. 다음날 중학교에 가서 별관 목재 벽면에 하얀 종이에 세로로 된 붓글씨로 쓴 합격자 명단을 확인하고는 등대를 사는 조그만 아이 하나의 자존심으로 한껏 부푼! 학교에 갔더니 선생님들이 축하한다며 제 머리를 쓰다듬어주었습니다. 담임선생님도 절 껴안고 잘했다고 축하해주셨지요. 알고 보니 우리 반에선 저 혼자 합격했고, 6학년 전체에서 4~5명만 합격했다는 기억이 나는군요. 기대가 컸던 주임선생님 반 공부 잘하는 아이들도, 부럽게만 바라보던 윗마을 부잣집 동네에서도, 해운회사 회장 아들도 모두 떨어진. 전혀 기대하지 않았던 때문인지 졸업식 날 친구들의 목말을 타고 교문을 들어선 기억이 새삼스럽습니다. 그 뒤 제 쇼킹한 합격 이야기는 한참 지나서도 전설처럼 전해져온. 정말 개천에서 용 난다는 말대로. (불합격한 친구들 중 재수를 하여 제 중・고등학교 1년 후배〈?〉가 된 친구도 있습니다. 나중 저의 결혼 중매까지 서준. 후후! 아무튼 그 후 세상을 살며 몇 번 시험이란 걸 볼 기회가 있었는데 한 번도 실패하지 않은 건 끈질긴 운명처럼 각인된 등대가 가여운〈?〉 저에게 손길을 내밀어줬던 건 아니었던지!)

저희 반 학생들은 이번 선거에서 아마도 자신이 피상이 아니라 주체적인 존재임을 느꼈으리라 생각합니다. 어른들이 아이들에게 은연중에 강요한 모습들이 사실은 정당함이 아니라 불량가치임을. 모든 사람들은 누구나 다 주체적인 생각과 행동을 할 수 있는 존재의 값을 가지고 있음을. 내 한 표가 소중하고, 단 한 표로 당락이 갈리더라도 그게 우리 사회의 정의와 율법의 기반으로 작동하고 있음을. 처음 임원 선거에 나선 아이들은 옛날의 저처럼 머쓱하게 웃으며 자기 소개를 했지만 곧 진지해지더군요. 그 진지는 아마도 삶의 정당으로 자리 잡아 균형으로 자신을 바로잡아 주리라 생각합니다. 거기에는 우쭐함이라든가 패배의식은 전혀 없을 겁니다. 세상에 태어나 자신에게 향한 표가 있었다는 기억은(비록 한 표도 받지 못했다 하더라도) 평생을 가는 자신으로 새겨질 겁니다. 기쁨과 아쉬움은 있을지 몰라도 그런 자신을 심어주는 삶의 과정은 오늘 아이들 마음에 폭넓게 직조되었으리라고 생각합니다.

그런 후 3월 생일을 맞은 아이들의 생일 파티를 열었습니다. 이런 간단한 씀씀이에도 아이들은 무척 좋아하더군요. 제가 칠판 가득 멋있게 그려논 그림 앞에서 선물과 노래와…. 사실 저는 여태 생일이라고 따로 축하받은 기억이 별로 없군요. 아니, 어쩌면 50년대 피폐한 시절을 살아가며 스스로를 감추고 그림자처럼 숨겨뒀음을. 생일이 가까우면 미리 스스로를 숨기고 생일에 집에 들어가지 않았던 기억도. 기막힌 소년의 자학이었던, 13살 나이에 스스로를 학대하며 도전의 의지를 불태우던. 사실 앞에 이야기한 중학교 합격도 어머니에게 절대 학교로 찾아오지 말라고, 그래야 내가 이빨을 깨물며 최선을 다할 수 있다고, 난 아무도 없이 혼자 감당하겠다고 단단히 고집부렸지만 2일차 체력검정 마칠 때쯤 어머니가 찾아온 걸 발견하고 십 리나 도망쳤던. 그날 밤 어머니의 서러운 눈물은 라디오에서 합격자 발표가 나오자 덩실덩실 춤을 추고 동네 사람들에게 자장면은 물론 떡을 돌리고 잔치가 열릴 정도로 보상받았습니다. 아아, 어머니, 내 어머니!

케이크를 놓고 노래와 소원과 편지와 선물을 주고받으며. 자신이 친구들의 축하를 받을 수 있는 소중한 존재이며, 미래의 꿈은 모두에게 활짝 열려있으며, 그런 가치가 국가와 사회에 얼마나 건강한 피돌림으로 계속되고 있는지를. 이번 두 가지 경험으로 학생들의 성찰에 자극을 주었으면 합니다. 아이들에게 말해주었지요. 아마존의 벌거벗은 원주민이나 히말라야 고산의 꾀죄죄한 사람들도 〈존재〉한다는 자체만으로도 고급 옷에 번쩍이는 큰 차를 자랑하는 현대인에게 절대 뒤지지 않는 상쾌함으로 존재한다고! 아마 편지와 선물을 곱게 간직하고 미래의 자신을 단단히 받쳐 줄.

그렇지만 또 이어지는 학교생활에서 지켜지지 않는 모습들을 강하게 야단쳤습니다. 과제라든가 수업 태도, 교실과 학교의 질서들이 지켜지지 않는 학생들에게 벌도 마다하지 않았습니다. 학생의 생명이랄 수 있는 공부에 게으름을 부리고, 공동체의 질서를 깨뜨리는 모습은 주체적인 존재의 상쾌함을 애써 망가뜨리는 배반으로 돌아옵니다. 〈권리와 책임〉은 다른 얼굴 같은 모습으로 동시에 존재하며, 세속의 이념으로 망가진 〈인권〉의 몫을 더욱 확실히 세울 수 있을 것으로 생각합니다. 처음부터 담임선생님의 확실한 자세를 가르쳐주어야 한다고 생각합니다. 다음에 기회가 된다면 〈주체〉에 대해 이야기하고 싶습니다만.

아무튼 이번 주 행사를 거치며 우리 아이들 마음이 보름달보다 더욱 커졌으면 좋겠습니다. 쓰고 보니 쓸데없는 장황한 말! 참으로 죄송합니다.

제(5)주 학습지도 계획안

(2012년 3월 26일 ~ 3월 30일) 4학년 2반

시대, 그리고 학교의 변화

≡ 학교 속 토요스쿨(신명나는 국악 교실, 독서 교실, 돌봄 교실, 종이공예, 키즈 쿠킹, 체력 증진반)에 신청한 학생들은 시간에 맞춰 등교하여 수업에 참여할 수 있도록 합니다.

학부모 공개수업 및 총회를 마지막으로 바쁜 3월 일정이 거의 끝나는 것 같습니다. 유난히도 추운 3월이었는데 이제 본격적으로 가르침이라는 본질에 접근할 수 있을 것 같군요.

그동안 힘들었던 건 사실 수업 이외의 부산으로 인한 가르침의 부실 때문임을 부인할 수 없지만, 그러나 더 본질적인 부분은 시대와의 불화, 또는 방법론이 깔려있었기 때문에 더욱 그러함을 숨길 수 없군요. 가르침의 계량과 그 연관 업무 등등이 제가 알고 있던 익숙한, 그리고 마음에 편하게 다가오는 친화적인 환경들과 너무 달라져서.

학교 사회만의 변화는 아니겠지만, 예전 수기(手記)로 모든 학사일정과 행정업무를 처리하던 시대에 더 많이 적응해왔던 저로서는 네이스(NEIS. 통상 〈나이스〉란 명칭으로 불리지만)란 학교 학사업무처리 시스템이 그 시대의 요구에도 불구하고 상당히 아쉬움이 많습니다. 하긴 학교라고 현실의 변

화와 무관할 수 없지만, 어쩌면 더욱 현실과 걸음을 같이 맞추어야 하겠지만 과연 현장에서 잘 보급될 수 있을지는 확인할 수 없습니다. 그건 2000년부터 보급된 〈C/S〉니 하는 온라인 학교운영 체재 도입과정에서부터 왠지 그 깔끔함과 참신, 그리고 편리와 속도감에도 불구하고 우리들 시대와는 결국 불화로 인한 결별을 예감한 기억이 있었기 때문입니다. 여러 가지 현실과 유리된 불합리한 소프트웨어의 구조는 얼마 지나지 않아 결국 폐기되리라는.

하지만 현장에서 가르침의 양식을 수행해야 하는 교사의 처지에서는 가타부타할 순 없지요. 현대적인 시스템의 구조를 살펴보고, 나름으로 적응을 해나갔더니 그런대로 적응할 수 있었고, 오히려 젊은 교사들보다 더욱 활용을 잘 할 수 있었습니다. 시스템의 부조화나 불합리는 제 스스로의 판단으로 병행, 보완해오며. 결국 제가 느꼈던 절름발이 같았던 소프트웨어의 불합리한 구조는 얼마 가지 않아 폐기되고 말았습니다.

근래 남자 교사가 부족해 체육 전담을 몇 년 하는 동안 시스템 환경이 또 많이 변했습니다. 〈업무포털〉이라는 포괄적인 시스템이 개발되어 네이스도 그 속의 한 부분으로 들어가고, 행정업무도 통합되어 학교와 관련된 모든 일들을 업무포털을 통해 이루어지고 있습니다. 오랜만에 담임을 맡았더니 생소한 부분이 많았습니다. 보고 공문과 교내 전자결제 라인의 구조와 분류 등이 광범위하게 분류되어 제가 추진해야 하는 업무 파일을 찾는 것부터가 쉽지 않고, 곧잘 시행시기를 놓치기도 합니다. 물론 또 벌써 잘 적응하고 있는 편이지만 아직도 스마트한 젊은 사람처럼 자연스럽게 받아들이고, 아무런 느낌 없이 맘껏 활용하고… 그런 부분들에서 고뇌하고 있음도 사실입니다.

저는 아이들에게 〈자유〉와 〈책임〉이라는 기본 원리를 가르쳐주기 위해 교실에서 휴대전화를 마음대로 사용하게 합니다. 일반적으로 자율에 맡기면 교실이 엉망이 되기 쉽지만. 한때 신성한 법정이 수시로 울려대는 휴대폰 소리로 난장판처럼 되어 사람들의 안타까운 시선을 받은 적이 있듯 교실도 휴대폰이라는 신기하고 편리한 문명의 이기로 선생님들이 수업을 진행하기가 굉장히 힘들어지기도 했습니다. 문명과 문화라는 편리가 그 근저인 삶을 추월하는 역리(逆理)에서 고민도 했습니다. 많은 선생님들이 공감하는 부분이기도 하지요.

그러나 몇 가지 원칙을 가르쳤더니 제법 잘 지켜서 오히려 장점이 더욱 많은 편입니다. 수업에 활용하기도 하고, 휴식시간에 자기가 하고 싶은 조작도 하고…. 요즘은 유치원생도 휴대폰을 분신처럼 여겨서 만약 만질 수 없게 되면 불만과 불안, 고립감은 물론 행동에까지 장애를 일으킨다는 이야기도 있던데 우리 반 아이들은 즐겁게 수업에 임하고, 휴대폰으로 친구와 교우를 더욱 두터이 하고 있습니다.

아무튼 학교는 변했고, 문화와 그 형식에 입혀지는 의식도 무척 변했습니다. 지나간 낡은 척도로서는 시대가 요구하는 교육을 따를 수 없을 듯하군요. 교육은 소통이 중요한데 아이들이 좋아하는 카카오톡, SNS, 트위터. 페이스북… 용어 자체도 본능적으로 거부감이 들기도 합니다만 어쩌면 이런 것들이 사실 언어에 기대 발전하고 정신을 확산하여온 원천일지도 모르겠습니다. 하지만 그런 것들이 발전이란 미명으로 수다와 번잡, 수단과 향유의 함정에 빠지지는 않았는지!

어쨌든 저는 아직 낡은 휴대전화에만 머물고 있습니다. 그나마 2~3년 전에서야 겨우. 아직도 전 스마트폰이 이름 그대로 얼마나 똑똑하고 신기한지 모릅니다. 앞에 언급한 카카오 등등의 용어들을 근래 자주 들어봤지만 그 정확한 의미를 자세히 모릅니다. 어쩌면 일부러 알려고 하지 않는 면도 있습니다만. 앞에서 말씀드린 시대와의 불화, 가치의 일방적인 통제,

또는 소통의 방법론 등에서 폐쇄적 대립 때문이 아닌가 합니다. 어쩌면 새로운 시대의 필연성에 마음이 들지 않아 외면하는 의미도 있을 것 같군요.

다음에 그런 것들과 관련한, 아마도 아이를 기르는 일부 젊은 부모님 세대에게도 해당되리라는 심리학의 여러 단면들을 이야기해보았으면 합니다.

제(6)주 학습지도 계획안

(2012년 4월 2일 ~ 4월 6일) 4학년 2반

에너지 보존의 법칙

본교에서는 엊그제부터 아이들의 체격 검사를 하고 있습니다. 직접 아이들과 마주하며 검사하다 보니 요즘 아이들의 체격이 많이 커졌다는 것을 실감할 수 있더군요. 아마 한 세대 전 부모님 세대보다 더욱 커졌다는 것을 학부모님들도 느낄 수 있을. 하물며 5~60년대와는 비교할 수 없을 정도지요.

제가 학창시절을 보낸 5, 60년대는 보릿고개란 말도 있었고, 간식은커녕 먹을거리가 보리밥과 된장, 김치…. 그저 단순한 주부식에 지나지 않았습니다. 오랜만에 귀한 사위가 오면 씨암탉을 잡아준다고 했는데 그만큼 육식이 귀한 때였습니다. 지금에야 일상에서도 흔해빠진 닭고기일 뿐이지만

간식은 몇 개로 한정되어 있었습니다. 건빵이나 설탕과자, 찐빵, 꽈배기…. 모두 1차 산업에서 생산된 것들을 간단히 가공한 수준이지요. 배고프면 산과 들에 나가 여문 풀씨(사람들이 그걸 〈필기〉라고 불렀습니다)를 씹거나 칡을 캐어 질겅질겅 턱이 빠질 정도로 하루 종일 씹었습니다. 가끔 튀긴 메뚜기 장수가 와서 어른들이 술안주를 하고 남은 걸 먹기도 했고, 제가

그 귀한 바나나와 밀감을 처음 먹어보고 감격에 겨워했던 것이 중학교 입시 때 앞서 이야기한 해운회사 회장집에서 같은 학교에 응시한 아이들 모두 집에 불러 처음 한 조각 얻어먹었을 때니까 지금 아이들은 상상도 할 수 없을 겁니다. 세상에 이런 맛있는 과일도 다 있나라며 감격했을 정도니까요. 도대체 일상에서 얼마든지 먹을 수 있는 흔한 닭고기와 밀감과 바나나에 익숙한 아이들로선 이해하기가 쉽지 않을 겁니다. 연전 텔레비전에서 방영했던 만화영화 「검정고무신」 속의 주인공 '기철'이와 '기영'이처럼 자장면 한 그릇에도 눈물을 흘리며 맛있게 먹었을 정도로 그렇게 살았습니다. 마치 어느 아프리카 굶어 죽어가는 불쌍한 아이들을 보고 신기하게 생각하는 우리 아이들처럼.

친구들은 모두 말랐고, 키는 고만고만했고, 얼굴은 버짐으로 푸석했습니다. 작은 누님은 그나마 가장 흔했던 기생충인 회충에게 영양분마저 다 빼앗기고 핏기도 없이 백혈병에 걸린 소녀처럼 꾸벅꾸벅 졸기만 했습니다. 전 바닷가 출신이어서 그럭저럭 어린 나이에도 물질로 조개나 물고기들을 꽤 먹은 탓인지 키가 평균보다 큰 축에 속했지요. 지금이라면 그저 평범한 키지만.

지천으로 널린 닭고기와 바나나는 시대의 기대를 인플레 시키며 육식주의라는 탐욕을 절대선의 가치로 부풀렸습니다. 부모들은 못 먹은 게 한이 맺혔다는 듯 걸핏하면 가족들과 고깃집으로 가서 삼겹살을 구워 먹으며 복부지방을 쌓았습니다. 원망과 풍성은 아이들의 체형까지 거대한 풍선처럼 둥글게 만들었습니다.

저는 대체로 아이들이 급식을 마음껏 먹을 수 있도록 해줍니다. 여러 가지로 어려운 사회 분위기인데 먹을 것마저 제대로 먹지 못하면 얼마나 마음이 아플지. 먹는다는 건 본능적으로 만족과 행복을 주거든요.

아이들은 언제나 남들과 비교를 합니다. 누가 무슨 학용품을 가지고 있는지, 누가 무슨 옷을 입고 왔는지, 누구 집 자가용은 어떤 건지, 누구는 외식을 어디서 했는지… 그런 모든 것들을 비교하며 기뻐하기도 하고 슬퍼하기도 합니다. 심지어 탐나는 학용품을 훔치기도 하고 괜한 분풀이로 싸우기도 합니다. 우리 엄마 아빠는 좋은 옷도 사주지 않는다며 삐치기도 하지요.

그 스트레스는 굉장합니다. 그렇게 예민한 감수성을 가진 아이들은 학교에서 먹을 것으로 풀어내기도 합니다. 저도 그 아쉬움을 급식으로나마 달래주고 싶었지요. 몇 가지 지킬 약속을 던져주고. 남겨서는 안된다, 골고루 먹어야 한다, 잔반은 한 곳으로… 하며 아이들의 식사 모습을 살펴볼 수 있었습니다.

규칙 때문이기도 하겠지만 몇몇 아이들은 자기가 먹을 만큼만 먹더군요. 제가 더 먹으라고 이야기하기도 하지요. 그 나이에 쌓였을 욕망을 풀어내고, 삶의 여러 양상들을 견뎌내려면 에너지가 더 필요하기 때문에.

특히 여학생들은 벌써부터 몸매 관리 차원인지 아주 적게 먹기도 하더군요. 몇 가지 좋아하는 반찬과 두어 숟갈의 밥만 먹기도 합니다. 아마 집에서는 좀 더 많이 먹겠지요. 어른들의 몸에 대한 미(美)적 숭배와 쾌락이 벌써 아이들에게 강요되고 있구나 싶기도 합니다. 뭐 본능적이기도 하겠지만. 그러나 몇몇 남학생 아이의 식욕은 제가 생각하기에도 대단한 수준입니다. 단련된 식욕으로 밥과 반찬을 몇 번이나 퍼가기도 합니다. 좋아하는 고기반찬이 나오면 눈치를 보며 먼저 먹으려고 다투기도. 대체로 활동량이 많은 아이들이 그렇지만 딱히 그런 것만도 아니어서 아마도 식사로 스트레스를 풀어내지 않는가 하는 생각이 드는 것도 사실입니다.

뭔가가 아쉽습니다. 아이들의 원하는 바를 강제하기도, 그렇다고 철없는 아이의 욕망을 그대로 두기도. 어릴 때의 스트레스는 평생을 간다는 생각입니다. 그 스트레스를 초월하는 사람도 있겠지만 대부분은 그 집착에 사로잡혀 정신까지 전투적으로 형성되기도 합니다. 거대한 도시의 스카이라인을 올려다보며 그에 속하지 못하는 소외된 자신이 겹쳐진다면 더욱. 그 안타까움으로 그대로 두고 싶기도 합니다.

그러나 당장 둥글게 변하는 몸매를 보면 아이의 미래를 더욱 암담하게 만들고 있다는 무책임으로 아쉽기도 하군요. 체육 시간에 아이들의 몸을 들어보니 거대한 고깃덩이처럼 묵직하더군요. 허리를 잡기 어려운 녀석도. 누워서 20㎏을 넘는 바벨 역기를 2천 번 이상 들 수 있는 제 힘으로도 쉽지 않은. 겨우 초등학교 4학년 아인데도 말입니다.

어릴 때의 살은 키로 간다고 하지요. 그러나 그 말은 순전히 6~70년대 굶주렸던 시절의 낡은 수사법과 다름없습니다. 지금은 온갖 성인병의 원인입니다. 몸매를 둥글게 감싸고 있는 살은 근육이 아니라 지방 덩어리로서 혈관과 내장을 압박하고, 심장병이나 뇌졸중, 암, 당뇨 등의 각종 성인병을 일으키는-, 그야말로 문제적, 총체적인 기름 덩어리일 뿐입니다. 제가 마라톤을 하는 것도 따지고 보면 그런 기름 덩어리를 잘라내려는 의미도 없다고는 못하겠군요. 우리나라 중년의 체형을 보면 대부분 배불뚝이처럼 보이는데 목욕탕에서 보면 참 보기 민망하기도 합니다. 삶의 고단을 견뎌내느라 몸에 새긴 훈장이라고 긍정으로 생각해봐도 괜히 안쓰러운,

냉정하게 생각하면 인간의 정신이 어떻고, 사상이 어떻고… 그런 것들은 다 허상입니다. 분자 수준에서 이야기되는 담론과 다르지 않지요. 거시적인 시야에서는 언급할 필요도 없는 허깨비 이야기일 뿐입니다. 인간, 아니 우주 전체를 관통하는 단 하나의 법칙이라고 하면 그건 〈에너지 보존의 법칙〉이라고 할 수 있을 겁니다. 어쩌면 그에서 파생된, 똑같지만 다른

이름으로 〈작용 반작용의 법칙〉을 들기도 합니다. 우주의 심장을 꿰뚫어 볼 수 있는 아인슈타인의 세련된 〈상대성 원리〉도 사실은 고전물리학의 저 낡은 에너지 보존과 작용 반작용이란 근본적인 원리 하에서일 뿐입니다. 에너지는 작용의 과정을 거치며 삼라만상의 변화를 일으켜 또 다른 반작용으로 반응하여 보존됩니다. 그리고 바람처럼 다음 작용으로 이동합니다. 이동과 변화만 있을 뿐 에너지가 사라지는 건 아니지요. 책상 위 꽃병은 떨어진 거리와 속도만큼 산산조각 반작용 되며, 먹은 만큼 에너지는 지방의 형태로 몸을 부풀리고, 헉헉거리며 달린 만큼 다리와 심장의 근육은 강철처럼 강해집니다. 읽은 책만큼 정신의 세부적, 양적 팽창은 뇌의 회로에 정밀히 기억되고, 고뇌한 만큼 정신은 세상의 부평초처럼 흘러가는 깊숙한 곳에 숨어 있는 현상을 정확히 해석해낼 수 있는 성숙으로 반작용됩니다. 분자 수준의 진동과 결합, 그리고 이탈은 그 존재의 한계를 넘어 우주까지 똑같은 양상을 보이고 있습니다. 우주는 작용과 반작용의 교집합 속에서 어제도 오늘도, 그리고 내일도 거대한 해일처럼 끊임없이 영위되고 있습니다.

그러나 지금의 식탐으로는 절대 우아하고 선량한 반작용이 돌아오지 않습니다. 허덕이는 몸으로는 자신이 스스로의 주인으로, 책임을 다할 수 있는 민주 시민으로 성장하기는 지난(至難)한 일입니다. 그렇군요. 몸에 가해진 반작용은 무슨 영화 속에서 쌍두마차가 끄는 것처럼 늪 속으로 달려가야 하는 정신의 허망으로까지 확산되는군요. 환희와 절망은 작용반작용의 양 끝에 다름 아닙니다. 아니 에너지는 반작용으로 더 쉽게 반응하는 것 같습니다. 도끼로 나무를 내리치면 쩍 날카로운 비명을 지르며 해체되는.

학교에서의 가르침만으로는 턱도 없습니다. 자칫하면 욕을 먹기 십상입니다. 부모님들이 관심을 가지고 적극적으로 가르쳐야 합니다. 성장하기도 전에 절망해버리면 그야말로 안타깝기 그지없는 일이지요.

우리 학교 바로 밑, 예전 10년 전 근무하던 학교에서 바로 옆에 있는 윤산으로 소풍 갈 때 공부 잘하고 순박하고 예절 바르며 모든 것에서 앞서는, 그러나 타고났는지 모르지만 몸이 비대해 허덕이며 오르던 아이의 그림이 자꾸 떠오르는군요. 다른 아이들이 웃고 장난칠 때 철버덕 앉아서 숨을 고르며 맥을 놓고 있던. 그때 무척 안타깝게 생각했던 기억이 납니다. 잘생긴 얼굴에 또렷하던 눈동자와 생각이 깊던 그 아이는 능히 가족의 기대를 충족할 정도였으며, 착한 심성은 세상을 포근히 감싸 안을. 가끔 그 아이가 능력을 충분히 발휘하고 건강하게 자랐을까 하는 생각이 났지만, 어쩐지 그런 것들과 이별하고 몸이 주는 함정에 빠져 그저 그런 삶을 살고 있는 건 아닌지. 그렇게 자주 생각하곤 했습니다.

오늘 〈표준체중 점검표〉를 아이들 편으로 보냈습니다. 미취학 아동은 물론 어른들 연배에도 적용할 수 있도록 항목의 대푯값을 넓혔으니까 살펴보시고 아이와 많은 대화를 나누었으면 합니다.

제(7)주 학습지도 계획안

(2012년 4월 9일 ~ 4월 13일) 4학년 2반

직진주의자와 조급주의자

≡ 다음 주는 우리 반이 《교내 봉사반》입니다. 비닐 주머니를 준비하여 학교 주변을 청소하는 착한 봉사활동이니까 다른 날보다 일찍 등교할 수 있도록 합니다.(8시 10분까지)

오늘 아침에 차를 가지고 동네 좁은 네거리를 지나갔습니다. 우회전을 하려고 차를 회전시키는 순간 갑자기 왼쪽에서 직진 차 한 대가 잽싸게 먼저 진입하더군요. 까딱했으면 부딪칠 뻔했습니다. 속으로 저절로 욕이 나오려고 했습니다.

그런데 조금 가다 깨달았는데 오히려 잘못은 저에게 더 많이 있더군요. 제가 진행하려는 오른쪽으로는 한참 전부터 정지 신호가 켜져 있었고, 왼쪽 길에는 진행이 더뎌 그 차 뒤로도 다른 차들이 길게 늘어서 있었습니다. 그러니까 그 차는 한참을 기다리다 저처럼 우회전 차들이 정지 신혼데도 불구하고 계속 달려드니 더 이상 기다릴 수 없다는 조급한 생각으로 신호가 바뀌었지만 그대로 진입을 했고, 저는 제 사정만으로 무작정 기다릴 수 없다는 생각으로 그런 상황을 외면하고 오직 방해받았다는 생각만으로 화를.

아마도 많은 분들이 차를 몰다보면 그 비슷한 경우들을 만날 텐데 제가 아는 한 대부분의 운전자들이 자기는 정당하고 상대가 잘못했다는 판단을 은연중에 하는 경향이 있는가 싶습니다. 판단과 가치의 출발을 미리 깔아 놓은 자신의 상황구조에서 결정하다 보니 전체 상황의 균형을 잃어버리게 되지요. 물론 그렇다고 제 쪽이 전적으로 잘못한 건 아닐 겁니다. 만약 제가 아픈 어머니를 모시고 급히 병원으로 가는 길이었다면 끼어든 사람은 그 상황을 설혹 예단할 수 없다고 하더라도 결국 조급으로 병자를 외면한 셈이 되어버리니까요.

결론적으로 제 말의 요지는 어느 한쪽의 일방적인 선(善)과 악(惡)은 없다는 겁니다. 언제나 상대적이지요. 본래 우주 자체는 선과 악으로 이분(二分) 되어 주어진 것이 아니라 햇빛과 그늘처럼 맞물린 현상으로 유지되고 있을 뿐입니다. 선과 악은 그 틀 속에서 상대적입니다. BC 5세기 무렵 희랍의 철학자인 '파르메니데스'는 선과 악은 명확하게 확정되어 있지 않고, 동시에 우리가 예단할 수 없는 상황들이 언제나 존재하고, 그래서 그런 상황도 포함하여 균형을 재고 〈상대적인 절도〉를 지켜나가야 한다는 생각을 제자들에게 가르쳤다고 하더군요. 그런 의미로 그에게서 〈존재론〉과 〈형이상학〉이 출발했다고 해도 크게 무리는 아니라는 생각이. 자신의 생각과 다른 주장들이 얼마든지 있을 수 있다는 기제(機制)는 성숙한 시민의식이 가져야 할 책임이라고 생각합니다.

인류가 사회를 이루며 존재해온 역사는 무수한 양식(樣式)과 정체(政體)의 탐구사(探究史)라고 할 수 있습니다. 낡아빠진 전시대의 유령 같은 왕조시대만 하더라도 〈입헌군주제〉란 세련된 모습으로 일본과 유럽 등지에서 오늘날에도 널리 채택되고 있고, 한때 들불처럼 번졌던, 그러나 유령처럼 순식간에 사그라진 〈공산주의〉는 아직도 조선민주주의 인민 공화국(북한)이라는 바로 우리 형제에게서 더욱 전제화(專制化)되어 우리를 위협하고 있습니다. 세계를 호령하는 미국만 해도 각 유니온(Union)들이 연합하여 〈연방제〉를 이루고 있지요. 물론 그 과정에 흘린 피와 땀은 역사 속에 생생히 진열되어 있습니다.

그러나 그 모든 정체들도 결국 인본주의(人本主義)의 정신을 바탕으로 깔고 있는 〈민주주의〉로 귀납됩니다. 지금 현재도 입헌군주제나 연방제 등이 유지되고 있는 건 따지고 보면 민주주의를 실제적 법치의 바탕에 깔고 있기 때문이 틀림없습니다.

동물과 달리 형이상학적인 언어와 사고를 구사하는 사람들은 〈인간〉이라는 존재성을 가진 범주에서는 모두 대등한 모습으로 관계되어지고 있는 민주주의를 채택하고 있습니다. 그것이 가진 많은 불합리와 불안과 파탄에도 불구하고 민주주의는 오늘도 거뜬히 인류를 받치고 있고, 미래에도 더욱 세련된 모습으로 존재할 게 틀림없다는 생각입니다. 남녀나 학력, 성격, 사상 등은 개인을 확정하는 표상으로 가치나 선호 너머 등가(等價)로 매김되지요. 따라서 개인은 그 자체로 절대적 존재이기 때문에 민주주의는 인류의 수많은 정체(政體) 중에서 실험이 끝난 진화의 마지막 모습이란 생각입니다.

이번 수요일에 국회의원 선거가 있군요. 한 표의 가치가 소중하고, 그 가치만큼 정당하게 발휘되어야 하겠습니다.

그 개인들의 대표인 의회의원들을 뽑는 선거는 그래서 너무나 소중한 〈권리〉입니다. 그 권리를 쟁취하기 위해 역사가 굴러가며 희생시킨 불행은 차지하고라도 미상불 우리들의 미래를 담보하는 장치가 기분이나 호불호, 전제 등으로 함부로 행사되어서는 안되지요.

그러나 불행하게도 우리나라의 정치의식은 그런 기반을 송두리째 배반하기 일쑤였습니다. 지난 6~80년대 군사정부 시대는 또 그렇다 하더라도 민간정부가 들어선 이후에도 일방에서 출발한 이념과 논리가 저급하게 편을 가르고, 거칠고 세련되지 못한 언어들이 함부로 분출되고 있습니다. 또는 거의 맹목에 중독된 이념이 이 사회를 난도질하고 있지요. 올바른 토론과 주장, 인정과 타협, 협동과 대안은-저 스스로도 적절하지 않고 생뚱맞다는 생각인데, 아무튼 순간적으로 떠오른-그야말로 '김광균(金光均)'의 시 「추일서정(秋日抒情)」에 나오는 시효 지난 망명정부의 지폐처럼 사라져 버리고 그 자리를 차지한 〈직진주의자〉와 〈조급주의자〉들이 시쳇말로 〈닥공〉하고 있습니다. 여백을 남겨두지 않고 온통 선동과 모함과 매명으로 도배된. 정치가는 그렇다 치더라도 자처하여 지식인으로 행세하는 사람들 중 그런 모습이 가장 두드러진 사람들이 바로 작가, 교수, 예술가, 무슨무슨 비평가들입니다. 우리 사회를 지탱하는 대부분의 교수나 작가, 비평가들은 오늘도 강단과 연구실에서 말없이 자기의 학문을 연마하고, 창조하고, 실험과 고뇌의 시간들을 보내고 있습니다. 그야말로 존경받아 마땅한 우리들 미래를 책임지고 있는 저 찬란한 사람들!

그러나 가만 보면 몇몇 나서기 좋아하는 사람들이 너무 많습니다. 민주주의의 증표로서, 사회발전의 동인으로 그렇게 자기의 주장을 내세우는 것을 이해할 수 있습니다. 또는 신념으로 이해할 수도. 물론 모모 교수들처럼 상대를 이해하지 못하는, 아니 존재 자체를 부정하며 자기 주장이나 신념으로만 존재한다면 그건 바로 정신의 독재에 다르지 않겠지만. (오늘은 아마도 제가 그런 부류에 해당된다고 할 수 있을.) 게다가 집단의 이익, 개인의 매명, 정치에 굴종된 이분법으로 무장한 견고한 이념으로 상대를 헐뜯고, 비난하고, 악으로 규정하고…. 상대도 역시 일방으로 싸우듯 비난하기 바쁩니다.

'캐스 선스타인'이라는 사람의 주장에 따르면 음모론이 발생하는 이유가 극단주의의 절름발이 인식(crippled epistemology) 때문이라고 하더군요. 자신과 다른 관점이나 정보는 아예 배제하고, 일치하는 내용만 받아들여 기존 입장을 강화하는 성향을 말하는데 예를 들면 미국의 유명한 '마틴 루터 킹' 목사는 연방요원에 의해 암살당했다든지, 세계 여러 나라 금융 위기의 배후에는 유대인들의 음모가 도사리고 있다는 등의 엉뚱한 정보들이 난무하는 이유들이 그런 절름발이 인식이 보편적으로 널리 받아들여지고 있다는 의미입니다.

언젠가 사람들 사이에 정치적, 사회적 이슈가 된 사안이 있어 그 사안의 시초와 마지막까지 연관된 말들을 일일이 찾아서 순차적으로 읽어봤습니다. 시야와 시선의 정확을 기하기 위해. 그런데 그야말로 형편없는 논리와 억지, 미분화된 감정 과잉과 소아병적인 미숙, 그리고 그 속에 숨겨진 교묘한 자가발전…. 어쩌면 그런 세계인식으로 작가가 되고, 교수가 되고, 비평가가 될 수 있었는지 이해할 수 없더군요. 선택된 언어와 사고가 뻔뻔하고 거칠고 부박하기만 할 뿐. 지식인이 아니라 트집쟁이 사이비들이었습니다. 만약 제가 같이 맞서 논쟁을 할 생각이 있다면 지금도 하루 종일 조목조목 야단칠 자신이 있습니다. 사회적으로 널리 공인되고 대접받는 지식인이라는 사람들이 겨우 그 정도 논리로 존재한다니, 이 바보들!

선동과 공격으로 죽어버리는 것은 학문입니다. 프랑스 혁명 때 사교적이지 못하고 오직 학문적인 순수에 충만해 근대화학의 기초를 다졌던 화학자 '라보아제'는 영악한 기회주의자의 모함에 빠져 기요틴(斷頭臺)에서 목이 잘려 죽었습니다. 물론 〈징세청부업〉이라는, 그에게 당연히 주어진 권리를 얻어 그 자금으로 화학에 몰두할 수 있었다고 하더라도 혁명이라는 역사의 대의에는 전혀 고려되지 못하는. 그 기회주의자는 새로 정권을 잡은 급진파 재판관으로 이름을 '마라'라고 합니다. 라보아제와 함께 일한 화학자였지만 이념과 기회포착과 투쟁에 최적화된 그는 라보아제를 거꾸러뜨릴 기회를 엿보다 혁명군의 시퍼런 칼날을 그의 목을 향해 돌려놓았습니다. 아마도 자기는 부패와 타락과 구악을 일소했다고 시민사회를 향해 자랑했겠지요. 과연 그가 이룩한 일소가 얼마나 역사를 후퇴시켰는가를 알았을까요? 라보아제의 친구였던 수학자 '라플라스'는 이렇게 말했다고 합니다. 〈그 머리를 잘라버리는 것은 순간이지만 그런 머리를 다시 만들려면 100년도 더 걸릴 것이다〉라고. 마라! 그는 〈최고의 양화〉를 말살한 〈최고의 악화〉로 인류 역사에 기록된 치욕으로 남게 되었습니다. 혁명은 그러나 돌고 돌아 되풀이됩니다. 그 혁명의 선두에서 피의 화신처럼 무자비한 칼날을 휘둘렀던 자코뱅당 당수 '로베스 피에르' 자신도 2달 뒤 기요틴에서 머리가 잘릴 줄은. 역사는 승자들의 몫으로 새겨지는 것 같지만 그러나 언제나 균형을 잡아나가는 것을. 당통도, 아니 나폴레옹, 히틀러도 ….

역사는 기억합니다. 교묘한 모션과 번지르르한 화술로 오직 자기의 매명에만 매달린 악화들을. 차라리 노인들은 선거에 참여하지 않아도 된다고 말해 호되게 비난받았던 모 정치인은 그러고 보면 참 순진한 편이라고 할 수 있습니다.

이번 선거에서는 조악하고 직진, 조급에 빠진 생각들을 과감히 물리치고 진짜 양화를 뽑아야겠습니다. 제 생각에는 그런 사람들이 별로 보이지 않습니다만. 사실 자세히 보면 실소를 금할 수 없을 정도로 엉터리들이 많습니다. 큼지막한 금배지와 따라오는 명예에만 눈먼. 어쩌겠습니까? 없을 수는 없으니 차선이라도 선택할 수밖에. 대신 차후 그들의 말과 행동들이 얼마나 진실했는지 철저히 따져야 할 겁니다.

저는 우리 아이들이 그렇게 현상을 정확하게 볼 수 있는 눈을 길렀으면 합니다. 모든 사안에 있는 정(正)과 반(反)의 의미들을 함께 유의하여 가장 타당한 값을 찾아낼 수 있는 훈련을 했으면 합니다. 직진과 우회전은 맞물려 돌아가는 균형의 고리로 존재하며, 우리들이 배려를 통해 올바른 값을 찾아나가야 함을. 부모님들이 그런 기본에서 출발한다면 아이들도 그렇게 닮을 겁니다. 선입견과 감정은 성숙한 시민으로서의 모습을 가로막고, 그리고 각각의 일방을 보고 배우는 아이들은 역시 각각의 일방으로 자라날 것이기 때문에

옳다고 생각되는 것들에도 문제점은 널렸고, 나쁘다고 생각되는 것들에서도 시대의 정의로 매김될 수 있는, 인생은 역설로 얽혀있음을. 절대는 없고 상대적인 절도가 정말 필요한 건지도.

제(8)주 학습지도 계획안

(2012년 4월 16일 ~ 4월 20일) 4학년 2반

언어의 감옥

≡ 4월 24일(화) 학력평가가 예정되어 있습니다. 여유 있다고 우물쭈물 하다보면… 유인물에 자세히 설명해놨으니까 참고하시기 바랍니다.

우리 학교가 위치하고 있는 윤산 아래 금사동에서 부곡동으로 넘어가는 산복도로-우리 학교를 감고 도는 길에는 지금 부산에서 가장 아름다운 풍경이 연출되고 있더군요. 100여m 길 양쪽 산자락에 터널처럼 우거진 커다란 철쭉이 무슨 커다란 恨을 토해내듯 진홍의 붉은 물감을 펼치고 있습니다. 붉은색이 본능을 건드리는 화려한 상징이라는 걸 새삼 느낄 수 있는. 등산하는 사람들이 아니더라도 하루 종일 차들이 드나들며 구경하는 사람들로 가득합니다. 사진을 찍고, 가득한 울긋불긋한 꽃을 줍고. 이번 토요일에는 카메라를 들고 가서 새빨간 배경 속에 자녀의 활짝 핀 웃음을 영원으로 아로새겨두는 낭만도 좋겠지요. 저도 이번 주에 아이들과 함께 꽃잎을 모아서 전지 크기 종이에 모둠별로 꽃그림을 그려봐야겠습니다. 시간이 아무렇지도 않은 듯 슬쩍 펼치는 축시법(縮時法)을, 그리고 그 속에 숨겨진 無言의 대화를. 일상이 강요하는 無心이 얼마나 우리들을 억죄었는지도.

저번 주는 지면이 짧아서 글이 산만하고 생략이 많아졌습니다. 사회와 문화, 이념과 현상 등등의 다양한 시선과 그 각각의 의미들이 분명 있을 텐데, 당연히 그 모든 것을 다 담을 순 없다 하더라도 결과적으로 제 스스로 앞에서 언급한 직진과 조급이란 일방에서 출발한 셈이 되어 글의 식견이 짧아져 아쉬울 뿐입니다. 무엇보다 이런 자리에서 아이들과 교육에 관한 이야기가 이상하게 점점 줄어들고 엉뚱한 이야기들이 무성해지는 느낌을 지울 수 없군요. 주제넘은 듯합니다만 그래도 포괄적으로 이 시대 현상의 천박과 가벼움의 일단을 떠올린 게 나름으로 의미가 있지 않은가 하는 자위도. 앞으로도 이 시대의 가치와 그 의미들을 교육이란 시선에서 제대로 이야기해보고 싶기도. 아무튼 죄송합니다.

하지만 무엇보다 오늘날 가장 심각하게 우려되는 부분은 언어가 함부로 훼손되고 있다는 점입니다. 우리들이 익히 알고 가치를 부여해온 언어가 오늘날은 훼손을 넘어 거의 해체 수준으로까지 치달은 점은 아무리 관대하게 보더라도 교육을 담당하는 처지에서는 받아들일 수 없습니다. 마치 떨어져 마구 밟히는 철쭉 이파리처럼.

시대에 따라 언어는 변하지요. 새로운 문화와 문명에 부합하는 언어가 창조되기도, 반대로 시대에서 속절없이 패배하여 사라지는 문화나 사물 등을 지칭하는 언어가 폐기되기도 하지요. 요즘 많이 쓰는 컴퓨터 언어 등이 전자에 속하고, 어떤 관점의 바탕을 이루는 기본 테두리의 생각이나 형편을 의미하는 〈처지〉, 어떤 일에 앞서서 먼저의 뜻인 〈우선〉, 어떤 일에 들어맞거나 어울린다는 뜻인 〈알맞다〉 등은 물론 은하수를 지칭하는 〈미리내〉나 조금 억지스럽지만 날아다니는 비행기를 의미하는 〈날틀〉 같은 아름다운 말들은 시대의 속도를 따라잡지 못하고 폐기되기도 합니다.

대신 〈입장(立場)〉, 〈일단(一旦)〉, 〈적당(的當)〉 등등 대개 일본말에서 차용한 듯한 말들이 널리 쓰이고 있습니다. 저번 주 언급한 폴란드 망명정부의 지폐처럼 힘없이 사그라드는. 서로 다퉈서 살아나는 말과 사라지는 말-, 그런 면에서 언어는 살아있는 유기체라고도 할 수 있겠군요. 근대 언어학의 시조로 불리는 스위스의 「소쉬르」가 언어의 그런 생물학적 특징을 염두에 두고 〈통시언어학〉이라는 명칭으로 고정했다고 알고 있습니다.

언어는 유기체란 특성에 맞게 자꾸 변해갑니다. 아기가 소년으로, 청년에서 어른과 노인으로 변하듯. 하지만 통상 언어라고 이야기하지만 말과 글이란 특징에 따라 〈음성언어〉와 〈문자언어〉로 나눌 수 있고, 둘 다 시대와의 상관에서 민감하게 반응합니다만 거시적인 측면에서 보면 조금 다르다고 할 수 있을 겁니다. 음성언어는 변화의 속도에서는 크게 느끼지 못할 정도지만 결과적으로 시간에 따른 변화의 양은 엄청납니다. 우리들 삼국시대 선조들의 말은 지금 사람들이 사용하는 말과 크게 다르지 않았습니다. 아마도 지금 사람이 시간을 점핑하여 그 시대로 갈 수 있다면 서로 대화를 할 수 있을 정도지요. 하지만 결국 유인원의 단음절 비명에서 오늘날 영어와 한국어, 인도어와 아프리카어 등등으로 엄청나게 갈라져 나왔습니다. 종내에는 엄청난 분화와 독립이 일어났지만 각각의 시대 단위에서 보면 변화를 감지하지 못할 정도로 미미합니다. 겨우 유행하는 말들 몇 개가 떠돌다 대부분 사라지지요. 음성언어는 말하는 사람이 명확하고, 그 파급이 물리적 공간에 한정하다보니 함부로 비틀거나 변환하기 어렵기 때문인 것 같습니다.

반대로 문자언어는 변화의 속도가 빨라 단위 세대에서도 이해하지 못할 정도로 분화가 일어납니다. 마음먹기에 따라 지금 당장 새로운 말을 만들어낼 수도 있지요. 계획적으로 입맛에 맞게 새롭게 분해, 조합, 재조립 할 수 있는 특성을 가지고 있습니다. 불특정 다수에게 무한정 프레임을 바꿔 보낼 수 있으며 또래끼리 통하는 문자도 많습니다. 이모티콘이라든가? 요즘 메신저 등에 많이 쓰인다는 〈ㅠ_ㅠ〉, 혹은 〈ㅋㅋㅋ〉, 또는 일견 귀엽고 재미있는 움직이는 이모티콘 등등. (이런 기호들을 평생 사용해본 적이 없는데 방금 처음 써봤습니다. 그것도 복사해서. 아이고, 이렇게 답답합니다. 제가.) 몇 년 전 '귀여니'란 이름의 학생이 이런 기호들을 단어 대신 삽입하여 「그놈은 멋있었다」란 인터넷 소설로 화제가 된 적이 있는 걸로 알고 있습니다.

그러나 지금 그런 문자들은 살아서 보편이 되지 못하는 경우가 많습니다. 대부분 사라지고 새롭게 살아남은 문자는 얼마 되지 않지요. 언어와 달리 문자는 보다 보수적이고 견고한 사회적 인식의 구조가 단단히 구축되어 있기 때문입니다. 함부로 만들어진 변화는 결국 우리들 바탕에 견고하게 새겨진 언어의 그림들에 예속되어 떠돌다 제풀에 사라지기도 합니다. 결국 요란스러웠던 것들이 사실은 장난에 지나지 않는다는 맨얼굴을. 예전 한글들을 보면 낯선 문자와 구문들이 보이지만 자세히 보면 그리 힘들지 않고도 읽어낼 수 있습니다.

하긴 음성이든 문자든 진화(進化)의 면으로 보면 다른 점이 없겠군요. 다윈의 진화론은 생명에 대한 해석이었지만 〈메타진화론〉은-스스로도 여기서는 무척 어울리지 않는 건방진 말이란 생각이 드는데-그 의미를 확산하여 언어의 변화도 충분히 이해할 수 있도록 했습니다. 비록 그 진화가 역주행 되어 도태되더라도 그 자체가 바로 변화와 전이의 진화로 이해할 수 있는.

요즘은 그 변화의 주범으로 가장 큰 영향을 끼치는 것으로 TV가 지목되고 있습니다. 오늘날 TV의 위력은 가히 절대적이지요. 스위치만 켜면 요설 같은 노래가 귀를 아프게 하고, 과장된 설정으로 도배된 드라마와 그저 호기심에 부화뇌동한 판타지 영화가 홍수처럼 쏟아져 나옵니다. 저는 단 한 마디 노래도, 한 장면 영화와 드라마도 보지 않았지만, 할머니에서부터 우리 아이들까지 모두 TV를 주제로 일상대화를 나누고, 읊조리고 있습니다. 저는 아직도 〈나꼼수〉가, 〈소시〉가, 〈슈스케〉, 〈무도〉, 〈나가수〉, 〈남자 1호〉가 무슨 말인지 정확하게 모릅니다. 시간이 아까워 그런 프로그램들을 하나도 보지 않았지만 하도 들어서 이젠 대강 알 수 있다는 착각이 들 정도입니다. 얼마 전에 〈스타킹〉이란 프로가 있음을 알고 무슨 그런 망칙한 프로가 다 있나 싶었는데 언듯 채널을 돌리다 마침 방송하는 걸 잠시 봤더니 다행히 민망한 그림이 없어 안심을 했지요. 알고 보니 〈스타+킹〉으로서 재주 많은 사람들 경연 쇼 느낌이 강해서 꺼버린 적도 있습니다만 뒷맛은 본래 스타킹보다 더 좋지 않더군요. 말로서는 당위와 의미가 많겠지만 결국 대중들을 상대로 한 장난스런 예능, 그것도 소리가 요란스런 쇼에 지나지 않는다는. 그렇게 줄임말이나 억지로 꾸민 외국어 겹말이 함부로 국민적 유행가로 불려지는, 아니 범람하는 것도 과연 진화로 봐야 하는지…. 개그는 무슨 유행어 경연장처럼 음성언어를 비트는데 우주적 신기(神技)를 가지고 있더군요. 근래 몇 번 작정하고 본 인상으로 말하자면 가관입니다. 어느 웃기는 개그맨이 "좋다"란 말을 "조으다"로 문법을 깨뜨려 말하더군요. 우리 아이들도 당연히 늘여서 멋있게 사용하고. 이상한 억양으로 "째끼야"나 "구뤠" 같은 빛나는 신조어들이 신상품처럼 아이들에게 판매되고 있습니다. 프레임이 해체된 돌연변이 〈키메라 언어〉는 우리의 정신을 마비시키고, 〈파블로프의 개〉처럼 자동화시키고, 이성이 아닌 감각과 짜릿한 자극으로만 반응하는 자동로봇으로, 진화가 아닌 퇴화로 달려가게 합니다. 아무 것도 모르고 함부로 언어를 비트는 아이들, 감각기관만 발달한 이상한 연체동물처럼 흐느적거리는 이 시대 허물어진 애늙은이들이 불쌍할 따름입니다. 전국민의 예능화. 대중화, 놀이화, 그저 일률적 장난으로 몰고 가는. 자신의 서식지를 차츰 넓히며 세상을 정복하는. 개그를 하지 않으면 대접도 받지 못하며, 모든 상황을 저급으로 치닫게 하는!

선거는 끝났지만 이번 정치판에서도 그렇게 문법을 깨뜨린 사람들이 오히려 당당하게 활보하더군요. 사전에도 없는 〈쫄지마〉가 정통으로, 도대체가 저속하기 짝이 없는 〈가카빅엿〉이 조소로, 〈노인네 다니지 못하게 계단을 어쩌구~〉 하는 막말이 정의처럼 세상을 휘젓고 있습니다. 왜 정당하게 논리와 대화와 증명과 판정을 내세우지 못하고 아무런 가치도 없는 바보들의 독설, 비판, 회절, 배반적 언어들을…. 그들 평생의 순수했을 삶이 그 단 한 마디로 제게서 부정당하는. 아마도 알고 싶지 않고, 받아들이고 싶지 않은 사실들에 대한 반동, 거절, 기피하고 싶은 심리가 작동되지는 않았는지!

'하이데거'는 언어를 〈존재의 집〉이라고 했습니다. 이 말은 바꾸어 말하면 언어가 〈존재의 감옥〉이란 말에 다름 아닙니다. 언어로 존재하는 인간이 거꾸로 그 주체인 인간을 한정하고, 그 틀에서 존재시키는. 문법을 깨뜨린 독단의 언어는 인간을 동물적 수준으로 〈존재의 감옥〉에 단단히 포박시켜버립니다. 언어의 정교한 의미화와 빛나는 구실을 그저 단순히 날선 공격용으로 역설해버리는.

어릴 때의 언어는 뇌에 화살처럼 박혀 정신을 평생 지배한다고 합니다. 저도 어릴 때의 어떤 풍경 속에서 누군가 한 말들을 여태 기억하고 있습니다. 그 사람이 부모형제가 될 수도 있고 이웃집 사람이 될 수도 있습니다. 그 사람들이 한 말과 풍경이 고향과 관련하여 주홍글씨처럼 뇌리에 굳게 낙인이 되어있습니다. 절대로 잊어버릴 수 없는. 그래서 가끔 세상의 언어와 그 언어를 태생시킨 사회의 저급에 상처를 받았다고 생각할 때마다 스스로를 복원하려는 강렬한 원망으로 지금은 흔적조차 희미해진 고향 등대를 찾아 순례하기도 합니다. 그들의 말과 존재와 풍경이 사라진 지금 남은 것은 그 추억 속 고향 사람들이 내뱉던 말과 웃음과 표정뿐이란 안타까움으로 지금은 생판 낯설어진 고향 술집에서 술을 마시며 이상화시킨 추억에 과도하게 집착하곤 하지요.

그런 언어의 감옥에 갇힌 우리 아이들의 미래는 어떤 풍경으로 채워질까요? 부모의 사랑 속에 아늑하게 지내다 어느 날 문득 모든 것이 사라지고 황야에 던져진 아이의 마음에 새겨지는 풍경은 아마도 우울한 잿빛 그림과 언어는 아닐까요? 그 아이가 거친 세상을 살며 부드럽고 온화한 신사로 산다 하더라도 그것은 가면적인 포즈일 뿐 내면은 잿빛 언어에 갇혀 살 수밖에 없습니다. 저는 고향이 존재하고 순례를 통해 마음의 치유를 할 수 있지만 이 아이들은 어디서 어떻게 피곤한 마음을 달랠 수 있을까요? 요즘 〈힐링-healing〉이란 말이 유행인데 살벌한 세상을 살아내는 피곤한 마음을 달래주지 않으면 처참한 마음을 새기고 계속 살아가야 하는 피곤한 인생이 될 것입니다. 어쩌면 진홍의 철쭉 터널은 그 알싸한 그림과 냄새로 우리들 인생을 위로하려고 속살을 보여준 건 아닌지.

독설과 비판과 회절과 배반적 언어에 물든. 그만큼 언어는 소중하고, 곱게 내면에 재워두어야 할 것입니다.

제(9)주 학습지도 계획안

(2012년 4월 23일 ~ 4월 27일) 4학년 2반

부박(浮薄)과 즉물(卽物), 그리고 극복

≡ 화요일인 4월 24일에 〈학업성취도 평가〉가 있습니다. 자와 각도기 등등도 필요하니 유인물을 보시고 준비해주시면 고맙겠습니다.

목요일 저녁에 학교설명회 겸 학교폭력 학부모 연수가 있었습니다. 생각보다 많은 분들이 오셨지요. 저도 그런 연수를 많이 받았고, 일상에서 아이들 사이에서 일어나는 자그마한 폭력들을 많이 접해서 그런지 잘 알고 있는 내용들이지만 여러 학부모님들에겐 그게 좀 애매한 부분들도 있는 것 같습니다. 물론 강사의 강의 방식에 따라 수용의 정도나 의미가 조금씩 달라지겠지만.

세상의 여러 부면이나 가치들은 실체보다 〈수용의 방식〉에 따라 제각각 다르게 짜여있지 않을까 라는 생각이 들기도 하는군요. 예를 들면 예술작품은 그 자체보다 그것에 반응하는 사람들의 생각과 느낌에 따라 다른 모습을 하고 있다는. 다시 말하면 객체는 주관에 따라 또 다른 의미를 획득하고 다양하게 변신한다고 할 수 있을 겁니다.

아마도 그런 양방향, 또는 변신의 그 가장 최전선의 분야가 현대 미술이 아닐까 싶군요. 통상 '앤디 워홀(Andy Warhol)'로 대표되는 〈팝 아트〉라

는 이름으로 불리는 현대 미술은 대상과의 수용성에 주목하고 하나의 일러스트 같은, 또는 시안(試案)용 광고물 같은 '마릴린 몬로'의 실크 프린트나 패널 작품을 마구 찍어내지 않았을까 생각합니다. 같으면서도 제각각 다른 마릴린의 모습에서 우리는 수용의 다양성을 자신도 모르게 선택하게 되는.

다음에 시간이 된다면 팝 아트에 대해 좀 더 깊이 이야기해 보고 싶군요.

작년 대구 중학생의 자살 사건은 뚜렷한 범죄로 인식되는 폭력성이 부각되었지만, 며칠 전 영주에선가에서 자살한 학생의 경우 가해자는 폭력성이 분명 없었습니다. 그저 반갑다거나 가벼운 장난으로 친구를 대했겠지요. 등을 가볍게 친다거나, 농담으로 욕을 한다거나, 물건을 빌렸다 깜박 갚지 않았다거나…. 아마도 학부모들 대다수가 뭘 그런 장난을 폭력으로 몰아붙이느냐고 할 수 있습니다. 그러나 그런 장난을 온전히 받아내야 하는 학생의 처지에서는 엄청난 고통이 될 수도 있지요. 행위 자체 속에 깊숙이 날카로운 갈고리를 숨겨둔 평범한, 아니 엄청난. 앞에서 이야기했듯 모든 결과는 수용의 문제고, 죽은 아이는 수많은 마릴린 중에서 〈검은〉 프린트를 선택할 수밖에 없었다는 점입니다. 오늘날 학교폭력의 대원칙은 〈아픈 아이의 마음에서 출발〉해야 합니다.

저희 반에도 언제나 그런 숨겨진 폭력이 있고, 그것 때문에 고통을 당하는 아이들도 있습니다. 심지어 제 앞에서 서럽게 울기까지 했습니다. 그러나 상대는 그저 장난이나 습관이었을 뿐입니다. 자신이 무슨 짓을 하고 있는지 전혀 눈치도 채지 못하는. 대상은 사라지고 존재하는 것은 오직 현재와 자신뿐입니다. 그래서 학교폭력은 존재에 대한 문법을 성찰하게 하지요.

앞에서 말했듯 팝아트 화가들은 〈나의 바깥에 있는 대상에 대한 망각성〉을 장난 같은 그림들로 표현한 것인지도 모르겠습니다. 현대의 촘촘한 기계 같은 사회에서 존재하는 것은 오직 현재의 나 혼자뿐, 모든 것은 프린트된 대상으로 존재하게 되지요. 만화를 회화에 도입하여 팝아트의 대표적 작가가 된 '로이 리히텐슈타인'의 〈Drowning Girl-물에 빠진 소녀〉라는 작은 스케치를 보면 여인이 물에 빠져 죽어가면서도 철저히 도움을 외면하고 죽음을 받아들입니다. 고통마저 휘발되고 희화화된 팝 아트의 작품들은 존재를 분해하고, 망각하고, 폭력적으로 폐기처분하는 현대의 야만성에 대한 경고일지도 모릅니다.

그런 의미에서 현대는 부박(浮薄)과 즉물(卽物)이 판치는 사회가 아닐 수 없습니다. 다양한 세상의 가치들이 그림자처럼 사라지고 오직 개인의 현재성만으로 존재하는. 예전에는 현상 건너편에 존재하는 인간의 조건들을 충분히 이해하고, 판단과 행동의 바탕으로 세웠지요. 지하실 봉제공장에서 작업복 사이로 땀을 흘리며 일하는 저 창백한 처녀의 가슴에는 한때 〈어화둥둥 내 사랑〉하며 공주처럼 끔찍이 귀여워해주시던 부모님이 계셨고, 땀 흘리며 음식을 나르는 보잘 것 없는 저 식당 아줌마에게는 얼마 전 대기업 입사 시험에 합격한 자랑스런 아들이 있고, 지하도 차가운 바닥에서 거적을 깔고 누운 노숙자의 꿈속에는 뒷산에 올라 원대한 꿈을 가르쳐주던 듬직한 아버지가 있었으며…. 그런 숨겨진 이야기들을 읽어낼 수 있다면 아마도 장난 같은 팝아트의 그림들은 존재하지도 않았을 겁니다.

시간과 존재, 그리고 그 사이의 〈관계〉라는 명제를 던져버린 현대인은 그래서 인간성을 잃어버리고 고집스런 이념과, 장난스런 행동과, 얕은 판단과, 저속한 언어와, 그리고 박제처럼 프린트된 자아로 존재합니다. 그런 분열적 자아로는 세상의 관계와 입체적 모습을 보지 못하고 단순한 평면으로만 보게 되지요. 막말로 품격을 떨어뜨리는 정치와, 황금제일주의에 포박되어 물신화된 경제와, 깊이가 없는 가십처럼 겉멋에만 물든 문화와, 함부로 세상을 일률로 도배한 개그와 드라마와 스포츠와 섹스와 패션으로 치장한 사회와…. 현대는 아무래도 제가 알던 세상에서 너무 멀리 떠나온 것 같습니다. 어쩌다 어느 우주 한가운데로 뚝 떨어져 헤매는 SF의 허망한 오딧세이 신세가 되어버린 듯도.

그러나 다행히 이번에 역사와 숨겨진 숨결을 읽어낼 수 있는 오브제를 찾아낼 수 있었습니다. 며칠 전 아이들을 가르치는데 교과서에 옛날 노래가 나오더군요. 1930년대 초반에 만들어져 유행했던 「그리운 강남」. 가곡으로, 유행가로, 그리고 동요로…, 다양한 모습으로 자리매김한 옛노래면서도 4~50대 이후 세대들이 어릴 때 많이 불렀던 노래입니다. 어쩌면 그런 노래가 교과서에!

그리운 강남(江南)

辭 : 김석송(金石松)

曲 : 안기영(安基永)

唱 : 윤건영(尹鍵榮), 왕수복(王壽福), 김용환(金龍煥)

음반 : 1934년 컬럼비아 레코드

1

정 이월 다 가고 삼월이라네.

강남 갔던 제비가 돌아오며는

이 땅에도 또 다시 봄이 온다네.

아리랑 아리랑 아라리요
아리랑 강남에 어서 가세.

2
하늘이 푸르면 나가 일하고
별 아래 모이면 노래 부르니
이 나라 이름이 강남이라네.
아리랑 아리랑 아라리요
아리랑 강남에 어서 가세.

우리 음악 초창기 제국주의 일본이 만든 〈성우회(星友會)〉라는 어용 동요단체가 최초로 취입한 노래입니다. 본래 8절까지 있는데 위에서는 지웠습니다.

본명이 '김형원(金炯元)'인 석송은 동아일보 창간 멤버로 6·25 때 납북되어 현재까지 생사가 불명입니다. 당시 '홍난파', '현제명' 등 정통 순수 음악가들과 어깨를 나란히 한 시인 및 작곡가이자 성악가인 팔방미인 '안기영'이 우리 민요 「아리랑」을 원용하여 만들었다고 하고, 왕수복은 소설가 이효석(李孝石)의 연인이었지만 그가 죽자 보성전문대학 교수로 있던 '김광진(金光鎭)'과 결혼했습니다. 북한의 김일성에게서 팔순 잔치상을 받은 이야기는 유명하지요. 그런데 거기에 유명한 여류시인 '노천명(盧天命)'과도 얽혀 그들의 삼각관계가 남북한에서 한동안 세간의 주목을 받기도 했습니다. 또한 월북하여 북한에서 공훈배우라는 최고의 훈장을 받은 초창기 테너 '윤건영'은 그 당시에 보기 드물게 정식으로 성악을 공부한 사람이며, '김용환'은 한국 가요의 전설 「눈물 젖은 두만강」을 부른 가수 '김정구'의 이복형으로 당대 가요계의 대부로까지 불린 사람이어서 초창기 문학과 성악, 유행가요의 스타 세 사람과 관련된 중요한 노래입니다. 하긴 그땐 아직 노래가 여러 의미와 장르로 분화되기 전이었지만.

무엇보다 선율, 박자 등이 아이들이 쉽게 따라 부를 수 있는 동요적 요소가 많아 제가 직접 본 바로는 50년 중반부터 60년대까지 여자아이들이 고무줄놀이를 할 때 많이 부른 기억이 남아있군요. 고무줄을 끊고 용용 놀리며 도망가던 개구쟁이 기억도.

이 노래는 가수 '장사익'이 서울 아시안게임 때 불러 많이 알려졌다고 알고 있습니다만 곡조를 달리하였고, 가사도 조금 틀리게 하여 불렀다고 하더군요.

과연 낡은 시간 속에 박제된 이 노래가 우리 아이들 입에서 불려진다는 게 가당키나 하겠습니까? 그저 신기할 따름입니다. 문득 역사가 살아 파노라마처럼 펼쳐지고, 거친 음영의 흑백화면 속에서 아이들이 이 노래를 부르며 고무줄놀이를 하는 3D 영상이 순식간에 달려오는 것 같군요.

연전에 본 『쥬만지-Jumanji』나, 『박물관은 살아있다-Night at the Museum』 같은 영화들도 그런 코드들을 가지고 만들어진 것을 보면 역사가 마냥 현대에 패배되어 함부로 폐기되고 있는 것만은 아니구나란 안도가 들기도 합니다.

현대의 화려한 컬러와 액션이 아닌 낡은 흑백화면 속에서 펼쳐지는 영화 「사랑방 손님과 어머니」에서 이루어질 수 없는 사랑의 서정시(敍情詩)를, 지금도 노래방에서 신나는 트로트로 불려지는 유행가 「찔레꽃」이 사실은 붉은 황혼 속에서 눈물짓는 슬픈 허수아비-정신대(挺身隊) 여인들을 위한 레퀴엠(Requiem-진혼곡)인 것을 현대가, 아니 우리 반 아이들이 눈치챌 수 있으면, 그렇게 자랐으면 좋겠습니다. 역사가 온전히 사라지지 않고 영속된다는 것은 존재의 근원을 찾는 의미를 가지고있다는 뜻이니까요. 즉물과 부박의 화려한 껍데기를 벗어던지고 세상의 이면에 숨어 있는 깊은 뜻을 찾아낼 수 있다면 어떤 종교보다도 더 스스로의 정신을 구원할 수 있을 것입니다.

참, 그 역사를 잇던 가닥의 한 분이었던 가수 겸 작곡가 반야월(半夜月-가수명은 진방남-秦芳男)이 얼마 전에 돌아가셨습니다. 제가 예전에 옛가요에 대한 평론, 아니 수상(隨想)을 조금 썼던 관계로 몇 년 전 서울에서 만났을 때 정정하다고 말씀드렸더니 "사람들이 원하면 백 살까지 살아주지"라며 웃던 모습이 훤한데 백수에 가까운 연세에. 과연 역사는 그렇게 형편없이 묻혀지는 걸까요? 즉물과 부박은 〈눈물젖은 두만강〉을 이미 폐기처리하지나 않았는지!

⇒〈그리운 강남〉에 대한 해석을 글로 표현한 적이 있습니다. 일종의 독립가의 의미를 가지고 있는. 학부모님들께 게시할 성격이 아니어서 죄송합니다.

제(10)주 학습지도 계획안

(2012년 4월 30일 ~ 5월 4일) 4학년 2반

어느 분의 전화를 받았습니다. 선생님에게서 이런 글을 받아보기는 처음인데 참 신선하고 좋다고. 그런데 A4 용지 양면으로 한두 장 되다 보니 집중해서 읽기가 좀 힘들다고 하는군요. 제가 부담을 드리지 않겠다고 했지만 받아보시는 학부모님들은 선생님 글이라선지 아마 집중해서 모두 읽으려고 하는 것 같은데 그게 꽤 부담스러울 것 같다는 생각이 들기도 하군요. 몇 분은 좋은 시도며 읽으면서 많은 생각을 하게 된다는, 예전 청춘 시기에 가졌던 낭만과 열정을 되돌아보는 기회여서 머리가 끄덕여진다라고도.

어쩌면 교직의 마무리라는, 한 개인으로서는 대사회적 몸짓의 마침표를 찍는 시점에서 스스로를 돌아보고, 그 속에서 세상의 여러 부면들과 만나는 개인의 내면을 확인하고 싶은 생각이 강했던 모양입니다. 그렇더라도 정제되지 못한 개인의 생각이 강하게 드러나는 이런 난삽한 글을 학교에서 부모님들에게 보낸다는 것 자체가 알맞은, 아니 옳지 못하다 싶기도 하지만.

생각해봤는데 의견을 주신 어느 학부모님의 말처럼 학교 홈페이지 저희 반 게시판에 올리는 것이 좋겠다는 생각이 드는군요. 그러면 번거롭게 프린트 과정을 거치지 않아 좋고, 학부모님도 주별로 필요한 정보를 얻기 위해 여분의 잡설(雜說)을 대하는 부담도 적을 것 같기도. 우선은 다음 주부터 그렇게 해볼 생각입니다. 또 다른 의견이 나오면 그때 봐서. 아무래도 제 글이 건방으로 비쳐지는 부분이 많을 수도 있겠는데 그래서 반성할 부분도 분명 있고, 쓰지 말라고 하면 그렇게 할 생각입니다. 다만 위에서 언급했듯 꼭꼭 가라앉아 있는 제 내면의 풍경을 풀어보고 싶다는 욕망이 그렇게 잠재되어 있음을 부정하지는 못하겠습니다. 우선은 좋은 의미로 봐주시기를 바랄 뿐입니다. 어쩌면 이런 글을 매주 읽어보는 특별한 경험으로 생각해줬으면 합니다.

아 참! 제 이름을 보고 저를 《부산○○대학교》의 유명한 영어 교수님으로 착각하는 분도 계신데 원! 공무원으로 존재하는 초등교사가 대학 강단을 함께 넘나들 수 있겠습니까? 제 영어는 고등학교 수준에도 못 미쳐 괜히 얼굴이 화끈거리는군요. 하긴 그분은 희한하게도 저하고 성과 이름이 똑 같아(한자는 아마 다를 거라고 생각합니다만.) 그럴 만도 하지요. 그분은 저보다 연배가 꽤 젊은 패기만만한 신진 학자로 알고 있습니다. 모르긴 해도 그 계통으로는 학계에서 이미 인정받는 쟁쟁한 분인데 절 영광스럽게도! 신기한 일은 예전 학교에서 그분의 자제를 한때 가르친 적이 있는 것 같다는 생각도. 뭐 담임으로서가 아니라 옆 반 학생으로 교환 수업 비슷한. 어쨌든 저로선 영광입니다. 우와, 교수님이라니!

화려(華麗)와 침묵(沈默)

≡ 어린이날은 공휴일로 국악, 논술, 종이공예, 돌봄교실 등 〈학교 속 토요스쿨〉을 운영하지 않습니다. 또한 4일(금)은 어린이날을 맞아 기념으로 간단한 달리기와 게임 등을 할 예정입니다. 체육복을 준비해옵니다.

이번 4월 중간시험을 치른 결과 아이들 성적이 대체로 무난한 편이었습니다. ○○이와 △△이, □□는 예상대로 좋은 성적을 냈고, 몇몇 아이들도 평균적인 자기 성적을 낸 것 같습니다. 또 예상 밖으로 어느 과목에서 좋은 성적을 내기도. 하지만 더 많은 아이들은 전과목에서, 혹은 몇몇 과목에서 기대에 미치지 못하는 성적을 받았다는 생각도 드는군요. 장난꾸러기에다 큰소리만 뻥뻥 치더니 이 녀석들을 어디! 후후!

·

미국 무성영화시절은 세계의 최강국으로 부상하던 미국의 역동적인 조류를 타고 화려하게 발전하던 시대였습니다. 당대의 배우는 스타로 대중의 열광을 먹고 사는 영웅들이었지요. 할리우드는 미국 영화의 메카로 화려한 영웅들의 전설을 세상에 마음껏 쏟아내던 영상시대의 아이콘으로 자리 잡았습니다. 그러나 동시에 새롭게 나타나는 배우들이 있으면 사라지는 낡은 영웅들도 있기 마련이지요. 『바람과 함께 사라지다-Gone with the Wind』의 '클라크 게이블', 『뜨거운 것이 좋아-Some Like It Hot』의 '마릴린 몬로', 『황금광 시대-The Gold Rush』의 '찰리 채플린'…. 그들은 영상이라는 판타지(Fantasia)의 무지개를 타고 아메리카의 꿈을 사람들 가슴에 너울거리게 했습니다. 그러나 그 이면엔 당연히 자신의 시대가 저물어가는 걸 좀체 받아들이지 못하는 안타까움을 소재로 한 영화들도 만들어졌습니다. '로버트 알드리치' 감독의 62년 작『베이비 제인에게 무슨 일이-What Ever Happened to Baby Jane?』란 영화가 그런 화려와 유폐(幽閉) 속에서 점점 파멸해가는 모습을 보여주었다고 알고있습니다만, 그런 내용의 영화 중 백미로 50년 '빌리 와일더' 감독이 연출한『선셋대로-Sunset Blvd』란 영화가 있습니다. 선셋대로는 할리우드를 상징하는 유명한 비버리 힐즈 근처에 있는 큰길 이름이라고 하더군요. 여기를 중심으로 할리우드가 발전했다고 알고 있습니다. 그러나 'Sunset'이란 단어 자체가 일몰(日沒), 해넘이의 뜻을 가지고 있는 걸 보면 밝고 활기찬 내용보다 사라져가는 우울한 의미를 복합적으로 드러내고 있다는 생각이 드는군요. 제 생각으론 그 영화는 범죄라든가 음모, 폭력 등 어두운 분위기의 영화를 뜻하는 〈필름 느와르-Film Noir〉의 고전 명작으로 불러도 손색이 없다는 생각입니다.

전세기(前世紀)의 발뒤꿈치인 1899년 태어났던 왕년의 명배우 '글로리아 스완슨-Gloria Swanson'이 연기한 〈노마 데스몬드〉는 무성영화시절의 화려한 대배우였지만 자신의 시대가 썰물처럼 빠져나가는 것을 받아들이지 못합니다. 아무도 찾지 않는 낡은 성에서 화려했던 추억의 집착과 환영, 망상과 광기로 살아가지요. 어느 날 우연하게 자신의 성을 찾아든 시나리오 작가 〈조셉 길리스〉를 만나 새롭게 영화를 시작하려고 하지만 그가 자신에게서 벗어나려고 하자 그를 죽이고, 경찰들 앞에서 조명등처럼 터지는 플래시 속에서 마치 영화 〈살로메〉를 찍는 것으로 착각하고 도도한 배우처럼 2층 회랑 계단을 내려옵니다. 시간의 우울한 함정 속에서 현실과 교차 되는 망상의 디테일이 압도적인 블랙 코미디의 우울한 고전이 됐습니다. (제가 그녀의 또 다른 영화인 31년 작『무분별한 처사-indiscreet』도 소장하고 있습니다. 20세기 초기의 흐릿한 흑백영화를. 제가 아는 한 아마 우리나라에서 19세기 배우인 그녀가 출연한 영화를 소장하고 있는 사람은 저 혼자뿐이 아닐까 싶은 자랑, 아니 건방도.)

어떤 분이 제게 가는 세월에 대한 아쉬움을 이야기하더군요. 세모가 되면 확실히 그런 아쉬움이 진하게 옭아매는 것 같습니다. 어쩌면 아무렇게나 떠나보낸 세월에 대한 우울한 이미지와, 한 조각도 되지 못하는 미래에 기대 살아야 하는 절망과….

그분의 말을 듣고 저는 우탁(禹倬)의 탄로가(嘆老歌)가 생각났습니다.

> 一手杖執又一手荊棘握(한 손에 막대 들고 또 한 손에 가시 들고)
> 老道荊棘防來白髮杖打(늙는 길 가시 막고 오는 백발(白髮) 막대 치랴터니)
> 白髮自先知近來道(백발이 제 몬져 알고 즈럼길로 오더라)

우탁은 1300년대 전반에 살았던 사람인데 저와 성(姓)이 같은, 먼 할아버지뻘인가 합니다만 어쨌든 이젠 제가 그 노래를 부를 차례인가요?

아주 오래 전에 부산 출신 소설가의 단편 하나를 읽은 기억이 납니다. 아마 제목이 「종이비행기」인 걸로 기억합니다만. 주인공은 선셋대로의 주인공 노마처럼 예전 은막을 주름잡던 히로인 출신이었지만 지금은 세월과 함께 잊혀진.

그녀는 현재의 유폐된 추락을 받아들이지 못하고 다만 화려했던 추억만을 반추하며 살아갑니다. 기나긴 기다림의 끝에 나타난다는 파랑새를 간절히, 간절히 기다렸지만, 그러나 그 전에 고절(孤切)과 절망이 그녀를 거의 짓이겨 놓게 되고. 그에 따라 정신이 이상하게 변질되고, 판단은 왜곡되는 상황 속에서 언제부턴가 아파트 창문을 통해 크고 작은 종이비행기를 날리기 시작합니다. 마치 세상에 자신이 살아있음을 알리기라도 하듯.

그렇게 유폐된 생활을 하던 어느 날 자기도 모르게 가스 밸브를 열어놓고 칙칙거리는 죽음의 소리를 들으며 마지막 비행기를 날립니다. 아파트 건물 사이로 날아가는 비행기를 한참 쳐다보다 문을 닫는….

종이비행기는 개인이 아니라 우리 개개인들 모두 젊은 날의 굿바이였으며, 연대기적(年代記的)인 한 시대의 종언(終焉)에 대한 부고장이었습니다.

70년대에 유행했던 노래 「봄비」를 아십니까? 흑인보다 더한 흑인의 영혼을 지녔다는 한국 소울 음악(soul music)의 대부로 불리던 슬픈 영혼의 가수 '박인수'의 노래였지요.

이슬비 내리는 길을 걸으며
봄비에 젖어서 길을 걸으며
나 혼자 쓸쓸히 빗방울 소리에
마음을 달래도 외로운 가슴을 달랠 길 없네
한없이 적시는 내 눈 위에는
빗방울 떨어져 눈물이 되었나
한없이 흐르네....

그가 영혼을 쥐어짜는 거칠고 투박한 3단 고음으로 절규하듯 부른 봄비는 국내 대중음악사의 전설로 남아있습니다. 지금도 마니아가 형성되어 활동하고 있을 정도지요. 아마 우리 학부모님들도 대부분 자신 있게 흥얼거릴 수 있을 것으로 압니다.

그렇지요. 언제까지나 젊은 감수성으로 존재할 것 같았던 박인수!

그런데 몇 년 전 그 박인수가 경기 고양시에 있는 노인요양시설 〈행복의 집〉에서 벌써 7년째 암과 치매로 투병하고 있다고 하는 기사를 읽은 기억이 나는군요. 암과 치매는 돌이킬 수 없는 병이고, 그래서 이제 재기는커녕 종이비행기의 주인공처럼 쓸쓸한 말년을 보내다 사라질 수밖에 없을. 파킨슨병까지 겹쳐 몸마저 떨고 있다는 그! 그토록 시대의 외로움에 눈물을 흘리던 영원한 보헤미안이 육체와 정신의 감옥 속에서 자신의 모든 것들을 함께 유폐시키고 사라질 운명이라니!

그는 비운의 뮤지션이었지요. 북한이 고향으로 한국전쟁 중 남쪽으로 피란을 내려와 어머니와 함께 살다 7살이 되던 해에 전북 정읍역 부근에서 길을 잃고 졸지에 고아가 되었다고 합니다. 미국에 입양되었다가 귀국했으나 어디에도 소속될 수 없었습니다. 미 8군에서 노래를 시작했지만 두 차례의 결혼 실패와 대마초 사건 등으로 일선에서 물러나게 됩니다. 딸은 미국에 있고, 아들은 일본에서 음악 활동을 한다고 하지만 아버지를 찾지 않는다고 하더군요.

월요일 신문에서 그 박인수가 KBS 아침 다큐 〈인간극장〉에 출연한다는 기사를 봤습니다. 수업 시작 전이어서 볼 수 있었습니다.

TV 속에서는 중늙은이가 어눌한 말로 〈봄비〉를 불렀습니다. 꾸부정한 몸에 노래도 제대로 부르지 못하는 노인-, 바로 박인수였지요. 영락없는 시중의 보통 노인 모습이었지만 몇 년 전 다 죽어간다던 때보다는 그래도 좋아진 모습이어서 안심이 되더군요. 아들도 찾아오고, 췌장암과 저혈당은 거의 완치되었다고 합니다. 그러나 단기기억상실과 당뇨로 완연한 병자의 모습은 그대로였습니다. 기초생활수급자가 되어 11년째 어렵게 살아간다고 하던데, 그 행색에서 전성기의 흔적을 찾는 건 애초에 불가능했습니다. 의사 앞의 그는 무력했고, 아직도 찾아주는 사람들에게서 겨우 추억을 먹고 사는 모습이었습니다.

그에게서는 삶의 수수께끼가 낙인되어 있었습니다. 20년이라는 시간 속에 〈화려와 침묵〉이라는 중의(重意)가. 그 낙인은 인생이 아름답게만 구성되어 있지 않고, 결국 마멸의 올가미에 매여 있음을 각성시켜주는군요. 현재를 사는 사람들은 미래를 마냥 아름다운 꿈의 몫으로만 남겨두려고 하지만 어제의 강물에 두 번 다시 발을 담글 수 없다며 만물은 유전(流轉)한다고 한 '헤라클레이토스'의 판타 레이(Panta rhei-모든 것은 흐른다)'를 떠올린다면 여전히 올가미가 목에 매여 있음을 새삼 깨닫게 됩니다. 그림자처럼 침묵의 중의와, 고절(枯折)의 절망과, 유폐의 추락이.

박인수의 목에는 은색 목걸이가 걸려있다고 했습니다. 한사코 잃어버리지 않으려고 했다던데 마지막 남겨둔 꿈의 한 자락은 아닌지, 어쩌면 침묵과 고절과 유폐를 탈출하려던 종이비행인지도!

우리 아이들에게 절대 잊지 않아야 할 인생의 비밀을 가르쳐줘야겠군요. 인생은 〈화려〉로서가 아니라 〈멸망〉으로 존재한다는 걸. 그래서 그만큼 인생이 귀중하고, 허비해서는 안된다는. 이번 시험에 좋은 성적을 얻지 못한 아이들은 자신을 돌아보고, 바라는 인생을 구현하기 위해서 새로운 각오를 하였으면 좋겠습니다.

저번 주에 이어서 이번에도 음악과 그로 인한 삶의 의미와 관련된 이야기를 했군요. 이미 흘러가버린 노래와 그 주인공들을. 모두들 삶의 뒤란으로 마지막 종이비행기를 날리고, 그리고 문을 닫아버렸습니다.

제(11)주 학습지도 계획안

(2012년 5월 7일 ~ 5월 11일) 4학년 2반

열린 사회의 적들

≡ 5월은 가정의 달이군요. 5, 6학년 수학여행이 있고, 어린이날, 어버이날, 스승의 날 등으로 들뜨는 계절입니다. 아이를 위해 즐거운 시간들을 가졌으면 합니다.

예전에 오스트리아의 철학자로서 '칼 포퍼-Karl Popper'란 사람이 있었습니다. 그가 쓴 책 중에서 가장 유명한 책이 바로 『열린 사회와 그 적들』입니다. 우리나라 상황과도 관련하여 한동안 독서 시장에 열풍을 일으킨. 그는 자유 민주주의의 신봉자였습니다. 모든 개인의 삶은 지고지순하며, 자유롭고 평등하다는. 인간은 그 어떤 정신으로도, 설혹 그게 절대적인 신성(神性)이라 하더라도 함부로 개인들을 파괴할 수 없다고 했습니다. 그래서 국가나 사회 체제 전체가 유기적으로 〈열린 상태〉로 존재해야 하는데 현대의 상황은 그렇게 한가하지 않다고 생각했습니다. 많은 모순들이 그런 열린 세상을 파괴하는 적들로 둘러싸고 있다고 판단한 거지요. 과연 20세기 전반기는 나치나 공산주의, 매몰된 역사주의나 편협한 종교 등등이 사람들을 파괴하는 참혹한 세상이었습니다. 1, 2차 세계대전이 일어났고, 〈홀로코스트-Holocaust〉라는 광풍이 불기도 했습니다. 현대에도 그런 세상의 모순은 종교로, 자연재해로, 정체(政體)로, 또는 과학과 자본주의… 그렇게 인간에 대한 비정한 공격을 계속하고 있습니다. 그야말로 인간은 삶의 주인이 되지 못한 채 소모품으로 격하되었고, 세상은 〈닫힌 사회〉로 패권경쟁에 광분하고 있었습니다. 절대 권력을 휘둘렀던 왕조 시대에 못지않은, 인간의 가치가 함부로 훼손되던 시대였습니다.

그때와 비교하면 지금 시대는 분명 정치나 종교 등등의 모순들이 힘을 잃은, 대체로 차분하고 안정적인 시기가 아닌가 합니다. 민주주의가 지구상 전체에 당연하게 받아들여지고, 사람들을 억압하는 모든 체제와 사상과 종교와 권력 등이 20세기 전반기의 광풍 같은 에너지를 얻지 못하고 일부에서나 겨우 미미하게 존재하고있다고 생각할 정도지요. 그야말로 인본주의가 최고선으로 세상을 지배하며 인간들 사이의 모든 가능성은 열려있는 시대인 것 같습니다. 축복받은 세기가 아닐 수 없습니다.

하지만 우리가 외면할 수 없는 사실이 있는데 '찰스 다윈'의 〈진화론〉이 계속 진행되고 있다면 미래는 과연 어떻게 변해갈까요? 예전 초기 우주전쟁류의 책이나 영화들에서 볼 수 있었던 문어 닮은 사람? 흉측한 모습으로 인간을 살육하는 프레데터 전사? 기계에 육체를 짜깁기한 안드로이드? 아니 의식과 가치와 판단 자체가 우리와 다른?

아주 오래전 MBC 텔레비전에서 『인류, 그 이후-after mam』란 가상 다큐를 본 적이 있습니다. 그 프로에서 미래는 인류까지 포함하여 생물들이 제각각의 진화법칙에 따라 다양하고 기괴한 모습으로 존재하고 있었습니다. 동식물이 결합된 형태는 물론 사람마저도 인격이나 제도, 환경 등이 극단적으로 진화해 도저히 현실의 인간과 연결되지 않았습니다. 즉 사람과 다른 동물, 또는 생명 일반과 구별이 없어지는 세상이었습니다. 연전에 화제가 됐던 『터미네이터-The Terminator』나 『스타워즈-Star Wars』 등은 물론 근래 히트한 『아바타-Avatar』 같은 영화들도 그런 인간의 진화와 변모를 본능적으로 예측하고 그 비극을 극복하기 위한 반사로 제작된 게 아닌가 하는 생각도 들더군요. 물론 다른 이미지도 포함하고 있지만 말입니다.

그렇지요. 진화론의 진정한 가치는 과거에서 현재로의 변화가 아니라 앞으로 변하게 될 미래에의 예측을 가능케 한 점에 있습니다. 몸과 함께 인간의 정신과 지구 자체까지 변해갈 수 있다는. 과연 그 진화의 끝은 어떤 모습을 하고 있을까요? 솔직히 말한다면 결국 모든 진화의 끝은 〈종말〉로 치달을 거라는 생각이 강합니다. 〈시작〉이 우주의 창조와 그 속에서의 탄생이라면 그 영속의 끝은 결국 달려올 테니까요. 우리가 상상할 수 없는 시간이라 하더라도. 오히려 우주라는 거시(巨視)로 볼 때 겨우 몇 초에 불과한 인류가, 외람된 말이지만 신의 능력에 버금갈 정도로 엄청난 과학의 바탕과 정신의 형이상학을 쌓아온 인류로서도 수백억 년 항구히 존재해 온 우주의 다이내믹을 감당할 수 없습니다. 지구는 우주의 한 구석에서 먼지처럼 떠돌다 태양계나, 또는 은하계의 분열과 포말 속에서 흔적도 없이 사라질 수밖에 없지요. 하긴 우주에서 통용되는 〈무한-無限〉이란 패러독스(paradox)의 개념에 한순간으로 존재하는 인간을 대입한다는 자체가 난센스에 가깝지만.

슈퍼맨은 인간의 〈자만〉이 만들어낸 것이 아니라 오히려 그런 〈자학〉이 만들어낸 역설이라는 생각이 강합니다. 지구가 한 점 블랙홀 속으로 빠져들듯 진화의 종착역은 역유토피아로 갈 수밖에 없는.

이야기가 너무 비약해버렸는데 그런저런 것도 포함하여 현재, 아니 닥쳐올 미래의 모습까지도 찬란히 꽃피고 있는 축복받은 〈열린 사회〉를 파괴시키려고 할 것입니다. 어쩌면 불온한 〈닫힌 사회〉가 교묘한 변신술로 모습을 감추고 현대에 숨어 있음을 눈치채시는 분들도 있을 겁니다.

그 옛날 생물은 생존을 위해 엄청나게 정교한 육체를 진화시켜왔습니다. 세포 수준의 화학적 존재에서 단단한 척추와 팔다리로 육지로 진출했지요. 공룡처럼 대체로 거대한 몸집으로 변모시키는 파충류의 전성시대가 있었지만 그게 오히려 진화의 적으로 작용하여 대부분 멸망의 길로 달려갔고, 소형(小形)과 변온(變溫)으로 무장한 새로운 종들이 〈열린〉 세상을 번성시켰습니다. 발톱, 이빨 등 다른 모든 것을 포기하고 오직 달리기로만 진화한 치타의 무시무시한 질주, 칠흑 같은 어둠 속에서도 초음파로 그물망을 피해 날아가는 박쥐, 진흙 속에 숨은 물고기를 탐지해내는 레이더를 장착한 톱상어, 엄청난 추위와 희박한 공기를 견뎌내고 히말라야 고산을 건너고 대륙을 가로지르는 나비와 기러기, 침묵의 어둠과 거대한 압력, 뜨거운 열수(熱水)를 내뿜는 심해에서 살아가는 물고기…. 그야말로 진화의 끝까지 달려간 생물들입니다.

인간도 자연의 악조건을 흠뻑 온몸의 진화로 이겨냈습니다. 직립을 견뎌내는 다리와 조작기능으로 충만한 손, 두뇌와 구강(口腔)을 확장하여 사고와 언어라는 신의 영역까지 달려간 정신-, 인간은 스스로를 초월한 위대한 존재입니다. 개인들마다 자세히 살펴보면 우주의 극한까지 진화한 놀라운 적응과 진화와 의지의 산물이지요. 제아무리 못생기고, 정신 능력이 떨어지고, 부상으로 완전하지 못한 몸으로 존재한다고 하더라도 존재 자체만으로도 우주적 신비로 가득 찬 생물입니다. 그렇게 별 볼 일 없고, 불완전한 몸속에도 정교한 관절과 근육과 신경이 슈퍼컴퓨터 몇백 개보다 더 뛰어난 능력을 발휘하고, IQ가 낮다고 하더라도 그 정신에서 발현되는 에너지는 지상의 모든 동물들을 합한 것보다 더 역동적인 시냅시스(synapsis-신경계)를 번쩍이고 있습니다.

아하, 서론이 길어졌습니다. 이미 눈치 채셨겠지만 이제 오늘의 주제를 말씀드릴 차례군요.

우리 아이들! 아직 어리지만 알고 보면 그렇게 우주적 황홀함으로 존재하는 미래의 주인공들입니다. 태어난 아이를 처음 만나보는 부모님은 아마 그런 신비를 잘 알겠지요. 그 아이들이 살아가야 할 미래는 개인들마다 꿈과 희망, 행복과 도전, 성취와 완성으로 가득해야겠습니다.

그러나 칼 포퍼가 갈파한 우리들 21세기 〈열린〉 세상을 위협하는 〈닫혀있는 적〉들은 도처에 널려있습니다. 교묘하게 변신한 달콤한 미각의 모습으로, 안락과 편리를 보장하는 도구로, 진정(眞情)보다 적절히 보여주는 가면으로, 노작(勞作)보다 짐짓 근엄하게 꾸미는 포즈로, 사유(思惟)보다 간편한 감각을 인식의 방법으로…. 인간 진화의 물줄기를 돌리는 적들은 훨씬 빨리 지상을 장악하고 있습니다. 우리 아이들마저도 달콤에 취해 비만으로 뒤뚱거리고, 100미터를 달리지 못하는 안락에 물든 체질로 헉헉거리고, 책보다 드라마와 노래로 채운 얇은 감각으로 판단하고…. 진정이 사라진 찰나적인 가벼움과, 사려 깊은 배려보다 자신의 이익과, 사랑보다 죽고살기로 경쟁하는 억척으로, 그러면서도 자신을 깨닫지 못하는 로봇 같은 존재로 황홀한 개인을 추락시키고 있습니다. 어른들도 경쟁적으로 아이들과 함께 TV 드라마를 보며 정신을 닫아버리는 걸 보면 안타깝기도 합니다. 도처에 농담으로 점철된 연예(演藝)가, 파시즘처럼 일방으로 치닫는 스포츠가, 마약처럼 일상으로 함부로 쳐들어오는 섹스가, 효용 가치가 변질되어 자체발광으로 번쩍이는 자동차가 〈뛰어난 개인〉들을 내부에서 파괴시키고 있습니다. 모두들 스스로 〈닫힌 세상〉으로, 도축장에 끌려가는 소처럼 영문도 모르고 진화의 〈종말〉로 달려갑니다. 아이들도 덩달아.

그런 면으로 보면 칼 포퍼나 '토마스 모어' 등의 유토피아 학자들이 믿은 낙관주의는 절망의 전주곡에 다름 아닌.

앞으로 현대의 닫힌 사회에 대해, 그에 따라 부나비처럼 출렁이며 흘러가는 대중의 맨얼굴에 대해 좀 더 깊은 천착을 이야기하고 싶군요.

제(12)주 학습지도 계획안

(2012년 5월 14일 ~ 5월 18일) 4학년 2반

아인슈타인의 에너지

저번 주는 〈존재〉와 그 〈양식〉에 대해 간단히 이야기해봤습니다. 인간은 진화와 함께 아마도 우주적 황홀을 일으킬 정도로 뛰어난 능력을 가지게 되었으며, 그래서 그 능력을 사회라는 현실에서 폭발적으로 구현해야 할 필연으로 존재해야 한다는. 그러나 여러 가지 형상을 한 〈적〉들이 그런 개인을 형편없이 퇴화시키는 역리로 작용하고 있다는 이야기를 했습니다. 진화는 그 적들로 인해 퇴화를 예비하고 있다는.

그런데 가만 생각해보니 너무 과도한 시간대의 진폭을 압축하여 말하다보니 현실감으로 다가오는 체감도 떨어지고, 그래서 한꺼번에 느껴지는 적절함이 많이 부족하지 않았나 싶습니다. 더불어 진실로 우리 아이들을 포함한 모든 개인들에게 잔혹할 정도로 드러나는 적의(敵意)들을 미처 경각하지 못하고 있는 세태가 안타깝기도.

전번에 희랍의 헤라클레이토스에 대해 잠깐 언급한 적이 있는데 그의 말대로 과연 영원한 것은 없다고 생각되는군요. 오늘의 환희는 내일의 쓸쓸함으로, 지금의 황금으로 채운 잔은 미래의 오수가 되어 지하를 흐를 것이 틀림없을. 하물며 인간의 일생도 끊임없는 변화로 직조(織造)되어 있고,

그 습속에서 만들어진 온갖 사회 규범 같은 것들도 당연히 흐트러지게 됩니다.

우리나라, 아니 대부분의 지구촌이 국가 정체성으로 확립하고 있는 민주주의 자체도 가만 보면 그 출발의 선에서 많이 변질되고 있음을 알 수 있습니다. 신자유주의의 효용성이 강조되다 보니 빈부가 확대되고, 유리(遊離)된 제도가 순진한 법치를 깔아뭉개고, 다원화된 이념과 가치, 범죄와 폭력이 〈민주〉를 비웃으며 활개를 치고 있습니다. 그만큼 법과 제도도 세목화(細目化), 유목화(有目化)로 과거의 시간을 딛고 반작용으로 진화되고 있습니다. 영원은 이룰 수 없는 헛된 꿈처럼 미망(迷妄)에 가득 찬 자위가 아닌가 합니다.

'헤겔'의 변증법(辨證法)이 방대하다고 느끼는 이유는 그런 변화의 다양성을 내포하고 있다는 의미로서일 겁니다. 오늘날 지구촌은 다양한 현상들로 소용돌이치고 있어 변증도 그렇게 정신없을 정도입니다. 사상은 넘실대고, 오늘의 가치는 수정, 변화를 거듭하며 분화되고 있습니다. 어제의 예의는 용도폐기 되고, 설부른 구호는 이쪽저쪽에서 바람에 비명을 지르는 플래카드처럼 요란스럽고, 벌거벗은 욕망은 낯 뜨겁게 대중에게서 넘실대고 있습니다.

그러나 그런 정(正)과 반(反)들은 풍성한 듯 보이지만 정작 바람직한 합(合)은 이루어지지 않고 있습니다. 아니, 도처에 엉터리 합이 가득합니다.

합일되지 못한 예술은 천박한 기교로 덧칠하고도 고고한 표정을 짓고 있으며, 철학은 언제부터인지 슬그머니 상식에게 자리를 내주고 행방불명이 되었지요. 학문은 소리 한번 지르지 못하고 연구실 깊숙이 유폐되어 있습니다. 너도 나도 부르짖는 얄팍한 대중론이 거대 담론의 가면을 쓰고 시대를 장악하고 있습니다. 이 글도 역시 그런 면으로 떡칠하고 있습니다다만.

왜 그렇게 변증법은 절름발이처럼 뒤뚱거리게 되었을까요? 손쉽게 영원한 것은 없다는 이유로 쉽게 판단해버려도 될까요?

예전 우리 윗대의 양식 있는 사람들은 그 해설로 〈實存主義〉를 제시한 적도 있습니다. 산업화, 공업화에 따라 그 부속품으로 추락한 인간의 왜소함이 정당한 존재를 자신할 수 없어지고, 그래서 지금 이 현실에 당당하게, 실제적으로 존재(실존)하지 못하게 되었다고. 기계 앞에서 아무런 존재감도 없는 현대인! 값싼 노동력 조금으로도 함부로 자존(自存)할 수 없는 쓸모없는 인간 가치! 과연 실존의 부재가 일방적인 반(反)의 항목을 과도하게 상승시켜 올바른 합(合)으로 이끌어내지 못하는 것 같기도 합니다.

역사 이전 시대의 〈4대 발명 · 발견〉을 들어본 적이 있으신지요? 그렇습니다. 사람들에 따라 몇 가지 다르게 이야기를 하기도 하는데 대체로 다음과 같이 정의하더군요. 〈불〉의 발견으로 동굴에서 벗어날 수 있었고, 〈직립(直立)〉으로 적이나 먹이의 발견이 용이해졌고, 탁 트인 들판에서 전달수단으로서 〈언어〉가 발달하게 되었으며, 〈바퀴〉의 발명으로 종족 간의 문화 전파가 용이하게 되었다는 의견이 있습니다. 불의 발견은 무리의 결속을 다져 지상의 통치자가 되게 했으며, 직립은 우리의 생각을 그만큼 높다란 시선으로 향하게 했으며, 언어는 삶의 시선을 타자와의 상관 속에서 이루어지게 하여 하늘과 대등한 관계로 존재하게 했으며, 바퀴는 비로소 인간이 스스로 운명의 주인공이 될 수 있도록 시간과 장소의 축지법을 알려주었습니다. '장 자크 아노' 감독의 다큐시네인 『불을 찾아서-Quest For Fire』는 그런 인간의 기나긴 여정을 생생하게 보여주었습니다.

또한 그 못지않게 역사 시대에도 4대 발명 · 발견이 있다고 하더군요. 〈진화론〉으로 인간이 독립선언서를 당당히 신에게 건넬 수 있게 되었고, 〈

꿈의 해석〉으로 인간 내면에 잠재된 욕망의 심리학을 헤아리게 되었고, 〈중력론〉으로 우주의 구조와 지구의 변방론을 이해하게 되었다고도 합니다. 모두 빼어난 통찰로 응시하지 못하면 완성할 수 없는 역동적인 발견들입니다.

그러나 제 생각에는 그 모든 발명, 발견을 합친 것보다 더욱 뛰어난 발견이 있다고 생각하는데, 바로 '앨버트 아인슈타인'의 〈상대성 원리〉입니다. 그 유명한 방정식 〈E=mc2〉으로 대표되는. 에너지와 질량, 빛의 속도와의 상관 속에서 그는 인류 역사상 가장 역동적인 통찰을 보여줍니다.

그런데 그 방정식을 원자폭탄과 관련하여 〈에너지〉 쪽으로만 이해하는 경향이 있던데 오늘날 그의 〈에너지〉는 물리라는 한계를 뛰어넘어 사상, 기술, 예술, 정신, 오락 등등 인간의 습속에서 전개되는 모든 현상들을 설명할 수 있는 보편적 명제로 확산되고 있더군요. 예를 들면 과도한 부(富)의 집중은 높은 에너지를 가지고 있다는 뜻이지요. 차를 타고 간다면 걷는 것보다 고에너지를 소비하며, 한 끼 식사가 비싸다면 그 역시 에너지를 많이 소비하는 행위가 됩니다. 높은 곳에 있는 꽃병이 떨어져 깨어지는 건 낮은 곳의 꽃병이 떨어져 깨어지는 것보다 훨씬 고에너지를 소유하고 있기 때문에 더욱 파괴적입니다.

이렇게 아인슈타인의 공식은 물리라는 한계를 뛰어넘어 정신에까지 파급되고 있습니다. 일개 수학적 공식이 철학, 사회학에서도 통용될 수 있다는 통찰은 혁명적 인식이 아닐 수 없습니다. 독재(獨裁)는 높아지는 에너지의 증대로 필연적인 혁명으로 무너지게 되어 있고, 그래서 획득한 민주주의 또한 합일되지 않는 중구난방과 사회적 피로 등으로 점점 엔트로피(entropy-무질서의 정도)가 증대되어 내부, 또는 외부의 적들에 의해 무너지게 되지요. 향락의 끝까지 달려간 호화로운 〈팍스 로마나-Pax Romana〉가 그 대표적 예일 겁니다. 그러고 보니 상대성은 영원에 대한 자연, 또는 섭리나 신의 잔인한 원죄로 예비 되어 있는 것 같습니다.

오늘날 과전된 인류의 에너지는 칼 포퍼의 적이 되어 도리어 인류를 위협하며 다가오고 있습니다. 저번 뉴스에서 봤는데 오래되어 산패(酸敗)된 기름으로 고기를 튀기는 장면이 뉴스에 나오더군요. 그걸 먹고 우리 아이들의 비만과 허약은 무서운 속도로 자라나고 있습니다. 아무리 독서를 강조하고 상을 줘도 책은 쳐다보지도 않고 TV에만 집중합니다. 아이들의 대화에서 축구와 야구 선수, 가수와 배우 등 연예인들 이름은 줄줄 외면서도 과학자, 훌륭한 문화인 하나 제대로 언급하는 아이가 없습니다. 하물며 역사 속에 잠겨든 인물들과 그들이 엮어내던 정신들이야 말할 필요도 없지요. 화석이 되어, 그것도 지하 감옥에서 어둠에 잠겨들 뿐입니다.

몸짱이란 유행어를 들먹이면서도 운동장 한 바퀴를 돌게 하면 그야말로 커다란 고난처럼 끙끙거립니다. 어린이날 받은 변변찮은 학용품은 그날 당장 함부로 버려지고, 생각은 쥐꼬리만큼 자신을 벗어나지 않으며, 매일 만나는 친구에 대한 애정은 눈을 씻고 봐도 찾을 수 없습니다.

한때 독서에 빠져 온갖 환상과 상상을 떠돌며 황홀해한 적이 있지만 요즘 아이들은 도대체 드라마 내용은 줄줄 외면서도 책을 5분 이상 제대로 읽을 수 없고, 게임은 반대로 몇 시간이나 거뜬히 집중합니다.

아인슈타인의 에너지는 떨어져 깨어진 꽃병이 제자리로 돌아가 되살아나지 않게 합니다. 지나간 시간은 절대 되돌릴 수 없습니다. 현재의 에너지 상태가 아이들의 미래를 결정합니다. 부모님의 역할이 소중하고, 그래서 아이들을 고에너지의 〈적〉들로부터 벗어나게 해야 합니다.

엉터리 이념, 삶의 태도, 편리… 등등이 세상을 휩쓸고 있군요. 정교한 과학의 눈으로 보면 얼마나 단선적인 고집(energy)들이 세상을 점령하고 있는지….

제(13)주 학습지도 계획안

(2012년 5월 21일 ~ 5월 25일) 4학년 2반

내부의 적들

≡ 이번 주 23일(수)에는 동래 아이스링크에 가서 스케이트 체험 공부를 합니다. 우리 부산에서는 쉽게 접할 수 없는 기회라서인지 아이들도 무척 좋아하는군요. 사람은 이질 문화에 대한 관심과, 때론 실제 겪어보고 싶은 본능이 있는 것 같습니다. 오늘날 번성하는 여행, 체험 문화가 특별한 의미를 가지는 것도 그런 것과 무관하지 않는 것 같기도.

※ 준비물-장갑, 긴 바지, 긴 소매옷, 음료. 기타.

※ 체험학습비-5,700원입니다. 돌아와서 학교에서 급식합니다.

그러고 보니 문화는 다양하고 현란한 모습으로 지구상에서 펼쳐지고 있습니다. 극지의 에스키모들은 추위라는 날씨에 맞춰 나름대로 살아가는 양식을 발달시켜왔지요. 〈개썰매〉라든가 〈고래 잡이〉 등은 엄청나고 역동적인 문화의 형식을 내포하고 있어 지금도 장엄한 다큐의 소재로 방송되고 있습니다.

열대 사막 민족은 〈히잡-Hijab〉과 베일로 온몸을 휘감는 엄격한 이슬람 문화의 한 전형을 보여주지요. 대작 영화를 많이 만들어 경(卿)이란 존칭을 받는 영국의 '데이비드 린' 감독이 만든 묵직한 영화 『아라비아의 로렌스-Lawrence of Arabia』는 그런 민족의 풍습과 문화를 잘 보여주고 있었습니다. 계율(戒律)을 벗어나는 행동을 하면 죽음이 내려지는. 음식에

대한 엄격은 거의 신이 선언한 계율인 것 같을 정도로. 그 밖에 초원의 유목민 생활이나 독수리를 이용한 사냥, 아마존 원시부족의 다양한 장신구, 카누 타기 등도 각자의 환경에 맞게 발달한 문화의 형태들입니다. 사람들은 그런 이질 문화들을 보고 겪으며 인류라는 거대한 존재의 과거와 미래를 아우르는 문화의 원형을 찾고 싶은 건지도 모르겠습니다. '프레이저'가 주술과 신화 탐구를 통해 인간 정신의 본성에 다가가려고 한 거나, '레비스트로스'가 아마존 원시탐구에서 구조주의(構造主義-Structuralism) 철학의 논리를 확립했다는 이야기 등도 다 그런 인류 초기 문화의 〈오리진-原型〉을 향한 본능이 작동했기 때문인 것 같다는 생각이 들기도 합니다.

(저는 한때 독서 시장에 열풍을 몰고 왔던 구조주의, 그러나 아직 그 본질에 제대로 접근해보지 못했습니다. 레비의 『슬픈 열대(熱帶)』는 제 서가에 있지만 '제임스 조지 프레이저'의 저서인 『황금의 가지-The Golden Bough』는 예전 책들을 정리할 때 딸려갔는지 보이지 않아 한겨레출판사본을 구입했지만 900쪽이나 되는 무게를 감당하지 못해 책장 구석에서 내내 잠자고 있는. 그저 해설만으로.)

그 다양한 문화의 최전선이 바로 축제(Festival)지요. 고양된 정신이 함부로 문화 속으로 찾아들어갈 수 있는 축제에서 사람들은 미지의 세상을 확인하고, 즐거운 동참에서 존재라는 전리품을 획득하는 게 아닌가 싶은 생각도. 다시 말하면 인류는 문화라는 매개물을 통해 정신이라는 형이상학을 쌓아올리는. 축제는 현대 문명사회가 마련한 잃어버린 본능에의 희구라는 제 어쭙잖은 생각이 어쩐지 타당한 것 같기도. 어쩌면 우리들 삶은 그런 축제를 통해 유전처럼 전해오는 건 아닌지.

언젠가 어느 다큐에서 원시 부족사회의 모습을 봤습니다. 그들의 축제 중에 부족의 규범, 또는 예의를 어긴 사람들에게 잔혹한 테러를 가하는 장면이 있더군요. 처녀를 훔친다던가, 족장을 무시했다던가, 먹이를 혼자 차지했다던가…. 그런 원시부족에게도 나름의 규범과 예절이 존재했습니다. 다양한 개인들이 모이다보니 쉽게 따라가지 못하는 사람들도 있고, 일탈과 반항도 있는 것 같습니다. 아마도 부족의 항상적인 영속성을 이어가기 위해서 어쩔 수 없는 제재가 필요했겠지요. 어쩌면 정률(正律)사회를 유지시켜나가는 그 가장 큰 적은 그런 〈내부의 적〉들일지도 모릅니다. 그 양상은 긍정적인 부분도, 부정적인 부분도 있습니다. 어쩌면 부정적인 부분들이 부족의 발달을 가져오기도 할 수 있겠지만. 오늘은 그 견고한 조직 중에서 현대 사회에 대해 일정 부분 상징적인 의미를 나타내는 부분을 이야기하고 싶군요.

장면 하나

차를 타고 왕복 2차선을 주행하고 있는데 뒤에서 빵빵 소리가 들립니다. 크고 고급스런 승용차가 바짝 뒤따라오며 아마도 빨리 비키라는 듯. 마치 밀어붙일 듯한 기세로 달려듭니다. 마주 오는 차 때문에 추월하지도 못하는데 작은 소형차가 앞을 가로막고 천천히 가니까 아마도 답답했던 모양입니다. 빵 빵 빠아아앙!

장면 둘

여학생들이 하교한다고 버스 정류장까지 도로가 북적이는군요. 대부분의 아이들이 단정한 차림인데 몇몇 학생들은 복장이 이상합니다. 허벅지 위까지 드러나는 착 달라붙는 짧은 치마와 과도한 화장…. 맥도날드 가게 창으로 앉아 있는 여학생들의 치마가 바짝 당겨져 아슬아슬한 모습이 지나가는 사람들의 시선을 끄는 데도 정작 여학생들은 아무렇지도 않습니다. 배움과 육체의 공존이란 장면에서 긍정보다는 아무래도 부정적이어서 혼란스럽고 불안하기도 하는군요. 하긴 어디서 들었는데 나이 든 2~30대

이상 여성들의 노출은 역겹고, 10대의 노출이 가장 아름답다며 더욱 많이 노출해야한다고 주장하는 어느 문화비평가의 글을 보기도 했지만.

장면 셋

선생님들 배구 경기가 열리고 있군요. 한 팀은 잘하는 사람은 없는데 열심히 움직이고, 상대 팀은 공격수 홀로 실력이 뛰어납니다. 그런데 그 공격수는 장난처럼 배구를 하는군요. 그냥 실력대로 하면 되는데도 누가 봐도 멋있는 폼으로 공을 때리다 네트에 걸리거나…. 자기 편이 공 처리를 잘못 했을 때 노골적으로 기분 나쁜 표정과 몸짓을 짓습니다. 결과는 상대 편의 승리.

우리가 일상에서 자주 만나는 그런 아무렇지도 않은 소소한 장면들, 그런 것 중 몇 개의 예를 들었지만 우리는 그런 장면들에서 불편함을 느낍니다. 꼭 고답적인 전통적 가치가 아니더라도 분명 어떤 부분에서 감정을 건드리는.

첫째, 자본을 물신화(物神化)한 현대의 천박함이 생각납니다. 현대는 제 아무리 고고한 정신을 가진 현자(賢者)라 하더라도 좋은 차와 집, 명품으로 치장한 〈세련〉에 형편없이 패배합니다. 달빛 가까운 산 중턱 낡고 허름한 주택에서 오순도순 가족이 모여 행복한 저녁을 먹을 때 그들은 화려한 식당에서 고급 음식과 와인을 곁들이며 우아한 대화를 나눕니다. 앞을 가로막은 소형차에 거뜬히 도시를 먹여 살릴 만한 두뇌로 번쩍이는 연구소 직원이 운전하고 있다고 하더라도 아예 무시할 뿐이지요. 도대체 고급차 앞에 얼쩡거리는 작은 차가 얄미워 죽을 지경입니다. 물신이 아닌 정신은 그야말로 쓰레기 취급을 받을 뿐입니다.

둘째, 모든 가치를 즉물(卽物)에 대입하여 고귀한 정신을 함부로 깔아뭉개는 야만(野蠻)이 시대의 주류로 자리 잡았습니다. 실력은 본능에 비한다면 아무 것도 아닙니다. 학생이라 하더라도 본능은 마음껏 펼쳐 보일 수 있고, 그걸로 대접받아 마땅합니다. 육체의 성숙과 제도와의 어긋남은 숨김보다 펼침의 본능을 더욱 추력(推力)시키니까요. 공부는 당장의 육체에 비하면 고려 대상이 전혀 아닙니다. 그 아이들의 즉물은 숭배 받아 마땅합니다. 그러나 대신 마음이 쓰러진 고목 위에서 피어나는 곰팡이처럼 무겁게 다가오는 건 어쩔 수 없군요.

셋째, 기능과 능력이 그 무엇보다 가치판단의 척도가 되는 모습입니다. 마라톤 모임에서는 기록이 빠른 사람이, 배구장에서는 배구를 잘하는 사람이 최고선입니다. 현재 이 사회에는 이름을 최고선으로 여기는 사람들이 각계각층에 널리 퍼져있습니다. 그런 사람들은 자신의 생각이 가장 정의롭고 슬기로우며 정당하다고 생각하여 언제나 판단의 주체가 되려고 합니다. 기능과 능력이 떨어지는 사람은 존재 자체가 차등 인생으로 규정되곤 하지요. 멋진 차를 타고 유명 식당에서 화려한 음식을 나누는 사람들에게는 변두리에서 가족이 맛있는 수박 한 조각 나눠 먹으며 정겨운 이야기를 나누는 정경이 징그러운 천민, 노예들의 풍경으로 매김 되고 있을 뿐입니다.

그렇군요. 〈자본〉과 〈즉물〉과 〈기능〉은 현대에 와서 생존의 우월한 유전자로 발현되는 하나의 문화 코드로 자리 잡았기 때문에 무어라 하기가 그렇군요. 가치론적으로는 아무런 잘못이 없는 것 같습니다. 비록 감성적으로는 맞지 않는다 하더라도 압도적인 생활에 닿아있기 때문에.

하지만 우리들 고답적인 감성으로는 예의(禮儀)-, 그렇습니다. 자본과 즉물과 기능주의란 〈내부의 적〉이 예의의 추락을 부추기고 있군요. 도처에 예의는 사라지고, 이기가 판을 칩니다. 자본으로 인성을 윽박지르고, 즉물로 감각을 강요하고, 기능으로 인간 서열을 매기고…. 예의가 사라지고 조급(躁急)이 쓰나미처럼 인간의 문명을 깔아뭉개는 이 천박한 세상에서 우리 아이들마저 물들어버릴까 염려스럽습니다. 선생님께 인사를, 친구에게 미소를, 교실을 깨끗이, 도서실을 드나드는…. 그런 문명을 받치는 기초 증표들이 아무런 가치도 획득하지 못한 채 죽어버리고, 대신 힘과 교만과 재주와 상품으로 가득 차버린 교실은.

예전 자본이 크게 영향을 미치지 못하던 시절에는 인간의 마음이 눈처럼 순수했습니다. 부모와 자식의 사랑과 효도는 목숨을 바쳐서라도 지키려고 했고, 사람들 사이에는 상대의 마음을 먼저 헤아리고 배려하는 깊은 심성이 아름다웠습니다. 한 조각 아름다운 문장에서 인생의 지혜를, 낡은 담벼락 수수한 기왓장에서 은근하고 아름다운 조형미(造形美)를, 학교 도서관의 낡은 동화책 속 이야기에서 세상으로 출발하던 청운의 꿈을, 지게꾼의 이마를 흐르는 땀방울에서 삶의 진지함을, 연인들의 가슴 설레는 대화에서 단아한 사랑의 환희를, 흑백이 교차하는 흐릿한 은막에서 어쩔 수 없이 헤어지는 연인의 가슴 뭉클한 이야기에서 운명의 아픔을….

그렇군요. 다 사라지고 몽땅 죽어버린 것 같습니다. 마음 뿐만 아니라 주체인 인간마저 달라져버렸습니다. 감동은 사라지고, 속 깊은 배려는 바보스러워졌군요. 단아한 여인의 미소는 두텁게 칠한 원색의 화장에 깔려 쳐다볼 수 없는 외계인처럼 낯설어졌고, 육질(肉質)의 돌격으로 아름다운 정신은 죽어버렸고, 흑백화면 속 애틋한 연인들의 플라토닉은 선명한 컬러의 화면과 요란스런 옷, 덧없는 대화 속에 추방되었고, 황혼을 바라보며 떠올리던 수많은 생각들은 선명하고 화려한 입체의 발광 다이오드(Led)로 무장한 선전 헤드라이트에 깔려 익사한 것 같습니다.

새삼스레 〈지하철 막말녀〉처럼 인간에 대한 예의가 사라져버린 〈내부의 적〉들이 어둡게 가슴을 채우고 있군요.

제(14)주 학습지도 계획안

(2012년 5월 28일 ~ 6월 1일) 4학년 2반

일차원적 인간

저는 아침에 일찍 출근하는 편입니다. 늦을까 싶어 급하게 출근하느니 일찍 출근해 아무도 없는 교실에서 차를 마시며 느긋하게 하루의 일과 준비를 하는 게 습관이 되었지요. 그런데 버스를 타려고 내려가다 보면 중간에 여러 가지 가게들이 있는데 골목 입구에 인테리어 가게가 있어 새벽부터 인부들이 공사 준비를 한다고 모여 커피와 담배를 나누며 담소를 하는 모습을 자주 볼 수 있습니다. 파이프와 알미늄 판재, 커다란 플라스틱 통과, 때에 따라 시멘트 포대 등등을 옮긴다고 바쁘지요. 물론 수건을 두른 작업복 차림의 여자들도 있습니다. 아마도 곧 작업 차량을 타고 일터로 갈 테지요. 두터운 작업복을 걸친 그들의 어깨는 묵직하고, 얼굴 가득 피곤이 묻어납니다. 그렇지만 오늘도 힘들게 일을 해야만 아이들의 학비와 아픈 부모님의 병원비, 저녁 한 끼 식사비라도 마련할 수 있기 때문에 결연히 커피잔을 놓고 일어섭니다.

그렇지요! 그 사람들이 하는 일이 우리나라 대부분의 사람들이 하는 일입니다. 조금 일의 모습이 다르고, 환경과 사정이 제각각입니다만 결국 너나없이 그렇게 고단한 하루하루를 엮어내고 있습니다. 그들은 우리들의 이웃이고, 동료이고, 아이들의 부모입니다. 그분들의 노고에 경의를 표합니다.

저 자신도 충무동 남항 등대가 있는 바닷가 출신이어서 한때 바다로 나가 고기잡이 일을 하기도 했고, 집안을 위해 여러 가지로 돈을 벌기도 했습니다. 겨우 산업화가 시작될 무렵이었지만 아직 1차 산업 위주의 평면적 사회 구조여서 앞뒷집 모두가 단순 노동의 수준에 머물러 있던 시절이었습니다. 그 시절 사라호 태풍으로 바닷가 집은 물론 땅덩어리까지 모조리 휩쓸려가 어린 저에게도 파괴된 동네에 망연해했던 기억이 새삼스럽습니다.

그 무렵 저희 동네랄 수 있는, 천마산 아래 남부민동과 바닷가 남항 쪽인 충무동에서 대학에 간다는 건 웬만해선 언감생심이었습니다. 모두 겨우 중학교나 고등학교를 나와 작은 가게에 들어가 허드렛일을 하거나, 아니면 공장에 들어가 숙식 수준의 박봉에 시달리면서도 기술을 배워 꼭 기술자가 되겠다고 열망할 뿐이었지요. 어쩌면 바다라는 본원적인, 그러나 상쾌한 현대와 미스매치 될 수밖에 없는 뒤안길에서 버림받은 자의 초상처럼 비릿한 바다 냄새를 세포 하나하나마다 새겨놓은 듯, 그래서 마치 운명처럼 여기고 밝고 정교한 현대로 나갈 생각을 일찌감치 접었던 것 같습니다. 몇 번 설레는 뱃고동처럼 스스로를 반란해 볼 생각을 했고, 그쪽으로 가보기도 했지만, 그러나 압도적으로 드리워진 등대의 초상에 짓눌려 결국 꼬리를 내리고 돌아와 고깃배를 타는 뱃놈이 되었습니다. 그저 어머니를 모시고 살 생각뿐이었습니다. 대학은 아마도 남부민동 아래, 윗동네 합쳐 부잣집 아들과 딸 한두 명만 들어갈 수 있는 특별한 축복이었거든요.

그 당시 우리 동네에서 가장 권위가 높았던 유치원집(그 집 마나님이 예전 그런 일을 했다든가? 아들이 부산 MBC의 사장이었다고 알려졌습니다. 그러나 그 집 아들 형제들의 삶의 부침은 파도에 휩쓸리는 등대만큼이나 운명적인데 아마 기회가 되면 그런 이야기들도 들려드리고 싶군요. 모두 등대라는 변두리 회색 풍경 속에서 속절없이 무너져간) 빼고는 동네 형이나 누나들도 다 고만고만한 중, 고졸 수준에서 가업을 잇거나 배를 타거나, 아니면 공장으로 갔습니다. 대학을 나오면 마치 장원급제라도 한 듯 굉장한 일이었습니다. 대학은 우리처럼 단순 노동이 아닌, 상류사회로 갈 수 있었던 보증수표였고, 그건 우리 동네와는 관련 없는, 그만큼 단순하고, 어리석고, 활력 없고, 하향평준화된 죽은 사회였습니다.

하지만 지금은 너나없이 대학을 가는 사회가 되었습니다. 학력이 인플레 되어 식당 배달원도 대학 출신이고, 신축건물에서 벽지를 바르는 도배장이도 대학을 나왔습니다. 고졸 이하는 눈을 씻고 찾아봐도 없을 정도지요. 조선 시대부터 이어져온 선택된 사람만 가던 〈大學〉은 그야말로 너도나도 가는 〈小學〉이 되어버렸습니다. 학교는 물론 사회와 기업, 정부와 국민의 의식은 시대를 훌쩍 건너뛰어 선진국이라고 자부할 정도가 되었고. 저 같은 사람의 의식은 속도전에서 까마득히 뒤처진 듯한 생각이 드는군요.

분명 엄청나게 문명이 발달했고, 물자는 풍부해졌으며, 여가도 많아졌습니다. 여행과 명품과 고급 아파트와…. 소비가 미덕인 시대가 되었습니다. 모두들 공장에서 찍어낸 고급 상품 하나씩 지급 받아 그걸로 치장하고, 달려가고, 먹고, 즐깁니다. 〈저축은 국력〉이란 표어는 이 소비시대에선 미덕이 아닌 악덕으로 판정받고 아주 오래전에 슬그머니 사라져버렸습니다.

'허버트 마르쿠제'는 그런 자본주의의 본질을 꿰뚫어본 사람 중의 하나입니다. 사람들은 쇼윈도의 화려한 조명 아래 자본과 기술이 만들어낸 현란한 상품이 자신의 존재를 정당화해줄 수 있다고 믿고 기꺼이 그 상품과 계약을 맺고 노예로 전락해버렸다고 했습니다. 고급차를 소비하는 상류사회의 일원이 되는 걸 오히려 명예롭게 생각하게 되지요. 〈소비〉와 〈차별〉은 자신의 정체성을 드러내주고, 타자와의 관계를 설정해줍니다. 하지만 시장과 소비에 길들여져 자신을 잃어버린 단세포는 자신이 무엇으로부터 억압을 당하는지조차도 모른 채 오히려 자유로운 존재로 착각하고 향락만 쫓는 불나비로 표상되고 있습니다. 어디선가 쳐다보며 미소 짓는 〈빅브라더-Big Brother〉가 우리들 삶의 표상을 허깨비로 파먹고 있음을 눈치 채지 못하고 오늘도 내일도 멋진 포즈를 짓고 있습니다. 종내에는 산업사회, 자본주의가 짜깁기한 실험실에서 실컷 이용하고 버리는 도구에 지나지 않는, 지극히 단순하고 불쌍한 일차원적인 포로들-, 그런 현대인의 초상을 마르쿠제는 『일차원적 인간』에서 신랄하게 비판했습니다.

그런데 실제 현실은 거기서 더 나아가버렸습니다. 언제부턴가 살기가 참 퍽퍽해졌습니다. 마음대로 나와 관계를 맺던 상품들이 더 이상 나와 계약을 맺길 거부하기 시작했지요. 계속 계약하려면 엄청나게 많은 대가를 지불하라며 더 이상 상대하지 않겠다고 합니다.

어느 논문에서 읽었는데 신자유주의는 1차원적인 인간을 또 한 번 무자비하게 비틀어버립니다. 거대자본이 공룡처럼 시장을 틀어쥐고 공격적 권력을 휘두릅니다. 힘없는 작은 기업이나 노동자는 도산과 저임금, 실업으로 고통을 당하게 되지요. 다국적기업은 값싼 농산물로 우리 농업 기반을 함부로 잠식하고, 삶의 뿌리였던 고향 집을 허물고 거기에 생산기지를 지어 지역 경제를 파탄 냅니다. 그렇게 모두들 고향의 추억과 이별하고 오히려 그 기지촌에 빌붙어 살아보려고 하지만 고용은 불안해지고, 신규채용은 줄어들고, 임시직 증가로 빈부격차가 더욱 벌어지지요. 이미 다국적기업이나 금융 엘리트들만 살판났습니다. 전체 인구의 1%에 지나지 않는 부자가 전체 주식의 절반 이상을 차지하고 있으며, 모든 국가 자산을 상위

5%가 소유하는 자본의 기형적이고 무자비한 성장으로 지금 일반 사람들의 퍽퍽한 생활을 가져왔습니다.

작년 미국 뉴욕에서 열기를 뿜었던 〈월가를 점령하라-Occupy Wall Street〉는 시위는 그런 신자유주의에 대한 〈인간의 공격〉이었습니다. 신선한 충격이었지요. 인간을 가르고, 부가 한쪽으로 편중되고, 실업과 저임금으로 생활을 매몰시키고…. 그런 부조리에 대한 인간의 한계와 억압은 어쩌면 앞으로 더욱 거세게 닥칠 것으로 생각됩니다. 이렇게 생활이 계속 퍽퍽해진다면.

연봉이 몇억(사람들이 대체로 그 수준까지는 이해해주더군요)을 넘어 몇십, 몇백억이란 건 실제 그 사람의 뚜렷한 업적 때문으로 몇천억을 벌었다 하더라도 무척 거부감이 듭니다. 물론 자본과 국가, 그리고 세상과의 균형에 따라 부의 향배가 달라지고, 그에 따라 천문학적인 부의 집중이 될 수도 있겠지만, 세상의 기본적인 운영에서 벗어나는 과도한 독점은 아무래도 인정하기가 쉽지 않습니다. 기업은 그 기저를 이루고 있는 수많은 기본적 바탕과 조건 속에서 운영되고 있습니다. 즉 정부의 강력한 산업 발전 드라이브와 금융 지원, 서민 또는 중산층 등의 구성원이 밑바닥에서 노동을 하고 소비해줬기 때문에 자본이 축적되고 사업이 발전할 수 있지요. 자본주의는 직선이란 개개인의 일차원에서 영위되는 등식이 아니라 거미줄처럼 기저를 이루는 평면들의 교집합과 입체들의 방정식에서 벌어지고 있습니다. 자본주의는 그 틀 속에서 존재할 수밖에 없고, 그들의 부는 국민들이 진정한 주인입니다. 그런데도 마치 자기들 스스로가 만들고 노력하여 자본을 축적한 것처럼 몽땅 독차지하려고 하지요. 지금의 산업 구조 속에서는 정당한 균형과 분배의 법칙이 제대로 작동되지 않고 있습니다. 어쩌면 자본의 욕망이 과도하게 상승하여 폭력적인 부의 집중을 이끌어 세상을 유린

하고 있는 건 아닌지.

그런 천민(賤民) 자본주의는 어쩌면 본능에 충실한 욕망일 수도 있습니다. 상식과 규칙, 양심과 정의는 무시되고 어쨌든 자본으로 삶의 틀을 견고하게 유지시키려는. 지금도 자주 벌어지는 상류층의 돈과 관련된 일탈은 천민을 추월한 범죄적 자본주의에 틀림없습니다. 일반인들로선 2~3천만 원 연봉에 비해 좋게 봐도 5~10억 이상의 연봉은 범죄가 아니면 성립될 수 없다는 판단에 쉽게 편들게 됩니다. 인간에 대한 애정은 그 무엇보다 우선이 되어야 하니까요. 그러나 우리나라에 그렇게 생각하는 사람이 과연 있기나 할까요? 정글 같은 세상에서 내가 노력하여 벌어들이는데 왜 시비를 거느냐? 여긴 엄연히 자유민주주의 세상이지 공산주의가 아니지 않느냐고 콧방귀도 뀌지 않습니다.

그럴까요? 역사는 〈무산자(無産者)〉와 〈유산자(有産者)〉의 싸움이라는 말에 동의합니다. 아니 꼭 싸움이라는 자극적인 말은 좀 어폐가 있지만 대체적으로 인정합니다. 화려한 성(城)처럼 당당한 저택들(너무 수준 낮은 제 눈으로 본다면 30평대 이상은 모두 그렇게 생각되더군요.) 아래 초라한 성냥곽 같은 집에서 제대로 먹지 못하고, 예쁜 옷을 입지 못하고, 치료를 받지 못하고…, 그래서 각각의 원초적 개인들이 받아들여야 하는 실망과 고통, 그리고 분노와 저항은 필연 사회적 문제가 되어 우리들 삶을 불안정으로 몰아갈 겁니다. 〈디폴트〉라고 했지요? 어쩌면 아르헨티나를 위시한 남미의 많은 국가들이나 유럽의 그리스처럼 국가부도가 닥쳐올지도 모르지요. 뭐, 우리나라도 이미 IMF로 많은 기업들이 무너지고, 사람들은 쫓겨나 거리를 방황하기도 했으니까 면역력은 있는 것 같습니다만.

〈혁명은 피를 먹고 자란다〉는 말이 비수처럼 들려오는 지금 시대에 자본주의는 파이를 늘리는 것 못지않게 부(富)의 적절한 분배에 좀 더 세심한 신경을 쏟아야 할 겁니다. 선진 국가의 가장 큰 덕성은 의심의 여지없이 적절한 분배가 아닐까 싶군요. 정치, 사회, 문화 모든 영역에서 이 의미는 논쟁의 핵심으로 자리 잡아야 할 겁니다.

유한양행의 창업자 유일한(柳一韓) 박사는 그런 덕성을 가진 진정한 기업인이라는 생각이 강합니다. 그분으로 인해 기업은 사회를 위해 존재하는 〈도구〉라는 인식이 퍼지게 되었지요. 도로를 만들 때 흔쾌히 땅을 내놓았고, 벌어들인 재산을 종업원들에게 나눠주었습니다. 자식들은 능력이 있어도 회사에 관여하지 못하게 했고, 그리고 그분의 따님은 남은 재산을 기업과 사회에 환원했습니다. 우리에게도 이렇도록 아름다운 기업인의 표상이 있다는 건 국가의 품격을 높이는 장려한 표상이 아닐 수 없습니다. 존경해마지않는 가문(家門)!

그렇군요. 생생하게 기억나는 얼굴, 아니 이름이. 부산에선 누구나 아는 〈바보 의사 장기려(張起呂)!〉 저는 생전에 딱 두 번 만나봤습니다. 초량 KBS 건물 건너편 작은 건물에 있던 청십자병원에서 치료를 받을 때(일요일이라서 모든 병원이 문을 닫았는데 홀로 진료를 하며, 그것도 당시 아무렇게나 낡은 옷을 입은 제 행색을 보고 무료로), 그리고 송도 복원병원 복도에서 뵙고 인사를 할 때. 1·4 후퇴 때 가족을 북에 두고 아들 한 명과 함께 월남하여 모두 모두 어려웠던 시절 사람들의 아픈 몸과 마음을 달래준 하느님 같은 손길을 가진 분이었습니다. 과잉진료가 판치고, 국가 검진을 받는데도 교묘하게 유도하여 다른 몸의 불편을 과장시켜 엄청나게 비싼 진료비를 갈취하는 쓰레기들이 넘치는 이 시대에 그는 하느님이 보낸 영웅이었습니다. 그의 아들도 아버지를 본받아 의사생활을 하는 것으로 알고 있습니다. 한국의 〈슈바이처〉로 불린 건 한국의 자존심을 세계에 드날린 자존심이 아닐 수 없습니다.

사방 100리에 굶어 죽는 사람이 없게 하라는 경주 최부잣집! 재물은 분뇨(糞尿-똥)와 같아 한곳에 모아 두면 악취가 나 견딜 수 없지만, 골고루 사방에 흩뿌리면 거름이 된다는 가르침을 가훈으로 남겼지요. 며느리는 3년 동안 무명옷을 입어야 하고, 자손의 벼슬은 진사(進士)를 넘지 않아야 하며, 재산은 만석을 넘지 못하게 하여 모두 사람들에게 돌아가게 했으며, 후손들은 전 재산을 대학설립에 증여하여 스스로는 가난하게 살아온. 그래서 구한말(末) 굶주린 백성들이 도적 떼로 변해 부잣집들을 무차별 약탈할 때도 오히려 이웃들이 나서서 지켜주었다는 전설 같은 이야기가!

아아! 눈물이 나는군요. 모두 그들의 헌신과 희생의 철학을 이어받아 만고에 전해주어야 할!

그에 비해 일자리 창출 기여도가 크지 않은 금융인이 한 해 수억 달러를 벌고, '빌 게이츠'나 '스티브 잡스' 같은 혁신가도 아닌 기업 최고경영진이 직원의 200배 이상의 연봉을 받고 있다는 저번 주 뉴스는 강제로라도 소득의 재분배가 이루어져야 하지않겠는가라는 반발을 일으키게도 합니다. 고급 레스토랑에서 황금으로 도배한 음식을 즐기고, 주말에는 골프장에서 멋진 옷과 포즈로 라운딩을 하고, 휴가 때는 해외 고급 휴양지에서 품위 있는 문화생활을 하는 소 쿨(So Cool-멋진?)한 라이프스타일 뒤에는 암흑 같은 지하에서 땀범벅이 되어 땅을 파는 노동자들이 있습니다.

그런 관점에서 마르크스의 〈자본론〉은 그 자본의 천박을 뛰어넘어 형이상학적인 관점을 폭발시킨 위대한 깨달음이 아닐 수 없습니다. 비록 자본주의가 훈련시킨 일차원적인 이성이 압도적으로 현실을 장악하여 그 생명이 거의 꺼져버렸지만.

근래 케이블 TV를 켜면 엄청나게 많은 대부업체들 선전이 노골적입니다. 모두 다 번드레하고, 그럴 듯한 영상으로 사람들을 유혹하지만, 사실 화면 이면에 숨겨진 내용들은 비정한 사업일 뿐입니다. 잘못 연체라도 되면 엄청난 이자를 물어야 하는 고리대금의 발톱을 감춘.

그렇지만 1, 2차 은행권을 이용할 수 없는 금융약자들로선 그런 대부업에 손을 벌리지 않을 수도 없지요. 자녀 학자금을, 가게 물건값을, 주택 전세대출금을…. 그만큼 우리 살이가 퍽퍽해졌다는 이야기입니다.

이런 시대에 우리 부모님들은 어떻게 살고 계시는지요? 혹 소비가 미덕이라는 자본의 달콤한 속삭임에 세뇌되어 오늘도 팍팍 시장을 섭렵하며 물건들을 함부로 사들이는 건 아닌지? 코앞에 닥친 미래를 대비해 먼저 부모님들부터 희생해야 합니다. 독하게 벌고 악착같이 저축해야 합니다. 대신 아이들에게 투자하십시오. 돈 씀씀이를 정해 그에 맞춰 지출하고, 그리고 사랑해주시기를. 아이들 마음에 원망이 자라지 않도록 해주시길 바랍니다. 그러지 못하면 인생이 느낄 수 있는 아름다움들을 느낄 수 없게 되고 오히려 허덕이게 됩니다. 잘 사는 집 아이에 대해 가난한 집 아이들은 일찍 희망을 포기하고 좌절해버리거나, 반대로 그 나이에 자본이 만든 계급과, 그리고 자신이 하층 계급에 속한다는 사실에 치유할 수 없을 정도로 분노를 키우는 아이들이 있습니다. 그 아이들의 생활은 무너지고, 작은 폭력을 끊임없이 저지릅니다. 아이들에게 일찌감치 저축의 덕목을 가르쳐주고 이런 퍽퍽해진 세상을 살아나갈 수 있는 안목을 길러줘야 할 것입니다. 일차원에 머물 수밖에 없지만, 그러나 영혼이라도 자유를 찾아 새로운 길을 찾아 떠날 수 있도록.

여러 가지로 힘들고, 그래서 죄송합니다!

해마다 5월이 되면 길거리에 연등이 걸리더니 올해도 어김없이 석탄일이 다가왔군요. 올해는 유난히 휴일과 명절이 겹치는 날이 많았는데 이번 석탄일은 다행히 월요일이어서 오랜만에 연휴를 즐길 수 있게 되었습니다. 일상을 벗어나 좋은 곳으로 가서 아이와 진지한 대화를 많이 해주시기를 바랍니다.

부처님의 광명과 자비가 가득하기를! 그래서 하루만이라도 집 걱정, 자녀 걱정, 세금 걱정…, 눈물 없는 세상을 조금이나마 살으시기를!

결연히 커피잔을 놓고 일어서는 공사 인부-, 아니 부모님들의 고군분투에 찬사를 보냅니다.

제(15)주 학습지도 계획안

(2012년 6월 4일 ~ 6월 8일) 4학년 2반

≡ 6월 6일 수요일이 57회 현충일이군요. 나라를 위해 목숨을 바친 순국선열과 호국영령에게 추모와 숭고의 뜻을 기리고, 태극기를 통해 국민의 단결 및 나라 사랑의 마음을 드높이고자 태극기 달기 운동을 전개하고 있습니다. 첨부한 홍보 자료를 보시고 아침 일찍 조기를 게양하였으면 합니다. 나라를 위해 돌아가신 분들의 명복을 빕니다!
시간 07 : 00 ~ 24 : 00

벌써 5월을 마무리했군요. 개구쟁이들과 울고 웃으며 바삐 보냈는데 세월은 그런 분주 뒤에서 제멋대로…. 얼마 전에 벚꽃이 봄을 알리자마자 순식간에 우수수 떨어지더니 학교 옆 오르막길의 불타는 듯한 화려한 영산홍들도 그렇게 낙화! 그런데 이젠 5월의 아카시아 꽃마저도 흔적도 없이 사라져버렸습니다. 우수수 떨어지는 화려는 미래의 조락(凋落)에 대한 가르침이라는 생각도 드는군요.

오늘 졸업사진을 찍었는데 제 얼굴이 얼마나 늙고 추한지… 젊을 때는 귀공자 소리도 들었는데. 계절은, 아니 시간은 홀로 가지 않고 싫다는 우리네 인생도 꼭 함께 데리고 가야 직성이 풀리는 것 같습니다. 우리야 속절없이 우탁(禹倬)의 탄로가(歎老歌)나 읊조리며 끌려가는 수밖에.

큰바위 얼굴

현대의 문명이 복잡하고 정교한 메커니즘으로 구현되면서 사람들은 실존적 존재라기보다는 구조화된 조직의 한 분자식으로 존재하지 않겠는가 하는 생각이 문득문득 드는군요. 가정에선 이름보다는 누구 엄마로 불리고, 회사에서는 박과장으로, 심지어 식당에선 아줌마나 웨이터로. 한 개인이 그 자체의 존재 값으로 실존할 수 없는, 비인간적인 풍경이 아닐 수 없습니다. 알고 보면 우리는 사람들 〈내면의 풍경〉과 〈꿈의 값어치〉를 알아낼 수 없는 무력한 존재일 뿐입니다.

예전 TV에서 우연히 『왓 위민 완트-What Women Want』란 영화를 본 적이 있습니다. 그날따라 다른 일이 없어 무료하게 있다가 마침 EBS 교육방송에서 방영하는 영화를 봤는데 주인공은 우연한 사고로 사람들이 마음속으로 생각하는 모든 것을 읽어낼 수 있게 되지요. 인간의 본성과 관련하여 그 욕망의 문법을 생생하게 드러낸 영화였습니다.

주인공(멜 깁슨 扮)은 목욕탕 감전 사고로 사람들 마음을 읽어낼 수 있게 됩니다. 회사에서 평생 관심조차 주지 않았던 여자 급사 아이의 〈살기 힘들어 죽고 싶어 하는〉 속마음을 읽어낼 수 있기도. 나중 회사에 자기의 상사로 스카웃되어 온 여자(헬렌 헌트)의 마음을 읽어내고 재빨리 그녀의 아이디어를 자기 것으로 만들어 큰 성과를 얻지만 대신 그때마다 기회를 놓치게 되는 상사는 결국 회사를 떠나게 되지요. 우여곡절 끝에 결국 독심술 능력을 밝히고 결혼까지 하게 되는 상쾌한 로맨틱 코미디의 전형을 보여준 작품이었습니다. 제겐 아마도 단단한 구조로 강화되어온 비인간적인 세상에서 타인과의 교류에 대한 방법론을 제시한 영화로 비쳐지기도. 바로 나 〈밖에〉 존재하는 작은 것들에 대한 배려!

우리 사회는 어느새 많은 것들을 잃어버리거나 퇴화시켜버렸습니다. 이해보다는 아집을, 이성보다는 감정을, 작은 것보다는 큰 것을, 타인보다는 자기를 선택하고 대신 섬세한 것들을 버렸지요. 그 결과 세상은 급해지고, 과격해지고, 찰나적이며, 위악적으로 변모하고 있습니다. 인간의 속 깊은 전통은 마뜩잖은 것이 되어버렸고, 변방으로 밀려나버렸습니다. 이런 시대에 급사 아이의 삶도 분명 존재하는데 우리들 모두 돌아보지 않습니다. 중증장애의 손녀를 돌보며 고단한 삶을 살고 있는 우리네 할아버지의 수고를 읽어내지 못하고 그저 귀찮은 영감으로만 여기고, 아들을 서울대학교에 당당히 합격시킨 어머니의 장한 모성을 읽지 못하고 그저 식당 아줌마로만 바라보는….

'나다니엘 호오손'의 정교한 단편『큰바위 얼굴-Great Stone Face』은 그런 점에서 많은 것을 생각하게 하는 소설이었습니다. 현대인은 소통과 배려라는 인생의 커다란 덕목을 잃어버린 것 같습니다. 남의 수고를 눈치채지 못하고 거저 잘난 체하는 미숙함이 가득합니다. 삶의 여울목을 거쳐 가는 평범한 사람들인 엄마, 박과장, 아줌마, 웨이터 등등의 사람들이 바로 우리 사회를 거뜬히 떠받치는 기본임을, 그래서 그들이 바로 얼굴 없는 〈큰바위 얼굴〉로 자리 잡고 있음을 깨닫지 못하는. 삶의 표상을 잃어버리고 대중화된 악착같은 가치로만 이해하는 우리들 외눈박이 이기(利己)들만 어지럽게 널려있을 뿐입니다. 배려는 나와 타인의 존잿값을 획득하게 하는 이 시대의 참된 가치라는 생각이 강하게 드는군요. 그 급사 아이의 SOS를 읽어낼 수 있는….

3월부터 지금까지 학교 일이 홍수 같습니다. 이제나 조금 안정되나 싶으면 또 엉뚱한 일들이 닥쳐오고… 문명이 발달하면 꼭 그만큼의 다른 일들이 우리를 잠시도 가만두지 않습니다. 인생의 총량은 외면하거나 거부한다고 감(減)해지는 건 아니고 언제나 같음을. 사실 주안을 짤 시간도 빠듯하군요. 배구철이어서 학교대항 배구도 해야 하고(제가 배구 심판 출신이어서 자주 초청? 받기도), 육상부 아이들을 뽑아 운동장에서 지도도 하고, 가뜩이나 작은 학교여서 젊은 선생님들에게 피해를 조금도 주기 싫어 이런저런 연수(研修)도 신청해야 하고, 학교를 대표하여 연구 과제를 맡아달라고 하면 어째 그것도 수락해야 하지 않을까 하고.

그렇지요. 늙은 저에게 사실 연구점수는 필요하지 않습니다. 무슨 관리자로 나갈 생각도 없고, 아니, 올해가 제 교직 생활의 마지막이며, 그래서 대강 충실히 하면 되는데 연구 과제를 붙들고 씨름할 시간도 없습니다. 뭐 늙다리 선생이 되어 〈능력이 없어서, 대강 학교생활을 하다 퇴직하려고〉 한다면 할 말 없지만 말입니다.

그러나 정말로 학교 사정으로 저 같은 늙다리도 필요하다면 퇴직을 앞두고도 얼마든지 추진할 수 있습니다. 전 아직 가르침의 현장에서 뒤로 처지고 싶은 생각이 조금도 없습니다. 십여 년 전 금정구 ○○초등학교에 있을 때 시(市)지정 학교 연구대표를 강제로 맡아 유공교원으로 뽑히기도 했거든요. 저는 적절한 계획을 세워 추진하면 그리 어렵다고 생각하지 않았는데 다른 선생님들은 부담이 많았던 모양입니다. 그 연구자료는 언제부턴가 보이지 않아 조금 아쉽기는 합니다. 그 당시의 일기책에 일부 언급되어 있긴 하지만.

그보다는 훨씬 뒤 시골의 작은 학교에 근무하며 학교에 배정된 연구 과

제 신청 2개를 추진할 선생님이 없어 골머리를 앓을 때 제가 맡아 추진한 기억이 선명하게 납니다. 가뜩이나 작은 학교여서 모두 서너 가지 업무를 맡고 있는데, 제가 여러 학교를 거쳤지만 아이들과 학교 환경이 마음에 콕 들어 1년 유임을 하면서까지 새벽에 출근하여 아이들과 재미있는 생활을 하고 있는데 학교평가가 낮게 나오면 그야말로 자존심 상하는 일이었습니다. 그래서 저와 동갑인 교장선생님의 권유로 나이 많은 제가 맡아 고심 끝에 「1학교 1인성교육」, 「NIE(신문활용교육)를 통한 통합적인 사고력 신장」〉이라는 2가지 주제를 잡아 일 년을 정말 바쁘게 보냈습니다. 세상에 한 개의 주제로 추진해도 충분한데 이왕 할 생각이라면 늙어 능력이 없다는 인식을 불식시킬 좋은 기회로 여기고 학교에서 숙식하면서까지 과제를 추진했습니다. 마지막 선생님들의 독회에서 〈1학교〉는 당장 학교 현실에서 필요한 논문으로 평균 이상의 수준으로 평가되었고, 〈NIE〉는 일상에서 아이들이 쉽게 만나는 장면들에서 사고력과 함께 배려, 인식의 폭을 넓혀주었다는 칭찬을 받아 아마도 교육청 심사에서 최우수상을 받지 않을까라는 생각도 했습니다. 제 생각에도 교육청에서 보내온 연구집은 물론 지금껏 연구 분야의 그 많은 논문들을 다 뒤져봐도 이 보고서는 최고의 수준이 아닌가 생각할 정도로 제 자존심을 한껏 떨친! 그 때문인지 학교의 체면도 지켰고, 나중 역시 제게 아무 필요도 없는 교육청 표창장은 물론 포상금까지 두둑이 받아 기장 횟집촌으로 나가 거나한 잔치를 열고, 고생했다며 후에 교장선생님의 의견으로 전체 선생님들이 제주도로 여행을 다녀오기도 했습니다. 제 교직 말년의 분주는 스스로도 만족하는 인생의 절정으로 여겨질 정도였습니다.(그 보고서들은 관련 자료들과 함께 아직도 제 학교 파일에 저장되어 있습니다. 관심도 없는 표창장은 벌써 전에 사라져버렸지만!)

오늘은 타인에 대한 겸손과 헌신에 대한 모습을 이야기해보고 싶었는데 엉뚱하게 제 자랑만 늘어놓아 낯이 간지럽군요. 주관은 언제나 숨겨두어야 할 덕목인데도. 죄송합니다. 아무튼 우리 학교 선생님들은 교육청에서도 인정해주는 쟁쟁한 선생님들이 많은데 퇴직할 선생이 억지로 맡아 추진하긴 좀 그렇군요. 장학사나 교감, 교장 등의 관리자로 나가기 위해선 아무래도 연구 점수가 필요할 테니 젊고 능력 있는 선생님이 맡아야 한다는 생각입니다. 저는? 후후, 쉴 때는 쉬어야 후회하지 않는다!

아무튼 우리들 개인은 자신 밖에 있는 다양한 삶의 모습들을 이해하고 받아들일 수 있는 섬세한 마음을 가져야겠습니다. 현충일을 맞아 나라를 위해 자신의 목숨을 바친 선열에게 추모와 숭고의 마음을 가지고, 세상의 모든 급사분들의 수고에도 감사를 드리고 정당한 대접을 하여 자존심을 되찾을 수 있으면! 그게 이 시대 가장 필요한 큰바위 얼굴의 덕목이 아닐까 하는 생각이 듭니다.

제(16)주 학습지도 계획안

(2012년 6월 11일 ~ 6월 15일) 4학년 2반

대중의 권력, 또는 탐욕

언젠가 제가 유일하게 드나드는 클럽 게시판에 올렸던 글이 생각나는 군요. 우리들 보통 사람 사이에서도 무심하게 자행되는 권력의 보편적 모습에 대한.

- 아침 출근하며 골목길을 지나가는데 마침 손수레를 끌고 폐휴지를 모으는 할아버지를 봤습니다. 요즘 그런 노인들이 꽤 많지요? 제법 많이 박스를 모은 것 같지만 그래 봐야 아이들 과자값도 되지 못할. 박스의 양에 비해 형편없는 실용값어치가 어쩌면 서글프기까지 했습니다. 내 어머니였다면 과연 그런 돈을 위해 새벽부터 이렇게 돌아다니도록 그냥 둘 수 있었을까 생각하며.

그런데 마침 주택 대문이 열리더니 젊은 남자가 두 손으로 커다란 박스 한 묶음을 가지고 나오더군요. 저렇게 자기 아버지 같은 사람에게 주려고 며칠 전부터 모았을 게 틀림없을 박스 꾸러미를 보니 마음이 흐뭇해졌습니다. 제 아쉬움을 대신 갚아주려는 젊은 사람!

그런데 가만 보니 박스뿐만 아니라 한눈에 봐도 페인트가 묻어 버려야 할 옷 묶음과 페인트 통, 부러져 쓸 수 없는 우산도 쑤셔 넣더군요. 자기

수레라도 되는 듯. 갑자기 힘이 빠지는 걸 느꼈습니다. 거미줄처럼 견고한 〈권력〉이 거기 서서 할아버지와 나를 빤히 쳐다보는. 절 보더니 어깨를 추스르더군요. 왜? 무슨 일인데? 마치 아무 일도 아니라는 듯.

갑자기 가슴이 아릿해지며….

노인에게 물었습니다. 폐우산과 스티로폼도 수거하느냐고. 그랬더니 잠시 절 쳐다보더니 혼잣말처럼 툭 내뱉고 고개를 저었습니다.

'무슨…. 나중 버릴 거요.'

즉각적으로 생각나는 게 권력(權力)의 속성이 무심(無心)과 관성(慣性)에 있음을. 강한 자는 시혜(施惠)의 논리로 스스로를 합리화하게 되고, 그런 후 정의(正義)로 포장하여 계속 되풀이하게 되는. 생활 속 작은 곳에서도 권력이 고개를 내밀고 으스대는.

하긴 우리는 일상에서 마구 권력을 휘두르면서도 의식하지 못합니다. 지하철에서 젊은 사람이 자리를 비켜주지 않는다고 함부로 욕하거나, 아파트 정문을 지키는 나이 든 경비 아저씨에게 하인처럼 쉽게 물건을 나르게 하기도. 모두 핑계를 대거나, 더 나아가 〈당연으로 포장한 권력〉을 행사하기까지 하지요. 하지만 내 잘난 정의로운 당연 뒤에서는 폐휴지를 줍는 노인처럼 힘든 사람들이 가득합니다. 도저히 갚을 길 없는 채무로 아파트 베란다에서 뛰어내릴까 망설이는 눈 그늘 깊은 여인이 보이는군요. 영구임대 아파트에서 코흘리개 과자 값에 불과한 관리비도 내지 못해 퇴거 통고를 받고 우울해하는 몸이 부은 영감님의 한숨 소리도 들리고, 팔리지 않는 싸구려 양말을 좌판에 던져둔 채 소주병을 기울이며 지나간 날에 허망해하는 주름 깊은 중년 남자도, 청운의 꿈을 안고 시골에서 올라왔지만 전락(轉落)의 굴레에 꿰여 뒷골목 허름한 여인숙에서 남자들에게 짓밟히고 받은 쥐꼬리만한 돈으로 산 쓴 소주를 마시며 손을 흔들어주던 고향 어머니 생각에 문득 엎드려 오열하는 처녀, 손님들에게 고급 갈비를 구워주면서도 정작 먹고 싶어 하는 딸아이는 먹일 수 없어 아픈 마음으로 달래야 하는 종업원 아주머니의 거친 손도 생생히 떠오릅니다. 퇴락한 뒷골목 바람이 휩쓸고 지나가는 빈집 같은 방안에서 인생을 압축한 파노라마로 환각을 보며 배설해대는 종이 같은 늙은이는 아예 아무도 쳐다보지 않는….

인생은 자명합니다. 개아(個我)와 고독(孤獨), 무위(無爲)와 소멸(消滅)은 인간의 피할 수 없는 운명이지요. 그 본질 앞에 이념과 철학, 부(富)와 명예, 가치와 미(美)는 아무런 의미가 없습니다. 개체의 종말은 온전히 절대적(絶對的)이기 때문에.

우산을 리어카에 쑤셔 넣던 젊은 남자는 그런 인생의 운명 따위는 관심도 없습니다. 시혜만큼 다른 모든 것을 당당한 권력으로 바꿔버리면 편하거든요. 어쩌면 권력은 탐욕의 다른 모습일지도 모르겠습니다.

영국의 근대 정치철학자로 『리바이어던-Leviathan』이란 책을 지은 '토마스 홉스'는 그 책의 표지 주인공 갑옷 속에 무수히 많은 깨알 같은 해골들을 섬뜩하게 새겨넣어 세상의 본질을 〈만인의 만인에 대한 투쟁〉이라고 은근하게, 아니 강력하게 설파했습니다. 그래선지 〈사람은 사람에게 있어 늑대다〉라는 비슷한 경구도 남겼는데 인간에게 주어진 어쩔 수 없는 본질에 대한 가장 슬픈 이야기를 분명하게 드러낸 것 같습니다. 세계 내에 존재하는 사람들이 서로를 감싸주지 못하고 늑대처럼 타인을 공격하는, 그래서 삶을 파괴하려는.

인간은 어디에서, 누구에게서 위로를 받아야 할까요?

미치광이 철학자 '니체'는 권력을 주체적이거나 자발적인 의지로서가 아니라 〈맹목과 무의식에 심어진 유전자〉 같은 것이라고 했습니다. 반대로 생(生)의 철학자 '쇼펜하우어'는 〈투쟁하고 창조하는 생명력〉이 발현된 것으로 해석했지요. 그러니까 니체는 삶을 유기체의 작동방식을 빌어 유물론적으로 해석했다고 할 수 있고, 쇼펜하우어는 반대로 유심론적으로 해석했다고 해도 크게 무리가 없는. 하긴 같은 듯, 다른 듯도 합니다만. 그러나 어쨌든 권력이 진리와 정의를 규정해버리는군요. 힘 있는 자가 정의롭다는.

권력의 주체가 누군지에 대해 곰곰 생각해봤습니다. 예전에는 군주와 벼슬아치들이 권력과 정의, 진리를 독점했습니다. 백성과 국민, 시민과 대중은 그저 그들이 만들어놓은 규범과 범주에 맹목으로 따르기만 하면 됐지요. 그들은 아무런 힘이 없는, 불쌍한 꼭두각시였습니다. 하지만 현대는 거꾸로 말과 행동이 무성해진 국민과 시민의 몫으로 권력이 이동했음을 확인할 수 있습니다. 정부 시책이 조금만 불만스러워도 들고 일어나 사회적인 이슈가 되곤 합니다. 정부는 별로 힘도 써보지 못하고 그저 무마하기 급급하고. 시민사회에서는 〈대중〉이 권력의 주체로 떠올랐습니다.

대중은 개개로 존재하면서도 동시에 무수한 개체들의 집단으로 존재합니다. 나와 우리 모두를 아우르는. 그래서 민주(民主)라는 말이 만들어진 것 같습니다. 대한민국 헌법 제1조에서부터 우리나라는 〈민주공화국〉이며 〈주권은 국민에게 있고, 모든 권력은 국민으로부터 나온다〉고 정의되어 있습니다. 여기서 〈국민〉은 자본주의 사회로 분화 발전된 작금의 현상 속에서 〈대중〉으로 바꾸어도 크게 달라지지 않습니다. 그 대중은 시혜와 함께 책임마저 타인에게 전가해버립니다.

연전에 쌀 직불금 문제가 화제가 된 적이 있었지요. 농사를 짓지 않으면서도 짓는 것처럼 조작하여 직불금을 몰래 받아먹은. 농민에게 돌아가야 할 몫을 가로채서 사회의 공분을 샀습니다. 나랏돈은 보는 사람이 임자라는.

이번에 광우병 소동으로 미국산 소를 취급하는 가게와 식당 등이 큰 타격을 입자 국내산 한우로 속여 판매하여 적발되었다는 기사도 화제가 되었습니다. 생존이 절대인 상황에서 어쩔 수 없이 저지른 일이라 하더라도 말입니다.

며칠 전 신문에 허위로 입·퇴원 확인서를 꾸며 2억여 원의 보험금을 타낸 혐의로 보험설계사인 김모씨 등 이십여 명을 불구속 입건했다는 기사가 났습니다. 의사도 보험설계사도 모두 짜고 국가나 회삿돈을 가로챈 고스톱판이었습니다. 마치 눈먼 돈은 먼저 차지하는 게 장땡이라는 듯.

겉으론 자녀에게 순박한 웃음을 짓는 회사 사장님이었지만 실제론 베트남 노동자의 봉급을 주기는커녕 오히려 일을 못한다며 삽으로 등판을 내리쳤던 사람 이야기도.

그 사람들은 특별한 사람이 아닌 보편적인 우리들 옆집 사람이었습니다. 가슴에는 〈대중〉이란 이름표를 달고, 그러나 실제론 아무도 건드릴 수 없는 막강한 힘으로 무장한 대중의 안전판 속에서 부정한 자본의 축적을 너도나도 경쟁적으로 벌였습니다.

모두 다 대중이란 존귀한 이름들 밑에 숨어버린 〈악마 같은 개인〉들입니다. 누군가 그런 개인에게 충고랍시고 함부로 말했다가는 사회의 근저를 이루는 건강한 대중을 매도하는 아주 악질적인 사람이라고 욕이나 테러를 하고, 그리고 뒤로는 또다시 태연히 자본을 축적하는 대중의 가면 뒤로 숨어버립니다. 오늘날 〈대중〉은 함부로 사용할 수 없는 특권적 언어가 되어버렸고, 사회의 건강 지표는 그야말로 심각한 수준으로 떨어져버렸습니다. 어느 시대를 막론하고 대중은 그렇게 인간사의 주체, 정의가 되어 세상을 표상하는 모양입니다.

악마에게 영혼을 팔아서라도 젊음으로 돌아가고픈 욕망을 드러낸 괴테의 『파우스트-Faust』가 생각납니다. 아니 그보다는 '오스카 와일드'의 소설 『도리안 그레이의 초상(肖像)-The Picture of Dorian Gray』이 대중의 가면 뒤에서 어른거리는군요. 워낙 유명한 소설이어서 몇 번이나 영화화되기도 했는데 흑백 45년작이 토키의 오리지날 버전으로 가장 유명합니다. 주인공인 미남 청년 '도리안'은 젊음은 한순간에 지나지 않고 순식간에 늙어버린다는 생각으로 화가 '홀워드'에게 부탁하여 자신의 초상화를 그려달라고 하지요. 그런데 자신의 초상화에서 영원한 젊음과 절대적인 미(美)를 발견하고 영원히 사라지지 않는 미는 자신이 소유하고, 대신 초상화가 가는 세월을 살아주기를 바랍니다. 그래서 마음 놓고 쾌락과 망각과 범죄의 세월을 보내면서도 아름다운 미(美)의 신 '아도니스'의 모습을 잃지 않게 되었지만 대신 그 죗값으로 초상화가 점점 〈추악한〉 악마의 모습으로 변해갑니다. 종국에는 화가를 살해하고 자신의 초상화를 칼로 찢어버리고 자신도 죽음을 맞이하는. 오스카 와일드 자신도 비극적인, 비참한 삶을 살았지만 그래선지 소설 속에 주술과 마법, 악마와의 계약, 도플갱어 같은 요소들로 현대인의 초상에 대한 알레고리, 상징적인 의미가 강하게 담긴 소설이었습니다. '루이스 스티븐슨'의 『지킬박사와 하이드-Dr. Jekyll and Mr. Hyde』도 그런 대중의 양면적인 모습을 뚜렷이 드러냈지요.

오늘날 일부 대중들의 영혼이 흉측한 초상화처럼 변한 것은 그런 도리안이 대중이란 가면을 쓰고 숨어 있음을 말해주는 것이 아닌가 합니다. 이성과 합리와 양심을 개인의 영화와, 부와, 건강과, 가족이라는 이기주의로 팔아버리는. 이성은 몰락하고, 감성은 폐허로 변한 도리안 그레이 같은 괴물이 오늘날 대중의 진정한 모습으로 어른거리는 것 같습니다. (감히 대중을 기만하는 건방으로 테러나 당하지 않을까 싶군요).

그러나 개인에 기초한 대중은 겸허해지지 않는 이상 필경 스스로를 옭아매는 오랏줄로 돌아오게 될 겁니다. 나와 너, 우리와 시민 대중들은 개개인으로서 뛰어난 능력과 따뜻한 감성과, 건전한 정신을 소유하고 있지만, 그러나 대중 속에 안주하면서 가족을 위한다는 핑계로, 국가와 민족을 위해, 나의 성공을 위해서 모두 무심과 관성의 가면 뒤에서 도리안의 초상을 하나씩 숨겨두고 있는 한은.

시대가 그래서 그런지 요즘 가만 보면 그런 초상을 지닌 아이들이 학교에서도 보이더군요. 의도된 생각은 아니더라도 두뇌로, 생김새로, 공부로, 운동으로, 힘으로…. 그런 허상으로 건강한 교우(交友)의 틀을 깨뜨리고, 학급의 질서를 무너뜨리기도. 어린아이들이지만 그런 사회의 부정직(不正直)을 배워서 남들에게 전파하고 있습니다.

권력이 올바른 정의가 되기 위해서는 언제나 절제와 균형이 필요할 것 같습니다. 삼권분립이라든지 의회민주주의 등등의 정체도 다 그런 절제와 균형을 잡기 위해서지요. 그러고 보면 대중은 본래부터 그렇게 하도록 유전자에 새겨져 있는가요? 저도 대중의 자격으로 때론 아이들에게 그렇게 합리화시킨 권력을 많이 드러내기도 하여 죄송한 마음입니다.

이번 추석에는 우리 아이들, 부모님들 모두 보름달처럼 가득한 웃음으로 지내시기를 바랍니다.

⇒ 아, 그리고 위의 글은 물론 포괄적인 이야기일 뿐 특정 사안에 대한 지적으로 받아들이지 않았으면 합니다. 절망을 뛰어넘으려는 기교(技巧)가 추석을 맞아 슬픈 눈망울들에게도 적용되었으면 하는 제 공상적(空想的) 낭만일 뿐이지요. 아니, 값싼 감상인가?

제(17)주 학습지도 계획안

(2012년 6월 18일 ~ 6월 22일) 4학년 2반

도량형과 독심술

저번 주에 〈권력적인 대중〉의 허상에 대한 이야기를 해봤는데 이왕이면 허무주의에 대한 이야기도.

1. 인생은 〈꿈의 공장〉이란 말이 있습니다. 누구나 꿈을 가지고 있으며, 그 꿈의 완성을 위해 살아간다는 뜻이겠지요. 대통령이나 장군에서부터 아인슈타인 같은 과학자, 톨스토이, 피카소, 모차르트 같은 예술가는 물론 조그만 회사 사장, 미스 코리아, 현모양처 등의 소박한 꿈도 있을 겁니다. 저도 어릴 때는 미술가를 꿈꾸기도 했고, 평범한 회사원이 되어 홀어머니 모시고 알콩달콩 살아가는 꿈을 꾸기도 했습니다.

하지만 인생은 가역(可易)-, 갖가지 삶의 고비를 넘기며 대부분 파편화한 꿈의 형해(形骸)에 가슴 아파하면서 무너져 내리지요. 화려한 박수와 환호만 보고 그 뒤에 숨겨진 땀과 고통을 보지 못해, 혹은 운명의 여신이 잘못 내민 손에 혹해 기이한 나락으로 떨어져서, 아니면 보잘 것 없는 재능과 열정인 줄 모르고 차마 도달할 수 없는 먼 곳을 쳐다본 값으로….

그래서 대개는 일상을 살아가는 〈대중〉이란 이름을 달고 오늘도, 내일도 마취된 듯 흘려보내게 됩니다. 가끔 비상한 열정으로 돌아보기도 하지

만 이미 지나간 퍼레이드에 손을 흔드는 자신을 발견하고는 회한의 술잔을 기울이기도. 누군가가 말했다지요? 〈청춘은 영탄법(詠嘆法)으로 가고, 과거는 과장법(誇張法)으로 남는다.〉라던가? 아니, 제가 만든 것도 같은? 수수께끼 같은 무수한 시간의 터널을 지나며 우리는 그렇게 아쉬운, 그러나 아름다운 영탄을 과장시키며 현실로 돌아오곤 합니다.

하지만 비록 세상을 뒤흔드는 영웅과 전설적인 인물은 되지 못했지만, 그러나 우리들 대중에게 주어진 생명의 몫이 그렇게 되어있다면 그 속에서 일부러라도 위로를 만들어야 하지 않을까요? 다행히 우리들의 미래는 지나간 꿈 못지않게 얼마나 기이한 것들이 마련되어 있는지! 뮤지컬 영화의 명작 『사운드 오브 뮤직-The Sound of Music』에서 '마리아'가 두 번이나 말했습니다. 〈신(神)은 한쪽 문을 닫으면 또 다른 쪽 문을 열어준다〉고. 영화에서는 〈사랑〉의 문이었지만 우리들 현실에서의 문은 아마도 〈자녀〉가 아닐까요? 역시도 부모의 삶을 뛰어넘을 수 없더라도 우리는 세세연년(世世年年) 항상적(恒常的)으로 자녀를 통한 삶의 완성을 꿈꿉니다. 내 자녀는 내 유전자를 잇는 꿈입니다. 나와 꿈이 다를 수 있겠지만, 결국 세대가 계속 이어지다보면 언젠가는 〈평균적〉인 우리들의 꿈으로 완성되고, 그렇게 세상을 향한 섭리의 길을 걸어갑니다.

혹 압니까? 희망을 잃은 사람들의 수호신이라는 성 '유다'가 오늘 밤 여러분의 집 문을 두드릴지….

2. 그러나 성 유다가 문을 두드리며 환히 웃는다고 하더라도, 그리고 인생이 기이한 가역으로 되어있다 하더라도 온전히 긍정으로만 작용하지 않습니다. 〈아이러니〉나 〈패러독스〉 같은 말들은 차라리 인생의 부정적 경향 쪽에 닿아있습니다. 자녀의 성공을 담보하는 건 아니란 말이지요.

그저 출발의 기회를 같이한다는 것뿐, 이후의 모든 인생은 그 어떤 경우라 하더라도 전적으로 자녀의 몫입니다. 치열한 세상, 생존만으로도 벅찬데 꿈의 완성은 얼마나 그 가치에 근접한 노력과 열정을 바쳤는가에 달렸습니다. 안타깝지만 부모가 대신해줄 수 있는 몫은 별로 없습니다.

그러나 부모의 몫-, 또한 분명히 있습니다. 〈꿈의 자리〉를 떠나 〈현재의 자리〉가 왜 나에게 배당되어있는지 알고 있기 때문이지요. 지피지기를 체득하고 있기 때문에 자녀에게 해줄 수 있는 방법을 알고 있습니다. 어떻게 보면 부모의 몫은 무한대일 수도 있습니다. 뭐라고요? 재산, 명예, 학문…이 있다고요? 그렇지만 자만하지 마십시오. 그런 것은 오히려 자녀의 앞을 가로막는 바리톰의 절벽(? 예전 어디선가 보고 기억 속에 곱게 저장해놓았는데 지금 이 단어를 아무리 찾아봐도 없군요. 무슨 요술, 아니 사기를 당한 것 같기도 한!)이 되어 추락하게 하는 이유가 되기도 하니까요.

마법 같은 속임수들이 물 만난 세균처럼 세상을 가득 채운 오늘날 자녀에게 진실로 필요한 것을 가르쳐야 합니다. 섬뜩할 정도로 빛나는 정신이 아닌 시류에 따른 어설픈 가치들은 자녀를 외눈박이 바보로 만듭니다. 만고불변의 정의만 하더라도 대개는 맹신으로 변하기 쉽습니다. 정의는 이현령비현령처럼 사용하는 사람들의 편의에 따라 얼마든지 바뀔 수 있지요. 단발령(斷髮令)에 반대해 목숨을 끊은 정의는 당대 항일(抗日)의 관념 모드에서는 정의였지만 오늘날 보편적인 정의는커녕 오히려 이상한 착각을 일으키게 하는 몬도가네로 보이기도 하니까요.

이 세상에서 정말로 가치 있는 것은 《과학》과 《철학》-, 딱 두 가지뿐입니다. 과학은 우주 전체 운행의 기본이면서도 세상을 휩쓰는 어쭙잖은 신념과, 정의로 포장된 미신과, 개인에 기초한 오류를 단번에 체포해 가두어버리는 신의 도량형(度量衡)이며, 철학은 과학이 해석하지 못하는 세상 속 사람들의 삶의 현상을 명징하게 해석하는 신의 독심술(讀心術)입니다. 하긴 문명의 출발 무렵에 같은 뿌리에서 갈라져 나온 학문이긴 합니다만.

아마도 그 가장 최전선의 사람이 '레오나르도 다빈치'가 될 수 있겠군요. 그는 아직도 그 진면목이 확실히 드러나지 않은 역사상 가장 경이로운 천재이며 세상의 표상을 15세기 그의 시대에 이미 완성했습니다. 그리이스・로마 시대의 학문과 문화 이후 미망(迷妄)의 유령이 두터운 커튼처럼 시대를 내리누르던 중세(中世)의 어둠을 떨치고 최초로 인간 이성과 감성의 파노라마를 열어젖힌 선각자였습니다. 오늘날 인류의 삶은 어쩌면 그의 도량형과 독심술에서부터 출발했다고 할 수 있을 정도입니다. 물리학이나 의학, 공학, 천문학 등의 자연과학적인 도량형은 인체비례도나 해부도, 비행기와 다리 등의 설계도, 용수철을 이용한 수송수단, 거대 석궁 등등 정교한 물리학과 천문학 등에까지 넘나들어 그 시대로선 상상도 할 수 없는, 어쩌면 SF적인 기괴하고 놀라운 첨단 과학의 모습으로 나타나서 중세의 어둠을 폭파하고도 남을 정도로 대단했습니다. 그 앞의 생에 아무도 그렇게 생각하지 않았으며, 생각만으로도 도대체 불경하기 그지없는. 신들이 세상을 지배하던 중세에 하늘을 나는 비행기와 기관에 의해 달리는 자동차라니! 그의 인체 해부도는 그 전까지 종교적으로 인체를 해부할 수 없도록 금기시되어 있어 무지로 인한 엉터리 치료 때문에 죽는 사람이 흔했는데 그가 인체를 열어젖힌 후 비로소 과학적으로 치료하려는 환경이 조성될 수 있었습니다. 현재도 기능을 정확히 이해하지 못할 만큼 난해한 게 뇌 부분인데 그의 뇌 해부도는 정교하게 묘사되어 두뇌 각 부분의 신비를 이해할 수 있는 선도적 역할을 했습니다. 그 시대 사람의 뇌를 꺼내면 무조건 사형시키던 미개(未開)의 압제에 과감히 도전한. 흔히 사람들이 그에 필적할 만한 인물로 우주의 얼개를 열어젖힌 지동설의 아버지 '코페르니쿠스' 뿐이라고 했습니다. 아마 그의 도량형으로 견줄 만한 인물로 찬양한 거겠지요. 그러나 다빈치는 사실 코페르니쿠스보다도 30년 전에 이미 지동설에 대한 연구를 남겼음을 상기하면 그의 과학적 능력에 감탄하지 않을 수 없습니다. 제가 볼 땐 신의 도량형을 인간에게 이식하여 중세에서 현대로 이어지는 삶의 운영체제를 확립한 사람이 바로 다빈치였습니다. 오늘날 그의 선각(先覺)은 당연한 보편으로 자리 잡고 인간의 무대를 구현하는 기본 프로그램으로 작동하고 있습니다.

어쩌면 폭발적인 그의 삶을 좀 더 알고 싶어 살펴봤습니다. '프로이트'는 이렇게 말했다고 합니다. 《다른 사람들 모두 다 잠든 시대에 그 홀로 깨어나 세기의 어둠을 걷어낸 초인》이라고. 사람들은 흔히 『모나리자』가 표상하는 모호한 미소를 신비화라는 다소 단순한 의미로, 아름다움의 표상으로만 찬양하는 것 같은데 그의 삶의 자세나 감성을 음미해보면 그저 그림이 아니라 사실은 과학과 철학(그 시절은 두 학문이 명확히 분리되어 있었다기보다는 세상을 이해하는 방식이란 의미에서)의 두 명제를 표상하고 있는 게 아닌가 싶기도 하군요. 물론 제 생각이 옳다는 건 당연히 아닌데 모나리자의 얼굴을 자세히 보면 윤곽선을 일부러 모호하게 표현한 것 같기도 하더군요. 눈가와 입가에도 음영을 집어넣어 경계를 희석시켜서 신비한 시선의 초점을 강조하고 있지요. 그의 빛나는 정신을 생각한다면 세상의 모든 이치와 가치, 정의와 신념, 종교와 학문, 성공과 죽음, 그리고 인간의 오묘함과 옹졸까지도 굽어보며 은근화법으로 가르치는 게 아닌가 하는 생각이 언젠가 문득 들었습니다. 과장된 생각은 분명한데 제가 그를 워낙 뛰어난 인물로 생각하다 보니 어느덧 그렇게 생각을 굳혀온 건 아닌지. 그래서 중세의 억압적인 어둠을 몽땅 걷어내기라도 하듯, 아니 아름다움이 그 자체로 끝나지 않고 역설을 이끌고 시대를 앞서가는 상징의 표상으로까지 확장된다고 믿고 싶군요.

아마도 그런 의미에서 사람들의 그에 대한 칭송은 끝이 없을 정도더군요. 르네상스 시대의 전기 작가 '조르주 바사리'는(그 시절과 관련된 이야기들에서 그의 이름이 가끔 보이더군요.) 그를 〈지상의 모든 것을 탐구해낸 그에게 천상의 아름다움까지도 알려주기 위해 천국에서 우리에게 보낸 신과 같은 사람〉이라는 거의 교조적(敎條的)일 정도로 최상의 찬사를 했고, 다빈치의 후계자로 알려진 '멜치'는 〈그는 우리들에게 초월적 존재의 진정한 인간상을 대변하고 있다〉고 말하기도. 그의 진면목이 모두 드러나는 날 우리는 역사상 최고의 위인을 만나는 감격을 만날 수 있으리라 생각합니다. 신이 있어 단 한 명의 인간만이 그 옆에 앉을 수 있게 한다면 다빈치 홀로 만장일치로 그 자리에 앉을 수 있는. 〈별을 붙잡고 있는 사람은 결코 넘어지지 않는다〉라는 그의 말은 세상의 허상 건너편을 항상 응시하고 자신을 발전시키면 결코 죽지 않는다는 교훈인 것 같습니다.

하지만 현대는 그가 가르쳐준 정교한 도량형과 삶에 대한 원대한 독심술에는 관심도 없이 기껏 왜소한 개인에서 출발한 엉터리 신념과 제조된 정의와 값싼 미신과 미개한 오류, 그리고 단세포적인 현상만을 진리인 양 자녀에게 물려주고 있습니다. 다음에 기회가 되면 그런 왜소한 개인들의 단세포를 이야기하고 싶습니다만.

3. 그렇군요. 과학과 철학뿐만 아니라 종교도 있다고 하셨습니까? 종교는 그 세상을 가까이하지 않는 사람에게는 그저 하나의 이야기, 전설이나 신화로 흘려들을 뿐이지만 믿는 사람에게는 그야말로 〈절대〉지요. 그 개인에게는 어느 것보다 우선하는. 원시 시대, 또는 어느 영화에서처럼 사람의 목숨을 신에게 바치는 의식은 절대적인 〈믿음〉과 〈폭력〉의 양면성을 잘 말해주고 있습니다. 믿음은 폭력이란 희생 위에 세워진 또 다른 기념탑이지요.

그러니까 종교는 현실 속 개개인들의 믿음 그 자체로 두는 것이 좋겠습니다. 이성과 논리의 세상에 종교적 잣대를 전면적으로 들이대는 것은 그 절대성을 세상의 풍습과 도량의 인력 안으로 추락시켜버리는 자기 함정이 되어버릴 수도 있습니다. 가끔 종교의 신념으로 현실을 해석하려는 경향도 있지만, 그리고 그 승리와 패배의 신화를 초월의 이상으로 삼아 믿음의 절대선으로 새기기도 하지만 인간의 삶은 그런 것도 포함하여 좀 더 거대한 양상으로 존재하는 흐름인 것 같습니다. 한 정신으로 세상을 묶어버릴 수 없는. 어쩌면 종교는 삶의 근원을 살펴보려는 거대한 본능인지도 모르겠습니다. 불교 경전이나 이슬람의 코란(Qur'an), 기독교의 성경(Bible) 등은 그런 삶의 욕망이 덧입혀진 저작들은 아닌지. 그와 관련하여 좀 더 깊은 성찰을 하고 싶어 '리처드 도킨스-Richard Dawkins'의 『만들어진 신-The God Delusion』도 구입했습니다만 함께 읽으며 각자 비교해보시기를 권합니다만, 물론 저도 아직 제대로, 아니, 끝까지 읽어보진 못했습니다.

정밀한 과학과 현상의 뒤편을 꿰뚫어 보려는 철학의 눈으로 보면 현재의 이 세상은 그야말로 엉터리 무당의 한판 신명굿에 다름 아닙니다. 교묘한 선동 언어가 진실의 이름을 달고 소리 높이는가 하면, 마비된 이성에 의지한 세속적 염치가 임금님의 옷처럼 엉뚱하게 절대선처럼 횡행하고 있습니다. 도처에서 얄팍한 정신들이 정의의 침을 튀기며 큰소리로 횡행하고, 거기에 열광하는 단세포들이 천박함을 고귀함이라고 양적으로 우격다짐하는 양화(量化)의 지배시대가 유령처럼 우리 사회를 화석화시켜버렸다는 생각입니다. 현대 문명이 베푸는 시혜에 취해 너도나도 물신화(物神化)되는 줄도 모르고 눈만 뜨면 온통 세상을 가득 채운 패션이, S라인이, 연예가, 해외여행이, 맛있는 음식이, 신형 자동차가, 벌거벗은 레이싱걸이, 열광하는 스포츠가… 압도적인 양적 팽창으로 대중을 추락시키고, 마법에 걸린 듯 너도나도 그 대열로 달려들게 합니다. 양화의 아이콘들은 그야말로 가여운 인간들이 마법처럼 모시는, 미개한 종족의 해골신에 다름 아닌데도.

오늘날 개인들로서는 모두 우주의 섭리를 알아챌 정도로 뛰어나지만 대중이란 세상의 무대로 인입 되면 마취된 듯 깊이 사유하지 않습니다. 대중은 가장 〈反철학적〉입니다. 덕지덕지 달라붙은 무리들의 계산과 무지와 광기와 마취에 취해 너도나도 악화(惡貨)를 양화(良貨)인 양 악다구니로 뿜어낼 뿐이지요. 그야말로 보잘것없는 〈개인〉을 절대화하고 〈타인〉의 절대는 철저히 무시하는 이 거대한 오류! 〈유레카〉란 말로 현세에서 가장 유명해진 '아르키메데스'는 땅에 원과 도형을 그려놓고 여러 가지 연구를 하고 있었는데 자신의 원을 밟는 로마 병사에게 비켜달라는 말을 했다가 그 병사의 칼에 맞아 죽었다고 합니다. 보잘것없는 세속의 권력이 현대 수학의 출발을 알린 만고의 수학자를 죽이다니…. 그 병사는 인류의 물줄기를 돌린 최상의 양화를 죽인 〈대중의 표본〉으로서 역사상 가장 악화로 남은 허무주의의 원본입니다. 당신은 그런 악화의 복제본은 아닌지?

철학이 빈곤하여 더없이 유치찬란해진 이 대중사회의 허무주의-, 미래 대한민국의 영광을 짊어져야 할 아이들만은 현상의 건너편을 볼 수 있는 입체적 눈을 길러줘야 할 겁니다. 대중의 자리를 떠나 선각자로서 현상과 유행과 계산과 안일이 아닌, 논리와 성찰과 본질과 직관의 습관을. 『율리시즈-Ulysses.』의 외눈박이 거인으로서는 인생을 하루살이로 소비시키게 합니다.

허덕이는 하루살이 대중으로 산다면 그저 단순한 생물적 연속에 다름 아닙니다. 〈나〉는 없어져도 아무런 의미가 없다는 건 근본적인 허무주의로 귀결되지요. 대중의 허무주의를 극복할 수 있는 부모의 몫은 아마도 거기서 찾아야 할 것 같습니다.

※ 쓰다 보니 저도 모르게 점차 우리들 현재의 모습에 대한 성찰, 그리고 반성을 진술하고 있군요. 슬픈 일이지만 우리는 그런 우리의 모습을 잘 각성하지 못하고 있다는 염려가 자꾸 드러납니다. 우리들은 덕지덕지 붙어 좀체 떨어지지 않는 악화들에 각성은커녕 일률적인 환호를 보내고 있으니까요. 불편한 각성이겠지만 우리는 정말로 유치찬란해진 대중으로 존재해야만 하는 걸까요?

앞으로 이런 점들을 좀 더 되돌아보고 싶군요.

제(18)주 학습지도 계획안

(2012년 6월 25일 ~ 6월 29일) 4학년 2반

만들어가는 진실

저번 주 선생님들과 등산을 갔습니다. 뭐 거창하게 산을 오른 건 아니고 그저 가볍게 뒷산을 오른 수준이지요. 마치고 선생님들과 중국집에서 고량주를 마셨는데 꽤 취했습니다. 술이야 마시면 취할 수밖에 없는데 다행히 저는 주정을 부리진 않습니다만 가끔 기억이 끊어지는 때가 있습니다. 분명히 집까지 오긴 하는데 나중 보면 지갑이나 열쇠를 잃어버리거나 하지요. 그런데 휴대폰이 없더군요. 집안 구석구석을 뒤져봤지만 보이지 않았습니다. 불편하긴 한데 세상과의 소통을 닫아버리니까 어쩐지 머리가 맑아지는 느낌도 들더군요. 세상의 악다구니에서 벗어난 듯. 그렇게 살 수 있다면 참 좋겠지만 그게 불가능하다는 걸 잘 압니다. 현대의 직업인이 휴대폰 없이 살긴 어렵겠지요. 아마도 곧.

저는 스포츠와 몇 가지 연결점을 가지고 있습니다. 프로가 아닌 그저 〈체육〉 수준이었지만.

바닷가 동네에 살았던 덕분에 벌써 대여섯 살부터 수영을 자연스럽게 배웠습니다. 국민학교 5학년 때부터 함께 창단된 수영부에 강제로 들어 엄청 물살을 갈랐습니다. 지금은 매립하여 한참 육지 안쪽으로 변했지만

남항 등대 밖 옛 해양고등학교 해변의 〈도꾸라미〉라고 부르는 자그만 돌섬에서 출발해 송도 입구 송림공원을 지나고(그 반원형의 바다는 벌써 전에 매립하여 육지로 변해버린), 해변 앞 다이빙대보다 훨씬 먼 바다를 가로질러 지금은 안남공원이 들어선 건너편 혈청소까지 대략 2㎞ 넘는 거리를 토, 일요일에 한두 번씩 왕복했지요. 지금 보면 육지와 멀리 떨어진 바다 한가운데에서 송림공원과 다이빙대와 해변 모래사장, 그리고 송도에서 가장 높은 건물인 제2 사장(沙場)의 유명한 만리장(萬里莊) 호텔과(가본 지 오래되어 아직 있는지는 모르겠군요. 아련한 추억의 이름!) 그 주변의 높다란 건물들을 보는 이상한, 아니 섬뜩하고 아찔한! 아시아의 물개 조오련(趙五連) 선수가 부산과 대마도를 횡단할 때 배가 단단한 그물망을 끌고, 조오련 선수는 그 위에서 수영을 했을 정도로 먼바다는 실제 무척 위험할 수도 있었지만, 그때만 해도 아직 사회 체제가 어수룩한 시대라서 그런지 중학생 또래가 바다 한가운데를 헤엄쳐도 누가 간섭하지 않을 때였습니다. 하긴 당시의 수영귀신들은 어렵지 않게 바다 한가운데로 나가 헤엄치기도 했고, 기막히게 수영 부감선생님도 좁은 수영장에선 쉽지 않은 장거리 훈련을 위해 시킬 정도였으니까요. 중학생 때지만 제 또래 몇몇은 남항을 외부 바다로부터 보호하는 남부민동 등대와 영도 등대 사이를 흐르는 빠른 물살을 헤치고 건너가 영도 영선동 근처에서 태종대 사이 해안에서 꽤 많은 해삼과 돌멍게, 전복, 소라. 문어 등을 잡기도 했습니다. 그쪽은 항내로 들어오지 못하는 거대한 배들이 점점이 묘박(錨泊)하고 있을 뿐 사람이 살지 않는 한적한 곳이었고, 외해와 연결되어 해산물들을 더 많이, 보다 쉽게 잡을 수 있었거든요. 지금 보면 오히려 굉장히 웃기는 그림이 떠올라 미소로 돌아볼 수 있는데 무슨 파리 상류층 부인들의, 또는 영화 『마이 페어 레이디-My Fair Lady』에 나오는 '오드리 햅번'의 커다란 모자처럼 옷가지와 신발을 보자기로 싸서 머리 위에 묶어 등대 사이를 헤엄쳐 영도까지 갔습니다. 목이 뻣뻣하게 굳어 좀 아프기도 했지만. 지금이라면? 아마도 큰일 났다고 사이렌을 울리며 해안 경비정이 들이닥쳐 잡혀갈.(제 큰누님도 어렵지 않게 영도와 남부민동 등대를 오가곤 했습니다.) 아무튼 자갈치에서 잡은 해산물을 팔거나 상점에 떠넘겨 꽤 많은 용돈을 벌기도 했습니다. 그 당시 항내엔 사람과 짐을 싣고 운행하는 도선(渡船)이 2개 있었는데 남포동 자갈치시장에서 영도 대평동을 운행하는(그러니까 영도다리를 통하지 않고 바로 영도로 직행하는) 도선이 있었고, 자갈치 시장에서 남항을 가로질러 등대와 가까운 해변가 선착장까지(제 집이 선착장 바로 옆에 껌딱지처럼 붙어 있었습니다.) 항내를 운행하는 〈제 2대성호〉라는 도선이 있었는데 그걸 타고 돌아오기도 했습니다. 기관장 겸해 허드렛일까지 하던 작은 형 때문에 공짜로 탈 수 있었지요. 승객이 쉽게 오르내릴 수 있도록 일반 배 앞부분을 옆에서 칼로 잘라낸 듯, 앞에서 보면 〈Y〉자처럼 생겼는데 이젠 누렇게 변한 커다란 그 배 사진을 아직 가지고 있습니다. 지금 무슨 〈부산의 그 시절 추억전〉 같은 사진전시회가 열리면 틀림없이 대상을 차지할 정도로 화제가 되지 않을까 싶을 정도로 한 시대를 대표하는 사진과 풍경입니다.

아무튼 국민학교 땐 평영, 배영, 자유형, 심지어 접영 등등을 가리지 않고(당시엔 선수가 부족하기도 해서 혼자서 종목 불문하고 출전했습니다.) 출전한 각종 대회에서 꽤 많이 우승했고, 부산에서 수영하면 당연히 최고였던 〈大新중학교〉에서 절 스카우트하려고 학교로, 집으로 선생님들이 찾아오기도 했습니다. 입시를 치러 영남 지역에서 알아주는 중학교에 진학했지만, 덕분에 공부한다고 연습을 거의 하지 않았으나 덜컥 부산 수영 대표가 되어 광주 전국체전엔가 나간다고 했는데 무슨 이유인가로 대회 참가 자체가 취소되기도 했습니다. 그러니까 수영은 중학 1학년까진 전문 선수 노릇을 했고, 초창기 역사였지만 공식 대회에도 참가한 셈이군요. 그때 같이 수영하던 여자 선수들-대부분 등대 출신들인 제 또래의 여학생들이지만 다른 학교 여학생들에게는 제가 다니는 중학교가 부산과 경남에선 워낙 명문이어선지(동복 소매 끝부분을 쌍백선(雙白線)으로 장식했고, 하복은 대부분 학교가 검은 모자에 파란 반소매 상의, 그리고 쑥색 긴바지였지만 저희 학교는 교모를 하얀 천으로 덮어 감쌌고, 하얀 반소매 상의에다 아마 전국적으로도 유일했을 진파랑색 반바지인. 특히 그 학교에서 수영선수는 저 혼자뿐이어서) 야릇한 유혹의 시선도 꽤 받았는데 공부한다고 연습을 흐지부지했습니다. 그 당시 대신동 사거리에 〈부산여고〉가 있어 그 누님들 몇이 저를 〈X동생〉 삼으려고 수영연습을 끝낸 저를 기다렸다 맛있는 찐빵이나 단팥죽을 사줘서 호강한 기억은 지금도 빙그레 미소를 떠올리게 하는군요. 특히 반바지 위 수영으로 단련된 제 다리가 늘씬하고 예쁘다며 모두 까르르 웃어서 얼굴이 홍당무가 되기도 했습니다. 아무튼 그 당시의 선후배 늘씬한 남녀 동료들은 이미 전설에서도 비껴가 할아버지, 할머니가 됐고(같은 동네 출신 남녀 수영선수 중엔 벌써 전에 유명을 달리 한 안타까운 경우도), 까마득한 후배인 '박태환'은 아예 우리들 시대가 있었는지조차도 모르는. 이제 와선 그야말로 호랑이 담배 먹던 시절 이야기군요.(좀 자랑을 한 것 같아 죄송합니다.)

참, 여담입니다만 수영 이야기를 하다 보니 생각나는 장면이 있는데 중학교 1~2학년 무렵인가 구덕운동장 야외 수영장에서 훈련하다 풀장 옆 넓은 풀밭에서 기타 연습을 하는 '최홍기'의 반주에 따라 노랠 부르던 낭만적인 풍경도 생각나는군요. 나중 그야말로 엄청난 대스타가 되는 '나훈아(羅勳兒)'인데 아직 가요계에 데뷔하기 전이어서 부산에 있을 때였습니다. 저보다 한두 살인가 위였던 것 같은데 그냥 서로 말을 놓았습니다. 제가 다니는 중학교가 그 당시 영남지역에선 워낙 알아주는 학교여서 좀 건방졌는지도 모르겠습니다만. 아무튼 두어 번의 워낙 짧은 만남이었고, 너무 오래되어 저도 그 친구에 대한 기억이 잘 나질 않는데, 그래선지 처음엔 그가 홍기란 걸 전혀 몰랐지만 한참 뒤 유명해진 나훈아가 그였다는 걸 문득 깨닫고 고개를 끄덕인 기억이 나는군요. 슈퍼스타인 그가 40년을 훌쩍 건너뛴 그 시절 기억이나마 해줄는지. 한때 바람처럼 잠시 만난…. 아마 추억의 그림자로 새겨져 있을 거라는 생각은 듭니다만 물론 까마득한 기억 한 조각을 앞세워 일부러 만날 생각은 전혀 없습니다.

또 덧붙여 말하자면 우리들 시대 최고의 여배우는 '김지미(金芝美)'였습니다. '최은희(崔銀姬)', '엄앵란(嚴鶯蘭)', '조미령(趙美鈴)' 등은 이미 우리 세대와는 나이 차가 너무 많은 부모, 혹은 이모뻘이었지요. '윤정희(尹靜嬉)'나 '문희(文姬)', '남정임(南貞妊)' 트로이카는 누나뻘인데 만만해선지 크게 선망으로 다가오지는 않았습니다. 그 중간쯤에 있던 김지미는 일명 〈아름다운 악녀(惡女)〉로 불렸던 '최지희(崔智姬)'와 함께 10살쯤 위로서 인형처럼 깜찍한 미녀에다 가장 강렬한 아우라(aura)를 자랑하는 마스크로 〈김지미 앞에 미녀 없고, 뒤에도 없다〉고 할 정도여서 감히 쳐다보지도 못할 정도로 화려했던, 당대 최고의 여배우였습니다. 아마 우리나라에서는 세기의 미녀로 일컬어지는 '엘리자베드 테일러(Elizabeth Taylor)'에 버금갈 정도로.

그런데 나중 나훈아와 함께 산다는 소식을 들었을 땐 놀라기도 했지만 감히 쳐다보지도 못하고 마음속의 연인으로만 간직했던 대배우가 '신성일(申星一)' 이전 5~60년대 노래와 은막의 스타로서 청춘의 표상으로까지 상징되던 '최무룡(崔戊龍)'과 함께 살다 헌신짝처럼 차버리고 어린 나훈아와 같이 산다는 데에 어떤 씁쓸한 배신감, 또는 질투 같은 걸 느끼기도 했습니다. 우리 시대 구원의 여신(久遠의 女神)이었던 김지미가 홍기와 엮이다니! 그래선지 불나비처럼 사뿐사뿐 날아다니는 김지미를 그저 흔한 여배우의 하나로 여신의 자리에서 끌어내려 버렸고, 더 이상 그가 출연한 영화들을 보지도 않았고, 어쩌면 좀 더 끈적끈적했을 상상까지도. 연예(演藝)는 세상에 비해 좀 더 스스럼없고 자유스러워서 그런가요?

아무튼 그가 노랠 무척 잘 부른, 아마도 〈가요황제 '남인수(南仁樹)'〉 이후 가장 많은 히트곡의 가수로 생각합니다만, 물론 얼굴론 아직도 제가 윗길이라고 자신하고 있습니다, 이젠 볼품 없이 삭았지만 말입니다. 후후! 참, 그 넓은 구덕수영장에선 〈미스부산 선발대회〉 등등의 여러 가지 야외 행사도 가끔 열리곤 했는데 아득한 옛날, 귀신이 데려갔는지 흔적도 없이 사라져버렸고 지금은 현대식 건물의 실내수영장이 들어섰다고 합니다. 고등학교 땐 그 앞 지금 구덕 터널 근처에 있던, 나무로 만든 길을 따라 한 바퀴 돌던 저수지도 도무지 기억조차 믿을 수 없도록 주택가로 변해버렸고, 그 언덕길을 헐레벌떡 교화(校靴-일명 똥구두로 불린 낡은 군용 워커)를 신고 동아대를 지나 학교까지 내달렸는데 지각했다며 교문 바로 밑 공터에서 벌서던 추억, 점심시간 학교 뒤 구봉산 자락에서 친구들과 호기심으로 담배를 피우다 연기를 보고 달려온 선생님을 피해 초량 부산중학교까지 산을 넘어 도망쳐서 정학을 당할 뻔한 추억도!

성장해서는 배구와 테니스, 그리고 마라톤을 했습니다. 테니스는 10년 남짓 쳐서 상위권이랄 수 있는 은배조에서 경기했습니다. 금배조에 들기 위해 무척 노력했지만 선수 출신이 아닌, 그것도 레슨 한번 받아보지 못한 아마추어의 한계에다 어깨와 무릎에 심각한 이상이 와서 십여 년 전 그만뒀습니다. 지금도 대회라면 일부러 구경 가기도 하지만 '짐 쿠리어'와 '마이클 창', '샘프라스' 선수들이 사인했던 〈윌슨 프로스태프〉니 〈프린스 그라파이트〉 등등의 라켓만 남아 지금은 신발장에 박혀있는 신셉니다. 텐션(tension)이 늘어나 제대로 쳐지지도 않을.

마라톤은 4~5년 전 시골학교에 있을 때부터 막연히 혼자 시작했는데 제 삶 속을 차지하고 있는 검은 함정 같은 어둠을 걷어내기라도 하듯 부산에서 학교까지의 먼 거리를 달려서 출퇴근하기도 할 정도로 열심히 달려 풀코스를 3시간 40분대의 기록으로 달리기도 했습니다. 테니스를 하면서부터 무릎과 발목이 좀 아팠지만 무리한 달리기였는지 근래 왼 발목 쪽이 꽤 아팠는데 저번에 특수반 선생님의 요청으로 아이들과 학교 뒤 윤산을 탐험하다 2미터가량의 절벽에서 떨어진 이후 인대가 일부 찢어졌다는 진단을 받아 아마도 곧 수술해야 할 것 같습니다. 그러면 마라톤도 그만둬야 하는지, 한참 기록이 좋아지고 있는데…. 아쉽습니다.

배구는 오랜 학교생활 동안 수요일 직원체육 시간에 선생님들과 어울려 아마추어 수준에서 많이 했지만(다른 곳도 아마 비슷하리라 생각하지만 부산 지역은 〈敎總-교원단체총연합회〉 주최의 대회가 해마다 봄에 열려 지역별 남녀 배구대회를 하여 우승팀을 가리는 행사가 있습니다.) 역시 무릎 때문에 평범한 실력에 머물렀습니다. 가끔 잘할 때도 있지만 컨디션이 나쁠 땐 제가 생각해도 정말 한심할 정도여서 심리적으로 위축되기도 합니다. 학교나 클럽의 팀 사정으로 번갈아 세터를 보기도 하지만 주로 맨 뒷자리 공이 가장 잘 오지 않는 곳에서 어슬렁거리는 형편입니다.

그보다는 가장 높은 〈A급 심판·기술지도 자격증〉까지 따고, 순전히 나이로 지역 한 배구 단체의 회장과 고문을 맡고, 그리고 전국대회에 심판으로 많이 참가했습니다. 물론 나이가 엄청 많은 데다 공무원 신분이라 프로나 실업 쪽으로 나가지 않고(나갈 수도, 나가고 싶지도 않지만), 근래 무척 활발히 벌어지는 9인제 연맹의 아마추어 대회지만. 그것도 이제 공직을 은퇴할 때가 가깝고, 젊은이들 세계에 지난 세대가 끼어 같이 뛴다는 게 스스로도 불편해 교편을 마무리하면 바로 그만두려고 생각하고 있습니다. 6개월 전인 작년 11월 〈제4회 합천군수배 전국 남녀 배구대회〉를 마지막으로 더 이상 심판석에 올라가지 않았습니다. 같이 활동하던 후배 심판들이 제 마지막 은퇴 경기를 준비하고 있다고 하던데 6개월 호루라기를 불지 않아선지 벌써 어색한 느낌입니다.

생각하면 참 재미있었던 세월이었습니다. 충주나 밀양, 용인, 순천, 문경 등 전국을 오가며 호루라기 속에서 여러 사람들과 우정을 나눴던 기억은 영원히 잊지 못할 겁니다. 합천 강변과 광안리, 진하해수욕장에서 비치 발리볼 심판을 보던 추억도, 부산 구덕과 사직, 기장 체육관, 시 체육회관, 각 지역 학교 체육관을 돌아다니며 엮은 우정의 호루라기 소리도 모두 젊은 날의 낭만으로 남았습니다. 아, 그러니까 곧 그만두면 테니스 라켓처럼 열 몇 개의 때 묻은 호루라기와 낡은 심판복만 남겠군요. 어쩌면 삶의 한 포즈로서 주체적으로 참여하고, 그리고 마지막까지 붙들고 있던 실존(實存)의 한 표상이 아니었나 싶은. (그러나 그 표상마저도 퇴직을 하고 일 년, 이 년… 지나면 차츰 기력 잃은 노인처럼 변해버린 저와는 아무 관련 없는 세상의 분주(奔走)로 남겨지겠군요.)

많은 추억이 쌓여있는데 그중에서 우리 삶을 되돌아볼 수 있는 시사를 주는 〈심판 후기〉 하나를 올려봅니다. 어쩌면 진실이란 무어고, 우리 삶에서 어떤 양상으로 스쳐 지나는지를 돌아볼 수 있는 기회가 아닐까 합니다.

작년 6월 충주에서 개최된 〈15회 경기일보 전국 남여 9인제 배구대회〉 때였습니다. 겨울 동안 대회가 없어 굶주렸던지 전국에서 백 개 가까운 팀이 참가해 이틀 후끈 달아올랐지요. 기록까지 심판만 50여 명이었고, 체육관도 대여섯 곳을 넘었습니다. 전날 전야제에 국회의원들도 오고, 생활체육계의 높은 분들, 현재 프로배구 중계에서 볼 수 있는 관계자는 물론 전, 현직 감독과 선수들도 많이 와서 성대하게 열렸습니다. 개막식 당일 단상과 플로어가 가득 메워질 정도였지요.

저는 베테랑답게 제법 심판을 잘 본다는 엉터리 소문으로 명문 클럽이 참가해 승부가 가장 치열한 〈중년 남자부〉에 배정받았습니다. 저와 잘 아는 사람 좋은 사무국장이 특별히 잘 부탁한다는 말과 함께. 저와 번갈아 주심석에 오를 젊은 남자 심판 1명, 선심과 기록으로 여자 심판 3명, 계 5명이 참가했습니다.

〈첨부〉

심판(審判)-그 고독한 숙명

지친다. 몸과 마음이 한꺼번에 휘날린다. 아침에 아무 것도 모르는 3반 선생님이 내 얼굴을 보더니 갑자기 괜찮으냐며 묻는다. 내 정신과 육체가 겉도는 모양이다.

하나가 마무리되면 남는 건 전설 같은 이야기들뿐이다. 때로는 승리의 무용담으로, 때로는 패배의 빌미로 무언가를 화제로 만들어 온갖 분칠을 다 한다. 만약 심판이 화제의 주인공이라면 그는 피에로가 되어 화제 속에서 온통 춤춘다. 절벽에 세워놓고 등 떠밀어 죽이기까지 한다. 바닥에 깔려 깨진 사금파리처럼 짓밟힌다. 현자 '솔론'도 일이 끝난 후에는 덕담이나 하는 법이라고 했는데…. 선수는 강자의 위치에서 마음껏 무용담을 피력하고 져야 할 책무는 전가된다.

화제 하나

첫째 날 예선부터 분위기가 이상하다. 실력이 비슷비슷한 팀들이어선지 신경전부터 치열하다. 아침이라 그런지 아직 추운데 열풍기를 켜달라,

체육관 구석에 있는 농구 골대가 코트와 너무 가깝다, 〈스타-Star볼〉 말고 〈미카사-Mikasa볼〉은 없느냐, 시간이 지났는데 왜 아직 경기를 시작하지 않느냐… 등등 별것도 아닌데 자꾸 심판진에 항의가 들어온다. 과감하게 보자고 우리끼리 마음을 다잡았다.

첫째 날, 경기는 무난하게 진행되어 결국 실력이 가장 좋았던 A, B 두 팀이 결승전에 진출했다. 둘째 날 메인 경기장인 용인 실내체육관에서 3, 4위전을 하고 드디어 많은 사람들의 주시 속에 대망의 결승전!

선임인 내가 주심으로 심판대에 올랐다. 젊은 심판이 아주 잘해서 내가 부심을 볼 테니 주심을 보라고 양보해줬는데 부담스러웠던지 먼저 3, 4위전으로 끝냈다. 어쩌면 시비가 벌어지면 나잇값으로 밀어붙일 수 있다는 의미도 있겠지. 부심과 선심들에게 모두 정신을 바짝 차려 집중하자고 했다.

전날 예선 때의 모습 그대로 두 팀은 실력이 막상막하였다. 서로 레프트와 라이트가 팽팽하다. 중앙 속공과 시간차 공격도 프로 못잖을 정도로 빠르고 정확하다. 전체적인 스케일만 조금 작지 움직임은 프로나 마찬가지였다. 게다가 오늘 B팀은 A팀보다 좀 더 큰 190㎝ 거구의 강력한 레프트 공격까지 장착했다. 어제는 출전하지 않았는데 아마 결승전을 위한 작전이 아닌가 싶었다. 신경을 곤두세워 호루라기를 불었다. 결국 예선과 마찬가지로 팽팽한 경기가 펼쳐져 듀스 끝에 B팀이 첫 세트를 가져갔다.

둘째 세트 중에 사단(事端)이 벌어졌다. 조금씩 점수를 뒤지기 시작하자 A팀 감독이 갑자기 B팀에 〈선수 출신〉이 있다고 항의하고 선수들을 불러들였다. 대회 전에 이미 주민등록증으로 배구협회에 선수 출신으로 등록되어 있는지 확인했고, 오늘도 본인 확인으로 손목에 도장까지 찍어줬었다. 그리고 이미 전국적으로 유명한 팀들은 서로를 잘 알고, 누가 선수 출신인지도 알고 있다. 지목받은 190㎝ 거구는 다른 선수들보다 확실히 실력이 좋았지만, 그 세계에 별로 알려지지 않아서 그런 모양이다. 어제 예선에선 아무도 항의하지 않았다.

우리가 다시 확인했지만 문제없었다. 그러나 A팀은 끝까지 걸고 넘어갔다. 사실 초중등 시절 선수 생활을 했지만 등록되지 않은 경우도 가끔 있다. 어쩌면 선수였는데 다른 사람 이름으로 출전하기도 한다. 내 생각으로는 시합 전에 불리할 경우 상대 선수를 지목해 항의하기로 미리 작전을 짜놓았던 것 같다. 그게 과연 정당한 작전이랄 수 있는지. 나중 들었지만 A팀의 승부욕은 전국적으로 이미 꽤 알려져 있었다. 얼핏 사무국장의 〈잘 부탁한다〉란 말이 떠올랐다. 그랬던가?

지목받은 B팀 선수와 팀원들도 강력히 항의한다. 해당 선수는 울기까지 했다. 분위기가 험악했다. 상금이 꽤 커서 그런가? 자존심 싸움이다. 아무리 살펴봐도 문제점을 찾을 수 없었다. 주장을 불러 빨리 코트에 나오지 않으면 기권으로 처리하겠다고 경고까지 하고 나서도 한참 지나서야 겨우 속개됐다.

그러나 B팀 분위기는 이미 급전직하-, 분노는 스스로를 옭아맸다. 2, 3 세트를 형편없이 내줬다. A팀 우승! B팀은 눈물을 흘리고 A팀은 환호했다. 시상식 때 B팀은 모두 가버리고 주장만 참석했다.

그래, 이름을 속인 선수 출신일 수도 있다. 주전이 아닌 후보였더라도 아마추어에선 얼마든지 위협적일 수 있으니까. 그렇다면 B팀은 뻔뻔하게 규칙을 어긴 것이 된다. 반대로 선수 출신이 아니라면 A팀은 고의로 상대편을 흔들어 승리한 셈이다. 가끔 엉뚱하게 항의해 상대의 전력을 흔드는 경우가 있기 때문이다. 전국대회의 승부욕은 마치 전쟁터 같다.

우리가 흔히 말하는 진실은 믿을 게 못된다. 어느 한쪽의 진실은 〈전면적인 진실〉이 되지 못한다. 그만큼의 눈물로 상대의 진실이 등가(等價)로 존재하기 때문이다. 내가 굳게 믿는 진실이 사실은 남의 눈물을 담보로 한 위장된 진실임을. 어쩌면 절대적으로 따로 존재하는 것이 아니라 〈만들어 나가는 것〉이 오히려 정직한 진실의 모습이라고 할 수 있겠다. 성숙한 사람들은 절도와 고려와 배려를 통한 진실의 가치를 만들어나간다. 진실을 말했다지만 상처받은 한 팀의 진실은 누가 보상해줄 것인가? 눈물을 흘리게 만든 그 진실이 과연 진실 그대로 남을 수 있겠는가? 인간은 과연 가슴 속에 내재(內在)된 또 다른 진실까지 헤아려줄 수 없는 존재인가?

화제 둘

그 밖에 이번 5번의 주심 중 한 경기에서 두 번의 애매한 판정이 있지 않았나 자평한다. 그건 어떤 대회에서나 있을 수 있는 일이다. 프로 경기에서도 판정에 따른 말썽은 비일비재하다. 그럴 경우 당자들을 부르거나 선심과 부심을 불러 상황에 따라 합의판정을 하지만 당자가 끝까지 인정하지 않을 경우는 어쩔 수 없고, 또 그렇다고 무조건 판정을 뒤집을 수는 없다. 슬로비디오 화면이 있는 것도 아니고.

첫날 애매한 판정이 벌어진 예선전은 내 잘못이 크다. 주심으로서 최고의 덕목은 어쨌든 게임을 잘 진행 시키는 것이기 때문이다. 만약 내가 오심을 했다면 그걸로 상처받은 사람들에게 무조건 죄송한 일이다. 마지막 3세트 격전에서 오심은 치명적이 될 수 있으니까. 하지만 만약 내 판단이 옳았다면 지금도 당당하다. 오심 여부는 당자만이 알 일이지만 내 눈에는 분명 네트 위에 순간적으로 멈춘 공을 서로 밀어 넘기며 네트 상단을 살짝 스치는 것으로 느꼈기 때문이다. 어쩌면 심판은 그런 경우 소리까지 들을 수 있을 때도 있다. 항의가 들어왔지만 부심과 선심들도 재빨리 터치 시그널을 하여 받아들이지 않았다. 물론 선수가 느끼지 못할 때도 있지만, 그러나 워낙 끈질기게 항의하여 딜레이(Delay-지연)로 경고와 벌칙을 주겠다고 하고서도 몇 분 더 있다가 경기가 속개되었다. 그런데 정말로 보기 어려운 경우지만 같은 팀에서 두 번이나 똑같은 상황이 연출되어 이번에도 점수를 얻었다고 서둘러 환호하는 팀에게 강심장이 아니면 또다시 반칙 판정으로 찬물을 끼얹기 어려울 수도 있다. 하지만 역시 이번에도 네트터치로 시그널을 넣었다. 어쩌면 환호로 심판에게 무언(無言)의 강요를 줘서 기왕으로 굳히는 경우도 비일비재하기 때문이다. 슬로비디오가 있는 것도 아니라선지 9인제나 생활체육 쪽이 프로배구보다 더욱 항의가 많은 편이다. 선수가 짐짓 거짓말하는 경우 미세하게나마 눈치챌 수 있는 경우도 있지만 확인할 순 없는 일이다.

그러나 어쨌든 무엇보다 선수의 진실은 주심인 내가 책임져주어야 한다고 생각한다. 심판의 진실은 이 경우 접어두고 터치하지 않았다는 상대의 진실을 먼저 생각해주는 게 정당하다. 그러나…. 그렇게 되면 결국 상대팀과 심판까지 모두 허위에 빠져버린다. 경기 자체가 의미가 없어진다는 말이다. 나로선 절대 물러설 수 있는 상황이 아니었다. 부심과 선심들을 불러 의견을 모은 후 3분 안에 몰수패를 주겠다고 주의를 주고나서도 한참 지나 겨우 속개할 수 있었다. 그쪽 벤치와 응원석에서 듣기 거북한 소리가 들렸지만 들은 체도 하지 않았다.

어쩌면 심판이란 행위는 선수들과 진실을 담보로 한 놀음과 다름없다. 모두 다 그 놀음을 숙명으로 여기고 휘슬을 불 수밖에 없다.

그 진실을 망가뜨리려는 사람들은 분명 있다. 그들은 자신의 진실이란 명목 아래 집요하게 심판의 진실을 무너뜨리려고 한다. 오심을 명목으로 다른 모든 진실마저 독차지하려고 한다. 오직 승리만을 위해선 심판을 타자로 만들어 희생시켜도 좋다고 생각한다. 그리스 신화 속 '프로쿠스테스'는 자기 침대에 대한 신념과 자부심으로 사람들의 키가 침대보다 작거나 크면 잡아 늘이거나 발을 잘라버린다. 가치, 신조, 이념이나 호불호 등은 상대성과 소통의 균형이 없으면 종종 아집과 불합리의 함정에 빠져버린다. 속 깊은 사람들은 타인에 대한 배려로 진실의 균형을 맞춰나간다. 그런데… 그들에게 진실이란 그저 맘대로 바꿔어도 좋을 수사학에 지나지 않을 뿐이다.

그러나 심판은 그런 정신들과 싸워야 한다. 비록 욕을 먹더라도 코트 위의 한 편은 모두 다 자기들 편의 가공된 이익만을 위한 집단이란 개념을 항상 가지고 굳세게 맞서 싸워야 한다. 슬로비디오라도 있어 자신의 진실이 사실이 아니라고 나타난다면 그땐 어떻게 할 것인지 궁금하다. 물론 오심을 한 심판에게도 해당되는 말이지만.

심판은 오래 할수록 〈고독이라는 그림자에 묻히고, 곁엔 아무도 없이 혼자만 남는다〉고 한다, 배구뿐만이 아닌 모든 종목에서 칭찬은 사라지고 나쁜 기억 속에서만 존재할 수밖에 없는 이름표가 심판이 아닐까? 어쩌면 삶의 전면, 세상의 표상을 상징하는 건 아닌지! 모두들 가공의 공동선을 가정해놓고도 사실은 개개의 이익을 분식(粉飾)하기 위해 타인에게 모든 책임을 덮어씌우는.

지친다. 솔직히 이틀 연속 10여 게임의 틈바구니에서 쉴 틈 없이 심판을 본다고 다들 지쳤다. 시간의 틈새에서 어지럽게 흩날리는 그림들에 눈을 모으고 송곳처럼 지켜본다고 눈이 침침하다. 모두들 곤욕을 치렀고, 파김치가 될 수밖에 없다. 새삼 내 나이를 알았는데 그게 점점 무리라는 걸. 이미 내 나이에 아직도 네트 앞에서 심판을 보는 미련한 사람은 아무도 없다는!

심판을 본지도 어느덧 10년을 훌쩍 넘겼다. 대개 평탄한 과정을 밟아온 것 같다. 물론 자잘한 문제들도 있었지만 그런 문제가 없다고 하는 건 거짓말이다. 인생은 완벽으로 엮이지 않기 때문이다. 체육관이 없어 운동장 모랫바닥에 기둥을 세워 배구 하던 시절인 98년 〈부산교총 배구〉 동래 지역 남자 결승 동래초등 대 부곡초등전에서 기록적인 점수인 〈59대 57〉까지 가면서 서로가 애매한 인(in), 아웃(out) 판정 하나하나에 항의하던 경우와 어제의 네트터치 문제 2개가 특별히 신경 쓰이는 오심 논란에 휩싸였다. 그러나 오심이라 하더라도 지금 그 경우가 닥친다면, 그리고 분명히 그렇게 판단이 든다면 다시 똑같은 판정을 내릴 것이다. 좋은 게 좋다면 나도 얼마든지 피할 수 있지만 심판의 자세를 회피할 생각은 없다.

지난 10년 동안 알게 모르게 쌓였던 오심들을 그래도 따라준 선수와 감독들에게 미안하다. 고개를 숙이고 사과하고 싶다. 또한 게임 전체를 보고 심판과 함께 좀 더 〈큰 진실〉을 만들어준 사람들을 존경한다. 그들은 내 마음속에 진정한 친구로 맺어져 있다. 배구라기보다 멋있는 인생의 얼굴로.

하지만 심판들도 잘 알고 있다. 어느 팀의 누가 어떻다는 걸. 습관적인 몇몇 혐의자들이 있는데 정말 밉다. 그들은 심판을 교묘히 이용하는 사람들이다. 그들의 정의는 자기 팀으로만 향해 있고, 내 나름의 점수로 따지면 겨우 20점대의 점수를 받을 수밖에 없다. 이번 대회에서도 역시 심판 나름으로 말하라면 그런 팀이 한 팀 있었고, 심판과 함께 〈경기〉라는 목적을 완성해나가는 깨물 정도로 사랑스런 팀이 남녀 각 한 팀씩 있었음을 고백한다.

본부에서 가장 신경 쓰이는 중년부를 그런대로 무난히 마쳤다며 사무국장이 날 심판상 대상자로 올렸다고 한다. 하긴 메인 게임으로 주경기장에서 회장을 비롯한 관계자와 관중들 모두 지켜보는 가운데 결승전을 치렀고, 그리고 당연히 나잇값으로 정했겠지만 나야 다른 대회에서 이미 받기도 해서 잘 도와준 젊은 친구에게 양보하겠다고 했다. 그러나 곧 연맹

회장님에 의해 이름이 불리고 체육관을 가득 채운 선수와 관계자들의 박수가 쏟아진다. 상패를 들고 단상을 내려올 때 사회를 보던 사무국장이 싱긋 웃으며 고개를 끄덕인다. 나도 손을 잡고 일부러 크게 흔들어주었다. 그의 우정 어린 흉계(凶計?)를 나무라듯.

2달 가까이 강행군이다. 내가 처리해야 할 일들이 많이 밀렸다. 이번 주는 정말 쉬고 싶다.

지내놓고 보니 참 즐거웠던 추억이군요. 이젠 하고 싶어도 후배들에게 맡기고 떠난 신세라서 언감생심입니다. 가방에 남아있는 대여섯 개의 호루라기와 여름, 겨울 심판복 두 벌만이 지난 영광의 시절을 되돌아보게 하는. 그저 평범한 시간들이었지만 그래도 삶에서 하나쯤 주체가 되어 사회적 포즈를 가까이 한 기억으로 미소를 떠올리게 하는군요. 우리 아이들도 자신이 주체가 되어 앞날을 향해 나아가는 그런 추억 하나쯤은 가슴에 새겨주면 좋겠습니다. 그리고 어딜 가나 진정을 다해 최선을 다한다면 아마도 인생의 진실과 보람을 얻을 수 있을 거라고 생각합니다.

그런데 글을 쓰다 보니 문득 어떤 영화가 생각나는군요. 미남 스타 '알랭 들롱'이 출연한 프랑스 영화 『암흑가의 두 사람-Two Men In Town』! 죄를 뉘우치고 열심히 살아보려고 했으나 정의와 진실이란 간판을 단 법의 집요한 폭력으로 속절없이 길로틴의 제물이 되어버린. 심판과 선수 누가 정의롭고 진실한지는 모르지만 그건 인간이 스스로를 배반하기 위해 쉽게 소비할 수 있도록 가공된 제품은 아닌지!

제(19)주 학습지도 계획안

(2012년 7월 2일 ~ 7월 6일) 4학년 2반

문화 생태계의 미로

1. 벌써 학기말 성취도 평가가 다가왔군요. 이번 주 목요일이니까 미리 계획을 세워 공부하라고 했지만 어째 그렇게 신경 써서 공부한 녀석들이 적은 것 같군요. 남은 날이라도 열심히 해야겠습니다.

2. 지난 16일 사직 아시아드 보조경기장에서 〈제1회 초·중학생 육상 챌린지 대회〉가 열렸습니다. 선수가 아닌 일반 학생을 대상으로 각 종목의 유망주를 선발하기 위한, 아이들로서는 그야말로 도전해볼 만한 대회였습니다. 저희 학교처럼 작은 학교에서는 참가 자체가 힘들지만, 그렇다고 아이들에게 새로운 세상을 경험하고 도전할 수 있는 기회 자체가 없다는 건 어쩐지 자존심이 상하는 일이었습니다. 기회는 모든 인간에게 주어진 권리이며, 경험은 인류의 진보를 가져온 가장 강력한 무기이자 자존심입니다. 이미 그런 대회가 있다는 지역 교육청의 계획도 알았고, 그 전 더 젊을 때부터 그런 대회에 참여한 경험도 꽤 있어 참가신청을 했습니다.

3년 전 시골 학교에 있을 때 그 지역에선 해마다 〈기장군 초등학교 어린이 축구대회〉가 열렸습니다. 〈고리 원자력 발전소〉가 있어 지역 주민에 대한 여러 가지 배려나 화합의 장이 많이 있었던 걸로 알고 있습니다. 학교 운동장 개선, 과학실험 기구 구입, 체험 문화 행사, 지역 특성에 맞는 축제 등등 다양한 분야에서 지역 주민과 밀착된 행정이 펼쳐져서 아이들에게도 많은 기회가 주어졌습니다. 축구대회도 그런 일환으로 열렸지요. 특히 그쪽 지역에선 발전소에서 만든 큰 공설운동장도 있고, 대부분 학교마다 축구부가 있어 봄에 치열한 대회가 열리곤 했습니다. 저희 학교는 해운대교육청 소속으로 되어있지만 산 너머, 또 너머 엉뚱하게 경남 덕계의 다른 교육청에 혹처럼 외따로 떨어져 있어 그런 대회 자체에 접근해보지 않았습니다. 그래서 이번 기회에 아이들 축제에 동참해보자 싶어 제가 담임을 맡고 있는 6학년(그래봐야 겨우 남녀 34명 한 반이 전부인)과 일부 뛰어난 5학년 선수를 선발해 한달 가까이 오후 내내 훈련을 시켰습니다. 시골 고즈넉한 학교에서 별달리 운동거리도 없어 몇몇 아이들 스스로 학교 마치고 맨땅 운동장에서 축구를 하곤 해서 저도 가끔 녀석들과 어울려 〈2 : 2〉 또는 〈3 : 3〉 축구를 했기 때문에 이야기했더니 이구동성으로 꼭 참가하고 싶다고 해서 근 한 달 동안 치열한 훈련을 했습니다. 저와 동갑인 여교장선생님이 제가 축구를 열심히 가르치는 모습을 봐왔던 때문인지 무조건 원하는 대로 하라고 하고, 그리고 어머니회를 통해 대규모 응원단까지 조직했습니다. 학교로 치면 근래 가장 큰 행사였습니다. 지역 3개 마을 유지들은 물론 어머니회, 동창회, 제가 가끔 〈어르신 노래교실〉이란 강좌로 찾아가 노래에 얽힌 옛날이야기를 섞어 신나게 불렀던 경로당 할머니 할아버지들까지 응원에 나섰습니다.

경기가 시작되자 제 걱정과 달리 아이들은 쫄지 않고 물 만난 고기처럼 오히려 경기를 압도할 정도였습니다. 점수를 얻을 때마다 눈물이 날 정도였고, 동네 사람들의 북과 꽹과리, 장구 소리가 요란했습니다. 생각지도 못한 학교에서 연전연승하니 다른 학교 감독(그쪽 지역은 경쟁이 치열해선지 모두 진짜 감독을 두었습니다만)들이 혀를 내두르더군요. '김승진', '황복원', '최재혁' 등등 모두 악착같이 잘했지만 특히 중학생 덩치에 달리기, 태권도, 씨름 등 모든 운동에서 뛰어난 능력을 지닌 '이윤준'이란 학생이 전방에서 전광석화 같은 골을 연달아 넣어 분위기를 이끌며 승승장구하여 결승에 진출할 수 있었습니다. 말 그대로 윤준이 곁에 달려온 아이들은 거의 〈튕겨져〉나갔습니다. 덕분에 다른 아이들도 쉽게 골을 넣을 수 있었지요. 그러나 결승에서 못잖은 실력을 지닌 전년도 우승팀과 치열한 공방 끝에 연장 후반에 골을 내줘 1 : 0으로 패해 아쉽게 준우승으로 만족해야 했습니다. 게임을 거듭할수록 전문적인 체력훈련 부족이 드러나며 막판에 밀린 게 패인이었지요. 땀과 함께 눈물이 그렁그렁한 아이들을 달래(저도 눈물을 흘렸지만) 같이 온 선생님들과 운영위원장 등 지역 관계자, 학부모님들에게 인사를 했더니 요란한 박수와 함께 아이들 한명 한명의 이름을 연호하여 주셔서 비로소 얼굴에 웃음기가 돌더군요. 윤준이는 최다골상과 최우수선수상을 받아 각 팀 감독들의 주목을 받았지요. 학부모님들이 챙겨온 푸짐한 음식을 먹으며 모두 즐거워했던 기억은 제 교직 생활에서 최고의 영광이라고 생각합니다. 아이들에게 그런 낯설고 새로운 문화에 대한 기억은 성인이 되어서도 추억의 그림으로, 도전의 의지로 새겨졌으리라 생각합니다.

참가를 결정하고 3~6학년 아이들을 선발, 한 달 보름 남짓 주로 아침과 주말에 훈련하였습니다. 아이들도 꽤나 고생했고, 전문가는 아니지만 저도 나름으로 열심히 가르쳤습니다. 하지만 여러 가지로 어려움이 많았는데 축구 같은 구기 종목은 훈련의 효과가 그런대로 나타나는 편이고, 무엇보다 재미가 있어 너도나도 하려고 하지만 육상은 발전이 더디고, 힘들어서 집중력 있는 훈련이 어려웠습니다. 더욱이 작은 학교다보니 육상을 하려는 아이들 자체가 부족했고, 기껏 훈련했는데 힘들다며 빠져나가거나, 하는 둥 마는 둥 도망 다녀 제대로 배턴을 주고받으며 연습한 날이 적었습니다. 그래서 참가를 포기한 종목도 많았습니다만 그런 걸 감안하고라도 그런대로 재미있게 훈련한 것 같기도 하군요. 일상에서 쉽게 접할 수 없는 새로운 세상을 만나 마음의 폭이 1㎝라도 넓어지기를 바라는 마음도, 그리고 아이들의 땀과 가쁜 호흡은 세상을 향한 몸짓으로 기억될 것으로.

아무튼 아이들을 데리고 운동장으로 갔습니다. 한 두어 명 뛰어난 아이들도 있었고, 그들 모두에게 자신을 주체적으로 드러낼 수 있는, 그리고 세상을 향해 나름의 생각과 행동을 할 수 있다는 자신감을 심어주는 게 좋겠다고 생각했습니다. 언제나 변두리 환경의 위축된 상상력으로는 삶을 긍정적으로 살 수 없겠다는 나름의 우울한 생각도. 어쩌면 육상은 자신의 존재를 돌아보고 삶의 다양성을 문신처럼 유전자에 새겨 세상과 마주할 수 있는 긍정과 자신감이라는 덕목을 획득할 수 있는 매개일지도. 기록으로 봐선 아마 두어 종목에서는 결선까지 가서 좋은 성적을 거두지 않을까라며 은근히 기대한 것도 사실입니다. 그리되면 우리 학교로서는 성공적이란 생각을 했습니다. 250여 개를 넘는 학교 중에서 겨우 4~50여 학교만 참가했고, 우리 학교처럼 변두리 작은 학교에서는 참가 자체가 매우 희귀한 경우에 비하면 말입니다.

하지만 그런 제 순진한 생각은 경기장에 도착할 때부터 빗나가고 말았습니다. 주차장에는 수많은 고급차들로 북적였고, 경기장에는 각 학교에서 만든 알록달록한 플래카드들로 울긋불긋했습니다. 학부모들은 스탠드에 진을 치고 학교와 아이들 이름을 불렀고, 멋진 유니폼, 유명 신발을 신은 아이들이 세련된 모습으로 지나다녀 기껏 체육 시간에 입는 간이 유니

폼을 입은 자신들과 비교하며 부러워했습니다. 아니, 미리 압도되어버린 듯 연신 두리번거리기 바빴지요. 겨우 아이들에게 최선을 다하면 그 자체가 가치 있는 일이며, 도전의 경험은 앞으로 세상을 살며 좋은 추억과 자신감을 얻을 수 있을 거라고 격려를 해줬습니다. 손을 모아 건투를 하고 각 종목별로 아이들을 데려다주었습니다.

그러나 경기가 시작되자 예선부터 계속 중하위권으로 밀려나고, 믿었던 아이들도 3~5등으로 예선탈락을 거듭했습니다. 몇몇은 기록으로는 충분히 결선에 나갈 수 있었지만 조별 등위로 선수를 뽑았기 때문에 3위, 또는 종목에 따라 2위로 들어와도 어쩔 수 없이 탈락을 거듭했습니다.

저 혼자 인솔했기 때문에 프로그램에 맞춰 아이들을 종목별로 일일이 데려다주고, 또 응원도 하기 위해 그 넓은 운동장을 바삐 뛰어다녔습니다. 그래선지 기막힌 일이지만 당연히 다음 주자 자리에 있어야 할 아이가 없어져서 실컷 뛰어온 아이가 배턴을 주지 못하고 두리번거리다 실격당하는 황당한 일도 벌어지고, 잘 달리다가도 꼭 한두 명씩 실력이 떨어지는 아이들 순번에서 등위가 밀리기도 하고…. 여자 800미터 한 종목에서 결선까지 진출하여 그나마 다행이었습니다. 결국 참가에 의의를 두고 자위할 수밖에 없었지요.

안면 있는 여러 선생님들을 만났는데 일부 몇몇 육상 중심지 학교에서 챌린지 대회 명칭이 무색하게 선수급 아이들을 출전시켜 상위 입상을 휩쓰는 걸 보고 모두 씁쓸해했습니다. 일부러 등록을 하지 않고는 실제로는 선수로 육성한 아이들이 많았는데 그래서 입상을 독식하는 일이 예전부터 비일비재한데 그러지 못하는 학교는 들러리밖에 되지 않는다며 자조를 했습니다. 어쩌다 아주 뛰어난 아이 한두 명만이 겨우 입상할 수 있다며. 또한 그런 현상을 잘 사는 동네와 못사는 동네의 차이로 해석하기도. 옛날과 달리 잘사는 집 아이가 학원을 다니며 공부도 잘하고, 운동도 체계적인 연습을 할 수 있지만 못살면 아예 아무것도 할 수 없다는 현실론을. 저는 1회 챌린지 대회로 알고 있었는데 사실은 명칭만 다를 뿐 이전부터 비슷한 대회가 계속되었다는. 그러고 보니 예전부터 아이들을 데리고 여러 이름의 대회에 참가해왔지만 언제나 입상은 어려웠습니다.

문득…, 그렇지요. 《文化》!

저는 이번 대회에서 우리 아이들의 부진이 문화의 이질감 때문이었음을 새삼 느꼈습니다. 압도적인 낯선 문화에 대한 무지와 이질에 위축되어 자신의 능력을 제대로 펼쳐보지 못했음을. 소위 처음 서울 구경 온 촌놈이 바로 저와 학생들이었습니다.

인간의 두뇌는 타고나는 본능적인 기제(機制)뿐만 아니라 보고 듣고 느낀 모든 것들이 기록되는 아주 효율적인 드라이브입니다. 숟가락을 들어 밥을 먹는 법이라든가, 신랑 신부가 결혼식장에서 맹세를 하고 새로운 삶을 위한 신혼여행을 간다든가, 부모님이 돌아가시면 정성을 다해 장례를 치른다든가 하는 모든 당연한 것들은 사실 기시(旣視) 문화의 기호로 저장된 것들이지요. 예를 들면 수저 문화에 익숙한 우리들은 동남아 사람들의 수식(手食)에서 무언가 불편함을 느낍니다. 문화의 양식이 다르기 때문입니다. 어딘가 불결하다거나, 편리한 이기(利器)를 사용하지 못하는 후진 등등. 결혼이나 장례 등의 관혼상제 같은 문화들이 아직 강력하게 우리 사회의 가치규범으로 자리잡고 있는 것 등도 고정된 문화의 양식으로 새겨져 있다는 의미입니다. 우리에게는 두뇌와 유전자에 기록된 문화와 다른 것들에 낯섬과 당혹, 또는 놀람과 선망 등의 반응을 하도록 되어있습니다. 오랜 진화를 거치면서도 개개의 생물적 존재를 지켜내기 위한 그런 문화의 양식을 지문처럼 남겨두었습니다.

그렇지만…! 저는 알 것 다 아는 성인이지만 아직까지도 현대가 만들어낸 많은 양식적인 문화에 대한 적응을 잘 하지 못합니다. 예전 우리들 피곤한 삶이의 기억들을 문화코드로 강하게 새겨놓았기 때문인지 남들은 쉽게 받아들이고 동화되어 체화(體化)시키는 현대의 문화에 무척 낯설어합니다.

얼마 전 출근할 때 골목 담벼락에 꽤 큰 가방이 버려져 있더군요. 엉덩이까지 닿는. 옅은 파랑색의 금속성 몸통이어서 매우 고급스러웠습니다. 손잡이가 길게 달렸고, 반대쪽 바닥에는 작은 바퀴가 달려있어 손으로 잡아끌고 갈 수 있는-, 소위 말하는 여행용 철제 가방이었습니다. 일상에서 꽤 자주 봐왔던 가방이지만 실제로는 저와 상관없이 멀리 존재하기만 했던. 버스를 타고 가면서 그런 가방을 전부터 봐왔는데도 스스로가 좀 촌스럽다는 생각이 들어 조금 생각하다 보니 아파트 창문과 관련하여 뭐 〈슬라이딩 도어〉라는 말이 퍼뜩 떠오르는데 〈슬라이딩 손잡이〉쯤으로 말해도 되지 않을까요? 그런 가방을 생각해본 적도 없지만 어째 들은 것 같기도. 그러자 갑자기 부산대학교 근처에 〈샘소나이트〉라는 큰 가방가게가 있으며, 그런 가방을 〈캐리어〉라고 한다는 걸 이미 알고 있음을. 생활 속 수많은 가방들하고는 달리 여러 가지 부속품들이 많이 달려있고, 바퀴까지 있으며, 또 알루미늄 케이스가 굉장히 고급스러운 것 같아서 값도 많이 나갈 것 같다고 생각되는 가방이었습니다. 하지만 저에게 별달리 사용될 기회도 없었고, 그래서 괜히 살 필요도 없어 여태 관심조차도 가져보지 않았지요. 도대체 가방에 바퀴가 있다는 사실이 의아했습니다, 아니 그 사실이 주는 의미가 지금 와서 생각하니 굉장히 창피하다는 느낌이 들어 아예 생각 자체도 한 적 없는. 아마도 여행이 보편화 되면서 그런 가방들이 생겨나지 않았을까 싶기도.

그런데 저녁 퇴근하면서 그 가방이 그대로 있는 걸 봤습니다. 얼핏 살펴봤더니 한쪽 바퀴 연결 부위 플라스틱이 조금 부러진 것 같고, 그 위 몸체에 서너 줄로 긁힌 자국이 보였지만 수리하면 될 정도여서 저런 고급스런 건 대번에 누군가가 가져갈 줄로 알았는데…. 순간 깨달았습니다. 이미 그런 여행용 가방은 일반적인 용품이 되었으며, 누구나 다 한두 개쯤 가지고 있음을. 무심히 지나쳤지만 이미 생활 속에서 너도나도 모두 당연한 물품으로 사용하고 있음을. 역이나 공항엘 가면 모두 예전부터 사용해온 것처럼 당당하고 우아한 걸음으로 캐리어를 굴리고 있음을. 너무나 당연한 숟가락처럼 현대인의 사고에 익숙한 문화의 전형으로 자리 잡고 있음을. 그리고 저에게는 설렘과 기대와 흥분으로 다가오는 것들이 세상에서는 이미 심드렁한 보편으로 굳어버린 것을…. 그런데도 캐리어라는 세련된 용품과 그걸 사용하는 사람들의 보편적 행동 양식이 저에게는 아직도 까마득히 먼. 제가 혹 지진아는 아닌지요?

지금도 저는 설이나 추석이면 새벽에 일어나 동네 공중목욕탕에 가서 목욕을 합니다. 사우나가(얼마 전까지 사우나가 목욕탕과 다른 점이 무언지 잘 몰랐습니다. 실체보다 낯선 〈사우나〉란 이름이 먼저 달려왔기 때문인지도. 문화는 그렇게 먼저 이름으로 치고 들어와 머리를 점령하는 모양입니다만 아무튼 저 나름으로 이해는 하고 있는데 지금도 애매한, 아니 심리적 저항도 일정 부분 있는 것 같은) 보편이 되고, 현대적인 아파트 생활을 하면서도 이 행동은 계속되고 있습니다. 그 옛날 수증기 피어나는 둥그런 욕탕과 그 바로 옆에서 옆집 아저씨와 아들이 벌거벗고 때를 미는 풍경은 5~60년대 어려웠던 시절 세상과 소통하던 공간이었지요. 그 공간에서는 모든 사람과 풍경과 대화들을 문화의 동류항으로 공유하여 내면에 깊게 각인하였습니다. 가끔 아이들이 떠들어 시끄럽다든가, 그리고 어른들이 야단치는 것도 다 그런 동네의 익숙한 공간에서 발산하는 심리학이 틀림없을 겁니다. 그러나 현재처럼 턱없이 넓은 옷장과 잔뜩 쌓인 수건과 비누의 물량들, 그리고 열탕과 온탕, 냉탕도 모자라 쑥탕에다 원적외선, 한증탕과 폭포수까지 있는 수영장 크기의 사우나에서 훨씬 세련되고 살찐 낯선 사람들이 풍겨내는 양식이 영 맘에 들지 않더군요. 비누로 모든 세척을 다 해결하는 저로선 샴푸에다 린스까지 왜 필요한지 이해하지 못합니다. 머릿결에 영양을 줘서 부드럽게 해주고 미용에 좋다고 하는 걸로 알고 있는데 전 며칠 감지 않아 뻑뻑해진 머리도 비누 하나면 아주 깔끔하게, 산뜻하게, 부드러워지는데 수수께끼가 아닐 수 없습니다. 실제 샴푸와 린스를 일부러 사용해보기도 했지만 그렇게 차이를 느낄 수 없더군요. 머리칼이 여자에 비해 짧아서 그런가요? 어쩌면 사람들이 자본주의의 특징인 과장과 선동, 마취에 길들여져 그렇게 세밀하게 생각하게 된 부분도 있지 않을까 의심스럽긴 하지만. 비록 위생적이지 못하지만 예전 동네목욕탕의 정겨운 우리들 문화를….

세련된 실내 장식의 카페보다 6~70년대 화장 짙은 레지가 화로에 석탄을 갈아 넣던 꾀죄죄한 다방이(근데 사실 부끄러운 고백이지만 전 여태 카페가 다방보다는 좀 더 고급한? 아니 다른 종류의 유흥장인 줄로만 안. 오히려 예전 도심지에 있었던 끽다점(喫茶店)이 더 고급스러웠으리란 생각도?), 화려한 컬러의 화면에서 잘 생기고 세련된 옷을 입은 배우들의 감각적인 연기를 보는 것보다 흐릿한 흑백 화면 속에서 울고 웃던 주인공들의 애환이 짙게 밴 흘러간 영화에서, 화려한 무대복과 변화무쌍한 춤과 속도감 있는 사설(辭說) 같은 가사로 열창하는 아이돌의 축제장 속에서 쾅쾅 울리는 노래보다 비록 울고 웃는 청승맞은 감상일변도 일지라도 마음속 깊이 배여 있는 애환을 온전히 흔들어버리는 흘러간 유행가에서, 번쩍이는 성능에 잘 빠진 화려한 차보다는 털털거리는 버스가, 어울리지 않는 화장과 몸의 굴곡을 그대로 드러낸 현대의 세련되고 화려한 컬러가 돋보이는 교복의 여학생보다 쌍갈래 머리, 세일러에 시집을 읽던 파리한 여학생이….

저는 비록 퇴영적인 편식으로 매도될 수 있는 시효 지난 문화생태계에 머물고 있지만 모든 것을 손쉽게 문화지도에 새겨놓고는 또 어느새 새로운 코드에 열광하는 현대의 〈과속 문화〉는 정말 적응하기 힘듭니다.

현대의 과학 문명은 거칠 것 없다는 듯, 모든 것을 해결해줄 것처럼 발전하고 있습니다. 우리는 그 문명의 화려한 조명 아래서 하늘거리는 열대어처럼 한가로이 즐기면 되지요. 여유와 안온과 자족과…. 그러나 사실로 말한다면 그런 건 아주 짧은 꿈에 불과할 뿐 삶의 양상은 역시 예전과 조금도 다름없습니다. 미국의 문화인류학자인 '마빈 해리스'는 시대와 관계없이 〈무지와 갈등, 공포 같은 의식의 멍에는 결코 벗어날 수 없는 인간의 조건〉으로 결박 지어져 있다고 했지요. 그리고 전쟁이나 고문, 기아, 남녀차별, 착취 같은 비문화적인 양상들은 현대 문명에서 사라져버린 것이 아니라 더욱 교묘한 모습과 방법으로 되풀이되고 있다고.

현대 자본주의의 화려한 불꽃 뒤에는 이런 부정적이고 비문화적인 카테고리들이 심각하게 깔려있습니다. 생활의 변두리로 내몰리는 대중은 강자의 식민지가 되어 개밥 주듯 던져주는 먹이에 머릴 박고 달려들 수밖에 없습니다. 그들의 아이를 훌륭히 교육시킨다거나, 특기를 살려줄 그 어떤 행위도 할 수 없습니다. 아이들은 커서도 비정규직이나 현장근무, 파트 노동자로 전락하여 그저 하루하루 살아가기 바쁠 뿐입니다. 문화는 자본의 향락에 아부하며 그에 맞춰 고급화되었습니다. 노동하는 대중에게 현대의 문화는 쳐다볼 수 없는 신선놀음으로 변했다고 할 수 있겠군요. 오페라 한 번 구경하려면 한 달 용돈이 몽땅 들어가는데 문화라니! 가당치도 않지요.
(다음에 기회가 되면 현대 문화의 속성에 대해 좀 더 깊이 살펴볼까 합니다).

우리 아이들이 이번 대회에서 실수하거나 예상만큼 입상하지 못한 것은 개인의 책임이나 기량의 차이도 있겠지만 그보다는 고급문화의 신선놀음에 더 익숙하지 못한 탓이었습니다. 그리고 커다란 스타디움에서 자신이 달려야 할 길을 잃고 실격당한 것은 그런 자본주의가 만든 위계(位階) 문화생태의 미로에서 속절없이 방황하는 대중을 상징하는 건 아닌지! 어쩌면 이미 익숙해진 캐리어에서도, 요즘 부쩍 투명하고 커다란 플라스틱 컵에 빨대를 꽂고 무슨 〈헤즐럿〉이니 〈카푸치노〉니 하는 이름의 들고 다니는 음료 같은 문화가 유행한다고 알고 있는데 그런 생활 속 자그마한 기미에서도. 저와 아이들은 그렇게 당연하게 다가오는 것들에서마저도 추방된. 어쩌면 공룡처럼 무성해진 자본주의의 우아한 문화 생태계에서 영 맥을 추지 못하는 미개인의 미로 놀이인지도.

그럼에도 열심히 달린 우리 아이들! 아아, 정말 자랑스럽습니다. 등외로 밀려 씩씩거리는 그 아이들에게 간절히 바라는 건 자본주의의 냉정한, 아니 무참한 폭력을 이겨내고 풍성한 문화의 시혜를! 좌절하지 않고 굳세게 문화생태계의 벽을 깨부수고 자신의 능력을 마음껏 펼치기를! 돌아와 학교 밑 시장에서 겨우 칼국수와 밀면을 먹으면서도 웃고 떠드는 이 순박한 마음에 삶의 정당과 영광이 함께 했으면! 그래서 변두리 삶의 두터운 껍질을 뚫고 당당한 주체로서 세상을 향해 포효할 수 있으면…. 아아, 하늘이 세련되지 못한 이 순박한 아이들을 외면하지 않기를!

제(20)주 학습지도 계획안

(2012년 7월 9일 ~ 7월 13일) 4학년 2반

스마트폰 홀릭 중후군

저번에 등산을 마치고 술에 취해 휴대폰을 분실했다는 이야기를 드렸습니다. 벌써 2주가 훌쩍 지났군요. 휴대폰이 없다 보니 꼭 필요한 연결이 되지 않아 불편한 점도 있었지만 눈 찔끔 감고 지내니 또 그렇게 편할 수가 없었습니다. 마침 다리도 아파 이리저리 얽힌 인연들에게서 스스로 행방불명을 작정했더니 예전에 잃어버린 듯한 익숙한 내면의 세상을 되찾은 것 같아 오랜만에 만족을 실컷 누렸습니다. 화려한 문명이 딱히 좋은 것만은 아님을 실감하기도.

세상과의 단절! 휴대폰이라는 세상과의 연결 수단을 통해 알게 모르게 스스로를 얼마나 세상의 잡스럽고 시끄러운 글과 그림, 소리들에 마취되어 살았는가 하는 자각이 새삼스러웠습니다. 너, 나 없이 악다구니에 다름 없는 저마다 질러대는 잘난 소리들, 논리들, 행위들…. 아마도 '루소'가 번잡한 문명과 쏟아지는 독설들에 실망하여 스스로를 '만장일치로 추방된 고독한 단독자'로 여기고 자연으로 돌아가 10번에 이르는 『고독한 산책자의 몽상』 속에서 자신의 모습을 회상하고 철학적 성찰로 빠져든 기분을 충분히 이해할 것 같았습니다. 아, 그렇군요. 하버드 대학 출신인 '헨리 데이비드 소로우'가 미국 동부 매사추세츠 주에 있는 월든 호숫가에 오두막을 지어놓고 문명에 의지하지 않고 자연을 만끽하며 사는 마음을 적은 『월든-Walden』의 주인공이나 된 것처럼. 특히 소로우의 월든은 이런 의미에서 현대인의 화려한, 그러나 알고 보면 과장과 엄살과 잡스러운 문명의 야만스러운 소란에 빠져 익사 직전에 틀림없을 우리들 삶에 충격적인 메시지와 함께 그만큼의 함의(含意)를 각성시키고 있다고 생각합니다. 대자연 예찬과 문명 세상에 대한 비판, 그리고 자급자족… 아마도 번쩍이는 정신의 정화(精華)를 맛볼 수도. 이젠 내용을 다 잊어버렸는데 이 기회에 책장에 있는 책을 다시 읽어봐야겠습니다.

1. 낯선 세상 속으로

그러나 그런 건 제 마음일 뿐 현실적으로 교사라는 직업인으로선 어쨌든 외부와 연결이 필요했습니다. 개인의 내밀한 아집(我執)을 내세워 정밀한 메커니즘으로 돌아가는 현실의 직장과 상관(相關)을 끊어버린다는 건 가당치도 않지요. 아이들과의 소통 도구로서도, 업무로서의 관련으로도… . 하여 휴대폰을 구입하기 위해 부산대학교 근처로 갔습니다.

제가 처음 휴대폰을 접한 건 99년 무렵이었습니다. 그 전까지 집전화만 알았고, 동료 교사가 〈삐삐〉를 선물하여 몇 번 사용해봤지만 제가 그리 사교적이 아니어서 별로 사용할 일이 없다고 생각해 나중 학교 뒤 계곡에 버렸습니다. 그러니까 휴대폰은 저로선 최초로 빨리 접한 현대문명의 최전선이었습니다. 가늘고 짧은 안테나가 달렸고, 얇은 폴립형 덮개를 열어 통화할 수 있는 최신형이어서 아주 잠깐이었지만 부러움을 받기도 했습니다.(서랍 속에 아직 있습니다. 제 아이들의 조그만 증명사진이 투명한 덮개에 붙어있는) 그 무렵 선생님들 몇이 함께 구입한 묵직한 최신형 후지쓰 노트북으로(하드가 기껏 30G에 불과했지만 그래도 당시엔 엄청났던) 한글 윈도 2.5 문서도 작성하던 때라 그때의 저는 첨단은 아니었지만 꽤 현대적인 수준은 될 수 있었다고 생각됩니다.

그때 통신회사가 〈LG텔레콤〉이었습니다. 그 후로도 저는 계속 LG 번호를 사용하였습니다. 스마트폰 시대가 됐지만 분실이나 고장으로 교환해야 할 때도 계속 일반 휴대전화인 피처폰을 사용하였습니다.

아무튼 부산대학교는 오랜만이었습니다. 버스로 지나치거나 볼 일이 있어 몇 번 가보긴 했지만. 그래서 이미 잘 알고 있는 곳이지만 그날따라 새삼 그곳의 분위기가 너무 달랐습니다. 온통 상가로 줄지은 길을 따라 사람들이 홍수처럼 길을 메웠습니다. 전부 활기찬 젊은이들뿐이었습니다. 그 분위기를 모르는 바는 아니었지만 그들은 제가 모르는 패션과, 대화와, 먹거리와, 행동으로 스스럼없이 거리를 활보했습니다. 저보다 나이가 많은 사람을 발견할 수 없었습니다. 그래선지 자꾸 위축되더군요. 바로 앞의 여대생은 무척이나 짧은 핫팬츠에 한쪽 어깨에 걸쳐 반대쪽 팔꿈치로 흘러내리는 옷을 입고 남자 친구의 손을 잡고 신나게 이야기를 나누며 걸어갔습니다. 싱싱한 젊음이 부럽긴 했지만 괜히 시선 두기가 민망했지요. 사람들은 넘쳤고, 거리는 활기차고, 가게들은 화려했습니다. 모두들 제가 익숙하게 알던 것보다 한 치수 더 많이 드러냈고, 더 짙은 화장을 했으며, 탱탱한 핏으로 몸매가 그대로 드러나는 옷을 입었습니다. 아, 그러니까 말도 외국어처럼 잘 알아듣기 힘들다는 생각이 문득 들더군요. 갑자기 그들은 『스타워즈-Star Wars』 속 어느 행성의 다른 종족처럼 보였으며, 그곳은 그 종족들의 해방구였습니다. 거기다 모두 하나씩 배당받은 것처럼 손에 상큼한 스마트폰을 들고 열심히 들여다보고 있었지요. 솔직히 저와 다른 문화를 만나 제 의식 구조가 이상하게 변형되는 것 같아 겁이 나기도 했습니다. 어쩌면 50년대 시대를 선도하며 첨단 감성을 내뿜던 낭만적인 모더니스트 시인이 엉뚱하게 현대 도회로 잘못 점핑해 난감해하는 기분이 그러지 않을까 싶은 생각이 얼핏.

2. 대중문화의 확산과 추락

어쨌든 LG 유플러스 대리점으로 갔습니다. 직원에게 휴대폰을 분실하여 새로 구입하려 한다고 말했지요. 그러니까 깔끔한 스마트폰들을 가리키며 어느 것을 원하느냐고 말했습니다. 스마트폰이 아니라 피처폰이라고 하니까 절 쳐다보더군요. 참 이상했습니다. 피처폰이 첨단을 달리던 때가 바로 엊그젠데 벌써 까마득한 시간의 건너편으로 물러나고 그 자리를 스마트폰이 순식간에 채워 세상을 완전히 점령해버리다니! 물론 당연히 그런 걸 알고는 있었지만 저에게 실제적인 관련으로 간섭하니까 마치 시간이 어긋난 『이상한 나라의 앨리스-Alice's In Wonderland』처럼 제가 이상해진 건지 세상이 비정상인지 혼란스러웠습니다. 저번에 말씀드린 문화와 가치의 이질이었습니다.

개인의 가치나 의미는 제각각 다릅니다. 다양은 인류를 떠받치는 중력입니다. 지금 현실에서도 사라져가는 종족들의 언어를 보존하기 위해 밀림의 원시 부족을 탐험하는 언어학자가 있고, 세상을 버리고 산속에서 정치(精緻)한 기운과 원시의 자연과 마음의 정화를 탐구해나가는 방외지사(方外志士)도 있으며, 노래가 좋아 멀쩡한 직업을 내팽개치고 지하실에서 제각각의 악기로 연주에 몰두하는 예인(藝人)들도. 전에 어디선가 들었는데 PC 통신 시대의 〈천리안〉이나 〈하이텔〉 등의 파란 화면과 울긋불긋한 글자, 그리고 삐~ 하는 소리를 못 잊어 아직도 이용하는 사람들이 많다는 이야기도.

그러나….

세상은 〈일률〉과 〈단편〉으로 이해되는 협수룩한 곳이 아니지요. 문명과 문화는 그 가치만큼 세상의 묵직한 표상들로 채워져 있습니다. 마치 천년 동안 지구를 떠받치고 있다는 듯. 인간들 사이를 굳건하게 연결시켜놓았다는 듯. 그런데도 대체적인 지금의 세상은 시도 때도 없이 스마트폰을 조작하는 〈스마트폰 홀릭 증후군〉이라고 할 만큼 가볍고 시끄러운 일률로 변해버렸습니다. 제가 모르는 사람들은 물론 아는 사람들도, 심지어 제 아이들까지도 모두 스마트폰에 중독된 게 틀림없는 것 같습니다. 지금에 이르러선 밀림의 언어학자도, 산속의 방외인(方外人)도, 악기 연주자도…. 모두 사라져버렸습니다. 제가 너무 단순하고 과장된 시야로 보는 경향이 없지 않습니다만 세상은 너도나도 스마트폰으로 게임, 채팅, 음악 감상, 메신저, 동영상이나 방송 시청에 몰두하는 일상의 평범한 사람들로 가득 채워졌습니다. 그런 것들은 그저 일상을 향유(享有)하려는 편리와 오락 수준에 머물 뿐 인간의 정신을 탐험하고, 자신과 인류의 발전을 위한 도전의 삶과는 아무 관련이 없습니다. 그런 것은 보편(普遍)이란 관점에선 아무 문제가 없는 듯하지만 보편의 대중화는 대체로 인간의 상승적 정신을 끌어내리는 악덕(惡德)으로 고정된다는 문제점이 있습니다. 탐구하는 정신을 마모시키고, 사려 깊은 신중함을 뻔뻔하게 내던지게 하고, 주변에 신경을 끊어버리고, 판단과 비판의 정밀한 저울질을 내팽개쳐버립니다. 수단이 비전이나 목적을 앞지르고 나서서 행세하는 것은 폭력에 다름 아닙니다.

기막히게도 어느 종교에서는 스마트폰이나 컴퓨터 등은 악령이 침투하는 통로라고 이야기하며 제 생각을 은근히 응원하기도 하더군요. 〈악령의 간계를 능히 대적하기 위해 하느님의 전신갑주를 입으라〉, 〈예수 이름으로 악령을 물리쳐라〉…. 제겐 스마트하다는 이유로 스마트폰으로 완전무장한 제조된 안드로이드 인간들로, 아니 마취된 좀비(살아있는 시체)들이 침투하여 온통 와글거리는 세상으로 변해버린 것 같군요. 자신의 존재 자체를 끄나풀로 삼은.

대중문화는 소비지향적입니다. 소비의 지향점은 개인에게로 통합됩니다. 세상을 위해 아무것도 하는 것이 없습니다. 오늘날 대중은 있어도, 없어도 아무 문제가 없는 똑같은 존재로 추락하고 말았습니다. 그 찬란한 정신을 가진 개개인들의 허망한 인플레! 현대인은 인류역사상 가장 첨단 문화를 향유 하는, 그러면서도 가장 저급한 문화의 희롱에 빠져 포위되어버렸습니다. 개인은 사라지고, 똑같은 모습의 대중이 제각기 하나씩 지급 받은 스마트폰으로 타인과 연결하여 자신의 존재를 확인하려는 가여운, 아니 일률적인 놀이에 푹 빠져 마냥 시간을 소비하는 비극적 시대입니다.

(하지만…. 돼지털은 아날로그에 판판이 깨질 수밖에 없을 거라는 생각이 갑자기 드는 건 스스로에 대한 위안으로는 아닌지! 결국 삶은 육체를 매개로 다른 존재와 교류하며 현실을 축조해나가고 있으니까요. 죽음마저도 그렇게 아날로그의 영역에서 이루어지지요. 제아무리 디지털의 천국으로 도망가더라도 아날로그는 단 하나의 예외도 없이 체포해서 죽음으로 인도할 뿐입니다.)

방학이 가까운지 할 일이 참 많군요. 매일 집으로 일거리를 가져와서 처리하다 보니 시간 내기가 여간 어렵지 않습니다. 이번 주는 그래서 제대로 생각을 나타내지 못한 듯하지만 다음에 현대인의 스마트폰 문화의 의미와 우려되는 문제들을 좀 더 치열하게 해석해보고 싶기도 합니다.

제(21)주 학습지도 계획안

(2012년 7월 16일 ~ 7월 19일) 4학년 2반

스마트폰의 식민성(植民性)

학습지도안 곳곳에 빈자리가 생기는 걸 보니 벌써 방학이 다가왔군요. 아이들이 그토록 바라던…. 억압과 부담은 한계치가 있고, 그 임계점 근처에서 방학이란 해방구가 존재합니다. 아이들은 그 해방구를 바라보며 시간을, 자신을, 생각을 억압, 혹은 단련시켜왔습니다.

목요일 종업식을 하고 금요일부터 여름방학이 시작됩니다. 그동안 짧은 시간이었지만 그래도 가만 보면 세대를 넘어 아버지와 자식처럼 교감하는 부분들이 상당했다는 착각도 해봅니다. 때론 엄격하게, 매정하게 자기들이 바라는 바들을 따라주지 않고 반대로 강하게 끌어가기도 했습니다. 4학년이란 성장 과정에서 개인들로서는 귀하고, 뛰어나고, 착한 아이들이지만 반과 학교라는 집단 속에서 벌어지는 많은 상황 속에서 아이들은 전혀 다른 존재로 다가오며, 갖가지 문제들을 일으키고 있기 때문이지요. 아마 자녀 2명만 함께 키워도 부모님 골머리가 아픈 경우를 생각한다면….

어쨌든 학부모님께 감사드립니다. 귀한 자녀를 제게 믿고 맡겨주셔서. 아이들이 반응하는 다양한 학교생활 소식을 접하면서 부모님 시선으로는

일부 아쉬웠던 점들도 있었으리라 생각합니다. 저도 모르게 아이의 마음에 상처를 줬다든지, 또는 과할 정도로 학업을 이끌어 부담을 지웠다든지 ….

하지만 삶이란 건 개인이 전부 감당할 수 없는, 아니 결코 완벽할 수 없는 신기루 같은 것이지요. 단선적인 듯한 장면들에도 섬세하게 지켜봐야 할 여러 요인들이 복합적으로 얽혀있기도 합니다. 저의 호의가 다르게, 또는 아이들의 마음을 미처 알아채지 못하는. 그렇게 제가 전지(全知)는커녕 작은 것들에서마저 시선이 닿지 못하는 맹점이 있음을 잘 알고 있습니다. 그렇군요. 갑자기 생각나는데 제 양쪽 눈 망막에 아주 작은 맹점이 3개 있어 눈알을 움직일 때마다 깨알 같은 검은 비행접시가 삼각형 대형을 유지하며 떠다닙니다. 그걸 따라 시선을 돌리다 보면 삼각형에 코를 꿰여 끌려다니는 것 같아 눈을 감아버리기도 하지요. 물론 의식적으로 느낄 때만 보입니다만. 우리는 그렇게 자신의 맹점을 인식하지 못하고 잘난 듯 살아가는, 그렇게 인간은 신의 혜안을 가지지 못한 원죄의 미개로 존재하는 듯합니다. 1학기 동안 그런 점들을 좋게 봐주시고, 넓은 마음으로 이해해주셔서 정말 고마웠습니다. 특별히 저에게 바랐던 부분들이 완전히 채워지지 않았다던가, 또는 상처 주는 말과 행동으로 마음 아파하는 분들은 없는가도 생각해봤고, 사회적 합의는 없지만, 교육이라는 권력으로 아이들을 억압했던 일들에 자주 뉘우치면서도 그저 저를 믿어주시는 고마운 마음들에 ….

하지만 그게 현시점에서 대안 없는 〈교육〉이라는 확신을 계속 가질 수 있다면 2학기에도 그렇게 이끌 생각입니다. 아이들이 내가 아닌 다른 사람들을 생각하고, 어울려 살아가야 하는 태도를 기르고, 헌신과 배려가 왜 필요한지 깨닫고, 무엇보다 세상에 나가 〈생각이 깊은 멋진 시민〉으로 인정받을 수 있다면 말입니다.

(그런데 솔직히 아이들과 장난치며 농땡이 친 기억만 먼저 떠올라서 죄송합니다. 교육은 학업성적이 중요하고 그 시스템에서 보면 저는 중간 이하에 틀림없을. 학교 뒤뜰에서 방울토마토를 키우며 자연에 대한 경이와 경의를, 윤산의 구석구석을 탐험하다 숨겨진 물웅덩이에서 올챙이와 도롱뇽과 송사리를 잡으며 자연과의 교감을, 졸졸 시냇물이 흐르는 산속 냇가에서 아기 손가락처럼 쑥쑥 자라는 산미나리를, 옥수수와 참외를 가꾸는 할아버지 할머니에게서 삶의 보편적인 모습을, 수영강에서 온천천으로 한 바퀴 돌며 우리를 둘러싼 자연의 변화무쌍한 순환을…! 어쩌면 그런 농땡이들이 아이들 심성에 더욱 큰 울림으로 다가오고, 또는 스스로에 대한 위로가 될 수 있다고 하더라도.)

이번 방학 동안 우리 학생들이 부쩍 성숙했으면 합니다. 그리고 가정에 행복이 가득하기를….

(저번 주에 대중의 일률적인 추락에 대해 이야기해봤습니다. 방학이라는 단절을 헤아려 그에 맞춰 글을 써야 한다고 생각했지만 뭐, 꼭 그렇게만 되지는 않더군요. 2학기에 어떻게 될지 모르지만 우선 앞에서 언급했던 스마트폰에 대한 의미를 좀 더 짚어보고 싶군요.)

3. 좀비의 시대

《Smart》란 말의 사전적 의미는 뭘까요? 그렇지요. 스마트는 〈똑똑한, 영리한, 현명한, 멋진〉 등의 의미를 나타내는 형용사라고 알고 있습니다. 대체로 뒤에 이어지는 말의 성질, 상태를 나타내는 말로 〈평범한, 어수룩한, 부족한, 보통〉 등의 말과 대척점의 뜻을 가지고 있는 말인 듯합니다. 복장이나 외모가 세련되고 멋질 때, 혹은 너무 규격적인 생각이나 우울하고 회의적인 마음 등에 비해 깔끔하고 재치 있는 말이나 생각을 표현할 때도 사용되는 말이라고 생각합니다.

과연 현대인의 삶은 예전에 비하면 엄청나게 스마트해졌습니다. 예전처럼 게임기가 없어도 지하철에서 얼마든지 혼자만의 게임을 할 수 있으며, 카카오나 트위터, SNS, 페이스북 등을 통해 엄청나게 많은 사람들과 시국이나 연예, 스포츠에 관한 대화를 나눌 수 있으며, '소녀시대'의 노래를 언제든지 들을 수 있고, 〈아메리카 퍼니스트 홈비디오〉나 신기한 장면 같은 재미나는 동영상도 마음껏 볼 수 있고, 실시간 방송도 집이 아닌 밖에서 시청할 수 있는 걸로 알고 있습니다. 좋아하는 가수, 배우의 공연이나 드라마, 야구 중계도 마음만 먹으면 손안에서 언제든 불러내 볼 수 있고, 집이나 직장에서도 주식이나 금융거래도 어렵잖게 하고, 공연 티켓을 예매하거나, 얼굴도 모르는 낯선 사람과 만남을 생략한 채 채팅을 할 수도 있고…. 그야말로 스마트폰은 내 손안에서 온갖 마법을 부릴 수 있는, 현대 문명이 만든 새로운 문화의 양식이자 표준이 되어버렸습니다. 인쇄술의 발명 이후 아마도 가장 혁신적인 소통의 인터페이스가 아닌가 싶을 정도로. 만약 스마트폰이 없다면 불안, 초조, 금단, 강박 등의 증상은 물론, 사용하지 않을 때에도 하고 있는 듯한 환상적 느낌을 받고, 일상생활에 장애를 겪기도 하는 등의 중독증상을 보이기도 한다는군요.

이전의 문화적 경험은 〈현장성〉, 〈개별성〉을 그 특징으로 하고 있습니다. 필요한 문화의 현장에 가서 직접 듣거나 보거나 대화를 나누었습니다. 또는 문화회관에서 연주하는 세계적 필하모닉의 연주도, 세계 미술계의 거장전도 모두 개별적으로 일일이 찾아가서 관람해야 했지요. 일부러 몸을 움직여 노력하지 않으면 문화의 혜택을 받을 수 없었습니다. 하지만 스마트폰은 현장을 일일이 찾아가는 대신 반대로 손안으로 불러올 수 있을 정도로 〈접근성〉이 용이하고, 한꺼번에 여러 관심 분야를 동시에 체험할 수 있는 〈통합성-멀티플레이〉도 가능한 걸로 알고 있습니다. 위에 든 예들도 저는 실제로는 하나도 모르는 기능들이지만 (알려고 하면 저도 어렵지 않게 조작할 수는 있는가요?) 더 많은 엄청난 용도들이 많이 있는 줄 압니다. 과연 현대인은 한시도 손에서 떼지 못할 정도로 스마트폰에 중독됐다고 할 수 있을 것 같군요. 역사상 접촉, 접근성이란 면에서 가장 최적화된 문명의 이기라고 할 수 있겠군요.

그러나… 그런 모습이 표상하는 〈Smart Life〉가 과연 정말로 똑똑한, 영리한, 현명한, 멋진 인생일까요? 영상으로 수다를 나누고, 트위터나 카카오톡으로 내 생각을 표현하고, 그 자리에서 쉽게 사진이나 동영상이란 데이터를 만들고, 버스에서 스포츠 중계를 보고, 손안에서 게임을 하고, 걸그룹의 현란한 춤과 노래를 눈앞에서 보고…. 과연 그렇게 사는 모습이 정말 스마트한 생활일까요?

물론 편하긴 합니다. 아닌 게 아니라 모든 걸 내 손안에서 해결하니까 무척 편하고 신기하군요. 요즘 버스나 지하철을 타면 한두 명 빼곤 대부분이 머리를 숙이고 스마트폰을 들여다보던데 마치 그러지 않으면 현대에서 탈락한다는 듯 그렇게 고개를 숙이고 열심히 들여다보고 있군요. 과연 평균적으로 똑똑하고 상쾌한 삶의 태도가 여실한 것 같습니다. 그런데… 그런데, 그런 〈수단〉으로서의 생활이 〈삶의 목적〉이나 〈가치〉와도 연결되고 있을까요?

그렇지요. 스마트폰은 삶의 유용이나 편리에는 엄청난 도움을 주긴 합니다만 목적이나 가치와는 아무런 관련이 없는 게 틀림없는 것 같습니다. 돈이 그렇게 삶의 목적이나 가치와는 아무 관련 없는, 단지 수단으로서의 효용에 지나지 않는 것처럼 스마트폰의 기능들은 우리들 인생의 보람이라든가, 성취, 자아의 발전, 정의의 실현, 사회에의 헌신… 등의 가치론적 면에서는 별로 도움을 주지 않는 것 같군요. 그저 편리하다는 것뿐, 인생의 꿈을 이루게 해준다거나 정신의 확산, 비판적 논리의 함양 따위와는 별개일 뿐입니다. 오히려 개인의 발전을 가로막고 퇴화시키는 사기범일 뿐이지요. 〈smart〉라니! 당치도 않습니다. 텔레비전을 바보상자라 하듯 〈바보폰-fool Phone〉이란 명칭으로 불러야겠다는 생각입니다.

아하! 시력이나 청력에 장애가 있는 사람들을 위해 〈수퍼아이〉의 기능을 가진, 또는 소리를 전자신호로 바꾸어 뇌에 전달해 들을 수 있게 하는 기능을 가진 스마트폰이 미래에 등장할 수 있다는 기사를 얼핏 읽은 것 같은데 이 경우는 그야말로 인생을 스마트하게 해주는 멋진 예외가 되겠군요. 제가 잘 모르는 다양한 기능들은 그런 마법으로 인생을 도와주리라 생각합니다. 그러나….

어쩌면 스마트폰은 피상(皮相)으로 바라본 세상의 표상(表象)이 아닐까요? 허깨비 같은 편리를 향한 원망(願望)을 일목요연하게 인덱스한. 아니, 더 나아가 〈주체적인 정신〉은 사라지고 오직 무의식적인 〈스마트〉한 행동으로만 존재하는 〈좀비〉를 상징하는 건 아닌지?

그렇군요. 대중은 스마트라는 위장(僞裝)의 이면에서 춤추는 편리라는 자동벨트를 타고 문명의 빅브라더가 던져주는 선물의 노예가 되어 좀비처럼 정신의 식민문화(植民文化)에 체포되어버린 것 같습니다. '안데르센'의 원작 동화를 원용하여 '마이클 포웰'이 공동 감독한 뛰어난 걸작영화 『분홍신-The Red Shoes』에서 프리마 발레리나인 '모이라 쉬러'가 열연한 주인공 '비키'는 분홍신을 신고 춤을 추지만 떠나는 연인을 보고도 분홍신의 마법으로 춤을 멈출 수 없어 결국 극장 테라스까지 가서 달리는 열차에 투신해버립니다. 연인에게 분홍신을 벗겨달라는 마지막 말을 남기고 숨을 거두는. 제겐 네모난 화면을 끊임없이 쳐다보는 대중은 분홍신을 신은 발레리나처럼 주체할 수 없는 욕망으로 가득한 몬도가네로만 보이는군요. 모든 것을 손안으로 끌어들여 함부로 난도질하는, 과장되고 억압된 형태의 고착된 문화에 끌려다니는, 대가는 없이 쉽게 결과를 좌르르~ 토해내는. 그렇군요. 무조건적인 편리는 삶에서 악덕이 될 수도 있음을. 어쩌면 춤을 멈출 수 없어 열차에 투신해 죽어야만 하는. 아니 이미 죽어서 유령이 된 '아카키 아카키예비치'조차 이 사람 저 사람 사이를 날아다니며 『외투-Shinel』 대신 스마트폰을 잠시잠시 훔쳐보는! 우리 모두는 소유와 편리와 행복과 집착과… 외투가 아닌 피상을 찾아다니는 맹목적인 유령으로 변신한 건 아닌지? 정말로 '도스토예프스키'의 말처럼 우리 모두는 '고골리'의 외투 자락에서 슬금슬금 자라난 〈좀비〉는 아닌지? 역사상 처음으로 좀비 전성시대를 경험하고 있는 건 아닌지!

4. 철학자의 삶에서 비춰본 스마트폰의 본질

독일의 대철학자 '임마누엘 칸트'는 접근성과 유용성을 철저히 배격했습니다. 그에게서 유용성은 스마트폰처럼 그저 편리하다는 의미일 뿐 정신은 철저히 스스로의 엄격에 가두어버렸습니다. 학부모님들도 알다시피 한줄 긋기 수학 문제로 유명한 '쾨니히스베르그'에서 태어나 그곳에서 한 발짝도 벗어나지 않았다고 합니다. 평생을 독신의 틀 속에 가두었으며, 강의와 사유에만 전념하며 청교도적인 순결한 생활을 지켜나갔습니다. 산책과 식사, 독서, 저술의 시간을 평생 일분일초도 틀리지 않도록 〈압도적〉으로 수행해 나왔다는 유명한 이야기는 일체의 허위를 배격하고 스스로를 완벽한 삶의 표상으로 만들고 싶은 〈이성(理性)의 의지〉였습니다. 사람들이 칸트의 산책을 보고 시간을 알 수 있다고 할 정도로. 친구도, 대화도, 여행도, 미식(美食)도, 재화도…. 사람들의 일상을 이루어주는 삶의 기호들은 그에게는 아무런 관심도 없는, 오직 외연의 껍데기일 뿐이었습니다. 다만 인간의 이성에만 생각을 주고 짝사랑했을 뿐입니다. 그렇지요. 그 거대한 삶의 진지(眞摯)!

천금(千金)을, 명예를, 청춘을, 불사(不死)를 준다고 해도 현대인은 절대 따라 하지 못하는 신(神)적인 엄숙주의를 실천했습니다. 미래의 그 어떤 사람도 따를 수 없는. 아마도 그래서 그가 역사상 가장 뛰어난 〈이성의 아버지〉가 되지 않았나 생각합니다.

순수이성비판(純粹理性批判), 실천이성비판(實踐理性批判), 판단력비판(判斷力批判)…. 3대 이성비판은 그래서 인간을 한 걸음 신(神)의 계단에 인도한 그 시대의 위대한 저작이 아닐 수 없습니다.

(저는 아직 칸트를 제대로, 아니 전혀 읽어보지 못했습니다. 전공학자라면 모를까 현대를 사는 상식인으로는 쉽게 접근하기 어렵더군요. 지금도 제 책장을 지키고 있는, 제각각 500페이지를 훌쩍 넘는 거대한 책을 평생 쳐다만 보고 살았습니다. 젊은 한때 맘먹고 덤벼들었다가 결국 밑줄이나 몇 번 긋다 모두 중간에 포기한. 언젠가 칸트만은 제대로 이해하고 죽어야겠다는 생각은 하지만 과연. 깜박깜박 이미 퇴화되고 있는 제 전두엽으로는 어림도 없을 것 같습니다. 아마도 어정쩡하게 몇 번이나 포기했던 제가 알고 있는 〈이성〉의 초입에서 또다시 도돌이 되는. 어쩌면 간단한 해설서 수준에서 머물며 만족할 게 틀림없을 듯. 절대 알 수 없을 것 같은 이성과 정교한 논리와 그 확장되는 파급과….)

역사상 가장 적은 에너지로 가장 역동적인 반작용을 이끌어낸 엄청난 효율성의 본보기가 아닐 수 없습니다. 오늘날 무한정 에너지를 소비하면서도 인류를 위한 헌신에는 전혀 관심도 없는 인색한 대중에 비한다면.

그런 칸트에게 현대의 스마트한 삶이 과연 가당키나 할까요? 트위터나 SNS, 페이스북, 카카오톡 등으로 〈수다〉를 떠는 건 상상도 할 수 없을 정도로 메스꺼움을 유발하는 시정의 가벼움이며, 게임은 인생을 망치는 시간의 함정입니다. 열광하는 춤과 노래는 시뻘건 불길에 날아드는 부나비의 맹목이고, 일상으로 환호받는 스포츠는 앰플 주사 하나로 중독되는 강력한 마약일 뿐입니다. 경쟁하듯 달리는 잘 빠진 자동차는 저주받은 유물론의 폐허에 버려진 녹슨 쇳덩이의 가식(假飾)된 모습과 같고, 일상으로 굳어진 해외여행은 어쭙잖은 식견(識見)의 과대망상으로, 으리으리한 저택은 귀뚜라미 슬피 우는 망해버린 왕조의 무너진 옛 성터일 터, 하물며 명예와 부와 연예와 사교와…. 스마트하고 샤프한 현대의 모든 삶의 양식은 그야말로 약장수의 사기극에 다름 아닙니다. 현대는 그런 외연만 화려해졌지 본질은 오히려 극성스런 외연에 사기당해 죽어버린 좀비의 시대가 분명합니다. 거울을 보고 〈스마트〉하다고 스스로 최면에 빠지는 자신이 사실은 좀비임을 깨닫지 못하는-, 현대에 새롭게 탄생된 비극적인 신화(神話)가 틀림없는 듯!

상승적 가치를 이끌어주는 내용은 눈을 씻고 찾아봐도 없고(그저 몇몇 내용들로만 판단한 제 좁은 생각이지만) 오직 소비적 행태로만 무한 활용되는, 거의 농담 따먹기에 다름 아닌 정제되지 못한 생각들, 알고 보면 모두 시끄러운 수다, 정신 수준을 의심할 정도의 잡스런 빈정거림, 비꼼, 욕설, 자랑-, 제 생각을 과격한 주장이라고 할 수도 있겠지만 스마트한 삶의 모습이 사실은 형편없는 허깨비놀음에 다름 없음을 다음에 다시 이야기하겠습니다. 제가 맡은 아이들은 어른들의 잘못된 허깨비놀음에만 빠지지 않고 진정한 구도(求道)의 삶도 찾아낼 수 있는 균형을 키워나갈 수 있기를 바라는 마음뿐입니다만 과연!

(그러나…, 그럼에도 불구하고 스마트폰은 인간이 어쩔 수 없이 선택해야 하는 삶의 양식

으로 굳어지리라는 쓰나미 같은 아쉬움은 어쩔 수 없군요. 인간은 개인으로 세상과 소통하며, 그 통로로 〈메일〉이나 〈쪽지〉 등은 물론 스마트폰의 등장으로 신경 다발 같은 SNS라는 아주 적절한 양식을 등에 업고 시냅시스를 주고 받으며 세상을 향한 개인의 작은 소리, 주장, 취향, 수용 등을 무한정 쏟아낼 수 있게 되었으니까요. 주체는 휘발되고 소문만으로 존재하는. 새로운, 거대한 문화는 대중이 선택해버리면 그 순간부터 당연과 실상과 표상, 그리고 정의가 되어버리지요. 모든 삶의 양상이 그렇게 결정론으로 진화되어버리는. 과연 미래의 인간형은 어떤 모습으로 존재할까요? 〈생각〉은 다운받아 저장해놓고 필요할 때만 클릭하여 사용하고, 〈쾌락〉에 최적화된 일상에서 존재하는 제2, 또는 3의 인간형은?)

스마트폰은 인간의 삶을 아주 편리하게, 그러나 가장 비참하게 타락시킨 현대의 새로운, 아니 가장 무시무시한 흉기가 되어버렸습니다. 진짜 〈나〉는 사라지고 보여주기 위한 가짜 〈나〉로 존재하는 좀비! 세상을 향해 무조건 침을 질질 흘리게 만든 스마트폰을 지급받는 순간 우리는 좀비 생산기지에서 새롭게 탄생한! 영화 『AI』에서 낡은 로봇은 물리적으로 해체되지만 우리는 이미 해체되어 허깨비처럼 왁자지껄한 유령으로 북적거리는!

제(22)주 학습지도 계획안

(2012년 8월 20일 ~ 8월 24일) 4학년 2반

배반의 세월

안녕하세요? 방학 동안 별고 없으셨는지요? 하긴 생각하면 꽤 긴 시간인데 여러 가지 일들이 없을 리야 없겠지요. 우리들 인생이 맞이해야 하는 그런 자잘한 일상들이 우리 아이들 머릿속에 한 겹씩 지층을 만들며 삶의 민낯을 새겨주었을 겁니다. 그런 개인의 역사들이 지층을 만들며 우리들 현실을 쌓아 올리는가 봅니다.

아시는 분들도 있겠지만 방학 중 저는 매일 학교에 가서 여러 아이들과 신나게 놀았습니다. 방학 중 개설하는 각종 교실이 신나게 펼쳐지며, 거의 대부분의 학생들이 참여하니까 모두 만날 수 있었습니다. 다른 학교처럼 아이들과 떨어지는 적막한 방학이 아니라 언제나 아이들로 북적거리는 활기찬 학교라서 얼마나 신나는지 모릅니다. 하긴 화분들과 햄스터, 물고기들을 돌보기 위해서라도 출근해야 했지만. 아이들에게만 맡기면 탈이 나기 쉽거든요. 그런데 아이들이 방학인데도 꽤 많이 학교에 나오는 건 아마도 자신을 외로움에서 건져내고 싶은 무의식에서 출발하고 있는 건 아닌지. 부모님이 일하러 나간 집에서 비몽사몽 정신을 놓고 있다 학교로 가면 삶의 현장이 눈앞으로 가득 달려옵니다. 저 자신 신명 나는 국악교실에서 아이들과 함께 엉성한 폼으로 장구를 치며 춤을 추기도 했고, 다양한

활동과 병행하는 독서교실에서 독서와 갖가지 놀이, 고학년 아이들을 불러 모아 축구시합을 하며 자주 얼음과자를 사주기도 했습니다. 심심해지면 1~6학년 아무나 모아 야외 탐험으로 학교 뒷산 구석구석을 돌아다니기도. 거미줄 같은 좁은 길을 탐험하듯 아이들과 깔깔 웃으며 도룡뇽, 메뚜기, 거머리, 올챙이 등과 만나 반가운 인사를 했습니다. 저번 시골 학교에서의 기억과 겹치며, 아마도 어릴 때의 기억은 평생을 빙그레 미소 짓게 할 게 틀림없을 것 같습니다. 자주 돌봄교실에서 아이들과 함께 놀이도 하고, 밥도, 과자도 나눠먹기도 했습니다. 오후 심심할 때 아이들과 복도에서 햄스터 달리기 경주를 하며 〈햄순이, 햄돌이 이겨라!〉 손뼉을 치며 응원을, 아니 사실은 학대를 했고, 자주 칠교놀이. 비석치기. 제기차기. 윷놀이, 씨름을 하며 즐겁게 하하호호 웃는 시간들을 제각각 새겨놓기도 했습니다. 아이들은 제기를 대개 한두 번밖에 차지 못하더군요. 몇몇은 5번쯤 손이 오그라드는 폼으로 아슬아슬하게 찼지만 제가 100번 넘어 차니까 하나하나 점점 크게 숫자를 세며 환호하더군요. 제기는 균형을 잡아 다리 안쪽에서 직각으로 차올리면 계속 그 자리에서 찰 수 있음을 모르니까 신기하게 생각하겠지요. 경험과 세월이 흘러야 모든 것은 요령을 체득하고 잘 제어할 수 있음을.

그렇지요. 시대를 잃어버리고 아직 방송실 책장을 가득 채우고 있는 낡은 비디오 테이프를 강당으로 가져와 제법 정교한 구성을 한 도미노 놀이도 했습니다. 바빴는지 생각보다 아이들이 적게 참여했지만 어쨌든 처음에 가벼운 마음으로 덤벼들던 녀석들을 쳐다보며 좀 고생해보란 생각으로 음흉한 미소를 지었습니다. 당장 다 쌓을 것처럼 덤벼들다 조금만 잘못 움직여도 다다다다닥~ 금새 무너지는 걸 보며 네가 엉덩이를 잘못 움직여서 그랬느니, 네가 너무 가까이 놓아서 그랬느니 하며 씩씩 서로 다투는 녀석도 있었지만 나중엔 좀 더 진지한 자세로 하나하나 정교하게 잘 쌓더군요.

열심히 잘 쌓아 이번엔 성공이라며 자신만만해하더니 결국 또 다시 와르르 무너지는 걸 보며 우는 여학생도. 그렇게 고생하다 3일쯤 지날 즈음 완성할 수 있었습니다. 처음 한 가닥이 두 갈래로 나누어지다 다시 네 갈래로 나누어지며 인형을 떨어뜨리거나 풍선 날리기, 대야의 배를 출렁거리게 하고는 다시 도로 두 가닥으로 합쳐지다 마지막 도미노가 초인종을 울리는. 크게 놀라울 정도는 아닌, 그저 백 개씩 몇 줄로 쌓은 정도지만 생각보다 고생을 좀 했던 때문인지 모두 박수를 치며 즐거워했습니다. 어쩌면 고생했던 생각으로 눈물을 흘리는. 수박파티를 열며 아이들에게 물었더니 자꾸 쓰러져 그만두고 싶을 정도로 힘들었다며 결국 모두가 힘을 합쳐 쌓아야 성공할 수 있다는 교훈을 얻었다고 하더군요. 아이들이 개인보다 전체가 협동해야 어려운 일을 헤쳐나갈 수 있다는 사실을 깨달은 것만으로도 좋은 경험이었고, 친구들과의 속 깊은 정을 나눌 수 있었던 점은 특별한 기억으로 남을 겁니다.

그렇게, 그렇게 여름의 분주로 가득했던 방학도 벌써 지나가버렸습니다. 세상에서 가장 냉정한 건 《시간》이 틀림없을 것 같군요. 현실을 사는 우리는 시간의 그네를 타고 도미노처럼 묘기를 부리며 살아가기 바빠 그 흐름을 느낄 때가 적지만 방학이라든지 10대, 청춘 시절, 60년대 등등 한 묶음의 시간을 떠나보내고 나면 언제나 순식간에 지나쳐버린 것처럼 생각합니다. 육체로 존재하는 인간에게 시간은 아무런 미련도 없습니다. 젊음과 청춘과 정열은 도미노처럼 무너져 추하게 남겨진 시간의 흉터로, 너덜너덜한 주름과 식물 같은 굳은 마음으로 변신해버리지요. 시간은 모든 것들을 자신 속에 가두고 관찰하는 견고한 독재자이자 역사상 가장 형이상학인 철학의 알파와 오메가입니다.

그리스 철학은 인간의 지성으로 이해할 수 없는 시간이란 괴물에 대해 일찍 관심을 가지고 나름으로 천착해나갔습니다. 거북이와 화살의 한계성을 이야기한 그 유명한 〈제논의 역설〉이나 〈모든 갈까마귀는 검은색이다〉, 또는 〈모든 크레타인은 거짓말쟁이다〉, 〈나는 실험실 통 속에 있는 뇌에 불과하다〉, 그리고 장자(莊子)의 〈나비 꿈〉 등등도 포함한 다양한 〈패러독스〉 이야기들도 결국은 시간의 철학적, 마법적 측면을 바탕에 깔고 있습니다. 아무리 시간을 잘게 분해해도, 이어 붙여도 결국 시간은 저 홀로 고고하게 흐르는 것을. 그 속에서는 꼬리를 물고 도는 뱀처럼 자가당착, 또는 이율배반에 빠질 수밖에 없음을. 인간 이성의 한계를 시험하려는!

아인슈타인 이후 최고의 지성으로 불리는 '스티븐 호킹'은 그의 저서 〈시간의 역사〉에서 시간의 독재성(獨裁性)을 쉽게 풀어냈습니다. 날아가는 화살처럼 그 무엇으로도 정지시킬 수 없고 무조건 일방으로만 흐르는. 조금 전 책상 위 화사한 꽃으로 가득 채워진 꽃병을 잘못 만져 바닥으로 떨어져 산산조각으로 부서져 버리면 그 시간은 겨우 1초에 지나지 않더라도 이미 거스를 수 없는 함정 같은 무(無)로 떠내려 가버린다고 했습니다. 우리를 포함한 자연의 모든 것은 절벽 같은 시간의 단면에서 날카롭게 잘리는 무, 배추처럼 이미 시간의 건너편으로 낙하하는 점핑을 계속하는 숙명의 원죄를 짊어지고 있습니다. 제가 생각하기에도 인간은 시간의 오랏줄에 묶여 과거로, 과거로…. 무한한 굴레로 연쇄된 시간의 벽에 희미하게 비치는 그림자의 원죄를 맞아야 하는 불쌍한 존재입니다. 그 그림자는 〈삶〉의 조각들이 되겠지요. 인간은 그래서 현재가 가장 중요하고, 그렇게 주어진 존재의 의미를 찾아내야 하는 운명적인 책임이 있다고 생각합니다.

건방진 생각이지만 그래도 감히 말해볼까요? 시간 속 인간의 존재성을? 생명의 가장 기본적인 모습은 〈플랑크톤〉 수준이라고 할 수 있을 겁니다. 그 자체로 증식(增殖)할 수 있는. 물론 그보다 아래 수준의 바이러스 등등도 있지만. 바닷물이 붉게 물든다거나 고기들이 한꺼번에 죽어버리는 현상이 생기는 건 플랑크톤이 무한 번식되어 산소를 몽땅 빨아들이기 때문이라더군요. 나중에는 플랑크톤 자체도 산소가 없어 죽어버려 바닷물도 그 시체들의 분해로 붉게 보입니다. 그런 속에서 플랑크톤 하나에 무슨 의미가 있을까요? 집단이란 이름의 멸망 속에서? 지구 역사에서 개체들이 얼마나 많이 포말처럼 나타났다 사라졌을지. 지구를 비켜 저 위에서 본다면 그 속에서 울고 웃는 인간은 개개의 플랑크톤일 뿐입니다. 문명이란 이름의 흥망성쇠는 그저 바람처럼 덧없이 사라지며, 그런 과정 자체가 인간의 존재성을 표상합니다. 인간이 무슨 생각과 행동을 하던 시간은 상관하지 않습니다. 시간과 존재와의 상관을 이해하든 말든, 그가 나폴레옹이든 플라톤, 아인슈타인이든 닥쳐오는 시간의 순서대로 먹어버리지요. 그게 존재성의 본질이고 그 감옥은 벗어날 수 없는 〈자연의 법칙〉입니다. 개개의 이름은 한낱 백일몽처럼 의미 없는, 그저 숨쉬기처럼 사치한 연명술에 다름아닙니다.

우리 아이들에게 시간은 좌표로 인식되지 못하고 잘려진 평면의 한 점 도미노로 존재합니다. 그 도미노는 무한하지요. 그래서 어느 도미노 하나, 개개의 도미노들은 의미가 없어져버립니다. 시간의 진폭을 느낄 수 있는 〈그때〉는 의미 없는 도미노처럼 사라져버리는. 그래서 지금 스스로 각성하고 있는 현재만으로, 연속되는 현재만으로 존재합니다. 지금보다 앞의 시간들은 잘 각성 되지 않습니다. 그러나 성인은 예전의 한순간에서 다른 한순간까지의 편차를 각성할 수 있습니다. 사진을 보며 추억에 젖어들기도 하지요, 그래서 시간의 진폭이 가늠되고, 흘러간 시간들에 강한 애착과 함께 현재가 더욱 중요함을 알아챌 수 있습니다. 아마도 이 아이들이 중고등학교에 들어갈 즈음이면 겨우 시간의 꼬리를 조금 잡고 그 속에 똬리를 틀고 있는 시간의 올가미를 느끼겠지요. 인간은 언제나 나이보다 철이 늦게 드는 모양입니다.

⇒ 방학 전인 21주에 스마트폰의 접근성과 유용성이 가지고 있는 의미에 대해 써봤는데 시간 계산을 잘못한 이유를 포함해서 여러 가지 문제로 2학기로 넘어와 버렸군요. 늦었지만 계속하겠습니다. 죄송!

5. 의고(擬古)의 시선

결국 스마트폰에 정복당한 시장의 논리는 피처폰을 구석으로 내몰았습니다. 그날 몇 군데 찾아다녔지만 끝내 피처폰을 구하지 못했습니다. 겨우 몇 개 있다는 말을 들었지만 엉뚱하게도 기기값이 10~40만원이라고 해서 입을 딱 벌리고 나올 수밖에 없었습니다. 최신 스마트폰은 기기값은 0원이라던데.

그런데 사실 돈은 크게 중요하지 않습니다. 문제는 기기가 변경되면 통신회사를 옮겨야 하고, 번호도 변경해야 한다는.

저번 주에 말씀드렸듯 저는 휴대폰의 출발을 〈LG텔레콤〉에서 시작했습니다. 근 10년 동안 기기는 몇 번 바뀌었지만 통신회사는 변하지 않았습니다. 물론 기기도 처음 LG전자 제품에서 지금까지 일관되게 LG전자 휴대폰을 사용했습니다. 일부러 그렇게 고르고 찾은 건 아니지만 우연찮게 그렇게 되어버렸지요. 어떤 물건이 있으면 오래 사용하는 버릇이 있고, 그걸 의식하기 시작하다 보니까 지금에 와선 제 편리를 위해 휴대폰과 통신회사를 바꾸고 싶은 마음도 없어졌습니다. 아니, 앞과 뒤의 관련이 없어진다는 인과율의 탈선이 짧게 떠올려졌을지도 모르겠습니다. 또는 광고의 무차별적인 주장과 선동에 더욱 많은 적개심으로 꿈쩍하지 않으려는 심리의 저변도 있을 수 있고, 그래 봐야 그거나 이거나 별다르지 않다는 생각도. 그보다 어쩌면 칸트의 신념까지는 아니라 하더라도 문화를 대하는 나름의 일관된 율(律)을 지켜나가고 싶은.

남들은 다들 잘도 번호를 바꾸고 기변도(한참 무슨 새로운 말인가 헤맸는데 단순히 〈機器變更〉을 줄인 말이었군요) 하던데, 그래서 아무런 아쉬움도 없이 새로운 세상에 적응하고 신나게 살던데 전 익숙한, 세상과 저에게 연결된 단 하나의 통로를 쉽게 지워버리고 새로운 세상과의 소통을 반갑게 만들어나간다는 것이 도통 끌리지 않았습니다. 달라져버린 세상에서 내팽개친 지난 시간은 없었다는 듯 반짝반짝 깜찍한 얼굴로. 어떤 생물적 연결도 아니고 기껏 물리적인 소통기구에 지나지 않을 뿐인데도…. 아마도 쉽게, 스스로 패배 되지 않으려는 잠재된 의지는 아니었는지!

이런 의고(擬古) 성향은 현대를 살아가는 방식에서 많은 부조화를 일으킵니다. 대개 사람들은 연예에 열광하더군요. 무슨 드라마 주인공의 반항적인 표정이 실감난다든지, 어느 가수의 노래가 감미롭고 가슴을 쥐어짜는 듯한 절절한 감정을 환기시킨다든지, 어떤 개그의 유행어가 기발하고 참신하다든지…. 저로서는 전혀 관심도 없고, 누가 누군지도 모르는 인물들과 내용들이어서 대화에 끼어들기가 참 힘이 듭니다. 그냥 그대로 받아들이고 즐기기만 하면 되는데도 말입니다. 그저 흠흠 고개를 끄덕이며….

제가 세상을 살아오며 보고 듣고 느껴왔던 모든 것들은 제 마음의 텃밭에 제각각 자리 잡고 심어져있습니다. 그리고 때때로 마음 속에서 영사(映寫)되는 화면처럼 가끔 저를 잡고 많은 이야기들을 들려주며 끊임없이 각성시키기도 하지요. 어린 시절 등대에서 차가운 바람에 휩쓸린 파도와 함께 울려오던 음울한 해명(海鳴)의 이미지에서부터 송도 입구 아리랑 고개 절벽에서 떨어져 자살한 동네 형의 검푸른 피가 굳은 얼굴, 세일러의 예쁜 여학생과 송도해수욕장 송림을 걸으며 플라토닉에 취해 밤새 편지를 쓰던 그날 밤, 철원 철책선 근처 야산에서 며칠 혹한기 훈련을 할 때 손을 호호 불며 내려다보던 그 아침의 빛나던 눈밭, 야간 새마을학교에서 학생들을 가르치고 밤늦게 선생님들과 포장마차에서 술을 마시다 술잔 속에서 문득 어두운 그림자처럼 다가와 빤히 쳐다보던 청춘의 고독, 술집에서 술에 취해 서럽게 울던 젊은 색시의 눈물에서 운명처럼 느꼈던 서글픈 애수…. 그렇게 그 그림들은 시도 때도 없이 불쑥 나타나선 발그레한 미소로, 안타까운 울음으로, 어둠에 잠긴 고독으로, 설레는 사랑으로, 이해할 수 없는 생명의 수수께끼로…, 여러 가지 모습으로 되살아나곤 합니다. 저는 그 그림의 각 항(項)들을 이리저리 옮기며 알 수 없는 방정식 속에 겹쳐진 시간의 얼굴들을 뚜렷이 떠올리곤 합니다. 그러면 인생의 비밀이 그 문을 열어젖히듯 좌항에 있던 화려(華麗)가 시간의 우항으로 이항되며 섬돌 위의 깨어진 사금파리로 변하는 비밀을, 그래서 세상의 모든 현재가 특별하지 않은 부질없는 꿈임을 잘 이해하고 있습니다.

저번 10주에 한국 소울 음악의 대부였던 가수 '박인수'에 대해 이야기했었지요? 그의 불행한 가족사와 삶의 아픔을. 그러나 불행은 그 혼자만의 이야기는 아니었습니다. 「노란 샤스의 사나이」로 한국은 물론 동남아까지 점령하며 60년대를 그 최전선에서 화려하게 열어젖혔던 열정의 가희(歌姬) '한명숙'이 엊그제 세상의 변두리에서 겨우 기초생활수급자 신세가 되어 근근이 연명하고 있다는 신문 기사는 그들에게 드리워진 시간의 마법을 잘 보여주고 있습니다. 전에 〈KBS 가요무대〉에서 하얀 야회복을 입고 열창하던 화려한 모습이 문득 떠오르는군요. 떠나간 연인의 결혼식장에 남몰래 가서 아픈 사랑의 추억으로 애달파하는 '펫 페이지-Patti page' 원곡의 번안곡 『Waltz of tears-눈물의 왈츠』를 역설적으로 허스키한 묵직한 소리로 열창하던 화려의 아이콘이었던 그녀도 결국 시간의 마법에 휘둘려 화려와 이별한 신세가 되었군요.

> 슬픈 가슴 안고 나는 갔었지요 그대 결혼식에
> 들려오는 올겐 그 소리에 그만 나는 슬피 울었소...

아마도 그 마법은 오래지 않아 한명숙의 마지막을 보여주곤 시간의 우항에서 희미한 그림자의 파노라마로 걸어둘 겁니다. 아무도 실체를 모른 채 허공을 떠도는 이름만으로. 현재를 마구 섭렵하고 있는 '소녀시대'의 화려는 그런 감수성으로 존재하는 저에게는 철없는 당대인의 자가당착이 아닐 수 없습니다. 아마도 오래지 않아 뚱뚱한 '아줌마시대'의 대표주자가 되어 추억이나 팔아먹을. '장동건'이 현재 대중의 전면에서 주인공으로 활약하지만, 그러나 그보다 더욱 화려한 전설을 만들며 한세상을 휘어잡았던 청춘의 표상 '최무룡'도 이미 망각의 우항으로 떠내려 가버렸습니다. 아니, 그의 배턴을 이어받은 맨발의 청춘 '신성일'은 물론 최무룡의 아들 '최민수'도 아마 곧 그렇게?

모든 당대인은 현실이라는 존재의 올가미를 벗어날 수 없습니다. 육체와 감각과 사고의 근거로 압도되기 때문에 그에 의지하고 받아들이고 순응할 수밖에 없지만, 그러나 미래의 조락(凋落)과 망각이 너무나 빨리 현실 위에 덧씌워질 걸 잘 아는 저에게는 그저 가소로울 뿐입니다. 소녀시대도 장동건도. 이제 와서는 전령(傳令)에 지나지 않는 최무룡과 한명숙처럼 그들도 곧 그렇게 시간의 마법에 형편없이 떠내려가야 하는, 기껏 그림자에 지나지 않습니다. 그런 제가 무작정 현대만을 보며 열광한다는 건 가당치도 않지요. 세상의 아버지, 할머니들이 소녀시대의 춤에 열광할 수 없다는 건 그런 시간의 축약(縮約)을 느낄 수 있는 곳까지 달려온 사람이 되었기 때문이고, 이는 곧 의고(擬古)의 시선으로 세상을 조망하게 된다는 뜻입니다.

시간의 강을 건너지 않은, 그래서 미래의 겸손을 생각할 필요가 없는 현대의 화려한 식욕은 저에겐 아무런 의미도 없습니다. 스마트폰의 왕성한 식욕은 폴더폰의 그때 화려를 돌아보지 않습니다. 의고(擬古)의 세상을 견뎌내야 하는 폴더폰은 한때 어깨에 힘을 잔뜩 주고 사람들의 총애를 한몸에 받아들였지만 이젠 함부로 취급되고 사라져도 아무런 억울함을 하소연할 수 없게 되었습니다. 지금은 주인공과 화려와 본문이 판을 치는 세상이고, 그에 관심 없는 저는 장동건과 소녀시대 대신 최무룡과 한명숙을, 화려함 대신 그들의 죽음과 고절(孤節)을, 관심을 마냥 잡아두는 본문 대신 구석에 있는 각주(脚註)처럼 남겨져 전해오는 이야기들이나 잡고 인생을 곱씹을 수밖에 없습니다. 인생을 달관했는가요? 아니면 착각하고 있는가요? 제가?

6. 세상의 소통, 그리고 배반

부산대를 다녀온 후 짐짓 세상과의 통로를 벗어던지고 내면과 만나는 호사를 실컷 즐기고는 있었지만 사실 마음이 편치만은 않았습니다. 직장과 사회, 그리고 가족과의 연결이 끊어져버리니까 마치 무인도에 표류하여 살아가는 '로빈슨 크루소'가 된 듯한 생각도 들었습니다. 어쩌면 이대로 죽어버린다면 몇 달 만에 발견될 수도 있겠다는 끔찍한 생각이.

어쨌든 세상과의 연결통로를 만들어야 했습니다. 체육 시간에 다친 아픈 발목을 치료하기 위해 자주 다니는 사직동 정형외과에 가서 물리치료를 받고 나오는데 꽤 큰 휴대폰 매장이 보였습니다. 혹시….

들어갔더니 마침 전면부 중앙에 둥그런 액정 시계가 있는 꽤 낯익은 휴대폰이 있었습니다. 다행히 LG전자 휴대폰이었습니다.

직원에게 물어보니 며칠 내로 구할 수 있다고 하더군요. 기기값도 4만원인데 4개월 분납으로 할 수 있고, 가장 값싼 요금제도 가능하고, 이전 번호를 사용할 수 있다는 설명에 갑자기 횡재를 했다는 생각까지 들 정도였습니다. 하지만 통신사를 SK텔레콤으로 이동해야 하는 문제가 있었지요. 갑자기 가슴이 아릿해졌습니다. 더 이상 찾아다니기 힘들고, 정 구할 수 없다면 번호이동도 할 수밖에 없지 않겠는가라는 무언의 타협이 한 가닥 떠올랐기 때문이지요. 덧붙여 익숙했던 통로와의 이별도. 결국은 저도 시간의 줄 위에서 어릿광대로 춤을 춰야 하는.

몇 번 이야기를 하다 지친 탓인지 그 자리에서 계약하고 말았습니다. 스마트폰이 아닌, 피처폰을 구했고, 번호도 지켜냈지만 LG텔레콤과는 의리를 지키지 못했지요. 뭐 의리라니까 스스로도 이상하고, 또 그쪽에서는 제 이 엉뚱한 고집을 알지 못하고, 그래서 고마워하지도 않을 텐데 혼자서 짝사랑처럼…. 〈나는 나의 법을 만들고, 그에 따라서 살겠다〉는 칸트 류의 신념도 와르르 무너지고 말았습니다. 세월의 틈새에서 배반(背叛)이 빼꼼 고개를 내밀고 비웃고 있었습니다. 그러나 밖으로 나와 비 온 뒤의 강렬한 햇빛을 받으니 방금 그런 생각은 금세 요술처럼 사라져버렸습니다. 번쩍이며 손바닥에 착 감기던 그 휴대폰이 자꾸 눈에 떠올랐습니다. 사람은 참 간사하더군요. 신념이란 마음만 달리 먹으면 단번에.

체코 프라하 출신의 유대인 작가 '프란츠 카프카'의 작품 중 『변신(變身)』이란, 세상에서 다시없을 기괴한 소설이 있더군요. 아마도 '고골리'의 『외투』 보다 더욱! 아버지와 어머니, 그리고 누이동생으로 된 가족의 경제와 빚더미를 책임지는 피곤한 가장인 '그레고르 잠자'가 어느 날 불안한 꿈에서 깨어났을 때 침대 속에서 한 마리 커다랗고 흉측한 벌레로 변했다는 이야깁니다. 수많은 발로 바닥과 벽과 천장을 돌아다니는. 그래도 가족은 그가 잠자 임을 알아채고 이번에는 반대로 자신들이 돌봐주지만 결국 지쳐버린 가족들이 사과를 던져 잠자를 죽이고, 그리고 남은 가족끼리 오랜만에 〈햇빛 비치는 거리〉로 즐거운 소풍을 가면서 끝납니다. (사람들은 그 작품을 실존으로, 소외로, 조직, 자본의…. 그렇지요. 하지만 저 개인으로서는 인간 심리 근저에 미리 프로그래밍된-, 비온 뒤의 햇빛처럼 시간의 단속(斷續)으로 더 강하게 느껴지더군요. 전과 후! 그 확연한 운명처럼 갈리는. 그렇게 비평문을 한번 써보고 싶군요. 시간 속에서 벌레보다 못하게 파멸해가는 인간의 조건을. 아니 물체가 〈사르르〉 변신하다 결국 해체되는 꿈에서도 불가해한 생각을. 그래선지 사실 카프카는 아직 아무도 그 세상을 정확히 파악해내지 못한 난공불락의 작가가 아닌가 싶군요. 어둠 속에서 커다란 눈을 뜨고 침묵의 내면으로 가라앉으며 의식마저도, 아니 육체마저도 기괴하게 변형되고 해체되는 견고한 유형지의 이미지가 떠오르는. 그의 삶 자체가 현대적 삶의 메커니즘에 염색된 정신으로는 이해가 불가능하지 않을까란 생각도. 모두 그의 세상 입구에서 이러쿵저러쿵 소란스럽기만 하는. 어쩌면 카프카는 그런 사람들을 바라보며 저승에서 고개를 젓고 있는지도 모릅니다.)

아마 제 마음도 그런 가족들의 마음이 아니었을까요? 저를 옭아매던 의고(擬古)의 벌레를 과감히 내던지고 세상 속으로 즐겁게 소풍을 나서는. 그게 과연 모든 의미들을 수렴하고 해결하는 방식인지는 자신할 수 없지만.

7. 압도적인 스마트폰

폴더폰이 첨단을 달리던 때가 바로 엊그제였습니다. 그런데 어느새 스마트폰이 세상을 완전히 바꾸어놓았습니다. 재작년 장동건의 〈언제 어디서나 막힘없이 콸콸콸 3G 스마트폰을 쓰세요〉라는 CF 소리가 요란했는데 불과 2년도 되지 않아 모두 스마트폰 세상으로 변해버렸습니다. 인터넷보다 스마트폰 중독자가 많아지고, 그 중 80% 이상이 10대, 20대라고 합니다. 아직 자신을 조정하는 힘이 부족한 젊은이들이 자기 과시, 체면차리기, 인정받고 싶은 심리의 측면으로 첨단 스마트 기기를 사용하려는 경향이 많아지고, 이젠 모임과 대화보다 스마트폰으로 채팅하는 것이 훨씬 편해졌다는군요. 고개를 숙여 손에 쥔 스마트폰을 보다가 〈거북목증후군〉이나, 터치만으로 스마트폰을 사용해 손목과 손가락에 스트레스를 줘 〈손목터널증후군〉을 호소하는 젊은이들이 병원을 찾는다는 소식도.

얼마 전까지 피처폰을 가진 게 자랑이던 아이들도 이젠 스마트폰이 아니면 버리고 찾아가지 않는다고 합니다. 교무실 한쪽에 있는 분실함에는 방금 구입한 제 휴대폰보다 더 멋진, 뭐 얼마 전까지 프리미엄급이라고 한참 날리던 휴대폰 몇 개가 일년 내내 그대로 있습니다. 얼마 전까지 그걸 가지는 게 꿈이었는데 말입니다. 꿈은, 아니 시간은 황금을 쓰레기로 만들어 가볍게 밀어내버리는 변신술의 달인인 것 같군요. 그걸 볼 때마다 시간의 마법이, 인생의 한 고비가 똬리를 틀고 혓바닥을 날름거리고 있음을 알아채고 고개를 돌려버리곤 했지요. 어쩌면 우리들 삶도 그렇게 빛나는 가치들을 내팽개치고 '잠자'처럼 변신에 변신을 거듭하다 사라져버리는 건 아닐지? 문명과 문화는 그 속에 숨겨둔 달콤한 마약처럼 우리를 허망한 벌레로 만들어버린다는 의심을 떨쳐버릴 수 없습니다. 꿈을 깨면 이미 모든 것이 환상처럼 사라져버리는.

사려 깊은 훈육은커녕 자식조차 이길 수 없어진 시대의 맹목으로 교실은 오늘도 손가락 돌리는 소리가 가득합니다. 그 아이들이 휴대폰 문화의 본질을 이해하고 세상을 향해 달려갈 날이 과연 다가오기나 할까요?

이상 새 휴대폰 구입기였습니다. 스마트폰이 나타내는 문화적 기호들은 다음에 기회가 되면 좀 더 깊숙한 사회학적 시점으로 파헤쳐보고 싶군요.

덧붙이는 글

2021년도 벌써 두 달이나 지나고 있는 봄에도 그 휴대폰은 아직 굳건하게 제 자리를 지키고 있습니다. 뒤쪽 덮개가 행방불명되어 드러난 배터리를 실 몇 가닥으로 묶고, 금테 도금도 벗겨지고, 무엇보다 배터리 지속 시간이 짧아져 매일 밤마다 충전해야 하지만.

아이고, 제가 생각해도 참 피곤하게 살고 있군요!

제(23)주 학습지도 계획안

(2012년 8월 27일 ~ 8월 31일) 4학년 2반

성냥팔이 소녀의 죽음

사람들은 참으로 똑똑한 존재입니다. 세상 모두를 보더라도 사람만큼 객관(客觀)을 인지하고, 주변 상황에 능동적으로 대처하고, 지적인 창조성을 발휘할 수 있는 존재는 없습니다. 아니, 우주 전체를 조감하더라도 아마 찾기 힘든, 신(神)적인 생물, 아니 기적의 존재가 아닐 수 없습니다.

전에 무슨 다큐에서 봤는데 남미 어느 부족은 집 부엌에서 다람쥐보다 조금 더 큰 크기의 설치류 동물(기니피그라던가?)을 수십 마리 기르고 있더군요. 그런데 그중 한 마리를 그 자리에서 도축하여 요리를 하는데도 다른 놈들은 파르르 떠는 동료의 죽음을 인지조차 하지 못하고 오히려 친구의 벌거벗은 핏빛 몸뚱이를 혀로 핥으며 주인 옆을 태평스레 돌아다니더군요. 논리적인 사고 자체가 없고 다만 자신에게 닥치는 위험한 고통 자체를 피하려는 본능으로만 존재하는.

그에 비하면 사람은 상황과 그 전후 사정까지 헤아려 자신을 유리하게 위치하려는 조망을 쉽게, 끊임없이 이어갑니다. 아마도 슈퍼컴퓨터 몇백 대로도 불가능한 일을 일개 생명체가 쉽게 발휘하고, 또 다른 사람들은 그게 당연하다는 듯 자기도 고차원적인 〈슈퍼 행동〉을 스스럼없이 펼쳐 보입니다. 우리들이 아무렇지도 않은 듯, 각성 자체도 하지 않는 생각과 행

동들이 사실은 우주적 기적인데도 말입니다.

더욱 현대인은 그런 생물학적인 인간의 한계마저 뛰어넘으려고 하지요. 자동차는 우리 몸이 감당할 수 없는 번개 같은 속도를 소유할 수 있게 했고, 비행기는 사람을 기적처럼 하늘을 지배하게 하여 신의 영역까지 넘보게 했으며, 컴퓨터는 세상의 모든 것을 손안으로 불러들여 세상을 촘촘한 거미줄처럼 구성시켰습니다. 물론 제 전성시대는 컴퓨터가 없던 시대라서 새롭게 적응하려고 꽤 고생한 기억이 생생합니다만. 세상일에서 서툰데다 이미 굳어버린 두뇌로는 도스(DOS)로 일일이 프로그램을 짜는 게 너무 힘들어 포기해버렸지요. 뒤에 윈도우가 등장하면서 선생님들이 일제 후지쓰 노트북을 단체로 살 때 얼떨결에 같이 사서 컴퓨터의 기능을 이해하고, 학교 일에 사용할 수 있었습니다만, 아직도 제게는 디지털이 아날로그 세상보다 친숙하진 않군요.

그러나 우주를 조망하고, 삶을 눈앞으로 불러와 주르륵 펼치는 요술을 펼치는 현대인은 얼핏 신적인 존재에 가까워지는 것 같지만, 사실로 말한다면 한 치도 나아가지 못하고 있습니다. 우리는 우리를 둘러싸고 있는 세상 속에서도 일부 영역에서만 신처럼 존재하지만 모든 외연과는 전혀 상관없는, 아메바 수준에서 스멀거릴 뿐입니다. 다층으로 겹친 우주, 아니 지구 속에서 우리 자체는 기니피그와 다름없는 생명의 한 유형일 뿐 그 껍데기를 절대 벗어나지 못하고 있습니다. 이성과 상상력과 실제성과… 그리고 그것들을 포괄하여 지구를 마음대로 섭렵하는 기적 같은 존재지만 그러나 결국 자신 속에 갇혀 있는. 인간의 생명은 우주에서는 아무렇지도 않게 소비되고 사라질 뿐입니다.

너무 절망적인가요? 염세에 찌든? 하지만 그건 아닐 겁니다. 본질적으로는 낙관에 치우친, 인위적인 생각에 머물지 않겠다는 엄연한 자연과 과학적인 운행에 바탕을 두겠다는 진지함입니다. 우리는 신적인 존재이면서도 형편없는 존재거든요.

그렇지요. 사람들의 의식은 일상 속에서 전지(全知)는커녕 많은 부분들에서 제대로 각성(覺醒)하지 못한다는 생각입니다. 번듯하게 맡은 일을 처리하고, 양식적인 규범에 정교하게 대응하고, 사람들 생각의 흐름과 정확하게 일치시켜 합일하고, 특정 부분에서 세련된 감성으로 사람들에게 찬사를 받기도. 그러나 그게 사실은 현실 의식의 하나일 뿐 대부분의 경우 자신을 둘러싼 외연(外緣)이 각성 되지 않는 것 같습니다. 정신분석학의 주요 대상인 〈무의식〉이란 말도 그런 무각성 상태의 다른 말을 어느 정도 뜻하는 게 틀림없습니다. 일종의 〈무의식의 커튼〉이 우리들 삶을 두텁게 가로막고 희롱하고 있다고 할 수도 있겠군요. 그런 면으로 우리는 역시 기니피그와 다름없는!

예를 들면 우주를 조망하는 원대한 시선의 인간이면서도 의식 자체는 현재 자신과 분리되지 못하고 현장성에 철저히 갇혀 있습니다. 지금 제가 밥 먹는 순간의 의식 밖에는 수많은 또 다른 현장들이 화려하게 둘러싸고 있습니다. 어느 범죄의 현장에서 긴장된 시선으로 두리번거리는 강도의 현실은 밥 먹는 제겐 없는 거나 마찬가지의 현장입니다. 거꾸로 결혼식장에서 행복한 미소를 짓는 신랑신부에게도 어느 곳에서 밥 먹고 있는 저의 존재는 각성 되지 않지요. 만약 특별한 경우 의식적인 각성은 할 수 있겠지만 가까이서 볼 수 있는 현장성은 없습니다. 만화영화 주인공인 '머털이'가 요술을 부려 자신을 수백, 수천으로 만들어도 겨우 수백, 수천에 불과할 뿐 세상의 모든 현장으로 접근할 수 없습니다. 신에게 우리는 기니피그나 다름없습니다.

왜 그렇게 똑똑한 사람들이 모든 걸 한꺼번에 각성하지 못하는 걸까요? 다시 말하면 인식의 동시다중(同時多重)은 왜 불가능할까요? 신은 모든 것의 현장을 동시에 모두 각성하고 지켜보고 있는데…. 하느님에게 세상은, 아니 온 우주마저도 모든 것의 원인이자 결과로서 자신의 속에서 운행되고 있다고 사람들이 믿고 있는데 인간은? 예를 들면-, 제 생각으로는 최고의 동화작가에 틀림없을 '안데르센'의 그 유명한 동화 『성냥팔이 소녀』에서 크리스마스 때 어느 집 가족들이 식탁에 둘러앉아 맛있는 음식을 먹고 가족들에게 선물을 나눠줄 때 창 바깥에서는 추위에 벌벌 떨며 성냥으로 언 발을 녹이는 소녀가 안을 들여다보며 부러워하고 있는. 그 가족들은 겨우 창밖에 지나지 않는 가까운 현장에서 성냥으로 손발을 녹이는 눈물겨운 그림이 함께 하고 있다는 각성을 하지 못했습니다. 아니 할 수 없었지요. 성냥팔이 소녀는 결국 얼어 죽었습니다. 그게, 겨우 집안과 밖에 지나지 않는 가까운 장면이 인간에겐 그렇게 어려운 각성이었을까요? 즐거운 식탁과 함께 창문 바깥에서 추위에 오들오들 떠는 소녀를 우주를 정복할 정도로 뛰어난 이성과 형이상학을 발휘하는 두뇌로서도? 차원이 다르면 인식, 각성은 요술처럼 사라지는가요? 읽으면서도 눈물이 앞을 가로막는군요!

그렇습니다. 성냥팔이 소녀를 죽인 건 다중(多重)이란 불가능한 무의식 때문이었습니다. 아니, 신(神)의 냉정 때문인가요?

현실은 다양한 장면들로 구성되어 있습니다. 그러나 의식은 외곬입니다. 사람이 어느 순간 모든 것을 한꺼번에 다 각성할 수는 없습니다. 인간이 보편적인 세상의 장면과 의식들을 한꺼번에 같이 각성할 수 있다면 두뇌가 감당할 수 없는 엄청난 신호들로 뇌 자체가 파괴되어버릴 겁니다. 육백만 불의 사나이처럼 슈퍼 아이, 또는 귀, 달리기… 그런 슈퍼맨이라도 각성은 각각의 현장성에 조금도 다가갈 수 없습니다. 그저 한참 뒤늦은 〈

의식〉일 뿐이지요. 인간이 의식과 행위를 하려면 모든 것을 제어하고 외연의 질서에 집중해야 일관된 공정(工程)같이 현실을 감당할 수 있습니다. 그것도 단 한 장면만의 각성일 뿐. 아마도 인간이 두뇌의 일정 부분만 이용하는 이유도 그래서일지도 모릅니다. 뇌 영역을 다 활용한다면 엄청나게 많은 것들을 초능력자처럼 할 수 있을지 모르지만 대신 뇌는 터져버릴지도. 영화 『레인 맨-Rain Man』에서 '더스틴 호프만'이 비상한 기억력을 보인 것은 일반인보다 훨씬 집중된 두뇌 영역을 사용할 수 있어서라고 하더라도, 대신 자폐증은 그런 다중에 따른 각성 때문에 뇌 회로의 정체(停滯)로 인한 증상이란 엉뚱한 생각이 들기도 하더군요. 엑스타시(Ecstasy)란 말도 다른 모든 것은 사라지고 황홀한 순간의 감각만 남아 자기 스스로마저 유폐시키는 특별한 예가 되겠군요. 성냥팔이 소녀는 사람들의 그런 선택된 의식 밖으로 유폐되어 버렸습니다.

예전에 저는 과학자나 신학자처럼 제법 그런 의식의 각성이 한계를 가지는 이유를 알고 싶어 최면처럼 스스로를 중심으로 주변 모든 환경의 의미를 동시에 떠올린다고 일부러 그런 비슷한 훈련을 해본 적이 있습니다. 말하자면 신(神)이 되려고 흉내 낸. 현재 내가 밥을 먹고 있는 집 바깥 왼쪽 하늘 위에는 종달새가 날고 있다, 창문 밖으로 늙수그레한 어느 남자가 리어카를 끌고 있으며, 부엌 구석 거미줄에는 살기 위해 버둥대는 나방 한 마리가 몸부림을 치고 있고, 건너편 산 위에는 비행기가 날아가고, 깊은 산속 절벽에 솟은 소나무 가지 잎 하나가 바람에 사르르 나부끼고…. 하늘에서 한꺼번에 다 쳐다보듯 그렇게 다양한 장면들을 동시(同時)에 현현(顯現) 시킨다고 최면술사처럼 제법 신중하게 인식의 다중 연습을 해봤습니다. 지금 생각해봐도 제 의식에 〈밥〉과 함께 〈종달새〉, 〈리어카〉와 〈나방〉과 〈비행기〉와 〈소나무〉란 제각각의 환경을 한꺼번에 영사(映射)한다고 끙끙댄 건 두말할 것도 없이 전능한 〈신의 섭리〉를 체득해보겠다는 엉뚱한 고집이 아닐 수 없군요. 다만 제각각의 환경은 다양한 층위(層位)로 존재하고, 그 각각의 층위에는 제각각의 움직임들이 한없이 영속되고 있음을 대신 느꼈습니다. 타자(他者)로 구성된 존재들의 층위를 이해하기 위해 책을 읽기도 하고, 사색에 빠져보기도 하고…. 덕분에 세상을 보는 기반을 타자들을 종합하는 인식의 확장에서 찾을 수 있었고, 그리고 그 범위를 조금은 넓히지 않았나 하는 엉뚱한 자부심도.

그러나 아무리 그래도 타자들의 현장을 일일이 각성할 수 없다는 것은 변함없는 그대로입니다. 우리의 인식이나 감각은 단 하나의 현장성을 떠날 수 없습니다. 지금 연인과 데이트를 하며 충만한 행복에 빠져있을 때 어느 곳에서 어머니의 죽음에 몸부림치는 안타까움은 있음 자체도 무시되지요. 흔들리는 버스에서 소매치기가 제 주머니에서 돈을 꺼내고 있어도 모르고 옆 동료와 천연덕스럽게 이야기를 나누는…. 타자는 무수하며 제각각은 현장성에 투철하게 갇혀 있지만 우리가 눈앞으로 데리고 올 수는 없습니다. 우주의 모든 정신은 현실에 기반을 두고 있고 다른 현실은 제각각의 현장성 속에 체포되어 꼼짝 못하고 갇혀 있을 뿐입니다. 내가 있는 바로 이곳만 각성할 수 있지요. 사랑의 상실에 절망해 자살하는 순간에도 세상은 제각각 희로애락의 현장성으로 존재합니다.

또한 각각의 현장도 고정된 것이 아니라 시간의 날갯짓에 따라 자꾸 변화, 간섭합니다. 예를 들면 나비효과-butterfly effect! 분명히 풀밭을 나르는 나비의 날갯짓은 지금 내 눈앞에서 현현하기 때문에 각성할 수 있지만 그 날갯짓은 공기의 미세한 변화…, 장소의 변화…, 시간의 변화…, 변화와 변화들을 불러와 무수한 장면들로 분화합니다. 그 날갯짓이 나중 깊은 산 절벽에 비틀려 자란 소나무를 휘저어 가지를 부러뜨릴 수도 있습니다. 그 나무를 캐어 아궁이에 불쏘시개로 써서 안방에 누운 아픈 아이를 따뜻하게 하여 살려낼 수도 있습니다. 독수리가 그 따뜻한 상승기류를 타고 나르며 다람쥐를 잡고, 그 힘에 의해 흙과 나뭇잎이 밀려 흐트러집니다. 각각의 변화들은 또 다른 변화들을 현란하게 만들어냅니다. '에드워드 노턴 로렌즈'란 사람이 이야기했다는 〈나비효과〉는 결국 《원인은 결과가 되고, 또 그 결과들도 각각의 원인이 되는 순환의 구조》로 엮이는 걸 말하는 건 아닌지! 나비의 날갯짓이란 아주 작은 한 가지 현실에서 출발해 모든 세상은 변화되고 있습니다. 어쩌면 〈손오공〉이나 〈슈퍼맨〉, 또는 만화영화 주인공 〈머털이〉가 여러 명으로 분화되는 건 그런 나비효과에 대해 무력하게 현실에 얽매인 인간의 원망(願望)을 에둘러 표현한 건지도 모르겠습니다.

어린아이는 그렇게 불어오는 꽃냄새를 맡을 수 있고, 공기 속 냄새로 퍼져 꽃을 따먹는 초식동물의 성장으로 무한정 변화합니다. 모든 것은 《계속되는 원인이고 결과》입니다. 그로 인해 벌어지는 우주적인 엄청난 변화들을 예측할 수 없기 때문에 개개의 각성은 아무런 의미가 없어집니다. 어떤 전자(電子)나 원자(原子)의 정확한 모습(像)이나 위치는 광원(빛)이 오히려 더 긴 파장(波長)이기 때문에 그 충돌로 인해 알아내기가 불가능하다는(스스로도 뭔 말?) '하이젠베르크'의 〈불확정성의 원리〉가 가지는 의미는 원자 같은 작은 세상에서만 통용되는 게 아니라 세상의 다양한 현상들 속으로 의미를 확산시키며 결과적으로 변화의 인과 속에서 무한정 순환된다는 걸 가리키는 게 아닌가 생각되는군요. 어쩌면 나의 존재는 중생대 공룡이 사냥하며 내닫는 발길에 차인 돌멩이 하나의 굴림과 연결된다고 해도 무리하다고 할 수 없는. 지구상 모든 사람들도 제각각의 〈굴림〉으로 존재하는. 그렇게 자연은 필연성에 근거를 둔다며 아인슈타인이 말했다는 유명한 말 〈신(神)은 주사위 놀이를 하지 않는다〉의 의미도 일정 부분 그런 경향에 대한 반응이 아닌가 싶기도 하군요. 사람들은 억겁처럼 변화한 인과(因果)의 주사위를 알 수 없습니다. 인간은커녕 신도 알 수 없는. 만약 신이 인간과 지구와 우주를 창조했다면 그건 이미 자신의 영역을 벗어나 제멋대로 운행되는 골치 아픈 사생아임이 틀림없을 겁니다. 인간 세상으로 좁혀 봐도 특히나 부정적인 경향을 내포한 변화라면, 그래서 사람들은 더욱 일부러 외면하고픈 무의식이 차단하지 않나 싶습니다. 성냥팔이 소녀는 〈무의식〉이란 당당한 외면에 죽음을 맞았습니다.

이번에 제가 여름 감기를 심하게 앓았습니다. 올 여름은 폭염이 유난스러웠지요. 폭염에 대한 교육용 동영상도 봤고, 여름이면 올해도 또 고생하겠구나란 의식이 있었는데도 불구하고 제 일상에서 절대로 예측할 수 없었던, 일부러 외면하고 싶었던 감기라는 날갯짓이 그렇게 각성 밖 무의식에서 제멋대로 발현되다니! 어쩌면 그런 무의식에 대한 경고인지도 모르겠습니다만.

제가 세 들어 살고 있는 집은 작고 간편해서 여름엔 선풍기로 지냅니다. 낮에도 계속 켜놓아야 하고, 밤에는 발치 쪽 먼 곳에 약하게 회전시켜 놓고 잤습니다.

그런데 어느 날 아침 일어나니 아래 입이 돌아가더군요. 입이 돌아가니 머리가 어깨 위에 바르게 자리 잡지 못해 목 근육이 찢어질 듯 아팠습니다. 목젖이 가렵고, 소리가 잘 나지 않으며, 노란 가래가 쉼 없이 흘러나왔습니다. 병원엘 갔더니 의사 선생님이 대번에 □선풍길 켜고 잤지요?□라고 묻더군요. 의사에게서는 그만큼 폭염이란 보편적인 날갯짓에서 감기라는 〈양식화〉된 나비효과를 쉽게 연결 짓는데 왜 저는 전혀 관련조차 지어

보지 못했을까요? 그 논리적 연결성을 그런대로 이해하면서도. 전문가가 아니라서? 아니면 이미 더위에 지쳐서?

아무튼 3~4일 열심히 약을 먹고 선풍기를 끊어버렸습니다. 그런데 그때부터 살이 무섭게 빠지기 시작했습니다. 놀랍게도 하루에 1㎏가량 뭉텅뭉텅 잘라내듯 근육이 줄어들더니 불과 열흘 만에 몸무게가 9~10㎏이나 빠졌습니다. 제가 평소 운동을 꽤 해서 표준체중에 가까운 67~8㎏대를 계속 유지했는데 놀랍게도 56㎏대까지 순식간에 빠졌습니다. 예전 살 빼려고 고생할 때를 생각하면 웃어야 할지! 누워서 20㎏의 바벨 역기를 2천번 이상 들 수 있는 제가? 팔굽혀펴기도 50번을 어렵지 않게 할 정도로 제법 빵빵했던 가슴 근육은 형편없이 줄어들었고, 팔다리가 젓가락처럼 가늘어지며 그 속 뼈마디가 피부 위로 드러났습니다. 과장하자면 마치 수용소에서 죽기 직전에 구출된 유대인들의 뼈만 남은 사진에서처럼. 제 몸이 그렇게 변한다는 게 어쩌면 그렇게 신기한지!

허리와 뱃살이 빠지니까 바지 둘레가 커져서 허리띠 끝까지 조여도 엉덩이까지 내려와서 신발 끈으로 매고, 덕분에 기장도 길어져 시골 농부처럼 바짓단을 두 겹이나 접어 올려야 할 정도였습니다. 알맞던 셔츠는 반팔이 긴팔처럼 축 처져 아이가 어른 옷을 입은 것 같더군요. 커져버린 옷들을 내버려야 하나 싶은 생각까지 했습니다. 나중 우리 학교 여선생님들이 절 보더니 부럽다고 하더군요. 아무래도 몸매에 민감한 여선생님이라선지 죽어도 빠지지 않는 살들이 저절로 그렇게 빠지니까 자기들도 아파봤으면 하는. 전 실컷 고생을 하고있는데도.

안경도 내려앉더군요. 그러니까 초점이 맞지 않아 시야가 희미해져서 자꾸 눈 주위를 긴장시킨 탓으로 눈알과 머리가 떨어져나갈 듯 아팠습니다. 안경 가운데 브릿지에 반창고를 두툼하게 말아 붙여 일부러 안경을 위로 밀어 올리니까 불편하지만 조금 환해졌습니다. 아직도 그렇게 지내고 있지요.

그리고 드러난 뼈마디 때문에 앉거나 누우면 푹신한 곳에서도 결려서 10분 이상을 그대로 있을 수가 없었습니다. 게다가 좌우의 균형이 달라져 선지 걸을 때 한쪽 발뒤축이 자꾸 반대쪽 발 안쪽 복숭아뼈를 스쳐서 피가 났습니다. 참 걷는 게 이렇게 힘들다니!

자주 팔다리에 마비가 오고, 특히 칫솔질을 할 때 엄지가 오그라들어 손가락을 편다고 고생했습니다. 힘이 없고 하늘이 노랗더군요. 세상에, 폭염의 날갯짓 하나로 이렇게 〈엄청난〉 고통이 달려오다니! 변화는 생활 속에서 똑똑하게 발현되고 있었습니다.

사람들은 창밖 성냥팔이 소녀를 인식하지 못합니다. 폭염이 살을 잘라내듯 녹인다는 것은 무의식에 잠겨있어서 절대로 그렇게 각성할 수 없습니다. 의사는 전공 분야에서 기계적 인과의 법칙으로 사는 사람이라서 그렇게 연결할 수 있겠지만. 만약 뛰어난 정신이 있어 그 비슷한 층위들을 잠깐 떠올려볼 수 있겠지만 계속 '앤디 워홀'의 '마릴린 몬로' 일러스트레이션처럼 멀티 화면으로, 파노라마로 동시에 각성할 순 없습니다. 어쩔 수 없는 인간, 아니 존재자들의 한계가 되겠지요. 저로선 한때나마 그런 신의 섭리까지 헤아려보려고 했는데…. 그로 인한 아쉬운 자학으로 망연할 뿐이었습니다.

뒤늦게 다른 외연들이 떠올랐습니다. 교실의 화분과 물고기와 햄스터들! 그냥 두면 죽을 게 틀림없을.

방학 내내 학교에 갔습니다. 커다란 어항의 물은 전날의 폭염으로 겨울에 세안을 해도 좋을 정도로 따뜻했고, 햄스터들은 배를 하늘로 향하고 가쁜 숨을 몰아쉬었습니다. 화분들도 말랐습니다. 매일 교무실 냉동실에 얼려둔 두어 개의 페트병 물로 어항 수온을 낮췄고, 햄스터들은 목욕을 시키고, 얼음과 사료를 듬뿍 주었습니다. 제가 변화의 날갯짓 일부나마 각성해서 목숨을 이어갈 수 있었지 만약 저의 아픈 각성에만 갇혀 있었더라면 물고기와 햄스터는 성냥팔이 소녀처럼 벌써 죽어 신기루처럼 사라져버렸을 겁니다. 나비의 날갯짓을 예측할 수 없었던 죗값으로 말입니다.

그러나 그토록 정성을 다해 키웠지만 결국 피라미와 버들붕어 3마리, 금붕어 2마리, 햄스터 2마리, 그리고 우렁이와 갓 깨어난 쌀알 크기의 새끼들 모두 성냥팔이 소녀처럼 죽었습니다. 날갯짓 속의 현실들을 외면하지 않으려고 했지만 완벽한 전능이 될 수 없었던 〈현실에 갇힌 존재〉 때문이었습니다.

아이들과 함께 물고기와 햄스터를 화단 옆에 묻어주었습니다. 복도에서 햄돌이, 햄순이 달리기 시합도 하며 정이 듬뿍 들었던 녀석들인데…. 화분도 누렇게 시들어버려 이번에 개학과 함께 몇 개만 남기고 정리해버렸습니다. 어제 아이들이 고기 몇 마리를 가져와 평화롭게 지느러미를 흐느적거리는 게 제법 보기 좋습니다. 오늘 아침까지도 더운 어항 물을 갈아주었는데 비가 와서 내일은 그러지 않았으면 좋겠습니다. 곧 수영천 상류 계곡에 아이들과 가서 피라미나 민물새우, 다슬기 등을 채집하여 활기찬 어항을 만들 생각입니다.

지금은 기침은 가라앉았고, 몸무게는 3~4㎏가량 늘었습니다. 당기면 아직 피부가 죽 늘어나다 스멀스멀 줄어드는데 전처럼 탄탄해지려면 좀 더 많이 먹고 운동도 해야겠습니다.

세상에 실체를 가진 〈존재〉는 액체처럼 이곳저곳 가득 널려있습니다. 아니 무한하다고 하겠습니다. 그리고 또 그 옆의 현장들은 서로 겹쳐 연쇄되고 있으며, 또한 시시각각으로 변하고 있습니다. 그러나 우리는 단 하나의 현장 속에서 한순간만, 단 하나의 〈존재〉들만 만나며 살아갑니다. 그것은 어쩔 수 없는 우주의 본질입니다. 1초에 수십, 수백, 수천억의 계산을 할 수 있다는 슈퍼컴퓨터 수천 개로도 모든 변화에 대응할 수 없습니다. 다시 말하지만 신(神)도 그 모든 변화에 완벽히 대응할 수 없습니다. 자신을 떠받드는 사람들에게 위신을 보이려고 변화를 모두 제어하려고 하다간 머리가 돌아버릴 겁니다.

보잘것없는 인간이지만, 그러나 그렇다고 변화의 장면들을 외면한다면 세상의 온기는 사라지고 종내에는 자신에게도 세상이 떠날 겁니다. 성냥팔이 소녀들은 모두 다 죽고, 햄스터와 물고기, 화분들 모두 사라질 겁니다. 그러나 조금만 날갯짓을 예측하고 주변의 존재들을 껴안으려는 생각을 가지면 몇 가지 따뜻한 온기를 주변에 퍼뜨릴 수 있지 않을까요? 한계 속을 사는 인간이지만 그래도 우리는 자신의 주변을 자꾸 각성하려는 태도를 의식적으로 가지고 노력해야 할 겁니다. 그게 우리들 인간의 조건과 한계를 뛰어넘어 또 다른 값어치를 획득하고, 인간으로서의 완성에 더욱 다가가는 방정식이 아닌가 생각되는군요. 어쨌든 그런저런 것들을 모르고 한가로이 먹이를 먹는 햄스터가 귀여워서 일부러 둥근 놀이기구를 뱅뱅 돌리는 장난을 치니까 어리둥절해하는 표정이 우습기도 합니다.

그러나…, 그러나 사실 성냥팔이 소녀는 그저 아이들이 읽는 동화로서만은 아니었다는 사실이 문득 떠오르는군요. 안데르센이 살던 19세기는 과학과 자본이 극도로 발달하면서 빈부가 극명히 나누어지고, 그리고 일반 대중의 삶은 비참하기 그지없었습니다. 그의 부모는 가난한 구두수선공이었고, 어머니는 남의 집살이를 할 정도여서 거의 문맹에 가까운 부모들로서는 그에게 원하는 만큼 도와줄 수도 없었지요. 초등학교마저도 그만두고 공장에서 일을 해야 할 정도로. 그런 환경 속에서 그는 아이들에게 들려주는 아름답거나 슬픈 이야기들로서가 아니라 불행한 소외 계층을 따뜻이 보듬고 동시에 자본의 비정에 대해 서슴없이 비판적 시선을 키웠습니다. 그 자신이 자신의 동화에 대해 어린이를 위한 이야기로서보다는 〈어른들과 세상을 향한 비판〉이라고 말할 정도였습니다. 그는 일찍부터 19세기가 가지는 여러 가지 모순들을 직접 겪으며 그런 비판적 시선을 키워왔습니다. 《백조 왕자》, 《미운 오리 새끼》, 《성냥팔이 소녀》 등에서처럼 사회에 뿌리를 내리지 못하는 당대 민중들의 고난을 동화라는 형식에 입혀 토해냈지요. 그가 살던 19세기 서구사회는 허구의 세상이며, 성냥팔이 소녀의 고난은 이미 지상이 아니라 〈천국〉에서만 가능하다는 절망과 비판을 그처럼 슬픈 이야기 속에 깔아놓았습니다. 그는 동화라는 소프트한 장치 속에 근대 서구 사회에 대한 〈허구〉와 〈패배〉라는 음울한 이미지를 강력하게 담아냈습니다. 그런 시선에서 보면 그의 말처럼 동화를 그저 아이들이 읽는 이야기라고만 할 수는 없을 것 같은. 그래선지 당대 아메리카 최고의 관능적인 여배우 '리타 헤이워드'(『쇼생크 탈출-The Shawshank Redemption』에서 감옥에 걸려있던 핀업(Pin-up) 포스터의 늘씬한 여배우) 주연의 『길다-Gilda』, 나중 동화(童話)처럼 진짜 모나코의 왕비가 되는 '그레이스 켈리' 주연의 『백조-The Swan』, 그리고 미남 스타 '록 허드슨'의 『무기여 잘있거라-A Farewell to Arms』 등등의 유명 영화를 만든 '찰스 뷔더' 감독이 『한스 크리스티안 안데르센-Hans Christian Andersen』이란 실명(實名)의 발레영화를 만든 것도 다 그런 사회비판적인 시선을 은연중에 깨달았기 때문일 겁니다.(위의 영화들 모두 제가 소장하고 있습니다. 깔끔한 화면으로.)

그런데…, 사실로 말하자면 성냥팔이 소녀 이야기는 동화로서가 아니라 〈실제 사건〉이었다고 합니다. 안데르센이 차가운 섣달그믐에 직장인 극장에 출근할 때 극장 앞에서 한 소녀가 추운 날씨에 얼어 죽어있었습니다. 그 소녀의 손엔 타다 남은 성냥개비가 꼭 쥐어져 있었다고도. 모여든 사람들이 혀를 차며 안타까워했는데 안데르센도 눈물을 참으며 그날 극장에서 단번에 한편의 동화를 써내려갔습니다. 성냥팔이 소녀의 혼을 달래기라도 하듯 〈환상〉과 〈구원〉의 나라를. 성냥불로 손발을 녹이는 소녀에게 따뜻한 〈난로〉와 칠면조로 만든 〈음식〉과 〈할머니〉가 찾아와 이야기를 나누었다는 마지막 장면은 19세기를 살았던 안데르센의 소녀를 향한 눈물겨운 위로의 장치로서는 아니었는지!

우리 아이들은 2학기를 맞아 좀 더 성숙해진 것 같습니다. 차분하고 자기 할 일을 스스로 잘 하는 것 같아 흐뭇합니다. 미리 청소 준비로 종이를 줍기도 하고, 장난감을 혼자가 아니라 같이 가지고 놉니다. 주변을 껴안고 이해하고 있다는 의미지요. 이런 착한 아이들이 그런 인생의 다양한 국면들을 이해하고, 창 밖 성냥팔이 소녀들을 생각해주는 따뜻한 각성의 꽃을 좀 더 피웠으면 좋겠습니다. 세상에서 가장 부조리한 것은 우리 주변에 성냥팔이 소녀가 가득 널려있다는 점입니다.

제(24)주 학습지도 계획안

(2012년 9월 3일 ~ 9월 7일) 4학년 2반

실존과 해체, 제망매가(祭亡妹歌)

방학 때 제가 몹시 아팠다는 말을 저번 주에 말씀드렸습니다. 한창 아플 땐 마치 죽을 것 같았습니다. 내일 아침에 일어나지 못하면 어쩌나 싶은 걱정이 덜컥 들기도. 가뜩이나 가족이 해체되고, 사회적인 관계와 네트워크가 깨어지는 모래알 사회에서 무연사(無緣死)니 고독사(孤獨死)니 하는 말들이 무지막지하게 떠올랐습니다.

엄마도 없이 혼자 키운 아이들은 서울의 대학으로, 그리고 자아를 찾는다며 해외로. 제가 그렇게 불길한 말들을 떠올린 것도 무리는 아니었습니다.

그래서 얼마 전까지 함께 살았던 작은 누님에게 전화를 했습니다. 내일 아침에 전화를 해달라고. 하지만 새벽같이 일어난 아침 내내 전화는 없었습니다. 제 걱정의 뜻을 이해하지 못한 듯했습니다. 죽음은 그렇게 쉬운 일상이 아닌 모양입니다.

만약 제가 아침에 죽었다면 당분간 아무도 제 죽음을 눈치채지 못할 겁니다. 당장 사람들과의 연결과 소통이 없었으니까요. 어쩌면 부패하는 냄새로 세상에 고지하였을…. 그게 하루가 될지, 한 달이 될지. 참으로 끔찍한 일이 아닐 수 없습니다.

요즘은 사후 유품과 주변 정리, 화장 등을 전문으로 하는 〈특수청소업〉이란 명칭으로 한 생명의 마지막을 담보로 하는 직업이 흥성한다는 소리도 들리더군요. 예전 장의사가 미처 감당하지 못하는 고독한 개인들의 주검을 전문으로 처리하는. 그만큼 가족도, 지인도 없이 고독하게 세상과 이별하는 개인들이 많다는 뜻일 겁니다.

우리들이 미처 각성하지 못하는 일상의 뒤편에서 죽음은 항시 벌어지고 있었습니다. 새삼스레 그런 비밀스런 제의(祭儀)를 눈치챌 수 있다면 생을 입체적으로 파악할 수 있지 않을까요?

그 아픔의 시초는 방학 동안 있었던 작은 형의 죽음이었습니다. 어쩌면 제가 아팠던 건 형의 죽음과 그 과정에서 받아들인 여러 가지 몸과 마음의 고통 때문은 아니었는지.

새벽에 작은 누님에게서 전화가 왔습니다. 조금 전에 형이 돌아가셨다고. 결국 조마조마하며 일부러 마음속 깊이 숨겨뒀던 말이 현실로서 눈앞에 다가왔습니다.

우리 형제는 5남매로서 두 살 터울입니다. 큰 형이 막내인 저보다 11살, 이번에 돌아가신 작은 형이 9살, 그리고 큰 누님, 작은 누님이 그렇게 터울입니다. 제 바로 위에 3살 터울 막내 누님이 있었지만 아주 어릴 때 디프테리아에 걸려 죽었기 때문에 지금 작은 누님과는 5살 차입니다.

큰 형도 그랬지만 작은 형도 못잖게 머리가 비상했습니다. 가난한 집안이었기 때문에 자신은 상급학교로 진학하지 못하면서도 누군가의 대리(代理)로 중입 시험을 쳐서 합격시키고 돈을 받아 어머니에게 드렸다는 이야기는 등대 동네에서는 공공연한 비밀이었지요.

어릴 때부터 공장을 다니며 가족을 돌보거나, 등대에서 자갈치까지 운행하는 도선의 기관장을 일을 하다 입대해 장기하사관으로 근무하며 결혼

했습니다. 그러다 월남전에 자원하여 냉장고와 텔레비전 등을 몇 보따리 가져오기도 했습니다. 사실 크고 반짝이는 그것들을 처음 보며 저도 형을 따라 월남전에 참전하기 위해 지원하려고 했는데 거의 마지막 기회를 놓치는 바람에 결과적으로 무사히 제대한 셈입니다만, 아무튼 집안을 돌보려고 월남전까지 자원한 형의 마음은 집념에 가까울 정도여서 저절로 고개가 숙여질 정도였습니다.

오랫동안 고생도 하고, 그런대로 살림도 일궜는데 10년 전후로 자주 몸이 아프더군요. 나중 고엽제로 인한 증상으로 밝혀졌지만 크게 개의할 정도는 아니라고 생각했는데 점점 증상이 심해져 걱정스러웠습니다. 보훈병원에서 계속 치료를 받았는데 2~3년 전부터 호흡곤란으로 움직이기 힘들어졌습니다. 학교 옆 등산로 입구에 〈고엽제 전우회〉라는 컨테이너로 만든 가건물이 있는데 가끔 그곳에 와서 저와 식사를 함께 하기도 했지만 병세가 심해지면서부터 발걸음을 끊었습니다. 올해 들어 증세가 더욱 심해져 해를 넘기기 어렵겠다 싶었는데 한 달 전부터는 겨우 숨만 그르렁거리고 몸은 움직이지 못했습니다. 다행히 저는 며칠 전 찾아보고 마지막을 예감할 수 있었지요.

그런데 형의 죽음을 마음속에 새겨놓았지만 실제 소식으로 듣고 보니 무척 낯설었습니다. 죽음은 폭군처럼 절대적 힘으로 다가왔기 때문에 마음 한쪽으로는 거기서 탈출하려는 본능이 작동한 건지도 모르겠습니다만. 어쩌면 젊었던 우리 가족에게 닥친 첫 비극이어선지 실감으로 느껴지지 않은, 멀게만 느껴졌던 죽음이 드디어 우리들에게도?

새벽이었기 때문에 형제들도 장례식장에 모여 형수와 조카들과 함께 장례준비를 했습니다. 음식을 차리고, 영정 사진을 준비하고, 입관을 하고, 들어오는 화환을 진열하고, 손님을 맞고….

장례는 꽤 호상이었습니다. 조카와 사위가 꽤 폼나는 직장을 다녀선지 화환이 즐비했고, 다음 날까지 사람들이 끊임없이 찾아왔습니다. 손님을 맞기 위해 우리 형제들은 아예 자리를 비켜주고 밖에서 서성거릴 정도였지요. 교통사고로 가장이 죽었다는 옆 빈소는 화환과 손님들이 띄엄띄엄 했습니다.

장례 내내 조카들은 무척 섧게 울더군요. 아버지를 생각하는 마음이 지극한 듯했습니다. 하지만 우리 형제들은 오히려 덤덤했지요. 형이지만 우린 직계인 조카들에 비해 한 자리 먼 핏줄로 존재했고, 세상을 살아오며 세파에 깎여버린 감정의 가장자리 때문이었습니다.

그런 중에도 손자들은 어른 흉내 내며 울기도 했지만 대체로 장난치며 놀기도 했습니다. 어른들의 곰삭은 감정이 아닌 의식(儀式)으로서의 낯선 행사가 아이들에게 깊숙이 다가올 리 없을 테니까요. 더구나 오랜만에 만난 또래의 순진한 사촌끼리니까 그럴 만도 했습니다. 나중 화장할 때 부모 따라 잠시 울기도 했지만.

장례를 마치고 집으로 돌아왔을 때 비로소 가족의 의미와 죽음에 대한 회한 같은 것들이 밀려왔습니다. 얼마 전 지인의 노모가 돌아가셔서 찾아갔던 생각도.

그 장례는 80대 후반의 호상이어선지 유족들도 크게 슬퍼하는 것 같지 않고, 줄지어 선 화환들과 많은 사람들로 활기찬 장례식장이었습니다. 저도 아는 사람들과 만나 오랜만에 반갑게 인사하고 술도 한잔하며 웃기도 했습니다.

돌아오며 과연 내가 죽으면 세상은 어떤 식으로 반응할지, 혹 저를 아는 사람이 있어 마음에서 비워내는 방법을 어떤 식으로 진행할지…. 하긴 전 죽음에 이르면 가능하면, 아니 확실히 일러서 집에서 조용히 자식들이 지켜보는 가운데 숨을 거둘 생각입니다. 울지 못하게 하고, 조용히 태어났듯 아무에게도 알리지 말고, 그리고 영락공원에 연락하여 〈다음날〉 곧바로 화장해 고향 등대 바다에 뿌리라고 단단히 일러둘 생각도. 스스로 알고 찾아오는 사람이 있으면 어쩔 수 없이 맞아야겠지만. 아무튼 지금은 잃어버린 곳이지만 무엇보다 제가 태어난 곳에서 흔적도 없이 사라질 수 있도록 미리 단단히 강조해 둘 생각입니다. 죽음만은 마지막까지 지켜야 할 저의 자존심으로 남겨둘까 합니다.

문득 가장행렬! 그렇지요. 모인 사람들도, 과시하는 화환들도 모두 다 가장행렬이 아닐까요? 냉정하게 말하면 육체를 가진 한 생명의 종말이며, 그러면서도 워낙 흔한 다반사일 뿐인데 그렇게 꾸미고, 일부러 과장하여 웃고 떠들고. 그리고는 혈육들에게서마저 떠나고…. 아마 부재의 슬픔을 그렇게 가장행렬이란 축제를 통해 풀어내는지도 모릅니다. 소월의 시 「진달래꽃」처럼 역설적인 애이불비(哀而不悲-슬프지만 드러내지 않는)의 모습으로서는 아닌지. 그렇더라도 사열하듯 줄지어 선 화환들은 생각만 해도 끔찍하군요.

인생의 조합은 참으로 느슨합니다. 꽉 짜인 틀로 이루어진 것 같지만 외피만 그런 골조로 이루어져 있을 뿐 개아(個我)는 근본적으로 고독하며, 아무도 돌아보지 않습니다. 그렇게 역사의 수많은 무명(無名)씨들은 외피 밖 심연의 허무 속으로 제각각 떠났을 뿐입니다. 전 별로 관심이 없어 잘 알지도 못하지만 연전에 왁자하게 떠들었던 '최진실'의 죽음도 따지고 보면 그런 우리들 허무의 잠금장치로 존재하고 있음을 알 수 있지요. 실체가 아닌, 소문과 가상의 공간에서 존재하는 그녀를 우리들 허무한 개아는 모두의 여왕으로 모시고, 그래서 우리들 인생의 느슨한 조합을 한 가지로 묶어내려는. 최진실은 그런 우리들 마음을 소통시킬 수 있는 만능열쇠였습니다. 아직도 그의 이야기를 하는 사람들이 있는 것도 다 그런.

어쩌면 죽음은 아주 작은 우리들 세계와 이별하고, 저 먼 영원의 침묵 속으로 사라지는 공포일지도 모릅니다. 기나긴 시간 속 혈연의 족보에 짧은 그림자로 남겨지는. 고대 족장의 고인돌이나, 잉카의 거대 무덤, 이집트 파라오의 피라밋, 진시황의 병마용 등도 그런 망각의 공포를 불식하기 위한 신전일 수도 있겠군요. 그런 점에서 웅장하게 보이는 겉모습으로는 성공했지만 역시나 우리들 개인과 아무 관련 없는 조형물로서 그저 객관화된 형식으로 존재할 뿐입니다. 오히려 영원(永遠)이란 시간에 포박당한 고독한 꼭두각시에 다름없습니다. 존재할 당대의 화려와 그 이후가 완벽히 차단된.

그리고 가족이란 인연! 사라지고, 시작되고, 또다시 속절없이 사라지는 한없는 되풀이 속에서 가족은 형편없이 패배할 겁니다. 우리 형제 시대의 가족은 우리 형제가 죽음으로써 차츰 사라져버리고, 조카들은 또 자기들의 가정을 키워오며 우리와 어느 순간 연(緣)이 끊어지고, 또 저희 형제끼리도 제각각의 삶 속에서 우리처럼 사라지고…. 결국 가족은 해체와 낯선 결성(結成)의 고리에서 실체 없는 속임수 희롱을 일삼을 겁니다. 누가 까마득한 저를 기억하겠습니까. 우리가 애써 가문이라든가 몇 대조 선조(先祖) 등을 떠올리는 건 혈맥의 미로 속에서 헝클어진 인연의 맥을 이어보려는 부질없는 노력에 다름 아닌. 하긴 민족이나 국가라는 틀 속에서는 희석된 국민이란 이름으로 뭉뚱그려지겠지만.

아아, 그래서 더욱 안타까운! 그렇게 해체되어야 하는…. 그게 존재의 문법이고 벗어날 수 없는 인과임에야. 그 인과 어느 어름에서 형은 존재하는지? 우리들 모두는 또 어디쯤의 고리에서 그렇게?

〈祭亡妹歌〉

生死路隱(죽고 사는 길)

此矣有阿米次肹伊遣(예 있으매 저히고)

吾隱去內如辭叱都(나는 간다 말도)

毛如云遣去內尼叱古(못 다하고 가는가)

於內秋察早隱風未(어느 가을 이른 바람에)

此矣彼矣浮良落尸葉如(이에 저에 떨어질 잎다이)

等隱枝良出古(한 가지에 나고)

去奴隱處毛冬乎丁(가는 곳 모르누나)

阿也彌陀刹良逢乎吾(아으, 미타찰에서 만날 나는)

道修良待是古如(도 닦아 기다리리다)

제망매가는 신라 경덕왕 때의 승려 월명사(月明師)가 한자를 빌어 와 우리말을 대신 표현한 서정시의 하나라고 하더군요. 이런 시를 '향가', 또는 '향찰'이란 명칭으로 부른다고 알고 있습니다. 그는 이 시에서 실존에 대한 간절한 원망을 〈한 가지에 나고〉로 표현했지요. 그러나 형제로 태어났지만 〈이에 저에〉로 그렇게 또 제각각 떠나는 아픔을 안타까워합니다. 하지만 처참하군요. 〈가는 곳 모르누나〉라며 존재의 아픔을 또 다시 산산이 가르고, 부수고, 내던져 실존을 부재시키는. 월명사는 우리 역사에서 삶의 본질과 그에 깃든 의미에 대한 질문을 최초로 던진 〈實存主義者〉였습니다.

제망매가, -이 경우는 〈祭亡兄歌〉가 되겠지만-는 우리 다섯 형제의 가슴 아픈 첫 이별가입니다. 저 전후(戰後)의 피폐를 작은 골방에서 이불 하나로 체온을 나누며 견뎌낸, 우리들 눈물겹도록 아름답던 전성시대는 이제 저 먼 메아리로 사라져야 하는! 그렇게 가족은 결성되고, 그 죗값은 필연 해체의 무한 함정으로.

생사는 〈예 있으매〉인가요? 그래서 한 가지에서 난 실존들이 형편없는 낙엽으로 사라지는 절대고독의 심연이 우리들 삶의 진정인가요?

아아, 월명사여!

영원으로 떠나 적멸(寂滅)로 사라지는 우리네 인생은 어떻게 위로를 받아야 하나? 당신처럼 도(道) 닦으면 영원히 함께할 수 있으려나.

제(25)주 학습지도 계획안

(2012년 9월 10일 ~ 9월 14일) 4학년 2반

너무 많은 것들

너무 많은 공장/음식/철학/주장....
하지만 너무나 부족한 공간/너무 부족한 나무
....

너무 많은 컴퓨터/가전제품....
회색 슬레이트 지붕들 아래/너무 많은 커피
....

너무 많은 종교/양복/서류/잡지....
지하철에 탄 너무 많은/피곤한 얼굴들
하지만 너무나 부족한 사과나무/잣나무....
....

너무 많은 돈/금속물질/비만/헛소리....
하지만 너무나 부족한 침묵

문득 '알렌 긴즈버그-Allen Ginsberg'라는 시인이 생각난다. 검은 수염을 길게 길러 마치 도인처럼 보였던. 50년대 말과 60년대 초에 주로 활동했지만 우리들 6~70년대에 매력적인 이름으로 들어본 기억이. 2차 대전 전후 황폐한 현실에 대한 절망과 고독, 그리고 반동과 자유로운 영혼에 관한 이야기를 했다는 아련한 기억도.

……
우리 시대 훌륭한 정신들이 광증으로 파멸하는 걸 보았노라
벌거벗은 히스테리로 아사하고
분노의 폭발을 찾아 새벽의 흑인거리를 배회했노라
……?

무슨 뜻인지 몰랐지만 56년에 발표했다는 『아우성』이란 싯귀를 고등학교 때 '문관호'란 짝지에게 들려줬더니 문예부에 가입하라고 하던 생각이 나는군요.

아무튼 '백남준'의 비디오 아트 『굿모닝 미스터 오웰』」에서 짧지만 강렬했던 모습도. 그동안 잊고 있었는데 새삼스레 찾아봤다.

전후 50년대 자유와 민주주의의 수호신으로 등장한 미국은 꿈과 자본, 낙관과 번영으로 그 파워를 떨치며 세계의 경찰로 등극했다. 그야말로 로마에 필적할 만큼 세계를 제패한 최강의 국가였다. 그러나 그 이면 그늘에서는 독버섯처럼 돋아나는 동서냉전의 불안과 그에 따른 마녀사냥식 메카시즘의 광풍과 인종차별, 빈부와 경찰력의 억압이 사회적 문제로 부상하면서 점차 그 위선과 침묵을 비웃는 일련의 움직임이 나타나기 시작했는데 문학과 예술 분야에서 이른바 〈비트 제네레이션-Beat Generation〉이

라는 움직임이 사람들에게 영향을 주기 시작했다. 〈비트〉라는 말은 지극히 피로하고 환멸적인 상태라는 이미지를 띠고 있다고 일고 있는데, 그들은 주류 문화에 대한 거부, 영적 체험의 찬양, 성의 개방, 허무를 향한 동경, 오리엔탈적 신비주의, 개인의 해방 등을 주창했고, 규율과 도덕적 전통과 가치에 적대적으로 빈정거리는 태도를 보임으로써 젊은이들의 열광적인 환영을 받을 수 있었다. 언더그라운드 가수의 출발을 알린 '밥 딜런'과 '존 바에즈'가 등장하여 시대의 긴장을 노래로 표출하며 저항의 표상으로 자리 잡았고, '잭 캐루악'이 소설 『길 위에서』로(예전엔 한자로 〈路上에서〉라는 말로 통용됐습니다만) 젊은이들의 각광을 받았고, 알렌 긴즈버그가 통렬한 소리로 경향파적(傾向派的)인 시들을 낭독하면 피로와 환멸에 찌든 사람들이 환호와 눈물로 화답했다. 무지개처럼 화려했던 아메리칸 드림의 내부로부터 반항의 불길이 폭발하며 한 시대를 광풍처럼 휩쓸기 시작했다. 어떤 낙관이나 적극성, 합리화와 체계화를 모조리 거부하는 무정부주의적인 해방구가 세계의 심장 미국의 한가운데에 심어졌다.

그러고 보니 젊은 날 보았던 영화 『졸업-The Graduate』에서 명문대 출신인 '더스틴 호프만'이 미래의 꿈을 잃고 방황과 고통의 일탈을 보인 것은 그런 비트닉의 한 전형이 분명했으며, 『포레스트 검프-Forrest Gump』에서 검프가 사랑하는 '제니'가 음울한 반항과 일탈의 집단으로 빠져들며 술집에서 나체로 통기타 연주를 한 것도 그런 절망의 한 행동이었으며, 그리고 『이지 라이더-Easy Rider』에서 히피 청년들이 정체성을 찾아 전국을 떠돌다 비루한 옹고집에 사로잡힌 사람들이 쏜 총에 맞아 길 위에서 허무하게 죽는 장면은 그 종말의 비극임이 분명하다. 그러나 비트는 한 시대를 뛰어넘어 오늘의 우리들 마음에도 잠재되어 면면히 흐르고 있으며, 그들의 고통과 방황과 우수는 5~60년대 젊은 날의 상흔처럼 선명히 새겨져 있다. 어쩌면 나도 그런 망령에 짓눌려 세상을 떠돈 건 아닌지.

이 글은 짧은 행과 단정한 형태가 확연히 드러나는 그의 『너무 많은 것들』이라는 신(詩)데 게시하며 길어서 축약했지만 당대 미국의 혼돈과 무질서의 상황을 암시하는 의미는 달라지지 않는다. 뿌리 깊은 인종차별과 메카시 선풍에서 연유한 폐쇄적인 시야와 불구화된 의식, 그리고 〈정부가 지껄이고 통제하는 매스미디어를 통해 선전되는 졸악(拙惡)한 시대〉의 희생자로서 그는 이렇게 반항을 했다.

가만히 음미하면 이 시에서 드러내는 〈많은 것〉들은 현대에서 더욱 가속도로 넘쳐난다는 생각이다. 어린 시절 밤하늘에 쏟아질 듯 반짝이던 은하수의 별빛들 따라 너울거렸던 아름다운 꿈은 도시에 들어찬 스카이라인의 날 선 예각이 잘라먹어버렸고, 정겨운 사람들이 오가며 평화롭던 기억한 움큼 새겨놓던 길거리는 강철과 시멘트의 효율적인 도시 생태계가 비정하게 가로막고…. 그 내장에서 함부로 배설되는 커피와 서류와 양복과 컴퓨터와 비만…. 그런 화려와 비인간성이 혼재하는 문명의 아이콘들, 피곤한 인간 정신의 갖가지 몽타주들, 너도나도 넘치게 쏟아내는 사회적인 포즈…. 어쩌면 더욱 많은 것들로 둘러싸여 있기도. 현대는 홍수처럼 넘쳐나는 그런 과잉으로 불안이 증폭되고, 헛소리가 함부로 횡행하고, 비상식적인 도착(倒錯)이 일상이 되고, 첨단과 정의로 위장한 퍼포먼스가 소비되고 있다. 그래서 필요한 공간이 부족해지고, 나무들이 자라지 못하고, 얌전한 침묵은 암살당하고…. 도처에서 넘치고, 바쁘고, 시끄럽고, 그래서 피곤한….

나 역시 그런저런 여러 가지로 피곤한 하루여서 학교를 마치고 집에 와서 일찍 저녁밥을 먹었다. 빨리 자고 싶은 마음뿐이었다. 그동안 잠시 뉴스를 보려고 오랜만에 TV를 켰는데 웬 오락 프로의 시끄러운 소리들만 가득 쏟아진다. 그 많은 채널마다 악다구니처럼 시끄러운 소리와 영상이 방을 점령한다. 뜻도 모를 노래와 춤이 혼란스럽다. 돈을 준다 해도 전혀 보고 싶은 생각이 없는 드라마들이 리모컨 따라 휙휙 지나간다. 코미디언들의 슬랩스틱이 안쓰럽다.

경쾌한 타구 소리가 들린다. 프로 야구 중계다. 평소라면 볼 생각이 없겠지만 오늘따라 상대적으로 조용한 편이어서 잠시 채널을 고정했다. 예전 학생 땐 단체 응원도 가곤 했지만 사회인이 되고나서부터는 야구장을 찾은 적이 한 손을 꼽을 정도다. 그나마 후배인 투수 최동원(崔東原)이 은퇴한 뒤로는 완전히 발을 끊었다. 인연이 없는 야구장에서 많은 사람들 속에 끼여 휩쓸린다는 건 사막 한가운데에 내던져진 것 같아 끔찍하다. 야구가 아니라 〈종합오락 세트〉처럼 변해버린 가짜 스포츠에 자동인형처럼 의식 없는 환호로 범벅되고 싶은 생각은 추호도 없다.

프로스포츠는 팬이 있기에 존재한다고 할 수 있겠다. 귀한 시간과 돈을 내고 경기장을 찾아와 응원하는 팬이 없다면 프로야구가 존재하는 의미가 없으리라. 특히나 프로 야구는 아이들에게 꿈과 희망을 준다고 하지 않나? 그래서 각 구단은 팬을 대상으로 한 각종 행사를 열고 경기 외적인 볼거리를 제공하려고 애쓴다. 선수들도 팬들에 사인을 해주고, 사진 촬영 요구에 응하는 것이 일종의 의무처럼 돼 있다.

그러나 야구에서 팬은 제1의 명제처럼 〈절대적〉으로 존재하는 형식이 아니다. 순수한 〈야구〉라는 양식 자체가 〈온전한〉 모습이다. 팬은 어쨌든 야구에 종속된 한 부분일 뿐이다. 다만 야구가 프로스포츠로 자리 잡고 세상에 펼쳐 보이는 방식이 지극히 자본주의 방식으로 운영되다 보니 지금에 와선 팬이 야구 자체의 주체가 되어버려 야구를 자신들의 기호에 맞게 휘돌리고 있을 뿐이다. 야구라는 시합 자체는 여러 잡다한 것들의 과도한 개입으로 마치 쓰레기더미처럼 온갖 모습을 뒤섞어 가장 자본주의다운 〈쇼〉로 변했다. 지금 와선 팬이란 자본의 표상에 머리를 숙이고 절대복종을 맹세해버려 야구 자체의 정교한 구성력을 변질시켜 오히려 엔터테인먼트의 새로운 문화 양식으로 재창조되었다고 할 정도다. 그러나 야구는 엔터테인먼트가 결코 아니다. 인간의 가장 원초적인 투쟁의 의미가 결집된 야구에 부수적으로 존재하는 한 부분일 뿐이다. 관객은 유전자에 새겨진 투쟁과 승리의 방정식을 찾아 스스로를 위로한다. 그러나 지금의 야구는(다른 종목도 비슷하지만) 핵심은 까마득한 지하에 가라앉아있을 뿐 두터운 외피들로 둘러싸여 온전히 맹목으로 변질되어버렸다. 엔터테인먼트의 함성과 열광이 야구를 오도하는 오늘날 진정한 야구는 멸종해버린 화석으로 남았다. 난 순수한 결정 같은 야구 자체만 보고 싶을 뿐이다.

관중의 고함만 없다면 그런대로 묘미도 있다. 타자와 투수의 심리전과, 해설이 확장해주는 게임의 상황이 흥미를 주기도 했다. 땀과 열정, 치열한 심리와 정교한 기술, 순간의 결단과 승부… 아마도 모든 스포츠 중에서도 가장 정교한 수학적, 기하학적 메커니즘의 공간으로 구성된 야구는 그래서 가장 현대적인 스포츠가 아닌가 한다. 축구 같은 경우는 단순한 기본적인 규칙 속에 인간의 원초적 투쟁과 승부를 담은 본능과 육체의 폭발력이 어우러진 보편적인 스포츠라고 할 수 있지만, 야구는 그라운드라는 수학적으로 완벽히 구조화된 틀 속에서 공과 타자, 그리고 주자의 도약이 어우러진 정교한 메커니즘의 스포츠다. 0.01초에 갈리는 순간의 판단과 선택, 그리고 결단과 집중이라는 완벽한 수학과 기하학의 정점에서 폭발하는 야구의 원형은 현대인에게 강요된 규칙과 일상의 경계를 초월하는 짜릿한 흥분으로 치환된다. 게다가 아슬아슬한 도루라든가 결정적인 삼진, 허무한 태그아웃, 끝내기 안타나 시원한 홈런 등의 디테일은 일상을, 왜소함을, 압박을 단번에 깨뜨려버리는 오르가즘까지 선사한다. 틀 자체가 규칙과 일상이라는 압박을 뛰어넘고 초월하는 정교한 메커니즘이 펼쳐지는 환상의 별천지가 야구다. 역사상 이처럼 정교한 스포츠는 없었다. 컴퓨터로 구현된 완벽한 기계주의(機械主義)에서 인간의 원시적 힘이 펼쳐내는 환상의 드라마가 야구가 아닐까! 하지만 그만큼 덕지닥지, 얼룩덜룩, 삐까번쩍, 빤질빤질이 점령해버린!

혹시나 모처럼 야구 자체의 온전한 모습을 볼 수 있을까 하는 기분으로 TV를 시청했다. 그러나 역시 내 착오였다. 야구가 아닌 〈너무 많은 것〉들이 야구의 주인처럼 화면을 가득 채우고 내 시선 속으로 쏟아져 들어왔다. 시도 때도 없이 화면을 불쑥불쑥 점령하는 여자 관중이나 치어리더 때문에 내 흥미는 단번에 사라졌다. 하나같이 예쁘장한 여자들이었고(견고하게 정형화된 세상의 기준으로), 어쩌면 연예인 분위기도 풍겼다. 그보다는 캐스터와 해설자가 하던 중계는 제쳐놓고 그런 여자들에 대한 너절한 이야기는 왜 또 하는가? 전국민이 보는 야구 중계를. 심지어 배트걸의 웃는 모습이라든지 연인인 듯한 관객의 모습을 거의 30초 이상 노골적으로 화면에 노출 시키기도.

아마도 이제 거의 야구의 한 부분으로 편입된 듯한, 본인에겐 꽤 경쟁적으로 표현해야 하는 튀는 사람들의 시구(始球)… 같은 것들은 〈순수한 야구〉가 아니다. 아니, 야구를 구성하는 한 부분도 〈절대〉 아니다. 그건 야구 밖에 있는, 정지된 스틸 사진 만으로서도 넘치는 것들이다. 그들이 자본주의 세상에서 스포츠와 공생하는 충분한 이유가 있고, 제각각 자부심도 가질 수는 있지만 그건 대중의 욕망과 열망으로 〈삽입〉, 〈결합〉, 또는 〈혼합〉되고 있을 뿐 순수하게 〈용해〉될 수는 없다. 프로스포츠로서의 야구가 팬들을 외면할 수는 없을 테고, 그래서 팬들을 유혹할 수 있는 요소들을 고민해야 하고, 소비와 감각이란 자본주의의 특성을 집약시킨 〈쇼〉적인 구성으로 화려한 퍼포먼스를 펼쳐나가야 했으리라. 그건 스포츠가 방송, 특히 TV와 결합되면서 〈시청률〉이란 지상의 명제 때문에라도 더욱 화려한 축제의 전면전을 작렬시키지 않을 수 없겠다. 다른 논리 자체가 설 여지조차 없을 뿐이다. 오직 시청자의 눈을 절대적으로 신봉해야 하는 속성상 오히려 속임수, 편법, 심지어 오도까지도 버젓한 퍼포먼스로 포맷하며 마케팅을 강요하고 있다. 하지만 그렇게 절대선처럼 현란한 쇼의 스텝으로 존재하다보니 〈스포츠+방송〉의 정체성마저 애매하게 만들었을 뿐이다. 야구 자체로 존재한다는 게 신기할 정도로 사람들의 의식을 맹목으로 만들어버렸다. 솔직히 말하자면 야구에 기생하는 그림에서 더 나아가 화면을 주인공처럼 점령하는 그림들은 야구를 야구가 아닌 쇼로 격하시키는 대중의 천박한 훔쳐보기, 또는 여성에 대한 차별로 가득한 성적 사디즘, 나아가 정당성이 뒤바뀐 부정직한 사회의 모습일 뿐이다. 야구에 웬 엉뚱한 사람들이, 아니 희멀건 허벅지를 드러낸 쇼걸들이 주인공인 듯 춤추며 흔들어대는. 그게 정말로 스포츠 정신에 부합하는 장면들인가? 야구는 청춘의 꿈이며 열광과 찬가를 동반하도록 본태적으로 내장되어 있단 말인가? 경기와 관중은 암묵적으로가 아니라 그렇게 드러내놓고 결합되어야만 하는가? 세계의 야구가 모두 그렇게 하는데 그렇다면 나만 틀린 건가? 아니, 나는 〈좀비 야구〉 신봉자인가? 야구를 마구 공격해대는 절대로 옳지 않은 반동분자인가? 화려한 퍼포먼스의 한 가운데에서 고독을 느끼는 사람은 하나도 없는가…. 야구의 순수를 훼손하는 이 시대 〈너무 많은 것〉들의 천박에 치가 떨릴 정도다. 차라리 중고등학교 때 단체로 응원 갔던 시합이 그래도 자본주의의 껍데기가 덜 입혀진 순진한 야구라는 생각이 강하다. 지금의 쇼처럼 변한 야구보다 좀비들이 벌이는 〈침묵의 야구〉가 벌어진다면 오히려 반가워서 스스로 좀비가 되겠다는 생각이 들 정도다.(물론 선수들의 땀과 고통, 최선을 다하는 부분은 여전히 존경스럽다.)

아니, 도대체 세상의 단 〈한 명〉도 그런 면에 관심을 가지고 통렬한 반박을 하지 않는다는 것은 신기한 일이다. 아니, 그러기는커녕 제일 인기 많은 치어리더가 누구니, 어느 배트걸의 사인을 받았느니, 홈런 친 누구의 배트 플립이 멋지다느니 등 온통 경기 자체를 잡아먹어버리는 뒤바뀐 장면들을 아예 천년을 이어온 당연으로 여긴다. 선수들도 관중에 아부하듯 노골적으로 현란한 포즈를 지으며 그라운드를 누빈다. 도대체 스포츠 자체만 남겨두고 나머지를 오롯이 삭제해버린 채 치열하게 즐기는 사람이 있기나 한가? 스타플레이어란 사람 중에 일체의 외연을 잘라내고 오롯이 〈야구〉 자체만으로 승부를 거는 사람이 과연 있기나 하나? 관중, 아니 대중은 주체적인 존재가 되지 못하고 자신도 모르게 외연의 화려라는 회로에 접속하여 속절없이 움직이는 로봇으로 변신되어버렸는가? 나이 든 사람은 '스쿠루지'처럼 이미 굳어버린 정신으로 그렇다 하더라도 비판적이고 진취적인 젊은이들이 오히려 짬뽕으로 뒤섞인 스포츠에 더욱 열광하고, 더해서 브레이커 없는 돌격과 무차별적인 변화와 강화를 더욱 요구하고 있다. 그래놓고도 젊음의 발로니, 건강한 청춘의 약동이니, 성숙한 시민의식이니 하며 오히려 정당으로 고착시킨다. 청춘에게 실망이다. 자본주의가 포맷한 세상과 인생의 조잡한 행태에 아무도 항의조차 하지 않는, 아니 할 수 없는. 그 거대한 로봇들의 일률에 대해 임금님은 발가벗었다고 진실을 말할 수 있는 소년은 더 이상 존재하지 않아도 아무렇지 않다는 말인가? 다시 말하지만 인간은 압도적인 외연에 형편없이 굴종하고 마비된 정신으로 존재하도록 되어있는가? 어쩌면 불안정한 자신들의 삶을 잠시 잊고 싶은 심리의 기제가 작용하기 때문인지? 그렇게 만든 자본주의의 덫에 걸린 스포츠를 알면서도 순수 그대로 지켜내지 못하게 된 이 시대가 하이브리드 류의 키메라나 프랑켄슈타인 같은 잡종으로 변신한 건 아닌지. (아니, 모두가 당연으로 받아들이는 사실을 거부하는 제가 오히려?)

오늘날 프로스포츠는 TV로서가 아니라 현장에서, 그것도 열광하는 관중과 떨어져 홀로 오직 그라운드에서 펼쳐지는 선수들의 혼신으로 만들어내는 무브먼트와 흘러내리는 땀, 정교한 작전과 승부의 추이를 예측하면서 봐야만 〈진정한 야구〉를 볼 수 있으리란 생각이 강한…, 아니, 불가능할 게 틀림없으리라. 옆에서 환호하는 관객들의 소리, 청춘을 발산하는 벌거벗은 치어리더들, 너도나도 언제부터 야구와 가깝게 살았는지 술 마시며 과장된 소리와 어깨춤까지 추는 아저씨들, 어린이들, 여자들…. 그런 시대의 정의를 온전히 독점하고 외야까지 꽉 들어차 도대체 홀로 조용히, 숨을 곳 자체가 없는!

하긴 방송국은 텔레비전을 보는 대중들에게 어쨌든 시선을 고정시키고, 미인을 자주 클로즈업하고, 온갖 광고를 시청자의 눈과 귀에 주입시켜야 하는 본능으로 존재함을 왜 모르지 않을 것인가. 연예인을 데려와 시구하고, 배트걸도 채용하여 눈요기를 시키고, 늘씬한 치어리더로 관중들의 관음증을 유발하고…. 광고판도 자주 노출시키고, 요즘은 화면 속 그라운드 위에 팝 업(pop-up)으로 순식간에 광고제품을 컴퓨터그래픽으로 믹서하여 가상광고라는 걸 돌출시키는 생경하고 공격적인 구성을 보이기도. 아니, 그도 모자라 틈만 나면 광고방송으로 중계를 끊어먹고, 오랜만에 화면이 정돈되는가 싶으면 띠글자 광고와 안내가 화면 아래 오른쪽에서 왼쪽으로 흘러가고. 요즘은 화면 아래쪽을 아예 점령하고는 방송국 소식이나 중요 뉴스들을 끊임없이 되풀이되풀이…. 참으로 가관이다.

카메라맨이, 캐스터가, 화면 편집과 조정, 송출하는 조정실이 무슨 좋은 일이 있다고 그러지는 않을 것이다. 좋게 말해 그저 좀 더 세련된 화면 변화의 일부이며, 다양한 구성의 콘티일 뿐이다. 엄밀히 말하자면 결국 타 방송사와의 시청률 경쟁에서 우위에 서려는 철저한 스포츠 산업의 경제 논리로서 풀이할 수 있겠다. 아니 기회에 온전히 본전을 뽑아내려는.

그러나 그런 눈앞의 경제 논리는 종내에는 견고한 사회의 구성력을 비틀고, 오도하는 역기능으로 돌아온다. 마치 먹고 살기 위해 벌목을 하였지만 결국 밀림이, 지구가 황폐해지는 것처럼. (당장 닥쳐온 일이 아니라고 변명하는 것은 지구에 대한 예의가 아니다. 생존은 멸망에 비하면 아무것도 아닌.)

정말로 중요한 것은 추락하는 현대인의 초상이다. TV는 좋은 다큐나 시의적절한 휴먼물 등에서 보듯 아직 건강함을 잃지 않았다고 믿고 있지만(? 스스로도 〈립 서비스〉 같아 얼굴이 화끈거리는) 왠지 대중을 선도하기는커녕 오도하는 내용이 차츰 많아지는 것 같아 오히려 부정적인 매체로 자리잡아가고 있는 것 같아 안타깝다. TV를 보며 꿈과 상상의 날개를 펼쳐야 할 우리 반 아이들의 순수와 주체성이 그런 끔찍한 악질들로 마멸되어가는 현실이 통탄스럽다. 아니, 섬마을이나 오지, 변두리 단칸방에서 겨우 TV만으로 외부와 만나며 전적인 위로를 얻는 분들에게는 참으로 먹먹하기만 하다. 할 수만 있다면 내가 대신 머릴 조아리고 용서를…. 하긴 얼마 지나지 않아 저도 그렇게 되겠지만.

텔레비전의 영향은 다양한 미디어 중에서 흡인력이 가장 강하다. 일찍이 시대를 앞서 사유했던 '허버트 맥루한'은 텔레비전의 순간순간 변하는 화면 구석구석을 액체처럼 시청자들이 빈틈없이 채우도록 강요하는 쿨(cool)한 흡인력에 대해 〈마약과 같은 미디어〉로 단정했다. 그리하여 텔레비전이라는 미디어가 제공하는 내용에 시청자는 중독되어 의존할 수밖에 없게 됐고, 그 의존은 곧 사회 전체의 의식으로 공유하게 되고, 그리하여 가치가 일방으로 고정되기 때문에 《미디어는 메시지》라는 시대를 앞선 선언문을 낭독했다.

그러나 그 숭고했던 선언도 오늘날엔 그냥 메시지가 아니라 압도적인 퍼포먼스로 가득 채워진 시끄러운 난장판일 뿐이다. 오늘날 미디어에서 춤을 추는 섹스와 소비와 오락은 십계명에 못지않은 계율로 변장한 선전찌라시로 격상되지 않았는가? 아마 맥루한이 지금의 텔레비전을 봤다면 〈미디어는 노이즈〉라며 지끈거리는 머리를 부여잡고 절래절래 저으며 도망갔으리라. 어쩌면 하늘에서 자신의 선언에 대한 석고대죄의 눈물을 흘리고 있을지도.

텔레비전이란 메시지가 어떤 가치로 사회에 고정되는지는 많은 사람들이 해석한 대로 매우 명확하다. 다양한 메시지가 있겠지만 요즘 가만히 음미하다보면 그 모든 메시지의 총합은 결국 대중의 우민화(愚民化) 쪽으로 기운다는 의심을 떨쳐버릴 수 없다. 원하든 그렇지 않든 텔레비전이라는 미디어가 대중에 기반하고 있기 때문에 그들의 원하는 바에 따를 수밖에 없고, 어느덧 축적된 방송 기술과 시간이 개입되면서 다양한 종류의 퍼포먼스를 확대시켜 나왔다. 그 가장 대표적인 모습이 뉴스, 행사, 계몽, 교양, 광고, 오락 등등이 아닐까.

그 중 뉴스와 행사, 계몽, 교양 등등에는 사실과 가치, 또는 원리, 정치와 법, 역사, 과학, 철학, 종교 등의 개념으로 존재하는데 일견 삶의 근원이나 정체 등등을 주제로 하는 긍정적 면들이 많다. 물론 그런 장면 속에도 속물적 구성을 잊지 않고 끼워놓는 습성을 버리지 않는데, 예를 들면 학자들이 나와 대담하는 프로에 웬 인기 많은 잘생긴 여자 아나운서가 나와 사회자 역할을 맡게 하는 무리수를 두기도 하는데 그야말로 꽃과 같은 정물로 존재하는 민망함을 보이기도 하고,(요즘은 전문가랄 수 있을 정도의 여성

진행자가 자주 보이지만 그래도 어깨 말이 핵심보다 포즈를 의식하는 것 같고, 아니, 그보다는 복장이라든지 화장 등이 너무 세련되고, 어쩐지 얼굴을 돋보이게 하려는 카메라 워크 때문인지 불편한 모습이 자주 보인다.) 무슨 안전계몽 프론데 벌칙으로 먹물을 얼굴에 칠하거나 때리는 예능적인 구성을 보이기도 한다. 그러나 아무튼 미디어 본래의 장점이 많이 드러나고 있는 영역임은 사실이다. 예를 들면 〈BBC〉나 〈내셔널지오그래픽〉 등의 다큐는 자연과 인간의 장대한 드라마를 정교하게 펼쳐서 직접 그 속에 들어간 듯한 현장성으로, 또는 오지(奧地)에서 자연에 동화되어 살아가는 사람들의 삶을 그려낸 국내 다큐 등등은 삶의 먼 지평을 보는 듯한 감동으로 자주 보는 편이다. 그런 감동은 황금이나 유명, 성공, 사랑, 욕망… 따위 현대의 절대선(絶對善)들을 가볍게 단순으로 치환시키며 절제를 되돌아보게 한다.

광고는 미디어의 수단이지만 오히려 황금이란 최대의 목적으로 변질하여 무수한 비틀림을 보인다. 반전과 현실착각, 오도의 노림수가 횡행한다. 요즘 부쩍 많아진 대부업을 예로 들자면 그냥 돈을 펑펑 가져가라고 하면서도 무서운 고리대금과 폭력의 그림자는 숨겨둔다. 보험에 가입하면 마치 영생을 줄 것처럼 선전하지만 막상 소비자에게 부합되는 사항이 생기면 숨겨둔 온갖 세부 약정들로 겨우 잔돈푼이나 지급하거나 오히려 보험금 지급을 거부하기도 한다. 교묘한 약정 속에 숨어있는 사기술은 사람을 바보로 만들려는 듯하다. 홈쇼핑은 시청자의 주머니를 열게 하기 위한 협박과 조급과 과장의 종합전시장을 방불케 한다. 해외여행을, 명품을, 웰빙을, 건강을 주기라도 하듯 웃지만 실제 뻥튀기된 가격으로 소비자를 봉으로 보는 행태는 예나 지금이나 변함없다. 게다가 예상컨대 생산자에 비해 〈갑〉의 위치에 있을 게 틀림없을 홈쇼핑이 그 모든 이익의 대부분을 갈취할 게 틀림없으리라. 생산자는 실컷 고생하고도 쥐꼬리만큼 던져주는 먹이로도 머리를 숙여야 하고. 유통자가 생산자보다 훨씬 많은 몫을 차지한다는 건 심각한 갑질에 다름 아니다. 그래선지 홈쇼핑을 일러 〈황금알을 낳는 거위〉라는 말까지 떠돌던데 아마도 공론으로 까발려지면 홈쇼핑은 더 이상 지금의 무작정 황금 긁어모으기는 못하리라. 모르긴 몰라도 구매자들의 각성이 굉장히 예민한 폭발력으로 잠재되어 있을 것 같은. 홈쇼핑에서 구입한 상품은 몇 번 사용해보지도 않고 꽁꽁 구석으로 숨어버리기 일쑤라는 이야기를 들은 적이 있다. 그만큼 가성비로서는 형편없는 제품을 하느님이 만든 제품으로까지 뻥튀기하는 뻔뻔함을 아무렇지도 않게 내뱉는다. 혹자는 그런 광고에서 정보를 얻기도 한다던데 그야말로 졸부들이 코끼리 발톱쯤으로 자위하는 것에 불과할 뿐이다. 홈쇼핑은 현대적인 테크놀로지와 접목된 종합 사기쇼에 다름 아닌. 천박한 장사꾼들, 아니 사기꾼들이 세균처럼 번성하는 곳이 틀림없으리라. 그 엄청난 사기로 황금을 갈취하면서도 사회적 헌신과 베풂에 대해선 전혀 들어본 적 없는.

현대 자본주의의 미학으로까지 찬사를 받으며 격상된 광고는 그러나 내가 볼 땐 진실을 포함한 모든 것을 생략해버리고 최종적인 소비를 목적으로 치밀하게 구성된 〈악마의 음모〉일 뿐이다. 어쩌면 〈악어의 눈물〉일 수도. 자본의 시혜를 핑계로 허위와 과장과 선동과 아부와 사기로 범벅된 권력을 휘두르는. 이전 인간의 역사에서 다양한 모습으로 다가왔던 광고는 사람들에게 시점의 다양과, 지능의 발달과, 판단의 비교와, 더불어 총합적인 변증의 인식까지 도와주었지만 지금은 온통 인간 정신의 마비와 후퇴를 조장하며 감각의 제국을 퍼뜨리는 신판 흑역사(黑歷史)로 변신한 것이 분명하다. 과잉과 과장, 오도와 저속을 팔아먹고, 그래서 모든 면에서 쾌락에 최적화된 이성의 마비를 최고선으로 포장한. 〈광고는 지옥까지라도 따라간다〉는 말을 들은 것 같은데 아마도 그런 속성을 지적한 말이 틀림없으리라. 어떤 사람들은 광고의 그 지독한 마수를 외면하기 위해 고개를 돌리고 귀를 막아버린다고도 한다. 오늘의 광고는 순진과 진지와 격조 따위는 내던져버리고 오직 소비를 목적으로 〈빨리빨리〉 현란한 화면 변화와 거침없이 쏟아내는 말, 그리고 무차별적인 강박을 조루증에 걸린 듯 쏟아내기 바쁘다.

광고와 관련하여 미디어의 황금율에 가장 기여도가 많은 퍼포먼스가 바로 오락이다. 그러면서도 가장 포괄적인 이미지로 방송 전면을 차지하는데 세분하면 예능, 개그, 스포츠, 드라마, 영화, 가요… 등등으로 구성될 수 있겠다. 부담 없이 시청할 수 있는 잡담과 좌충우돌의 예능, 비틀고 해체하고 배설하는 개그, 땀과 열정은 감춰버리고 압도하는 소리와 화려한 율동으로 무장한 노래와 춤을 앞세워 엉뚱한 대리만족으로 치장한 무한식욕의 스포츠, 음모와 배신, 섹스와 미모, 환상과 비현실의 컴퓨터그래픽이 난무하는 드라마와 영화, 일률적인 리듬과 멜로디, 그리고 사설조의 생경한 가사로 노래의 심미적 감흥을 내팽개치고, 아니 그런 건 필요 없다는 듯 노래 자체를 주변부로 밀어내버리고 슬쩍슬쩍 벌거벗은 몸을 비틀며 화려(華麗)와 관음(觀淫)을 전면에 내세우는 가요 쇼! 아마도 많은 사람들이 이 오락의 퍼포먼스에 하루도, 한시도 떠나서는 살 수 없을 것처럼 금과옥조로 모시고 있다. 자신이 하루하루 쓸모없는 대중으로, 텅 빈 머리로 존재하는, 모든 것을 포기한 기성(旣成)과 화석(化石)으로 변하는 줄 모르고 악착같이 시간 되면 일초도 틀리지 않고 텔레비전 앞으로 꾸역꾸역 둘러앉는다. 사람들과의 대화는 주로 이 오락으로 주고받으며, (나로서는 전혀 모르는 내용들이어서 타인들과 아예 대화 자체를 할 수 없을 정도다) 의식 구조를 독립적으로 발전시키지 못하고 마치 네비게이션처럼 맹목으로 그저 따라가게 한다. 아마도 텔레비전의 속성이 그런 모양이다. 물론 포털, 신문, 잡지 등도 마찬가지다. 모든 곳은 갖가지 광고로 도배되어 도대체 뉴스 하나 제대로 볼 수 없다. 각오하고 보려면 〈Close〉나 〈×〉를 몇 번이나 지워야 겨우 볼 수 있을 정도다. 너덜너덜한 그림들의 잔상이 머리에 남아 골이 아플 정도다. 아마도 광고 창은 개미지옥처럼 클릭하기만을 기다리며 관능에 부채질을 하는 것 같다. 그러나 난 돈을 준다고 해도 관능에 꿈쩍할 생각이 없다. 오히려, 차라리 기사를 무시해버리고 절대 클릭하지 않는다. 개미지옥이 굶어죽든 말든, 관능이 내게 뭐라 푸념을 하든 말든. 광고가 아닌 기사라도 주로 연예인들의 시시콜콜한 내용들을 무슨 큰일이나 있는 것처럼 확대재생산한다고 법석이다.

대중의 천박한 훔쳐보기와 보여주기를 묵계로 터무니없이 부풀려지고 포장된 걸그룹들은 섹스의 전도사가 되어 오늘도 한결같이 희멀건 허벅지를 경쟁적으로 드러내고 자신을 소비하라며 끊임없이 사람들을 호객하고, 어느 사회자는 특유의 큰 목소리로 한동안 화면을 휘어잡더니 갑자기 보이지 않아 어휴, 이제 귀가 좀 조용하겠다 싶어 좋아했는데 역시나 또 나온다고 한다. 역시 어떤 코미디언은 멀쩡한 언어를 비틀어 〈조으다〉로, 〈째끼야〉, 〈고뤠?〉로 변주해버리는 신묘한 잔재주를 부리고. 가만 보면 유행어 하나 만들어 퍼뜨리면 돈과 유명 모두 움켜잡을 수 있는 모양이다. 그런 사람들은 자신의 행위가 무슨 뜻과 의미를 가지는지 전혀 모른다. 오직 자신의 출세와 유명을 위해 유행어 하나 만들지 못해 안달이다. 그마저도 못하면 도태될 수밖에 없는. 이미 우리 언어는 심각할 정도로 수준 이하의 짬뽕 유행어들로 오염되어버렸다.

오늘날 콘텐츠 자체의 순수로 존재하는 건 모조리 사라져버렸다. 모두 다 대중이란 지엄한 소비자가 즐거워하는 오락과 순간적인 쾌감을 삽입하지 않으면 생존의 곡예를 타야 하는 생태적 환경에서 살아남기 어렵다. 아니 다른 프로를 파괴하고 살아남기 위해서는 오히려 더욱 공격적이고 과감한 포맷을 장착한 프로들로 아부해야 한다. 스포츠는 그 하수인이 되어 정말 열정적으로 홍보나 마케팅이란 이름의 짬뽕문화를 쏟아붓기 바쁘다. 순수 야구는 이미 그런 자본과 섹스와 매명과 선동이라는 히트 앤드 런에 빠져 익사했음이 분명하고, 그에 중독된 대중은 이미 두뇌 없는 허수아비로, 심장 없는 녹슨 양철로, 용기 없는 겁쟁이 사자로 추락해버렸다. 오히려 방송은 그런 대중의 추락을 좋은 기회라도 되는 양 다른 진지한 스포츠를 잡아먹어버리고 오직 야구를 상품으로 축포를 쏘며 세일 한다고 연일 채널을 독점하고 있다. 자본축적의 난장판 속에서 한바탕 요란으로 범벅되어 허깨비처럼 변해가는 야구를 아무도 지켜내지 못했다. 아니, 내가 볼 땐 그나마 '최동원'만이 순수 야구를 지켜내려고 했을 뿐 단 한 명도 저항했다는 기억이 없다. 아니, 오히려 스스로 먼저 세상의 짬뽕 국물에 머릴 박고 아부한다고 야단이다. 왜 야구 이외로 얼굴을 내미는가? 왜 자신의 순수를 더럽히는 것들에 강하게 거부하지 못하는가? 절대 공짜가 없는 자본의 공습에 시체처럼 죽어나자빠지는 줄도 모르는. 하긴 대중과 자본이 결탁하여 만들어낸 스포츠 산업의 번지레한 기름기에 바보같이 순박하기만 했던 스포츠 정신이 속아 넘어간 잘못이 큰 것 같기도 하지만. 정말이다. 불순한 잡탕을 배제한, 순수한 결정 그대로 존재하는 세상의 법칙은 정말로 없는가? 가짜들이 점령하고 난장판으로 만든 이 세상은!

오늘날 미디어는 〈너무 많은 오락〉의 메시지를 숭고한 율법으로 대중에게 선포하고 있다. 어느 누구도 이 선포에 반항할 수 없게 되었다. 숨겨진 재능과 열정으로 자신이 '장영실'이나 '신사임당', '아인슈타인', '피카소'가 될 수 있음에도 불구하고 감각과 세련, 영합과 계산, 편리와 힐링 등등의 압도적인 외연들에 빠져 익사하고 있다. 특히 우리의 아이들은 전부 그런 오락의 율법에서 헤어나지 못하고 있다. 대화도, 움직임도, 그리고 생각도 네모꼴로 변해버렸다.

82년 프로야구가 출범할 때 표어가 뚜렷이 생각난다. '어린이들에게 꿈과 희망을'! 그러나 총체적 악화들이 그라운드를 점령하고는 꿈과 희망 대신 섹시와 저속, 편법과 막말, 몰상식과 무개념, 추태와 트집으로 종합 오락세트의 대명사처럼 비친다. 우리 아이들의 빛나는 재능을 야구뿐만 아니라 모든 상황에서 일률적으로 타락시키는 악화들이 미디어 속에서 물 만난 세균처럼 번식하고 있다. 아예 텔레비전을 창고에 넣어버리든지 해야 하나 고민일 정도다.

(길어지는군요. 대중문화의 특징과 소비에 대해 다음에 좀 더 치열하게 인용, 대조, 분석해볼까 합니다.)

덧붙이는 글

퇴직하고 9~10년, 오랜 세월 TV를 잘 보지 않았는데 근래 영화와 다큐 등을 새로 돌아보니 홈쇼핑이 아직도 방송되고 있더군요. 벌써 전에 그런 낡은, 과장된 양식은 사라졌으리라 생각했는데… 저로선 무척 신기한! 홈쇼핑이 여전히 황금알을 낳고 있다니, 그 낡은 상술이 말입니다. 어쩌면 현대인의 간편, 단선적인 특징이 끈질기게 연명시키고 있는 건 아닌지!

전에 최동원이 죽었을 때 그에 대한 간단한 글을 적어본 적이 있는데 그동안 잊고 있다 이번에 우연히 발견했습니다. 좀 생경하고, 자신의 감정을 과장한 건 분명한데 그 당시 야구와 최동원에 대한 제 생각을 되돌아볼 수 있더군요. 좀 더 폼나게 고쳐 쓰고 싶지만 그냥 당시의 심정을 그대로 드러내는 게 좋겠다는 생각으로 글자 하나 고치지 않고 첨부합니다. 그저 이런 생각도 있구나 하는 마음으로 읽어주시기를 바랄 뿐.

야구를 야구 자체만으로 지켜냈던 거인

단아한 얼굴, 청춘의 표상, 영원한 현역, 스포츠를 철학으로 만든 그가 죽었다는 게 도저히 믿어지지 않는다. 가슴이 먹먹하다. 내 마음의 뿌리가 송두리째 뽑히는 것 같다. 열망만큼 처절하고, 그만큼 삶의 근본마저 저주스럽다.

화장하고 묘소에 안장된 지 꽤 지났건만 아직도 인터넷에 최동원의 소식들이 올라오고 있군요. 영원한 현역, 대중의 우상이었지만 철저히 숨겨져 있다가 죽고 나서 너나없이 용비어천가를 부르며 아쉬워하는 현상을 보니 일상과 생활에 파묻혀 타락했던 스스로에 대한 반작용이 아닌가 하는 생각도 듭니다.

근래 죽음과 관련하여 가장 아쉬움으로 남는 경우였습니다. 곧잘 감상에 빠져 허덕이는 스스로를 감안하고서도 아직도 가슴이 먹먹하군요. 내 안에서 화려한 당대의 모습으로 남아있건만. 그저 역설이기를 바라는 못난 마음으로.

오늘 그와 관련한 글을 써봤습니다. 부칠 수 없는 편지를. 단상(單想)으로 시작한 건 한 시대를 마지막으로 홀로 독야청정 했던 그를 되돌아봤으면 하는 무의식이 선택한 건 아닌지. 스포츠를 스포츠가 아닌 〈엔터테인먼트〉로 바꿔버린 불량품들이 환호받은 현대엔 더욱!

요 며칠 〈시간과 존재〉에 대해 많은 생각을 했다. 나이가 들면 당연히 나름으로 머릿속에 그려놓는 그런 부분들이 있겠지만 갑자기 폭풍 같은 최동원의 허망한 죽음을 보며 새삼. 고등학교 7~8년 쯤 후배였지만 교가에 나오는 것처럼 〈영도에 날고뛰는 용마보다도, 현해를 구비치는 고래보다도〉 ○○高라는 명성의 탑을 더욱 강렬하게 쌓아 올린 그였기에.

생전 동창회 모임에서 딱 한 번 봤을 뿐이지만, 무수히 많은 흑백과 컬러의 프레임 속에서 봐왔던 젊음과 도전, 그리고 순수와 낭만의 압도적인 이미지를 떠나보내기가 쉽지 않았다.

하긴 나는 사실 최동원을 잘 모른다. 그저 이름과 인상만으로서 일 뿐이다. 그러면서도 그는 거대한 현대의 신화처럼 마음속에 새겨졌다.

그는 ○○高의 자랑이기 전에 젊은 날 내 삶의 한 부분을 단단하게 구성해준 청춘의 마법사였다. 어쩌면 일찍부터 황폐한 정신으로 방황하던 무질서한 관념에 어머니처럼 따뜻한 〈미소〉와 〈포용〉을, 아버지처럼 견고한 〈지성〉과 〈과묵〉한 절제를 채워주었던 것 같다. 그래서 자학으로 삶의 층위를 변두리로 내몰지 않고 현실에서 치열하게 살아볼 수도 있구나란 각성을 최동원의 이미지에서 추출해낼 수 있었던 건 아닌지.

안경을 고쳐 걸고 모자를 매만진 후 한쪽 다리를 한껏 들어 올리고 던지는 다이내믹은 내 〈거친 열정〉으로 다가왔고, 불끈 주먹을 쥐고 흔드는 그의 환호는 현실에 당당하게 뿌리내린 〈실존의 영상〉을 강력하게 내뿜었다. 자신이 죽는다는 걸 알면서도 '라이언' 일병을 구해야만 하는 '밀러' 대위처럼 혼자 4게임을 책임지는 장엄한 모습을!

최동원은 그렇게 대리 만족을 넘어 불안정한 내 마음의 바탕을 가꾸어 주는 자화상으로 다가왔다. 그의 깨끗하고 단아한 얼굴에서 〈묵직하고 아름다운 지성〉을 읽을 수 있었고, 단정한 목소리와 동작에서 〈인생의 규범적인 움직임〉을 눈치챌 수 있었다. 그리고 돌아보며 싱긋 짓는 미소에서 〈행동 양식의 굳건한 세련미〉를 떠올렸다.

세상을 스스로 정한 〈단순〉으로 살아온 사람-, 누구나 야구 밖 여러 가지 잡다한 〈복잡〉으로 자신을 팔아먹기 바쁜 시절에 그는 일체의 퍼포먼스를 배제하고 오직 혼신을 다한 투구에만 미쳐갔다. 사람의 외길이란 것은 얼마나 순수한 것인가! 그의 투구는 일체의 잡스런 것들을 향한 칼날 같은 정신의 꾸짖음이었고, 그것을 본다는 것은 쓰레기처럼 변해버린 내 정신의 정화작용이었다. 그는 스포츠맨으로서가 아니라 무슨 철학자 같은 모습으로 존재했다. 순수와 열정으로 세상에 자신을 내던진 고독한 영웅, 야구 이외의 것을 철저히 배격한 진정한 야구인! 그는 학교 후배였지만 스승의 모습으로 존재했다. 스포츠를 지켜낸 마지막 영웅시대의 마침표가 바로 그의 죽음이었다. 야구가 아닌 갖가지 비루한 퍼포먼스로 야구를 팔아먹는 이 시대에 순수한 야구만으로도 얼마든지 존재할 수 있음을 보여준.

지금의 스포츠는 자본의 전위대가 되어 주군을 모신다고 고개를 조아리기 바쁘다. 조폭 두목은 자본이고 스포츠는 그 하수인이 되어 화려하게 치장한 포즈로, 그러나 사실은 온갖 쓰레기 문화를 쏟아낸다. 최동원 이외에 아무도 그에 반항하지 않았다. 아니, 일찍 항복하고 돌격대장을 자처하고 이곳저곳 요란하게 얼굴을 내밀고 들쑤시고 다녔다. 내가 그런 똘마니들에게 찬양을 쏟을 일이 있나?

그의 순수는 삶이 눈에 보이는 화려한 파노라마만으로 존재하는 것이 아니라 숨겨진 근원적인 층위들로 구성되고 있다는 것을 이해하게 했으며, 진정한 실존은 그 모든 것을 제어하고, 균형을 잡을 때 비로소 느낄 수 있음도.

그는 동창이라는 좁은 틀로서가 아니라 이름값의 존재 자체만으로도 나에게 많은 것을 가르쳐주었다. 어쩌면 그는 경험(經驗)에 앞서 선험(先驗)으로 내 마음속에 자리 잡고 있었던 것 같다.

그가 은퇴하던 날부터 나는 미련 없이 야구장에서 발을 돌려버렸다. 모두들 야구로 환호하는 이 시대에 반대로 야구를 내 속에서 베어냈다. 사직야구장엔 어린이날 학교 돌봄교실 아이들을 데리고 한번 간 것 빼곤 아예 쳐다보지도 않았다. 그가 없는 야구는 순수가 사라진 속임수 움직임이었고, 엉뚱한 고함이었고, 의미 없는 몸짓에 지나지 않았다. 순수한 영웅과 전설이 사라진 평균의 시대가, 그래서 억지로 분장하여 엔터테인먼트로 만든 야구에서 무에 그리 흥분할 일이 있겠는가? 있다 해도 후대들의 몫일 터, 내 시대는 아니다. 그저 값싼 소주 한잔에 좌충우돌하는 욕정으로서 일뿐이다. 사직야구장에 밀려 퇴락해버린 구덕야구장에서 벌어지는 중학교나 고등학교 야구대회엘 당시 만나던 동창들과 몇 번 가봤지만 의미 없는 추억의 플래시백에 지나지 않음을 눈치채고는 그마저도 일찍 그만둬버렸다. 만약 그가 다시 화려하게 컴백하는 날이 있다면 나도 다시 야구장을 찾을 거라는 자못 애절한 결심을 하며.

인간은 살아가면서 무수한 마음의 지평을 건넌다. 그 과정에서 얽히고설키는 마음의 행로는 삶의 이해력으로 작용한다. 지나가버린 시간과 현재와의 간극에서 삶의 불가해한 존재성을 감지하고, 애정과 절망의 곡예에서 청춘과 사랑의 이미지를 각인시키고, 황금과 빈곤의 줄타기에서 정의와 사회의 구조를 파악하고, 거역할 수 없는 운명과 순응에서 역설적으로 인간의 위대한 전설을 떠올린다.

죽음은, 그래 죽음은 거꾸로 모든 것을 비워내버린다. 만남과 이별, 청춘과 사랑, 정의와 분노, 안타까움과 애수…. 인생이 이루어지며 구성된 그 모든 정신의 총화들을 죽음은 아랑곳하지 않고 단번에 지워버린다. 우리들이 되도록 빨리 그런 생각들을 애써 지워내고 일상으로, 아무렇지도 않은 듯 돌아오게 만드는 조급함이다. 죽음은.

그저 흔한 야구 선수에 지나지 않는 사람이지만 나에겐 많은 것을 떠올리게 하는 죽음이었다.

까마득한 과거 속에 잠겨 있다 방금 되살아난 그였지만 또 순식간에 떠내려갈 과거로 옷을 갈아 입어버린 최동원! 미상불 육신을 버리고 하늘로 가버렸는가? 이젠 그의 깨끗하고 단아한 얼굴, 단정한 목소리와 싱그런 미소, 그리고 다이내믹한 규범적인 동작을 기억 속에서만 되살릴 수밖에 없는가?

무수히 많은 야구 선수들이 있었지만 내 속에서 언제나 인생의 〈에이스〉로 남아있던 최동원! 그를 인생에서 만났다는 건 내겐 축복이었다.

잘가거라!

그대를 조상하며….

※ 어쩌면 단순하고 우직하달 수 있는 최동원이었지만 지금의 스포츠는 자본과 마케팅이라는 현란한 그림들과 결합되면서 세련과 화려와 멋이 넘치는 엔터테인먼트로 변했다는 생각을 떨칠 수 없습니다. 〈너무 많은 것〉들로 요란하고 시끌벅적해진 잡탕 퍼포먼스! 그래서 더욱 조용하고 진지한 〈야구선수〉 최동원이 그리운가 봅니다.

2011년 12월

덧붙이는 글

오랫동안 그를 잊고 있었습니다. 세상과 담을 쌓고 살다 보니 모든 것에서 거리를 두고, 외면하고, 아니 스스로를 삭제하고 살아온 것 같습니다. 사람들과 떨어지고, 화제에서 비켜나고 뒤쪽으로 숨은.

부산 사직야구장 입구에 최동원 선수의 조각상이 있습니다. 그는 부산 야구의 상징적 존재이기 때문이지요. 제가 야구장에 갈 이유는 없지만 마라톤 훈련을 하기 위해 사직 보조경기장 가는 길에 지나칠 때가 있기 때문에 간혹 둘러보기도 합니다. 그 어머니는 지금도 가끔 조각상에 와서 아들에 대한 그리움을 어루만지는 손길로 달래고 있습니다. 그 어머니의 애틋한 마음을 우리들이 어찌 알 수 있겠습니까만.

글을 쓰며 이리저리 알고 보니 그도 야구 이외로 TV에 많이 나왔다고 하더군요. 그리고 정치에 뜻을 두고 선거에 나섰다고 하기도. 당연히 그의 유명을 《TV와 정치에서 이용》하려고 그랬으리라 생각합니다만 그러나 어쨌든 역시 배반에 가슴 아프군요. 그를 야구의 전설로, 그 어머니의 애절한 눈물로. 말년의 병고와 안타까움, 기타 여러 가지 아픈 이야기들로 상쇄하고 싶지만, 앞에서 단상(單想)을 이야기했지만 이젠 아무래도 단상(斷想)으로 잘라내야겠습니다. 바깥에서 더 많은 유명으로 존재했던. 믿었던 그에 대한 배신감이 진지한 그의 얼굴과 겹쳐 더욱 진하게 다가옵니다. 아마도 그에 대한 마지막 헌사가 될까 합니다. 다만 그의 단순과 열정과 순수와 희생과 다이내믹한 그림만을 남겨두고….

아마도 모두가 환호하는 야구에 냉소와 조소를 퍼붓는 건 저 혼자뿐인 것 같군요. 열광과 드라마틱, 청춘과 꿈, 단합, 애국심, 영웅… 그렇게 존재하는 스포츠를 감히.

제(26)주 학습지도 계획안

2012년 9월 17일 ~ 9월 21일)　　　　4학년 2반

대중문화에서 삶의 미학을?

≡ 지난 8월 28일 갑자기 닥쳐온 태풍으로 휴교했는데 이번 9월 17일 월요일도 역시 태풍으로 휴교합니다. 집에 혹 취약한 부분이 있으면 미리 살펴보고 대비를 해야겠습니다.

1800년대 말 미국에서 주로 논의되고 확산되기 시작한 〈프래그머티즘-pragmatism〉은 쉽게 실용주의(實用主義)로 번역될 수 있습니다. 이전 구대륙의 관념론이 지나치게 공허한 형이상학적 사색에서 정체되어 그에 대한 반발이 확산되고 당대 진화론을 비롯한 여러 가지 중요한 과학적 발견, 발명으로 새로운 생활적인 해석의 필요에 따라 대두되기 시작했지요. 진리를 실생활과 밀착되는 유용성으로 보는 공리주의(功利主義)의 색채와 연결되는 것 같기도 하지만, 아무튼 교육 철학의 한 부분으로 발전되었는데 굉장히 복잡하고 어려워 저 나름으로 용어에 맞게 간단히 축소해서 이해하고 있습니다. 예를 들면 어떤 사실이나 결과가 실용적인 영향을 가져온다면 그게 참(verity)이고 그러지 못한다면 가치가 없다고 주장하는 그룹이지요. 예를 들면 농구 경기에서 파울은 나쁜 일이지만 적절한 활용으로 게임을 승리로 이끈다면 작전의 개념으로 얼마든지 받아들일 수 있습니다. 〈나쁘다〉는 언어의 값으로는 절대 〈善〉이 될 수 없지만, 승리라는 실제 의미로서는 엄연히 선의 개념으로 편입된다는 뜻입니다. 그래서 극단

적으로 말한다면 인본주의에서 말하는 〈선〉과 〈악〉이라는 절대적 가치관도 고정된 잣대로 보지 않고 상대적으로 생각하게 됩니다. 악이나 거짓도 결과적으로 유용하다면, 생존에 도움이 된다면 그 틀에 얽매일 필요 없이 진리요, 선이며, 의미 있다는 자세를 견지하게 되는. 태초의 절대주의는 실용주의의 도전으로 이제 그 완고한 역사의 자리에서 쫓겨나야 했습니다.

아마도 그런 프래그머티즘의 가치가 가장 뚜렷이 드러나는 〈전위적〉인 분야가 미술 쪽이 아닌가 생각됩니다만. 그림을 넘어선 액션과 퍼포먼스, 설치와 구성으로까지 가장 포괄적으로 정의되는 현실로 본다면. 어쩌면 제가 그런 쪽을 향한 관심과 활동을 합리화한 것 같기도 하지만.

저 자신 국민학교를 다니며 벌써 미술가를 꿈꾸었고, 만화도 그런 상상력의 또 다른 삽화였는지 모르지만. 본관 옆 벽에 붙어 있는 단층의 작은 미술실에서(그저 블록과 슬레이트 지붕으로 된 창고 같은) 자주 그림을 그렸고, 그리고 4학년으론 처음으로 제 그림이 전시되기도 했습니다. 8~10호 정도의 마분지에 〈등대와 남항〉을 그린. (제가 태어나고 자란 등대와 남항은 제 평생의 삶과 마음의 색깔이 선명히 새겨진 이미집니다. 지금도 여전히 그 이미지에 주박(呪縛)되어 벗어나지 못하고 있지요. 제 삶의 원형은 그곳에서 형성되었다고 자신 있게 말할 수 있습니다. 제가 마음의 위로 받고를 싶을 때는 지금도 등대로 순례를 가곤 합니다. 물론 엄청나게 달라진 모습에 오히려 상처받기도 하지만. 나중 사진 촬영에 뛰어들어 각종 사진전에 자주 입상하여 그런대로 그 계통에서 알아주는 큰형님에게 부탁하여 저 멀리 오륙도에서 해운대, 북항, 그리고 자갈치 시장과 영도, 등대. 그 너머 송도까지 모두 조감할 수 있도록 천마산 정상에서 파노라마로 찍은 사진을 제가 사는 집에 떡 전시한.) 그렇게 바다라는 음울한 삶이 가르쳐주는 어두컴컴한 이미지는 이미 어린 저를 포위하고 위협하는 침략군의 모습으로 다가와 그 어떤 삶의 이미지조차도 넘어설 수 없는 황량한 풍경으로 자리를 잡아버렸습니다. 바닷바람과 뱃사람과 비린내와 술집 색시와 유행가와 눈물과 페그물과 벌떡이는 물고기와… 그런 모습은 저를 가볍게 제압하며 세계에서 스스로를 알게 모르게 왜곡시켜왔습니다. 저는 바다의 그림 속으로 치열하게 달려가야 할 어떤 운명적인 유혹을 벗어날 수 없었습니다. 언젠가는 이까발이(오징어잡이) 채낚기 배를 타고 동해를 떠돌아다녀야 한다는 예감을, 바닷바람에 펄럭이는 옷과 곰장어 통발배와 짭조름한 소금기 머금은 습한 공기, 술과 눈물로 무너지는 색시와 뱃놈…! 그런 우울한 풍경을 벗어날 수 없다는 예감은 저를 지리멸렬 분해시켜버렸습니다. 그런 제게 세상은 별천지, 아니 위협적인 모습으로 다가왔고, 한없이 지하로 등 떠밀었습니다. 그리고 깨달았지요. 지렁이는 흙을 먹어야 하고, 저는 바다라는 무시무시한 고압(高壓)의 내폭발을 벗어날 수 없으리라는. 고등학교 1학년 내내 학창의 낭만과는 동떨어진 우울한 풍경 속에서 가라앉았습니다. 학교와 친구들 모두 저와는 다른 행성에서 배정되어 온 것 같은 배타적인, 아니 우울한 풍경은 2학년이 되자마자 그동안 미련으로 바다를 스케치해 놓은 커다란 화첩, 그리고 몇 편 어쭙잖게 써둔 시와 소설 습작품들을 몽땅 바다로 돌려보내고, 형과 어머니의 실망과 서러운 눈물을 뒤로 하고 귀족 같은 학교도 뛰쳐나와 배를 타고 연근해를 떠돌기 시작했습니다. 봄과 가을 동안 거친 바다를 헤치는 뱃놈의 되어 미친 듯이 동해와 남해를 떠돌기도.

그 무렵 형과 누님 등 우리 가족은(어머니가 장사하던 옛집은 해안가 그대로였지만) 안쪽 마을 커다란 공터에 〈용대공장〉이라는 조그만 양은그릇을 만드는 공장에 붙어 있는 살림집에 세 들어 살았습니다. 공터 자체가 아주 넓었는데 드나드는 입구 쪽은 키 큰 플라타너스로 둘러싸인 커다란 단층주택이 비밀의 정원처럼 버티고 있었고(동네와 교류가 없는 전혀 모르는 사람이라 아직도 그 집은 수수께끼로 남은), 그 앞 공터는 10m를 훌쩍 넘는 길이에 두 아름 가까운 커다란 원목 통나무 2~30개를 3~4층으로 잔뜩 쌓아놓거나 서커스 천막이 들어서거나 했지요. 여름에 그 통나무 위에 자리를 깔고 누워 이미 익숙했던 소주를 마시며 프랑스 시인 '레미 드 구르몽(Remy de Gourmont)'의 시 '낙엽' 등을 읊조린 기억이 나는군요.

…
시몬
너는 좋으냐? 낙엽 밟는 소리를
발로 밟으면 낙엽은 영혼처럼 운다
낙엽은 날개 소리와 여자의 옷자락 소리를 낸다…
…

〈시몬〉이란 말의 어감이 언제부턴가 우리 한국 사람들에게는 아득한, 설레는 학창 시절 낭만의 대명사로 다가와서 그랬던 것 같습니다. 그래선지 '김진규', '김지미'가 출연하여 애절한 사랑의 순애(純愛)를 펼친 '모윤숙(毛允淑)' 원작의 그 유명한 「렌의 애가」도 가끔 읊조리곤 했지요.

시몬 그대는 들리는가 낙엽 밟는 소리를
나는 당신과 함께 낙엽이 떨어진 산길을 걷고 싶소
낙엽이 하나 둘 떨어지는 오솔길 낙조에서
그대 발자취를 따라 먼 길을 가고 싶소

그렇게 고독과 낭만의 이미지에 아파하며 세상을 정처 없이 떠도는 꿈을 꾸다 잠들기도 했습니다.

(전에도 언급한 것 같은데 저는 국내외 영화를 아마도 5~6백편 이상 소장하고 있습니다. 세어보진 않았지만 주로 지금은 사라지고 묻힌 시대와 사람들의 잔영으로 남은 까마득

한 시절의 영화를. 삶은 한바탕 꿈이며, 그 환상 속에서 제각기 마주치는 허무의 잔영을 확인하고 싶은 마음은 아니었는지! 활동사진이란 역사의 첫 자리를 차지하는 밋밋한 영상의 49초짜리 『열차의 도착』과, 11분 남짓 길이에 의도적인 드라마(이야기)로 촬영된 첫 창작영화인 '멜리어스'의 『월세계 여행』은 물론 〈로이드 안경〉의 주인공인 '해럴드 로이드'가 영화역사에 길이 남을 명장면인 시계탑에 매달린 아슬아슬한 그림으로 유명한 무성영화 『마침내 안전-Safety Last』, 초창기 한국영화들인 「격퇴」, 「그대와 영원히」, 「망나니 비사」 등등도 개인적으로 소장하고 있습니다. 물론 순애의 바이블, 한국의 〈닥터 지바고〉라고까지 불리던 1969년작 김기영 감독, 김진규, 김명진, 김지미 주연의 「렌의 哀歌」도 당연히. 그런데 무릇 좋은 일이 있으면 나쁜 일도 있다고 하필 1903년 미국영화 초창기 「에드윈 S 포터」 감독의 『대열차강도-The Great Train Robbery』를 분실하여 너무나 아쉽습니다. 하긴 인터넷에서 볼 순 있지만. 그 무렵 미국의 역사를 번개 치듯 그려냈다는 『國民의 創生-The Birth of a Nation』-지금은 『국가의 탄생』이란 제목으로 굳은 영화는 자막과 원어로 소장하고 있지만 현대적인 드라마 편집의 원형은 대열차강도가 아마도 최초일 듯.)

어쩌면… 그래선지 운명적인 이미지도 섞여 있는데 그 시절 용대 공장 뒤쪽 풀밭 쪽에는 〈부산극장〉 간판을 그리는 높다란 천막 가건물이 있었습니다. 본래 남포동 극장이 협소하다보니 변두리 등대 동네 빈터로 있던 용대 공장 뒤에 작업장을 따로 만들었지요. 마치 인디언들의 집처럼 원뿔 닮은 높다란. 세 들어 살던 집 바로 옆이어서 거기 기웃거리다가 스카웃 되어 곧 커다란 간판을 그렸는데 제가 그쪽으로는 초짜가 되다 보니 격자(格子-grid) 시스템이라고 보통 가로 2m×세로 3m 정도 크기의 간판에 2~30㎝ 간격으로 칸을 지르는 작업을 했습니다. 한두 달 지나니까 잘한다며 간판실 주임이 윤곽선을 그리게 해주더군요. 격자에 맞게 한 칸 한 칸 대충 밑그림을 그려놓으면 선배가 섬세하게 칸을 채워 그렸습니다. 나중 앞서 이야기한 '김기영(金綺泳)' 감독의 「렌의 애가(哀歌)」나 '신상옥((申相玉)' 감독의 「이조여인 잔혹사(李朝女人 殘酷史)」 등등은 선배의 조언을 들으며 제가 한쪽 면을 책임지고 그리기도 했습니다. 그렇게 완성되면 새 영화상영을 위해 늦은 밤 두어 대 리어카에 그보다 훨씬 큰 4~5짝의 간판들을 싣고 극장에 가서 새 간판을 달던 생각이 나는군요. 배를 타거나 군대생활로 계속하지 못했지만 관심을 끊진 않았기에 그 후로도 안면 있는 그쪽 계통의 사람들과 계속 관계를 이어나가기도 했습니다. 나중에는 그림에 대한 나름의 안목이 생겼는지 지인으로 만난 화가 몇 분이 작품전 카탈로그에 실을 해설을 부탁하기도 하여 화법의 특징에 맞추어 몇 번 멋 부린 해설을 써보기도 했습니다.

20여 년 전 EBS에서 〈특선 밥 로스의 그림을 그립시다〉라는 프로그램을 방영했는데 참 재미있게 본 기억도 나는군요. 그의 전매특허 같은 〈That easy-참 쉽죠〉란 말처럼 저도 새삼 다시 그릴 수 있겠다는 생각을 하기도 했습니다. 『시냇가 풍경』, 『화창한 가을 날』, 『회색빛 그림자』, 『어둠이 내린 강』…. 어쩌면 두터운 붓과 나이프로 물감을 덧칠(wet and wet)해나가는 방식이 간판 그림과 잘 어울릴 수도 있을 듯. 그런데 그가 일찍 죽었다는 사실을 알고 얼마나 마음이 아팠는지! 제 비디오 속에서 그는 아직도 생생한 설명과 함께 멋있는 풍경을 덧칠해나가고 있는데 말입니다. (당시 녹화해둔 그의 프로를 보며 뒤늦게나마 아픈 마음으로 조상합니다. 이미 추억 속에서 볼 수밖에 없는!)

언젠가 저희 교실에서 선생님들이 모여 자체 연수를 할 때 한창 인기 있는 드라마 이야기가 나와 교감선생님이 엉뚱하게 제게 그림을 그려보라고 해서 당시 KBS에서 방송한 「꽃보다 男子」란 드라마 타이틀을 본떠 칠판에 분필로 「꽃보다 ○○」라고 제 이름을 활용하여 간단히 그린 생각도 나는군요. 근데 다음 날 아침 아이들로 난리 났습니다. 자습 겸해서 지우지 않고 그대로 뒀는데 1학년 포함 전교 100명이 채 되지 않는 아이들 모두 저희 교실에 와서 와글와글! 이 녀석들도 드라마를 보는 것 같아 야단치며 수업 때 지우려고 했지만 울고불고! 며칠 칠판 사용을 하지 못했습니다. 여기 아이들은 그런 자그마한 퍼포먼스에도 관심을 많이 주더군요. 그 후에도 만화 「까치의 날개」를 응용한 2탄 등등도 그려봤는데 바쁜 학교생활이라서 더 이상 인기작전을 펼쳐보지 못했습니다.

아무튼 모든 상장과 졸업장들마저 없어져버렸지만 무슨 단체에서 주최한 미술대회 상장 하나는 어딘가 있는 걸로 알고 있었는데 이사하면서 정리하다 찾아봤더니 그마저도 이미 사라져버렸군요. 어쩌면 제 인생의 한 부분이 삭제된 것 같은 아쉬움도! 어쨌든 이런저런 연유로 남포동은 등대의 인력 속 한 풍경으로 아직까지 강력하게 자리 잡고 있습니다. 추억의 가수 '윤일로(尹一路)'의 빅히트곡 「港口의 사랑」처럼 아찔한, 아니 아득한 풍경 속에 세포 하나하나를 물들여놓은.

> 네온 불 반짝이는 부산극장 간판에
> 옛꿈이 아롱대는 흘러간 로맨스
> …

하긴 샤프하고 정교한 삶을 사는 현대인들에겐 뱃놈, 간판장이, 술집, 색시, 자살… 그저 변두리 값싼 감상으로 칠갑을 한 저속한.

그러고 보니 제가 조금 들떠서 또 옆길로 샜군요. 술 마시면 흐릿한 추억의 잔상 속에서 저절로 맺히는 눈물을 어쩌지 못하고. 죄송합니다.

프래그머티즘은 너무 포괄적이어서 미학(美學)으로 한정시켜 말한다면 자신의 유목적적 행동으로 〈미적 경험〉을 얻을 수 있을 때 그건 진리와 선으로 인정되어야 하며, 특히 미학은 〈고급문화〉에서만 발현되는 것이 아니라 〈대중문화〉에서도 얼마든지 찾을 수 있다는 생각을 견지하였습니다.

아마도 제 생각으로는 예전 고양된 상황에서 감동을 일으키고 그 집적적인 공유에서 느꼈던 예술적 자부심은 쾌락적 소비주의에 불과한, 자본이 만들어낸 가짜 예술로서 오히려 미적 경험을 일부러 기만하였다는 사망선고를 내리고, 그래서 일단의 예술가들이 철저히 파괴시켜버리지 않았나 생각합니다. 옳은 말이지요. 그런 게 進化고, 우리는 그렇게 다른 세상으로 달려왔습니다. 삶은 그런 부정과 탐험을 통해 새로운 상상력으로 구성되어왔습니다.

아마도 그 가장 대표적인 분야가 미술 쪽이라고 생각되는데 19세기 후반부터, 특히 제2차 세계대전 이후 통칭 〈아방가르드-avantgarde〉 라는 이름으로 불리는 전위예술가(前衛藝術家)들이 등장하여 기존의 관습이나 금기를 깨뜨리며 도발적인 주제와 혁신적인 제작 기법을 보였습니다. 기존의 미술은 고가의 상품처럼 자본의 최전방에서만 소비되고 있으며, 일반 소비자는 작가와 철저히 떨어져 권력처럼 군림한 작품에 영문도 모르고 무조건 찬사를 보내는 박수부대로 만족할 수밖에 없다고 선언했지요. 그들은 회화와 조각 같은 기존 물리적 대상이 아니라도 얼마든지 미술의 영역으로 받아들일 수 있다고 했습니다. '앤디 워홀', '잭슨 플록'. '제프 쿤스', '다이언 허스트'. '알베르토 자코메티' 등등으로 대표되는 미국 팝아트 계열의 전위 미술가들은 자신들의 작업공간을 아예 공장(工場-factory)이라 칭하고 여러 보조 작가들까지 동원하여 작품, 아니 〈상품〉들을 대량으로 쏟아내어 시작했습니다. '마릴린 몬로'나 '엘비스 프레슬리', '엘리자베스 테일러' 등 헐리우드 스타들의 붉은 입술과 기괴한 아이섀도 같은 펑키(punkie), 도발적인 이미지를 실크 스크린으로 다양하게 선보이기도 했고, '100개의 코카콜라병', '1달러 지폐 200장', '100개의 수프캔' 등 대량생산과 소비라는 미국식 자본주의를 표상하여 과열된 미술 시장을 조롱하기도 했습니다,

그들은 기존 미술 시장에 반발하여 지금 시대에 이해되지 않더라도 사고팔 수 없는 미술, 관객 속으로 직접 파고들어가는 미술, 이른바 행위 예술, 퍼포먼스를 지향하기도 했습니다. 물감과 붓을 들고 바닥에 물감을 흩뿌려 밟고 다니거나 드러누워 몸부림치는 〈행위 자체〉를 보여주는 〈액션 페인팅〉이나 〈해프닝〉 등 충격적인 전위예술 등이 한때 유행되며 넉넉히 미술의 영역으로 편입되었고, 또는 쿤스나 허스트 등의 화려하고 기이한 설치 조각 작품, 단순하고 예쁜 아이콘들의 연속적인 배열로 특히 공장에서 대량 소비되는 생활용품들에서 실천되는 미니멀리즘(minimalism) 등등에서도 미적 경험을 얼마든지 얻을 수 있다며 한때 유행되기도 했고, 사진에 온갖 칠을 하여 전시하는가 하면 일부러 어린이 그림처럼 서툴고 마구 칠한 듯한 무정형의 그림도 유입되었습니다. 특히 전통 미술을 부정하고 〈레디 메이드〉라는 기성품을 그대로 전시하여 새로운 영역을 나름으로 넓혔다는 평을 듣는 '마르셀 뒤샹'의 〈샘〉 같은 경우는 남성 소변기 하나 달랑 〈그대로〉 전시장 좌대 위에 전시하여 그 자체로 예술이라며 황당하기 짝이 없는, 아니 현대 미술에 가장 강렬한 영향을 미치기도 했습니다. 뭐 〈개념 미술〉이란 찬사를 받기도 했으니까 성공이란 면으로는 확실하군요. 아니 우리나라의 '백남준'은 〈비디오 아트〉라는 새로운 실험으로 낡은 TV 수상기를 로봇이나 탑 모양 등으로 다양하게 이어 붙여 현란한 색상과 변화하는 영상들을 쏘아대는 독특한 퍼포먼스로 세계 미술사에 독보적인 자취를 남기기도 했지요. 제가 생각해도 그 시절에 그런 공간적인 비주얼로 퍼포먼스를 펼쳐낸 전위적인 작가가 없을 정도로 뛰어난, 어쩌면 우리 미술사가 세계의 최첨단을 가는 그 가장 최초, 최고의 작가가 틀림없을 것 같습니다. 〈비디오아트〉, 〈전자아트 제국의 황제〉란 이야기는 그가 아직 살아있다면, 그래서 그의 작업은 지상 최고의 찬사를 들을 게 틀림없을 것 같습니다.

어쩌면 장난스러울 수 있는 아웃사이더 미술은 단순한 평면 미술을 조롱하며 미적 경험의 폭발적인 분화를 가져왔습니다. 얌전하고 고답적인 답답한 미술과 왜소한 정신을 깨부수고 새로운 감수성과 상상력, 가치를 드날린 미학의 승리는 분명 프래그머티즘의 정당성을 증명했고, 지난날 찬사를 받았던 주류 미술이 세기말 배반의 세월 속에서 〈예술의 종언〉이란 폭언을 듣게 된 것도 다 그런 경향에서 나왔을 게 틀림없습니다. 현대 과학문명의 절정으로 구성된 현실을 고답적인 낡은 가치와 분위기로는 이해될 수 없는,

프래그머티즘 철학자인 '리처드 슈스터만'은 그 점에서 가장 강력하게 대중문화와 실용주의와의 결합에 대해 깊숙한 천착을 해왔습니다. 그런 점은 그의 최근 저서인 〈삶의 美學〉에서도 잘 나타나 있더군요. 그 책에서 그는 순수예술보다 차라리 〈일상에서 개인이 느끼는 미의 경험을 삶에 투영하여야 한다〉고 했습니다. 삶의 전면에서 무언가 우리들이 느끼는 가치를 발견할 수 있다면 이를 일부러 멀리한다거나 내버리는 것보다 활성화시켜서 미학의 영역을 넓힐 수 있는 것이 정당하다는 요지입니다. 예를 들면 텔레비전이나 엔터테인먼트, 또는 오락, 현대에 와서 새롭게 인식되기 시작한 인체에서도 예술은 얼마든지 탄생할 수 있습니다. 우리는 보통 그런 것을 저급하다고 생각해왔고, 그런 관습적 사고방식과 무의식적인 억압으로 쉽게 받아들일 수 없을 뿐이라고 했습니다. 예술은 일상을 살아가는 삶 자체로서 그 속에 내재된 미학을 온몸으로 탐구하여야 하며 그런 의미에서 대중문화는 가장 훌륭한 〈미학적 대상〉이라고 미의 폭을 엄청나게 확장했습니다. 심지어 오늘날 대중문화는 민주주의의 의미를 가장 강력히 표상하는 지위에 있다고까지 치켜세웠지요.

실제 책은 훨씬 다양하게 예술의 종말에서부터 다양한 미적 고찰을 이

야기하고 있는데 제 경험들과 관련하여 끝까지 재미있게 읽고 싶지만 이젠 나이가 들어선지 쉽게 머리에 들어오지 않고 자꾸 파편화한 이미지들만 굴러다니는군요. 힘을 내어 이 가을에 완독해봐야겠습니다.

프래그머티즘은 기존 답답한 관습적 미의 체험을 폭발적으로 확산시켜왔다는 긍정적인 면이 많습니다. 오히려 딱딱하고 폐쇄적인 기존 문화의 틀을 무너뜨리며 이미 미학의 중심으로 편입되었다고도 할 수 있지요. 대중문화-, 텔레비전이나 엔터테인먼트, 또는 오락은 긴장을 해소하고, 집중력을 고양시키기도 하고, 자유롭고 민감한 감수성을 발달시키며, 새롭게 세상을 해석할 수 있는 통찰을 줄 수도 있다고 합니다. 옳은 말입니다. 전적으로 찬성합니다. 저 자신 가끔 텔레비전을 보며 영감과 각성을 떠올릴 때도 많으며, 새로운 감각과 표현에 무릎을 치기도 합니다. 엔터테인먼트에서 지친 마음을 가장 적절하게 달래주기도 하고, 세상에 대한 메타포(은유-隱喩)를 절묘하게 포착해낸 감독과 촬영기사의 카메라 앵글에 고개를 끄덕이거나, 여태 마음속에 미진하게 남아있던 어떤 풍경을 대입하여 자신에 대한 반면교사로서 각성을 일깨우기도. 삶과 세상에 대한 미세한 의미를 깨닫기도 하며, 제가 미처 각성하지 못한 역설적인 진실을 되돌아볼 수 있도록 하는 대중문화의 시점이 생각보다 넓고 깊다는 생각을 하기도 합니다. 제가 지금의 〈옹졸〉을 떠나 좀 더 현실적인 감각으로 본다면 분명 삶의 새로운 양상을 만나고, 그에 어울리는 사고의 틀을 깊이 새겨놓기도 할 게 틀림없습니다. 오늘날 대중문화는 보편적으로 인간 생활의 그런저런 전면을 구현하는 소프트웨어처럼 자리 잡았습니다.

하지만…. 그런 미적 체험의 확산을 대중문화에서 말 그대로 〈전적으로, 분별없이〉 찾는다면 아웃사이더 예술 역시 언젠가는 그들이 폐기해버린 기존 인사이더 예술의 운명처럼 누군가에게서 버림받을 확률이 높아집니다. 속된 말로 오르막이 있으면 내리막이 있다는 말이지요. 대중문화의 본질에 대한 천착과 이론들에 대한 점검도 없이 매끄럽게 영합된 단순 논리로는 순진을 아예 초월해버린 지금의 대중문화를 감당할 수 없을 것 같습니다. 예전 고답적인 해석과는 이미 까마득히 떠나버린.

오늘날 대중문화의 선두주자인 텔레비전을 지배하는 오락성만 보더라도 삶의 미학을 확인하기보다 가벼운 흥미와 재미, 볼거리로 텔레비전을 멀리하라는 원성의 주범으로 전락하고 말았습니다. 물론 무릎을 탁 치게 만드는 영감 가득한 대사와 가슴을 울컥 감전시키는 삶의 깊숙한 기미(幾微)들을 만나는 행운도 있지만, 저 자신 스치듯 느꼈던 기준을 잣대로 말한다면 대개 대중의 관심과 볼거리와 재미를 소재로 그들의 입맛을 장난처럼 만든 그 수많은 예능 프로들, 속 깊은 메타포도 가끔 보이지만 대부분 언어 비틀기와 겉멋만 잔뜩 든 재치, 그리고 과장으로 떡칠한 분장과 행동으로 특히 아이들 정신을 일찍부터 마비시켜버리는 개그, 진중한 감상과 정제된 언어의 확장, 그리고 서사성(敍事性)을 보이는 가수들도 있지만 대부분 감정마저도 〈포즈〉로 치환해버리는 일상어의 가볍고 직설적인 가사에, 그마저도 모두 똑같이 허벅지를 드러내고 노래보다 〈섹스〉로 떡칠한 몸으로 승부하며, 그러면서도 세상의 또 다른 대중들에게 K-팝으로 칭송받지만 〈젊은 한때〉의 유통기한으로 소비되고 사라질 게 뻔한 젊음의 열광이 압도적인 가요, 현실성이라고는 눈곱만큼도 없는 동떨어진 마구잡이 스토리텔링으로 혼란스럽기 짝이 없는 감동을 강요하고, 연기보다 얼굴과 몸을 무기로 집과 회사를 왕복하며 화면을 덧없는 좌충우돌 막장으로 도배하는 드라마, 땀과 열정, 그리고 도전으로서의 본연보다 몇몇 종목에서만의 획일적인 파쇼, 그리고 자본주의와 결탁한 허황된 상업성으로 일상을 정복한 스포츠, 인간의 정동(情動)이 섬세하게 펼쳐지는 드라마는 사라지고, 아니 어쩐지 잘 빠진 폼을 생각한 꾸미고 만들어낸 대사와 과도한 액션, 그리고 쉽게, 함부로 내뱉는 슬랭과 난삽한 앵글과 얕은 시선, 턱도 없는 판타지나 컴퓨터 그래픽으로 마약 같은 환각을 심어주는 영화…. 현대의 대중을 온통 획일적인 바보로 만들어버리는 엔터테인먼트에서 〈계속적〉인 삶의 미학을 찾는다는 건 이 시대 우리나라에서는 도대체 가능하지 않습니다. 삶과 동떨어진 현대의 화려한 풍경 속에서 제조된 미학은 그저 값싸게 만든 상품, 일회용 유행일 뿐입니다. 삶의 본질은커녕 그저 가벼운 터치, 뻔한 감동의 〈포즈연습〉에 다르지 않지요. 현대의 엔터테인먼트가 말하고 싶은 메시지나 상징이 많겠지만 정교한 과학과 철학의 기본에서 본다면 한때의 열정, 청춘의 꿈, 본능적 몸짓, 육체의 표상 등등이 언제까지나 합리화될 수는 없지요. 어디까지나 그 젊음의 인력(引力) 안에서의 표상일 뿐입니다. 그런 의미로 존재한다면 저도 당연히 인정할 수 있지만 마치 세상에 던지는 의미와 표상 전체가 세상의 절대선이나 된 것처럼 무소불위의 권력적 행태로 존재한다면 좋은 말을 해줄 수 없습니다. 오늘도 내일도 화려한 세상의 런웨이를 장식하는 그 얼굴들에서 읽어낼 수 있는 건 오락과 안주(安住), 이기와 외면, 포기와 감각, 쾌락과 저질, 음흉과 우쭐…, 싸구려 정신에 귀신들린 몽유병에 다름 아닙니다. 물론 제 과도한 선입과 왜곡된 가치 탓임을 부정하지 않겠지만 그렇다고 전적으로 현대의 엔터테인먼트가 세상의 가치로 존재하지는 않습니다. 배려와 겸손과 은근과 동감과 주제를 내던져버린! 프래그머티즘이 틀렸다는 의미가 아니라 이미 〈너무 많은 오락〉의 브레이크 없는 거침없는 질주가 예술과 인생을 잡아먹을 수 있다는 이야깁니다.

케이블이나 종편은 섹스 드라마나 엽기, 범죄, 패션, 정치, 시사, 잡담,

오락, 예능에 또 끝없는 예능들… 그야말로 존재가치 자체를 생각해봐야 할 정도로 선정적인 프로들로 얕은 연륜을 커버하기 바쁘군요. 인생에 하나도 도움 되지 않는 심심풀이 땅콩만도 못한 저질 프로들! 특히 화면을 잠식하는 광고들은 가뜩이나 도가 지나친 얄팍한 감각과 속임수 술수로 일관된 이야기로 진행되는 프로그램을 또다시 마음대로 난도질합니다. 실제 재어봤는데 몇몇 광고는 무려 10분이나 되풀이 사설처럼 무한정 풀어놓아 프로그램 자체를 왜소하게 만들어버리기도 했습니다.

예를 들어보는 게 더 실감나겠군요. 앞선 프로그램 다음의 광고와 자사프로 안내가 무려 10분 가까이 되풀이되고 나서 비로소 다음 방송이 시작되는데 영화 한 편 분량에 훨씬 못 미치는 짧은 프로들도 일부러 1, 2부로 나누어놓습니다. 〈몇 초〉의 타이틀 후 〈5분〉 전후의 광고가(실제 지켜보면 엄청나게 깁니다. 화장실에서 할 수 있는 일들 모두 다 처리하고 다녀와도 충분하지요.) 지겹게 지난 후 본 프로가 시작되는데 1부 중간쯤 되면 또 슬쩍 1분 전후의 짧은 광고 대여섯 개를 쏘아 보냅니다. 참고 볼라치면 겨우 1부 후반 프로가 시작되지요. 자, 다음엔 뭐가 나올까요? 그렇지요. 1부 엔딩 타이틀을 10초 이내로 친절히, 아니 굳이 안내해줍니다. 불완전 프로를 만들 수 없다는 듯. 그래도 프로를 봐야 하는 힘없는 시청자가 참아야하지요. 역시 다음은 1~2부 사이의 중간광고가 몇 분 계속되고. 주로 홈쇼핑보다 광고단가가 훨씬 적을 게 틀림없을 종편과 케이블에 사기나 다름없는 보험이나 엉터리 제품을 엄청나게 부풀려 되풀이에 또 되풀이, 또또 되풀이 소리칩니다. 언뜻 좋은 상품인 것 같지만 자세히 따져보면 실소를 금할 수 없는 엉터리를 뻥튀기와 속임수, 협박과 강요, 기회와 횡재로 입에 침이 마르도록 칭찬합니다. 거기다 또 살림에 꽤 도움이 될 만한, 그러나 실제로는 별로 사용되지 못하고 고장 나거나 구석으로 쌓일 게 뻔한 불량 사은품을 그럴듯하게 포장해선 자꾸 비춰주며 〈상담을 완료한 사람에게 사은품을 줍니다〉고 유혹의 끄나풀을 내세우지요. 그러나 〈상담을 완료한다는 건 계약을 성립시킨다〉, 즉 팔아먹는다는 뜻일 듯한데 과연 계약에 들어가는 돈과 비교해서 얼마나 비효율적인지, 아니 속았는지 경험 있는 사람은 잘 알고 있으리라 생각합니다. 〈안 봐도 비됴-Video〉가 틀림없을. 아마도 상담을 완료하지 못하고 사은품을 받은 사람이 하나도 없으리란 제 생각이 무조건 허황된 것만은 아닐 겁니다. 저 광고를 선전하는 사람들은(주로 연예인들이지요.) 공범으로 절대 용서해선 안될 사람들이라는 생각이 들 정돕니다. 한눈에 척 봐도 50% 이상 사기에 가까운 제품을 자기 얼굴로 팔아먹기 때문이지요. 스스로도 내용을 모른 채 불러주는 대로 읽기 바쁜. 2부도 1부와 마찬가지로 중간에 슬쩍 광고, 프로가 끝나는 엔딩 타이틀 전에 또 엄청나게 긴 〈5분〉 전후의 광고! 다음에 엔딩 타이틀로 드디어 하나의 프로그램이 끝납니다.(요즘 들어 공중파 방송도 엔딩 타이틀이 실종되는 경우도 꽤 있더군요. 무책임의 극치!) 그렇게 프로그램들이 하루 종일 계속됩니다. 도대체 뭘 보라는 건지. 하루 총 광고시간을 재어보고 싶었지만 저만 미친 사람이 될 것 같아 차라리 TV를 꺼버리곤 합니다. 자주 보는 어떤 자연과학 다큐멘터리 채널은 기껏 45분에 불과한 프로에 중간중간 광고를 두어 번 〈슬쩍〉 집어넣고, 그것도 모자라 조금 전 방송한 끝부분 2~3분을 광고 후 친절히 되풀이 방송하여 시청자를 헷갈리게 하여 바보로 만들기도. 딴은 지겹게 해서 미안하다는 듯 역시 친절하게도 〈엔딩 타이틀〉은 잘라내어 〈불완전〉한 프로그램으로 만들어내는 센스를 발휘하기도 합니다. 어째 타이틀에 대한 개념이 아예 없는 건 아닌가 싶은. 아마도 광고를 쏟아붓는 시간을 얻기 위해서라는 게 정확할 겁니다. 그리고 같은 프로 1부와 2부 사이에 광고나 안내를 몇 번이나 되풀이 되풀이하여 무려 10분이 지나 다음 프로를 시작합니다. 프로그램 자체는 겨우 40여 분도 되지 않는데 1/4 가까운 분량을 중간에 광고로! 그야말로 엄청난 식욕이 아닐 수 없습니다. (

한 가지 의문은 뺀질이에 버금갈 정도로 머리 회전이 빠른 광고주들이 케이블이나 종편에서는 무조건 바보가 되어버리는 건 아닌가 하는 생각을 떨칠 수 없다는 점입니다. 아마도 무지하게 싼값 때문이라 생각은 하지만 프로그램 앞과 중간중간, 그리고 마지막에 10분가량 되풀이되는, 그런 식으로 하루 종일, 한 달, 두 달 계속 눈과 귀를 아프게 하는 광고를 과연 누가 보기나 하는지. 잠재적 인상의 누적이 효과를 발휘할 것이라고 생각한다면 신념에 대한 오해도 이만저만이 아닙니다. 아, 하긴 저 같은 별종 몇몇을 빼고는 그런 걸 감안하고도 보는 사람들이 많아서 노출이란 측면으로는 참 계산이 빠름을 인정하지만. 《글의 근거를 위해서라도 일부러 광고, 되풀이 되는 부분까지 삭제하지 않고 전부 들어간 비디오 파일로 저장해두기도 했습니다. 새삼스레 문제점을 공개적으로 세상에 폭로하면 여태 아무도 관심을 두지 않았지만 어쩌면 방송국 측으로서는 종말론에 버금갈 정도로 사회적 파장이 커질지도!》 근본적으로 그런 프로그램을 보는 사람이 많지 않은 시대의 맨얼굴이 가져온 생생한 비극이 싼값이라든가 되풀이 방송으로 투영된 건 아닌지? 그건 궁극적으로는 존속마저 의심되는. 지금도 편성표에 예고된 프로그램을 함부로 바꿔치기하는 건 예사고 10분 이상 빨리, 혹은 느리게 방송하는 건 거의 당연하다는 듯 되풀이되고 있습니다. 무슨 큰일이 있거나 특별한 경우라면 인정하겠는데 순전히 자기들 자의로 아무런 고뇌도 없이 시간을 잘라버리지요.) 한밤중 2~5시에 시간 때우기로 방송하는(실제 그 종편, 아니 방송국 전체를 통털어서도 뛰어난, 그러나 쉽게 볼 수 없는 최고의 프론데 말입니다.) 수입 외국 다큐 프로가 필요해 비디오로 예약녹화 하려면 혹시나 하여 편성표보다 앞뒤로 5~30분 넘도록 시간을 길게 잡아도 툭하면 시작 부분이나 끝부분이 잘리기 일쑤지요. 어떨 땐 방송을 놓치지 않기 위해 잠자지 못하고 기다렸는데 이미 20여 분 전에 방송을 시작하여 저를 허탈하게 만들기도 합니다. 편성표 자체가 의미 없다는 말이지요. 아마도 정책적인 문제가 클 것 같은데 프로그램들 사이를 공익이나 안내, 광고 등등으로도 미처 다 메울 수 없는 허약하고 오래지 않은 업계의 현실이 아닐까 생각합니다. 아니, 쓰레기 중에서도 가장 쓰레기 같은 자사 프로들의 장황한 선전들은 텔레비전을 던져버리고 싶을 정도더군요. 그런 정교한 메커니즘도 없는 주제에 과연 국민을 상대로 방송을 왜 하고 있으며, 자의로 프로그램을 분해, 삭제, 조립, 재구성해버리는 권리가 도대체 국민을 상대로 가능하다는 것 자체가 오늘날의 세태가 그만큼 저질스러워졌다는 의미인 것 같아 불쾌하군요. 케이블 방송의 시청률 1%가 대박이니 하는 말이 있던데 그건 칭찬이 아니라 스스로를 쓰레기라고 증명하는 것 같아 씁쓸할 뿐입니다.

어쨌든 몇 번 시청한 일부, 아니 대부분의 케이블과 종편은 좋은 프로그램이 거의 눈에 띄지 않는, 시청률에 목을 매 천박과 소란과 일방과… 왜 존재해야 하는지 의심스러울 정도로 불량한, 아니 악질적인, 차라리 마음속에 지울 수 없는 낙인을 새기는 범죄적 매체라고 생각합니다. 그런 종편을 허가해 준 정부도 제 기준에서는 미필적 고의에서 벗어날 수 없음을. 제 뇌수가 그 범죄의 흔적들로 너덜너덜 오염된 것 같아 몸서리가 처지는군요.(물론 저 혼자만의 생각이겠지만.)

과도한 유흥과 귀를 때리는 천박한 말과 일방의 거칠고 단편적인 정치적 함성과 뻔뻔한 자본의 전횡을 경전으로 모신 듯 일부러 돈으로 떡칠해 귀티 나는 쓰레기 예능 프로들로 전진 배치한…. 눈과 귀가 멍하군요. 정말입니다. 누군가 105밀리 곡사포로 오늘도 내일도 쓰레기를 쏟아붓는 방송국 건물 자체를 폭파해버린다면, 그래서 쓰레긴 줄도 모르고 재밌다며 자기 직업에 충실하게 전파를 날리는 종자들 모두 날려버리면 정말 십 년 묵은 체증이 싹 가실 것 같은!

하긴 요즘은 공중파 민방도 5분 이상 되풀이되는 광고가 부쩍 보이긴 합니다. 또한 믿을 수 없다고 하겠지만 편성표의 타이틀과 실제 방영되는 프로그램이 다른 기막힌 경우가 생각보다 많고(지역방송국의 자체편성이나 사회적 파장이 큰 사안이 있어 긴급편성을 하는 상황으로 말하는 게 아닙니다.), 겨우 끝까지 시청했는데 광고만 10개 이상 잔뜩 붙여놓곤 혹시나 싶었는데 케이블처럼 역시 엔딩 타이틀은 행방불명! 설마 공중파 방송이 그럴 리 없다고 거짓말이라고 할까봐 녹화까지 해놨으니까 변명의 여지도 없겠군요. 작정하고 초시계까지 동원하여 지켜봤지만 광고와 자사 프로와 시사 안내를 무려 10분 너머 진행한 후 다음 프로가 그냥 시작되는 걸 보곤 문득 우리 시대의 〈멋진 과시〉와 그 뒤에 숨겨진 〈무책임〉이란 배반적인 민낯을 보는 것 같아 참 씁쓸했습니다. 우리 사회에서 벌어지는 각종 사건들의 저변에는 그런 이중의 〈포즈〉가 불러온 필연이 과정으로 자리 잡고 있는 것 같아 새삼!

'스티븐 스필버그' 감독의 우울한 통찰이 돋보인 영화 『AI』에서 보인 짜깁기, 파편화한 불쌍한 로봇들은 타의에 의해 처리되지만, 광고는 그 스스로 해체, 분해하고는 또 멋대로 이어 붙여 프랑켄슈타인처럼 거친 봉제선이 선명한 짜깁기 제품으로 난도질하여 버젓이 대중에게 〈호랑이의 팔〉을 들이미는 것 같군요.

훨씬 더 서사적이었던 신문은 어떻습니까? 가십, 재산, 건강, 맛집 기행, 여행, 사건, 연예, 그리고 정치싸움으로 도배되어 사람들의 삶을 돌아보게 하는 속 깊은 기사는 꼭꼭 숨어 잘 보이지 않는군요. 신문이 꼭 그렇게 원대한 지평을 돌아볼 수 있는 내용으로만 존재해야한다는 건 아니지만, 그렇다고 그저 잡탕, 상식, 흥미 등등 일상의 흔해빠진 정체된 기사에서 머문다면 그야말로 신문의 존재가치를 다시 생각해봐야할 것 같습니다. 예전 진중하게 다뤘던 기획기사 같은 리포트는 거의 자리 자체가 없어져 이미 사망선고를 받은 건 아닌지.

더구나 요즘 일반적인 홈페이지는 너나없이 경쟁적으로 낯 뜨거울 정도로 벌거벗은 여자의 몸이 온통 화면을 독차지해서 보는 내내 나쁜 짓 하는 것처럼…. 이 세상에서 가장 아름다운 것은 〈여인의 마음〉이라고 생각하지만 또한 가장 추악한 것은 〈상업화된 여자의 육체-고깃덩이〉라는 생각이 강하게 치고 들어옵니다. 남들은 남자의 로망이니 뭐니 하며 아름답다고 하던데 어떻게 저는 허옇게 반질거리는 비계 속에 담긴 〈자본주의의 삼겹살〉이 두툼하게 겹쳐선지 구역질이 올라오는 게…. 그게 무슨 자랑이라고 얼굴을 드러내고 버젓이…. 은근하게 세상을 가득 채우고 들려오는 우주음(宇宙音)처럼, 시대를 껴안고 자연의 일부처럼 우리를 둘러싸던 〈여성〉이라는 거대한 존재의 지리멸렬한 추락!

그렇게 여성의 신비롭고 아름다운 형이상학을 가볍게 깔아뭉개며 육체로만 사는 게 정상인 것처럼 너도나도 온통 벌거벗고 세상을 뒤덮는-, 자본의 친위대로 선발된 상업주의가 무소불위의 권력으로 사육시켜 엄청난 가분수처럼 부풀려진 유방과 엉덩이를 발정난 개처럼 출렁출렁 흔들어대는 현대 여성의 육체는 솔직히 제가 볼 땐 모두 창녀의 삐끼질에 다름 아닙니다. 말로서는 삶에 활력을 주는 현대의 건강함을 표상한다느니, 예술적 영감을 불러일으키는 비너스의 신비로움, 또는 신이 내려준 인간에 대한 구원의 형이상학이니 하며 엄청난 찬사로 꾸며내는 과장법의 종합전시장으로 불리지만 실제로는 〈외설사업본부〉의 선정적인 새빨간 간판일 뿐입니다. 아니, 차라리 창녀는 운명처럼 삶의 변두리로 떠내려간 우리들 누이의 비장한 애환이 눈물겹도록 베여있다고 자주 느끼곤 하지만 이 삼겹살들은 자본주의가 제공한 번질거리는 버터로 온통 치장하고는 부끄럼 없이, 부모나 오빠 동생이 보든 말든, 아니 무슨 벼슬했다는 듯 응원까지 받으며 오늘도 내일도, 밤이나 낮이나, 이곳이나 저곳 어디 없이 일상 속에서 무한 판매한다고 무척 바쁘군요. 〈섹스 할인 대방출〉이라도 하듯 벌거벗은 몸을 쩍쩍 흔들고 벌리며 〈이래도?〉 라는 듯한 도전적인 포즈로 쳐다보는 뻔뻔함이 참 가관입니다. 아마도 모두 자아(自我)가 없는 〈섹시로봇

〉처럼 일률적으로 제조된 얼굴이 틀림없는 것 같군요. 자신이 자본주의의 진열대에 전시된 고깃덩인 줄 모르고 모두가 마치 자신의 섹시미에 머릴 조아리고 찬양하고 있다는 그야말로 〈로봇처럼 입력된 착각〉을 신념으로 굳게 새기며 오늘도 내일도 포즈를 취하는. 앞서 이야기한 영화 『AI』에 나오는 늘씬한 미녀는 자신이 로봇이라는 것조차 모릅니다. 아니 로봇뿐만 아니라 사람들조차도 〈꿈과 시간의 올가미〉에서 어둠 속으로 잠겨들어야 하는 음울한 절망을 마지막 엔딩 장면에서 조금씩 후퇴하는 카메라워크로 뭉클하게 마무리했지요. 그런 절망까지도 이해하지 못하는 주제에 무슨…. 갑자기 인간은 본래부터 영혼 없이 그저 태어났다 사라지는 하루살이처럼, 내일 축제를 위해 도살되는 줄도 모르고 온갖 장식으로 꾸민 얼굴을 들이대고 꿀꿀거리는 돼지처럼 의미 없는 존재로 추락하는 것 같은 실망이 강하게 머리를 때립니다. 생각이 애초부터 없는, 반질반질한 고깃덩이에 지폐를 구멍마다 푹푹 쑤셔 넣은…. 앞에서도 이야기했듯 〈창녀〉는 인생의 우울한 이야기를 들려주는 스토리텔러로서의 표상과 때론 비장하게 슬픈 눈물의 미학까지 줄 때도 있지만 이 섹시 로봇들은 그런 것 자체가 없는 육식주의의 은밀한 쾌락만을 폭포처럼 쏟아낼 뿐입니다. 아니, 제 눈에는 도대체 사람으로서가 아니라 이상한 고깃덩이들을 모아 짜깁기해 반질반질 기름기로 도배한 프랑켄슈타인처럼 보이는군요. 구역질이 올라오는… 아니, 오싹한! 우웨엑!(좀 미안하긴 한데 죄송해할 마음은 전혀 없군요.)

인생이 이렇게 덧없는 무의식 속에 허망한 이미지를 마구 배설하며 흘러가도 되는가요? 한때 아름답고 신비스러웠던 여성의 몸은 왜 모조리 사라지고 육즙 가득한 비계 덩어리가 세상을 덮어버렸는가요? 천사처럼 아름다운 미소, 섬세한 마음의 결, 부드러운 몸짓의 선(線). 더하여 견고한 지성의 율(律)과 순결한 문향(文香)이 돋보이는 여성은 좀체 보기 어렵습니다. 어릴 적 동네 누님들의 친절하고 건강한 미소, 동년배 여학생들의 수줍지만 풋풋한 아름다운 모습은 우리들에게 삶의 마법을 꿈처럼 펼쳐주며 환희와 전설, 거대한 삶의 여정으로까지 표상되던 대상이었지만 지금은 모조리 사라지고 벌거벗은 몸으로 승부하려는 듯 홍수처럼 지면과 화면을 가득 채우고 두더지처럼 이곳저곳에서 오늘도 내일도 쉴 새 없이 튀어나오는 〈비계덩어리〉들을 도대체 인간이라고 할 수 있는가요? 뭐라고요? 〈건강미〉가 넘친다고요? 〈심쿵〉이라 했나요? 그래 〈남자들의 로망〉, 아니 〈고혹미〉라니? 오호, 놀라워라! 절정을 넘어 〈초절정 섹시미〉라고까지? 흐흥흐흥! 우주를 넘나들 정도의 과장법에 기가 차는군요. 건강미란 말에는 견강부회의 저의가 숨겨져 있다는 의심을 지울 수 없지만, 그래도 일정 부분 인정한다 하더라도 심쿵이라니? 무슨 뜻인지는 모르지만 글자로 봐서 아마도 〈심장이 쿵〉 뛸 정도로 아름답다는 뜻으로 받아들인다면 그야말로 남자들을 색정(色情)에 미친 짐승으로 이미 단정해버린 것 같군요. 저로선 그게 아니라 눈앞으로 쳐들어오는 반질반질한 삼겹살 비계의 뻔뻔한 무차별 공습에 놀라 〈심장이 쿵〉 뛴다고 이해되는데요? 보세요. 저 벌거벗은 삼겹살의 도전적이고 자신만만한 풍만과 미소 짓는 만족을! 제 해석이 타당하다면 심쿵이란 말은 받아들여야 하는 남자의 시선에서 쓰여야 하는 게 아니라 여자들이 〈주체적〉으로 삼겹살을 쏟아낼 때 쓰여야 하는 공격적인 말인데도 엉뚱하게 남자들에게 모든 책임을. 출렁거리는 젖~~통을~~(乳房-한자말이긴 하지만 그래도 아직 전적으로 타락한 말은 아닌 듯싶어 이 말을 쓰는 게 오히려 모욕적이군요. 어데 함부로 거룩한 그 말을 두툼한 고깃덩어리로 타락한 젖통에 붙일 수 있단 말인지.) 쳐다만 봐도 코와 입을 눌러 숨을 쉬지 못하게 할 것 같아 〈심답?〉하고, 아니 〈모골〉이 송연(悚然)해지는군요. 말이 나온 김에 그래 '로망'이라니? 은근슬쩍 로망 밑에 숨겨진 수컷의 붉은 욕정을 겨냥하며 남자들을 모두 짐승으로 매도하고 싶은 페미니즘의 횡포가 도를 넘은 것 같은데? 로망이란 낭만적이고 순결한 단어를 〈불결한 욕정〉으로 교묘히 역설해버리는 이 악랄하고 포악한! 제 생각으론 오히려 벌거벗고 미소 짓는 〈私娼街 페미니즘〉이 남자들에게 마구 꼬리 치며 부추기고 있는 것 같은데요? 제 말이 틀렸나요? 잘 보세요. 단단한 말뚝 위로 비너스의 둥근 거울 속(♀)에 뭐가 보이는지? 제 눈에는 벌거벗고 누워 한쪽 눈을 깜박이며 검지로 유혹하는 요염한, 아니 참혹한! 〈위험〉이란 선명한 글자가 새겨진 굵고 붉은 사선(斜線)이 철딱서니 없는 벌거벗은 삼겹살을 가린다고 참 고생하는군요. 아니, 그래요. 과장법으로 버무린 〈고혹미〉에서 여름철 땡볕에 푸욱~푹 썩어가는 〈초절정 비계 냄새〉가 코를 짓뭉개는 것 같아 숨 쉬기 어려운 건 그럼 마초의 트집이겠군요. 이현령비현령도 참! 지구가 온통 고깃덩이로 썩어가는 쓰레기장으로 변한 것 같습니다. 짐승은 본성으로 존재하지만 인간은 이성으로 존재하지요. 다른 건 필요 없다는 듯 오직 반질반질 잘 가꾼 비계에서 무슨 이성과 지성과 학문, 그리고 진정을 느낄 수 있을까요? 그저 퀴퀴한 암내 풍기는 《사람 동물》! 화면에서 절 쳐다보며 미소 짓는 얼굴을 보노라니 음탕한 여자 〈지골로-gigolo?〉가 따로 있는 게 아닌 것 같습니다. 아마도 면도날처럼 잘 드는 칼로 피부를 가르면 〈솜사탕 같은 하얀 비계가 비눗방울처럼 꾸역꾸역 쏟아져 나와〉 눈 가는 곳마다 달라붙어 목 밑까지 치고 올라오는 구토로 속을 뒤집어놓을 것만 같은…, 꼭 제상(祭床)에 오른 털 뽑은 돼지 머리가 빙긋 미소 지으며 절 쳐다보는 것 같은…. 맙소사!

그렇지요. 세상에 창녀도 이런 노골적인 창녀가 없습니다. 아니, 조금 전에도 되풀이 비유했지만 차라리 창녀의 우울하고 피곤한 눈에선 삶에 다가오는 모든 비극을 스스로 안고 가겠다는 절망적인 애수가 가득 담겨 물컹 눈물이 쏟아져 나올 듯한 애달픈 초상이 겹치며, 그래서 껴안고 통곡하며 위로하고 싶지만 이 콩나물처럼 막무가내로 자꾸자꾸 커지며 시선을 점령하고는 지독한 암내까지 쏟아내는 사람동물은 〈비계 팔이〉 이외에 할 수 있는 게 도대체 있기나 할까요? 저는 없다고 보는데? 대신 비싼 화대(花代)는 잘 챙기겠지요. 아직 삶지 않은 허연 돼지 족발 같은 징그러운 허벅지를 흔들어대는 값으로!

물론 인간에 대한 근원적인 인식은 그 뒤에 숨겨진 긍정적 의미들을 일부러라도 외면해서는 안된다고 생각합니다. 당연히 한 걸음 떨어진 시선에서 본다면 역시 삶에 대한 고단하고 피곤한, 그렇게라도 거뜬히 자신과 가족을 먹여 살리려는 개인으로서의 여성임에 틀림없을 것 같아 달리 봐야 정당하다고 생각합니다. 오히려 굳건한 생활적 대비로 눈물겹도록 서러운 모습이라고 생각하지만, 그러나 이런 제 배려에도 불구하고 너도나도 오직 삼겹살 〈스페셜리스트〉나 되는 것처럼 배턴을 주고받으며 어제도, 오늘도, 내일도 지면과 화면을 점령하며 불쑥불쑥 나타나 온통 세상을 휘젓는 면으로는 절대로! 그러면 제 성숙한 배려가 초라하고 불쌍해집니다.

문화의 양식은 삶과 인생의 견고한 구동(驅動)방식으로 구성된다고 할 수 있겠지만 그렇다고 온통 그런 식으로 작동되는 일률은 참 슬프군요. 〈청춘의 약동(躍動)〉이니 〈젊음의 도전〉이니 하는 멋진 말들로 치장하고는 정작 거역할 수 없는 본성을 과도하게 절대선으로 추켜세우며 세상의 구석구석을 교묘히 점령하고 추앙받는 육체에서 우리들 누이의 꽃다운 진선미(眞善美)를 다시는 찾을 수 없는가요? 구역질나는 삼겹살들의 마취제에 난도질당해 형편없이 사라져버린-, 희생과 헌신, 단아와 자애, 청순과 사랑, 절제와 포용, 꿈과 미소, 그리고 건강한 에스프리로 젊은 날 제 가슴을 플라토닉으로 설레게 했던 그 가장 아름다웠던 여성의 모습은 이제 영원히 찾을 수 없는가요? 시대가 온전히 달라졌는가요? 아니, 겉으로는 세련됨의 현대적 방식으로 치장된 문화의 최전선을 가는 것 같지만 제가 볼 땐 아무래도 《유전자 자체와 더불어, 발현 방식의 변형으로 세포와 지방질의 번질거리는 과도한 교합 배분과, 더불어 그에 적절하게 매칭된 기질과 마음의 소프트웨어로 온전히 상품처럼 자리 잡은 새로운 "삼겹살 종자"의 출현에 가름하는》. 그렇지요. 요염하게 꾸민 뒤틀린 욕망을 전면에 포진시키고 연신 비계 포탄을 쏘아대는, 그리고 멍청하게, 아니 교활하게 맞장구치는 현대인의 과도한 몸에 대한 현상학은. 이미 비계는 현대의 절대선이란 권력의 핵심으로 자리잡아버렸습니다. 마치 패션 쇼, 아니 삼겹살 쇼를 하듯 어제는 저 비계가 아찔한 섹시미를, 오늘은 자기 차례라는 듯 이 삼겹살이 착한 볼륨을, 내일은 오래 기다렸다는 듯 너도나도 한꺼번에 튀어나오는 건강한 역대급 육체미를 스스로 드러내며 세상의 아름다움으로 완벽히 호도되는…. 제 시선 속에서 오늘도 내일도 벌거벗고 미소 지으며 저를 쳐다보는 여성의 몸은 청춘시절의 낭만과 특권으로 찬미되기는커녕 이미 도살할 1등급 고깃덩이의 붉은 낙인이 지울 수 없을 정도로 선명히 박혀버렸을 뿐인데 말입니다. 미(美)의 신 〈에로스〉가 나이 들면서 청년에서 점점 어린이로 변해가는 거라든가, 영화 『벤자민 버튼의 시간은 거꾸로 간다-The Curious Case of Benjamin Button』에서 주인공인 '브래드 피트'가 노인에서 어린이로 거꾸로 나이가 줄어들어가는 기이한 변주(變奏)들은 조금 제한적으로 말해, 아니 공격적으로 말한다면 일견 현대인의 육체에 대한 과도한 집착을 의미심장한 역설로 드러내고 있다고 생각되는군요. 몸의 현상학은 그래서 유통기한이 점점 짧아지는 한바탕 꿈일 뿐이며 그 끝의 찰나는 번데기처럼 말라붙은 주름으로 덮인 껍질로 시궁창에 내동댕이쳐질.

예? 뭐, 뭐라고요? 보호본능이라고요? 그 삼겹살이? 하이코! 지금 역설까지도 이야기하는데 웬 발칙한 농담을! 도대체 정신이 온전한 건지? 전 지금 장난치고 싶지 않거든요! 보호는커녕 쳐다보자마자 눈이 더럽혀진 듯, 아니 〈어머, 뜨거라〉며 똥통에 어서 던져버리고 싶을 정도로 오싹한!

(아하! 이런 부분에서 엄청난 항의가 있을 수 있겠군요. 시대의 가치와 변화를 따라가지 못하는 고답적인 꼴통의, 어쩌면 세상에 저 혼자만의 일그러진 관념을. 여성은 참(眞)과 착함(善)에 버금가는, 아니 더한 아름다움(美) 그 자체며, 그 발현은 자연스러우며, 더욱이 원초적인 생명력으로 이해되어야 하며…. 그러나 그런 걸 인정하고라도, 그리고 표현의 과도함을 받아들이고서도 그 속에 무늬 진 의미만은 양보할 생각이 눈곱만큼도 없습니다. 가치라는 것은 언제나 시대를 관통하는 삶의 진정성 속에서 구성되고, 변화는 양식(良識)의 범주 안에서 온전히 인정될 수밖에 없습니다. 앞에서도 말했지만 동물이라면 몸 자체만으로 사는 게 당연하겠지만 주체적인 정신의 발현 속에서 사는 인간은 당연하지 않습니다. 인간은 상승적 가치로 살아야 할 의무가 있으며, 향유의 과도한 집착으로는 추악을 가져올 뿐입니다. 어쩌면 아무도 몰래 〈소돔과 고모라〉의 유전자가 삼겹살 비계 속에 한 겹씩 축적되고 있는 지도. 차라리 불덩이가 내리쳐 그 자리에서 돌로 굳어버린다면, 그래서 미래의 조각상이 되어 전시실에서 〈한때 삼겹살 몸으로~〉 어쩌구저쩌구 하며 관람객들에게 표본이 된다면 속죄라도 될까요? 아니, 누가 삼겹살 모두를 미라로 만들어 《비계 ㅣ-아무개》… 라는 이름표를 붙여 전시라도 하면 속이라도 시원해질!

물론 여성에게 온전히 그 책임을 묻기 전에 남성의 음흉한 동물성과, 그리고 그런 구도로 파인더를 잡고 세상으로 덤핑처럼 마구 배설해낸 매체의 상업성, 더하여 견고한 구조로 강화시켜온 현대 자본주의 사회의 사악한 욕망의 틀을 먼저 해부하고 고발해야겠지만. 만약 현대인의 근원적인 삶의 태도와 문화와의 상관, 시대의 가치와 역사 발전, 그리고 보편의 양상과 생물의 진화 등등까지 대입하여 누군가와 논쟁을 하겠다면 기꺼이 응할 용의도 있습니다만.)

그렇군요. 〈남성의 음흉한 동물성〉, 〈매체의 상업성〉, 또는 〈현대 자본주의 사회의 사악한 욕망의 틀〉이란 말까지 하다 보니 한 걸음 떨어진 시선으로 봐야한다는 앞의 말처럼 역시 여성에게 온전히 그 책임을 물을 수만은 없다는 생각이 듭니다. 여성에게 가해지는 남성들의 억압과 편견, 반발의 구조는 현대의 가치 속에 워낙 교묘하게 스며들어 어쩔 수 없이 그 틀 속에서 스스로를 지켜내기 위한 순응의 한 방식으로 표현될 수밖에 없다는.

그러나…, 그럼에도 불구하고 현대의 첨단을 휩쓸며 온통 삼겹살 비계를 쏟아내는 여성의 육체, 아니 그렇게 구동되는 소프트웨어-정신을 조상(弔喪)할 수밖에 없습니다. 미필적 고의라는 변명으로 남성을 대입하는 건 정당하지 않습니다. 아니, 온갖 매체, 아니 삶의 전면에서 스스로 벌거벗고 대활약을 하는 이 시대엔 전혀 고려할 필요가 없지요. 여성의 몸-, 삼겹살은 여성의 〈주체적 발현〉에서 온전히 책임을 찾아야 합니다. 스스로 추락해버린 희멀건 비계 덩어리에서!

그렇다고 여성에 대한 마초적 군림이나 가치, 나아가 혐오나 가학으로 절 매도할 필요는 없습니다. 그건 인간에 대한 성찰과 삶이 이루어지는 근본을 이해하지 못하는 못난 사람들의 〈일차적인 반감〉에 지나지 않기 때문이거든요. 저는 여성 특유의 부드러운 마음씨와 아름다운 배려, 세상에 대한 본능적인 헌신과 인내, 그리고 무엇보다 하늘이 빚은 듯한 섬세함이 가득한 존재 자체로 삶이 충만으로 채워지고 있으며, 그런 바탕에서 이루어지는 세상의 본질에 놀라움과 함께 다함없는 찬양을 보냅니다. 양성이란 것은 쾌락과 경쟁으로서 존재하는 것이 아니라 서로 부족한 인간의 조건을 채워주고 삶을 위로해줄 수 있는 거의 유일한 장치라는 데 전적으로 찬동하고 있습니다. 여성은 차별받아야 할 이유가 전혀 없으며, 오히려 배려가 필요하다는 데 적극 동의합니다. 우리 사회는 아직 여성에 대한 편견과 제약이 매우 많고, 그래서 여성이 자신의 주체성을 제대로 펼칠 수 있는 기회 자체가 아주 적습니다. 그렇군요. 좀 더 찬찬히 성찰해보면 여성은 남성과 달리 〈세상을 구원할 수 있는 능력〉을 본태적(本態的)으로 가지고 있는 존재가 분명한 것 같습니다. 잉태와 양육, 헌신과 조화, 배려와 박애, 그리고 부드러움과 인내! 여성은 존재 자체로 신비와 놀라움의 능력을 하늘로부터 물려받은 게 틀림없고, 어쩌면 인간의 본원과 희망은 여성에게서 찾아야 하리라는 묵시적인 긍정은 신이 마련해둔 은혜일지도. 『파우스트』에서 '괴테'가 말했습니다. 〈영원한 여성의 혼(魂)만이 우리를 구원할 수 있다〉고. 그러고 보면 남성은 단순히 주어진 환경을 개척하고 생존하려는 투쟁적 본능에만 갇혀 있는 건 아닌지. 그래서 모든 여성은 남성과 달리 놀라운 〈형이상학적인 존재〉이며 〈세상의 어머니〉라는 제 생각이 그리 허황된 것만은 아닌 것 같습니다. 그 옛날 국민학교 시절 어떤 풍경 속에서 어머니가 저에게 가르치듯 한 말이 뚜렷이 생각납니다. 〈여자는 무조건 보호받아야 하고 대접해야 한다〉고. 아마 어머니 스스로 등대라는 힘든 삶의 최전선을 거치며 체득했던 인간에 대한 본질적인 애정이었을.(다음에 기회가 된다면 그 풍경들과 함께 어머니의 삶의 조각들을 이야기하고 싶습니다만.) 그런 저에게 여성에 대한 〈감정의 편집으로 만들어낸 엉뚱한 편견과 허상〉이란 도매금으로 매도하는 건 온전히 사절합니다. 그러면서도 자본과 쾌락적 경향에 휘둘리며 맹목으로 변해버린 현대 여성의 몸, 아니 삼겹살, 아니아니, 긍정과 부정까지 포함해서도 온전히 〈범죄적〉이란 생각을 거둘 마음도 또한 전혀 없습니다.

어쩌면…, 아무래도 새로운 〈여성혁명〉이 필요하지 않을까란 생각도 드는군요. 이전 자아(自我)가 세상에 온전히 실현되지 못하던 시대에 세상의 허상을 깨뜨리며 불타올랐던 여성해방이나 정체성의 탐구 같은 혁명적 선언은 세상의 의식을 바꾸는 거룩한 물결이었지만, 그러나 지금은 마치 에스컬레이터를 탄 것처럼 엉뚱하게 몸의 과도한 해방으로 변질되어 육체로 여성을 등급 매기고, 삶의 의미와 존재의 가치 등등은 쓰레기처럼 내동댕이쳐진 느낌이 없지 않군요. 물론 남성, 또는 사회구조적인 권력의 책임이 가장 크다고 할 수 있지만, 그러나 앞에서 언급했듯 근래 들어 오히려 여성이 〈스스로〉 성(性)의 사슬을 칭칭 감고 보무도 당당히 레드카펫을 걸어간다고 할 수 있을 정도인 것 같은 기분은 어쩔 수 없군요. 아니, 너도나도 반질반질한 비계를 드러내지 못해 안달하는 듯한 현상을 보노라면 여성의 본태성이 〈정말로〉 그렇게 발현되도록 유전자에 새겨진 게 아닌가 하는 의심까지. 그렇다면 문득 여성을 남성과 동등이 아니라 종속된 〈하위개념〉으로 둘 수도 있겠다는 제 의심도 그렇게 무리라고만 할 수 없지 않을까란. 순결한 이성으로 존재하는 여성이나 여성단체 등에서 들고일어나 공격할 게 틀림없는데, 그래도 〈자업자득〉이란 말이 자꾸만 입속을 맴도는 건 순전히 제 책임만은 아닌 것 같습니다. 오늘날 〈플라토닉 러브의 꿈결 같은 환희〉, 〈첫사랑의 순연(順然)한 감미로움〉, 〈온 밤을 설레게 하는 사랑의 밀어〉 등등 상상만 해도 온몸이 녹아내릴 정도로 아름답던 말들이 〈모조리〉 사라져버린 책임은 현대적인 문화의 최전선이란 미명으로 치장한 보무당당한 삼겹살 비계들의 시도 때도 없는 공격이 일정 부분 져야합니다. 그 말들은 남녀가 존재하는 한 언제나 우리들 가슴에 징표처럼 새겨져있어야 하는 이성적이고 감성적인, 아니 온전히 축복으로 가득 찬 말들이기 때문입니다. 남자도 마찬가지겠지만 어쩌면 신의 은혜로까지 칭송될 수 있었던 여성의 몸이 시간의 굴레에 꿰여 엄청났던, 그러나 이젠 쓸모없어진 〈화려〉를 내팽개친 보잘것없는 모습으로, 바람 빠진 풍선처럼 쪼그라드는 것은 신이 베풀어주었던, 그래서 실컷 향유했던 은혜를 이제 거두어들이려는 청구서가 아닌가 싶은. 그럼에도 불구하고 자신을 감추려는 듯 잔뜩 진한 화장을 하고, 귀걸이, 반지 같은 온갖 장신구들로 꾸미고, 거기다 필수품처럼 하늘거리는 비단 같은 옷을 두르고 화면과 무대에 올라 느끼한 미소를 흘리는 걸 보면 인간이란 존재가 너무 안쓰러울 정돕니다. 아직도 향유의 맹목에서 빠져나오지 못한. 비계는 현대에 와서 핵폭탄 보다 더욱 강력한 맹목과 생생한 즉물(卽物)로 자리잡아버렸군요.

세상의 억압에 대한 정당한 이성의 축조로 받아들였던 페미니즘의 도전이 오늘날 오히려 이렇도록 스스로를 모독으로 물들인 것을 보노라니 페미니즘 자체가 본래부터 젠더(gender)보다는 섹스(sex)를 판매하는 악덕 포주의 탈을 숨긴…. (아무래도 이쯤에서 멈춰야 할 것 같군요.)

막강한 포털은 그 권력만큼 거의 성(性)의 향연으로, 화면과 이야기를 잡아먹는 광고로 도배되어 있습니다. 인터넷을 점령한 쏟아지는 악성 댓글들로 이미 오물 배설장으로 변해 썩은 냄새가 진동하는군요. 기사 하나 찾아 읽기가 여간 불편하지 않습니다. 찾으려는 진중한 이야기들은 그저 없어도 좋은 이야기들에 가려 행방불명되기 십상입니다. 언젠가 꼭 확인해봐야 할 자료가 있어서 작정하고 검색해보니 페이지 수로 무려 20여 화면 뒤쪽에서 겨우 찾을 수 있었습니다. 그나마 찾았다는 게 다행이지요.(지금은 아예 행방불명이군요.) 가만 보면 보통 대중의 관심사와 일방의 가치관에 따라 기사가 선별, 배치되는 것 같은 느낌이 드는 건 저 만의 생각은 아닌지. 하긴 무지막지한 광고들의 태클까지 더해 거기에도 포털에 의한 자본의 폭력이 간섭하는 것으로 알고 있습니다만.

쓰다 보니 자꾸 길어지는군요. 엉뚱한 이야기까지. 욕심이 과한 건지, 아니면 할 말이 많은 건지. 좀 과격한 내용들도 여과 없이 말입니다. 아니, 사죄드리고 싶을 정도로. 이번 주에 생각해둔 주제인 〈대중문화〉의 전반에 대해 다 써보려 했는데 역시 힘들군요. 주제가 너무 넓고 다양해서 그런가요? 그래도 다음 주로 미루면 일관성이 단절되어 많이 벗어날 듯해서 내키지 않습니다. 고생하더라도 호흡을 가다듬어 내일이나 모레 저녁 머리를 싸매서라도 완료해 학반 홈페이지에 올리겠습니다.

그런데 학부모님들께서 이런 글들을 전적으로, 아니 무조건 좋은 의미로만 받아들이지 않을 수도 있다는 걸 문득 느끼고부터는 고민을 하기 시작했습니다. 그래서 그만둬야겠다는 생각을 하기도 했는데…. 그보다는 현실적으로는 다음 주 지도안을 올리고 그 앞 지도안은 삭제한다면 그쯤으로 어느 정도는 타당하리라고 생각합니다. 별스런 생각들도 있구나 정도로 이해해주시면 감사하겠습니다. 하여튼 여러 가지로 죄송스럽게 생각합니다만 앞으로도 특별한 일이 없으면 매주 그렇게 일주일만의 유효기간으로 한정할 생각입니다. 스스로 자초한 고생은 분명한데 어쨌든 제 뻔뻔함이 죄송할 뿐입니다.

덧붙이는 글

앞서 20여 년 전 '밥 로스'의 〈그림을 그립시다〉란 프로그램에 대해 언급한 적이 있는데 작년(2020년) EBS 교육방송에서 새로이 방송을 시작하더군요. 여전한 말(That easy-참 쉽죠)와 특유의 〈덧칠〉기법으로. 다시 살아온 것처럼 참 반가웠습니다. 길가 호수, 바닷가 절벽, 안개 낀 날, 신비로운 산, 숭고한 풍경….

덧붙이는 글 2

역시 앞에 이야기한 윤일로의 히트곡 「항구의 사랑」도 파일로 가지고 있습니다. 그때와는 엉뚱한 시대와 장소에서 살고있지만 가끔 추억의 노래로 흥얼거리며 그 시절의 간판과 남포동을 떠올리며.

대중문화에서 삶의 미학을-2

⇒ 이틀 전 금요일에 이어 계속하겠습니다. 아무래도 보편적이지 못한 개인의 편집된 옹고집이 압도적인 것 같지만 그래도 생각한 김에 바짝!

스마트폰은 잘만 사용하면 굉장히 〈스마트〉한 생활을 할 수 있다는 말에 동의합니다. 스마트폰이 뭔지 제가 잘 이해하지 못하는 사이에도 모든 현대의 문화들을 융합시킨 만능 요술 상자로 진화하며 절 가볍게 추월하고 있군요. MP3가 신기해서 이제 겨우 적응하려고 하는 중인데 그게 스마트폰 속으로 자석처럼 달라붙어버리고, 필름 카메라도 제대로 만져보지 못했는데 고급 카메라 못잖은 해상도의 카메라가 오히려 주인 행세를 하고, 무선 인터넷과, TV 채널도 제 자리를 찾았다는 듯 스마트폰의 대표 주자가 되어 화면에서 반짝이고 있습니다. 세상은 현재도 거침없이 시대를 점핑하고 있습니다. 스마트폰의 왕성한 식욕을 보며 전부터 현대의 모든 문화들이 필경 스마트폰의 네모 세상 속으로 예속되리라는 생각을 했는데 실제로는 더욱 빨리 융합되고 있군요. 캠코더 없는 동영상 제작, 최근엔 아직 제 차에 사용해본 적도 없는 GPS(위성 위치 추적 맞지요?)까지 활용되어 신기해하기도. 혈당, 운동량 등의 건강관리, 차량 제어, 자산 관리 …. 아마도 생전 들어본 적도 없는 수렴, 교차, 융합이란 의미의 컨버전스(convergence)란 말이 저에게도 당연해질 정도로. 종래는 스마트폰에 우리들 살이에 필요한 모든 문화들이 집적되리란 생각입니다. 아니 의식 구조까지도 그렇게 네모 속에서 통통 튀며 기계처럼 자동화된 이상한 우주인으로.

하지만 그런 스마트하고 편리한 부분들은 저에게는 별로, 아니 앞으로도 〈절대〉 가까이하고 싶지 않습니다. 분명히 고답적이라고 인정하지만 개개 문화의 단일한, 순수한 능력을 팽개치고 단지 편리라는 이유로 이것저것 함부로 짜깁기하여 모든 문화의 현장을 한꺼번에 가져와 요란법석 판매하는 현대 기술 위주의 왜곡된 발전에 거부감이 강합니다. 문화는 그 세목적인 분야가 제각각 발전하고, 그래서 그런 기본 위에서 차원을 건너뛴 새로운 문화로 거시적인 발전을 하는 게 올바른 것 같군요. 그런데 스마트폰이란 한 분야의 문화 현상을 바라보노라면 마치 경쟁적으로 네모 안에 우겨다짐처럼 여러 가지 문화들을 함몰시켜 단순한 기계의 모듈로 짜깁기한 것 같다는 생각이 강합니다. 그게 사실 말 그대로 굉장히 스마트해보이긴 해도, 그러나 실제로는 개개 문화의 기술이라든가 문화적 현상들을 억지로, 아니 함부로 잡아먹은 괴물처럼 변해버렸다는 생각이 점점 강하게 다가오는군요. 기술이란 건 과학의 이름을 빙자해서 그저 편리만으로 짜깁기해선 안되는, 그 자체로 귀중한 〈생명현상〉으로서의 순수한 몫도 있다고 생각합니다. 마치 팔과 다리, 머리 등 이것저것 무조건 가져와서 〈프랑켄슈타인〉처럼 짜깁기해선 생명의 존귀함을 하찮게 만들어버리지요. 사람들이 엄청난 애정으로 하루 종일 만지작거리는 스마트폰은 생명이 없는, 그저 육체의 반응과 운동만으로 존재하는 좀비처럼 사람을 흉측하게 변형시켜버리지 않았나 싶군요. 자세히 보면 사람이라기보다 자동적인 반응과 움직임만으로 스마트폰에 접목된. 기술이 생명을 담보하고, 그래서 체포되고 마멸된 영혼들의 무목적적인 선(線)으로만 연결된, 아니 무덤이 교활하게 모습을 둔갑시킨!

그런데…, 그런데 사실 그런 것보다 더욱 우려되는 문제는 실제로 스마트폰의 그런 엄청난 능력들마저도 사람들에게선 정작 개개인들의 〈편리한 이기〉 정도로 한정되고 있는 것 같고, 일상에서 전적으로, 그리고 무조건적으로 쳐들어오는 모습은 《게임》과 《카카오톡. 페이스북, 트위터, 인터넷 커뮤니티》 같은 압도적인 SNS로(여태 잘 몰라 SNS라는 말 자체도 독립적으로 따로 존재하는 '메신저'의 하나로 알고 모두 같은 자격으로 열거했는데 그런 것들의 속성을 묶어 모두 '소셜 네트워킹 서비스'라고 한다는 걸 이제 깨달았습니다. 현대가 만들어낸 특정한 어휘를 의심으로 바라보다 바보같이 의미마저 놓쳐버렸지요.) 사적 농담 따먹기나 트윗으로 단순한 생각과 즉각적인 날 선 공격성만 기르는 게 아닌가 하는 부분입니다. 그렇지요. 길게, 진지하게 사유하는 능력은 이미 퇴화되어 모두 단순노동으로 귀결시켜버렸습니다. 단련되지 못한 즉각적인 감정, 일방으로 굴절된 사고, 경계의 말뚝으로 스스로를 가둔 언어…. 언제부터 인간의 정신이 그런 직설적인, 단회적인, 감정적인 일률로 줄 세워져버렸는지! 커뮤니티 자체의 다양한 접근법과 활용성과 효용성을 몽땅 삭제해버리고 오직 일방적인 개인의 거친 함성으로만 존재하게 됐는지. 역사상 커뮤니티를 담당하는 많은 통로-예를 들면 신문, 영화, 노래, 그림, 소설, 전화, 편지… 등등이 있었지만 SNS는 대상과의 관계를 부정하고 날카롭고 단단한 개인의 감정만을 허공으로 송(送)-찔러버리고, 방(放)-막아내는 그 최악의 정체성을 보여주고 있는 게 아닌가 싶군요. 반쪽짜리 커뮤니티는 돌연변이처럼 흉측한 괴물에 다름 아닙니다. (예전 김종래(金鍾來), 박기당(朴基堂) 등 전통 극화의 작품 세계를 보여준 만화가들의 검술만화에선 검을 찌를 때 〈송〉으로 기합을 넣으면 상대는 〈방〉 하며 막아내곤 했습니다.)

물론 SNS가 표현의 자유와 그에 따른 민주주의의 직접적인 양식으로 더욱 발전하고, 특히 작년 이슬람권의 소위 〈아랍의 봄〉이라는 민주화 혁명에 대해 19세기 프랑스 낭만주의 미술가 '외젠 들라크루아'의 작품 『민중을 이끄는 자유의 여신』이란 작품을 패러디하여 『민중을 이끄는 인터넷 여신』이라는 신문만평으로 SNS를 빗대 표현하였다는 이야기는 그 정당성을 넘어 찬양으로까지 매김 되지 않았나 싶을 정도더군요. 아마도 현대인의 소통에 가장 적합한 미디어의 〈표준양식〉이 바로 SNS인 것 같습니다.

하지만 그런 걸 이해하고라도 현대 대한민국 국민, 아니 대중들이 주로 운용하는 모습에서 유추하더라도 진중함 없는 즉각적인 반응, 문자도 되지 못하는 엉터리 문장과 현실에 허덕이며 엮인 하찮은 정신으로 존재하는 SNS가 태어났다는 것, 그리고 모든 사람들이 아마도 빠짐없이 머리를 숙이고 몰두하는 자아 실종을 의심할 정도의 팬덤 상태는 이미 이 시대의 〈대중성〉과 〈저급화〉를 말해주고 있으며, 그래서 저는 전에 말씀드렸듯 스마트폰이란 현대의 소통방식을 온전히 내버리기로 했습니다. 그것들이 현대의 시민 정신을 구현하는 하나의 플랫폼의 역할을 해야만 되는 필연이 있다 하더라도, 그래서 일부 사람들이 독점했던 문화의 독재(獨裁)에 대한 보편적 향유가 중요해졌다 하더라도, 대중의, 아니 역사의 발자취는 이미 그쪽으로 도도히 흘러가고, 그게 무소불위의 정의로 매김 되어 다시 돌이킬 수 없다고 하더라도 말입니다. 시민 정신이 정의의 온전함으로만 구성되는 건 아니니까요. 세상에 대한 비판이나 자존심의 또 다른 양식, 또는 그렇게 결집된 〈집단지성〉이라 하더라도 견고한 이성을 쫓아낸 자리를 독차지한 대중의 무조건적인 영합과 열광은 차라리 끔찍한 전체주의의 유령이 되살아나 그림자처럼 숙주인 인간을 조종하는 것만 같습니다. 우리는 모두 사형선고를 받고 SNS라는 감옥에서 〈머리를 숙이고〉 집행을 기다리는 수인(囚人)은 아닌지. 아니 이미 조금씩 뇌수를 갉아 먹혀 흉측한 좀비로 변신하고 있는.

진지한 만남과 대화는 회피하지 않겠지만 젊음과 우정, 청춘과 사교, 힐링과 교류, 본성과 편리라는 달콤한 말로 치장한 끼리끼리의 무차별적인 만남과 대화에는 전혀 관심 없습니다. 현실에 몸을 담고 있는 늙어가는 사람에 지나지 않지만 사교적인 가벼운 농담들로도 거북한데 휴대폰에서까지 또 다른 만남과, 저질스런 농담과, 쓸데없는 내용과…. 모두 다 그렇게 타인과 연결되지 못하면 죽는다는 듯 하루 종일 스마트폰으로 언어와 생각을 소비하는, 한 마디로 삶을 장난으로 몰아가는. 소름이 끼칩니다. 남들의 생각에, 판단에, 느낌에, 시선에, 칭찬에, 비판에, 격려에, 주장에 … 왜 그렇게 관심이 많은지요? 스스로의 정체성에 자신이 없어서? 인정받고 싶어서? 아니 의심스러워서? 저는 남들이 저의 존재에 대해 어떤 생각을 가지고 엄청난 찬양이나 폭풍 같은 매서운 비판, 또는 악담과 저주의 총부리를 겨누더라도 눈곱만큼의 관심도 없습니다. 그건 그 사람의 생각과 느낌일 뿐 저는 저의 존재 자체로 살고 있거든요. 되도록 타인은 제 속에서 삭제시키며 살아왔다고 생각합니다. 그렇게 관심을 가지고 살 바에는 차라리 로빈슨 크루소처럼 절해고도에서 혼자 사는 게 훨씬 상쾌하리라 생각되는군요. 하긴 지금 제 삶의 주변이 조리개로 꽉 막힌, 어두운 골방처럼 내던져진 상태지만. 관계에 집중하느니 그 시간에 차라리 제 내면으로 돌아가 생명과 존재에 대해 성찰을 하는 게 훨씬 만족스러울 것 같군요. 비록 삶의 저변이 압축되어 시대의 미아가 된다 하더라도. 제 지인 중에(저보다 10년이나 젊은) 구청에 근무하는 50대 초반의 사람이 있는데 이 사람은 손바닥 안에 온전히 감기는 라이터처럼 아주 작은 휴대폰 초기 모델인 폴립형 휴대폰을 지금도 사용하고 있습니다. 저보다 훨씬 더 낡은. 동료들이 화석을 가지고 있다고 꽤 강하게 압력을 넣고 있다면서도 소통이 잘 되는데 일부러 바꿀 생각이 없다는 이 골때리는. (글쎄요. 갑자기 폴더와 폴립, 그리고 피처폰이라는 구분이 애매해지는군요. 혼용하여 써왔다는 자각도 문득. 스마트폰에 형편없이 패배한 파편으로 지리멸렬해진 탓인지? 뭐 알고 싶지도 않지만.)

하긴 그런 SNS를 가만히 응시해보면 고대 그리스 시대 광장에서 펼쳐지던 대화와 문답, 그리고 공론, 집결의 방식과 연결된 〈소통의 민주화〉라는 의미가 보인다고 하겠지만 그렇다고 온전히 민주화되었다거나 그게 절대적인 정의로 존재하지는 않는 것 같습니다. 수로 밀어붙이면 그게 민주화고 정의라는 말에는 차라리 코웃음이 나는군요. 오히려 그 틀 안에서 부정적인 역민주화, 또는 폭력과 일탈, 저질의 양상도 상당하다 하겠군요. 아니, 거의 점령당한. 정의란 달콤한 말로 한껏 포장한 또 다른 일방의 독재(獨裁)! 개인, 또는 소수는 절대적 정의에 군소리 말고 알아서 순응해야 하는. 사람들은 그래서 비판 없는 맹목의 로봇으로 존재하는 것 같습니다. 거의 폭포처럼 다른 모든 것들을 휘감아 익사시키고 절대적인 복종을 강요하듯, 그래서 길에서도, 화장실에서도, 전철 속에서도 모두 머리를 숙이고 짜릿한 감전(感電)을 무한 반복으로 받아들이고 있습니다. 아마도 SNS가 가지고 있는 문화적 의미와 그걸 적극적으로 받아들일 수 있는 인간의 〈본성〉들을 좀 더 따져봐야겠지만, 그래도 그 전에 이미 반짝이는 〈가짜 커뮤니케이션〉이란 생각을 떨쳐버릴 수 없군요. 외연의 화려와 호화찬란, 간편으로 구성된, 그래서 더욱 압도적인 〈싸구려 대량문화현상〉을 로봇처럼 따라가고 싶은 생각도 전혀. 그게 세상 모두가 인정하는 정당과 무소불위의 정의와 역사적 발전에 대응하는 방식으로 자리 잡았다 하더라도 말입니다. 기가 찬다고요? 기분이 상하셨나요? 하지만 〈책〉이란 소통방식을 뒷전으로 밀어놓은 대중의 천박은 결코 용납하고 싶지 않습니다. 예전에 책을 읽으며 그 속을 흐르는 의미들을 재해석하고, 삶의 보편적 가치를 마치 척추처럼 쌓아왔던 당당했던 우리들 정신의 소통을 너무나 쉽게 유배 보내고는 그 자리를 눈부시게 반짝이며 침략해 들어오는 동영상, 짧은 생각과 즉각적인 표출로 거의 날자처럼 지리멸렬 흩날리는 카카오와 트위터의 〈지지배배〉로 채워버린 역(逆)진화의 배반을 말입니다. 책이라는 문화가 우리들 살이에 당연으로 구성되었듯 SNS도 그렇게 제 마음 속에 구성되는 시대가 된다면 저 역시 받아들여야겠지만 아직은. 아니, 아예 불가능한. (아하! 그러고 보니까 학교나 학급에선 스마트폰의 엄청난 기능들이 아직 온전히 활용되는 시대가 아닌 것 같아 다행이란 생각입니다. 제가 지금 폴더폰으로도 충분히 견뎌내고 있는 걸 보면. 아마 내년 퇴직하고 나면 저처럼 보편적이지 못한 사람은 대부분 사라지고 없을 것 같군요.)

그렇군요. 이제보니 스마트폰은 자신이란 존재를 상품으로 만들어 스스로를 판매하려는 타자지향적인, 아니아니 타인들의 시선과 관심과 소통을 이끌려는 자아지향적인 양면을 동시에 가지고 있군요. 자석의 양극처럼. 어쨌든 타인과의 연결 속에서만 존재할 수 있는. 피에로가 그런 〈관계의 양면〉으로 존재하지요. 자신을 외부에 드러내면서 동시에 외부의 시선을 붙잡아두려는. 결과적으로 피에로는 존재 자체도 증명하지 못하고 시간 속에 흘러가버리는 허망한 퍼포먼스의 신기루임을. 우리는 모두 무대에서 어릿광대임을 알아채지 못하고 주인공으로 출연하고 있는 줄로만 알고 있는. 대부분의 사람들은 주인공인 날 알지 못하며, 그래서 죽었다 하더라도 죽든 말든!

그렇더라도 과연 장사치처럼 〈수다스런〉 자아(自我)에게 더 〈번잡한〉 타아(他我)까지 끌어들여 도대체 어쩌자는 건지! 엉터리 문자가, 함부로 찍어낸 허망한 그림과 동영상이 허공을 난무하는 〈끼리문화〉의 과도한 향유를 처참하게 붕괴된 시대의 현대인이 불안한 〈실존〉을 확인하고 위로하려는 몸부림으로, 아니 순기능이라는 거창한 명제까지 덧붙여 언제까지나

무조건 이해해줘야 하는지. 오히려 한 가닥 스스로 자각하고 있는 실존마저 허공으로 〈타타타〉 날려 실종시켜버리는. 문득 이 시대 가장 필요한 덕목은 〈침묵과 외면, 그리고 손가락 놀이가 아닌 진정한 노작(勞作)〉이 아닌가 싶군요. SNS는 적어도 제 가치 속에서는 순기능이라고는 조금도 없는, 오히려 인생을 낭비하게 만드는 역사상 가장 수다스런 악덕이 틀림없습니다. 온 세상 모두 한 사람도 빠짐없이 눈이 빠질 듯 들여다보고, 손가락으로 저질범벅의 카카오와 트위터를 날리는 이 시대! 누가 그 골리앗 악덕을 만들었을까요?

며칠 전 어느 신문 홈페이지에서 봤는데 스마트폰으로 벌거벗은 자신의 몸을 찍어 SNS에 올리는 젊은 여자의 미소를. 세상에나! 자기 몸을 왜 남들에게 선물로 돌리는지? 몸에 대한 자신만만으로? 사람들이 자신의 몸을 보고 찬양, 아니 구매하라는? 섹시는커녕 공장에서 틀에 부어 뽑아낸 풍선처럼 꾸민 보시시한 얼굴과(? 요즘은 그런 이미지가 유행인지 너도나도 모두 똑같은. 뭐 누군가는 〈바비〉 인형이라던가? 그야말로 〈발로 비빈〉 더러운 인형인, 아니 멍청한) 존재 이유는 거추장스럽다는 듯 거대하게 뻥튀기한 유방과 엉덩이를 손바닥보다 작은 헝겊으로 겨우 가리고는 건강으로 호도한, 그러나 사실은 섹시한 자기 몸을 〈스스로〉 촬영하여 요즘 쓰는 말로 〈안구 정화〉를 위해 나를 실컷 소비해달라는 그 허망한 삼겹살 나르시스트를 도대체 누가? 아니, 대부분 다 그렇게 하지 못해 안달인. 아니아니, 우리의 누이동생들이 언제부터 이상한 외계인처럼 얼굴과 몸, 그리고 생각이 달라져버린 걸까요? 젊음은 순식간에 연기처럼 사라지리라는 걸 잘 알아서 추억으로? 그야말로 달관해서 매달리고 싶은 건지? 아니, 제가 왜 그렇게 긍정적으로 생각해줘야 하는지? 구역질로 당장 화장실로 달려갈 정도로 눈앞을 가득 채우는 희멀건한 삼겹살의 반질반질을? 차라리 여기는 얼굴, 저기는 유방, 이곳은 허벅지, 저곳은 엉덩이… 식으로 방을 만들어 실컷 팔아먹으면 더욱 어울릴!

- 인생이 이루어나갈 많은 일들을 외면하고 몸뚱이에나 관심을 꽂는!
- 그게 인간의 당연한 행동이라고 철썩같이, 바보같이 믿는 멍청한!
- 실존의 가치를 삼겹살만으로 몽땅 지불해버린 이 어이없는 동물성은!
- 양념을 뒤집어쓴 삼겹살만으로 가장 저급하고 값싸게 존재를 깔아뭉갠!
- 이미 인간의 존재가치와는 상관없는 고깃덩이로 전시된 역사의 바보로!
- 아니, 지구상 모든 생명들의 비극을 비웃는 한없는 쾌락의 엑스타시를!
- 당연히 사람의 실존이 아니라 순간으로 존재하는 똥파리에 다름없는!
- 마음의 지층에 새겨진 인간의 형이상학을 삼겹살로 압살시킨 추악한!
- 자본주의의 황금으로 도금하여 사육한 삼겹살 파티에 즐거이 동참하는!
- 삶의 신화(神話)가 조잡한 삼겹살들에게서 형편없이 패퇴 되는 무참을!
- 과연 자신만만한 살코기 속에 인간의 정령(精靈)이 있는지 의심스러운!
- 자신에 집중하지 못하고 오직 타인을 향한 연기와 과시로만 존재하는!
- 아마도 조회(照會)수가 생의 전면적 목적으로 조작된 현대의 저급을!
- 선현들의 〈행복론〉이 개인에게서 얼마나 변질되고 타락할 수 있는가를!
- 선대(先代) 인류의 지성들이 이미 포기했다는 듯 대책 없이 허망해하는!
- 그야말로 똑똑한 스마트폰을 단지 개인의 욕망으로서만 발휘시킨!
- … … …

그리하여-,

- 그야말로 너나없이 흔해빠진 보편에 마약처럼 길들여져 현상만으로 이루어진 허깨비들이 값싸게 사회화한 방식은!

인간이 자신의 몸을 객체로 하여 타인과 대화하겠다면 참 좋은 모습일 수도 있습니다. 그러나 대화가 아니라 〈벌거벗은 몸〉을 거의 전면적, 공격적으로 보여주려는 것은 대화가 아니라 능동적인 매춘(賣春)에 다름없습니다. 그것도 가장 저질인. 개인이, 세상의 전면에서, 그 모든 표상들 앞에 우뚝 버티고 서서 오늘도 내일도 무소불위의 위세를 약동시키며 세상을 조리개처럼 꽉 조이고 세균처럼 창궐하는. 솔직히, 좀 더 강하게 말한다면 인간의 숭고한 가치를 저질로, 단순으로 팔아먹으려고 스마트폰을 스스로 내미는 《팔》을 《칼》로 《싹》 잘라 똥통에 던져버리고 싶을 정도로.

시대의 가벼움에 대한 무조건적인 순응과 불순한 쾌락과 이기적인 행복과 단순한 편리와 고집스런 개인에 최적화된 현대인들, 그래서 현실에 대한 성찰과 비판, 금욕을 실천하는 사람은 눈을 씻고 찾아봐도 별로 없고, 새로운 문화에 대한 정당한 판단과 해석은커녕 오히려 가장 먼저 신기한 문화의 시혜를 받아들여 화려하게 적응하려는-, 자본주의의 엘리베이터에 재빨리 편승한 《얼리어답터》들로 초만원을 이루는 이 시대-, 순수와 격(格), 진중과 치열이 아닌 난삽과 조급, 뻔뻔과 계산의 소화불량으로 존재하는, 아니 정말로 퇴화되는 정신들을 조상합니다. 더불어 아직 제 시대가 힘겹게나마 존재하고있다는 서글픈 안도도. 예? 뭐라고요? SNS가 문화라고? 미디어라고? 흐흥! 정말 문화가 힘겨움을 넘어 치욕스럽다며 하나도 빠짐없이 세상에서 스스로를 삭제해버리려고 씩씩거리는 것 같은데? 역사상 가장 추악했던, 그러나 모두들 추앙하며 미래의 대세문화로 자리 잡을 게 틀림없을 사이비 소비문화의 본질을! 아니 문화라는 미명(美名)으로 〈포장〉하여 너도나도 마구잡이로 쏟아내고 퍼 나르는 똥덩어리들의 합창을 미디어라니? (죄송한 말이지만) 사람들이 돌았나?

(아, 충격을 받은 일이 있습니다. 인터넷 세상을 잘 모르지만 얼마 전 우연하게 어느 유명 작가라는 사람의 트윗이라는 걸 읽어봤는데(뭐 읽어보려고 한 게 아니라 저절로 내용 일부가

드러나서 무심히!) 내용과 표현이 도저히 문장, 아니 글이라고 하지 못할 정도였습니다. 작가란 가장 치열하고 순정(純情)한 사람들로서 글을 통해 세상을 따뜻하게 느끼도록 이끄는 것으로 생각했는데 실제로는 시장통의 사기꾼보다 더 악덕일 수도 있음을, SNS에 대한 제 부정적인 시선을 어쩌면 그렇게 몽땅 담고 있는지, 아니 제 생각을 완벽하게 그대로 반영했는지 신기했습니다. 앞서 제 몸을 찍어 SNS에 올리는 삼겹살 나르시스트는 차라리 순진한 바보로 여겨질 정도였습니다. 언어는 육체보다 더욱 견고한 형이상학이거든요. 그래선지 경악과 배반에 오랫동안 치를 떨었습니다. 언어를 수단으로 한다는 작가가!)

'프란츠 카프카'는 문학을 업(業)으로 하는 사람의 글은 그저 〈도구가 아니라 유기적인 신체의 연장〉이라고 말했다고 합니다. 이 말은 곧 작가의 글을 대하는 〈진정한 자세〉를 말하고 있음이 자명하지요. 작품으로 대접받는 위치에 있다면 일상의 글이라 하더라도 말입니다. 너무너무너무나 당연한 말이 아닐 수 없습니다. 그런데도….

아무리 생각하지 않으려 해도 언어를 개인이, 막돼먹은 대중이 자유라는 정의, 아니 향유(享有)에 〈무작정〉 편승하여 함부로 훼손시키는 것에 너무 화가 나서 얼마 전 혼자 무작정 〈잃은 것은 언어와 정신〉이란 제목으로 좀 강하게 질책하는 글을 적어봤는데 이번 주 이야기와 연결되는 의미가 있어 뒤쪽에 게시하겠습니다. 아직 세상에 발표한 적이 없습니다만.(물론 저 같은 원시인으로서는 방법도 모르지만.) 혹 SNS라는 문화의 의미와 가치, 세상사에서 얽힐 수밖에 없는 당위들로 절 비판한다면 당연히 받아들이겠습니다. 세상이 바로 현실이니까요. 또는 아마도 세상을 보는 치열하고 순정한 마음으로서의 작가를 본다면 더욱. 하지만 그런 걸 떠나 제가 〈무엇보다 중요하게 생각하고 있는 부분〉들에서는 결코 양보할 생각이 없군요. 이제 와서 보면 오히려 얌전하다 할 정도로 그보다 더한 표현들도 많이 보이지만. 자신이 향유하는 〈당연〉을 누군가가 당연하지 않게, 다르게 볼 수 있다는 배려 자체가 없는!

(트윗 원본은 인터넷 포털에서 《공지영 샤넬 백 논란》으로 치면 나오더군요. 지난주에 이어 엉뚱한 이야기를 또다시 덧붙이는. 죄송합니다. 반론이 오면 얼마든지 재반론을 하겠습니다. 스마트폰이 자신을 능욕한 손가락놀이에 반박도 못하고 그저 눈물을 흘리는 모습이 떠오르는 한. 편리라는 이기(利器)와 이기(利己)에 속절없이 체포된 사람들!)

그러고 보니 〈가카빅엿〉이란 알듯 모를 듯한 말이 유행되고, 솔직한 삶이라고 우기며 저속한 막말과 행동이 일부에서 찬양받는 걸 보면 대중과 그 문화에 대한 《악감정》이 저절로 들 정도입니다. 그래서 대중문화를 일체 거절하고 견고한 〈나만의 길〉을 가려는 집념이 더욱 다져진 건지도. 차라리 지구가 아닌 다른 행성에서 다르게 사는 종족이라면 얼마나 좋을까 하는 상상까지도. (아, 그러고 보니까 구청의 지인처럼 어쩐지 저보다 더욱 낡은 아날로그적인 태도를 보이는 동료 지구인도 아직은 많을 것 같다는 위로가.)

삶은 진정과 대중의 경계에서 곡예를 타는군요. 물결처럼 흔들리는 외줄 위에서 혹자는 엄격과 올곧음과 진지로, 혹자는 보편과 감각과 타협으로 삶의 곡예를 탑니다. 저 자신 그 경계를 드나들며 일견 현실의 물결에 춤추는 허수아비로 남을 것 같다는 자각이 그림자처럼 가슴을 차지하고 있습니다만. 칼날 같은 자책과 비판과 후회와 아쉬움은 차라리 창조자나 성자(聖者)처럼 완벽한 정신으로 존재할 수 없다는 현대인의 본질에 대한 절망으로.

프래그머티즘 철학의 대중에서의 〈미(美)적 경험〉 구하기는 정신의 진정성과 함께 미와 예술과 삶에 대한 확산을 심어주는 것으로 정당하다는 생각입니다. 대중이 바로 삶의 전면이며, 그 속에서 모든 의미가 생성되니까요. 그러나 그렇다고 무조건적으로, 그 속성의 다르게 다가오는 의미를 제대로 살펴볼 여지도 없을 정도로 함몰해버린다면 그 대중들에게 순진무

구함을 잃어버리게 하고, 가치를 붕괴시키며, 사랑을 배반하고, 희망을 폐기해버리고, 인생을 실패하게 하는 반작용도 분명히 일으킬 수 있습니다. 그것은 서글픈 일입니다. 대중과 그 문화에 대한 서글픔에서도, 미적 경험도 수용할 수 없는 현대 대중문화의 속성과 한계 때문에라도 더욱. (참 그렇긴 하군요. 제가 조금 엉뚱하게, 좁게, 과하게 대입한 면은. 인정하겠습니다.)

아니, 이리저리 돌리지 않고 좀 더 본질적으로, 공격적으로 말해볼까요? 제 생각으로 대중문화는 근본적으로 《시간》이라는 널뛰기의 숙명을 벗어날 수 없습니다. 그보다는 체포되었다는 게 더욱 올바르겠군요. 포말(泡沫)처럼 그들에게 배당된 시간이 지나면 신의 섭리처럼 그 모든 속살을 파 먹히고 주름진 껍데기만 남아 쓰레기통으로 던져질. 시대의 최전선에서 영원할 것처럼 찬미를 독차지하던 그들의 화려한 세상은 어둠에 파묻혀 찬바람이 휘~ 돌아나가는 무너진 성터처럼 을씨년스럽게 변할 것이며, 감미로운 눈으로 끼리끼리 주고받던 술잔과 대화는 냄새나는 더러운 하수로 도시의 지하를 콸콸 흐를 것이며, 영화롭던 노랫소리는 서글픈 가을 들판의 풀벌레 소리로 잠겨들 것이며, 화려로 감쌌던 새파란 젊음의 육체는 구더기 들끓는 무덤 속에서 썩어갈…. 시간의 저주를 원죄로 짊어진 대중문화는 결국 그 엄청난 환희의 찬가 대신 멸망의 어둠 속에서 비명을 지르며, 기껏 돌아오지 못하는 〈종이비행기〉나 날리며 사라질 겁니다. 화려는, 젊음은 그야말로 순간의 꿈에 지나지 않으며, 그 꿈을 깨기도 전에 바스러지는 종이처럼 구겨져 쓰레기통으로, 똥물을 뒤집어쓰고 변기 속으로 GO-GO-GO! 얼마 전까지 마치 세상이 자신의 손바닥에 있다는 듯 젊음을 팔아먹기 바빴던 배우와 가수, 스포츠 등등 대중문화의 영웅들은 불혹을 지나기도 전에 벌써 치욕적인 깊은 주름과 허망함 속에서 외롭게 인생을 곱씹으며 회한에…. 그렇군요. 시대를 선도하던 주인공들은 화려를 등에 업고 당당했던 시간의 대가로 냉정한 청구서와 함께 멸망의 압류 딱지를 이마에 붙이고 무덤 속으로 비참하게 끌려들어갔으며, 그 뒤를 이어 패기만만한 새로운 젊음이 자신은 천년만년 화려로 살 것처럼 짜잔~ 나타나지만 역시 얼마 지나지 않아 더 이상 〈소비〉할 게 없어져 어둠의 시간 속으로 하루살이처럼 달려갈. 제 나이대는 물론 훨씬 젊던 대중문화의 많은 주인공들도 이미 함부로 뒹구는 낙엽처럼 새로운 젊음에 밀려나 벌써 사라져버렸군요. 그렇게 유효기간이 다한 줄도 모르고 아직도 얼굴을 들이밀고 있는 누구누구는 좋은 말로 선배, 노장, 전설, 거장 운운하는 찬사를 받지만 실제로는 도대체 아직도 꿈에서 깨어나지 못한 바보거나 정신착란에 빠진 게 틀림없을.

지난 백 년 동안 받침대에 전시되어 당당히 폼을 잡던 소변기도 달빛 속 쓰레기장에 던져진 깨진 사금파리처럼 널브러져 불어오는 바람 속에서 무슨 기괴한 장송곡처럼 탄식하는 소리를 꺼이꺼이 내뱉는 것 같군요. 〈잔치〉는 영원히 계속되지 않도록 신이 마련해둔 미끼이며 원죄임을. (기회가 되면 그렇게 부럽게 존재하는 〈찬미〉와 〈영화〉와 〈화려〉와 〈칭송〉이 사실 얼마나 기만적인 꿈, 아니 환상, 아니아니 속임수인지 좀 더 강하게 이야기하고 싶습니다만.)

대중문화는 그저 소비의 터미널에 널려 있는 수많은 잡화, 함부로 투기한 쓰레기, 아니, 알고 보면 한순간의 백일몽에 지나지 않는 것 같습니다.

그러고 보니 어느 종교에서는 악한 영들이 시도 때도 없이 하나님의 성전을 영(靈)적으로 공격한다고 적 그리스도의 통로인 대중매체를 끊어내야 한다고 소리치기도 하더군요. 거짓 아름다움으로 교묘하게 유혹하여 하나님과의 관계를 방해하여 우리 안의 죄성(罪性)을 자극하고, 육신의 죄악을 반복시키고, 하나님을 대척하는 마음이 생기게 하고, 다시 세상 속으로 돌아가고픈 욕구가 생겨 심각한 영적 타격을 받는다며. 대리만족이란 말이 이 경우 딱 들어맞는 상황이어서 차라리 기가 막힐 정돕니다. 사람들 마음에 본능처럼 깊게 숨어있는 〈딴따라〉 등등의 얕잡아 보는 심리와 함께 대중문화는 이래저래 공격받게 되어있는 것 같습니다. 딴따라란 말에는 나팔과 꽹과리, 울긋불긋 춤추는 깃발에서 연유한 뿌리 없는 예인(藝人)들의 유랑과 서글픔과 애환, 그리고 삶의 애수가 가득 묻어나는, 그러면서도 인내와 긍정과 정직의 이면을 간직하고 있었는데 지금의 왁자지껄 소란스럽고 화려하고 고급스레 치장한 딴따라는 그런 거추장스러운 껍데기를 스스로 몽땅 벗어버리고 권력의 화신처럼 변해 함부로 쳐들어올 뿐입니다.

그에 대한 실망으로 정작 말하고 싶었던 프래그머티즘의 주요 경향의 하나인 대중문화의 〈소비〉에 대한 이야기는 다음 기회에 말씀드려야겠습니다. 그 이야기를 하고 싶어 저번 주와 이번 주에 걸쳐 길게 썼는데….

뭐라고요? 아, 네, 그렇지요. 앞서 말한 것처럼 전적으로 동의합니다. 대중문화의 속성, 그리고 현상 자체가 삶의 근원성과 닿아있는 보편적 양식으로 자리 잡고 있음을, 당연히 우리는 그 문화의 틀을 결코 벗어날 수 없음을, 그게 우리들 삶의 원형으로 구성되고 이루어지고 있음을. 아! 다시 생각해보니 확실히 그렇군요. 현대 대한민국 특유의 역동성과 첨단 감각이 녹아든 대중문화는 이미 한국을 표상하고 있고, 그래서 한류란 이름으로 세상에 대한 찬사와 권력으로 매김되고 있으며, 그리하여 제 주장의 편협과 고답(高踏)은 괜한 트집과 시비라는 걸. 받아들이겠습니다. 어쩌면 악담으로, 아니 반역으로까지. 그렇지요. 좀 더 확산된 시선에서 출발하여 긍정적으로 이해한다면 대중문화는 시대의 트렌드로서 소통의 방식이 우리와 다르다는 특징으로 해석해야지 저처럼 일방의 가치론으로 재단한다는 것도 결국 저의 편협에서 출발한 고루한 생각일 수도 있겠군요. 뭐 예전부터 X세대니 Y세대니 하면서 시대의 아이콘들은 당당히 자신들만의 삶의 양식을 구축해왔다고 할 수 있겠고, 〈가치〉를 떠나 삶을 대하는 〈방식〉 자체가 우리와는 다른.

하지만 그렇더라도 제 말 역시 몽땅 같은 식으로 치부되어서는 곤란하지요. 특히나 저처럼 굳건한 지성을 찬양하고, 견고하고 휩쓸리지 않는 정신을 숭배하는 사람으로서는. 그렇지요. 역으로 말하면 우리나라뿐만이 아닌 세상 모든 대중들의 환호와 열광, 그리고 압도적인 숫자로 강요되어 마치 전지구적으로 승인된 정의처럼 무소불위의 권력으로 자리 잡아버린 우리나라의 대중문화-, 아니 버라이어티, 아니아니 〈잡탕〉들을 말입니다. 어쩌면 호강에 빠져 요강에 똥 싼다는 의미도!

아, 이번 주는 〈꼰대〉를 작정하고 대중문화의 문법을 마지막까지 혹독할 정도로 공격했는데 물론 전적으로 그렇게만 보는 것도 옳은 건 아니군요. 마음이 불편한 걸 보니까. 사실 필요하다면 그렇게 매도당하는 대중문화에서도 속 깊은 메타포의 신호들을 건질 수 있고, 들려드릴 수도 있습니다만 지금은.

프래그머티즘의 한 속성으로 기능하는 대중문화는 태생부터 하늘을 찌를 듯 건방으로, 그래서 신의 저주를 받은 '시지프스'처럼 멸망의 순환구조 속에 갇혀 판판이 몸부림치며 죽어갈 겁니다. 적어도 인간의 문명이 계속되는 한은 그렇게.

잃은 것은 언어와 정신

– 공지영의 '샤넬백 논란'이란 글을 읽고

그러고 보니 꽤 오래전에 화제가 된 글이다. 모두들 알고 있었는데 나만 바보같이…. 언제나 뒷북처럼 시대에 외면되고, 뒤처지고, 비웃음당하고! 뒤늦게 글을 접하고 충격을 받아 작가가 이런 식으로 글을 쓰고, 언어가 이렇게 모욕을 당해도 되겠나 싶어 이제라도 써본다. 그런 식으로 글을 쓰는 것이 이제 거의 보편적인 현상이 된 것 같은데, 그래서 이 글도 결국 소리 없는 개인의 끼적임으로 그치겠지만.

나는 현재 활동하고 있는 마라톤 관련 동호회 카페 하나를 제외하곤 일반적인 인터넷 세상에 글을 쓰는 등의 활동을 하지 않는다. 몇 군데 연결되는 세상과의 관련으로 써보기도 했지만 그곳을 떠나면서부터 온전히 끊어버렸다. 넘쳐나는 오물 같은 언어와 그림과 생각들이 뒤섞여 마치 악머구리처럼 들끓는 세상에 억만금을 준다 해도 스스로 몸을 담그고 싶은 생각은 추호도 없다. 너나없이 썩어나는 쓰레기 속에 나도 오물로 남을까 두렵다. 어쩌다 겨우 한 번씩 쓰는 카페의 답글도 사교적인 칭찬으로 몇 번 써봤지만 그마저도 편치는 않다. 생각은 각자 하면 될 터였다. 나는 현대의 그물 같은 세상에서 될수록 스스로를 삭제하며 살아왔다. 어쩌면 온전히 사라진. 세상은 내 관심 밖의 허상일 뿐이다.

그렇지만 이 글을 읽고 도저히 그냥 지나치기에는 뭔가 아쉬운, 아니 억울함이 가득 가슴을 점령해서.

작가는 언어를 매개로 자신의 세계관을 드러낸다. 언어는 수단이지만 치열한 정신을 온전히 담아내는 만큼 목숨을 바칠 정도의 혼으로 다가가야 한다. 비유하자면 온당한 밥(정신, 작품)을 위해선 근로(언어)가 치열하고 정당하게 존재해야 한다는 말이다. 그건 보잘것없는 시중의 흔한 사람이나 세상의 참모습을 밝히고 알리는 위대한 문학가일지라도 마찬가지다. 글쓰기라는 근로가 치열하지 못하면 어린아이의 작문보다 못하게 되며, 문학의 원대한 지평을 갉아먹고 인간의 상상력과 드높은 꿈을 가두어버린다. 고지문이나 상업광고 카피가 인간의 교양과 정서, 가치를 높인다는 말은 들어보지 않았다.

일반적으로 창작(작품)을 위한 글이 아닌 잡문이라 하더라도 작가란 타이틀을 달고 있기 때문에 일반 사람들의 기대 수준은 높은 편이다. 작가가 세상에 자신의 생각을 강하게 토한다는 건 거의 천부인권에 준하며, 따라서 얼마든지 인정되어야 한다고 생각하지만, 그러나 최소한《적정 수준의 문법, 문장에서의 규칙》에서마저 배치(背馳)되지 않기를 바란다. 주관과 언어는 온전히 제각각 존재하며 그 형식에 서로 존중과 배려가 정당하게 입혀져야 하기 때문이다. 하긴 이 시대 언어를 무슨 하인 부리듯 함부로 사용, 아니 철저히 이용하는 시대라선지 경의까지는 바라지 않지만, 오히려 대중 일반 사람들의 적나라한 수준으로 나타낸다면 실망이 여간 크지 않을 것이다. 작가라는 타이틀을 〈향유〉하는 한 그럴 자격이 〈온전히〉 없다.

와글거리는, 그래서 문자 그대로 이전투구로 더럽혀진 현실 세상과 인터넷 세상에 전혀 관심도 없지만, 그러나 이 글을 읽고 일종의 충격을 받았다. 언뜻 몇몇 지식인이라고 자칭하는(그만큼의 자격으로 글을 쓰거나 가르치거나) 사람들의 글에서 주장의 왜소함과 일방은 물론 그 논리의 근저인 문법이 형편없이 퇴화된 글들을 자주 봤지만.

물론 스마트한 세상에서 상쾌하게 〈트위터〉나 〈카카오〉, 〈페이스북〉 등을 이용하고, 그 특성을 유감없이 활용하는 것까지 비판하고 싶지 않다. 나는 아예 그런 세상과는 담을 쌓고 살지만, 그러나 글이 일반 악성 댓글 수준이 된다면 내가 믿고 있는 세상에 대한 실망과, 그런 실망들의 총량으로서 세상을 휩쓰는 허무는 용납할 수 없는 일이다. 더욱이 이런 일로 일반 대중을 상대로 이러니저러니 하며 다투는 자체가 온몸에 소름이 돋는다. 그만큼 권력적인 모습으로 존재했던가? 그저 나 죽었다며 숨어 있으면 그래도 훨씬 나았을 텐데 말이다. 아니, 자가발전? 작가를 포함하여 모든 지식인이라는 사람들에 대한 이런 식의 허무주의는 결단코 타기되어야 하며, 그 책임은 전적으로 지식인에게 돌아간다.

나 혼자 글이지만 어떤 연유로 세상에 알려지고, 그래서 답글이 돌아온다면 얼마든지 이야기할 수 있겠는데, 우선 작가로서의 언어, 문법 사용이 엉망인 부분을 간단히 일별해보려 한다. 솔직히 잡문도 되지 못하는 이런 따위 〈낙서〉에는 일별도 아깝다. (하긴 내가 왜 이런 고생을 해야 하는지?)

‖ 별 그지깡깽이들

〈그지〉가 〈거지〉를 말하는가? 깡깡이(해금)에서 온 말인 듯하지만 뭔가 비꼬고 낮춰보는 의미가 강한 깡깽이는 표음(表音)을 앞세운 말인 듯해 〈그지〉와 결합하여 느낌상 조금 원한과 분노의 마음이 묻어나는 것 같다. 예의와 겸손은 제쳐놓더라도 말이다. 그래도 일반적으로 이해할 수 있는 〈깽깽이〉보다 강한 느낌을 주는 〈깡깽이〉라도 이해할 순 있겠다. 말이란 것은 얼마든지 변형할 수 있고 그게 또 묘미가 될 수도 있으니까. 그보다 더 큰 문제는 마침표나 느낌표 따위도 없이 단어들을 뚝 잘라 붙여 의도는 살렸지만 대신 문장을 발가벗겨버렸다. 내 눈에는 아랫도리를 입지 않은 부끄러운 모습으로 보이는데? 〈별〉과 〈그지깡깽이들〉도 그냥 〈비웃음을 가득 담은〉 혓바닥으로 일부러 이어놓았단 말인가? 출발부터 벌써 대척과 저질의 예고편을 보는 것 같아 아쉽기만 하다.

‖ **갠적**

뒤의 〈넘〉, 〈젤〉 등과 같이 함부로 줄였다. 〈개인적〉이란 줄일 수 없는 말을 억지로 줄인 걸 보니 인터넷에서 함부로 사용하는 걸 그냥 가져다 쓴 모양이다. 시류에 너무 따른다. 〈과속〉된 마음을 그대로 글로 나타낸다면 그건 무의식적인 자기 부정과 비하로 돌아올 뿐이다. 어느 개그맨이 〈좋다〉를 〈조으다〉로 늘려 말하던데 이건 거꾸로 개그가 아니다. 〈줄임말〉을 함부로 사용하면 초록동색(草綠同色)이란 말처럼 〈마음과 감성은 물론 사람 자신도 점점 줄어든다.〉

‖ **탔구요**

〈타고〉는 일반적이지만 〈타구〉는 너무 개인적이다. 높임을 나타내는 종결어미인 〈요〉를 넣는다면 〈탔고요〉가 조음상 훨씬 더 어울린다. 보통 여자들이 그런 어투로 잘 쓰던 것 같던데 이 글을 쓴 사람도 여자?

‖ **허접한백**

띄어쓰길 함부로 하면 〈시베리아 유형〉보다 더 혹독한 벌을 받는다. 〈허접〉이란 말도 이 경우 틀린 건 아니지만 내용상 자기 합리화를 위한 혐의가 짙다. 허접을 자신에 대한 반어법으로 함부로 쓰면 스스로에게 반작용되어 글자 그대로 자신의 격이 허접해진다는 걸 느껴보지 못했는지?

‖ **짝퉁 아님**

〈짝퉁이 아님〉이라고 조사를 하나 붙여주면 얼마나 좋을까. 나도 조사는 물론 문장 자체를 줄이려는 성향도 있지만 이 글처럼 느닷없이 어울리지 않게 줄이지는 않는다. 속되게 표현하는 말인 〈짝퉁〉도 근래 함부로 쓰여선지 아직은 꽤 맘에 들지 않고. 쓰려면 짝퉁이 가짜와 〈심리적인 자격〉을 같이 할 수 있는 시대가 되면 쓰는 게 좋겠다. 일부러 말을 하지 않아 그렇지 세상엔 나처럼 아직 받아들이기를 주저하는 사람들도 많이 있다. 그런 사람들에 대한 배려는 생각조차 없는 모양이다. 언어를 과속시키면 변화가 아니라 자괴로 돌아오기 십상이다.

‖ 갑자기 넘 쪽팔리다 ~ 흙!

연결된 앞 문장에서 주어가 나타나있기 때문에 생략해도 문제없겠다. 그런데 엉뚱하게 〈갑자기〉란 부사가 나타나서 쪽팔린다란 한정어와 묶여 자의식이 강하게 드러난다. 〈쪽팔리다〉는 말도 여기서는 〈넘〉이라는 《읽기조차 엄청나게 거슬리는》 말과 함께 매치 되지 않는 비속어로 나타나고. 〈갑자기 넘 쪽팔리다 이제껏 번 돈 다 어디다 쓰고〉는 〈창피하다〉 등으로 고친 후 마침표로 뒤 문장과 구분하는 게 좋을 것 같다. 그리고 〈어디다〉도 〈함부로〉 등으로 고치는. 이 문장 전체는 대체로 적절한 휴지부가 생략되고 무리하게 문장들을 연결하여 잘못 이해하면 프랑켄슈타인 같은 짜깁기 문장이 되기 쉽다. 그건 의지가 상식을 잡아먹는 과도함 때문이란 의심으로 나타난다.

‖ 이제껏

같은 말이라도 문맥상 〈여태〉가 가장 알맞다. 좀 더 포괄적으로는 〈이제까지〉도. 나는 사람들의 숫자로 밀어붙여 표준말 행세를 하는 뻥튀기 글들은 별로 신용하지 않는다. 뭐 그냥도 괜찮지만 하도 밉상 글이라선지 꽤 거슬린다. 언어는 같은 의미라도 음영과 색깔이 하늘과 땅만큼 다르다.

‖ **업그레이드 비행기**

도대체 무슨 말인지 모르겠다. 난 인터넷은 물론 개그나 드라마, 연예 등등 TV 자체도 잘 보지 않아 〈나꼼수〉, 〈소시〉, 〈나가수〉… 함부로 내 세상으로 침략해 들어오는 이런 말이 무슨 뜻인지 아직도 모를 정도로 무지하다. 내 세상에서 보면 그런 도구나 언어들은 허망할 뿐이다. 오히려 입을 더럽혔다고 생각되어 침을 탁 뱉을 정도다. 난 그림자 같은 허깨비들 세상에는 전혀 관심 없다. 오히려 이런 식의 허깨비 글들을 내 마음의 감옥에 가둬두고 두고두고 감시하는 재미가 상당하다. 그래선지 사람들과 대화가 어려워도 하나도 아쉽지 않다. 오히려 그런 식으로 내 마음이 간편하게 길들여지지 않았음에 장한 생각까지 든다. 전후 내용으로 봐 변명과 계산으로 쓴 글이 틀림없을 〈업그레이드 비행기〉는 대강 이해할 것도 같은데 (이런 따위 글을 이해할 수 있는 내 능력에 새삼 스스로가 치욕스럽단 느낌으로 돌아오지만) 그래도 비유나 격(格), 유(類)가 어울리지 않는 건 물론 한 단어로 뚝 잘라 함부로 던져버리는 세태가 무척 아쉽다. 내겐 무책임한 〈간편함〉 뒤에 처져 그림자처럼 학살당한 글자들이 지르는 비명소리가 귀를 쨍쨍 울리는데 글쓴이는 그런 건 들려오지 않는, 아니 생각조차 없는 모양이다. 글은 생각해주는 딱 그만큼 기의(記意) 되는데.

아니, 더 속 깊이 말해볼까? 비행기 타는 걸, 해외여행을 〈생각할 필요조차 없이〉 너무나너무나 당연한 권리처럼 함부로 말하는데 이 세상이 얼마나 다양하게 구성되어있는지 이해하지 못하는, 그래서 배려하지 못하는 사람들이 참으로 가소롭다. 세상에는 평생 비행기를 한 번도 타보지 않은, 그리고 해외라고는 가본 적도 없는 〈보편적이지 못한〉 사람들도 엄청 많은데 비행길 타고, 더구나 해외여행을 했으면서도 그 사람들 앞에 배부른 〈투정〉이라니! 세상을 보는 눈이 진지하지 못하고 타성적인데다 맹목적이다.(하긴 머리 숙여 고백하자면 환갑을 벌써 지난 나도 딱 한 번 해외인 제주도행 비행기를 타봤다. 어째, 아직도 우리 나이대의 감성적인 느낌으로는 그게 과시처럼 느껴지는데다 처녀성을 잃어버린 것처럼 아주 큰 잘못인 것 같아 될수록 없었던 것처럼 잊고 지내는데? 아하, 군에서 사단 합동훈련 중 이 산에서 저 산까지 헬리콥터도 한번 타봤고) 작가는 나의 정당이 다른 많은 삶들을 담보하고 있음을 각성하고 언제나, 이런 삶의 한순간들에도 진지하게 다가가야 한다. 현실의 삶은 될수록 안으로, 작게, 표나지 않게!

‖ 액수 제조사

〈금액〉과 〈제조한 회사〉를 말하는 건 전달되지만 열거를 할 땐 쉼표(,)나 가운뎃점(·)이 들어가야 한다. 그리고 제조사도 이 경우에는 함부로 줄여버리는 것보다는 〈제조회사〉로 써야 그야말로 〈허접한〉 글로 대접받지 않는다. 뭐라고? SNS에선 대부분 그렇게 사용하고, 이제와선 크게 문제될 것 같지 않다고? 하긴 그런 것 같다. 난 SNS라는 게 뭔지 아직 잘 모르지만 어쨌든 관습은 인정해주겠는데 그 대신 〈작가〉라는 지위는 재고해봐야 하지 않을까? 그게 억울하다면 대신 〈SNS의 여왕?〉이라는 왕관을 헌정할까 싶은데?

‖ 대한민국서

〈대한민국에서〉라야 최소한 작가의 쫀심이(? 강조하기 위해 센소리를 사용하여 방금 내가 만들어본 기발한 말인데 우쭐은커녕 기분이 영 아니다) 살아난다고 보는데? 작가 직함을 버리려고 그랬나? 뭐, 틀렸다는 건 아니지만 처음부터 끝까지 언어를 너무 모독하는 것 같고, 그래서 세상을 쉽게 편의로 살아가려는 이기의 욕망, 아니 욕심이 거품처럼 와글와글 들끓는다. 난 휴대폰 문자나 포털 메일에서도 글자, 띄어쓰기 하나에도 목숨을 거는데. 편리는 재미와 참신과 창조까지도 줄 수 있지만 대신 인간의 격(格)을 본능(짐승) 수준으로 한정시켜버리는 무책임한 경우가 훨씬 많다. 내 생각일 뿐이지만 스스로를 객관화시키는 가장 뛰어난, 아니 오싹한 문장으로 '프리드리히 니체'가 『선악(善惡)의 저편』이란 책에서 〈심연(深淵)을 오래 쳐다보면 심연 또한 너를 들여다본다〉고 한 경고문이 있다. 당신이 가장 기본적인 토씨를 만만히 대하면 대신 토씨가 괴물이 된 당신을 멀끔히 쳐다본다. 느껴본 적 있는가? 이런 글들은 당신을 〈신념의 감옥〉에 가둘 뿐이다. 아, 쓰다 보니 나도 괴물이 된 것 같은데 이를 어쩌나!

‖ 대한민국서 젤 돈 잘 버는 작가 망신!!

아마 자랑하고픈 자신의 특권으로 이해되는 권력화한 〈작가〉라는 위치를 내세워 역설적으로 비꼬는 말로 느껴지는데 뭐 받아들일 만하다. 난 이 작가에 대해서 아무것도 모르고(물론 60년대 내 젊은 시절 접한 작가들은 이름이나 작품으로 새겨져 있지만 이후는 대부분), 더욱이 현재 활동하는 대부분의 다른 작가들과 마찬가지로 작품 자체를 전혀 모르고, 그래서 단돈 한 푼도 보태주지 못한 신세지만. 아니 이젠 그냥 준다고 하더라도 단번에 불쏘시개로 태워버릴 거지만. 부사 〈젤〉은 〈가장〉으로 바꿔 목적어 〈돈〉 뒤에 오는 것이 어순과 어감에 부합한다. 〈대한민국에서 돈을 가장 많이 버는 작가로서 망신이다〉로 하면 얼마나 아름다운가? 《젤 돈 잘》이라니! 어머어머어머나! 세상에 어쩜 이런 말을! 가장 강한 의미 조각인 〈젤〉을 강조하다보니 앞으로 튀어나온 건 짐작하겠는데, 작은 것들을 편리를 위해, 강조하기 위해 함부로 이어붙이면 이런 〈괴물〉 같은 말이 만들어지기 쉽고, 이런 소소한 것들에서 글쓴이의 심리적 형태가 드러나니까 조심할 것. 그런데 더 큰 문제는 그게 아니다. 느낌표가 두 개? 그러면 느낌이, 강조가 두 배나 되나? 예전 영화선전 포스터에선 〈토~오욜 스타아가 총등장한 세기의 스펙타클 초초 거작!!!〉 등으로 엄청나게 과장한 글을 보긴 했지만 이 글은 그런 것도 아닌데 말이다. 일반적으로 인터넷 공간에서 사람들이 많이 사용하고 있고, 또 〈^^〉 같은 기호들도 사용하던데 (이 문자표가 있다는 말을 듣고 한참 찾았다. 알고 보니 〈^〉를 두 번 쓴 걸 모르고) 일반인들은 또 그렇다 치더라도 언어에 엄격해야 할 소설가가 함부로 문법은 고사하고 성급한 마음을 솔직히 표현한다고 문장부호마저 장난처럼 파괴하다니! 부호의 엄청난 의미와 상징을 몰라서? 아니, 망신이 그렇게 〈두 배〉로 마음에 맺혔더란 말인가? 한글이 몽땅 인플레 되어 피를 흘리며 처참하게 널브러진 현장을 보는 것 같아 눈물이 난다. 내 눈물은 누가 위로해줘야 하나?

‖ 나 너무 후져

나? 사투리도 아니고 적확(的確)한 대명사인 〈나〉만 뚝 잘라 던지다니, 강조와 속도와 축약이 너무 지나치다. 어울리는 경우도 있겠지만 여기선 도전적 이미지가 강하게 따라온다. 또 자기를 이 글에서 〈나〉로 표현하는 건 오히려 객체인 대중을 낮춰보겠다는 전투적 의미가 뚜렷해 개인의 오만이 지나치다. 역시 〈후져〉보다는 속된 말이지만 〈후지다〉를 쓰는 게 그나마 품격있다. 정말 품격을 생각한다면 〈뒤떨어졌다〉 등으로 고쳐야 한다. 그리고 역시 마침표, 아니면 느낌표라도 붙여야지? 솔직히 푸념 같은 이런 문장은 세상으로 드러내는 것보다 숨기는 게 성숙한 자세다. 개인적인 이런 글들은 격(格)을 밑바닥까지 떨어뜨린다. 그런 시선으로 본다면 난 〈후진〉 게 아니라 케케묵은 삼국 시절 〈박물관〉 수준으로 산다. 그런 나도 도도한 자존심으로 존재하는데 반짝이는 후진 가방을 멘 현대인이 웬 화려한 자학과 역설을.

‖ 흙!

이 말이 흐느낀다는 의성어 〈흑흑〉의 줄임말인가? 〈흑!〉이라면 이해하겠는데 갑자기 우리가 딛고 다니는 땅을 나타내는 말이 왜 나오나? 하긴 〈줄임과 축약〉 대신 반대로 〈늘임과 첨가〉를 하는 역주행도 보이는 것 같던데 이 말도 그런? 아마도 인터넷에서 슬픔, 혹은 우는 것을 표현하는 단어로 자주 쓰는 걸로 유추되지만 정말로 슬퍼서 울고 있는가? 아닐 텐데 역시 시류에 허덕이다보니 함부로 쓰는 말이다. 그러니까 진정성이 없는 잡글로 매김 되고 있지만. 그리고 위의 〈망신!!〉은 엉뚱하게 느낌표가 두 갠데 여긴 왜 하나? 행동을 동반한 느낌은 이 말이 더욱 강렬한데 말이다. 같은 문단 안에서 이렇게 뒤죽박죽이라면 글 전체의 논지가 맞다 하더라도 믿고 싶은 마음이 눈곱만큼도 없어진다. 〈재미와 편의〉가 개인에게 이렇도록 무한정 주어진다는 건 차라리 악덕이 아닐까 싶은 생각이 문득 강하게 다가온다. 갈릴레오가 〈그래도 지구는 돈다〉고 한 것은 조금도 어긋나지 않는 규칙의 엄격을 돌려 말한 것임을.

∥ 중요한건

또, 또, 또…. 의도적인 띄어쓰기 무시. 오만한!

∥ ㅠ

위에서 이미 언급한 〈^^〉 같이 많이 본 기호지만 일부러 알아보려고 하지 않았다. 세상이 함부로 쓰는 말과 글을 내가 따라 할 필요가 없지 않은가? 그게 설혹 시대의 대세고, 또한 그런 〈변이〉들로 〈발전과 진화〉가 이루어진다고 하더라도 말이다. 간편이라는 핑계로 따라가느니 고고하게 언어를 지키는 게 훨씬 가치 있다고 생각한다. 언어가 사라지고 낱자나 기호들이 인류의 의식을 연결하느라 우주를 둥둥 떠다니는 슬픈 SF의 풍경이 문득 떠오른다. 역시 이 말도 눈물을 뜻한다는 걸 이번에야 확실히 알았다. 당연히 언어에 엄격해야겠지만 적어도 이런 식의 글은 시류에 빠진,

혹은 편승한 글이다. 사라지는 언어의 미래까지는 생각해달라고 하지 않겠지만 세상을 이렇게 장난으로 만들 작정이라면 작가란 타이틀을 내놓든지. 그러면 이런 글을 쓸 필요도 없지 않겠는가. 내가 방금 〈오징어 다리〉 같은 이 기호를 썼다는 자책으로 지금 칼로 손가락을 《싹둑》 잘라버리고 싶을 정돈데 당신은 전혀 아무렇지도 않단 말인가? 더욱 엄격해야 할 작가가 오히려 엄격은커녕 함부로 이용만 하려는 못된!

※ 그런데 근래 〈ㅂㅅ〉이란 축약 낱자가 보이던데 아무리 생각해도 무슨 말인지 모르겠다. 〈ㅅㅂ〉은 단번에 저속한 욕설로 이해가 되던데?

‖ **샤넬풍 ~ 백**

〈샤넬〉은 알겠는데 웬 〈풍〉? 경향, 유행, 분위기를 나타내는 말이라면 그도 이해 못할 바는 아니지만 우리나라 조어의 경향이 점점 저급화, 트기화 되는 것 같아 아쉽긴 하다.

(아, 근데, 그런데…. 세상에 이런 바보가 또 있을까? 아무 것도 모르는 주제면서도 글을 쓰다 문득 생각나서 사진을 찾아봤는데 어두웠지만 거기에 허접한 백을 맨 사람이 있었고, 그게 여자임을, 세상 모두가 알고 있고, 백을 맨다는 자체가 여성임을 말하고 있는데, 그리고 〈탔구요〉가 보통 여자들이 쓰는 어투이며, 무엇보다 '지영'이란 이름은 여자를 가리키는 경우가 많은데(뭐 송지영-宋志英이란 작가? 언론인인가 하는 분의 이름도 기억난다마는), 그런데도 생각조차 전혀 하지 못한! 아, 세상과 담을 쌓고 살아온, 현대와 북두칠성만큼이나 떨어져 사는 나는 무덤 속으로 가야 하나? 세상의 문법과 다른 문법으로 지구에서 살 자격이 없는 건 아닌지?

그런데도 미안함이나 가책, 불편이 없다는 건 워낙 첫인상이 나빠서 그런 모양이다.)

짧은 글이었지만 엄청난 충격으로 한동안 정신이 먹먹했다. 생각도 못한 글이어서 어떤 판단이나 생각을 할 겨를도 없이 모든 게 무너지는 것 같아 숨을 쉴 수 없을 정도로 얼굴이 화끈거렸다. 글이 이런 식으로 쓰여도 아무렇지도 않단 말인가? 내가 알고 있던 언어가 이렇게 처참하게 해부되어 내장이 드러나 썩은 냄새가 나는데도? 그것도 작가라는!

언제부턴가 문학이 문학으로서가 아니라 후광이 되어 작가를 장식, 단정해주는 〈수단〉으로서의 역할로 머문다는 걸 느끼고부터 독서를 끊어 버렸다. 아마도 대중이 주체적으로 대활약하는, 그래서 겸손할 필요가 없는 시대의 분위기 탓이 크다고 하겠지만. 내 생각이 덜떨어진, 그리고 일견 정당하지 못한 고집일 수도 있지만 그렇다고 어정쩡하게 참으면서 읽는 건 고문이다. 그냥 작품 자체로만 남으면 얼마든지 읽을 수 있겠지만 글 밖의 세상과 이런저런 식으로 연결되는 걸 보고도 순진한 문학청년처럼 환호한다는 건 집단적인 마취, 또는 열에 들뜬 군중심리에 불과할 뿐이다. 난 이름을 생략하고 그저 작품 자체만을 보지 세상에 온통 얼굴과 이름을 덤핑처럼 까발린 작가의 작품은 읽지 않는다. 물론 오랫동안 글, 뿐만 아니라 세상 자체와 가까이 하지 않다보니 지금은 누가 누군지 촌놈처럼 어리둥절한 멍청이가 되어버렸지만. 아마도 6~70년대 최인훈(崔仁勳)이라든가 김승옥(金承鈺), 이청준(李淸俊), 박태순(朴泰洵), 송영(宋影), 서정인(徐廷仁), 황석영(黃晳映), 이문열(李文列)… 기타 여러 작가들의 글은 꽤 읽은 것 같다.(그들이 다른 작가들보다 뛰어나서라는 건 절대 아니다. 글에 우선이라는 건 없다. 그저 젊은 날 가까이 접한, 그래서 쉽게 이름이 떠오른. 어쩌면 더욱 세속적이었을.) 그리고 좀 더 객관적 시선의 도움을 얻기 위해 염무웅(廉武雄), 김윤식(金允植), 천이두(千二斗), 김현(金鉉), 김치수(金治洙)(역시 마찬가지로 쉽게 떠올랐다는 의미로.) 등등 여타 많은 문예비평가들의 글들도. 그러나 세상에 너무 얼굴을 팔아먹은 작가들은 뒤에 모두 내쳐버렸다. 정당하지 못하다는 건 인정하겠는데 얼굴과 이름이 앞서면 천성적으로 소름이 끼친다. 이념이라든가 성향 등등은 내가 고려할 필요가 전혀 없지만, 그리고 어느 순간까지는 인정하겠지만, 그러나 더 이상 이름과 얼굴을 세상에 팔아먹으며 치고 들어오는 걸 느끼는 순간 용납할 수 없는 일이다. 고백하건데 젊은 한때 나도 소설을 써보겠다는 자신만만한 생각을 한 적이 있고, 실제 오징어 배를 타고 동해안을 떠돌며 겪었던 거대한 삶의 이미지 등과, 누님의 아이가 죽어 그 모티브를 빌려 소설 속에서 매일 무덤을 찾는-, 실존의 망실에 대한 현대인의 내면 풍경을 파헤쳐본 장편들도 썼는데 치매에 걸린 어머니와 살며 집도 절도 없이 자주 이사 다니다 어느새 휴지처럼 잃어버리고 흉터처럼 약간의 낡은 원고지로만 남은. 또한 그 당시 어머니와의 기막힌 일 년을 대학노트에 빡빡하게 기록한 10권의 일기(언젠가는 한글 문서로 엮어 발표하고 싶은)가 있는데, 무엇보다 생각이 앞서 글이 엉뚱한 이야기들로 단속(斷續)되고, 낭만적 자세를 현학적 답답함에 입힌 내 문체는 이야기라는 양식과는 어울리지 않는다는 생각이 들어 일찍 글쓰기를 그만둬버렸다. 무엇보다 당장 먹고살기 바빴고, 그래서 쉽게 말하자면 패자(敗者)로 남은. 그러나 나에게로 되돌아와 이리저리 괴롭히고 간섭하는 내 문체는 나를 표현하는 최고의, 가장 적절한 방법론이어서 내가 가장 좋아하고, 그래서 지금 이 글처럼 그걸 바꿀 생각이 전혀 없다. 다만 특별히 생각나는 건 황석영의 노동 현실에 대한 통찰력 있는, 어쩌면 쓸쓸한 감수성과 묵직한 천착이 돋보이는 단편집 「客地」, 「아우를 위하여」 등등은 지금도 가슴을 서늘하게 한다. 또한 이문열의 그 고아(高雅)한, 현대적인 세련된 세상이 아니라 의고(擬古)의 묵직한 세상을 집요하게 파고들어가는 젊은 날의 생채기 같은 문체는 지금도 경탄할 만하다. 「皇帝를 위하여」, 「그대 다시는 고향에 가지 못하리」…. 순수하고, 진지하고, 서글프고, 사라지고, 잊혀지고, 단아한, 그래서 더욱 외로운 환영(幻影) 같은 세상은 무엇보다 먼저 가슴으로 치고 들어온다. 상스럽고 거친 바닷가 출신으로는 상상도 할 수 없는!

참 부러운 작가들이다.

아무튼 6~70년대 위의 작가들 이후는 전혀 모른다. 이광수 하면 「흙」, 손창섭은 「血書」, 이청준은 「별을 보여드립니다」-제목의 단편집도 아직 갖고 있다-등의 대표작 등등은 자주 접하긴 했지만 그쪽과 결별하며 일상의 생활인으로 바삐 살다 자포자긴지는 모르겠지만 그게 지나쳐, 아니 세월이 흘러 근래 등단한 작가들을 포함해 문학작품 자체를 가까이해 본 적이 없다. 하지만 어쨌든 이런저런 연유로 듣거나 보고 느낀 생각으로는 가볍게, 쉬운 글을 쓰는 사람들이 넘쳐서 시나 소설을 읽는 게 차라리 사기나 악덕이란 생각까지 들 정도다. 물론 개인으로서는 엄청난 집념과 나름의 처절한 고통을 거쳐 썼겠지만 결과적으로 어떤 시대적인 양식, 포즈, 감각, 수준으로 귀결된다는 건 나에게 진지하지 못하다는 의미로 새겨진다는 말이다. 솔직히 근래 들어 신문평이라든가 해설, 이슈 등등 스쳐 지나며 유추해서도 그저 시정의 요란이나 흥미로 꾸민 단순한 일회적인, 그리고 간편하게 차용한 표피적(表皮的)인 주제와 뻔한 스토리로 쳐들어오는 것 같아 신경이 쓰인다. 어쩌면 묵직한 뚝심 같은 맛이 없는, 그래서 뱀의 비늘처럼 감각의 미끄럼을 타는 듯한 스타일의 문체와 이야기들이 번성하는 듯해서 입맛이 쓰기도 하다. 가장 큰 이유는 물론 뱃놈 출신의 내 성향과 맞지 않아서라고 하겠지만, 시대적인 가치나 심리 속에서 작가의 작법이 머물 기회가 많을 수밖에 없겠는데 그래서 그렇게 단정 짓는 게 올바르지는 않지만. 근래 몇 편 읽어본 바로는 어쩐지 겉으로는 정교한 작법을 따르고 있는데 속으로 또 다른 모습을 숨겨둔, 또는 거친 함성으로 남은 듯한! 공장에서 정교하게 만든 잘 빠진 글이 아니라 순결한 마음의 결이 묻어나는 문장이나 어귀가 참 그립다. 읽고 난 후 가슴에 치고 들어오는 작품이 별로 없다. 마치 일회용 앰플주사처럼 시정에 영합하는 냄새가 강한, 그저 가볍게 소비할 수 있는 물품 같은. 하긴 지금 쓰고 있는 내 글도 그렇게 영향 받아 〈제조〉된 부분이 아주아주 많지만. 어쨌든 취향이 맞지 않는 건 질색이다. 칭송과 사교와 과시와 대접과…. 난 그런 건 전혀 관심도 없다. 자가당착인지도 모르겠다. 그런가? 어쩌면 수줍게 진정을 담은 작품을 조심스레 내밀며 세상의 뒤편에서 자신의 열정과 꿈과 욕망을 펼치는 작가도 많이 있을 것이다. 문장 하나에도, 시구(詩句) 하나에도 시퍼런 칼날처럼 자신을 삭제한 수수한 내면의 소리와 결을 담아낸. 그대들은 청초하고, 싱싱하고, 아름답다. 제발 세상과 연결되어 그 통로에서 뒤집어쓴 〈세련〉된 언어들로 분식하지 말라. 세상은 언어로, 노래로, 운동으로, 춤으로, 미모로… 그런 것들로 이름과 얼굴을 내밀려는, 아니 그렇게 이미 거장, 스승, 대부, 전설로 행세하는 사람들 천지다. 어쩌면 그건 인류의 발전과 삶의 긍정으로 작용하는 보편적인 동인이랄 수 있지만, 그러나 모두들 그렇게 유목적적인 본능으로 펼치다 보니 정작 자신을 삭제하고 죽이는, 진실만으로 존재하는 사람 자체가 사라져버렸다. 치열과 성공과 눈물과 고난을 왜 팔아먹으려고 하는지. 더 나아가 예술을 핑계 대고 실제 예술이 아니라 고집스런 웅변으로 존재하는. 그대들도 발전과 확산이란 이름으로 번잡해지는 순간 이미 돌이킬 수 없는-, 고집스런 독선과, 자기 이름과 얼굴을 먼저 내세우는 매명의 악덕으로 새겨질 것을. 세상과 단 하나의 끈으로도 연결되지 않기를! 그저 나와는 관계없다는 듯 세상으로 던진 후 미련 없이 잘라 내버리는. 아니 시정의 그냥 평범한 시민으로 존재하는.(하긴 이 글도 그런 악덕이 없다고 하는 건 그저 희롱에 다름 아닌.)

세상을 휩쓰는 그 수많은 엉터리 작가, 미숙한 지식인들과 마찬가지로 난 공지영이란 작가를 전혀 모른다. 앞에서 말했듯 샤넬 백 논란과 관련하여 이번에야 소설가, 아니 여성 작가임을 알게 됐을 뿐이다. 고백하건데 춘천마라톤에 몇 번 참가한 경험 때문인지 춘천 〈공지천〉이란 지명이 가장 먼저 떠올랐다는 건 참으로 민망한 일이다. 물론 10년 가까이 삶의 함정 속에서 허덕이며 일상의 사교와 소통은 물론 신문과, TV… 와도 멀찍이 담을 쌓고 내면으로 가라앉아 살았더니 「도가니」란 책의 존재와 작가와의 관련도 근래 들어 겨우 눈치챘을 뿐이고, 그 이외 그의 개인사가 어떻고, 작품에 어떤 것들이 있는지, 그 속에서 표현하고 있는 정신이나 언어들이 어떤 것인지… 하나도 모른다.

어쩌면 내가 순진하게 이해하고 있는 언어의 모습과는 판이한 이런 글들이 작가의 타이틀을 달고 함부로 시중을 돌아다닐 수 있다는 것이 신기하다. 아니, 어쩌면 이토록 철없는 말을 작가가 겁도 없이 쓸 수 있는지 신통방통하기만 하다. 글자 하나 잘못 쓰는 건 얼마든지 받아들일 수 있지만 처음부터 끝까지 견고하게 눈알을 부라리는 글자들을, 그것도 작가들이 쓴다는 걸 알고는 거의 경악할 정도다. 일희일비하는 경박은 차지하고라도 작가가 정신박약아 같은 악성 댓글들과 다름 없는 글, 시류에 편승, 또는 분명히 일방의 주장을 목적으로 완전무장한 선전적 글을 쓰면 미상불 죽는 건 예술이다. 적어도 〈언어와 정신〉이란 면에서는 말이다. 희극이다. 불굴의 정신으로 조립된 거친 산문의 시대가 아쉬울 뿐이다.

그래선지 그의 책을 찾아 읽어보려고 했던 생각이 단번에 싹 사라졌다. 더 심한 경우도 있겠지만 트위터란 놀이터에서 거칠고 단순하고 장대한 고집으로 뭉친 댓글들을 보노라니 그 책도 그렇게 거칠고 조악하게 내갈긴 것만 같다. 내 언어도 그런 생경하고 거친 이미지로 조립되어 있음을 알고 자책하고 있지만 어쨌든 이젠 만정이 뚝 떨어져버렸다. 그런 내 선입견은 정당하지 못하지만 사람이란 그걸 떨치지 못하는 법이다. 그런 저급에 내가 그렇게 반응한다는 말이다. 아이들을 가르치는 순백한 마음, 그리고 세상을 정교한 이성으로, 또한 확산된 감성으로 바라보려는 마음에 〈비교육적인 언어〉와 〈날카롭게 무장된 사고〉는 사절이다. 학교와 세상이 다르지만 그러나 세상을 연결해주는 교사로서는 조금도 용납할 수 없다.

작가에게는 미안하지만, 그리고 그의 삶과 생각들을 부정하지는 않겠지만 글 자체에 나타난 사실들은 시정의 잡배보다 못하다는 〈강력한 분노〉를 어쩔 수 없다. 아마 대한민국의 국어를 사랑하는 대부분의 진중한 사람들은 나와 생각을 같이하는 분들이 많으리라 생각한다.

그런 조악한 단어 나열과 정제되지 못한 메모 같은 글과 말을 통해 매명 하는 다른 몇몇 사람들도 분명 있을 것이다. 엉터리 말과 글로 나대는. 아니 이미 봤다. 이 작가보다 더 엉터리 말과 글로 나대는. 자칭 유명하다는 교수, 작가, 언론인, 정치가… 들은 물론 이름 없는 수많은 무명씨들도 모두 이렇게 쓰지 못해 안달하는 건 아닌지. 오늘날 내가 생각하는 그런 사람들은 모조리 사라지고 세속의 유행을 따라가지 못하면 사회에서 차지하고 있는 지분을 박탈당한다는 듯, 아니 먼저 그런 유행어를 만들지 못해 아쉬워하는 그런 형편없는 사람들이 사회의 전면에서 화려한 활동을 하는 게 아닌가 싶어 마치 벌거벗은 임금님을 보는 것 같이 아슬아슬하다. 이게 무슨 헛된 짓이란 말인가? 자신이 악화인 줄 모르고 선량한 양화들을 마구 짓밟는 언어폭력에 분노하는 사람은? 또한 그렇게 휘둘러도 된다고 생각하는 이 시대의 처참한 대비에 또 분노한다. 설혹 그들의 삶에 어떤 눈물겨운 사연이 녹아들어있고, 그래서 내가 감동으로 눈물을 흘리더라도, 현재도 세상에 다시 없을 헌신과 정성을 다하는 부분이 있다 하더라도 문자 같지도 않은 그 〈엉터리 파편〉들은 결코 용납할 수 없다. 그 글의 세계 인식을 보면 내가 그 작가를 그렇게 고정시켜도 당연하다. 난 그런 사람들의 글 따위는 전혀 관심 없다. 만약 내 손에 들어와서 멋모르고 읽었다면, 그래서 찬양까지 했다면…? 그 시간만큼 사기당한 분노로 바로 쫙쫙 찢어 내버릴 것이다. 아니, 그런 글을 쓴 者들의 이름을 깊게 새겨놓고 잊지 않을 것이다. 다행히 아직 읽어보지 않아서 놀란 가슴을 진정시키며 쓸어내린다. 내가 이렇게 그런 글을 쓴 작가보다 오히려 더욱 악독해질 수 있다니! 누군지 전혀 모르는데도.

새삼 생각해보니 세상에 회자되는 많은 책들을 읽은 기억이 아주 오래됐다. 독서라면 그런대로 할 말이 있다고 자부하지만 언제부턴가 진정한 성찰과 고백, 정교한 논리적 비판은 사라지고 매명과 안락, 분식(粉飾)된 헌신과 자기만족, 그리고 턱없는 일방적 고발과 시류에 편승한 가벼운 신변 토로로 떡칠한 책들밖에 보이지 않는 것 같다. 지상을 떠나 높은 하늘에서 쳐다본다면 결국 지렁이의 백일몽 밖에 되지 않는 가소로운 자들이지만 어쨌든 세상을 선도해야 할 지식인들의 내 편, 다른 편 가르기와 엉뚱한 정의의 전유(全有), 빈정으로 떡칠한 언어의 굴종, 왜소한 논리, 무작정한 대입(代入)과 전개. 달관한 듯 포즈 짓는, 그러나 스스로에게도 무책임한 달콤한 언어…. 단어와 문장들마다 숨겨져야 할 저의가 통통 튀듯 겉으로 너무 드러난다. 깊숙하게 쳐다본 인생의 맛이 하나도 없다. 화려한 단어와 문장이 제각각 겉돈다. 그만큼 우리의 지식인들이 쓴 책들은 없어도 하나도 아쉬움이 없겠다고 생각하는 내가 참 불쌍하고, 그렇게 만든 책 같지도 않은 책들이(작품이 아니라 엉터리 제품 같은 책들 몇 권을 가지고 있다. 멋모르고 구입했는데 나중에는 가진다는 자체가 소름이 끼쳤다. 그래도 어떤 〈증거〉 같은 심리로서는 아닌지.) 세상을 휩쓸고 있다는 현실이 참 팍팍하다. 만약 분서(焚書)가 용납된다면 나도 멋진 〈퍼포먼스〉로-현대에 와서 외곬으로 너도나도 함부로 싸질러 내 맘에서 절대로 받아들이지 않았던 단어지만-처음이자 마지막으로 세상에 한판 신나는 불꽃쇼를 하고 싶을 정도다. 거의 대부분 태어나지 않았어야 할 글과 책들! 아마 많은 무명씨들이 박수치며 달려올지도 모르는.

이 시대 유명과 황금과 과시로 떡칠한 잘난 사람들만 북적일 뿐, 진정한 인간 정신을 가진 이가 하나도 없다고 생각하는 스스로가 불쌍해서 못 견디겠다. 단 한 명의 예외도 없이 모조리 물갈이할 순 없는가? 오히려 일반인들은 눈물겨울 정도로 훌륭한 생각과 행동을 하는 경우가 많은데 말이다. 가난한 사람들을 위해 보잘것없는 자신의 봉급을 쪼개 나눠주는 익명의 독지가, 두 다리가 없는 고아를 받아들여 훌륭한 사회인으로 키워낸 마음의 어머니, 몸이 불편하면서도 교회나 경로당을 돌며 노래와 음식에 이발 봉사까지 하는 가난한 부부, 구순의 아버지를 지게에 업고 금강산을 구경시켜준 그 아름다운 청년, 신장부전으로 죽어가는 사람에게 자신의 신장 하나를 선뜻 내어준 그야말로 영웅적인 학생, 부모에게 버림받고 해외 입양되는 아이들이 〈외로워하지 않길, 조국을 원망하지 않길〉 빌며 헌신적으로 돌봐주는 위탁모, 부실하고 가난한 나라에 가서 병으로 죽어가는 사람들을 살려내는 의사, 사지마비로 움직이지 못하는 청년과 결혼하여 지극정성으로 돌봐주는 천사 같은 처녀, 그리고 일본 도쿄 전철역에서 일본인 취객을 구조하기 위해 자신의 목숨까지 내던진 우리 시대의 義人 이수현…. 그런 사람들을 볼 때마다 왜 그리 눈물이 흐르는지. 그들은 가진 것 없고, 배운 것 없어도 우리들 가슴을 눈물로 가득 채워주는 진정한 〈인간 영웅〉들이다. 잘난 사람들이 말로서만 분식할 때 영웅들은 조용히 뒤에서 자기 할 일을 할 뿐, 겉으로 드러나지 않는다. 대신 그 자리를 채우는 것은 온통 제 잘난 가짜들뿐이다. 죽어도 가짜임을 깨닫지 못하고 끝까지 대접받고, 세상을 이기려하고, 자리를 차지하려고 하는. 지금 솔직히 쓸쓸하다. 이 글도 나중 어떻게 세상에 드러나게 된다면 역시 또 다른 의미의 반동적인 불굴로 떡칠한 가짜 글로 실망을 주게 될 테니까.

글은 정신을 온전히 드러내는 표상이다. 앞에서 축약이나 기발한 조어들이 진화의 개념으로 이해될 수도 있겠다고 했지만 그건 포괄적으로, 일회용으로 한 듣기 좋아라는 의미가 강하다. 사실은 정신이 그렇게 지리멸렬 분해되고, 명정(明正)한 정신으로 구성된 시스템을 무너뜨리고, 종내에는 분별도 희미해지는 파괴로 작용한다. 그런 개인들의 집적은 사회의 양식과 기반을 무너뜨리고, 삶 자체를 무목적성의 함정으로 내몰게 된다. 과잉은 질서를 파괴할 뿐이다. 아니 진화가 아니라 퇴화로 활짝 달려갈 뿐이다. 임시변통의 축적으로 알고 보면 너덜너덜 누더기처럼 변해온, 그러나 당연한 듯 맘대로 이용해먹는 우리 한글의 맨얼굴만 보더라도.

이런 글 수준에서 머문다면 절필하라고 권하고 싶다. 아니면 작가란 타이틀을 더 이상 이용하지 말고 순수한 댓글쟁이로 존재하든지. 세상 모든 사람들이 이렇게 쓰고 있고, 또한 소설과 댓글, 그리고 작가와 개인의 삶과 일상은 별개인데 그게 억울하다고 생각한다면 그 자체가 자신이 세상의 공명과 가치와 허영에 들떴다는 의미다. 자기 이름을 내건 글을 읽고 이토록 분노하는 사람이 있을 거라는 생각은 왜 하지 못했나? 〈개인의 진정〉을 내세워 함부로 반박할 생각도 말라. 진정이나 정의, 공명은 한 세대만 지나도 훅 사라진다. 출렁거리는 물결처럼 헛되이 춤추는 꼭두각시로 남지 않기를! 진정한 지성을 가진 많은 사람들은 오늘도 말없이 지켜보고, 깊숙이 생각하고 있음을 알아챌 수 있다면. (바라노니 앞으로 이런 저급은 버리고 진정으로 꽉 짜인 글과 소설을 쓴다면, 그러면 「도가니」 뿐만 아니라 다른 소설들도 읽을 수 있으리라. 아니 평자는 아니지만 여태 받았을 칭송하는 글과는 다른 멋있는 평문을 쓸 자신도.)

전에 누군가가(아마 판사?) 〈가카새끼짬뽕〉이라고 도대체가 정신이상 수준의 기막힌 말을 한 것으로 아는데 덕분에 괜히 더럽혀진 내 〈눈깔과 주둥이와 손모가지〉를 비누로 몇 번이나 씻었는지 모른다. 그 사회적 위치를 위해 지불된 재화와 직분과 존경은 어디서 보상받아야 하나? 억울한 일이 아닐 수 없다. 난 여태 SNS라는 세상에, 인터넷 세상에 쪼가리 같은, 낙서 같은, 무책임한, 진지하지 못한, 간편한 댓글이란 걸 써본 적이 없다. 겨우 드나드는 동호회에 몇몇 좋은 의미로 글들을 써봤지만 거기서도 글자 하나, 문장 하나에 목숨을 걸 정도로 진정을 다해 썼다. 그래선지 전에 어디선가에 달린 댓글이란 걸 보고 〈기겁〉을 한 적이 있다. 도대체 인간이기를 포기한 게 아닐까 싶을 정도로.

국민배우 김승호(金勝鎬)와 더불어 전형적인 한국의 어머니상을 표상하던 배우 '황정순(黃貞順)'이 돌아가셨을 때 아무도 댓글을 〈달지 않았다〉. 충분히 만인의 칭송과 헌정을 받아 마땅한 사람인데 말이다. 사람들에게는 역사의 진정은 아무렇게나 잘라내도 좋을 뿐, 그저 화려한 현대의 배우들로만 이루어진. 역사는 이미 사치한 엄살로 치부되는 모양이다. 그래서 모든 사람들은 아무도 몰래 죽어야 하는 원죄로 존재해야 하는 건 아닌지. 댓글은 이런 때에 달려야 한다. 대신 내가 뒤늦게나마 이렇게 댓글을 달고 싶다.

- 세상의 고통을 말없이 삭여내던 한국의 어머니! 당신이 짊어졌던 맺힌 한을 우리들이 흠뻑 위로해드릴 테니 이젠 모두 씻어내고 편안히 쉬십시오.

⇒ 미국 영화의 영원한 명작 〈소공녀-A Little Princess〉에 출연했던 아역 스타 '셜리 탬플(Shirley Temple'이 죽었을 때 누군가는 이렇게 말했다
"이런 늙은이가 죽는 게 무슨 뉴스냐?"
그는 탬플 뿐만 아니라 미국과 영화, 그리고 3~40년대 자체를, 아니 〈늙은이〉란 말로 인간 자체를 부정하는 멍청이가 틀림없으리라. 어쩌면 늙은 자기 어머니까지도. 차라리 오, 그렇구나 하고 가만히 고개만 끄덕이면 좋았을 텐데 말이다. 이렇게 〈의미 없는, 필요 없는, 무식한, 엉터리 바보 같은, 읽는 사람을 허망하게 만드는〉 댓글을 〈꼭, 정말, 진짜, 죽어도〉 달아야 했는지. 스스로도 아무렇지도 않게 깔겨 논 똥덩어리처럼 되돌아보지도 않고 이미 떠난

무정(無情)으로 떠돌게 됨에도.

⇒ 〈웨스트 사이드 스토리-West Side Story〉, 〈초원의 빛-Splendor In The Grass〉 등에 출연했던 '나탈리 우드(Natalie Wood)'에 대한 이야기가 화제가 된 기사의 댓글에서 누군가가 記事의 글자가 〈틀렸다〉고 지적하던데 정작 자신은 이렇게 말했다. 〈그녀ㄴ이 죽뜬 말던 관시미 업ㄸ〉. 당연히 나탈리 우드에 대해서는 도무지 모를 게 틀림없고, 더욱이 '윌리엄 워즈워드'의 시 〈초원의 빛, 꽃의 영광〉이란 이미지까지 바라는 건 가당찮은 내 욕심에 지나지 않으리라. 아니 앞의 댓글처럼 역사 자체가 〈폭력적〉으로 무참히 삭제된. 그런데 정말로 희극은 그의 아이디! 〈대가리가슴쌍관통뒈진병신박정희!〉 아마 박정희와 그 시대에 대한 증오가 충만해서겠지만 그래도 격이 있어야 정당한 증오가 될 수 있다. 나 자신 박정희에 대한 비판적 인식도 갖고 있지만 오히려 박정희를 반대하는 분들 전체를 그야말로 비참하게 만들어버리는, 박물관에 전시된 국보에 함부로 낙서하듯 역사의 숨결을 무참히 잘라 내버리는 이런 무지막지한 바보들이 손가락놀이로 온통 헤집어버리는 이 척박한 시대는!

나는 정론이 아닌 댓글은 읽을 가치도 없다고 생각한다. 칭찬이든, 반대, 또는 저주든 그 세계에 발을 들여놓을 생각 자체도 전혀 없다. 무슨 동호회 모임에서 좋은 의미의 덕담을 하기도 했는데 그게 스스로를 한정시키는 화려한 가면임을 깨닫고는 될수록 스스로를 가두어버렸다. 이 밝은 민주주의 시대 집단지성의 한 의미로 매김 된다 하더라도 말이다. 집단지성? 아서라! 되풀이 말하지만 함부로 툭 던지는 글은 글이 아니다. 예전처럼 인간이 얼굴을 마주하고 진지하게 이야기를 나누던 시대는 이미 사라졌다. 그냥 그대로 가만히 있는 것 자체가 최고의 선(善)임을.
아무튼 작자의 이런 식의 글은 소름이 돋는다. 그게 세상 모든 사람들이 향유하고 있고, 그리고 그게 아무리 시대의 정의로 자리 잡았다 하더라도 그런 식의 정의는 몸서리가 쳐지고, 그래서 철저히 사절이다. 정의가 그렇게 일방과, 무책임과, 저질 언어와, 비방과, 단순으로 구성된다는 건 이미 정의는커녕 쓰레기일 뿐이다. 내겐 여기저기 마구 〈ㄸ〉을 깔겨 논!

〈허접한백〉을 맨 사람과 〈가카새끼짬뽕〉을 외치는 사람-, 그런 더러운 언어로 끼리끼리 찬양을 주고받는 경박하고 저속한 대중에게서 무슨 삶의 미학을! 차라리 개 짖는 소리에나.

⇒ 앞에 언급한 의인 이수현 이야기와 관련하여 5~6년 전 미국 로키산맥에서 가족들의 생명을 구하기 위해 노력하다 죽은 '로버트 김'의 이야기가 화제가 된 적이 있었습니다. 모두들 그의 생환을 애타게 바랬지만 안타깝게도 차디찬 몸으로 발견됐지요.

그래선지 언젠가 이수현의 이야기를 해보고 싶었지만 아직 펼쳐보지 못했군요. 이 시대의 진정과 가치는 과연 어떤 식으로 구성되고 실천되는지를 다뤄보고 싶은 생각이 강합니다. 행동은 그 어떤 말이나 글, 그리고 생각보다도 언제나 위대하니까요. 그는 이 세상의 모든 훌륭한 글들을 몽땅 긁어모아도 가뿐히 부끄럽게 만들 수 있는 〈슈퍼맨〉입니다. 아니, 지금 현재 세상에서 잘났다고 폼을 잡는 〈잘난〉 사람들 모두의 목숨값보다도 훨씬 귀한. 글을 쓰다보면 어떤 흐름이나 일관성이 내재적으로 만들어지는데 앞으로 과연 그런 기회가 있을지는 자신하지 못하겠군요.

그는 일본에서 어학연수를 하다 2001년 1월 26일 도쿄 신오쿠보역에서 지하철 선로에 떨어진 사람을 구하고 꽃다운 목숨을 바쳤지요. 당시 일본 열도가 굉장한 충격으로 감동을 했는데 왜 그랬을까요? 우리나라 같으면 어쩌면 희생적인 일회성 가십 정도로 넘어갈 수도 있었을 텐데 말입니다.

아마도 우리들 정신을 강력하게 정복해버린 개인과 이기(利己)가 현대인의 생존 모드로 굳어버린 상황에 대한 절망에서 출발한 듯합니다. 인류의 가치로 함께 해온 헌신과 배려, 균형과 이타(利他), 그리고 인간의 진정이 어느새 물신화(物神化)한 현대에 희석되고, 뭉개지고, 외면되고 대신….

학생교육문화회관을 비롯하여 몇 군데 이수현의 비(碑)가 있는 걸로 알고 있습니다. 학부모님 모두 잘 아시겠지만 우리 학교 뒤 오르막 고개를 넘어가면 이수현의 모교인 내성고등학교가 있어 교문 바로 옆에 비가 있습니다. 전에 글을 한편 써봐야겠다는 생각으로 〈진정〉이란 말을 떠올리며 일부러 걸어서 퇴근한 적이 있습니다. 검은 상석(床石)에 비를 맞은 노랗고 하얀 꽃들이 함초롬히 피어 있더군요. 꽃을 꽂은 사람이 누군지는 꼭 알 필요가 없겠지요. 인간에게 있어 그러고 보면 〈善의 의지〉는 본능인가요? 무언가 잃어버린 정신의 본향(本鄕)이 그리운?

가까운 곳이니까 다음 주에 아이들 데리고 한번 가볼까 합니다. 그게 교육이지요. 세상에서 가장 귀한 분이 우리 학교 가까이 있다는 기적을!

⇒ 이번 주에는 주제넘게도 심한 말을 많이 했군요. SNS에 대한 막말도 주저 없이 지껄였고, 그와 관련하여 첨부한 글로 유명 작가의 글을 하나하나 스토크에 다름 없을 반박과 비난을. 그저 모른다는 듯 외면했으면, 아마도 그 소설가를 좋아하는 분들이 많이 있을 수도 있다고 생각되는데 좋은 게 좋다면 저도 부담스럽지 않았을 텐데 말입니다.

근데 아무튼 오랜 만에 속은 시~원합니다.

제(27)주 학습지도 계획안

(2012년 9월 24일 ~ 9월 28일) 4학년 2반

저번 주에 '공지영'을 〈공지천〉으로 연관 지어 이해했다는 말을 했습니다. 어떻게 생각하면 그 작가의 마음으로나 사회적인 예의로는 미안한 일이지만 그보다 먼저 피식 웃음이 나오는 건 어쩔 수 없군요. 제가 이름을 포함하여 다른 사람들이 다 아는 말을 전혀 모른다든가, TV에서 다른 사람들이 다 알고 있다는 듯 쉽게 말하는 내용들을 도대체 이해하지 못하는…, 세상의 현실이나 사실들을 받아들이는 마음의 회로가 전혀 다르게 작동된다는 걸 이번에 다시 자각하는 기회가 된 것 같습니다만.

5~6년쯤 전 '변천사'란 이름의 쇼트트랙 선수가 있었던 것으로 알고 있습니다. 저는 그 이름이 참 아름답다고 생각했지요. 어떻게 이런 참신하고 고차원적인 이름이, 그것도 참 어울릴 수 있다는 게 신기할 정도였습니다. 〈變遷史〉! 분명히 본명은 아니란 생각은 드는데 아마 성이 변씨라서 그렇게 지은 것 같습니다. 시간에 따라 변하여 바뀐다는 뜻의 〈변천〉과 그 과정인 〈사〉! 참으로 절묘하고 쉽게 만날 수 없으며, 혼란과 거짓과 치사가 넘치는 세상에서 의미심장함이 독보적인 이름이었습니다. 국어음운 변천사, 민주주의 변천사….

그런데 맙소사! 제가 맹탕 바보라는 자각이 드는군요. 어느 여선생님이 〈변천+史〉가 아니라 〈변+天使〉일 거라고 말하더군요. 절 빤히 쳐다보다 웃으며 그런 말 쓰는 사람은 저 말고는 아무도 없을 거라고. 세상에 어쩌면 그리 뻔한! 결국 세상 사람들이 너도나도 함부로 차용하여 그 뜻이 무참히 타락된, 이제와선 인플레를 넘어 반어적 의미까지 더욱 강해진 〈천

사-Angel〉을 덧붙인. 너도나도 자신을 천사로 치환하여 사뿐사뿐 날아다니는가요? 실제로는 눈을 씻고 찾아봐도 본래 의미의 아름다운 천사는 없고 사교적인 말로 타락한 천사들만 넘쳐나는. 마치 걸리버 여행기의 주인공이 되어 사이즈(크기)가 다른 사람들과 만나는 듯 제 마음의 이상한 발현이 지금 보니 그저 신기하기만 합니다. 어쩌면 제가 바보가 된 것 같은 느낌도!

일부러 확인해보진 않았지만 그 비슷한 느낌으로 '권리세'란 이름도 보이더군요. 權利? 稅金? 자릿稅? 〈클리셰〉의 의음(擬音)? 만약 그런 유의적인 의미를 가졌다면 어쨌든 참 파격적인 이름이 아닐 수 없습니다. 생활적인 현장에서 사용하는 말을 가져온 파격도 좋고, 특히 어감에서 무척 호감이 갑니다. 〈權利稅〉! 어쩌면 앞서 예를 든 〈변천사〉보다 더욱. 그러나 아마도 연예인이 틀림없는 것 같아 관심을 끊어버렸지만 만약 〈변+天使〉와 비슷한 반어적 의미가 숨겨진 경우라면 그야말로 자화자찬으로 썩은 냄새가 진동하는 〈클리셰〉들이 버젓한 良貨처럼 변신한 경우가 아닌가 싶어 갑자기 조마조마해지는군요. 제 불안이 기우에 불과하며 새삼 통쾌한 기쁨을 맛볼 수 있다면 얼마나 좋을까 싶지만 아무래도 권리나 세금과 관련지어 짓지 않은 것 같다는 마음이 강해선지 과연. 세상은 저만큼 멀리 세련된 발전을 하고 있는데 어쩌면 그런 요술을 빨리 알아차리지 못하는 시대의 지진아란 자책도.

(변천사나 권리세 그 당자들을 말하는 것보다는 사람들이 아마도 그런 식으로 〈사용하는 현상〉으로서의 의미가 강합니다. 특히 변천사 선수는 이름 때문에라도 제가 응원을 꽤 했거든요. 어느 동계올림픽인가에서 박수 치며 열광적인 응원을 한 것 같은. 어쨌든 그런 이름으로 한때나마 제 마음이 호강했다는 생각으로. 누군지 얼굴도 모르지만 '권리세'에서는 변천사 같은 기막힌 오해가 없기를.)

하긴 한자말에 중독 수준으로 절은 늙다리의 아집이 불러온 불상사가 분명하긴 한데 아무튼 어떤 사실, 기호들에서 보편적 의미를 떠올리지 못하고 특수한 상황에서 쓰이는 고급스런 뜻을 먼저 떠올리는 습성과, 그 때문에 상처를 받는 스스로가 안타깝기도 하군요. 어쩌면 세상은 아무런 문제가 없는데 오히려 거대한 벽을 마주한 듯 어리둥절해 하는 제가!

사라호! 그 유토피아를 향한 역설

다음은 무엇을 나타내는 말일까요?

제니스(Janis), 올가(Olga), 글래디스(Gladys), 사라(Sarah), 배티(Battie), 루사(Rusa)…. 예쁜 여자아이 이름 같은데 잘 모르겠다구요? 그럼 매미(Maemi), 나리(Nari)는? 아직? 그럼 셀마(Thelma)는? 아하, 이제 눈치채셨군요. 그렇습니다. 우리나라를 강타한 〈태풍〉들 이름이지요. 기상학적으론 〈열대성 저기압〉이란 밋밋한 이름으로 부른다지만 실제론 부드러운 여성성으로 의인화하여 큰 재해 없이 지나가길 바라는 마음을 표현한 건지도 모르겠습니다.

올해도 어김없이 태풍이 찾아왔습니다. 저번 주 볼라벤((Bolaven)과 이번 주 산바(Sanba)…. 태풍은 해마다 7~9월이면 북태평양 남쪽에서 발생해 중국과 우리나라, 일본에 많은 피해를 일으켰지요. 뭐 동남아 쪽에서는 〈타이푼〉이라 부르고, 인도양 쪽에서는 〈사이클론〉, 북중미에서는 〈허리케인〉, 남태평양에서는 〈윌리윌리〉라 부르기도 한다지만.

태풍은 특히 9월에 우리나라에 자주 찾아왔습니다. 사라와 매미 등등. 그때마다 많은 인명과 재산 피해를 일으키곤 했습니다. 다행히 저번 주 볼라벤과 이번 주 산바는 큰 피해를 주지 않아서 얼마나 다행인지 모르겠습니다. 보통 침수와 정전, 산사태, 해일 등의 피해를 입히는데 재산상 피해는 물론이고 많게는 수십에서 몇백 명 단위까지 인명 피해가 나기도 했습니다.

그러나 제 기억, 아니 한국인의 마음에 뚜렷이 새겨진 태풍은 뭐니뭐니 해도 역시 〈사라(Sarah)호〉입니다. 하나의 단일한 태풍에 〈부를 號〉를 붙인 건 아마도 사라가 유일한 게 아닌가 생각될 만큼 특별한 태풍으로 한국 사람들 머리에 깊숙이 각인된 공포의 기억으로 남은 것 같군요. 통일호, 메이플라워호, 컬럼버스호처럼 특정 의미를 확정하여 다른 것들과 확연히 구별시키려는 뜻이 있는 모양입니다. 그런 점에서 사라호는 아직도 한국 사람들의 심리 속에 강력한 블랙홀처럼 단번에 소용돌이치는 태풍의 전형으로 남았습니다. 처참한 공포의 경험으로, 아니 이미 많은 시간이 지나 어린 날 추억의 흑백으로 다가오는 감정교육으로 한국 사람들의 유전자에 새겨져 있는 것 같은. 위력으로서는 매미나 루사 등보다 낮은 등급인지 모르지만 재해방지 개념이나 시설 등이 제대로 확립되어있지 않았던 시대에 사라호는 3천 명이 훨씬 넘는 인명과 막대한 재산 피해를 입혔습니다. 아마도 당시 전라도 일부와 경상남북도 지역 바닷가나 강이 흐르는 평지에 다닥다닥 이어붙여 있던 판잣집들은 대개 많은 피해를 입었고, 심지어 땅도 쓸려 내려가 지형이 확 바뀔 정도였습니다. 전국민적 재앙이어선지 '서정주'란 만화가가 「사라호여 안녕!」이란 만화도 만들었지요. 폐허처럼 변한 마을 앞에 죽은 사람들(해골?)이 처참하게 나뒹굴고, 그 위에 아이를 업고 서 있던 계집아이의 망연한 모습이 뚜렷이 기억에 남아있습니다. 또 가수 '최숙자(崔淑子)'는 그 당시 연평도에서 배를 타고 나갔다 태풍으로 죽은 사람들을 주제로 64년 「눈물의 연평도(延坪島)」란 노래를 불러 히트하기도 했습니다. 〈조기를 듬뿍 잡아 기폭을 올리고 온다던 그 배는 어이하여 아니 오나〉라는 가사 그대로 만선의 깃발을 높이 치켜들고 지아비와 자식이 돌아오기를 기다리던 여인들의 눈물과 고통의 한숨 소리를 들뜨지 않고 차분하게 표현하여 꽤 히트하였습니다. 특히 우리들 해안지대에 살던 사람들로서는 저 같은 아이나 어른들, 뱃사람, 술집 색시들이 감정을 쥐어짜며 꺾어 부른. 〈…갈매기도~ 우우는 구나아~! 누운~물에에에~ 여언펴어어엉~도!〉.

애증이 교차하는 선명한 그림으로 마음에 음영 지어진 사라호! 오늘은 나이 든 몇몇 사람들의 기억 속에서만 존재하는 잃어버린 사라호의 흑백사진을 이야기해보고 싶군요. 사실감을 획득하기 위해 시간을 건너뛴 풍경으로 서술하면서. 아울러 2003년 태풍 매미의 기억도 비교하면서.

아, 그 전에. 저는 송도해수욕장으로 넘어가기 전 남부민동 아래 해변가인 충무동(실제로는 남부민동에 속했지만 행정상으론 해변가는 모두)에서 태어나 거기서 자랐습니다. 남항을 보호하는 방파제 겸 등대가 빨간 영도 등대와 함께 외항을 가로막고, 그 안쪽 남항에 여러 종류의 배들이 가득 정박한. 그 바다에서 꼬마 때부터 수영을 하며 자랐습니다.

-1959년 9월 16일 추석 전날, 어머니는 추석 음식을 만들고 있었다. 국민학교 2학년인 나는 어머니 옆에 붙어 부침개와 산적, 과일 등을 훔쳐 먹는다고 바빴다. 풍족하지 못한 생활에서 명절 음식은 그야말로 굉장한 기회였고, 호사스런 잔치였다. 매일 보리밥이나 강냉이, 배급받은 밀가루로 만든 수제비와 옥수수떡뿐이었다. 그것도 점심은 굶는.

눈치껏 몇 개 먹은 후 어머니의 핀잔을 듣고 자리에 든 게 밤 12시경, 스피커에서 태풍주의보를 들은 것 같지만 우리 국민학교 꼬맹이들에게는 그야말로 허깨비 놀음이었다. 높다란 등대, 아니 방파제가 늠름하게 가로막고 있는데 파도가 넘기는 불가능한 일이었다. 물론 태풍 경험이 없었고, 다섯 살 이전에 배운 내 수영 실력은 건방지게도 타잔처럼 초인적 힘을 발휘할 것으로 믿었다.

그때 남항 가운데에는 일년 내내 항내를 드나드는 배들을 검사하는 철제 경비정이 언제나 그 자리를 지키고 있었고, 자갈치에서 충무동 쪽으로는 엔진으로도, 돛으로도 항해할 수 있는 범선의 일종인 〈우따시〉라는 커다란 저인망(底引網) 어선-거실 장식용으로 많이 보이는 돛이 많은-이 그 당시 처음 본 커다란 흰색 원양 어선들과 함께 빼곡히 정박해 있었다.(그림이 헷갈리는데 원양 어선들이 당시 있었는지, 뒤에 본 풍경을 착시했는지!) 등대엔 영해 침범으로 나포된 운동장만큼 커다란 철선인 일본배가 오랫동안 등대 가운데 떡하니 매여 있어서 우리 꼬맹이들의 호기심을 부추겼고(언젠가 우리 꼬마들 몇이 길고 굵은 꼴(船尾-배의 뒤쪽) 닻줄을 타고 수수께끼의 배를 탐험해보려고 했지만 철사를 여러 줄 꼰 굵은 닻줄이라 50㎝도 못가 대롱대롱 매달리다 손바닥 껍질이 벗겨져 피가 나고, 그보다 먼저 힘이 빠져 바다로 떨어지며 결국 포기해야 했던), 등대 가까운 충무동 끝쪽과 건너편 영도 대평동 해안가에 있는 많은 소형 조선소들에는 배를 끌어올리고 내리는 전차 레일 같은 철로가 줄지어 바닷속으로 빠져들었다. 등대 옆 우리 집 근처에는 크고 작은 각종 밀수배, 항내에서 사람이나 물건을 싣고 운항하는 작은 도선(渡船), 예인선, 수산(水産)대학 실습선인 자산호(훨씬 뒤 무보직으로 몇 달 허드렛일을. 부산 지역의 바다를 잘 알다 보니 선장이 청해서. 근해에 나가 가끔 물고기 탐사를 한다며 조업했는데 방금 잡은 고기를 바로 국이나 회로 먹는 맛이 일품이었던), 기타 노를 저어 움직이는 작은 덴마(뗏마)선, 그리고 고깃배로서는 디젤 엔진을 장착한 배가 귀하던 시절 〈야끼다마〉라고 램프불로 엔진 피스톤을 벌겋게 달궈 그 열로 시동을 걸어 〈타타타타타〉 귀가 떨어져나갈 듯 요란한 소리와 함께 추력을 얻는 힘 좋은 소형 저인망 〈고데구리〉선, 무동력의 모래운반선 등등의 배들로 가득했고, 10m 남짓 하는 커다란 대나무 끝에 매단 쇠로 된 끌개로 바닥을 긁어 커다란 조개를 잡는 사라져가는 작은 돛단배들도 남아있었다. 그리고 우리 집처럼 바닷가 꾸불꾸불한 좁은 길을 따라 반은 육지에, 반은 바다에 말뚝을 박고 벽에 아스콘을 먹인 기름종이인 〈루삥〉으로 둘러싼 집을 지어 여름에 더우면 방에서 낚시로 꼬시래기(문절망둑)나 작은 넙치를 잡았고, 사다리를 통해 그대로 바다로 뛰어들기도 했다. 그야말로 방바닥이 바다였다.

새벽에 무언가 이상한 기분이 들었다. 해먹처럼 흔들리는. 이상해서 어둠 속에 손을 들어보니 허공에서 딱딱한 것이 만져졌다. 도대체 이해할 수 없는 일이다. 어둠 속에서도 양손으로 잡으니까 둥근 통나무 기둥 같았다. 방에 길게 누운 기둥이라니! 말도 되지 않는 일이다.

그야말로 말도 되지 않아서 일어났다. 희미한 눈앞에 커다란 대포의 포신처럼 굵은 기둥이 방 한가운데를 가로지르고 있었다. 정신이 없었다. 당연히 상황이 이해되지 않았다. 눈을 비비고 어둠에 익숙해지자 그제야 사태를 알아챌 수 있었다. 내 몸통 2개보다도 훨씬 굵은 나무 기둥이 바다쪽 벽을 뚫고 우리 집을 들었다 놨다 흔들고 있음을. 재빨리 창으로 바다를 내다보니 맙소사! 근처 해안에 매여 있던 거대한 우따시 3대가 파도에 떠밀려 와 그중 하나가 10미터 넘는 기다란 이물(船首-배의 앞쪽) 주둥이를 마치 청새치 주둥이처럼 우리 집을 꿰뚫고 흔들어대고 있음을. 집은 지진처럼 어지럽게 흔들렸고, 피곤한 가족은 그대로 자고 있었다. 어린 마음에도 큰일 났다 싶어 가족을 깨웠다. 어머니와 형과 누나들은 놀라 우선 값

비싼 물건부터 밖으로 꺼집어낸다고 야단이었다. 물론 내 귀중한 물건들은 크고 작은 딱지, 그리고 울긋불긋한 무늬의 〈아이노꾸〉 구슬 등이었다. 그러나 그보다 지금까지도 건져내지 못해 너무나 아쉬운, 꽤 많았던 울긋불긋한 만화들이었다. '김용환'의 전매특허였던 「코주부 삼국지」, 덥수룩한 세 갈래 머리칼로 도전 정신과 순정(純情)한 마음이 매력적이었던 '박기정' 만화의 주인공인 '훈이'가 나오는 「도전자」, '김종래'의 극사실화의 매력적인 그림과 고난스런 방랑에 흠뻑 빠져든 「엄마 찾아 삼만리」, '오명천' 특유의 선이 뚜렷했던 「정의의 사자 싼디만」, 워낙 많이 그려서 지금도 눈감고 그릴 수 있는 '박기준'의 짱구 주인공 「두통이」, 엉뚱한 장난과 명랑한 그림이 어우러져 참 재미있게 봤던 '김경언'의 「칠성이와 깨막이」, 나중에 대작가의 면모를 보였던 '산호' 특유의 스케일이 두드러진 「정의의 사자 라이파이」 등등의 만화책(더 뒷날의 그림들인지 자꾸 헷갈리지만), 그림 연습으로 전매특허였던 '김성환'의 「고바우 영감」. 「꺼꾸리군 장다리군」 등등의 1컷 시사나 4칸 신문 만화 등을 빽빽이 그렸던 공책 서너 권이었다. 그 시절 우리 집 베니아 담벼락은 내가 그린 만화의 주인공들로 호화찬란했다. 새 만화책이 나올 때마다 주인공 그림을 그대로 그려 사람들마다 제가 당연히 만화가가 될 거라고 이야기했고. 이제 와선 그리운 추억, 아니 마음의 유토피아로 남은, 그야말로 내 보물 1호였지만, 그러나 당연히 형은 내게 알밤을 먹였고.

우리 집도 바빴지만 왼쪽 세탁소는 더욱 정신없었다. 내가 쳐다보는 중에도 바닥에 뻥뻥 구멍이 뚫리며 분순이 할머니 한쪽 다리가 빠져 비명을 질렀고, 오른쪽 찐빵집은 이미 무너져 큰 무쇠솥이 바다로 춤추듯 떠내려가고 있었다. 아수라장이라지만 그 솥을 타고 타잔처럼 바다를 가로지르고 싶다던 생각도.

그런 중에 우리는 해안보다 훨씬 안쪽 마을에 있는 〈복천탕〉이란 목욕탕에 살림들을 옮겼다. 목욕탕 어머니는 충무동 해안 동네에서 큰아들이 부산 MBC의 사장을 지냈다는 유치원 집과(그러나 언제나 잠겨 있어 그 집 큰딸이 결혼할 때와 아폴로 11호의 달 착륙 중계를 볼 때 들어가 본 기억밖에 없다. 넓은 마당에 봉긋한 동산이 있는) 함께 권위가 가장 높았고, 그리고 우리 어머니보다 몇 살 많았는데도 가난한 어머니와 흉금 없이 친하게 지냈다. 해안 마을에 많은 집들이 있었지만, 더구나 동네사람이나 뱃사람, 등대를 찾아오는 손님들을 상대로 색시를 두고 술집을 하는 우리 가족에게 친절히, 아니 십년지기처럼 대해줬다. 지금 와 생각해보면 아마도 아버지도 없는, 어머니 혼자 술장사를 하는 보잘것없는 가운데서도 우리 형제들의 학교 성적이 뛰어나서가 아닌가 싶기도 하다. 형들은 충무동 해안가에서 유일하게 사범중학교와 일류 중학교에 당당히 합격해선지(물론 저도 충무동, 남부민동 아래 윗동네를 합해 명문 중학교에 합격한 단 3~4명에 포함됐지만) 동네 사람들이 무척 부러워했으니까. 해방 전부터 등대보다 조금 안쪽인 천마산 기슭에 이미 부모님들이 자리를 잡아 살았기 때문에 등대 마당에서 가장 기대가 컸지만, 그러나 아시다시피 운명이란 못된 심술쟁이 때문에 우리 형제들 모두 동네 사람들의 기대를 제대로 채워주진 못했다. (해마다 홀로 고향을 순례하는데 큰아들인 재곤이 형이 이어받아 운영하다 몇 년 전부턴가 주인과 간판 자체가 달라진데다 여성전용으로 바뀐 목욕탕을 둘러보며 회한에 젖곤 한다. 그리고 14년 전 어머니의 죽음이 가깝다고 생각해 차에 태워 마지막으로 일부러 찾아가 어머니와 만나게 해드린 적이 있다. 정신을 놓아버린 어머니였지만 어둡고 습한 시대를 살아낸 어머니의 삶을 어딘지 모르는 곳에서 제각각 흔적도 없이, 그대로 떠내려 보내지 않고 등대와 관련하여 매듭지어야 한다는 일종의 의식이 필요할 것 같아. 그때 눈물지으며 제 손을 잡고 어머니를 신신당부하셨는데 그 어머니도 벌써 전에!) 아무튼 우리 집만 목욕탕에 짐을 옮길 수 있었고, 오전 내내 바람 소리를 들으며 물 없는 둥근 탕 속에서 철없이 몇 권 챙겨온 만화책만 봤다.

오후 늦게야 바람이 잦아들어 가족들 모두 밖으로 나갔다. 맙소사! 해안 가 우리 집과 목욕탕까지는 거의 7~80m 이상 떨어져 있었는데 (어릴 땐 그보다 훨씬 먼, 지금의 감각으론 거의 100m 이상으로 느껴졌다) 그 사이의 집들은 물론 골목길 자체도 몽땅 사라져버렸다. 우리 꼬맹이들이 모여 언제나 시끄럽게 팽이, 딱지, 고무줄놀이를 하던. 그러니까 파도가 그만큼 침범해 그 위 땅과 집들을 휩쓸었고, 그리고 아무렇지도 않은 듯 물러나버린 것이다. 기막힌 일이었다. 그 높은 등대를 무용지물로 만든 태풍이란 놈은.

그러나 기막힌 건 어머니와 형, 누나들이었지 내겐 마냥 신기한 일이었다. 그때의 절망적 상황이 어린 내 마음에 들어오지 않았다. 다만 집을 다시 지어야 하는데… 라는 생각은 했지만, 그보다는 우선 난리가 난 세상이 온통 내 마음을 들뜨게 만들었다. 바다는 온통 쓰레기 천지였다. 나무 조각, 드럼통, 이상한 모양으로 뒤집히거나 부서진 배, 둥둥 떠다니는 가구, 죽은 고양이, 고기잡이 어구…. 큰형이 말했다. 먼저 줍는 사람이 임자다. 주어라! 형들과 누나들은 물개란 별명대로 모두 바다로 뛰어들어 쓸만한 건 모두 건져냈다. 나도 나무 판재나 밧줄, 주전자 등을 건졌다. 나무 문짝은 물론 냄비, 대나무 바구니 등 살림 도구, 가구….

무엇보다 우리 집터를 찾는 것이 급했다. 우리 집뿐만 아니라 모두 해안가에 반은 돌로 쌓은 둑 위와 나머지 반은 바다에 기둥을 박아 그 위에 집을 지었는데 땅 자체가 없어졌으니까. 기준이 될 표지가 없어 정확히 가늠할 수 없었다. 당연히 나도 집터를 찾을 수 없었다. 다른 이웃집 사람들도. 시들해진 마음으로 드러난 돌멩이들을 발로 차며 주저앉았다. 그런데 ….

그런데 발 아래에 조그만 하수도관이 보였다. 이럴 수가! 그 하수도관은 목욕탕 물이 빠지는 곳으로 정확히 우리 집을 받쳐주는 축대 한가운데 밑의 구멍을 통해 바다로 흘러나갔다. 물이 빠지면 그 돌 틈에서 고동(고둥)과 게, 소라, 앙장구(성게)를 잡곤 했다. 따뜻하고 유기물이 많아선지 방에 앉아서 고둥을 으깬 미끼를 끼운 낚시로 그 근처 꼬시래기 등 작은 고기들도 쉽게 낚아 올리기도 했다. 사람들이 내 소리를 듣고 와서는 옳지! 그래! 하며 각자 자기 집터를 요량한다고 야단이었다. 우리 집을 중심으로 제각각 자기 집터를 확보했다.

그날부터 우리 가족은 물론 이모 집까지 총출동하여 바다에서 건져 올린 것들로 다시 집을 짓기 시작했다. 부산에서 피해가 가장 심해선지 시에서 인부들이 나와 돌멩이로 축대를 쌓았고, 수레로 흙은 싣고 와 평평하게 깔아 터를 닦았다. 바다에서 건져낸 기다란 나무를 얽어 사각형 집 틀을 만들었다. 나무를 얼기설기 엮고 그 위에 흙을 개어 발라 벽을 만들었고, 젖은 루삥 조각을 이어 붙여 밧줄로 고정시켜 벽체를 둘러쳤고…. 한 달이 못돼 해안가 마을은 멀쩡히 되살아났다. 등대 불빛은 여전히 바다를 비추고. 무엇보다 새집 베니어 문짝과 벽에 떡 하니 「정의의 사자 라이파이」가 하늘을 나는 〈제비호〉에서 내린 밧줄을 타고 땅으로 착륙하는 '산호'의 만화를 비롯해 '손의성', '김종래', '박기당', '조원기' 등등의 만화가들이 그린 주인공들을 파노라마처럼 그려놓아 나름으로 꿈의 궁전을 복원한 것은 특별한 개인의 추억으로 남았다.

하지만 얼마 뒤 북항(北港)에 있던 수산센터가 남항 충무동으로 이전해 올 때 송도까지 일직선으로 바다를 메운 해안도로를 내며 집은 물론 땅 자체도 몽땅 사라져버렸다. 도꾸라미도 해양고등학교도. 그리고 송도 다이빙대도. 허망하여라, 단절되고 까마득한 기억 속 어둠에 유폐되어버린 고향과 추억은!

2003년 추석에 불어 닥친 〈매미〉는 그러나 그에 비하면 저에게는 사라호처럼 추억도 무엇도 없는 그저 현상으로서 뿐이었습니다. 아무런 상상력도 떠올릴 수 없는 본능적 공포만으로. (어머니가 돌아가신 후 이곳저곳 떠돌며 살 때 안타까워하던 작은 누님이 저를 불러 부곡동 영구임대 아파트에서 몇 년 같이 살았지요. 고아처럼 어릴 때부터 남의 집살이를 하며 따로 살던 누님과는 지금도 남다른 형제애로 굳게 맺어져있습니다.)

- 밤새 바람은 산 위 낡아빠진 임대 아파트를 날카롭게 긁어대며 휘파람 소리를 냈다. 베란다 창문이 뜯겨나가고, 아파트 출입 현관 천장이 무너져 내리고, 복도로 깨진 장독대와 흙 부스러기 등이 쌓였고, 널브러진 나뭇가지, 박스들이 배처럼 둥둥 떠다니고, 건너편 언덕 소나무들이 뿌리째 뽑혀 주차장 차량들을 깔아뭉갰다. 복도 오른쪽 끝집 휠체어를 타고 다니는 비쩍 마른 할머니는 베란다에서 넘쳐 들어오는 물을 쳐다보며 넋을 놓아버린 듯해서 내가 판재로 막고 양동이에 퍼 담아 뽑아냈고, 왼쪽 한 집 건너 살며 가끔 술을 함께 마시던, 태산처럼 배가 부풀고 숨길이 가빴던 영감님은 넘쳐나는 복도 물길에 미끄러져 119구급차를 타고 병원으로 실려 가고, 그 뒤로 계속해서 구급차들이 비명을 지르며 드나들었다. 오후 늦게까지 정전으로 단지 전체가 어두컴컴하고, 그 속에서 사람들은 무서운 침묵으로 잠겨들었다. 지금 생각으론 9·11테러로 마치 속절없이 무너져 내리던 미국 뉴욕 무역센터처럼 아파트가 통째로 산비탈 아래로 곤두박질치는 것 같아 조마조마했다. 그 옛날 동굴 속에서 벼락과 천둥소리로 공포에 질린 원시인의 표정이 새삼 이 문명 시대에 떠오르다니! 그렇다면 그 후 엄청난 과학 기술과 지식으로 무장한 인간도 겨우 태풍 하나에 그렇게 공포에 질린다는 건 무슨 뜻인가? 결국 과학 문명은 태풍 하나도 이겨내지 못하리라는 공포로, 어쩌면 원시 시대부터 선험적으로 유전자에 새겨져 전해오는 건 아닌지? 그런데도 현대 과학 문명에 기대 악착같은 이기와, 절대적 황금 숭배와, 분에 넘치는 주장들을 무소불위로 휘두르는 걸 보면 가소롭기 그지없다. 겨우 자연의 숨결 한 번에 휴지처럼, 형편

없이 부서진 차들처럼 속절없이 무너져 시체처럼 널릴 것을 말이다. 우리는 지구 위에서 그저 나타났다 사라져도 좋은 하루살이임이 틀림없을. 낙원이나 유토피아라는 말들은 우리처럼 산 위 낡은 영구임대아파트에 사는 사람들에게는 꿈속에서나 가능한 말장난으로, 사람들을 홀리는 사기술임을. 정전이라 TV도 볼 수 없고, 컴퓨터도 쓸모없다. 단번에 익숙한 일상의 공정이 빗나간다. 전에는 그런 것들이 없어도 얼마든지 풍족했는데.

태풍은 어쩌면 인간을 돌아보게 하는 거울은 아닐까? 인간의 근원적 공포와 한계를 절실히 볼 수 있는. 그리하여 우리들이 일상에서 추구하는 오만한 가치들이 아무 뜻도 없다는 것을 보여주는 지도. 또 그리하여 우리가 그만큼 보잘것없는 존재들이며, 우리들 역사가 형편없는 백일몽임을 가르치는 지도. 몇 사람이 죽고 오후 3시의 쨍쨍 내리쬐는 햇볕에 널브러진 우리들 허깨비들이 푹푹 썩어가는 파괴공작을 보노라면 더욱.

사라호는 죽은 사람들과 무너진 마을들만큼이나 그렇게 잔혹한 태풍이었지만 시간의 빗질에 쓸려간 폐허의 그림과 아스라한 어린 시절의 풍경들로 이제와선 차라리 낭만으로 남았습니다. 그 시절 해안지대의 흐릿한 풍경과 이제는 사라진 구식 배들, 매립되어 반쪽으로 남은 등대, 그리고 뿔뿔이 사라져간 사람들, 그 속에서 피어났던 이야기들은 이제 현대의 갖가지 재미있는 압도적인 디지털 이야기들에 묻혀 까마득한 전설들만큼이나 멀어졌습니다. 풍경은 허깨비처럼, 기억은 의미 없는 기호처럼…. 헛헛하군요. 하지만 개인에게 주어지는 기억, 또는 역사들은 세포 하나하나에 심어져 가끔, 아니 지하 소프트웨어처럼 죽을 때까지 스크린을 펼치고 눈앞에서 영사되고 있습니다. 그 어떤 현대의 화려로 치장하더라도 영원히 되풀이되는, 여기저기 그려논 만화의 주인공들 얼굴처럼, 마치 현실에서 패배한 피폐한 마음을 달래주려는 유토피아이기나 한 것처럼!

그렇군요. 앞에서 말했듯 사라호와 매미라는 근원적인 공포와 한계는 역설적으로 잃어버린 〈유토피아〉라는 피안의 또 다른 강력한 이미지를 가르쳐주는 게 아닐까 싶군요. 사라호의 처참한 파괴력에 허탈해진 마음을 달래주는. 자연의 절대적인 폭력성에 대해 인간은 패기 있게 과학의 힘으로 도전하기도 하지만 국지(局地)가 아닌 지구와 우주의 개념 아래서는 결국 거품 한 방울의 백일몽에 다름 아닌 것을, 도저히 어찌할 수 없는 절대성에 오히려 순응하고 경배해야 하는 우주의 신앙으로, 그래서 인간은 그 안에 기대 한 줄기 피어나는 안온한 그림 속에서 보호받아야 하고, 공포에 포박(捕縛)된 우리는 역설로 매김 되는 유토피아라는 세상으로 빠져들려는 원시의 기억을 쉴 새 없이 떠올리는 건지도 모릅니다. 제아무리 화려로 꾸민 커다란 아파트에 숨어 있다 하더라도 본능처럼 떠오르는 공포 속에서 천둥소리를 들으며 공포에 떨던 인간들의 궁극적인 모습은. 신화와 종교와 제사와 경배와…. 온갖 쓰레기들이 둥둥 떠다니는 바다를 보며 망연해하던 어머니의 얼굴도 뚜렷이. 사라호는 제가 그려논 만화 주인공들의 선명하고 정겨운 모습처럼 이제 와선 유토피아라는 또 다른 얼굴을 우리들에게 각성시키는, 강력한 촉매가 틀림없는 것 같습니다.

우리들 삶은 그렇게 떠나가고 사라지려는 유토피아-, 낙원을 끈질기게 붙잡아두려는 몸부림인지도 모르겠습니다. 어쩌면 지렁이의 꿈틀거림에서부터 거대한 현대 문명의 최전선에서 호기를 부리는 인간의 과장까지 사실은 공포를 벗어나려는, 그래서 유토피아를 향한 영원의 꿈은 아닐까요. 어머니의 안온한 자궁 속처럼, 그 자궁은 한 사람도 빠짐없이 인류의 시원에서부터 마지막 사람에게까지 미소를 떠올리게 하는. 아마도 역사는 그런 유토피아를 향한 여정 그 자체인지도. 우리들 일상은 본능처럼 숨어 있는 유토피아의 향수에 겹쳐 있는지도.

'플라톤'이 〈철인정치〉로 그 이상을 제시한 자체가 바로 유토피아를 찾아 나서려는 인간의 여정이 시작됐다는 의미인 것 같습니다. 이루어질 수 없음을 알면서도 사람들은 그렇게 유토피아를 향한 여정을 끊임없이 꿈꾸었습니다. 자신과 대립하던 왕에 의해 죽게 된 영국의 '토마스 모어'는 『유토피아-Utopia』를 써서 이상적인 정치체제를 꿈꾸었지요. 이성에 의한 공동체적 사회를 이루고자 했던 그의 국가는 이루어졌을까요? 〈아는 것이 힘이다〉라며 자연을 정복대상으로 삼았던 '프란시스 베이컨'은 과학 기술과 지식으로 새로운 생명들을 창조하여 행복의 나라인 『뉴 아틀란티스-New Atlantis』를 그려 새로운 창세기를 만들려고 했으며, 시시각각 다가오는 죽음의 고통을 극복한 불굴의 신학자인 '토마스 캄파넬라'는 『태양의 나라-Civitas Solis』에서 절대자인 〈태양〉의 대리인이 다스리는 다분히 공산주의적 유토피아를 그려내어 구원을 찾아 나섰습니다. 과연 새로운 세상은 어떻게 펼쳐졌을까요? 그렇군요. 사실 구원은 이야기에서보다는 눈앞에서 직접 영사되는 화면에서 더욱 생생히 다가오지 않을까요? 마치 제가 그려논 매혹적인 만화 주인공들 얼굴처럼. 올드 타이머의 향수를 일깨우는 '듀마 피스' 원작의 흑백영화 『椿姬-Camille』나 『마음의 行路-Random Harvest』 등의 원작자로서 할리우드 영화가에서 가장 영향력 있는 소설가로 알려진 '제임스 힐튼'은 『잃어버린 지평선-Lost Horizon』이란 소설에서 〈샹그릴라〉란 이상향을 그려 공전의 히트를 기록하기도 했습니다. 샹그릴라는 〈마음 속의 해와 달〉이라는 의미가 담긴 티베트 말로 사람들이 늙지 않는 곳이라는 신비의 땅으로 알려져 뒤에 할리우드의 명장(名匠) '프랭크 카프라' 감독이 동명의 영화로 제작할 때 할리우드의 중후한 신사역으로 널리 알려진 배우 '로날드 콜맨'이 주연으로 출연하여 30년대를 대표하는 고전 필름으로 매김되기도 했습니다. 영화 속 주인공은 나중 문명사회로 귀환할 기회가 있었지만 결국 샹그릴라에서 평화를 찾아 여생을 보냈다는 것으로 알고 있습니다.

(앞에 예를 든 어린 시절의 기억으로 남은 만화와 함께 춘희나 마음의 행로 등과 더불어 3~40년대 흐릿한 흑백영화들은 시간의 빗질에 쓸려간 이미지로 외롭게 제 머릿속에 남아 아릿한 영상으로 다가오는군요. 아마도 〈시간의 옷〉을 껴입은 영상에서 어머니의 자궁처럼, 안온한 신호를 확인해보고 싶은 욕망은 아니었는지, 그 욕망은 그래서 스스로 콜렉터(collector)가 되어 사라져 쉽게 보기 어려운 흑백의 흘러간 옛 영화들을 마치 유토피아를 찾아 나서듯 애써 모아온 건지도 모르겠습니다. 잃어버린 만화와 제가 그려놓은 주인공들을 되찾겠다는 듯 그렇게 천 편에 가까운 제 영화 〈비디오 라이브러리〉에서 운명에 따라 춤추는 여러 가지 유토피아를 확인해 보고픈 낱낱의 과정과 그 모습들은 아니었는지도.)

그렇군요. 동양에서도 유토피아는 사람들의 가슴 속에 복숭아처럼 달콤하게 심어져 있었습니다. 중국 도가(道家)에서는 영생, 불사의 신선이 사는 유토피아라는 이상향을 상정하고 있는데 李白(이태백)이 『산중문답-山中問答』이란 칠언절구(七言絶句)에서 세상 밖 복숭아꽃이 만발한 절경을 작품 속에 뚜렷이 표현하여 사람들 마음에 《도화유수묘연거(桃花流水杳然去)-복사꽃이 시내에 떠서 아득히 흘러가니, 별유천지비인간(別有天地非人間)-별다른 천지로 인간 세상이 아니구나》라고 '도연명'이 말한 무릉도원(武陵桃源)의 지극한 선경(仙境), 이상향을 심어주기도 했습니다. '제임스 카메론' 감독이 영화 『아바타』를 실제로 심대(深大)하고 몽환적인 분위기를 풍기는 중국의 이런 곳에서 촬영했단 이야기도 들리던데 그래선지 영화 속 외계 행성 〈판도라〉의 배경 그림에 새삼 감탄했던 기억도 나는군요. 영화를 보며 사람들이 그곳으로 찾아가봤으면 하는 생각을 하기도 했다는데 아마도 그런 유토피아 속에서 스스로의 행방을 묘연(杳然)하게 만들고 싶은 생각은 아니었나 하는 생각도 문득! 그렇게 중국, 티베트뿐만 아니라 동양에서는 무릉도원이란 유토피아의 향수가 진하게, 뭉클하게, 아련하게 사람들 가슴을 채우고 있습니다. 우리나라엔 '홍길동'이 〈율도국(栗島國)〉을, '허생'이 〈빈섬(無人空島)〉이란 이상사회를 찾아간다고도 했지요? 과연 불쌍한 신민과 민초들을 이끌어서 평등하고 자율적인 천국을 만들었는지! 기타 조선 후기 정치 사회적 혼란 등을 겪으며 정감록(鄭鑑錄)을 위시한 여러 가지 감결(鑑訣), 비기(祕記) 등의 예언서엔 〈십승지(十勝地)〉란 이상향을 담아 피폐한 백성들의 마음을 달래주었고, 신선이 불사약을 먹고 산다는 〈삼신산(三神山)〉, 도인들이 모여 산다는 〈청학동(靑鶴洞)〉 등의 관념적인 낙토(樂土), 명당(明堂)도 자주 입에 오르내렸습니다. 그러고 보면 인류는 양(洋)의 동서(東西)나 때의 고금(古今)을 막론하고 유토피아의 유전자가 생명의 고동처럼 깊숙이 새겨져있는 것 같습니다. 그래서 오늘날에 와서도 각개 인간들의 원망(願望)을 달래듯 확장된 현장성을 테마로 〈우주〉라는 욕망의 스위치를 계속 스파크 시키고 있는 지도. '리들리 스콧' 감독의 영화 『에일리언-Alien』이 그렇게 유토피아를 향한 우주의 여정을 그려낸 게 아닌가 하고 생각해보기도 했지요. 4편까지 펼쳐진 그 장대한 우주 오딧세이의 사투(死鬪)는 유토피아를 향한 인류의 열망을 뚜렷이 드러내고 있었습니다. 과연 아직도 유토피아를 찾아 우주를 떠다니고 있는지는 모르지만 아마도 우리들 모두는 제각기 그 여정의 한 컷 한 컷을 타고 끝없이 동참하고 있다는 냄새가 강하게 풍겨오는 것 같습니다. 어쩌면 에일리언의 주인공은 등대를 찾는 저처럼 아직도, 아니 영원히 유토피아를 찾아 우주를 떠돌아다니고 있을. 그렇게 유토피아를 향한 열망은 오늘날에도 이어지고 있다는 듯 누군가가 대우자동차에선가 〈알카디아〉란 이름의 차가 판매되고 있다는 이야기를 하더군요. 전 본적도 들어본 적도 없는데 유토피아란 뜻이라고 합니다만.

그러나 유토피아란 어원 자체가 〈어디에도 없는 곳〉이란 뜻의 그리스어 〈Utopia〉에서 왔다고 합니다. 말 그대로 현실적으로 존재하지 않는 이상향일 뿐이지요. 역설을 꿈꾸는 인간의 원망은 그래서 많은 것을 생각하게 합니다. 영국 소설가 '올다스 헉슬리'의 『멋진 신세계-Brave New World』나 현대 문명에 대해 그 누구보다 예리하고 독보적인 성찰을 지녔던 '조지 오웰'의 『1984』 등의 디스토피아 소설은 그 역설을 또다시 비틀어 역설하는 현대의 고백록이었습니다. 그야말로 유토피아는 깨진 거울 건너편에 비치는 허상에 다름 아닌 지도.

제 머릿속에 있는 해안지대와 사라호는 바로 디스토피아였습니다. 아니, 한 때 기억 속 처참한 그림으로 존재했지만, 지금은 잃어버린 꿈의 파편을 먹고 자라난 유토피아였습니다. 이젠 그마저도 깨끗이 청소해버린 거울 속 허상에 불과합니다만. 등대, 배, 해녀, 만화, 고기, 술집, 색시, 눈물, 자살, 유행가, 그리고 태풍…!

한바탕 꿈같은 그림들…. 어쩌면 심심한 현실을 희롱하고 싶은 원망에 들뜬 바다의 요정 '세이렌'이 보낸 심술궂은 숨길은 아니었는지. 그래선지 태풍은 여인의 이름이 어울리지 않을까 싶기도 하군요. 올가, 루사, 배티, 사라, 사라…!

그래, 그 어둡고 못살던 시절이 끝난 이제와서는 그야말로 서정주의 만화 제목처럼 《사라호여, 안녕!》이군요.

우리 아이들은 그런 고향과, 피폐한 삶과, 울고 웃는 운명과, 스러져간 인간들을 기억해주기나 할까요? 태풍이 인간의 마음에 공포로 새겨진 디스토피아의 원형이며, 그래서 사라호가 유토피아라는 이상향을 향한 열망의 역설로 의미를 키워온 원초적인 바람의 의미를 간파할 수 있을까요? 우리들 삶이 조금씩 갉아 먹히며 검은 함정 같은 시간 속으로 던져지는. 그렇지요. 이 화려한 컬러의 세상이 희미한 흑백의 세상을 돌아보기나 할까요? 형편없이 사라져간 만화의 주인공들을 기억이나마 해줄지? 제가 가르친다고 해서 그 삶의 한가운데를 거쳤던 마음의 행로를 짜 맞추기나 할까요? 매립으로 처참하게 잘려나가 고래 등뼈처럼 남은 등대의 눈물을!

사라지는 유토피아-사라호에 대한 예의를 갖추어야겠습니다. 아니, 환영처럼 사라져간 그 시절의 해안지대와 그 속에서 울고 웃던 사람들을, 유토피아로 남은 그 풍경을 못내 잊지 못하는 스스로를 위해 예년처럼 올해도 이번 일요일엔 낡은 검은 옷을 입고 순례하며 엄숙한 제의(祭儀)를 바칠 생각입니다. 허공에서 문득 돋아나는 낡은 옛날 배와, 좁은 어시장과, 목욕탕과, 개구쟁이들이 놀던 골목과, 그리고 오징어 배를 타고 동해안을 떠돌다 납북(拉北)되었다 귀환했지만 모진 고문 탓으로 벌써 전에 유명을 달리한 유치원집 태욱이(등대에서 가장 권위가 높았던 집이었지만 형제들처럼 호랑이가 되지 못하고 못난 시라소니로 남아 외롭게 등대를 배회하던. 저보다 두 살 많았지만 말을 놓고 지냈는데 우리 집이 등대를 떠나고, 유치원집도 흩어진 후 홀로 등대를 지키다 죽었다는 소식만), 어머니가 마지막 동래 권번 기생이었던 귀공자처럼 생긴 한 살 많은 동욱이(아아! 그 화려하고 단단한 미모의 주인공이었던 어머니는 무슨 회환이 가득 찼는지 어느 날 동욱이와 저를 꿇어앉히고 가야금을 타며 카랑카랑 창자를 끊어내듯 절규하던, 자신의 예(藝)에 함몰하여 귀신처럼 소릴 타던. 어쩌면 어린 제가 그 삶의 감동을 마지막으로 이해할 수 있을 걸로 생각했던 건 아닌지), 외가 쪽 사촌 동주, 지룡이…, 그리고 작은 형 친구로 저와 동해 이까발이를 같이 갔던, 주먹이 억세 묵호항 깡패들과 혼자 싸워서도 이겼던 길용이 형과 선장 아들로 서글서글하게 잘 웃던 귀천이, 그리고 이젠 이름마저 희미해진 검고 굵은 주름으로 남은 뱃사람들과 색시들의 청승스런 유행가와 젓가락 장단, 파노라마 같은 만화 주인공들의 알록달록한 그림들! 그리고… 결국 상실의 아픔으로 허름한 술집에 들러 독한 술을 마시게 되더라도.

어쩌면 우리 아이들은 또 그렇게 제각각 다른 유토피아를 꿈꾸게 될 겁니다. 바라는 건 부디 저처럼 〈아픔〉으로서는 아닌.

덧붙이는 글

위 사라호 이야기가 어느 개인 홈페이지에 게재되어있다는 이야기를 듣고 그런 추억을 공유하고 있는 분들도 있었구나라며 미소를 짓기도 했습니다. 후후!

덧붙이는 글 2

권리세(權-Rise)라는 가수를 몰랐는데 이번에 글을 새로 다듬다 알아보니 참 안타까운 사연이 있더군요. 아직 창창하게 젊은 청춘인데… 죽음은 세상의 모든 것들을 훌쩍 뛰어넘는 절대적인 비극이 아닐 수 없습니다. 결국 제 글이 그에게 무슨 실례라기보다 결과적으로 아무 것도 모르는 어중이떠중이가 멋대로 진술한 셈이 되었는데 아무튼 참으로 죄송하고, 그리고 깊이 반성합니다. 삶의 아이러니가 그런 절 허망하게 하는군요. 인간은 전방위적인 이성으로 존재하지 못하고 그렇게 철없는 아집에 메여있는 것 같습니다. 권리세! 아름다운 청춘에 세상과 이별했던 그녀를 조상합니다! 참으로 죄송합니다.

제(28)주 학습지도 계획안

(2012년 10월 1일 ~ 10월 5일) 4학년 2반

≡ 추석이군요. 이번 추석은 29일(토)부터 10월 1일(월)까지 3일 연휴지만 10월 3일 개천절과 사이에 낀 〈2일(화)을 재량휴업일로 정해 총 5일간 연휴〉입니다. 오랜 만에 가족이 모여 조상께 차례를 지내고 제각기 살아가는 여러 이야기들을 나누는 즐거운 시간이 되기를 바랍니다.

유목(遊牧)과 실존(實存)

우리 어릴 때인 5~60년대 대한민국은 그야말로 세계에서 가장 못사는 나라였습니다. TV에서 자주 볼 수 있는-, 굶어 뼈만 앙상한 아이들이 파리가 함부로 덤벼드는 우울한 눈으로 쳐다보는 아프리카 어느 나라들만큼이나 가난하였습니다. 아니, 아예 〈꼬레〉란 국명은 물론 그런 나라가 있는지, 어디에 존재하는지 자체를 모르는 세계인들이 많았습니다. 해방과 함께 6·25 사변을 거치며 한줌 밖에 되지 않는 생산 기반 자체도 파괴되어 국민들의 의식주도 해결할 수 없어 선진국의 원조물자가 없으면 모두 굶어 죽을 정도였으니까 세계적으로도 오랜 역사와 역동적인 문화, 정제(精製)된 전통을 가졌다는 것은 더더구나 캄캄할 수밖에 없었습니다.

반만년에 가까운 역사와 그 시간의 구비구비를 주름잡으며 중화(中華)와 패권을 다퉈온 세계 일류 국가가, 지구상에 자기 말을 그대로 적을 수

있는 문자를 가진 몇 안 되는 나라 중의 하나였던, 시대를 달구어온 사상과 정신들의 총화(總和) 속에서 칼날 같은 기상과 거인 같은 호방(豪放)을 토하던 동아시아의 강자가…. 우리나라는 굶어 죽는 사람이 부지기수인 아프리카 신생국들과는 전혀 다른 엄청난 나라였습니다. 결단코 이름 없는, 어디에 있는지 몰라도 되는 나라가 아니었습니다. 그래서 단재 '신채호(申采浩)' 선생은 우리나라가 넓고도 넓은 만주 대륙을 호령하던 동아시아의 주인공이었으며 앞으로도 세계를 이끌어나갈 뛰어난 민족이란 〈民族史學〉을 세웠지요. 잃어버린 북방에 대한 고토(故土)회복을 위한 북벌론(北伐論)은 그의 그런 집념을 잘 나타내고 있습니다. 그러나 조선말부터 쇠락의 길을 걸어온 우리나라는 때마침 대륙진출에 목을 맨 일본에게 나라를 빼앗기며 그들이 거짓으로 꾸민 역사 속에서 기상과 호방과 활력과 자존을 잃어버리고, 생활에 허덕이며 가혹한 현실을 견뎌내야 했습니다. 아마도 강직했던 선생이 좀 더 살아계셨다면 강도 같은 일본을 향해 칼날을 곧추세우고 직접 총독부로 쳐들어갔을지도 모릅니다. 그러나 끝내 광복을 보지 못하고 뼛가루를 고국산천에 뿌려달라는 유언을 남기고 일찍 돌아가신 점은 통한으로 남겨진 국민의 빚이 아닐 수 없습니다. 겨우 해방을 하고 새롭게 출발선에 설 수 있었지만 6·25라는 연이은 국난을 겪으며 우리나라는 겨우 목숨만 부지하는 식물인간 신세로 전락하고 말았지요. 그 시절을 제 또래들이 살아가야 했으니까 얼마나 어려웠을지는 다 아시는 바와 같습니다.

그 시절 우리들 삶은 참으로 팍팍했습니다. 의식주 자체가 해결되지 않았으니까요. 영주동, 대청동, 영도…. 부산항을 둘러싸고 있는 깊은 산속에 6·25사변으로 피난민들이 들이닥쳐 움막이나 판잣집을 다닥다닥 지어 살았지만 비바람만 겨우 피할 정도로 허술했습니다. 요즘 크루즈 선을 타고 부산항에 입항하며 밤바다에서 보이는 그 불빛들이 만들어내는 야경이 참 아름답다는 씁쓸한 말들도 나옵니다만. 루삥, 골판지 박스, 천막, 흙, 벽돌, 나뭇가지들이 그 시절 서민들이 함부로 지을 수 있었던 집 재료였습니다.

옷은 말 그대로 전부 원조로 들여온 구제품들이었는데 제대로 맞는 것이 없었습니다. 제국주의 러시아 군인들이 입던 것처럼 두툼하고 볼품없는 커다란 컬러가 가슴을 뒤덮고, 발목까지 내려오는 옷을 걷어붙이고 학교 다닌 기억이 새삼스럽습니다. 양말은 코 부분과 뒤축 부분을 몇 번이나 기워 신었고, 옷은 무릎과 팔꿈치와 엉덩이가 잘 닳아서 둥그렇게 색상 다른 조각 베로 기워 울긋불긋한 샌드위치맨처럼 입었습니다. 지금은 그게 유행이 되어 일부러 그 부분을 덧댄 옷들도 나왔습니다만. 덕분에 저는 바느질 하나는 지금도 끝내줍니다. 홀치기, 궁굴리기, 짜깁기, 엇걸기…. 나중에는 재봉틀도 저절로 배워 재봉틀 사용이 익숙하지 않은 선생님들의 요청으로 6학년 전체 실과 바느질 단원을 대신 가르칠 때 자주 고장 나는 재봉틀을 일일이 고치기도 하고(아시는 분들은 이해하겠지만 재봉틀에 실이 끼인다든지 북실이 끊어진다든지 하며 한 아이만으로도 10번, 20번 이상 손봐줘야 겨우 수업을 진행할 수 있을까, 재봉틀의 메커니즘을 잘 모르면 수업 자체가 불가능한. 주어진 시수(時數)로는 제대로 교육과정을 마칠 수 없어 다른 덜 중요한 과목 시수를 가져와 채워야 했지요. 그만큼 만족도 큰), 교과서에 나오는 주머니를 좀 더 크게 신발주머니로 만들어 아이들에게 나눠주기도 했습니다.

신발은 대개 고무신이었는데 얼마나 신었으면 닳아 너덜너덜할 정도였습니다. 나중 다른 천을 덧대 홀치기로 기워 신었지만 고무에 천을 덧댔기 때문에 신고 다니기가 좀 불편하기도 했지요. 부잣집 아이들은 하얀 운동화를(지금 우리 아이들이 신는 실내화처럼 생긴) 신고 다녀 참 부러워했습니다. 초등학교 5~6학년쯤인가 어머니가 어디서 구했는지 〈지까다비〉라고 공사판 인부들이 신는 신발 비슷한 걸 구해줘서 그야말로 잘 때도 가슴에 품고 잔 기억이 새삼스럽군요.

맹물을 몇 번 얼굴에 끼얹는 것으로 세수를 끝내곤 했을 무렵 지금 빨래비누보다 못한 효능이었지만 누런 비누는 하얗게 때를 벗겨내 마치 백인처럼 변하게 하는 마법의 〈사분〉이었습니다.(요즘 사람들에게 물으니 사분이 비누의 경상도 지역 사투리임을 전혀 모르더군요. 말과 시대가 행방불명된!) 아무튼 지금도 저는 머리를 감거나 몸을 씻을 때 비누 하나로 해결합니다. 목욕하는 데 준비하는 게 왜 그리 많은지! 단언하지만 비누는 그 모든 세재의 알파와 오메가가 아닌가 합니다. 그 수많은 비누, 샤푸, 린스… 그리고 이름도 모르는 무슨무슨 목욕, 세탁용품들은 따지고 보면 꼭 필요하니까 존재하겠지만 저에게는 과분한, 아니 잉여에 지나지 않습니다. 피부 보습이라든가 자외선 차단, 또는 머릿결을 위한 모발 영양제 등등 문명이 두툼하게 몸집을 불려 세팅시킨 시대의 과장법을 주렁주렁 걸친 것에 지나지 않는. CF에 나오는 화려한 언어로 가득 형용한 그런 것들은 제겐 요염하게 꾸미고 현대인을 유혹하는 욕망의 기호들로 각인되어 있을 뿐입니다. 그렇군요. 강신재(康信栽)의 단편 '젊은 느티나무' 첫머리는 〈그에게서는 언제나 비누 냄새가 난다〉라는 저자의 이름만큼이나 상큼하고 감각적인 문장으로 시작하지요. 어쩌면 언어의 지층 밑에 성적 욕망을 은근히 숨겨둔 것도 같은. 뛰어난 문체에 버금갈 정도로 비누는 현대인의 그런 욕망의 원형으로서 존재합니다. 과연 번잡하고 세련된 현대의 세재들이 비누만큼의 깔끔한 욕망으로 자신을 씻어낼 수 있을까요? 전 명절 때 많이 보이는, 기회를 만난 듯 엄청나게 과장시킨, 그러나 실제로는 싸구려 미용 세트 등이 들어오면 비누만 빼고 작은 누님에게 다 줍니다.(혹 비누가 들어있으면 가져가라며 오히려 누님이 먼저. 아! 그러고 보니 화장실에 아마도 5년을 훌쩍 넘긴 듯 무슨 'Kerasys hair 클리닉 샴푸'니 굉장히 큰 튜브에 담긴 'Dove deep moisture 샴푸' 등등이 뚜껑도 따지 않은 채로 두툼한 먼지를 뒤집어쓰고 있었군요. 아마도 이미 썩었을 것 같은!)

그 시절 공중 보건이 제대로 확립되지 않아 지금은 보기 어려운 그림들이 꽤 많았습니다. 어릴 때부터 머리에 주로 생기는 〈버짐〉이라는 피부병이 생겨 두피가 갈라지고 듬성듬성 머리칼이 빠져 동그란 민머리 피부를 초등학교 4학년 무렵까지 커다란 도장처럼 달고 살았습니다. 약이 없어 가끔 손톱으로 버짐 껍질을 벗기다 피가 나기도 했는데 어느 날 어디서 알고 구했는지 어머니가 무식하게 식초보다 훨씬 독한 〈강초〉를 들이부어 피부가 부글부글 끓어올라 기절할 뻔했지요. 할 수 없이 큰 누님이 해변가에서 가위로 머리를 박박 깎아줬는데 거친 가위여선지 뽑아내는 것처럼 아팠던 기억이 뚜렷합니다. 또한 그 시절 우리들이 옷(내복)을 벗고 매일 해야 하는 작업이 있었습니다. 요즘 사람들은 한 번도 보지 못했을 〈이〉를 잡아야했거든요. 빈대보다 조금 작은 회색 벌레, 아니 기생충인데 머리에 사는 이는 따로 〈머릿니〉라고도 했습니다. 햇빛 비치는 벽에 앉아 두툼한 내복을 벗어 매듭 사이에 숨어 있는 이를 잡아 손톱 사이에 놓고 눌러 톡 터뜨려 죽이면 밤새 빨아먹은 피가 얼굴로 튀기도 했습니다. 머릿니 알을 표준말로는 〈서캐〉라고 하는데 우린 〈쌔가리〉라고 불렀지요. 군데군데 모여 있는 하얀 쌔가리들을 손톱으로 눌러 토토톡 터지는 소리를 들으면 쾌감이 온몸으로 자르르 흘렀습니다. 걸핏하면 어머니와 누님이 제 머리를 잡고 머릿니를 잡거나, 또는 좁쌀보다 더 작은 쌔가리를 빗살이 아주 촘촘한 참빗으로 빗어 뜨거운 물을 부어 죽이기도 했습니다.

특히 작은 누님은 회충 때문에 매일 고개를 꾸벅꾸벅 끄덕이며 졸기도 했습니다. 나중 어머니가 누구의 말을 듣고 구해온 독한 약을 먹고 100여

마리가 훨씬 넘는 회충 덩어리가 나와 놀랬다는 이야기를 들었을 땐 저 자신도 여러 가지 기생충으로 고생했기 때문에 뭐, 놀라지는 않았습니다. 아침에 보면 작은 지렁이 같은 하얀 회충이 바지 속에서 움직일 때도 있고, 간질간질하는 항문에서 요충 몇 마리를 끄집어내 연탄불 위에 태워 죽이거나 물바가지에 넣어 익사시키는 재미도 쏠쏠했습니다. 세 살 터울 제 바로 위 셋째 누님은 목에 하얀 막이 생겨 숨을 쉬지 못한다는 〈디프테리아〉에 걸려 제대로 치료도 받지 못하고 결국 두 살 때 죽었다고 합니다. 어머니가 둘둘 말아 천마산 계곡에 땅을 파고 묻었다고 하더군요. 치료 자체가 부실한 시절의 안타까운 이야깁니다. 그러니까 저도 5학교 때 친구들과 함께 지금은 육지로 변해 어딘지도 모를 도꾸라미라는 옛 해양고등학교 앞 해안가 바위틈에서 멋진 포즈로 다이빙하다 날카로운 암초에 배를 찔려 피와 함께 시커먼 창자가 쏟아져 나올 때 〈성자병원〉이라는, 동네에 단 하나 있는 작은 병원에서 마취도 하지 않고 그냥 동그랗게 굽은 양철 조각 같은 날카로운 바늘로 6~7바늘 꿰매기도 했습니다. 무슨 생각이었는지 이빨을 꽉 물고 견뎌내다 숨을 토하느라 입속이 얼얼했던 기억이 뚜렷합니다. 오른쪽 골반 근처엔 그 흉터가 아직도 선명한. (저번 무슨 말끝에 작은 누님이 말하더군요. 원장에게 단 하나 있던 자기와 나이가 같은 딸이 지금 무슨 요양병원에서 오늘내일하며 힘겹게 지내고 있다고. 성자병원이라는 어쩌면 생경해진 사라진 그림들에 애틋하고 안타까운 감정이 뭉클한!) 그래선지 3년 전 시골학교에서 아이들과 축구 하다 늑목에 부딪혀 머리가 찢어졌을 때도 마취 없이 너덧 바늘 거뜬히 꿰맸지요. 좀 무식하긴 했지만 뭐 별로 아프지도 않더군요. 감각이 예민한 편인데 말입니다. 지금도 위, 대장 내시경이나 칼로 간단한 치료를 할 때 마취하지 않고 바로 하겠다고 하면 의사 선생님이 멀뚱한 눈을 하고 쳐다보더군요. 하긴 요즘 사람들은 그렇게 무식한 치료를 하지 않으리라 싶지만. 위내시경으로 목이 막혀 조금 그렁그렁할 뿐 아무렇지도 않게 일어나는 걸 보더니 배시시 웃으며 고개를 끄덕이더군요.

아, 고백하자면 제게 슬픈 이야기가 하나 있는데 저는 냄새, 향기를 전혀, 완전히 맡지 못합니다. 라면을 끓이는데 다른 일을 하다 문득 짙은 연기가 방을 가득 채워 놀라 후다닥 부엌에 가보면 냄비 자체가 새카맣게 타버리기 일쑤지요. 서너 살 때 뇌염인가 하는 전염병에 걸려 거의 죽다 살아났다고 하는데 그 때문인지도 모르겠습니다. 예전 축농증(아마 평생을 함께해야 할)에 감기가 겹쳐 숨쉬기 어려워서 구서동 침례병원에 입원했을 때 알아봤는데 뭐 냄새 맡을 수 있는 세포라든가 감각모가 아예 없다는 뜻의 말을. 이리저리 듣고 생각해본 걸로는 음식에서 나는 냄새는 혀의 미각보다 훨씬 더 강한 유혹으로 다가오리라 생각되는군요. 커피나 전통차 등을 마실 때, 맛있는 음식을 먹을 때 나는 냄새, 향기는 거절할 수 없는 강한 유혹으로, 어쩌면 형이상학적인 오묘한 후각의 세계로 인도할 거라는 생각이 들지만 제게는 알 수 없는 허황된. 무슨무슨 이름의 커피 종류를 마시며 눈을 감고 향을 깊이 음미하는 모습이 TV에 자주 비치던데 신기한 일이 아닐 수 없습니다. 제겐 오직 설탕의 단맛, 음식의 맵고 짠 맛만 느낄 수 있으니까 생각할수록 얼마나 슬픈 일인지. 대신 화장실 변기나 오물 등에서 나오는 푹푹 썩는 냄새는 남들은 코를 틀어막고 잔뜩 찌푸릴 정도라고 하던데 전 코 바로 앞에 들이대도 전혀 눈치채지 못하니까 샘샘인가요? 하하! 어쩌면 후각은 시력으로 본다면 흑백의 윤곽에 컬러의 화려가 입혀진 것과 비슷할 듯. 아니, 하나의 건반에서 나오는 모노(mono) 소리가 아니라 여러 악기에서 동시에 어울려 소리 나는 오페라의 입체적인 아름다운 화음의 청각처럼, 아니아니, 우주 끝 저 멀리서 펼쳐지는 성운들의 환상적인 색채의 마술처럼. 그야말로 후각의 휘황찬란한 세상을 이해하지 못하는 저는 시각이나 청각이 없는 맹인, 귀머거리와 다름 없는 것 같습니다. 고대 제식(祭式)에서 냄새는 신들과 소통하기 위한 신성한 품목이었다고 하고, 특히 여성들에게 향유(香油)는 그 무엇보다도 가장 필요한 화장품의 기본이라고 알고 있지만. 뭐 그렇다고 삶에 특별한 장애는 없으니까 운명으로 받아들이고 있습니다, 제 아이들도 아버지의 그런 비밀을 전혀 모르고 있지요. 하긴 술을 좋아하면서도 그윽하고 독특한 향을 모르고 그저 독한 알코올의 〈씁쓸한 맛〉으로만 느끼고 있으니 슬픈 일이긴 하군요. 그런 면으로 제게 비싼 양주는 소주보다 대접을 조금도 받지 못하고 있습니다. 오히려 그 비싼 값 때문에 천대를 받고 있지요. 예전 이십여 년 전 누굴 서무실(요즘은 행정실이라고 하지요)에 추천하여 학교 계통에 취업할 수 있도록 도와준 적이 있습니다. 그때 고맙다면서 고급 양주를 선물로 줘서 받은 적이 있는데(극구 사양했는데도 어쩔 수 없이) 생각 자체를 하지 않고 부엌 선반 안쪽에 놓아뒀다가 어느 해 명절 문득 생각나서 선물로 큰형님에게 줬더니 이 비싼 걸…! 하며 놀라더군요. 형님에겐 그 양주가 아주 가치 있는 건지 몰라도 제겐 소주 한 병보다 못한데 말입니다. (그 전에도 어떤 일로 양주 두어 병이 생겼는데 벽장 안에 아직도 있는지! 25년을 훌쩍 넘긴. 아마도 썩었을 것 같은.)

부잣집 아이들은 등에 메는 〈란도셀〉이란 가방을 메기도 했습니다. 지금 유치원 아이들의 가방 비슷한데 네모난 몸통에 위로 여는 뚜껑이 있고 알록달록한 색과 그림으로 치장되어 왕자와 공주님 가방으로는 그만이었습니다. 우리야 그저 낡은 보자기로 대신했지요. 어깨에서부터 반대쪽 허리에 걸쳐 묶고 달리면 녹슨 양철 필통에 든 연필이 마구 달그락거려서 심지가 부러지기 일쑤였습니다. 요령이 생겨 종이를 구겨 채우면 기막히게 소리 하나 나지 않았습니다만 나중 더러워진 손은 씻어야 하는.

책도 그랬지만 공책은 전부 갱지(속칭 똥종이)였는데 그나마 앞뒤 표지까지 빽빽하게 쓰고 나면, 검정 지우개로 지워 그 시커멓게 변한 공책에 처음부터 다시 썼습니다. 교과서는 저보다 한 학년 빠른 이모집 사촌 형이 쓰던 찢어진 책을 물려받아 사용했고.

그 시절 설이나 추석 무렵 제 소원은 언제나 〈새 옷〉과 〈새 책〉이었습니다. 새 옷은 한 번도 입어보지 못했고, 물려받은 사촌 형의 책은 이곳저곳 찢어지고 낙서가 많아 새 학년부터 기분이 좋지 않았습니다. 딱 한 번 4학년 때 어머니가 새 책을 사줬는데 얼마나 기뻤던지 뽀뽀하고 밤새 껴안고 잤을 정도였습니다. 새 옷에 대한 열망은 중학교 교복을 입으며 그럭저럭 채워졌지만 그 무렵 유행하던 청바지는 생각도 못했습니다. 훨씬 뒤 언젠가 아주 낡은 청바지나마 구해 입었을 때 참 기뻐했던 기억이 나는군요. 고아 출신으로 언제나 낡은 청바지 차림으로 곰장어 배를 타는 '김성필'이라는 사람이-폐병으로 병원 신세를 많이 져선지 쓸쓸함과 허무가 베인 얼굴이었는데 저보다 4살 많았지만 그냥 말을 놓고 지낸-자기가 너무나 좋아하는 가수 '도미(都美)'의 「청포도 언덕길」을 전주까지 휘파람으로 불며 제게 들려주기도 했습니다.

> 청포도 언덕길에 파랑새 슬피 울던
> 그날 밤 지은 맹서 어데론지 사라져버리고…

자기 나름의 음색으로 잘 불렀지만, 뭐 노래라면 우리 집 색시들 따라올 사람들이 없었지요. 애자 이모, 경자 누나, 그리고 저와 나이가 같았지만 등대까지 흘러온 어린 순이… 더불어 큰형과 작은형은 물론 작은 누님도 다 노래라면 걸어다니는 백과사전이었습니다. 물론 제 어머니도 등대에서 누가 물어보면 막히는 법이 없었지요. 어쩌면 어머니는 일찍 남편을 여의고 5남매를 데리고 억척같이 살아온 분이어선지 유행가에 자신의 삶을 녹여낸 것이 아닌가 합니다만.

아무튼 등대는 변두리 고단한 삶이 생생히 펼쳐지는 곳이어선지 별의별 노래들이 만들어지곤 했습니다. 개사(改辭)는 특별히 등대가 아니면, 아니 등대라는 공간에서 더욱 많이 펼쳐진 건지도 모르겠습니다. 해방 후 최대의 히트곡인 '남인수'의 「이별의 부산정거장」을 가사를 바꿔 젓가락 장단에 맞춰 신나게 부르기도 했습니다.

> 서울 가는 쌔빠질 놈아 외상술값 갚고 가거라
> 밑천 없는 이 장사에 식구가 열둘이란다
> 이것도 장사라고 한번 해보니
> 밑천이 똑떨어져 못해먹겠네
> 영도다리 둘러메고 국제 시장 팔러갈까
> 이별의 부산정거장

전쟁 후 피난민들의 환도(還都)로 이별해야 하는 변두리 서글픈 인생의 애환을 짙게 녹여낸, 아니 어머니의 삶이 그대로 투영된. 2절로 〈가기 싫은 장가를 갔더니 여편네가 병이 걸려서/반지 팔고 시계 팔아 약 한 첩 지어다놓고~〉라고 부르던 기억도!

특히 〈가련다 떠나련다 어린 아들 손을 잡고…〉란 가사의 박재홍 노래 「유정천리」는 시대의 격랑과 맞물려 가사를 바꿔 불러 영화와 함께 대히트를 하기도 했습니다.

> 가련다 떠나련다 해공선생 뒤를 따라
> 장면 박사 홀로 두고 조박사도 떠나갔네
> 못살아도 나는 좋아 외로워도 나는 좋아
> 자유당에 꽃이 피네 민주당에 눈이 오네

해공선생은 56년 5월 호남선 열차를 타고 전북 이리로 유세가다 뇌일혈로 죽은 대통령 후보 '신익희'이며, 조박사 역시 60년 대통령 후보로 출마했으나 유세 중 병을 얻어 미국 워싱턴에 있는 병원에 입원해 치료 중 급사한 유석 '조병옥'을 가리킵니다. 연전 TV 드라마 「野人時代」에도 나왔지요.

아아! 지금도 청춘 시절의 낭만-, 서글픔과 아픔을 진하게 토해내던 색시들은 지금 어디서 어떻게! 제발! 아직 살아있어 만나면 껴안고 통곡하며 한이나 풀었으면! 저에게 슬쩍 돈을 쥐어주며 웃어주던 그 누나들은…!

조금 옆길로 샜는데, 얼마 후 성필이가 폐병으로 위독할 때 부산 메리놀 병원에서 제가 마지막을 지켜줬습니다.

아무튼 뱃일에 닳아 너무 낡았지만 제가 빨래 방망이로 하나하나 두드려 때를 뺀 후 이틀 밤새 정성스레 누비고 꿰매 입었을 때의 기쁨! 요즘에야 빈티지라고 일부러 낡은 옷처럼 만들어 입기도 한다지만. 그러고 보니 저는 본의 아니게 시대를 앞선 첨단 패셔니스트였군요. 그 청바지는 생전 성필이와의 추억 속에서 소중히 간직했는데 살다 보니 어느새!

옛날이야기를 하다 보니 앞의 제 사촌 형도 가족들과 떨어져 라디오 CF로 흥얼거렸던 〈범표 삼화고무〉, 〈기차표 동양고무〉 등등 부산 신발산업의 메카로 유명했던 범일동 신발공장들을 떠돌다 길에서 비참하게 죽었을 때 제가 화장을 해줬습니다. 가족이 찾지 않고, 겨우 연락됐던 하나 있던 아들도 그냥 무연히 지켜보다 떠나버려 제가 유해 가루를 베주머니에 넣어 청룡동 영락원 지하 창고에 넣었습니다. 15년 후에도 찾는 사람이 없으면 다른 유골과 함께 묻어버린다는 말과 함께. 제게도 슬픈 청춘의 낙인이 그렇게!

치약, 칫솔은 군대 가서 처음 구경한 동년배들도 많았고(70년대 촌데도 강원도 시골 마을에서 온 동료 이등병은 치약을 신기해하며 빨아먹기도. 하긴 저도 어릴 때 몇 번 빤 기억은 있습니다), 그저 손가락으로 그냥 쓱싹 이를 훔치거나, 소금을 찍어 손가락 양치질을 했지요. 호롱불 청소는 제가 맡아 아침마다 그을린 유리를 물로 깨끗이 씻었습니다. 책을 좋아해 학교 뒤 절벽 쪽 어두컴컴한 도서실에서 혼자 늦도록 읽어서 그런지 3~4학년 때부터 근시가 왔지만 안경을 살 형편이 되지 못해 할 수 없이 시내 안경점에서 눈에 맞는 작은 렌즈 조각을 얻어 그걸로 한쪽 눈에 대고 칠판 글을 공책에 적던 슬픈 기억이 새삼스럽습니다.

그 시절 우리들의 과자는 솜사탕과 꽈배기와 왕사탕이 전부였습니다. 하지만 대개 비싼 편이어 쉽게 먹을 수 없었는데 작은 형이 사탕 공장에 다녔기 때문에 알록달록한 〈아이노꾸〉 사탕을 꽤 많이 먹은 기억이 납니다. 덕분에 이빨이 썩어 실로 많이 뽑았는데…. 지금도 썩은 이빨 때문에 데굴데굴 구르며 밤새 신음을 토하던 기억이 서늘합니다. 2~3분 정도 무섭게 쑤시다가 10초쯤 조금 통증이 가라앉지만 또 턱을 뽑아내는 것처럼 아픈. 치료는 언감생심이었고 그저 실로 뽑아낼 수밖에 없습니다. 그렇게 습관처럼 어금니 없이 지내다 작년 봄 50여 년 만에 비로소 빠진 어금니 3개를 임플란트로 끼웠습니다. 혀가 제멋대로 돌아다니다 어금니에 막히니까 신기하기도 했지만 어렵게 살던 옛 시절과 관련하여 복잡한 감정으로 어쩌면 눈물 한 방울이!

중학교 입시 때 사업을 하는 반 친구 부모가 같은 중학교에 응시한 학생들을 모두 초청했을 때 저도 가서 처음으로 바나나와 밀감을 각각 한 조각씩 먹어보고 세상에 어쩌면 이렇게 맛있는 과일도 있나 하며 감격에 떨던 기억이 나는군요. 지금은 거지들도 질려 잘 먹지 않는다고 합니다만.

중학교 여름방학 때 어머니가 장사하던 집 옆 중국집에 붙어있던 건물에 〈아이스께끼〉 공장이 있었습니다. 나무 상자에 넣고 남포동에 나가 〈아이스께끼 사려〉 소리치며 장사를 하기도 했습니다. 비 올 땐 남기도 하여 맛있게 빨아먹던 기억이 새삼스럽군요.

가끔 동네 꼬마들끼리 어울려 송도해수욕장 모래를 헤집어 백합조개나 소라를 건져 불에 구워 먹던 기억이 납니다. 모래가 씹히는 소리가 났지만 돌도 소화 시킬 정도의 우리들 당당한 전성시대였습니다. 송도 끝 혈청소 뒷산에서 커다란 칡을 힘들게 캐서 먹기도 하고, 돌아오는 길에 〈필기〉라는 여린 풀을 뽑아 풀피리를 신나게 불다 흐물흐물해지면 껍질째 씹기도 했습니다.

쌀밥은 명절에 한 번 먹는 것으로 만족했고, 대개 동사무소에 깡통 들고 가서 노란 옥수수죽을 받아오거나 옥수수빵을 받아 그걸로 배를 채웠습니다. 죽에 사카린을 타서 먹으면 텁텁하지만 꽤 맛있었지요. 특이하게 학교에서 가난한 학생들에게 일주일에 두 번 노란 옥수수 떡을 점심에 줄 때도 있었는데 화장실에 가서 저보다 더 지지리 못살던 친구(저와 성이 같은 통통한. 지금 무얼 하고, 아니 살아는 있는지?)에게 줬던 기억이 납니다. 집에 가서 동생들 먹이라고. 가난이 일찍 생각을 깨우친 모양입니다. 살아있다면 아마 그 친구도 그 시절을 기억하기는 할 겁니다.

밀가루도 배급받곤 했는데 그걸로 수지비(수제비)를 만들어 먹었습니다. 제가 자주 끓이곤 했는데 학교 다녀와 배고플 때 부엌을 뒤져 여름철 쉰 수제비라도 있으면 허겁지겁 먹기도 했습니다. 수제비는 어린 시절 최고의 음식으로 아직도 제 맘속 깊이 자리 잡고 있습니다.

(지금 학교 밑 시장에 가면 칼국수와 함께 수제비를 2,000원에 팔고 있는데 퇴근하며 일부러 가서 먹기도 합니다. 5~6천 원 근사한 식사보다 훨씬 맛있지요. 비록 말은 별로 없지만 친절한 미소와 눈빛의 주인 아주머니를 보면 누이동생처럼 느껴져 괜히 기분이 좋아집니다.

아이들과 돌봄반 행사 같은 걸 마치고 가기도 해서 제가 선생님인줄 알지만 다른 사람들에게도 마찬가지로 말없는 미소를 보이는 걸 보면 천성적인 모습인 것 같습니다. 아무튼 저에겐 지금까지 남겨진 은밀한 기쁨이 아닌가 싶은, 요즘 말로 소울푸드에 버금갈 정도의 음식으로 생각되어 퇴직하더라도 가끔 찾아갈 생각입니다. 어떤 끈이 그렇게 쉽게 단절되지 않고 이어진다는 건 인간의 진정(眞正)과 관련되는 듯한 생각이!)

고구마 썬 것을 말린 〈빼때기〉나 곰장어 껍질을 길쭉하게 마름질해 말린 비각, 또는 굳힌 어묵과, 상어 창자를 삶은 〈두토〉는 참 많이 먹었습니다. 근래 추억의 음식으로 되살아나는 것 같은데 작은 누님이 가끔 자갈치시장에 가서 사오면 맛있게 먹습니다. 우리 꼬마들 몇은 배가 고프면 등대로 갔습니다. 덴마선 아저씨에게 개상어나 곰장어, 돌고기 등을 얻거나, 그도 없으면 몽둥이를 들고 등대 입구 무릎 깊이의 얕은 물에 들어가 기다리다 숭어나 고등어가 지나가면 두드려 잡아 해변에 쌓인 나무토막들을 태워 구워 먹기도 했습니다. 검댕이 묻은 얼굴을 보며 버짐이 듬성듬성한 까까머리들이 모여 먹는 맛이 기막혔지요. 지금은 온갖 오물로 하수구나 다름없지만 그 시절 남항은 깨끗해서 김이나 미역, 조개도 먹을 수 있었습니다.

남항이라니까 생각나는 추억의 그림이 몇 개 있는데 조그만 덴마선 할아버지가 길이가 10m 가까운 기다란 대나무 장대에 쇠갈고리가 이빨처럼 여러 개 달린 국자 모양 끌개로 바닥을 긁어 아주 커다란 조개를 잡던 모습이 60년대 흐릿한 흑백의 그림처럼 떠오르는군요. 요즘은 섬마을 깊은 바다에 가도 그렇게 큰 조개를 좀체 구경하기 어렵습니다. 또한 지금은 대개 편리하고 말랑말랑한 고무 옷을 입지만 예전엔 고무를 먹인 뻣뻣한 갑바(두터운 천) 잠수복에 우주비행사 헬멧 같은 걸 쓰고 등에 무거운 납덩어리를 달고, 더해서 납 신발까지 신은 〈머구리〉라 불리는 사람이 물속으로 들어가면 배 위에서 다른 사람이 공기주입 펌프를 시소처럼 좌우로 눌러 공기를 공급하여 2~30분쯤 물속에서 커다란 조개나 소라, 해삼, 문어 등등의 해산물을 채취하는 그림도. 아니, 저 자신 물안경을 쓰고 들어가 커다란 굴이나 조개, 멍게를 따기도 했습니다. 조개는 어디에 많고, 미역은 어디에 많다는 것도 잘 알고 있었습니다.(전 6~10미터 가까운 물속에서-압력이 장난 아닙니다. 귀를 무슨 날카로운 송곳으로 꽉 찌르는 듯한 고통에다 지나는 배의 엔진 소리가 쾅쾅꽝 귀를 후벼 파는-2분 이상 잠수할 수 있습니다.) 훨씬 뒤 해녀들과 어울려 제주도나 지방을 떠돌 때 물망태-물에 뜰 수 있도록 두텁고 커다란 고무공을 달아 채취한 해산물을 넣어두는 망태, 또는 그물망사리-에 제가 더 많은 해산물을 채취해 이웃집에서 세탁소도 같이 운영했던 키 작은 분순이 엄마가 저놈은 물개가 틀림없다며 부러운 흉을 할 정도였지요. 이젠 담배에 절고, 시대의 유약하고 깔끔한 풍경에 매몰되어 그만큼 잠수할 수 없겠지만. 등대 밖 외해 쪽으로는 쌓아둔 돌무더기 밖으로 나가면 노랗거나 하얀 모래 더미들이 대개 평탄하게 깔려있지만, 항내엔 조금 탁한 물밑에 돌덩어리들과 그물 등의 어구, 몇몇 덴마선 부스러기와 자갈치 시장에서 처리한 물고기 부스러기 등이 듬성듬성 널린 위로 진흙이 평탄하게 깔려있는데 머구리꾼 빼고는 아마도 남항 바닥을 날고기는 충무동 출신들 중에서도 들어가 본 사람은 거의 없을 듯.(하긴 크고 작은 배들이 쉴 새 없이 드나드는 항내라서 수영 자체를 금지했지만 집들이 해변 쪽으로 반은 육지에, 반은 물 위에 나무 기둥을 얼기설기 박고 그 위에 집을 짓고 살아서 굳이 단속하지 않았지요.) 그렇게 익숙했던 남항이었지만 바다를 매축한 중학교 시절에 벌써 기름 냄새가 심하게 나고, 여러 가지 오물과 동물 사체, 폐그물, 심지어 가구 등이 폐허처럼 버려진 더러운 항구가 됐습니다.

어쩌면 바다, 아니 물속은 저에게는 세상에서 상처받을 때마다 말없이 달래주던 구원(久遠)의 정화(情火)는 아니었는지!

참, 가슴 아픈 이야기들도 꽤 있는데 등대 밖 외해(外海) 쪽으로는(항내도 가끔) 죽은 사람들이 떠밀려오기도 합니다. 바다에 빠져 죽은 사람들이지요. 처음 초등학교 5학년 때 친구들과 수영하고 있었는데 시체 하나가 등대 안쪽 해변 가까이 떠밀려온 걸 알고 놀라 도망치듯 땅 위로 나왔습니다. 시체를 본다는 게 놀랍고 무서웠지만 한편으로는 바다가 제 삶의 전부로 알고 있던 저에게 빤히 눈앞에 떠밀려온 주검을 그냥 두고 볼 수 없었습니다. 아리랑 고개에서 떨어져 죽은 동네 형의 검푸른 얼굴을 떠올리기도. 친구들이 눈을 둥그렇게 뜨고 말렸지만 도로 헤엄쳐 들어가 조심스레 해변으로 끌고 나오는 걸 보고는 친구들이 마침 등대 입구 간이 초소에 신고를 해서 수습할 수 있었습니다. 불쌍한 사람을 거두었다는 보람을 느꼈던. 그래선지 그 후 고등학교까지 등대를 떠나기 전 어쩌다(어느 가을엔 두 번까지도) 시체가 떠밀려오기라도 하면 파출소에서 제게 먼저 연락을 해오기도 합니다. 시신을 수습해줄 수 있겠느냐고.(처음 어머니가 알았을 땐 파출소 습격 사건-소장 멱살까지 잡은-까지 치르며 난리가 났습니다. 그리고 절 꿇어앉히고 매섭게 야단쳤지만 나중엔 결국 천국에 갈 거라며 칭찬을 해주셨습니다.) 전 그들이 너무 불쌍해(오래 바다를 떠다녀 그런지 대부분 신체가 온전하지 않은, 머리가 없는 몸통에 울긋불긋한 내장이 길게 흘러나온 끔찍한) 장갑을 낀 손으로 밧줄을 들고 헤엄쳐 들어가 물결에 너덜거리는 신체 부분들 모두 거두어 얼기설기 묶어 기다리는 덴마선에 연결하면 등대 입구 초소 앞 쓰레기들 사이로 듬성듬성 펼쳐진 모래사장까지 몰고 가서 파출소에서 준비해온 낡은 우비로 그냥 덮다시피 묶습니다. 경찰 백차에 실려 대학병원으로 가는 모습을 보며 그런 날은 서글픔에 젖어 괜히 손을 빡빡 씻고 그즈음 남몰래 꽤 익숙했던 술을 들이키기 바빴습니다. 그렇게 고향으로 찾아온 불쌍한 인생들을 4번 거두어준 기억은 제 인생의 가장 보람찬 눈물로 남았습니다. 나중 생각해보니 제가 무슨 '프로메테우스'의 헌신과 구원은커녕 오히려 쇠사슬에 묶여 간을 쪼아 먹히는 끔찍한 고문을 당하는 듯한 느낌도 들었지요. 인간과 삶의 비밀을 해부하듯 너무 생생하게 살펴본 값인 듯합니다. 이런 이야기는 아이들에게 절대 해서는 안되는.

당대의 눈물겨운 모습들은 이제 〈대한 늬우스〉에서나 볼 수 있으려나! 아이들에게 그런 시절 너나없이 굶던 이야기를 하면 모두 신기하게 생각합니다. 〈6·25사변〉과 〈임진왜란〉이 어떻게 다른지도 잘 모르는 아이들에게 역사는 시간이 휘발된 의미 없는 기호로 존재합니다. 모든 것을 오직 눈에 보이는 현상으로서만 판단하는 맹목에 갇혀 있는 나이기 때문입니다. 때론 어른들도 그런 유치한 생각에 사로잡힌 사람들도 있습니다만.

역사는 사람들의 삶을 묶어줍니다. 조국, 고향, 친족, 가족…. 나를 중심에 두고 동심원으로 삶이 이루어지지요. 그 가장 원초적인 인력은 가족입니다. 피로 엮인 존재들이 동시대의 다양한 삶을 헤쳐 나가는 원동력으로 역사의 동심원을 개척해나갑니다. 피는 가족, 친족, 고향, 조국이라는 메아리의 유전자입니다. 짐승이 죽을 땐 태어난 곳을 향해 머리를 숙이고, 사람은 평생을 고향과 가족이라는 틀에서 벗어나지 못합니다.

근래 노마드-유목(遊牧)이라는 말이 한창 유행했지요.(저도 '펠릭스 가타리'의 「천개의 고원」이나 '자크 아탈리'의 「호모 노마드-유목하는 인간」 등등의 책을 가지고 있습니다만 역시 여러 가지 일로 바쁘고, 무엇보다 정신을 집중하지 못해 제대로 읽지 못하고 있습니다. 인간의 본원적 삶의 의미와 연결된 주제를 다루고 있는데 언제 정독할 수 있을지.) 근래 들어 북극이나 남극, 아프리카, 아마존 등의 자연 다큐가 많이 보이던데 그런 것들도 어쩌면 우리들 유목적인 삶의 원초적인, 혹은 변두리의 자취를 돌아보고싶어하는 바람이 은연중에 입혀진 것으로 이해되기도 하더군요. 노마드적인 삶은 이젠 문명화의 상징적인 코드가 되어버려 예전처럼 온전히 출신 지역, 또는 인종, 국가라는 틀로 인간을 해석할 수 없어져버렸습니다. 교통과 통신, 지식과 산업 등이 폭발적으로 늘어나면서 예전 촌락 위주의 고답적 삶의 영역은 필연 거대도시의 길을 걷게 되고, 그 도시의 다양한 양적, 질적 확대로 삶의 변화가 강요될 수밖에 없어져버렸습니다. 오늘날 개인이 칼이나 농기구 등을 직접 만들지 않고 대장간에서 만든 것들을 구입하여 사용합니다. 아니. 생활에 필요한 모든 것들은 공장에서 꾸역꾸역 쏟아져 나오고, 우리는 간편하게 가게에서 필요한 것들을 구입하여 사용하지요. 걷거나 말을 타고 출퇴근하지 않으며, 소리를 지르지 않고도 먼 곳에 떨어진 사람들과 대화를 나눕니다. 삶은 점층법처럼 하나씩 우리가 모르는 사이에도 부지런히 분화, 진화되고 있었습니다. 그러니까 등대 시장에서 흔히 봤던 〈칼갈이〉 아저씨를 본 것도 까마득한 시절의 그림이군요. 앞서 언급한 제 사촌형처럼 그렇게 어제의 사람들은 모두 말끔히 우리와 연결이 끊어져 다만 기억으로 이어지고 있습니다. 지금은 고향이 사라진 시대입니다.

심지어 〈디지털 노마드〉라고 현실이 아닌 가상의 세상에 빠져 살아가는 사람들 이야기를 하기도 합니다. 하루 종일 게임이나 인터넷 세상을 유랑하는. 현대의 카카오톡이나 트위터, 페이스북 등의 SNS, 개인 홈페이지, 블로그 같은 네트워크, 또는 판타지 종류의 영화, 아바타 같은 개념들에도 자세히 살펴보면 그런 노마드의 기호들이 꿈틀거리고 있을 겁니다. 현대는 그런 노마드의 초상으로 존재할 수밖에 없습니다. 저번 주 말씀 드린 것처럼 사라호와 그 시절의 등대와 제 옛 친구들처럼 제각기 어느 순간 연결이 끊어지고 낯선 곳에서 이름도 없는 개인으로 살다 아무도 몰래 세상과 이별해버립니다. 〈정착(定着)〉은 무슨 낡은 이론처럼 용도폐기 되어버렸습니다.

제각각 폐쇄적인 공간과 잘게 나눠져 배당된 시간을 허겁지겁 살며 피의 동심원인 부모형제와도 멀리 떨어지고, 어릴 때 가까웠던 삼촌과 이모는 쉽게 만날 수 없어져버렸습니다. 하물며 사촌들은 하는 일이 무언지는 물론 이름마저 희미해지는 망각의 늪 속으로 오늘도 달려가고 있습니다. 손자뻘만 되어도 벌써 남이 되어버리지요. 앞의 성필이는 진작에 까마득한 어둠 속으로 사라져버려 저에게도 흐릿한 모습으로 남은. 현대인은 고향은 물론 피, 가족에서마저도 멀리 떠나가버렸습니다. 어느 들판에서 제각각 유목인으로 살다 아무도 모르게 사라지는. 〈성을 쌓는 자는 망하고 계속 이동하는 자만 살아남는다〉라는 말이 한때 유행한 적이 있었는데 우리들 삶에 정교하게 연결된 인연(因緣)과 동질성에서 보면 칼날처럼 잘려지는 삶의 고리들 속에서 둥둥 떠다니며 사라지는 개인들의 초상이 명료하게 떠오르는군요.

우리는 유목적인 바쁜 일상을 핑계로 우리를 이어주던 많은 고리들을 끊어버리고 고립의 길로 들어서고 있습니다. 외부와 소통하는 문을 닫아버리고는 대신 자신이 만든 고치 속에서 편안하고 안락한 현대문명을 향유하는 번데기가 되어버렸습니다. 조선 말 쇄국은 타의적인 정치적 구속이었지만 현대의 고립은 자기도 모르게 빠져든 정신의 구속이기 때문에 심각한 실존(實存)의 문제까지 제기되고 있습니다. 존재하면서도 존재하지 못하고 다중(多衆)이란 허상의 함정에서 허우적거립니다. '사르트르'는 그의 자전적 소설 「말」에서 자신을 받아주었으면 하는 허황된 희망을 품고 이곳저곳 무리들을 기웃거리지만 실패하는 모자(母子)의 이야기를 통해 실존을 위협받는 현대의 비정한 상황을 이야기했고, 나중 그의 최고 작품으로 매김된 「구토」라는 소설에서 '로깡땡'이라는 섬세한 인물이 〈사람의 무리〉가 아닌 일개 〈보잘것없는 현상, 사물〉들에게까지 우월하지 못하다는 심각하고 치밀한 내면의 불화로 실존의 두려움을 극단적으로 보여주었습니다. (두 작품 모두 오래전에 읽어 가물하군요. 아무튼 제 성향이나 생각을 그렇게 대입하여 생각을 굳혀 온 건지도 모르지만.)

그런 불안하고 음습한 비관적 실존은 지상을 떠나 우주라는 공간으로 삶의 무대가 확장되면서 마치 선명하게 유전된 본능처럼, 계시록의 예언적인 화면처럼 자주 나타나기도 하더군요. 저번 주에 말씀드린 것처럼 『에일리언-Alien』 같은 영화는 그런 유목적인 삶의 위기의식을 잘 드러내고 있습니다. 우주 전사(戰士) 〈리플리〉 역의 '시고너 위버'는 기약 없이 가축을 데리고 우주를 떠돌아다니는 목동(牧童)에 다름 아닙니다. 절대 지구로 돌아올 수 없는, 우주에서만 존재의 정당을 부여받은. 이미 고향이란 개념도 상실하고 전혀 관계없는 시간과 장소가 짜깁기된 우주에서 늑대처럼 존재를 위협하는 적들과 영원히 마주하고 있을 뿐입니다. 산성 침을 마구 흘리는 괴물은 그에게서 알(새끼)을 낳을 수 있도록 집요하게 위협합니다. 아! 문득… 그 에일리언은 우리를 감싸고 있는 《시간》이라는 괴물의 불안한 모습에 다름없었군요. 끝없는 우주에서 집요하게 존재를, 삶의 근거를, 고향을 파괴하려는 듯, 그래서 자신의 항상성을 계속 이어가려는 듯 리플리에게 집요하게 달라붙는. 우주라는 시간의 지평에서 우리는 리플리처럼 우주의 목동이 되어 어딘지도 모르고 흘러가야 하는.

서구 지성사에서 실존주의(實存主義)는 20세기 들어 압도적으로 들이닥친 불안정한 유목 세상에 잠식당하는 인간군상을 뼈저리게 보여준 예언이었습니다. 노마디즘은 실존주의의 씨앗이면서 동시에 열매의 의미를 현대에 와서 보여주고 있습니다.

현대의 디지털 노마드란 말도 그런 스스로 만든 고치의 감옥에 다름 아닙니다. 아무도 내 이름을, 내 존재를 생각해주지 않고, 삶과 죽음마저도 관심을 가지지 않습니다. 하물며 누가 무슨 생각을 하고 옆집에서 사는지 전혀 알 수 없지요. 심지어 아파트에서 홀로 살다 죽어 백골이 되어 발견되는 경우도 있더군요. 전에 어느 소설가의 「종이비행기」란 작품에서 그 비슷한 내용이 있었음을 이 글에서 적어본 기억이 납니다. 현대의 소외론들은 대개 그런 실존주의의 이론을 차용하여 사실은 노마드적인 삶의 기미들을 해석하고 있습니다.

현대의 살벌한 풍경은 개인들의 불안을 차압하여 감옥에 가둬버렸습니다. 맛있는 음식과, 명품 옷과, 30평 아파트와, 번쩍이는 자동차와, 품위 있는 직위, 해외여행, 명예… 를 제공하는 잘 조직된 감옥에. 그마저도 대접받지 못하는 사람들은 좀 더 더러운 지하 감옥에서 퀴퀴한 냄새를 맡으며 오늘도 서로 악다구니처럼 다투며 사육되고 있습니다. 사람들은 자신이 사육되는 불쌍한 존재인 줄 모르고 던져주는 그런 먹이들에 흐뭇해하며 표정관리를 하는 희극을 연출하고 있지요.

문명화는, 아니 유목은 인간의 삶을 화려하고 다양하게, 편리하고 손쉽게 해주었지만, 반대로 문자 그대로 사람들 사이라는 〈人間〉의 영역을 소멸시켜버렸습니다. 지구가 없이는 살 수 없듯, 인간의 영역이 없어지면 모래알처럼 흩어지고, 묻히고, 아무도 모르게 사라져버립니다. 어느 구석에서 제각각 외롭게 스러지는 존재의 무화(無化)! 귀신들도 이제 자신의 기일(忌日)에 자식의 집을 찾지 못해 제삿밥도 찾아 먹지 못하고 있다는 우스개를, 사실은 절망을 이야기하고 있습니다. 다음에 기회가 되면 유목에 기댄 현대 문명의 다양한 모습들을 좀 더 일별해보고 싶습니다만.

이번 추석에는 그런저런 새삼스런 마음으로 가족과 친척들을 만나 그들의 이야기를 들어보기를, 그래서 나의 근원과 존재의 양식을 확인해보는 기회가 되기를 바랍니다.

덧붙이는 글

1. 앞에 이야기한 학교 밑 시장의 칼국수는 2021년 지금도 가끔, 아니 자주 찾아가 먹습니다. 역시 말없이 미소로 맞는 여주인이 그렇게 반가울 수 없는. 맛 또한 여전한데 TV 등에 과장되게 소개되는, 온갖 비법으로 짬뽕된 맛집들과는 거리가 먼 단순한. 2,500원짜리 칼국수를 한 그릇 먹고, 나머지 7,500원어치는 집에서 먹을 수 있도록 정성껏 싸서 담아줬는데 재작년 초에 6~7년 만에 3,000원으로 올랐지만 역시 본전이나마 건지는지 모르겠습니다. 가당찮은 고집이겠지만 어쩌면 정처 없는 노마드(Nomade)의 메마른 감정을 탈출하려는, 아니 사실은 이미 유령이 되어 배회하는!

2. 마찬가지로 앞에 이야기한 양주 2병을 그대로 가지고 있다가 역시 작년 마라톤클럽의 연말 행사 때 협찬했더니 엄청난 파장이 일어났습니다. 쉽게 접할 수 없는, 3~40년을 훌쩍 넘은 귀한 술이라는데 돈으로 아마 50만 원 이상 될 거라며 생전 처음 이렇게 귀한 걸 마셔본다고 하더군요. 전 그게 귀한 줄도, 아니 알았더라도 전혀 관심 없는데 말입니다. 그저 소주 한 병과 바꾸자고 해도 당장 바꿀. 어쩌면 삶은 그런 과장법으로 스스로를 위로하려는 건지도.

3. 역시 실과 실습을 하고 남은 마패표 컬러 재봉사 15통(한 통에 미니 실패 10개가 든) 중 3통과 아이들이 사용하고 남겨둔 열댓 개의 미니 실패는 버리지 않고 슬쩍 집에 가져와 8년여 지난 지금도 여러모로 잘 사용하고 있습니다. 검은 실은 이미 다 써버렸지만. 남겨둔 12통은 어느 분이 재봉틀 수업에 잘 사용했는지. 후후!

4. 참, 그 시절 큰누님이 깜박 죽을 뻔한 일도 있었습니다. 59년 부산 구덕 공설운동장에서 열린 시민 위안대회에서 갑자기 쏟아지는 소나기를 피해 한꺼번에 인파가 몰려나오다 철망이 무너지며 사람들이 깔려 죽는 사건이 벌어졌지요. 그때 누님

도 깔렸는데 다행히 상체는 깔리지 않아 겨우겨우 빠져나올 수 있었지만 긴박한 가운데 사정없이 밟히고, 철망에 긁혀 온몸이 피투성이가 되었다고 하더군요. 지금도 몸과 다리에 기다란 상처 자국이 보이지요. 얼굴에도 희미하지만 기다란 상처 자국이. 그때 50여 명이 죽었다고 하던데 살아나온 것만으로도 다행이라며 서글픈 미소를 짓는 걸 보며 우리 모두 그 시절을 살아낸 것만으로도 행복한 일이 아닐 수 없습니다.

제(29)주 학습지도 계획안

(2012년 10월 8일 ~ 10월 12일) 4학년 2반

한글날 단상 ① - 젊은 날의 독서 편력

≡ 다음 주 화, 수요일에는 〈현장체험학습〉을 갑니다. 기장 청소년 수련관에서 일박하고 수요일엔 수산과학관을 둘러보는. Out-Door 체험활동(오리엔티어링, 페인트볼 게임)과 장기 자랑 및 레크리에이션, 그리고 캠프파이어도. 어린 시절의 활동은 미래에까지 이어져 삶의 미소로 다가오지요. 아이들에게 좋은 추억이 한 겹 새겨졌으면 좋겠습니다. 지도안에 적혀있듯 준비물이나 주의점 등을 잘 살펴보시기 바랍니다.

저번 어느 소설가의 트위터 글에 대한 비판을 적은 바 있습니다. 언어에 대한 통찰과 겸손에 더욱 진지해야 할 작가가 문법과 진술 형식과 논리가 없는 일률적 아집에 사로잡힌 발악적인 글 수준이어서 저 역시 하나하나 자세히 지적한.

- 허접한백 : 띄어쓰길 함부로 하면 〈시베리아 유형〉보다 더 혹독한 벌을 받는다.

거기서 갑자기 〈시베리아 유형〉이란 말이 나와 혹자는 당혹했을 수도 있을 겁니다. 웬 유형(流刑)?

이 말은 세계에서 가장 위대한 작가로 꼽히는 '도스토예프스키'와 관련

한 이야기에서 나왔지요. 그는 인간과 삶에 대한 궁극적인 문제를 주로 다루었는데 인간 심리의 내면을 비상할 정도로 극한까지 파헤쳐 들어가 예리하게 묘사함으로써 현대인의 사상과 문학에 깊은 영향을 끼친 작갑니다. 『죄와 벌』, 『까라마조프家의 형제』라는 작품이 저절로 떠오르는군요. 그가 그런 인간 본연에 대한 처절한 고통과 방황, 초월의 작품들로 다른 소설가들과 확연히 구별 짓도록 만든 것은 그가 28세 되던 해에 겪었던 참담한 체험의 탓이 크리라 생각합니다.

그는 혼란스럽던 제정 러시아에서 유토피아 사회주의자 단체에 참여하여 정치 토론을 벌이다 당국에 발각되어 농민반란을 선동했다는 혐의로 사형선고를 받았습니다. 자세한 사실은 모릅니다만 황제인 짜르는 그의 재주를 높이 사서 그를 사형시키지 않고 대신 시베리아로 유형을 보내고싶어했지요. 그러나 다른 사람들과의 형평성이라든가, 반대파 관리들의 끈질긴 주청으로 사형을 선고하지 않을 수 없었다고 합니다.

1849년 12월 그는 상트페테르부르크(공산당 시절의 레닌그라드) 광장 사형대에서 두건을 뒤집어쓴 채 병사들의 총알을 마주하고 있을 때였습니다. 이미 두 사람은 머리에 총을 맞고 피투성이로 죽어갔지요. 한 명 한 명 총소리와 함께 죽어가는 소리에 그는 아마도 눈앞이 캄캄하고 온몸이 조여들어오는 소름끼치는 공포에 빠졌을 겁니다.

그런데, 아아! 그때 놀라운 일이 벌어졌습니다. 마차 한 대가 광장을 가로질러오더니 관리가 급히 뛰어내리며 크게 소리쳤습니다.

"사형을 중지하라. 황제의 명이다. 사형을 중지하라."

사람의 삶은 참으로 요지경 같습니다. 짜르 니콜라이 1세의 파발마가 1초만 늦었어도 우리는 미래에 태어날 위대한 그의 작품 이름들을 들어

보지도 못했을 겁니다. 물론 10여 년에 걸친 시베리아 유형에서 고통스런 삶을 살았지만 대신 자신에 대한 성찰과 삶에 대한 강렬한 희망의 끈을 놓지 않았기에 인간 정신에 대한 심오한 천착(穿鑿)을 할 수 있었지요. 덕분에 인류의 고전이랄 수 있는 대작들이 태어나게 됐습니다.

우리나라에도 그렇게 역사를 바꾸게 된 기막힌 예가 있습니다. 독립운동가 백범 김구(金九) 선생이 명성황후 살해와 관련된 일본 군인을 처단하여 인천 감옥소에서 사형을 앞두고 있을 때 고종 황제의 전화 한 통화로 살아날 수 있었습니다. 바로 그 직전 인천과 서울 사이에 장거리 전화가 개통되었는데 하루만, 아니 몇 시간만 늦었어도 우리가 아는 김구 선생 역시 존재하지 못할 뻔했습니다. 당시 일본은 김구 선생을 사형시키지 않았지만 석방하지도 않았지요. 하지만 결국 인천 감옥을 탈출하여 공주 마곡사의 스님이 되어 암자를 전전하는 피신 생활을 하기도 했습니다. 그런 요지경으로라도 민족의 사표(師表)를 지켜낼 수 있어 얼마나 다행인지 모르겠습니다. 역사는 순간의 서스펜스로 아슬아슬한 곡예를 타는군요.

그런데 오늘 제가 하고 싶은 이야기는 정작 그게 아니라 다른 말입니다. 같은 이야기지만 언어나 부호 하나도 얼마나 중요한지 일깨우기 위해 사람들이 만들어낸.

다음 두 문장에서 관리가 한 말은 어떤 것일까요?

- 사형 중지, 시베리아 유형!
- 사형, 중지 시베리아 유형!

그렇지요. 첫 번째 말은 사형을 중지하고 시베리아로 유형을 보내란 뜻이고, 두 번째 말은 시베리아 유형을 중지하고 대신 사형시키란 뜻입니다.

앞뒤 같은 자격을 가진 말이 이어질 때 쓰는 휴지부(休止符)에 불과한 반점(쉼표) 하나로 뜻이 완전히 반대로 변했습니다. 그것도 인류 역사상 가장 뛰어난 성찰을 보인 미래 대작가의 목숨을 담보로.

그에 비하면 〈아버지∨가방에∨들어가신다〉라는 예문은 직접적으로 아이들을 가르치는 몫으로 이야기되고 있습니다.

언어는 인간을 한정(限定)하고 동시에 표상(表象)하는 수단입니다. 언어로 생각을 나타내고, 집단의 가치가 생성되며, 현상을 해석합니다. 삶에 필요한 수단으로서 채택한 약정(約定)의 총체로 그 가치에서 삶이 영위되지요. 그게 언어의 기의성(記意性)입니다. 기의는 그 자체로 끝나는 게 아니라 수많은 또 다른 기의로 분화되어 세상을 거미줄처럼 섬세한 질서로 영위되게 합니다. 그러나 기의성이 상실되면 인간은 펄럭이는 낡은 깃발처럼 의미 없는 기표(記表)의 맹목으로 살게 될, 아니 기표도 사라지고 동물처럼 행위만, 아니아니 바람처럼 자연의 덧없는 움직임만 남을 겁니다.

인간의 정신과 삶은 언어에 병합되어야만 존재할 수 있습니다. 전에 언젠가 언급했는데 철학자 '하이데거'는 언어를 〈존재의 집〉이라고 하는 유명한 말을 했습니다. 이 말은 언어의 기의와 함께 그런 한정(限定)이라는 또 다른 의미에서 한 말인 것 같군요. 집이 없으면 삶과 정신이 해체되기 때문이지요.

저는 어릴 때부터 책을 좋아했습니다. 천마산 절벽 밑 어두운 학교 도서실에서 본 그 반들반들하고 가지런히 제본된 책들의 촉감과 무게가 무척 좋았습니다. 지은이의 생각을 느껴보고, 이야기를 따라가며 그 내용을 상상 속에 새겨보고, 나와는 전혀 관련 없는 세상을 온전히 나의 시선 안에 편입시킬 수 있는 마법의 효능에 감탄했습니다. 『신데렐라-Cinderella』를 읽고 유리 구두를 신고 호박마차를 타는 아름다운 환상을 떠올렸고, 「이순신 장군」의 배에 올라 적군을 물리치는 용감한 군인이 되어 고양된 흥분에 빠지기도 했고, 『노인과 바다-The Old Man and the Sea』에서 사투를 벌이고 피곤으로 잠든 '산티아고' 노인처럼 사자 꿈을 꾸고싶어했습니다. 언어가 무지개처럼 세상의 온갖 기의로 제 생각 속으로 들어왔고, 그래서 모든 것을 얼마든지 추체험할 수 있었습니다.

그러나….

세상에 책은 많고, 돈은 부족했습니다. 신기한 마법의 책 속으로 마음대로 여행할 수 없는 형편이 무척 아쉬웠습니다. 그래서 소풍 갈 때 받은 돈으로 쫄쫄 굶고 대신 책을 사기도 했지요. 국민학교 때 도서실에서 늦도록 책을 읽은 탓에 눈이 나빠져 안경점에서 눈에 맞는 렌즈 조각을 얻어 칠판의 글을 공책에 옮겨 적었단 이야기는 저번 주 이야기했지요.

중학교 시절이 생각나는군요. 금요일 저녁 부산진역에 가면 열차로 타블로이드판 신문 형태의 「주간 한국(週刊 韓國)」이 배송되어왔습니다. 아마 50년 가까이 지난 지금도 5•7배판인가의 책자 형태로 발행되는 걸로 알고 있습니다. 다른 아이들과 함께 그걸 사서 사람들이 많이 모이는 남포동에서 '주간 한국 사려' 소리치며 팔았지요. 2~30부에서 많게는 50부까지 팔아봤는데 군것질을 하고도 책 한두 권쯤을 살 수 있는 벌이였습니다. 그때 남포동은 입구 쪽인 충무극장(나중 왕자극장)에서 명성극장(국도극장)을 거쳐 국제시장 길 건너편 제일극장을 지나 부산극장까지 밤만 되면 넓은 길 양쪽으로 야시장(夜市場)이 열려 줄지은 칸데라 불빛으로 제법 화려하기까지 했습니다. 그 돈으로 그곳 책 노점상에서 봐뒀던 책을 샀을 때의 기분은 지금도 짜릿합니다. 제 서가에는 어느새 책이 차곡차곡 쌓였습니다. 「장화홍련전」, 「흙」, 「동백꽃」, 「벙어리 냉가슴」, 『이방인』…. 대개 5, 60년대 초 단기력(檀紀曆) 시절 4•6판의, 그래도 나중 국내 굴지의 출판사가 되는 을유문화사(乙酉文化社), 일조각(一潮閣) 등등에서 펴낸 초기 출판물들의 전성시대였습니다. 아, 그러니까 이젠 새삼 가물가물한 추억으로 남았는데 당시 책들 맨 뒷장엔 〈우리의 맹서〉라는 글이 꼭 실려 있었지요.

1. 우리는 대한민국의 아들딸 죽음으로써 나라를 지키자.
2. 우리는 강철같이 단결하여 공산침략자들을 쳐부수자.
3. 우리는 백두산 영봉에 태극기를 날리고 남북통일을 완수하자.

지금 사람들에게는 웬 엉뚱한 맹서라며 의아해하겠지만 반공(反共)을 국시(國是)의 제 일의(一意)로 하던 까마득한 시절 이야기였습니다. 태극기를 〈태죽기〉로, '알베르 까뮤'의 〈뮤〉字가 왼쪽으로 드러누운 〈먀〉로 인쇄되기도 한 것들은 식자공(植字工)들의 애교로 볼 수도 있던.

고등학교 들어갈 무렵 국제시장 끝 보수동 책골목까지 진출했습니다. 지금은 초량 산복도로 쪽으로 올라가는 입구를 확장하며 그쪽 언덕에 있던 열댓 개의 책방들이 모두 없어져버렸습니다만.(아마 지금 젊은 사람들은 대부분 잘 모르리란 생각도) 그 시절 그곳은 삶에서 받아들일 수 있는 모든 지식이 한꺼번에 살아 움직이는 신기한 마을이었습니다. 뱃일, 부두 매립 등등의 여러 가지 잡일을 하며 번 용돈으로 필요한 책들을 하나씩 샀습니다. 나중에는 그 책방 주인들과도 친해져 책을 바꾸기도 하고, 외상으로 구입하기도 했습니다. 군대 다녀온 후 자주 드나들며 주인이 바쁠 땐 잠시 점원이 되어 책을 버젓이 팔기도 했지요. 일명 〈나까마〉라고 누가 필요한 책이 있을 땐 어느 서점에, 얼마면 살 수 있다는 착한 브로커 노릇까지도.(하긴 책방 주인들은 어떤 책이 몇 번 책장 몇 번째 칸에 있는지 귀신같이 알아냅니다만.) 실제 청록서점인가를 운영하던 키 작은 아주머니가 책방을 제게 싸게 넘겨주겠다고 했는데 돈이 부족한 이유 등등으로 책방을 운영하지 못한 점은 아직도 조금 아쉬운 생각이 들기도 하군요. 지금 같으면 다른 방식으로도 인수해서 운영할 수 있을 텐데 말입니다.

아무튼 당시 본격적으로 세계문학전집이 나오기 시작했는데 전통 깊은 〈正音社〉에서 60년대 중반 펴낸 「세계문학전집」과 70년대 〈乙酉文化社〉에서 발간한 「세계문학전집」이 가장 유명했습니다. 둘 다 4 · 6판 우철(右綴) 세로 2단의 호화로운 양장본이었지요. 뭉크의 『절규』 같은 유명 미술가들의 그림-원본은커녕 쉽게 구경도 할 수 없는 전설적인 작품-들로 꾸민 반질반질한 커버를 초록색 두꺼운 표지에 두르고, 그걸 또 단단한 케이스에 담았는데 5~600페이지를 넘는 중후하고 꽉 짜인 장정(裝幀)이 참 볼만했습니다. 을유판은 제가 전편을 가지고 있어 모두 100권이 출판된 걸 알고 있지만, 정음판은 뒤 페이지에 안내 소개된 50권을 모두 갖고 있지만 그게 전편인지는 확실히 알 수 없습니다. 아무튼 세계문학에 대해 거의 무지하다시피 한 저로선 그 현황이나 흐름, 특징을 대강이나마 이해할 수 있었던 건 그 두 전집 때문이었다고 할 수 있지만 대신 그 탄탄한 내용과 묵직한 장정, 그리고 만만찮은 무게에 압도되어 쉽게 접근할 수 없었습니다. 제대로 읽어보지 못한 채 책장에 자석처럼 짝 달라붙어 꼼짝 못하고 있었습니다. 몇 년 전 이젠 아무래도 시력이 따라주지 못하고, 견고한 제책(製冊)의 무게에 압도되어 더 이상 집중하여 감당할 수 없을 것 같아 다른 책들과 함께 정리해버렸습니다. '강봉식(康鳳植)' 편역의 『그리샤 · 로마신화』, '귄터 그라스'의 『양철북』, '호우머'의 『일리아드 · 오딧세이』, 『일본단편문학선』 등등 몇 권만 호적처럼 남겨두고 다른 책들과 함께 골목 담벼락에 뒀더니 동네 폐지 줍는 할머니가 가져갔습니다. 이것저것 포함해 3~400권이 넘는 책들이라 엄청나게 횡재한 셈인데도 더 없느냐고 해서 웃어주었지요. 군대 제대하고 드나들며 제 또래로 친하게 지내던 명문당(名文堂) 주인에게서 제대 기념으로 아주아주 싼 값에-사실은 강제로 구입했던-〈大洋書籍〉에서 펴낸 전 30권의 〈世界思想大全集〉은 당시 쉽게 접할 수 없던 세계의 정신들과 만날 수 있었던 유일한 기회였는데 살기 바빴고, 크라운판 세로 2단에 500페이지를 훌쩍 넘는 그 엄청난 부피가 주는 마음의 부담으로 역시 제대로 읽어보지 못했습니다. 이사 다니며 벌써 버리려고 했는데 제대로 읽은 책이 거의 없는 것 같아 끝까지 다 읽고 말겠다는 미련으로 아직 책장을 지키는. 이젠 틈을 봐서 굿바이 해야 할 것 같군요. '칼 라일'의 『英雄崇拜論』, '래스키'의 『主權의 기초』, '에라스무스'의 『바보신(愚神) 예찬』, '헤겔'의 『역사철학』, '페스탈로치'의 『隱者의 황혼』, '프뢰벨'의 『인간의 교육』…. 명색이 교육자라면서 이런 교육학의 고전들조차 읽어보지 못한, 그저 붉은 볼펜으로 밑줄이나 함부로 그은, '列子' '管子' 등등 도가들의 생생함이 살아 숨 쉬는…. 근현대 지식과 사유의 원천이랄 수 있는 이런 고전들이건만 거의 아마추어적인 상식에 머물고 있는 저로선 생각만 해도 골이 지글거려지는군요. 과문한 탓이겠지만 아직 국내에 단행본으로 제대로 소개되지 않은 듯한 귀한 명저들도 꽤 되는 것 같은데 이젠 열정마저 꺼져 재만 남은. 그래선지 책은 번지레한 전집으로서보다는 단행본이라야 읽을 수 있다는 생각을 하기도 했습니다. 6~70년대 거실을 가득 채우며 유행한 장식품으로 전락해버린!

아무튼 이젠 그곳에 가본 지도 오래되어 아는 사람이 하나도 없지만 보수동 책골목이 전국적인 유명세를 얻어 찾아오는 사람들로 북적인다는 소식을 듣고는 청춘 시절 추억의 한 자락을 들춰보는 감회가 남다릅니다.

그렇군요. 고등학교 2학년 때 「月刊 中央」이 창간된다는 소식을 알고 바로 연간 정기구독을 한 생각도 나는군요. 어떻게 미리 소식을 알고 재빨리 신청해서 아마도 제가 제 1호 정기구독 회원이('첫 정기구독 회원이 되어 주셔서~' 라는 감사의 글이 있었던 것 같은?) 아닐까 하는 생각도 듭니다만 푸른색과 흰색의 겹친 말 그림이 화려했던(그 전까지 그렇게 반질반질하면서도 원색이 뚜렷했던 표지의 책을 본 적이 없는 것 같은) 묵직한 창간호를 받아들고 세상이 저에게만 은혜와 구원을 베푼 것 같아 감격했던 기억이 뚜렷합니다. 아마도 학생들의 영원한 베스트셀러 「學園」은 상식, 흥미 등등의 잡다한 내용들에 얼마 안가 관심이 떠나기 시작했던 모양입니다. 본격적인 세상과의 교류는 뇌리에 깊이 새겨진 그 청백의 말이 펼쳐내는 화려한 질주와, 학원 등의 책과는 다른 견고하고 세련된 변형고딕체에서부터 시작된 게 틀림없을. 지금도 잃어버린 그 창간호가 못내 아쉽군요.

그 즈음 월간 중앙의 창간과 관련하여 기존에 발간되던 「新東亞」, 「世代」지 등과의 경쟁이 꽤 치열하게 벌어지기도 했습니다. 당시 「思想界」는 60년대 말부터 읽어보긴 했는데 미처 제대로 이해하지도, 접해보지도 못한 채 폐간되었고, 월간 「知性」을 개제(改題)하여 1963년 6월에 창간된 「世代」지 등은 그 후 간간이 읽은 기억은 있지만 대체로 글자로만 꾸민 밋밋한 표지와 함께 내용 자체를 이해하지 못한, 흐릿한 기억만으로 남았을 뿐입니다.(월간 「知性」은 본래의 타이틀로 71년 11월에 재창간된 걸로 압니다만.) 아마도 화려한 표지의 신동아와 월간 중앙 위주로 읽어서 그 가치를 제대로 이해하지 못한 탓인지도. 아무튼 그 시절에 고급스런 월간지에 대한 지적 호승심을 달래줄 매체에 대한 욕구가 꽤 많았던 것 같습니다. 물론 「野談과 實話」, 「아리랑」, 「明朗」 등등의 잡지도 있었지만 그건 대중 월간지로서 연예, 사건, 오락, 정치, 또는 통속적인 읽을거리로 채워져 있었습니다. 연예인 위주의 화보가 갱지가 아닌 깔끔한 도화지로 표지와 앞 페이지 몇 장을 장식하고 있었는데 지금 생각해보면 오히려 단정하고 수수하기까지 보이지만 당시엔 괜히 부끄러워 눈길을 돌렸던 기억이 생생합니다. 아무튼 짧은 만남 이후로 멀어져버렸습니다.

또한 거기 연재된 몇 편들과 함께 엉뚱하게 '김내성(金來城)', '허문영(許文寧)', '방인근(方仁根)' 등등의 이름도 이리저리 기억에 새겨져 있습니다. 초창기 대중, 탐정, 통속소설들처럼 흥미 위주의 내용이란 생각이 강해서 당시 제 건방진 기준과는 꽤 떨어져 있었다고 생각합니다만, 그러나 어쩌면… 지금 와서 보면 5~60년대 대중의 취향과 시대적 요청에 무척 부합했던, 아니, 무엇보다 지금까지도 익숙한 제목의 작품들을 대부분 읽어보지 못한 점은 무척 안타깝기도 하군요. 김내성의 「청춘극장(靑春劇場)」, 「마인(魔人)」, 허문영의 「청춘교실(靑春敎室)」, 「방랑(放浪)의 귀객(鬼客)」, 방인근의 「마도(魔都)의 향불」, 「방랑(放浪)의 가인(歌人)」 등등의 제목이 아직 뇌리에 깊이 새겨져 있는데 이제와선 거의 전설적인 위치를 차지하고 있는 것 같아 현대의 소설들보다 훨씬 마력적인 욕망으로 존재하는 듯합니다. 아, 그러니까 갑자기 섬광처럼 어떤 이름이 떠오르는군요. 오랜 세월 까맣게 잊고 있던. 분명히 위의 어느 작품에선가 한 시대 명성을 드날린 유명한 탐정 '유불란'이란 프랑스 분위기를 풍기는 유려한 이름도 희미하게나마 기억에 겹쳐 나오는. 어쩌면, '김종래'나 '서정철' 등의 만화에서 주인공으로 등장한 인물인지도 모르지만 온전히 잊고 있었던 추억의 이름! 유불란! 연세 드신 분 중엔 저처럼 아직도 기억하고 있는 분도!

아무튼 그 후 〈청춘극장〉 등은 뒤에 영화나 드라마로 만들어져 당시 사람들에게 인기를 끌기도 했습니다.

그렇군요. 당대 최고의 베스트셀러였던 '김말봉(金末峰)' 여사의 장편소설 「찔레꽃」을 읽고 여주인공의 이름을 본떠 유행가로 만든 「정순의 노래」는 아직 제 가장 강력한 애창곡으로 자리 잡고 있습니다.

누구를 위하여 흘린 눈물인가?
누구를 위하여 맺은 사랑인가?
가시덤불 헝클어진 언덕길 위에
한 떨기 외로운 찔레꽃만 피었네
아름답게, 아름답게 호올~로 피었네.

청순하고 지적(知的)인 여성 '안정순'이 부호 은행장 집에 가정교사로 들어가면서부터 벌어지는 오해와 갈등, 그리고 실연과 고뇌의 4각 관계를 통해 암울한 일제 말기 청춘의 애증(愛憎)을 밀도 짙게 묘사하여 폭풍 같은 인기를 얻은 소설이었습니다, 통속적 주제와 군데군데 성긴 구성이 좀 거슬렸지만, 그러나 주제가는 정통 순수 가곡에도 절대 뒤지지 않는 높은 품격을 보인. 주인공 삶의 자취를 따라가며 부르다 보면 1~3절을 관통하는 견고한 고독(孤獨) 속에서 신성한 승화(昇華)의 눈물이 샘솟는 듯한 감동도. 어쩌면 소설보다 주제가가 더욱 돋보인. 아무튼 1957년 혜성영화사에서 '신경균(申敬均)' 감독이 동명의 영화로 만들기도 했습니다. '최무룡', 그리고 '신성일' 이전에 벌써 한국영화 최초로 〈청춘의 표상〉으로까지 불리던 '이민(李敏)'과 주제가도 직접 부른 '이경희(李景姬)' 주연으로. 물론 책과 노래는 제가 가지고 있습니다만 영화는 아쉽게도 아직! 해방 전부터 조선일보에 연재해왔는데 6·25 전쟁으로 부산 좌천동 산골짜기에 피난을 왔다 부산역(지금은 부산진역이란 이름으로 흔적만 남아있지만)에서 열차편으로 소설을 그때그때 조선일보로 부치면 신문사에서 받아 연재하곤 했다는 전설 같은 이야기가 전해 내려오는. 모두 한 시절 신문 연재소설의 폭발적 붐을 몰고 온 까마득한 시절 이야깁니다만.

당시 앞에 언급한 책들과 함께 교양 월간지의 경쟁이 심해져선지 매해 1월 신년호는 굉장히 묵직한 〈별책부록〉을 경쟁적으로 펴냈는데 본책보다 오히려 인기가 훨씬 많았습니다. 부록을 보려고 월간지를 산다는 이들도 많았거든요. 월간 중앙(中央)에선 「60년대를 움직인 名著들」, 「人物로 본 韓國史」, 「現代의 大課題 50選」, 「現代의 苦惱를 宗教에 묻는다」, 「광복 50년 한국을 바꾼 100인」 등등을 펴냈지만, 저뿐만 아니라 대체로 신동아(新東亞) 부록이 화려하고 견고한 장정과 내용으로 더욱 인기가 많았던 걸로 알고 있습니다. 제가 알기론 65년 신동아에서 「光復 20年 紀念 年表 · 主要文獻集」이란 제목으로 100페이지 안팎의 자료집 수준의 얇은 책이 처음 부록이란 이름으로 나온 걸로 알고 있는데 68년 월간 중앙이라는 강력한 경쟁지가 나온다고 해선지 그해부터 갑자기 굉장히 화려한 표지와 두툼한 제본으로 나오기 시작했습니다. 예전 미술 잡지 등에서 가끔 볼 수 있었던 '윤명로(尹明老)' 화백의 판화(版畵)로 붉은 바탕에 무슨 열반(涅槃)의 성수(聖樹) 분위기를 풍기는 동그란 나무로 표지를 화려하게 꾸민 「세계를 움직인 百卷의 책」을 필두로, 69년 「韓國의 古典 百選」, 70년 「韓國 近代人物 百人選」, 71년 「現代의 思想 77人」 등으로 새해의 화제를 온통 휩쓴 부록들이 참 볼만했습니다. 정기구독하며 본책 보다 부록을 기다릴 정도였거든요. 워낙 방대한 내용이라서 모두 세로 3단으로 조판했지만 그래도 300쪽을 훌쩍 넘을 정도로 만만찮은 무게감이었습니다. 어린 저로서도 본책을 잡아먹을 정도로 이렇게 화려하고 두툼한 부록을 계속 만들다가는 얼마 가지 못해 망하지나 않을까 싶은. 그 후로도 「現代 世界의 藝術家 129人」, 「中國의 古典 百選」, 「역사를 움직인 100권의 철학책」, 「현대 한국의 名著 100권」, 「世界를 움직인 100人 그 人間과 行動哲學」 등등

백과사전처럼 정신없을 정도로 세상을 촘촘하게 편집한 현란한 부록으로 압도했습니다. 저뿐만 아니라 다른 사람들에게도 부록이 굉장한 화제여서 새해 부록에 대해 궁금한 이야기들을 나누기도 할 정도였지요. 지금은 신동아, 월간 중앙, 월간 朝鮮 등이 발간되고 있는지도 모를 정도로 마음이 함께 늙어버렸지만. 여하튼 앞에 열거한 부록들뿐만 아니라 다른 부록도 포함해 40년을 훌쩍 넘긴 여태까지 초창기 종합월간지 부록 전성시대의 책들을 꽤 많이 가지고 있다는 자부심은 저만의 기쁨임에 틀림없을 겁니다. 물론 「中國百科」(신동아), 「日制 治下의 禁書 ○○卷」(신동아), 「80년대 민족·민주 운동」, 「中國의 祕密 300문답」, 「세계의 민속 사전」 등등 8~90년대 나온 부록들이 있었는데(제목이 올바른지 모르겠군요) 그 시절엔 이미 20대의 열망이 사그라져선지, 아니면 제대 후 사회생활을 시작하며 왠지 쉽게 접근하지 못한 것 같습니다. 구입했는지 안했는지? 그저 시간의 골짜기에서 멋대로 흘러가게 내버려둔 것 같군요. 이번에 새삼 찾아보니 86년 「오늘의 思想 100인 100권」, 87년 「세계를 움직이는 100人 그 人間과 行動哲學」, 88년 「현대 한국을 뒤흔든 60대사건」. 90년 「80년대 韓國사회 大논쟁집」, 95년 「광복 50년 한국을 바꾼 100인」 등등 훨씬 뒤에 나온 부록들도 몇 권 보이는데 왠지 미련퉁이의 고집 같은 느낌도 드는군요. 한때 젊음의 열정이었지만 그만큼 시간의 망각에 흐릿해진 것 같습니다.

예전부터 이 부록들에 대해 이야기하거나 찾는 사람들이 많이 있었고, 몇몇 분들이 생각보다 엄청 비싼 값으로 구입하겠다는 이야기도 했지만 돈보다도 소장한다는 의미가 그보다 훨씬 더 강했지요. 낡아서 실로 묶고, 본드를 칠해 단단히 고정시켰지만 그런대로 상태가 좋아 나중 때가 되면 지금 우리 학구에 있는 〈서동 도서관〉에 기증할 생각입니다. 아무튼 전무후무한, 한 시대 일진광풍처럼 불어 닥친 월간지 부록 전성시대가 지금은 아련한 추억으로 자리 잡은.

종합월간지 이야기를 하다 보니 갑자기 기억 속에 뚜렷이 떠오르는 내용이 있는데 아주아주 먼 옛날(70년대 초?) 신동아에서 '앙리 샤리에르'란 사람이 남미에 있는 프랑스령 '기아나'의 감옥에서 탈출을 거듭하다 결국 성공했다는 『죽음의 섬에서의 탈출』이란 제목의 자서전을 읽고 그 불굴의 집념에 감탄한 기억이 아직도 생생합니다. 훨씬 뒤 '스티브 매퀸' 주연으로 『빠삐용-Papillon』이란 제목의 영화로 나왔을 때 눈앞에서 펼쳐지는 생생한 화면에 새삼 고개를 끄덕인 기억도. 기타 독립운동과 관련하여 북간도의 〈明東학교〉, 만주 〈신한촌(新韓村)〉 같은 르뽀 이야기 등등도 이제 와선 흐릿한 기억으로나마 새겨져있습니다.

아무튼 이 글을 쓰며 이 부록들에서 몇몇 내용이나 좋은 문장 등을 참고하기도 해서 무척 기분이 좋습니다.

군대 가면서 영도 태종대 근처 하리(下里) 바닷가 자취방에 어렵게 구한 귀한 책 7~800여 권을 맡기고 갔는데 일 년 만에 휴가 나오니 개발로 동네 자체가 몽땅 사라져버려 얼마나 아쉬웠던지. 마치 그 앞의 생이 아무런 의미도 없이 삭제된 것 같아 미칠 것 같았습니다. 마침 그 휴가 때 제 첫사랑의 플라토닉도 끝나버린 걸 확인하고 마치 청춘이 〈굿바이〉하며 절 내동댕이친 것 같아 실제 휴가 동안 심각한 자학으로 끙끙 앓아눕기도 했습니다. 무슨 영화처럼 안타까운 장면도 있어 어머님과 누님이 혹 무슨 일이 있을까봐 절 단단히 감시하기도. 결코 잊을 수 없는 순연(純然)한 첫사랑의 기억에다 하나하나 사연들이 깃든 책들의 이미지가 강하게 치고 들어오며 모두 되돌릴 수 없다는, 그리고 이제 삶을 예전처럼 바라볼 수 없겠다는 예감으로 귀대하면서 '아, 이제 〈청춘의 문〉을 통과하고 있구나' 하는 무슨 드라마의 애틋한 별리(別離)의 주인공을 떠올리기도.

제대 후 사회생활을 시작하며 예전부터 드나들었던 서면 〈부전도서관〉에서 살다시피 했습니다. 아마 부산 최초의 도서관으로 기억되는데, 거기서 모두 다 하는 취업공부는 제쳐두고 엉뚱하게 문학과 철학, 사회과학 책을 주로 보며 비슷한 취향의 선후배들과 〈라이브러리 학파〉를 결성하여 각자의 원고를 일일이 손으로 쓴 등사본 회보를 내기도 했습니다. 밤늦게 도서관 뒤 골목 포장마차에 둘러앉아 술을 마시며 어쭙잖은 사자후를 토하던 그 젊은 날이 지금 생각하면 논리와 감성의 융합으로 새로운 탐험처럼, 인생에서 다시는 맛보지 못할 아름다운 낭만이 감정교육으로 팍팍 꽂히던 황금기가 아니었나 싶은. 진작 잃어버렸지만 당시 등사판 회보에 청춘의 여러 아이러니한 장면들과 그 인상을 점묘(點描)식으로 표현한 「청춘은 백화만발(百花滿發)」, 男과 女의 연애 줄다리기 끝에 우연찮은 사건으로 제각각 엉뚱한 사람들과 결혼하게 되는 내용의 「지상(地上)의 비극은 또 다른 인생 희극(戱劇)」 등의 어설픈 낭만주의자를 자처하는 글을 써서 모두의 칭찬에 머리를 긁적이며 한턱 내던 기억도. 아마도 제가 가장 먼저 유명한 문인(文人)이 될 거라고 추어주던 그 친구들은 지금 모두 어떻게 되었는지, 한때 제 곁으로 다가와 시와 인생에 대해 많은 이야기를 나눴던 참한 시인 지망 여대생은 꿈을 이루었는지! 저처럼 생활의 최전선에서 허덕이며 살아가는 모습으로는 아니었으면 합니다만.

부산 시내의 책방이란 책방은 다 돌아다녔습니다. 조방(朝紡) 앞, 대신동, 부산대, 괴정…. 부산의 유명서점은 물론 조그만 책방들도 대부분 알았습니다. 책방 이름만 대면 어디에 있는 책방인지, 주인이 누군지 달달 외우고 있을 정도지요. 심지어 어느 책방, 어디 쪽 진열대, 위에서 몇 번째 줄, 왼쪽에서 몇 번째 칸에 무슨 책이 있는지도. 꼭 갖고 싶은 책이 있는데 주인이 적정가격보다 훨씬 비싸게 부른다 싶으면 한참 지난 후 비슷한 크기의 빈 책 케이스를(그때 전집은 올박스에다 각 권마다 단단한 케이스에 들어있었지요) 신문으로 포장하여 별로 필요없다싶은 책을 넣어 옆구리에 끼고 구경하는 체하다 슬쩍 바꿔 나오며 바가지에 대한 응징을 한 적도 있었고, 동보서적과 함께 부산에서 가장 커다란 책방으로 유명한 〈영광도서〉에서 책을 훔치다 들켜 매 맞는 학생을 위해 대신 돈을 지불하기도 했습니다. 책 서리는 그렇게 크게 야단치지 않는다고 생각할 수 있겠지만 아마 주식회사고, 대형서점이다 보니 책 서리가 워낙 많아서 그렇게 모질게 한 것 같기도. 제 경험과 매치시켜 그랬는지는 모르지만 지금도 그 학생이 훌륭한 교양인으로 성장했기를 그려봅니다.

거금을 주고 명함 반쪽 크기의 동그란 장서인(藏書印)을 만들어서 책을 구입할 때마다 찍어 일일이 〈한소-254〉, 〈서철-전-38〉 등등 나름의 분류번호와 구입일, 〈대신서점〉, 〈친구○○○〉 등의 구입 장소와 사람 이름 등을 기록했습니다. 한소→한국소설, 서철→서양철학, 전→전집 등등. 반딧불 반짝이는 선명한 그림이 있는 붉은 장서인! 세상에 나만의 책을 가지고 있다는 그 증표는 가장 큰 행복이었습니다. 지금의 아이들이 갖고 싶은 화려한 전자기기 모두를 다 얻는다 하더라도 그때의 행복에는 한참 미치지 못할. 몇백, 몇천만 원을 준다고 해도. 젊은 날 추억의 선명한 문신과 같으니까요. 그러나 이사 다니다 일찍 그 도장을 잃어버린 후 대신 선생님들에게 〈참 잘했어요〉 같은 숙제 도장을 만들어 파는 분에게 특별히 주문해 만든 네모난 장서인은 크게 마음에 들진 않았지만 그런대로 사용하고 있었는데 한참 잊고 있다 5~6년 전 어느 날 보니 고무 부분이 찐빵처럼 부풀어 올라 사용할 수 없어져버렸습니다. 버리지는 않은 것 같은데 어디

있는지? 그리고 〈소장 도서목록〉이란 이름의 대학노트 2권도 언제부턴가 보이지 않는. 지금은 힘과 열정이 사그라진 탓인지 관심마저도 함께 사라져버렸군요.

파손되거나 낡은 책을 깨끗이 복원하는 일도 즐거움 중의 하나였습니다. 65년 眞文社에서 간행한 '金一湖' 편역의 「방랑시인 金笠詩集」이나, 58년 정음사 간 전 서울대 교수로 철학자였던 '김준섭(金俊燮)' 선생의 「實存哲學」 등등은 4·6판의 얇고 작은 〈딱지본〉 시절 수준의 제책으로 너무 낡아 버릴까 하다 그래도 책의 저자, 그리고 역사적 의미나 존재가치를 대강 알고 있었기 때문에 비슷한 종이로 덧대고, 종이풀로 단단히 붙여 그런대로 되살린 것 같아 내내 만지며 흡족해했습니다. 뒤에 제본이 헐거워진 다른 책과 함께 파이프처럼 속이 뻥 뚫린 송곳으로 일일이 뚫어 실로 단단히 고정시켰지요, 표지가 없는 책은 두꺼운 종이를 덧댄 후 제 멋진 디자인 솜씨로 제목과 그림을 채워 넣었습니다. 요즘은 우드락 본드로 폐기처분될 책까지 단단히 복원할 수 있을 정도로 책 복원은 제 전문이었습니다.

책이 넘치다보니 제대로 된 책장이 필요했습니다. 쉽게 구석에 쌓다 보니 간수하기가 여간 성가시지 않았고, 때에 따라 곰팡이가 피거나 종이가 달라붙는 경우도 있었지요. 하지만 무엇보다 커다란 책장에 책들을 정리해놓고 싶은 사치한 마음이 앞섰습니다. 남들은 번듯한 살림살이나 웅장한 오디오세트, 트로피, 식물, 고가의 서화와 양주 등으로 거실을 꾸미거나 전시한다고 했지만 전 무엇보다 책이 가득 찬 책장에 더욱 끌렸습니다. 82년 무렵 보수동 책골목에서 산 쪽으로 조금 더 올라간 방 두 개짜리 집에 혼자 세 들어 살면서 이왕이면 이 기회에 마련하자 싶은 생각을 했습니다. 하지만 가구점의 책장들은 겉모습만 잘 꾸며놓았을 뿐 튼튼하지 못했습니다. 전 천년을 견뎌 낼 정도로 튼튼하고 묵직한 저만의 원목 책장으로 꾸미고 싶었거든요.

근처 목재소에 가서 제가 심혈을 기울여 설계한 책장을 보였더니 사장님이 고개를 저으며 말하더군요. 3㎝ 굵기의 원목 통나무 책장은 나무를 단단히 말려 제작해야 하는데 시간이 많이 걸리고, 무엇보다 엄청 무겁고, 그리고 돈이 많이 들어 쉽지 않다고 하더군요. 하더라도 가구 전문회사에서는 다양한 장식으로 예쁘게 꾸밀 수 있지만 〈목재소〉에서는 그렇게 할 수 없고 그저 통나무를 잘라 못질하여 니스를 칠하는 수준으로 제작할 수밖에 없다고 했습니다. 저는 책을 담는 책장은 그 기능만으로 충분하니까 해달라고 했습니다. 특별히 7단으로 제 키보다 더 크고, 거실이나 부엌의 장식장, 찬장들과 비교해도 못지않을 정도로 여닫이 유리창 테두리 부분은 곡선으로 마감해서 고급스런 느낌이 나는 책장 2조와, 아랫단은 큰 책도 진열할 수 있도록 칸을 높게 하고 그 위쪽 3단 전체를 유리로 밀고 당길 수 있도록 미닫이를 달고, 맨 아래는 물건 등을 넣을 수 있도록 2단 높이에 앞쪽으로 돌출되도록 한 후 여닫이 나무문 2개로 개폐할 수 있도록 만든-, 투박하지만 나름 견고한 느낌이 나는 책장 3조를 주문했습니다. 돈은 생각보다 많이 들었지만 이것저것 화려한 장식을 없애고 오랫동안 상상만 하던 근사한 책장을 가지게 되어 비로소 번듯한 서재를 가진 듯한 만족감으로 행복해했지요. 그동안 이사를 많이 다녀 니스도, 황토색 칠도 많이 벗겨지고(제가 덧칠을 하다 힘들어 그만두기도 했습니다만), 유리가 깨진 건 물론 군데군데 상처투성이로 고물처럼 변했지만 말입니다. 장식장으로도 멋진 화려한 책장 2조는 새것처럼 깔끔했지만 사정상 이곳저곳 떠돌아다닐 때 크기나 무게가 감당하기 힘들어 벌써 전에 버렸습니다. 고급스럽고 무엇보다 단단한 원목이라서 백년이 지나면 그야말로 보물대접을 받을 수 있으리라 싶은데 골목에 뒀더니 그날 당장 누군가 포터에 싣고 가버렸다고 해서 밤새 얼마나 아쉬웠던지! 그만큼 멋지고 천년을 갈 정도로 튼튼했습니다. (제 아이들이 어릴 때 그 앞에서 찍은 사진과 비디오가 있어 대신 달래고 있지만. 아마 책을 좋아하는 어느 분 서재나 안방에서 제게 마저 받지 못한 사랑을 듬뿍.)

그러나 역시 책이 많아지니까 짐이 되기도 했습니다. 그럴 땐 꼭 필요하다고 생각한 것만 빼고 팔거나 고물로 버리기도 했습니다. 그리고는 또 다시 모으고, 이사 갈 때 또 버리고….

나름으로 귀하게 생각한 책들도 와중에 많이 없어져버렸습니다. 「현대문학」과 「사상계」, 「월간 중앙」 등의 창간호, '孫昌涉'의 4 · 6판 소설집 「비오는 날」, 日新社 간 '까뮈'의 『반항적 인간』, 또는 '사르트르'의 『유물론과 혁명』. 89년 해외여행이 자유화되기 전 벌써 세계여행을 하며 신기한 세상의 여러 모습들을 소개하여 큰 인기를 끈 '김찬삼(金燦三)'의 해외여행 전집, 을유판 〈진단학회(震檀學會)〉에서 펴낸 전 5권의 「韓國史」. 정음사 크라운판 600쪽 안팎으로 전 4권으로 나온 『셰익스피어 전집』과 역시 정음사간 정봉화(鄭鳳和) 譯의 버어튼판 전 4권의 『아라비언 나이트』 전집 등등….

반항적 인간이나 유물론과 혁명 등의 문고본은 그리 어렵지 않게 보수동 책골목에서 얻다시피 새로 마련했지만. 훨씬 나중 지인에게 빌려줬던 셰익스피어, 아라비안나이트 등의 전집은 지인이 소식도 없이 어느 순간 타지로 이사 가버려 찾을 수 없었습니다. 도대체 그 무거운 책들이 한국 최초의 완역본으로서 그 화려했던 인기와 가치를 휘날렸음을 알기나 했는지? 내 그 아쉬움은 생각해봤는지? 진단학회의 한국사는 그 가치가 만만찮은 책이지만 언제 없어졌는지 알 수 없었는데 뒤에 큰누님 집에서 발견했습니다. 아마도 90년대 말 어머니와 함께 떠돌아다니며 마침 빈집으로 있던 시골 큰누님 집에 들어가 살 때 두고 온 듯. 김찬삼의 해외여행 전집은 보수동 책골목에서 비슷한 나이의 새파란 젊은 사장이 서점을 확장할 때 망치를 들고 며칠 도와줬더니 한창 인기 있는 책이라며 일부러 주던데 전 별로 관심이 없어 작은누님에게 줬지요. 근데 나중 물어보니 벌써 전에 읽고 남에게 줬다고 하더군요.

어느 책방 주인에게서 누가 1953년 4월에 발간된 「사상계」 창간호를 가지고 있다는 이야기를 들었는데 예전 구입할 때에 비해 금액이 너무 과하다 싶어 조금 뜸을 들이고 있었습니다. 그런데 어느 날 나이 지긋한 중년의 남자가 먼저 사갔다는 이야기를 듣고 그 사람도 책을 사랑하는 사람이구나 싶어 안심하기도 했습니다. 부디 잘 간직하기를 빌며.

그런데 기막히게도 잃어버렸던 '손창섭'의 소설집 「비오는 날」은 십여 년 전 엉뚱하게 현장체험학습으로 을숙도를 다녀오다 사하 버스 정류장 앞 헌책방에서 되찾았습니다. 日新社에서 4·6판으로 출간한, 짙은 초록 바탕에 붉은 금붕어 그림이 그려진 표지는 사라져버렸지만 제가 이별에 관한 단상으로 쓴 낙서와, 제가 소장하기 이전의 원주인인 〈高麗大學校〉라는 푸른 장서인이 속표지에 그대로 있고 맨 뒷장에 제 주소와 이름이 세로로 적힌. 만약 제가 그때 교육연수원에 일이 있어 다른 선생님에게 아이들을 부탁하고, 그래서 그 책방 앞에서 버스를 기다리고, 그리고 책방을 기웃거리다 들어가지 않았더라면 영원히 만나지 못했을 겁니다. 지금은 워낙 귀한 책이라서 어디서도 찾을 수 없거든요. 제 신분증을 보고 주인도 신기한 듯 그냥 주겠다고 했지만 무난한 값을 치르고 되찾았습니다. 제 젊은 날과 같이 방황의 시절을 보내고 운명처럼 돌아온 탕자를 맞는 부모처럼 표지를 새로 꾸미고 구멍을 뚫어 실로 단단히 묶었습니다. 손창섭과 함께 마치 한 시대 우울한 실존의 표상처럼 빠졌던 '장용학(張龍鶴)'이나 '김성한(金聲翰)' 등과 직접 마주한 듯 뿌듯했습니다. 재작년 그가 일본에서 죽었다는 구름 같은 이야기를 듣고 자학과 희롱. 실존의 부재를 살았던 그에 대한 우울한 조종(弔鐘)을 가슴에 새겨보기도.

단기(檀紀) 4291년(서기 1958년) 東國文化社에서 발행된 '이선규(李善圭)' 역 '해롤드 디 라스웰'의 『權力과 人間-Power and personality』은 (훨씬 뒤 80년대 중반까지 우철 4·6판에 그것도 2단 세로읽기가 대부분이었는데 놀랍게도 단기력을 쓰던 50여 년 전 그 시절에 벌써 현대적인 좌철 5·7판에 280쪽의 〈가로읽기〉로 출판되었으니 얼마나 최첨단 고급 출판물인지 알 수 있지요. 혹 학회나 출판문화의 역사에서 어떤 의미가 있는 책인지 모르겠습니다만.) 20여 년 전부터 보이지 않아 잃어버렸다고 아예 잊고 살았는데 믿을 수 없게도 5~6년전 어느 날 매일 눈앞에서 보던 책장에서 타임머신을 타고 나타난 듯 홀연 눈에 띄어 참 놀랐던 기억도. (근데 지금 책장에서 또 보이지 않는군요. 가슴이 철렁합니다. 자주 이사 다니느라 박스에 담겨 있으리라 생각은 하지만.) 아마도 본격적으로 접한 외국의 철학, 사회과학 분야의 책이 아닌가 생각되는데 그의 정치와 권력, 선전, 상징 등 매체의 효과와 관련하여 어지러운 단상들도 누렇게 변한 책과 함께. 그런대로 깔끔한 상태지만 전체적으로 너무 낡아서 아마도 출판사와 원고 자체도 사라져버렸겠지만 재출간 되었으면 하는 생각이 특히 간절한. 그가 아직도 국내에 제대로 알려지지 않은 학자이기 때문에라도(나이가 많은 듯한데 생사도 불명한!) 그의 다른 저작들과 함께 새롭게 번역되어 나왔으면 하는 욕망도.

기타 檀紀 4288년 민중서관(民衆書館)판 '이희승(李熙昇)' 선생의 「國語學槪說」과 89년 일조각(一潮閣)판 「벙어리 냉가슴」, 94년 경문사(耕文社)에서 발간한 유명한 원예학자 '유달영(柳達永)' 선생의 「素心錄」, 정음사 刊 한글학자 '허웅(許雄)' 선생의 「國語音韻論」, 시인 '박목월(朴木月)' 선생의 「구름에 달 가듯이」, 국문학자 '조윤제(趙潤濟)' 선생의 「國文學史槪說」, 의학박

사이자 수필가로 활발한 활동을 하던 '최신해(崔臣海)' 선생의 「文庫版人生」 등등 작고 낡은 책들이 부끄럽다는 듯 지금도 책장 구석에 먼지를 뒤집어 쓰고 숨어있군요. 대부분 5~60년대 세간에 많이 회자 되던, 시대의 전면에서 활발한 활동으로 화제를 몰고 다녔던 분들이지만 지금은 시대를 잃어버리고 대부분 돌아보지도 않는. 아니 살아계시는지도 의심스러운. 아무튼 살기 바빠, 혹은 어려서 잘 읽어보지 못했던 책들이 거의 대부분이었지만 쳐다보는 것만으로도 배가 불렀던 책들이었습니다. 지금은 다 없어지고 몇 권 남아있지않지만 말입니다. 해군 군가에 〈c'est la vie 쎄라비-이렇게 사는 것도 인생인가 하노라〉라는 마지막 구절이 있다고 알고 있는데 지금은 그렇게 아쉬운 마음을 흐르는 인생에 비유하며 자위하고, 그리고 신나게 부르며 살고자 했던 건 아닌지.

그런데 다 같은 책이라지만 나라와 역사, 그리고 거기서 생성되는 문화의 자존심이라는 가치로 생각할 때는 을유문화사를 통해 47년부터 57년에 걸쳐 조선어학회에서 순차적으로 발간한 전 6권의 「조선말 큰 사전-일명 말모이 사전」은 제가 가지고 있는 모든 책들 중 가장 가치 있는 책이 아닐까 생각합니다. '주시경' 선생 필생의 소원이었지만 애통하게도 너무 일찍 돌아가시는 바람에 안타까워하던 후배 학자들의 손으로 만들어져 나온 우리나라 첫 국어사전이었으니까요. 일본제국주의가 〈조선어학회 사건〉을 일으켜 회원들이 모두 구속당하고, 그 과정에서 옥중에서의 죽음, 또는 분개한 동지의 자결 등 많은 사연들을 겪었고, 작업 중이던 원고 뭉치를 압수당한 후 사라져버려 모든 희망이 물거품이 되었을 때 서울역 창고에서 극적으로 발견되어 다시 출판할 수 있게 된 일, 6•25 때의 황급한 피난으로 원고를 땅에 파묻어 보존한 점 등등…, 기막힌 사연을 가진 사전입니다.(뒤에 3판부터는 「한글학회 지은 큰사전」이란 이름으로 발간되었지요.) 초판은 아예 구할 수 없고, 재판, 3, 4판 등 오랜 시간 한 권씩 따로따로 구입한다고 꽤 고생했지요. 50년대 낡은 책인데다 《판도라의- 궤(Pandora-櫃) 【이】 〖종〗 유피터르(Jupiter) 신이 판도라에게 인간의 모든 죄악과 재화를 싸서 넣어 준 궤》 라고 지금과 다른 표현과 글자체로 인쇄되어 무척 낯설고 낡았지만 아마 금액으로도 십만 원은 거뜬히 넘기리라 생각합니다. 우리말과 글과 정신이 깃들 수 있는 최초의. 누군가의 말처럼 주시경 선생이 뿌린 씨앗은 〈썩지 않는 한 알의 보리가 되어 광복 후 민족 교육 부흥의 씨앗〉이 되었던 겁니다.

좀 다른 경우로 고등학교 입학 무렵 이미 은퇴한 유행가수 '고복수(高福壽)'가 책 외판원으로 우리가 세 들어 살고 있던 용대 공장 옆 넓은 공터를 방문했을 때 '백수사(白水社)'에서 간행한 전 5권의 베스트셀러인 「韓國短篇文學全集」을 구입한 점입니다.(그때는 무슨 전집이 유행이어서 거실을 전집으로 꾸미는 가정이 많았지요. 사람이 직접 무거운 책을 등에 지고 할부로 팔러 다니거나 주렁주렁 무슨 상자처럼 커다란 라디오를 가득 메고 팔러 다니는 사람도.) 표지 왼쪽 위 구석에 단순히 선으로만 그린, 날개를 펄럭이며 솟아오르는 사람의 윤곽선이 인상적이었고, 그 전까지 각 시대별 한국 단편문학의 정수들을 작가별로 선별, 게재한 전집이 아마도 없었던 때문인지 참신했던 기획이 돋보여 10년 넘도록 엄청난 히트를 했는데(58년 全 3권으로 초판이 발행된 걸로 압니다만.) 월부지만 고등학생인 제가 맘 크게 먹고 구입한 비싼 책이었습니다. 맨 뒷장에 지금도 고등학교와 학년, 학반, 그리고 제 이름이 자랑스럽게 적혀있는. 한국문학에 대해 대강이나마 이해할 수 있게 된 것도 이 책 덕분이라고 할 수 있습니다. 「레디 · 메이드 인생」이니 「쇼리 · 킴」, 「미해결의 장(未解決의 章)」, 「실비명(失碑銘)」, 「광염(狂炎) 소나타」 등등의 멋있는 말들을 한동안 되뇌기도. 그 후 숱하게 나온 문학 전집들의 원본적인 의미로 깊이 새겨져 있습니다.

그때 기웃거리던 작은 누님은 삼성출판사에서 전 5권으로 간행된 월탄(月灘) '朴鍾和'의 베스트셀러 「자고가는 저 구름아」를 구입했습니다. 4년여 동안 조선일보에 연재되어 그야말로 유례없는 절찬을 독점했던. 이조 당쟁(黨爭)의 추악한 참상을 배경으로 송강 '정철(鄭澈)'의 기구한 행로와 그를 연모한 절세가인 강아(江娥)의 애절한 삶, 참담하고 굴욕적인 왜란(倭亂)과 당쟁에 휩쓸린 궁중비극에 취해 두 전집을 돌려가며 재미있게 읽은 기억이 생생합니다. 가끔 작은 누님과 그때의 이야기를 나누며 까마득히 떠나보낸 청춘 시절을 되돌아보기도 하지요. 당시 저는 가수 고복수와 그의 노래들을 잘 알고 있었지만 실제로 본 적이 없었는데 같이 있던 큰형과 인사하며 그 훌쭉하게 키가 큰 외판원이 바로 가수(歌手) 고복수라는 걸 알았습니다. 지금도 그 책을 보며 무거운 전집 박스를 등에 지고 안경을 쓴 큰 키의 구부정한 모습과 「타향」이나 「사막의 한」, 「짝사랑」 같이 가늘고 처량한 바이브레이션이 두드러진 그의 히트곡들처럼 삶은 꿈처럼 열광과 화려, 젊음과 이별하고 엉뚱한 곳을 헤매는, 수수께끼처럼 이해할 수도, 알 수도 없는 운명의 힘에 휘둘리는 부분도 있구나란 생각을 하며 어쩌면 저도 그렇게 꿈처럼 흐를지도 모른다는 예감으로 밤에 잠들지 못하고 뒤척였던 기억도.(결국 저도 그렇게 먼 곳을 떠돌다 여기까지 왔지만 말입니다.) 훨씬 뒤 장마 때 1, 3, 4권이 빗물에 잠겨 거의 버려야 할 지경까지 갔지만 한 장 한 장 일일이 선풍기와 헤어드라이로 말린 후 며칠 무거운 쇳덩이로 꽉 눌러 반듯하게 되살려냈습니다. 아쉽게 첫째 권은 너무 훼손이 심해 버렸지만 나중 표지가 다른 판본으로 채워(역시 많이 낡았습니다.) 제 책장을 아직도 고리타분하게 지키고 있습니다. 어쩌면 제가 알고 있는 한국 소설문학의 알파와 오메가에 틀림없을. 고등학교 때부터니까 50년 가까운 동안 정말 저와 끈질긴 인연으로 얽힌 책이군요.

책은 인류가 만든 가장 찬란한 발명품입니다. 자그마한 책 한 권에 신묘한 이야기가 마법처럼 펼쳐지기도 하고, 내가 전혀 이해할 수 없었던 정교한 정신과 사상을 요술처럼 머리에 새겨놓기도 합니다. 극미(極微)의 세계에서부터 광활한 우주까지, 태초에서부터 미래까지, 원시에서부터 매트릭스까지…. 『천체의 회전』에서 『상대성원리』, 『일리아드와 오딧세이』에서 『닥터 지바고』, 「황조가」에서 「진달래꽃」, 『베다』, 『대장경』에서 『존재와 무』까지…. 시대와 학문과 예술과 사상에 이르기까지 모든 것이 다 담겨 있습니다. 책을 통해 알 수도, 상상할 수도 없는 상황과 생각들을 추체험할 수 있다는 것은 달나라에 착륙한 것만큼이나 강력한 흡인력을 지니고 있습니다. 글자 하나하나에 〈신의 의지〉에 버금가는 인간의 찬란함과 원대함을 심어놓은. 누군가가 말했다지요? 〈돈 많은 백만장자보다 책을 가진 거지가 되겠다〉라고. 당장 돈 1억을 줄 테니 바꾸자고 하더라도 제가 모르는 신비한 세상을 출입할 수 있게 해 주는 책의 마법을 포기할 순 없지요. 책은 손오공처럼 저를 분신(分身)시켜 그 수만큼 세상의 맨얼굴을 맛보게 하는 마법의. 그야말로 인류의 총화가 내장된 초초고밀도 집적회로가 아닐 수 없습니다.

그 책들은 주로 도서관에 모여 있습니다. 개인이 모든 책들을 다 일일이 소유하고 읽을 수 없기 때문입니다. 초읍 시민도서관을 비롯해서 각 구별로 도서관이 세워져 있습니다. 금정도서관, 서동도서관, 구덕, 다대…. 웬만한 대학에도 도서관은 물론 〈민속학〉 등 다양한 도서관들도 있더군요. 아직도 제 서랍 속에는 그 옛날 금정과 시민도서관 등의 회원증과 도서 복사증이 남아있습니다. 출입한 기억도 까마득하지만. 이번 여름방학 때 학교 밑 서동도서관에서 개최한 독서교실에 아이들 데리고 참석했을 때 생각나서 물어보니 놀랍게도 제 이름이 여태 남아있더군요. 이십여 년 전 아날로그 시대의 호적이 엉뚱한 도서관에서. 그래서 다시 만들었습니다. 대한민국 어느 도서관이나 마음대로 출입과 대출, 그리고 복사를 한 번에 할 수 있는 산뜻한 통합도서 카드를.

기원전 4세기 그리스 학문과 문화가 활짝 핀 시대 정복자 알렉산더 대왕의 후예들이 지중해를 굽어보는 이집트에 건설해 그의 이름을 따 만든 〈알렉산드리아 도서관〉은 세상의 모든 지식을 다 가지고 있다는 말이 돌아다닐 정도로 웅장한 도서관이었다고 합니다. 그림으로 본 도서관은 신전 등에서 볼 수 있는 거대한 돌기둥이 받쳐주는 3~4층 높이의 거대 고딕 건물과 부속 건물들이 바다를 내려다보는 웅장한 자태로 지금과 비교해도 놀랄 만한 장관이었습니다. 그 시대에 도서관이라니! 정복과 파괴와 약탈이 미덕인 시대에 지금으로서도 첨단을 달릴 도서관을 지었다는 것은 학문과 문화가 인간의 삶에 가장 절실하게 기반 되고 있음을 잘 이해하고 있었다는 뜻이지요. 아마도 역사상 가장 많은 돈을 투입하여 건설한 도서관이 틀림없을. 현대 수학의 출발이 된 '유클리드'의 『기하학 원본』, 그리스 제일의 수학자이자 철학자인 '피타고라스'의 『정리』를 비롯하여, 르네상스 시대 미술가 '라파엘로'의 유명한 그림 『아테네 학당』에 나오는 유일한 여성으로 〈오직 진리(眞理)하고만 결혼하겠다〉는 말을 남긴 단호한 성품의 '히파티아'의 인문과 과학을 넘나든 저작물들, 그리고 구약성서, 시, 희곡, 과학, 공학, 의학, 역사서…. 그때의 왕들은 전쟁에서 전리품으로 도서를 수집하고, 도서관을 통째로 옮겨왔다는 보고도 있고, 책을 수집하는 병사들도 있었다는 이야기로 보아 책이 보물 대접을 받고, 도서관이 주요 공공 기반 시설의 하나로 인정받은 게 분명한 것 같습니다. 당장 프랑스가 병인양요 때 규장각 도서를 가져가서 아직 반환하지 않고 있는 걸 보면.

그때 도서관은 양피지나 파피루스 등으로 만든 두루마기 문헌들은 물론 고전 필사본 등등을 보관만 한 것이 아니라 낡은 걸 교정, 복원하고, 주해와 번역, 도서목록 작성까지 한 걸로 보아 일종의 출판과 연구소 역할도 한 것 같습니다. 그래서 알렉산드리아 도서관은 헬레니즘 시대 지식의 산실로 불리며 '지혜의 배꼽(omphalos)'이란 별명을 얻었다고 합니다. 시중에 운행되는 어느 차에 '옴파로스'란 이름이 있다고 하던데 다 그런 지혜에 대한 경외심을 엉뚱한 상술로 과장되게 대입한 것이 아닌가 합니다만.

아이들이 도서관을 다니기는 참 어렵습니다. 부모님의 관심과 아이의 적성, 그리고 필요에 따라 일주일에 겨우 한 번쯤이나 가능할까요? 학원이나 체육관 등을 순례하고 나면 지쳐 학교 숙제 등을 할 시간도 부족할 테니까요. 더욱이 텔레비전과 컴퓨터, 스마트폰 등의 기기를 이용한 다양하고 화려한 놀이가 넘치는데 당장 별로 도움도 되지 않는 도서관은 언감생심에 틀림없습니다.

사람들의 도서관 이용률이나 독서량이 현저히 줄어드는 건 시대의 변화에 따른 어쩔 수 없는 일이겠지만, 그렇다고 마냥 그대로 둘 수는 없습니다. 이런 시대일수록 사람들 가까이 다양한 도서관을 더욱 많이 짓고, 독서와 관련한 여러 행사를 벌여야 할 겁니다. 현대 사회는 물질문명에 질식당한 계층 간의 분리가 심화 되고, 바쁜 일상에서 쳇바퀴 돌듯 갇혀버린 사고, 일률로 구성된 사회의 강제된 가치, 어쩌면 현실에 매몰되어 현실 자체만으로 존재하는 고집들로 채워진 것 같습니다. 그럴수록 더욱 책을 가까이하여 정신을 확산시키고, 현실의 함정을 깨닫고, 새 세상에의 의지를 길러나가야 하겠습니다.

문화부는 독서 인구를 획기적으로 확대하고 침체에 빠진 출판계를 구하고자 올해를 '독서의 해'로 선언하고 3월에 선포식까지 한 걸로 알고 있습니다. '하루 20분, 일년에 12권'이란 슬로건은 올해가 2012년인 점에 착안한 것으로. 그러나 그간의 독서와 관련한 행보는 거의 잠행에 가깝습니다. 아무도 관심을 두지 않고. 그런 선포식이 있었는지 모를 정도입니다. 국민들의 의식을 일깨울 수 있는 새로운 방향을 찾아봐야 할 것입니다.

저는 고학년 담임을 할 때 아이들에게 다양한 글을 찾아 읽게 하고, 그 내용을 발표시켰습니다. 「태산이 높다하되~」에서부터 「동창이 밝았느냐」, 「이 몸이 죽고 죽어」, 「梨花에 月白하고」 등의 시조, 「구운몽」이나 「홍길동전」, 「토끼전」, 「심청전」 등의 고전소설, 「황조가」, 「헌화가」, 「서동요」와 「제망매가」 등의 시가들뿐만 아니라 「木馬와 淑女」, 「진달래꽃」, 「국화옆에서」, 「모란이 피기까지는」, 그리고 「무녀도」, 「메밀꽃 필 무렵」, 「소나기」, 「갯마을」 등의 현대시와 소설, 『데미안』, 『검정고양이』, 『마지막 수업』, 『정글북』 등의 외국 명작…. 비록 바쁜 학교생활이어서 듬성듬성 읽거나, 인터넷에서 뽑아오기도 했지만 개의치 않았습니다. 그 나이가 지나면 〈교양〉의 경험과 기억을 가질 시간이 별로 없습니다. 그런 과정을 거치는 것 자체가 삶에 대한 깊숙한 시선을 키울 수 있고, 자기 삶을 좀 더 풍성하게 하는 방법론이라고 생각했습니다. 부모님과 함께 다양한 교양의 대화를 자주 가지면 정겨운 혈육의 끈도 더욱 깊어질 거라는 생각도. 아마도 학부모님들도 학창 시절 읽은 작품이나 명언 등을 가슴 속에 깊이 새겨놓은 분들도 계시겠군요. 『검정고양이』를 주제로 줄 때 '에드가 앨런 포우'가 연인인 '애너벨 리'의 죽음에 매일 밤 무덤을 찾아다녔다는 가십 같은 작품의 배경에서부터 그의 불행한 죽음 등 중요한 특징 등을 짚어주면 아이들이 흥미를 느끼고 적극적으로 덤벼들기도. 학년말쯤 되니까 제가 만들어 복사해준 두터운 독서록만큼 수준이 꽤 높아졌다는 생각이 들더군요. 아니, 제 생각보다 훨씬 다양한 반응을 보이기도. 「난장이가 쏘아올린 작은 공」을 일주일쯤 모둠별 주제로 주었더니 짧지만 놀라울 정도로 다양한 의견들을 글이나 만화, 짧은 극, 혹은 토의로 나타내어 보람을 느끼기도 했습니다. 아이들 마음은 무엇을 담느냐에 따라 인생이 완전히 달라질 거라는 생각도. 한번 이야기를 나눠보고 격려해주시면 아이들 마음 깊은 곳에 보물 같은 이야기들이 수줍게 자리 잡고 있음을 느낄 수 있으리라 생각합니다. 평생을 함께할 굳건한 교양의 왕국이.

독서의 기초는 낱말입니다. 우리 반 아이처럼 3~4학년쯤 되면 학습이 탄력을 받아 낱말이 폭발적으로 분화되고, 확장되는 시기입니다. 언어에 한해서 말한다면 〈골든타임〉이라고 할 수 있지요. 유아기처럼 본능적으로, 단어로 분절하여 제각각 기억되는 게 아니라 각각의 낱말이 문장 속에서 가지는 구조와 의미를 이해하고 새기기 때문입니다. 그러면 생각이 그만큼 명확해지고, 언어 선택과 사용이 다양해지며, 동시에 정신도 올바르게, 폭넓게 발달합니다. 지금은 또래 친구들과의 편차를 크게 느끼기 어렵겠지만 아마도 고등학생쯤 되면 어휘력 차이가 그 어떤 요인보다 훨씬 강하게 학업에 영향을 미치지 않을까 생각합니다. 언어가 표상하는 의미와 이미지, 파생되는 분화와 상징, 그리고 변화…. 언어의 확산은 정신의 시냅시스를 끝없이 이어주며 방대한 세상의 지도를 새겨놓을 겁니다. 어쩌면 대학 입시라는 평생의 삶을 가르는 굳건한 바탕이 될 거란 생각도. 그래서 재미없어 힘들어하는 글씨 쓰기 대신 5월부터 본격적으로 〈사전〉을 이용한 낱말 찾기 시간을 가지고 있습니다.

조금 다른 이야깁니다만 인터넷 포털에 사전이 있고, 지식이나 위키 백과 등등을 통해 다양한 검색을 할 수 있더군요. 전 대강 알고는 있었지만 본격적으로 이용하기 시작한 건 겨우 1~2년 전부터였습니다. 아주 편리하더군요. 낱말은 물론 뭐든지 알고 싶은 건 검색을 통해 해결할 수 있다는 것이 참 신기했습니다. 그러나 그 검색이란 게 결국은 기계적인 일률에 지나지 않고, 기억에 남지도 않으며, 단편적 짜깁기밖에 되지 않았습니다. 온전히 가슴 속 깊은 울림으로 새겨놓을 수 없는. 지금 쓰는 이 글도 어쩔 수 없이 그런 짜깁기에서 많은 것을 채워 넣곤 하지요. 필요한 자료 하나 찾기 위해 온밤을 새우며 뒤지고, 그래도 부족하면 도서관이나 대학도서실을 찾아 하루 종일 책들을 탐험하고, 필요한 책이 서울에 있다면 방학 때 차나 열차를 타고 가서 며칠 동안 4×6배판, 5×7배판으로 양면을 통째로 복사하여(도서관에서 발급받은 복사증의 위력을 실감할 수 있는) 펀치로 구멍을 뚫어 실로 단단히 묶거나 동글동글한 비닐 스프링을 돌려 끼워 제책까지….(그러려면 직원들과 안면도 꽤 익혀놔야 하는 사교술도.) 얼마 전까지 그렇게 글을 썼는데 어느새 저도 짜깁기 글에 익숙해져서 안타깝기만 합니다. 그런 글은 조금만 지나도 기억에 잘 저장되지 않더군요. 예전처럼 진중한 글을 쓸 수 있다면 다시 그렇게 쓰고 싶은 게 제 솔직한 마음입니다. 지금의 제 글들이 제법 화려해보이지만 사실은 살아 움직이는 진솔한 문장이 되지 못하며, 자연스런 흐름이 끊길 때가 많음을 잘 알고 있습니다. 아무튼 낱말은 직접 사전으로 찾아야 머릿속에 깊게 각인되고 자기주도적 학습의 바탕이 될 거라는.

처음 아이들은 한글 자모의 이름과 순서도 잘 몰랐습니다. 〈디귿〉을 〈디글〉로, 〈시옷〉을 〈시읏〉으로 읽거나, 〈ㅊ〉에서부터 뒷 순서를 제대로 알지 못하는 건 물론, 〈ㄲ〉, 〈ㅍ〉 등의 된소리, 거센소리들이 어느 순서에 속하는지도 몰랐습니다. (하긴 저도 〈기윽〉을 〈기역〉으로, 〈디읃〉은 〈디귿〉, 〈시읏〉도 〈시옷〉으로 바꿔 읽어야 한다는 게 새삼 의아하군요. 대강 이해는 하고 있지만.) 그리고 만약 〈왜〉 같은 글자를 찾는다면 우선 〈ㅇ〉을 찾고 다음 〈ㅗ〉, 〈ㅏ〉, 〈ㅣ〉의 순서로 끈기 있게 잘 찾지 못합니다. 순서대로 찾는다 하더라도 자모 사이의 빈도라든가, 또는 〈ㅐ〉 등의 결합으로 유추하여 사전 어디쯤에서 찾으면 된다는 나름의 감각이 없다보니 똑똑한 아이들도 잘 찾아내지 못하더군요. 십여 분 찾아도 도저히 찾지 못하는데 제가 10초도 되지 않아 찾아내니까 신기해하기도.

그런데 한달도 못돼 잘 찾아내는군요. 빠른 아이는 저와 비슷하거나 오히려 빠르고, 전체적으로 속도가 10초 이상 빨라져 여기저기서 번쩍번쩍 손을 드는 모습을 보는 게 흐뭇하기만 합니다. 그리고 단어에 따라 몇 가지 뜻풀이가 있어도 문장의 전후 사정을 따져 어울리는 풀이를 곧잘 지적하기도. 나중에는 찾은 단어로 끝말잇기나 빙고 같은 놀이도 병행했더니 지금은 다양한 짧은 글짓기까지 하는 정도로 발전했지요. 그걸 길게 자른 종이에 낱말과 함께 풀이를 매직펜으로 적어 뒤 그림판에 울긋불긋한 수염처럼 붙여 몇 번이나 낭독하도록 했더니 문장력이 엄청 발전하는 것 같아…. 〈나는 생각나는 대로 '막무가내'로 말하는 버릇이 있다〉, 〈누나가 '어질러 논' 옷들을 어머니가 '주섬주섬' 모아 정리했다.〉 그리고 〈막무가내, 어지르다. 주섬주섬〉 등을 몇 번씩 읽고 쓰면서 발음과 문장변화, 확실한 의미를 새길 수 있도록 하기도. 아마 우리 반 아이들은 언어 회로의 확장 면으로는 모르긴 몰라도 고학년이나 심지어 중학 1학년 수준에서도 크게 떨어지지 않을 것 같다는 건방까지도. 요즘도 시도 때도 없이 모둠별 빙고 게임을 하자고 졸라 차라리 귀찮을 정도입니다. 아마 아이들 책과 사전을 뒤져보면 곳곳에 제 붉은 콩도장 인(印)이 낱말 위에 찍혀있을 겁니다. 그건 아이들 머리에 평생 잊히지 않는 단어들이 보석으로 꾸민 왕관처럼 박혀있다는 뜻이지요. 매일매일 새롭게 탄생 되는 붉은 보석들!

인터넷 시대에도 도서관은 살아있고, 오히려 확대된다는 건 상징적 의미를 가지고 있습니다. 〈사형 중지, 시베리아 유형.〉, 〈아버지가∨방에 들어가신다.〉처럼 자신의 언어생활을 명확히 할 수 있다면 정신도 그렇게 명확해질 것으로 생각합니다.

도서실 사서 봉사를 해주시는 동네 어르신께서 더 이상 사전을 빌려주기 힘들다고 하는군요. 제가 가진 사전 6개와 도서실 큰사전을 포함한 11개를 더해도 모자라 몽땅 가져가는 바람에 다른 아이들에게 엉뚱한 피해가. 우리 반 아이들에게는 아마도 이 세상에서 가장 값진 선물이 반짝이는 새 사전이 아닐까요? 속표지에 〈아빠 자랑 우리 딸, 한글나라 여왕이랍니다!〉, 〈우리 아들이 낱말박사가 되면 엄마와 춤을!〉 같은 글귀와 함께. 아마 사전과 함께 아이의 마음에 영원한 추억으로 새겨지겠지요. 사전을 이리저리 넘기며 글 속에 담긴 수수께끼 같은 삶의 비밀들을 하나씩 알아가는 모습을 보는 건 참으로 기쁜 일입니다. 뻔히 학부모님들의 어려운 사정을 잘 알지만 그래도 이번에 사전이 없는 자녀에게 원하는 국어사전과 영어사전 등을 꼭 사주시기 바랍니다. 학년이 계속 올라갈 테니까 미리 두툼하고, 꽤 괜찮은 걸로. 죄송합니다.

덧붙이는 글

이번에 글을 다듬다 까마득한 기억 속에서 되살아난 '유불란(劉不亂)'이란 이름에 자꾸 신경이 쓰여 일부러 인터넷으로 찾아봤습니다. 알고 보니 김내성의 작품 「마인(魔人)」에 등장한 민완 탐정 이름이었군요. '아르센 루팡'이란 탐정을 창조해낸 작가 '모리스 르블랑'이란 사람의 이름을 본 떠 만들었다는. 그래선지 발음이 닮았다는 생각도. 그래도 새삼 유불란은 루팡은 물론 '코난 도일'이 창조해낸 유명한 탐정 '셜록 홈즈'에도 절대 뒤지지 않는 한국의 자존심으로 남은 명탐정이었다는 생각입니다. 비록 50년대 피폐했던 대중의 파편화한 이미지 속에서였지만. 만약 루팡과 홈즈의 흥미진진한 머리싸움에 유불란이 함께 해도 절대 뒤지지 않는다는. 덧붙여 마인 자체도 '정비석(鄭飛石)' 원작으로 춤바람 때문에 사회적 파장이 컸던 영화「自由夫人」을 만들었던 '한형모(韓瀅模)' 감독 연출로 1957년 이미 영화로 만들어졌군요. 그 무렵에 발간되던「희망」이란 사진 잡지에 포스터가 실려 있는데 〈傀才 韓瀅模의 메카폰으로 名作 金來性 原作 探偵小說「魔人」 드디어 映畵化!!〉라는 선전 문안도.

그런데, 그런데 지금이라도 알게 됐다는 긍정보다는 어째 온전히 모르는 사람이나, 저처럼 까마득한 기억 속 흑백의 흐릿한 추억으로만 간직한 사람들에게는 인터넷 시대의 밝은 서치라이트 속에서 벌써 〈익숙한 이름〉으로 자리 잡아버려 여태까지의 신비한 이미지가 사라져버린 것 같다는 투정도 없잖아 있는.

아무튼 김내성의 작품들이 대중들에겐 무척 가깝게 다가간 모양입니다. 그의 작품「실락원(失樂園)의 별」도 58년 여배우 '김지미'의 첫남편이었던 '홍성기' 감독이 동명의 영화로 이미 만든 걸 보면.

아, 그리고 앞에 언급한「정순의 노래」를 부른 '이경희'도 2018년 말에 돌아가셨군요. 인생의 화려 뒤엔 멸망의 독촉장이 언제나 함께 준비되어있는.

오늘은 '반야월(半夜月)'이 고급지게 작시하고, '박시춘(朴是春)'이 그에 걸맞은 장중한 클래식으로 작곡한 이 노래「정순의 노래」를-이미「찔레꽃」이란 제목으로도 널리 알려진-오랜만에 실컷 들어봐야겠습니다.

노래! 그렇지요. 앞에 언급한 시인 박목월의 책「구름에 달 가듯이」를 읽고 그의 아픈 피난 시절 삶과 거기 실려 있던「이별의 노래」를(그게 목월의 시였음을 처음 알게 된) 3절까지 처량하게 부르던 기억도 납니다. 잔잔한 마음 위에 한 점 바람이 불어 일렁이는 물결처럼, 아니 어찌할 수 없는 인생의 숙명 같은 이미지로 목이 메는!

기러기 울어예는
하늘 구만리
바람은 싸늘 불어
가을은 깊었네
아~ 아~
너도 가고 나도 가야지

제(30)주 학습지도 계획안

(2012년 10월 15일 ~ 10월 19일) 4학년 2반

≡ 〈교원평가 학부모만족도 조사〉가 10월 15(월) ~ 10월 21(일)까지 실시됩니다. 학부모님들의 참여는 학교의 발전과 최선을 다하는 선생님들의 사기 향상에 중요한 역할을 하니, 여러 가지 일로 바쁘고 힘들겠지만 배부해드리는 가정통신문을 참고하셔서 기간 내에 꼭 참여해 주시길 부탁드립니다.

저번 주에 제 청춘의 독서편력에 대해 이야기해봤습니다. 돌아보면 한 인생에서 가장 아름다운 추억의 시절이었습니다. 그러나… 책 1권의 무게가 점점 힘에 부치기 시작하는군요. 거기에 사상전집이라든가 큰사전, 과학 잡지 합본집이나 해방 20년사, 리더스 다이제스트 등의 두툼한 4×6배판 단행본 등등은 크기와 무게뿐만 아니라 이젠 그 내용이나 줄거리 등을 따라가기도 부담되는군요. 그러다 보니 얼마 전까지 저에게 당연히 복종하고 순진한 태도로 절 쳐다보던 책들이었는데 어느 순간부터 정색을 하고는 크기로, 무게로, 파손과 변색으로, 담고 있는 의미로 저에게 적의를 드러내며 앞으로는 저를 거부하겠다는 말을 하는 듯한 인상을 받았습니다. 여태 저와 다정한 이야기를 주고받았지만 이젠 그만 저에게서 떠나고픈. 사실은 저에게 체포되어 꼼짝 못하고 갇혀있었다는 듯. 아마 나이가 들면서 사람들은 그렇게 책과 이별하는 것 같군요. 정신과 육체의 부담은 나이 들면 급격히 견뎌낼 수 없어지는 건 아닌지. 뭐라고요? 자식들이 있다고요? 후후! 재미있고 싱싱한 활력이 넘쳐나는 세상에 아버지의 그런 낡은 고물 같은 짐을 대신 질 턱이 없지요. 풀풀 넘쳐나는 고리타분한 냄새에 코를 막고 도망갈 게 틀림없습니다. 전에 자주 이사를 다니며 수백

권의 책들을 버릴 때 마지막을 지켜본다는 생각 때문이었는지 한번 고물상까지 따라가 봤는데 온갖 쓰레기들과 함께 버려진 제 책들이 중장비인 〈페이로더〉 밑에서 폭격을 맞은 잔해처럼 온통 너덜너덜 바람에 펄럭이더군요. 제 눈에는 마치 책이, 아니 인간의 역사가 익사 직전에서 구원의 손길을 바라고 흔드는 것처럼, 어제까지 저의 총애를 받으며 호강하다 갑자기 배반당해 팔려가는 강아지처럼…. 그렇게 각각의 존재들은 시간 속으로 사라져갑니다. 낡은 유전자처럼 모서리가 너덜너덜 닳아 수명을 다해가는 책들! 아니 옷이나 비디오 등 제 손길이 자주 갔던 모든 것들도 퇴직 후 어느 시점에서 조금씩 회색 풍경을 남겨두고 쓸쓸히 퇴장하겠군요. 아쉽지만 그게 받아들여야 할 숙명이고, 인생이라면…. 멸망의 선순환(善循環)으로 받아들이겠습니다. 아마도 이 어쭙잖은 글을 마칠 때쯤 되면 더욱 많은 책들과 이별해야 하리라는 생각도 해봤습니다. 마지막 몸부림처럼 몇몇 생각해둔 것들을 위한 책들만 빼고. 책장이 휑해지기 전에 책장 자체마저도.

덧붙이는 글

퇴직하고도 만 8년이 지난 아직까지도 2천여 권의 책들을 계속 가지고 있습니다. 이별의 순간을 자꾸 지연시키며. 이사를 많이 다녀 잘 아는 전담 이삿짐센터 사장님이 제발 버리라고 야단을 쳤지만 칠순을 넘기고 보니 이젠 정말로 이별을 받아들여야겠습니다. 몇몇 책들은 집 앞길에 두면 어느 집에서 대접을 받고 여생을 보내겠지만 나머지 대부분은 고물상 바닥에서 온통 바람에 휘날리며 비명을 지르던 책들처럼. 아니, 벌써 삭아 부서지기도.

한글날 단상 ② - 한글! 세상의 문자

요즘 〈차칸남자〉란 말이 많이 떠돌더군요. 무슨 방송드라마 제목인 것 같던데 아마도 〈착한 남자〉의 〈의도적〉인 오기인 것 같습니다. '착한'을 모르는 사람은 없고, 쓰기 어려운 '칸' 자를 정확히 쓰는 걸 보면 일부러 그렇게 썼다라고 밖에는 달리 생각 들지 않는군요. 〈나쁜 남자〉에 대한 풍자의 의미와 함께 이중의 반어법이 담긴 제목이 아닐까 합니다.

일상에서 벌어지는 시답잖은 일이나 텔레비전 드라마들엔 아예 관심 자체도 없어 알아보려고 하지 않았지만 아이들이 조잘조잘 하는 이야기로는 주인공이 기억상실 상태에서 쓴 글이라던데 그럴 경우 모순을 의심하지 않을 수 없습니다. 왜냐하면 '칸'이라고 격음(거센소리)으로 발음했을 때는 '착한'이란 말의 기의성(記意性)을 잘 이해하고 있다는 전제 하에서 쓸 수 있는 말이고, 그걸 알면서도 연음(連音)시켜 썼다는 건 일부러 거센소리로 바꾼 후 연음을 한 것 같아 내용의 진실성보다는 시청자의 눈길을 끌기 위한 작가의 의도적인 기교가 그야말로 거세게 다가오는 느낌입니다. 물론 꼭 그렇다는 건 아니지만 그냥 '차간'으로 썼다면 기교 쪽으로 생각하지 않았을 수도 있었을. 하긴 요즘 드라마가 진실성보다는 시청률에 목이 매여 잘 빠진 형식과 기교가 대세인 것 같다는 이야기가 떠도는 점으로 보면. 우리 삶의 모범을 보여주는 건 고사하고 우려의 비판을 받으면서도 계속 고집하는 건 좀 우려스럽긴 하군요.

그와 관련하여 연전에 〈말아톤〉이란 말도 많이 쓰였지요. 영화는 보지 않았지만 제가 마라톤을 하는 관계로 알게 된 내용이어선지 대강의 줄거리를 아는 편입니다.

말아톤도 〈마라톤〉의 오기인 것 같습니다. 왜 그렇게 오기가 일어났는지는 모르지만 그 말이 가진 무기교성과 순수함이 사람들에게 흥미와 함께 호감을 주었던 것 같습니다. 어쩌면 순진무구한 주인공의 마라톤에 대한 진정성과 뚝뚝 끊어 단속(斷續)으로 말하는 순진함, 그래서 시청자에게 다가오는 아련한 울림까지 더해져서 오히려 더욱 거부감이 강했을 역연음(逆連音)임에도 불구하고 아무런 문제가 불거지지 않았습니다.

하지만 자연스런 순연음인 〈차칸남자〉는 독자와 작가 사이에 그런 교감으로 다가오지 않습니다. 비록 작품 속 상황을 효과적으로 드러내는 표현이고, 그게 드라마를 관통하는 주제로 가장 적절하게 표현될 수 있는 개연(蓋然)에도 불구하고 사람들에게는 작가와 방송의 교묘한 상업성이 결합해 만들어낸 의도적인 비틀기 냄새가 무척 강하게 작용하여 편안한 마음으로 받아들여지지 않는 것 같군요. 창작의 자유라는 크나큰 원칙에도 불구하고 오히려 〈한글맞춤법〉과 〈국어기본법〉을 무시한 한글파괴의 의미로 고착되지 않느냐란 느낌을 지울 수 없습니다. 말이란 사회적 약속임과 동시에 사회 구성원 전체가 받아들일 수 있는 한계 안에서 존재 가치가 매겨지는데 이 경우는 그 임계치를 벗어나고, 오히려 위협하는 느낌까지 준다고 할 수 있을 것 같기도. 러시아나 프랑스는 자국어에 대한 자존심과 사랑이 끔찍할 정도라고 하던데 우리는 반대로 인류 최고의 말과 글을 희롱의 대상으로까지 희화화하는군요. 차칸 남자는(엄밀히는 말아톤까지 포함해서) 표현의 자유라는 권리를 빙자하여 그 스스로의 터전인 한글을 파괴하는 〈존속살인〉의 모순으로 다가온다고 할 수 있을 정도인 것 같습니다. 한글 단체들이 우리말을 파괴하는 표현이라 비판하며 KBS에 항의하며 시정을 촉구한다는 말도 들려오는군요.

하지만 요즘 무성하게 들려오는 이상한 말들은 의도적인 왜곡을 넘어 희화화(戱化化)까지 하는 점에서 더욱 불편함이 앞서는군요. 〈멋있다〉가 〈머쉬땅〉, 〈머쉰닝?〉으로. 어쩌면 일본 분위기로, 그리고 소녀 특유의 감각적 발음으로 현대인의 심리에 매끈하게 다가와서 그런 걸까요? 절음(絶音)은 배척되고 무조건적인 연음과 경음, 그리고 첨가에서 편리라는 이기(利己)만이 최고선처럼 난무하는 듯함을 느끼는 건 저뿐인가요? 〈했슴돠〉! 도대체 〈ㅏ〉가 첨가될 이유가 있는지. 하긴 슬쩍 높임말의 이미지를 입히는 심리적 굴절을 어말(語末)에 대입한 것 같습니다만. 머쉬땅, 했슴돠…. 그런 것들로 개체가 변이를 일으키고, 나아가 '찰스 다윈'의 진화와 발전이 언어에서도 발현되고 있다고 말할 수 있겠지만 대한민국이라는 국가 자체가 이상한 언어 위에 성기게 구성되는 건 아닐까 염려스럽기도 합니다. 하긴 진화(進化)는 그 어떤 경우라도, 설혹 멸망이 다가오더라도 자연의 법칙처럼 존중되어야겠지만. 그렇더라도 과연 〈소돔과 고모라〉의 심판 같은 것들도 그런 변이의 결과로 봐야하는지.

〈글자는 그림 같고 말은 노래 같다〉는 말이 있던데 언어라는 기호에서 확실히 자연스런 조형미의 응집(凝集-그림)과 운율의 리듬에 따른 귀납(歸納-노래)가 개입되는 느낌이 드는 걸 보면 언어의 다양한 의미들을 잘 드러내고 있는 말이라고 생각됩니다만, 그렇다고 언어의 무분별한 의도적 변조를 무조건 긍정으로만 받아들이는 것도 좀 불편함이 앞서는 건 어쩔 수 없군요. 이중으로 어울림의 성찰이 담겨있다는 걸 생각한다면 더욱. 하긴 제 생각은 도도한 흐름에서 볼 땐 개인의, 아니 한때의 자그마한 반동이라 할 수 있지만 말입니다.

우리나라는 저번에도 말씀드렸듯 이집트, 중국, 그리스 등과 함께 세계에서도 몇 안되는 오랜 역사를 자랑하는 나라입니다. 작은 땅과 이민족의 침략, 그리고 내부의 많은 충돌과 고비 등을 겪어오면서도 멸망하지 않고 단일민족이란 거대한 흐름을 이어온 걸 생각하면 참 장하다는 생각입니다. 더욱 그런 국난 속에서도 세계적인 뛰어난 문화와 사상을 발전시켜 온 것은 거의 유례가 없는-, 오늘날에도 자존심을 한껏 고양시켜주는 자랑스런 우리 조국입니다. 이게 말로서는 쉬운 것 같지만 한때 세상을 호령하던 아시아(亞世亞)의 중심에서부터 끊임없는 위협과 침략을 받아온 걸 생각한다면 더욱. 당나라, 거란, 몽골, 청나라, 일본, 그리고 근대 서양 열강들의 침략과 할거(割據)는 우리를 거의 질식할 정도까지 몰아갔지만, 그러나 끈질긴 우리의 생명력은 끝내 나라를 지켜내고, 오늘날 근대화의 기적이란 소리를 들으며 화려하게 되살아났지요. 그러나 우리나라가 근대 열강의 침략으로 어려움을 겪으며 세계에 약하고 못사는 나라로 비쳐온 걸 생각하면 그 역사의 화려함은 아직 제대로 알려지지 않은 편입니다. 역사의 장대함과 뛰어난 문화와 질긴 국민성 등은 아직도 제대로 알려지지 않았지요. 그저 산업의 발전에 따른 신흥강국의 이미지로만 굳어져온 건 아닌지.

우리나라는 세상에 자랑할 만한 것들이 많습니다. 동방의 한 귀퉁이에 있는 나라지만 그 문화의 질과 깊이는 단연 세계 속에 우뚝 솟은 거인의 모습이 틀림없습니다. 그러나 아프리카 어느 작은 나라가 우리처럼 역사와 문화의 폭이 높고 깊다고 하더라도 세상 누구도 관심 없는 것처럼 우리나라의 역사와 문화에 아직도 관심이 적은 형편이지요. 그동안의 경제발전에 의해 어느 정도 알려졌지만, 그마저도 인터넷이나 휴대폰, TV와 조선(造船) 등등 IT와 전자, 과학 계통의 수준에 머물 뿐 대체적으로 거의 피상적 인식에서 벗어나지 않습니다.

근래 우리 역사와 문화가 조금씩 알려지며 세계인의 관심을 받기 시작하고 있는 것 같습니다. 한복의 아름다운 곡선과 조화, 한옥의 조형미와 과학적인 구조 등이 새롭게 해석되고 있으며, 한식의 맛과 아름다움, 그리고 뛰어난 영양학적 분석까지 바야흐로 세계화의 첨병 역할을 하고 있는 것 같습니다. 그중에서도….

저번 주 화요일인 10월 9일이 566돌 한글날이었군요. 지나버렸지만 그때 우리 '한글'에 대해 써보고 싶었는데 결국 독서와 '낱말찾기'라는 주제에서 끝나버려 조금 아쉬웠습니다.

한글날은 일제 시대 〈한글학회〉의 전신인 〈조선어연구회〉가 주축이 되어 기념일로 만들 때 음력 9월 29일에 '가갸날'이라 부르며 시작되었다고 합니다. 곧이어 주시경선생의 의견에 따라 오늘날의 '한글날'이란 이름으로 바뀌었고. 그리고 날짜도 율리우스력으로 바뀌면서 10월 29일로 변경했다가, 또다시 그레고리력으로 환산하여 10월 28일로 정했습니다. 오늘날의 10월 9일은 「훈민정음 해례본」이 발견되면서 9월 상순에 훈민정음을 펴낸다는 내용에 따라 해방 이후부터 기념일 및 공휴일로 삼았다는군요.

한글은 세상 그 어느 문자보다, 아니 그 모든 문자를 다 합쳐도 따라올 수 없을 정도로 독야(獨也)하고 고아(古雅)한 글자입니다. 우선 간단히 시각적으로 보더라도 붓으로 쓴 글이나 디자인을 살린 글, 또는 인쇄글을 막론하고 자음과 모음이 아기자기하게 어울리는 모습은 다른 나라 글자들이 감히 따라올 수 없는 최상의 미학적 〈조형미〉로 다가옵니다. 앞서 언급했듯 〈글자는 그림 같고 말은 노래 같다〉라는 말처럼 한글은 문자가 아니라 회화(繪畫)라고 생각될 때가 많더군요. 언젠가 패션쇼에서 모델들이 한글로 디자인한 한복을 입은 모습을 본 적이 있는데 디자인으로서의 가치가 보통 아니었습니다. 화려하기가 마치 궁중의 왕비처럼 고고하게 빛났고, 아름답기는 현대 어느 디자이너가 따라 할 수 없을 정도로 독창적이었습니다. 문자가 그렇게 언어를 뛰어넘어 조형의 가치까지 드러낼 수 있다는 것은 〈한국 美〉의 심오함이 깊다는 말입니다. 영어처럼 오직 가로로만 펼쳐서는 그런 다양한 디자인이 나올 수 없지요.

한글은 비록 나라의 힘이 없어 세상으로 뻗어나가지 못했지만 글자 자체만으로는 세상을 정복하고도 남을 정도라고 생각합니다. 오늘날 영어가 그쪽 사람들의 기계문명을 앞세워 세상을 지배하고 있지만, 음소를 성형시키는 방식은 한글에 비해 무척 뒤떨어진 글자입니다. ABCD 식으로 파자(破字)시켜 가로로 나열하는 방식은 읽기의 속도나 기술(記述)의 조화에서 우리 한글을 따라올 수 없습니다. 나열에서는 조화, 조음이란 음성학적인 차원이 제대로 일어날 수 없습니다. 자음과 모음이 어울려 하나의 글자로 독립시키고, 그리고 그런 개개들을 조합하여 낱말을 만들면 조음과 조화를 구성하여 형이상학적으로 의미를 완성하게 되지요. 다른 나라 글들에서는 그런 입체적인 구조를 발견할 수 없습니다. 제 생각을 말한다면 악화(英語. 기타)가 양화(한글)를 구축한다는 〈그래샴의 법칙〉이 역사에서 재현된 가장 안타까운 예라고 할 수 있지요.

영어도 한글처럼 소리를 기호로 나타내는 글자지만 단순한 〈소리의 나열〉로 연결되었을 뿐입니다. 그에 비해 한글은 훈민정음 창제 원리에도 나타나 있듯 〈소리의 원리〉를 정확히 파악해 만들었기 때문에 〈조음〉에서부터 격이 달라집니다. 혀의 위치나 입술 모양, 인간이 소리를 낼 때 어떤 기관이 막히고 열리는 것까지 모두 분석하여 만들었지요.

한글 자음은 조음의 위치를 정확하게 파악하여 아(어금니), 설(혀), 순(입술), 후(목구멍)로 나누고 그 원리로 글자를 만들었다고 알고 있습니다. 〈ㄱ〉

은 기역으로 발음할 때 목구멍을 막는 혀뿌리의 모습을 본떠 만든 글자이며, 〈ㄴ〉은 반대로 입천장으로 구부러지는 혀의 모습을 본 뜬 소리입니다. 소리가 만들어지는 위치나 방법이 정확했기 때문에, 처음 듣는 단어라 할지라도 어떤 소린지 알기 쉽고, 바로 한글로 옮겨 적을 수 있습니다. 현대의 정밀한 조음 원리가 그대로 적용된 과학성이 놀라울 따름입니다.

또한 한글은 중국어나 일본어와 같은 음절 문자가 아니라 음소 문자로 되어있다는 점도 표기의 의미에서 뛰어납니다. 물론 영어와도 달리 초, 중, 종성의 음소를 모아쓰는 한글의 표기 체계는 세상의 그 어떤 소리도 문자로 만들어 낼 수 있다고 하더군요. 동물의 소리는 물론 화성에 우주선이 착륙하며 내는 소리, 원시인의 기침 소리에서부터 하느님이 사람을 만들 때 내뱉는 한숨 소리까지 나타내지 못하는 소리가 없다고 합니다. 영어나 일본어는 약 300개, 중국어는 400개 정도 소리를 나타낼 수 있다고 하는데 한글은 적어도 1만 개 이상을 표현할 수 있다고 알고 있습니다. 아니, 훈민정음의 창제 원리에 따르면 약 400억 개의 문자를 만들 수 있다고 누가 말하던데 의심스럽지만 적어도 많은 수의 소리를 나타낼 수 있다는 의미로 쓴 말임은 분명하겠군요. 지구상에서 한글로 만들 수 있는 문자의 총수가 몇 개인지는 하느님만 알 수 있다고 하겠습니다.

이 경우 문자가 없는 나라나 지역 주민들이 우리 한글을 가져가 그들의 문자로 표현할 수 있습니다. 인도네시아의 소수민족인 〈찌아찌아〉족이 그들의 말을 표기할 글자로 우리 한글을 채택했다는 소식은 이미 다 알고 있는 사실이지요. 비록 근래 서로 다른 문화와 행정적인 문제들로 한글 교사와 관계자 등이 철수한다는 우울한 소식도 들려오지만. 그래도 그곳에서는 아직도 한글을 배우려는 사람들의 관심이 대단하다고 합니다. 근래 한류라는 일견 대중문화의 확산으로 세계에서 우리나라를 동경하고 직접 접하기 위해 한글을 배우려는 사람들이 덩달아 많이 늘어나고 있다고 하더군요. 한글이 세상에 널리 전파된다면 아마 우리나라 역사상 최상의 자부심으로 매김될 수 있을 겁니다. 그런데 영악한 위정자들은 우선 당장 성과가 나지 않는 일에는 관심이 없는 것 같습니다. 자신들의 이익을 앞세우기도 바쁜데 그런 한가한 일에 매달릴 리 없겠지요. 그게 사실은 일류 국가의 위상을 알리는 무척 중요한 일인데도.

그런 면으로도 한글은 장점이 무척 많다고 생각합니다. 무엇보다 쉽게 깨우칠 수 있습니다. 예(例)가 정확한지 애매하긴 하지만 알파벳의 경우 똑같은 글자지만 어떤 때는 〈ㅔ〉로, 어떤 때는 〈ㅣ〉로 발음되는 유명한 예가 있습니다. 물론 원어 발음으로서보다는 우리가 들었을 때를 가정하고 하는 말이지만. 가령 알파벳 〈E〉의 경우 〈error〉라는 단어에서는 〈에〉로 발음되지만 〈english〉라는 단어에서는 〈이〉로 발음되기도 합니다. 〈SC〉도 뒤 자모 탓이겠지만 〈science〉에서는 〈사〉로, 〈school〉에서는 〈스〉로 발음되는군요. 그렇지요. 한때 미국에 유명한 여배우가 있었는데 이름이 'Kim Basinger'입니다. 보통 〈킴 베신저〉로 알려졌는데 요즘은 〈킴 베이싱어〉로 굳어진 것 같더군요. 그러니까 문득 생각나는 단어가 있는데, 미국 GM사의 자동차에 〈Chevrolet〉란 차종인지 로고인지가 있습니다. 예전에는 〈시보레〉로 불렸는데 요즘 한국에서는 〈쉐보레〉로 부르더군요. 저는 지금도 혼란스럽지만 얼마 전까지 〈체브로레트〉란 제법 멋진 발음으로 읽었습니다. 시보레와는 전혀 관계없는 차로서 따로 있는 걸로 알았는데 그게 바로 〈시보레〉임을 알고는 기가 막혔습니다. 어떻게 그렇게 발음되는지 신기하기도 했지만 도무지 요령부득이어서 난감해하던 기억이 선연합니다. 영어가 서툴다보니 제가 이렇게 세련되고 샤프하지 못해 스스로도 참 답답할 때가 많습니다.

하긴 외국사람도 우리나라 말의 발음이 어렵기는 마찬가집니다. 예를 들면 〈내〉 와 〈네〉 같은 경우 우리나라 사람도 정확히 발음하는 사람들이 점점 줄어드는 형편이지요. 〈ㅐ〉는 〈ㅏ+ㅣ〉의 결합으로 입을 크게 벌려 둥글게 하여 혀 끝을 아랫입술 안쪽에 붙여 숨을 내쉬며 발음하고, 〈ㅔ〉는 〈ㅓ+ㅣ〉의 결합으로 입을 가로로 좀 더 타원으로 벌리고 같은 식으로 내쉬며 발음하여야 함에도 불구하고 요즘은 우리나라 사람들도 구별 없이 소리 내는 경향이 강하니까 외국 사람들이야 당연히. 한글 창제 당시의 엄격한 구강과 혀의 위치가 입말의 간편함을 추구하는 경향에 따라 두루뭉술하게 근사(近似)되었기 때문인 것 같군요. 영어의 〈eye〉나 〈style〉의 〈y〉 같은 경우는 반대로 우리가 알 수 없는 발음의 유실과정을 거쳐 현재 무조건 주어진 〈ai〉로 발음되어 〈y〉만 화석 같은 흔적으로 남은 것 같기도 합니다. (죄송합니다만 제가 언어 언저리도 전공하지 않아 알파벳 음소 사이의 발음 메커니즘을 눈치채지 못하는 아마추어적인 수준으로 유추한 것뿐이니까 이해해주시기 바랍니다).

아무튼 그런 수준으로라도 〈DMZ〉는 저희들이 철원 최전방 철책선에서 군대생활을 할 땐 당연히 〈디엠제트〉라고 해서 지금도 그렇게 발음하는데 요즘은 너나없이 〈디엠지〉로 발음해서 좀 혼란스럽기도 합니다. 뭐 고급스럽지 못하다는 자책, 아니 저도 몰래 함부로 시대가 훌쩍 건너뛴 것 같은 아쉬움 때문에 차라리 안타깝기도. 그런 점은 〈NEIS〉나 〈SEO〉 같은 경우도 〈ㅓ+ㅣ〉가 아닌 엉뚱한 〈ㅏ+ㅣ〉와 〈ㅣ〉로 발음되어 어떡해야 하나 꽤 주저스럽습니다. 저 자신 〈엔진〉이니 〈세컨드〉 등에선 〈ㅔ〉로 쉽게 발음하면서도 말입니다. 근래엔 누가 뭐라 해도 나 편한 대로 하자 싶어 눈 딱 감고 〈네이스, 세오〉로 시대를 역행한 발음을 하고 있습니다. 특히 젊은 여선생님들은 미소와 함께 뜨악한 눈으로 쳐다보던데 동갑인 남자 교감선생님은 빙긋 웃더군요. 우린 전부터 〈네이스〉로 종종 대화를 했거든요. 〈시오〉로 발음하는 사람들에겐 굉장히 이상하게 들리겠지만 〈세오〉로 발음하는 사람에게선 오히려 〈시오〉가 그저 이상할 따름입니다. 그래선지 눈부심을 막기 위해 끼는 안경인 〈Ray-Ban〉을 저를 비롯한 예전 사람들은 〈레이벤〉이라고 하지 않고 〈라이방〉이라고 제법 폼을 잡고 발음했습니다. 마찬가지로 〈매머드-Mammoth〉란 말 대신에 〈맘모스〉로, 〈에너지-Energy〉가 아니라 〈에네르기〉로, 〈몽골-Mongolia〉 대신 〈몽고〉로, 〈스파르타쿠스-Spartacus〉 대신 〈스팔타카스〉, 〈세일렌-Seiren〉 대신 〈사이렌〉, 〈피터 팬-Peter Pan〉 대신 〈피타 판〉, 〈미다스-Midas〉 대신 〈마이다스〉로, 〈티탄-Titan〉 대신 거인이라는 뜻의 〈타이탄〉으로 우리들이 숨을 쉬며 쓴 일기장엔 그렇게 기록되어 있습니다. 하지만 혀 짧은 일본식 발음의 그 말들도 세련된 현대식 영어에 형편없이 패배하고 사라져버린 발음이 되었군요. 저도 이젠 일본식 발음을 거의 버렸지만 역시 우리말 발음에 비하면 훨씬 뒤처진 느낌이 드는 건 어쩔 수 없군요. 그렇더라도 같은 알파벳이 때에 따라 다르게 발음되는 영어는 여전히 어려운 건 마찬가집니다. 미국에선 '마이클 잭슨-Michael Jackson'으로 발음하던데 독일에선 동화작가 '미하엘 엔데-Michael Ende'라고 부르기도 하더군요. 영미권과 유럽식 발음의 차이 같긴 한데, 뭐 그렇더라도 영어는 우리 한글에 비하면 한참 뒤처지지요. 근래 침략군 같은 서양문화의 득세 때문에 턱없이 고급으로 찬양받고 있지만.

하지만 한글에서는 하나의 음소 문자에 하나의 발음만 대입되는 규칙적인 문자이기 때문에, 기본 자음과 모음 24자만 익혀 둔다면 누구나 쉽게 배울 수 있습니다. 훈민정음에서도 〈어리석은 사람은 일주일, 똑똑한 사람은 하루 만에 깨우쳐 읽을 수 있다〉고 할 만큼 쉽게 배우고 쉽게 쓸 수 있는 문자가 바로 한글이라고 합니다. 아니 외국의 어느 언어학자는 대학을 나올 정도의 지적 수준이면 한 시간 안에 배울 수 있다고까지 추켜세웠지요. (괜히 제가 자랑스럽군요.)

한글은 제작이란 면에서 보더라도 유례없이 뛰어난 문자입니다. 다른 문자들은 대개 자연발생적으로 나타나서 발달해왔지만 한글은 창제자와 시기, 목적과 원리가 정해지고, 그에 따라 빈틈없는 공정을 거쳐 만들어진 세계 유일의 〈발명품〉입니다. 많은 시간이 지났지만 시대에 따른 몇 가지 음소의 소멸과 낱말의 가감, 언어의 기호성과 역사성에 따른 맞춤법 변이 등 일부분에서 달라졌을 뿐 근본정신과 내용은 처음 그대로입니다. 특히 자기 나라 문자를 〈기념〉하는 지구상 유일한 나라입니다. 어떤 나라도 자기들이 사용하는 문자를 국가적인 기념일로 정해 되돌아보지 않습니다. 그야말로 형이상학적인 문화의 선진국이 아닐 수 없습니다. 그렇게 인위적으로 만들어진 우수 제품이니까 당연히 국민 전체가 국어로 사용하고 있으며, 찌아찌아족처럼 세상의 모든 사람들도 얼마든지 구매해서 사용할 수 있습니다. 자기 나라의 말을 그대로 한글로 적어 편히 사용할 수 있는. 한글은 인간이 만든 모든 문자 중에서도 가장 쉽게, 하루 만에 깨우칠 수 있는 완벽한 글자입니다. 아마 우주가 통합된다 하더라도 한글은 〈표준 우주문자〉로 채택되어 문어를 닮은 화성인처럼 괴상하게 생긴 우주인들도 마음대로 읽을 수 있을 정도지요.

한글은 소리와 문자가 서로 체계적인 연계를 지닌 최첨단 문자로서 우리 문화의 가장 위대한 성취이자 기념비적 사건입니다. 훈민정음에서 보여준 인본주의 정신과 교육에 대한 보편적인 믿음은 지금에서도 유례를 찾기 어려운 문화의 정수가 아닐 수 없습니다. 미국의 한 언어학과 교수는 10월 9일이 되면 학생들과 함께 남의 나라 글자인 한글의 창제를 기념하는 파티를 연다고 하는데 과연 우리는 오히려 한글을 홀대하는 건 아닌지.

하지만 그렇더라도 말은 살아있는 유기체라고 할 수 있습니다. 사람이 존재하며 시간에 따라 다양하게 변하듯 그 수단으로서의 말도 생명을 가지고 자꾸 달라지지요. 지역이나 시간이라는 좌표에서 존재할 수밖에 없는 말의 숙명은 그래서 변화이며, 모든 것을 태우고 쉴 새 없이 종착역이 아닌, 오직 간이역으로만 안내할 뿐입니다. 오늘날 제각각 다른 사투리의 모습은 그런 변화의 간이역을 서성이던 한때의 살아있는 화석이라고 할 수 있을 겁니다.

마찬가지로 한글도 자꾸 변하고 있습니다. 세상의 모든 소리와 말을 다 드러낼 수 있는 한글은 유독 말의 변화에 민감합니다. 국어로서의 한글 정서법(正書法)은 짧은 시간에도 불구하고 초기의 모습이 많이 남아있지 않다고 할 수 있을 정도입니다. 기본 골격만 갖춘 채 국적불명의 외연들로 치장한 국어는 어쩌면 우리들 난삽한 의식의 모습이라고 할 수 있을.

1933년 한글날에 공표된 한글맞춤법은 그 뒤 여러 번 변화의 과정을 겪었습니다. 처음 〈마춤법〉이란 이름 자체가 〈맞춤법〉으로, 〈명사〉를 〈이름씨〉 등으로 한 명칭의 변화가 있었으며, 〈두음법칙〉의 사용과, 엉뚱한 〈사이시옷〉 문제 등 지금은 아무렇지도 않은 올바른 듯한 문법이 처음 개정될 때는 사람들에게 언어 체계가 무너지는 듯한 굉장한 당혹감으로 다가왔습니다.

하지만 이 없으면 잇몸이 대신하듯, 한글도 새로운 규칙을 보완하는 논리체계가 세워지고, 무엇보다 사람들에게 익숙해졌지요. 저는 아직도 그때의 맞춤법이 발음과 조음의 조화에서 가장 완벽하다고 생각하고 있으며 그 아름다움에 향수를 가지고 있습니다.

그러나…. 언어는 대중의 기호 아래서 얌전히 굴종할 수밖에 없습니다. 1988년 4차 수정은 그런 의미로 저에게는 큰 당혹이었습니다. 그때까지 제 마음에 심어졌던 기호(記號)와 대상의 상이에 정신의 기반이 깨어지는 듯한 느낌이 들 정도였지요. 과연 이렇게 함부로 달라져도 되는지 하는 회의로 오히려 분명한 한글의 후퇴에 안타까운 마음을 가지기도 했습니다. 예를 들면 가장 아름다운 한글의 한 표상이랄 수 있었던 홀소리어울림(모음조화-母音調和)의 깨어짐은 지금도 가장 아쉬운 부분입니다. 〈가까와, 아름다와〉등의 양성모음인 〈ㅘ〉가 음성모음인 〈ㅝ〉로 바뀌어 〈가까+워, 아름다+워〉로 자격변동을 함으로써 명암이 뒤섞인 트기글이 졸지에 표준말 행세를 하게 되었지요. 또 편리를 내세운 막무가내 연음(連音)의 유행은 지금도 씁쓸한 느낌을 가지고 있습니다. 같은 어휘 안에서 받침 〈ㅅ〉은 대표음 〈ㄷ〉으로 온전히 살아서 절음(切音)되어 〈맛∨있는→맏∨있는→마딛는, 멋∨있는→먿∨있는→머딛는〉으로 연음해야 하지요. 그런데 요즘은 처음부터 막무가내로 연음시켜 〈맛있는→마싰는, 멋있는→머싰는〉으로 발음하는 잘못을 그냥 두어버렸습니다. 그건 우리 구강과 혀가 쉽게 연동되기 때문에 그렇다 하더라도 기가 막히게 〈맛없는〉은 같은 식으로 연음하여 〈마섭는〉으로 하지 않고 반대로 〈없다〉라는 의미축을 살리려고 대표음 〈맏∨업는〉으로 착하게 살린 후 연음하여 〈마덥는〉으로 발음하는 등 중구난방이어서 도대체 이런 부조리를 어떻게 참아내야 하는지 머리가 아플 지경입니다. 하긴 아직도 절음하여 발음하는 사람들이 가끔 있더군요. 저번 어느 TV 맛집 프로에서 주름이 많은 할머니가 음식을 먹는데 〈맛있어〉를 〈마시서〉로 하지 않고 〈마디서〉로 말해 순간 감전된 듯 짜릿해지더군요. 저도 몰래 일어나서 우와 소리쳤습니다. 할머니에게 존경과 사랑을 듬뿍…. 그러나 대중의 끝없는 편리를 향한 관성은 그런 법칙 따위는 아무 필요도 없다는 듯 가볍게 밀어내고 〈맛없는〉도 곧 〈마섭는〉으로 바꿔버릴 겁니다. 그러고 보니 〈마섭는〉도 그렇게 몇 번 되풀이 소리 내보니 〈맛〉이라는 어근의 의미가 희미해지려는데 따른 저항은 남아있지만 그렇다고 꼭 어려운 것만은 아니군요. 부모의 죽음에 그리 슬피 울어도 곧 받아들이고 잦아들 듯 마지막까지 굳게 지켜져야 할 글이 진중함과 예의 없는 대중들이 함부로 쏟아내는 입말의 간편함에 속절없이 무너지는 것도 다 그런 삶의 보편성에 대한 한 증표인 것 같아 씁쓸한 마음이 들기도. 더하여 복잡하게 허용한 이중 표준어 인정이나 당최 이해하기 어려운 사이시옷, 띄어쓰기 등까지 더해 우리 한글이 야금야금 허물어지는 듯한 우려도. 그러나 관습과 항상성은 무섭게도 어느새 그 문법을 당연하게 만들고 〈말았습니다〉. 세상에 〈-습니다〉라니! 그렇게 거부감으로 고개를 절레절레 저었지만 이젠 〈했읍니다〉, 〈없읍니다〉처럼 〈-읍니다〉가 벌써 낯설어질 정도가 되어버렸군요. 그래서 방금 제 책장에서 아무 책이나 꺼내 주욱 소리 내어 읽어보니('헤밍웨이'의 낡은 문고판 단편집 속 『살인자』란 소설) 다음과 같이 되어있군요.

- 지금 말씀드린 음료밖에는 없읍니다.
- 뭐 잘못된 일이 있읍니까?

새삼 집중하여 읽어보려고 했는데 꽤 힘드는군요. 뭐 자유당 시절 정치깡패 이정재가 조리돌림을 당하는 유명한 장면의 플래카드에도 〈나는 깡패입니다. 국민의 심판을 받겠읍니다〉라고 쓰여있으며, 엊그제처럼 익숙한 '이문열'의 소설들에서도 보이는 걸 보면서 구강에 연동되는 면으로는 아무래도 〈습니다〉가 훨씬 어울리는 것 같습니다. 단발령에 곧 죽을 것처럼 저항했지만 순식간에 단정한 짧은 머리에 모두 적응했듯. 이 간사한 인간의 약삭빠름은!

하지만 기존의 이런 문법 위주의 변화도 요즘 인터넷을 중심으로 젊은층에 퍼져나가는 줄임말(솔까말-솔직히 까놓고 말하면)이나 변용어(볍신-병신),

또는 기호(^^)나 이모티콘(ミ①ㅅ①ミ-냐옹) 등등 마치 외계언어처럼 알 수 없는 언어로 변화해나가는 모습에 비하면 미미하다고 할 수 있을 정도입니다. 아마 키보드를 이용해 글을 쓰는 경우가 많아지면서 그만큼 스피디한 장면들에 어울리는 나름의 기준이 필요하기 시작했다고 할 수 있겠고, 같은 언어를 사용하는 한정된 공간의 사람들끼리 특유의 유대감 형성 등도 작용했을 겁니다. 연전에 '귀여니'란 젊은 학생의 인터넷 소설 「그놈은 멋있었다」가 이모티콘 같은 기호를 언어로 사용하면서 유행하기도 했다지요? 읽어볼 생각 자체도 없습니다만. 그들은 기성과는 완전히 다른 환경을 살고 있고, 사고와 행동의 양식들도 기성의 거미줄처럼 얽혀있지 않고 다분히 선으로 연결된 인터넷 세상처럼 일직선으로 진화될 수밖에 없을 겁니다. (길어지는군요. 다음 주에 계속하겠습니다)

제(31)주 학습지도 계획안

(2012년 10월 22일 ~ 10월 26일) 4학년 2반

한글날 단상 ③ -고독을 잃어버린 시간

≡ 다음 주는 학부모 상담주간입니다. 23일에는 평소 시간을 낼 수 없어 상담을 할 수 없었던 학부모님들을 위한 야간 특강과 상담이 실시됩니다. 평소 궁금했던 점들에 대해 대화를 나누었으면 합니다.

≡ 〈교원평가 학부모 만족도 조사〉가 실시되고 있습니다. 현재 참여도가 미흡한 상태입니다. 10월 24일(수요일)까지니까 꼭 참여 부탁드립니다.

〈한글날〉을 맞아 저번 주에 이어서 계속 이야기해보겠습니다.

따지고 보면 예전에도 〈아더메치유〉나 〈옥떨메〉, 〈아나바다〉 등의 줄임말이 쓰였고, 〈SKY-서울대·고려대·연세대〉 등은 지금도 자주 사용되고 있습니다. 어쩌면 그 많은 외래어들도 다 그런 범주로 볼 수 있을. 아마도 신세대들의 조어 방식이 특이하고 의미 확장이 일반적인 유추의 차원을 넘어서는 단어들을 마구잡이로 만든다는 점에서, 그리고 사전에서도 찾을 수 없고 가만히 생각해서는 그 뜻을 도저히 알 수 없는 경우가 많아 〈옥떨메〉 류의 순진한 기성에게는 언어가 파괴되는 수준으로까지 나아가 걱정을 하는 것 같습니다.

하지만 근래 스마트폰의 폭발적인 확산으로 신세대들은 기존의 얌전한 줄임말이나 변용어, 기호나 이모티콘 등의 수준에서 외계인의 언어처럼 전혀 의사소통이 불가능한 상태까지 가지 않았나 생각됩니다. 카카오톡이나 트위터, 페이스북 등의 메신저가 새로운 대화 수단으로 등장하면서 그 틀에 맞는 새로운 말과 축약, 은어, 그리고 비속어 등이 난장판처럼 뒤섞여 그야말로 언어의 아비규환처럼 느껴질 정도지요.

몇 가지 예를 들어보겠습니다. 한번 맞춰보시지요.

- 행쇼, 현질, 밀당, 버정, 흠좀무, 쩌리, 눈화, 닥본사, 안쓰, 젭라, 후 새드, 근자감....

저로선 도저히 알 수 없는 말들이었습니다. 굉장히 고급스럽게 유추해봤지만 알 수 없어 결국 인터넷 검색으로 조사해봤습니다. 흐흥! 알고 보니 〈행쇼〉는 '행복하십쇼'를 줄인 말이더군요. 〈눈화〉는 '누나', 〈닥본사〉는 '닥치고 본방 사수'-(? 그래도 처음엔 무슨 뜻인지 몰랐던.), '안구에 쓰나미', '제발', '슬프다', '근거 없는 자신감'…. 다른 것들도 다 비슷비슷했습니다. 〈밀당〉은 밀고 당기기로 어렵잖게 이해됐지만 〈현질〉, 〈버정〉, 〈흠좀무〉, 〈쩌리〉는 알아보려고 한참을 노려봤지만 끝내 알 수 없어 제 머리 속에서 영원히 유배 보낼 생각으로 인터넷으로도 알아보지 않았습니다. 아마 그런 바보 같은 엉터리 말을 고급스럽게 생각해서 그런가 싶어 오히려 제가 비참할 정도였습니다. 아니, 개밥에 도토리가 바로 저였습니다. 대개 단어를 아주 줄이거나 몇 가지 단어들을 거칠게 조합해 만드는 경우들…, 겨우 그런 정도의 장난말을 만들어내 자기들끼리 유통시키는 청소년들 세계가 참으로 유치해서 불쌍할 정도….

하지만 아이들은 제 동정과 비난을 잽노(잽싸게 거절-방금 제가 만들어봤는데

'잽라'에 대응하여 오히려 더 괜찮은 것 같은데요?)하며 무척 고급스런 외계언어도 멋지게 사용하더군요.

자, 다음 글은 무슨 뜻일까요?

- 모든게 숲으로 돌아갔다. 문안한 권색낭방을 입은 그에는 김에김씨. 사생할치매에 대한 사소한오예로 임신공격을 했다. 명에회손으로 고소하고싶다.
- 애숭모는 실래를무르쓰고 "어떠케 괴자번호를 알려줘? 어의업고 회개망칙한 예기하지마"라고 말했다.
- 그애는"어르봉카드 줄께. 다신 내눈에 뛰지마. 그게 네한개다. 권투를빈다"고답 했다.

그야말로 어느 나라 말인지 요령부득이군요. 분명 한글이고, 몇 개 익숙한 낱말들이 있지만 도대체 어떤 뜻으로 사용되는지 알 수 없기는 마찬가집니다. 띄어쓰기는 아예 문전박대 수준이군요. 그런데 두어 번 가만히 읽어보니 그야말로 유치원 아이 수준!

- 모든 게 수포로 돌아갔다. 무난한 곤색 남방을 입은 그 애는 김해 김씨. 사생활 침해에 대한 사소한 오해로 인신공격을 했다. 명예훼손으로 고소하고 싶다.
- 외숙모는 실례를 무릅쓰고 "어떻게 계좌번호를 알려줘? 어이없고 해괴망측한 얘기 하지 마"라고 말했다.
- 그 애는 "의료보험카드 줄께. 다시는 내 눈에 띄지 마. 그게 네 한계다. 건투를 빈다"고 답했다.

요즘은 글을 보고 그 사람이 대강 어떤 배경의 사람인가 하는 유추가 불가능해졌습니다. 예전 같으면 이런 글을 쓰는 사람은 겨우 초등학교나 중학교 쯤 졸업한 아직 어린 학생이라고 거의 확신할 수 있었지만 근래 들어 사람들은 대학졸업자나 심지어 회사원도 이렇게 글을 쓰기 때문에 속단할 수 없습니다. 단어 몇 개를 보니 아마도 사회인은 분명한데도 문장을 조악하게 연결하거나 극단적인 축약, 또는 함부로 붙여쓰기를 하는 걸 보면 허탈하군요.

저는 지금도 연필을 칼로 깎아 사용합니다. 제 손과 손가락들은 정교하게 연필과 칼을 조정하고, 힘의 강약과 방향을 달리하며 능숙하게 깎아낼 수 있습니다. 아이들이 깎은 건 마치 장작처럼 함부로 깎여 손가락으로 잡기도 힘들지요. 그래선지 아이들은 제가 칼로 깎은 연필이 기계로 깎은 것처럼 둥글고 일정한 걸 보고는 감탄을 하더군요. 우리 시대의 사람들은 대부분 다 그렇게 깎을 수 있는데도 말입니다. 전에 손톱깎이가 없어 칼로 손발톱을 깎은 적이 있는데 아이들이 보고 신기하게 여기기도 하더군요. 저에겐 별로 어렵지 않은, 어쩌면 간단한 일인데도.

그렇게 깎은 연필로 공책에 한 글자씩 정성 들여 썼습니다. 글자가 마음에 들지 않으면 지우고 몇 번이나 썼지요. 글쓰기 책을 펼쳐놓고 따라쓰기도 했고, 아니, 예전 신문에 난 영화 포스터의 글을 몇 번이나 흉내 내어 그린 기억도 나는군요. 영화 제목은 글씨뿐만 아니라 그야말로 디자인의 극치였습니다. 지금의 일률적인 폰트로는 도저히 흉내 낼 수 없는 한 글자, 한 단어에 작가의 혼이 투영된 예술이었습니다. 한때 저는 비디오로 유명한 영화(映畵)나 다큐 등을 녹화한다고 들뜬 적이 있었습니다. 필요하다면 밀양 〈성 베네딕트 수도원〉 등에도 직접 찾아가서 『막시밀리

안 콜베-Life for Life-Maximilian Kolbe』, 『단스 신부-Daens』, 『데레사-Therese』 등 시중에서 구하기 어려운 귀한 영화들을 구입하기도. 아마 부산에서, 아니 전국에서 저만큼 많은 영화, 그것도 이름만으로 들어봤던 귀한 영화를 가진 사람이 없을 정도라고 자부하고 있습니다만. 부산의 영화집단인 〈시네마떼끄〉나 〈카톨릭센터〉 등과 연결되어 제 비디오를 빌려가서 〈장 룩 고다르〉전이나 〈서부영화의 전설〉, 〈존 휴스턴 감독전〉 등 등의 주제로 영상축제를 벌이기도 했습니다. 그런데 전 비디오 측면 세로 타이틀을 유성매직펜으로 그냥 쓰지 않고 원본 타이틀, 혹은 제 나름으로 주제와 매치될 수 있는 그림과 글을 컬러로 섬세하게 그려 마치 미술작품처럼 꾸미기도 했습니다. 벽에 전시하면 무슨 미술 작품이나 되듯. 사람들에게서 영화보다 타이틀이 예술이라는 말을 듣기도. 그렇게, 그렇게 글자 하나에도 거기 깃든 생명의 총화에 경의와 정성을 바쳐 다가갔습니다. (아하! 노골적으로 옆길로 샜군요.)

지금의 아이들은 연필도, 공책도 없습니다. 샤프로 몇 자 쓰는 정도입니다. 학년 초에 글씨쓰기를 강조했는데 좀체 늘지 않더군요. 저번 주에 이야기했듯 다른 중요한 것들에 비해 글씨 같은 덜 중요한 걸 계속 끌고 갈 수 없어 중도에 거의 포기했습니다. 연필과 공책은 없어졌지만 그래도 아이들은 키보드와 스마트폰으로 잘도 글을 쓰고 있습니다. 개성이 없이 누구나 똑같은 글로. 예전 중학생 때까지 제 소원은 제 이름이 인쇄되어 볼 수 있었으면 하는 거였습니다. 필기가 아닌, 활자로 찍어낸. 마치 제가 책을 한 권 쓴 것처럼. 그런데 지금의 아이들은 키보드만 치면 인쇄 글을 좍 쓸 수 있습니다. 맘만 먹으면 멋진 신명조로 자기 이름을 인쇄해 마치 자기가 문서의 저자처럼 만들 수 있지만 이미 설렘이나 감흥은 사라져 버렸습니다. 물론 저희 연배들도 지금은 마찬가지가 됐지만.

자기 이름에 대한 신비감이 사라지고 누구나 똑같이 책처럼 함부로 쓸 수 있게 되자 이번에는 문장력이 형편없이 사라져버렸습니다. 애써 좋은 말과 어법으로 문장을 완성하는 의미를 잃어버렸지요. 대강 뜻만 통하면 되는 사이버 언어로 하향평준화 됐습니다. 예? 맞춤법? 그야 엿 바꿔 먹은 지 오래됐지요.

제가 예전 글을 쓰던 생각이 납니다. 한때 만고의 멋들어진 말을 찾아 연필로 멋진 연애편지를 쓰던. 제가 그런 글을 잘 써서 여학생들에게 인기가 좀 있었습니다. 인물이 못나 본격적인 연애를 하진 못했지만. 한땐 이불을 뒤집어쓰고 호호 입김을 불며 원고지 몇백 장을 쓰기도 했습니다. 그때 다져진 문장력은 제 뜻을 그나마 드러낼 수 있게 도움을 주기도 합니다.

또 옆길로 샌 좀 다른 이야깁니다만 70년대 초 철원 모 사단에서 소총수로 있을 때 제대하는 선배 병사들의 〈추억록〉를 가끔 만들어주기도 했습니다. 3년의 군 생활, 그것도 최전방 철책선 근처에서 근무하다 제대를 하는 병사들은 평생에 다시 할 수 없는 군 생활을 마감하며 글과 그림, 사진, 그림 등등으로 추억의 엔솔로지(뭐 사화집(詞華集) 비슷한)를 만들곤 했지요. 소대장과 하사관, 또는 제대를 앞둔 고참 병사들도. 커다란 화첩에 유격, 특공, 혹한기 연대 합동훈련 등과, 중대별 축구대회, 한가한 휴일 시냇가에서 빨래하던 일상의 모습… 등등의 다양한 개인 활동, 또는 자신이 만든 시나 만화 등의 문예물과 디자인 등 갖가지 사진과 어울리는 멋진 스케치를 붙여 재밌게 설명을 붙이고 두터운 표지에 노끈으로 묶어 표지에 기념으로 중대장과 소대장, 전우들 사진, 그리고 덕담을 담은. 까마득한 옛날 일이지만 아마 예전 전방에 근무했던 사람들은 추억으로 고개를 끄덕이는 분들도 계시겠군요. 덕분에 술과 외출 등 편의를 받기도 했습니다.

하지만…. 지금 시대에 연필로 바른 글씨와 올바른 단어와 어법에 맞는 문장으로 제대로 된 글을 쓰는 사람은 찾기 어렵습니다. 요즘 인터넷을 종횡하는 여러 분야의 전문가들도 그렇고, 더욱이 유명 작가들의 글들도 썩 맘에 드는 글을 보기가 힘들더군요.

그렇게 맞춤법은 물론 요령부득의 줄임말과 함부로 붙여 쓴 글, 은어나 비속어, 조립어 등이 난무하는 엉터리 글들이 버젓이 통용되는 근본적인 이유는 시대의 분위기 탓이 크다고 할 수 있겠습니다. 편의성과 간편성이 보편적인 가치로 존재하는 시대에 속도에 뒤처지는 정서법 준수는 인터넷 시대와 불화할 수밖에 없습니다. 의미 전달만 대충 되면 맞춤법에 크게 개의치 않으며, 오타도 일일이 수정할 필요를 느끼지 못하지요. 차라리 재미로 새로운 자기만의 말을 많이 만들어 남들에게서 인정받고싶어 하는 심리적 바탕까지 있는 형편입니다.

그런 게 얼마나 사회적 합의로 받아들여졌는지 모르지만 철없는 청소년들이야 그렇다 하더라도 책임 있는 사회인인 연예인, 스포츠맨, 방송인, 유명 작가, 교수, 평론가들도 〈나도 카카오, 트위터, 페이스북을 하고 있소〉라고 선전하듯 맞춤법과는 전혀 관계없는 파편화된 글자들을 함부로 배설하고 있습니다.

- 다녀왔닭ㅋㅋㅋㅋ, 넘 맛이셔 까ㅑ!!!

어느 여학생이 쓴 글인데 세종대왕께서 봤다면 이게 한글이라고 후손들이 깔깔깔 깨소금처럼 웃으며 썼다는 걸 알면 어떻게 생각할까요? 한글을 도로 회수하려고 하지 않을까요? 아마도 체포해 치도곤 10대를 선고할지도. 포괄적으로라도 그런 장난을 위해 세종대왕께서 한글을 만들지 않았을 겁니다. 그러나 그럼에도 이런 글들이 지금 현재 이 사회를 휩쓸고 있으며, 더불어 구석구석 함부로 만들어낸 많은 유행어들이 그들의 부주의와 불순한 출세 한탕주의, 그리고 매끄러운 혓바닥에서 무한 생성되어 세상을 휩쓰는데 도대체 정신이 온전한 건지 사회의 건강지표가 심히 걱정스러울 정도입니다. 마치 무슨 영웅이나 된 듯, 그리고 그런 말을 쓰지 않으면 뒤처진다는 듯. 몇 년도 지나지 않아 한바탕 소비로 사라질 게 뻔한 그런 유행어들을. 트위터(Twitter)란 말이 새들이 지저귀는 것을 뜻한다고 하더군요. 자판을 쉽게, 함부로, 가볍게 누르며 마치 새들의 지저귐처럼 재잘거리는. 저로서는 구역질을 동반한 가벼움으로, 지렁이가 온몸을 스멀거리는 것처럼 소름이 끼쳐 단 한 글자도 읽고 싶지 않군요. 앞에 예시한 글들-행쇼, 애숭모 등등을 포함해서 도대체 《제 손으로 쓰여졌다》는 것에 손가락을 잘라버리고 싶을 정돕니다.

맞춤법은 읽는 사람이 뜻을 확실히 파악할 수 있게 만드는 하나의 약속이자 배려입니다. 저자의 〈효율적 쓰기〉는 아무런 의미가 없습니다. 오히려 독자의 〈효율적 읽기〉가 한글 맞춤법의 지향하는 목표입니다. 언어의 약속이 깨어지면 그 순간부터 역사는 매몰되고, 인간은 외톨이 존재로 고독에 몸부림치게 됩니다. 말과 글을 잃으면 나라가 망한다고 '주시경' 선생이 온몸을 던져 지켜 나왔지요. 평생을 무명 두루마기와 회색 바지저고리라는 확고한 자세를 견지한 올곧은 사람이었습니다. 겨레의 말과 삶을 규정지어주는 〈말모이 사전〉을 만들기 위해 온몸을 던졌지만 일찍 돌아가시는 바람에 살아생전 완성하지 못했지요. 나중 후배들에 의해 〈조선말 큰사전〉이 완성된 것은 순전히 그의 덕분이라고 할 수 있습니다. 언제나 우리를 지켜주는 집처럼 우리들의 생각과 소리와 말이 편히 깃들 수 있는. 아마 일찍 돌아가시지 않았다면 한글이 〈세상의 문자〉로 지정되도록 하지 않았을까 하는 생각도 드는군요. 그 선생의 가르침을 잊거나 거부하는 사람, 장난치는 사람들은 배가 불러 그런 것 같다는 생각도.

얼마 전 폴란드 출신의 영국 사회학자 '지그문트 바우만'의 『고독을 잃어버린 시간』이란 책을 구입하여 읽는 중입니다. 편지 형식으로 쓴 글들을 모아놓은.(한 주(週) 단위로 생각나는 대로 쓴 이 글도 이 책의 형식과 닮았음을 부인할 수 없군요.) 그가 이 책을 쓴 때가 2008년입니다. 놀랍게도 80세를 훨씬 넘어, 그것도 간단한 수필류가 아니라 중후하고 독특한 사상을 피력하고 있습니다. 디지털 만능주의, 소비 지상주의가 만연한 현대 사회에서 우리가 박탈당하고, 놓치고, 잃어버린 것들에 대한 성찰을 주제로 하고 있더군요. 패션, 쇼핑, 신용 카드, 성형수술, 프라이버시 등 시대에 뒤처진 저로서도 잘 모르는 세상의 흐름에 대해 벌써 그 시대에 촉각을 곤두세워 관찰하고, 번득이는 통찰력으로 날카롭게 짚어냈습니다. 지금은 구순(九旬)인데도 아직 그런 싱싱한 상상력과 구성력, 그리고 문장력을 가지고 당대 첨단을 가는 최고의 책을 쓴 그의 노익장은 정말 존경받아 마땅합니다. 제가 그 나이가 된다면? 당연히 이 세상에 없겠지요. 기적적으로 살아있다 하더라도 정신줄을 놓아버리고 골골하며 제대로 걷지도 못하는 형편없는 노인으로.

아무튼 그는 오늘의 세기를 〈유동하는 액체의 세계〉로 해석했습니다. 지금 이 시기는 예전처럼 견고한 사회 구조나 제도, 도덕이나 풍속 등이 강제되지 못하고 해체되면서 유동성과 불확실성이 증가하는 액체의 상황에 놓여있다는 각성은 유례없는 참신한 개념이 아닐 수 없습니다.

어제의 문명은 어느새 우리들 곁을 떠나버렸고, 새로운 문명은 미처 깨닫기도 전에 생활 속으로 액체처럼 스며드는 것을 우리는 자주 경험합니다. 저는 사용해 본 기억도 없는데 벌써 필름 카메라가 사라지고 디지털 카메라가, 단정한 사무실 여직원이 앉아 타자기 글자판을 타다닥 두드려 문서를 뽑아주던 시대가 엊그제 같았는데 이젠 교실에서 선생님 개인이 컴퓨터로 맘대로 쓰고, 고치고, 꾸며 프린트까지 끝마치는. 차드 글씨로 정성껏 쓴, 단순히 글만 적혀 있던 알림 플래카드에서 다양한 모양과 색깔의 글과 사진과 무늬들로 꾸며진 화려한 플래카드로, SP는 물론 LP 레코드까지 전 한 번도 들어본 적 없는데 어느새 MP3 같은 디지털 음원으로, 동전에서 버스표로, 다시 토큰으로 버스를 타고 다니다 이젠 손톱만한 교통카드가, 필름 대신 비디오(VIDEO)가 엄청난 맹위를 떨치더니 어느새 DVD를 잠시 거친 후 이젠 갖가지 디지털 동영상 파일로, 유선전화기에서 삐삐를 거쳐 휴대폰에 열광하다 어느 순간 몽땅 사라지고 이젠 스마트폰으로, 도서관에서 독서삼매경에 빠졌던 엊그제가 이젠 집과 사무실, 아니 걸어다니면서도 인터넷 삼매경으로, 퇴근하며 동료들과 술 한잔하는 낭만시대가 대중화된 마이카로 어느덧 우아하게 퇴근하는 자본의 시대로…. 유동하는 액체처럼 스며드는 문명의 모습과 거기서 생성되는 왁자지껄한 소음, 내팽개친 낙서와 횡행하는 거짓말, 버려지는 일회용품 같은 폐기물 껍질들이 둥둥 떠다니는 세상으로 변모했습니다.

그중 SNS로 한 달에 3,000여 건의 문자 메시지를 보낸 어느 10대 소녀의 예는 충격이었습니다. 하루로 치면 거의 100여 건, 깨어 있는 동안 10분에 한 번 메시지를 보냈다는 셈인데, 우리 청소년들도 그보다 훨씬 더한 낙서나 파편 같은 알 수 없는 낱말과 기호, 이미지를 연속으로 날린다고 하더군요. 버스를 타면 그 또래 학생들은 카카오나 트위터로 문자를 날린다고 모두 고개를 숙이고 있지요. 그야말로 허공은 새들이 지저귀는 〈트위터〉의 빵빵거리는 클랙슨 소리로 가득 찼습니다. 아마 아이들 귀엔 하루 종일 트위터 소리가 빵빵거리고, 그에 질려 정신도 지리멸렬 파산되고 있을 것 같습니다. 스마트폰에 트위터, 카카오가 빵빵 울려오는 시대에 무슨 고독을 느껴볼 틈이나 있겠습니까? 인간의 섬세한 감성 이전에 로봇의 전자회로처럼 육체를 꼿꼿이 감전시키며 반응만으로 존재하는, 아니 SNS라는 문자에 생각이 브레이크 당하고, 조그마한 스마트폰 화면에 체포되어 좀비처럼 떠도는 현대인은 유사 이래 창살 없는 네모 감옥에 체포된 비극적인 신인류가 아닌가 생각될 정도입니다. 여과 없는 값싼 감정(感情)만 어지러이 허공을 날아다니고 진지한 지성(知性)은 모조리 학살당한.

어쩌면 인터넷과 컴퓨터, 휴대전화와 아이팟, 스마트폰 등 지구 곳곳의 구석과 틈새를 액체처럼 신속하게 채워줄 수 있는 정보 고속도로는 그러나 현대인의 상쾌한 질주처럼 보이지만 역설적이게도 그 10대 소녀처럼 허공에 매달려 자신을 보여주기 위해 몸부림치는, 그래서 소외되지 않고 자신의 존재를 증명하고 싶어 하는 현대인의 허망한 초상에 다름 아닙니다. 인스턴트 섹스, 함부로 쏟아내는 소비, 중독된 묻지마 명품 쇼핑, 유행에 뒤처지지 않으려는 몸짱과 성형수술…. 우리 삶에서 이런 쓰레기 같은 껍데기들을 분리해서 소각해버려야 비로소 고독도 느끼고, 삶의 의미와 현실의 충만한 접속도 되살릴 수 있을 겁니다.

인간과 사회는 엄청난 속도로 발전하고 있습니다. 고루한 기존의 사고방식으로는 다양한 문명과 문화의 의미를 해석할 수 없어져버렸습니다. 언어는 시대의 산물로서 가장 빨리, 그리고 정직하게 그 표상을 드러낸다고 할 수 있겠군요. 그들의 언어에서 새로운 구어체(口語體)의 창조를 발견할 수도 있고, 〈빠름 빠름〉이란 속도의 개념으로 삶을 해석할 수도 있습니다. 언어가 생각의 틀이란 관점에서 사회적, 인지적 변화에 대비한 미래학도 필요할 겁니다. 어쩌면 진화의 개념까지도.

언어를 감옥에 가둬 고인 물처럼 한정할 순 없습니다. 〈외국어를 고민 없이 사용하고, 어려운 한자를 사용하면 품위 있어 보인다고 착각하는 저 같은 못난 기성의 자아도취〉는 그 반대편에 있는 젊은 청소년들의 발랄하고 재기가 번득이는 우리말 어휘를 백안시하는 오류를 저지르기 쉽지요. 일견 분명히 한글의 파괴에 갈음할 수 있는 그들의 이상한 표현들은 적어도 변화란 측면에서 본다면 파괴가 아니라 창조가 분명하겠군요. 아니, 좀 더 찬찬히 살펴보면 생각보다 많은 아름다운 우리말들도 발견할 수 있더군요. 건늠길(횡단보도), 더덜법(가감법), 다님표(운행표) 등등…. 차라리 순수 우리말을 되살려 활용하는 게 오히려 무분별한 한자말의 확산보다 더욱 좋을 듯합니다. 좀 더 확장의 의미가 첨가된 말들이 많아지면 지금의 한자말을 훌륭히 대체할 수 있을 겁니다. 〈전통〉, 〈괄목상대〉, 〈계좌이체〉…. 이런 한자말보다 의미가 깊고 간단한 우리말이 만들어지면 저처럼 의미의 확장을 한자말로 이용하는 〈엉터리〉들이 사라질 겁니다. 하긴 〈알맞다〉라는 아주 뛰어난 우리말이 있는데도 〈적당-的當〉이란 일본식 한자말 등등이 사라지지 않는 걸 보면 언어에는 견고한 장력(張力)이 단단히 표면을 붙들어 매고 있는 모양입니다만.

다만 아직 언어 체계가 확립되기 전의 어린이들에게는 지도가 필요하고, 불가피하게 비속화할 땐 격의 없는 토론도 필요하겠지요. 어른들과 얘기할 땐 내 스스로 언어를 걸러낼 수 있는 예절도 가르쳐야 할 것입니다.

그러나…. 사회적 약속인 문법을 고리타분하게 여기면 언어가 파괴되고, 그러면 역사도 희미해지고, 존재의 정당성마저 사라집니다. 교실에서 수업도 듣는 둥 마는 둥 하고, 친구들과 스마트폰으로 가상세계에 빠져 가족과 눈도 마주치지 않는 젊은 아이들의 축약과 기호와 붙여쓰기로 일관한 〈외계언어〉는 피상적으로 외부와 연결하며 자신의 존재를 확인하고 있는 것 같지만 실제로는 고독의 심연에서 끊임없이 SOS를 쏘아대고 있는 〈불안한 실존의 자화상〉에 다름 아닙니다. 파괴된 문자 속에 속절없이 행방불명된 명료한 정신들의 무덤이 허공을 둥둥 떠다니는 것 같은.

한글은 처음 한자어가 골수에 젖은 사람들의 반대와 천대를 견뎌내며 결국 오늘의 영광된 자리에 섰습니다. 외국의 유명 언어학자는 한글을 〈

세상의 알파벳〉이라며 이는 한국만이 아닌 세상에 대한 선물이라고 찬양하기도 했습니다.

대국이라고 자랑하는 중국은 그들의 말과 전혀 다른 복잡하고 어려운 한자를 사용하고 있습니다. 요즘은 시간 단축과 문맹률을 낮추기 위해 정체자(正體字)를 축약한 간체자(簡體字)도 사용하고 있지요. 낯설지만 가만 보면 이해되기는 합니다. 그렇게라도 줄여 사람들이 쉽게 이해할 수 있도록 하기 위함이지요. 그렇지만 역시 말과 글이 서로 다른 태생적 한계를 가지고 있습니다. 간단히 예를 들면 우리가 잘 아는 손문(孫文)을 〈쑨원〉으로, 모택동(毛澤東)을 〈마오쩌둥〉으로, 장개석(蔣介石)을 〈장제스〉로 하는 것만 봐도 알 수 있지요. 아니, 지하철 등의 안내판을 보면 한자 자체도 제가 아는 것과 많이 다르더군요. 소리글자와 달리 뜻글자처럼 말과 글이 다르다는 것은 어느 하나가 처음부터 잘못됐다는 뜻이며, 그것은 돌이킬 수 없는 엄청난 국가적 재난이랄 수 있습니다. 만약 중국이 그들의 말과 글이 서로 부합된다면 그 자부심은 하늘을 찌를 겁니다. 거의 세상을 정복한 듯. 그러나 한자어로는 조금이라도 세계를 선도하는 국가가 될 수 없습니다. 솔직히 말하면 속으로는 우리 한글을 무척 빌려오고싶어 하지요. 중화의 대국이라 자부하는 중국이지만 한글만은 그런 중국도 넘을 수 없는, 세계인의 국보입니다. 그러나 지금의 현실은 제대로 대접받지 못하고 있습니다. 생산성에 차질을 준다며 공휴일에서도 제외되고.

한글이 사라지면 문화도, 기억도, 지혜도…, 그리고 인간도 한꺼번에 사라집니다.

덧붙이는 글

스마트폰과 관련하여 예전 어떤 공익광고 하나가 생각나는군요. 〈스마트폰으로 잃어버린 것들에 대한 묵념〉이란 소리와 함께 연인과 데이트에도, 체육경기의 응원에도, 생일을 맞은 가족의 축하에도, 지인의 결혼식에서도 모두 말없이 고개 숙이고 스마트폰만 조작하는 세태에 대해 〈묵념〉 대신 고개를 들고 〈대화와 관심〉을 가지라는. 오랜만의 참신하고 정곡을 찌르는 공익이었습니다.

또한 전에 속된 말로 〈뜨는〉 여자 개그우먼이 시도 때도 없이 「느낌 아니까」라는 유행어를 만들어 퍼뜨리고 있었습니다. (그 여자 개그우먼이 처음 퍼뜨렸는지는 잘 모르지만). 리듬과 멜로디까지 넣어서. 그 강약과 고저의 멋을 살려 따라 하니까 매끄러운 느낌이어서 유행할 것 같다는 생각이. 뭐 다른 사람들도 모두 그렇게 유행어 하나 만들지 못해 안달하는 모습을 보이던데 소위 〈뜨는〉 건 확실한 것 같습니다. 하지만 언어에 대한 진지함도 없이 겉멋에 도취되 함부로 상업화된 〈카피〉처럼 말한다면 자기 이름은 돋보일지 몰라도 스스로가 〈딴따라〉 수준의 값어치로 매겨지고 있다는 걸 깨달아야 할 겁니다. 찬양으로 착각되고 있는 그 값싼 딴따라 말입니다. 장난은 진정이 아니니까요. 그 말 때문인지 얇은 입술의 그 개그우먼은 벌써 〈얍삽한 감각의 이름〉으로 새겨져버렸고. 풍자 수준은 고사하고 말장난에 불과하다는 생각이. 코미디나 개그는 내용인 풍자가 사라지면 존재가치도 허공 속에 공허하게 사라짐을. 〈과분한 제멋대로 행복〉처럼 무조건적인 향유보다 절제가 앞서야 할 것임을. 하긴 그 말이 새로운 감각의, 좀 더 강조된 의미로 고착된다면 그 또한 좋은 현대어가 될 수도 있겠군요. 그렇다고 미래의 결과를 미리 예단하여 뭐라고 단정할 순 없겠지만 과연!

제(32)주 학습지도 계획안

(2012년 10월 29일 ~ 11월 2일) 4학년 2반

현대의 묵시록(黙示錄)

저번 여름방학 때 감기로 체중이 많이 빠졌다고 한 적이 있었지요? 거의 10킬로 가까이 빠졌는데 근래 몸이 많이 불었습니다. 요즘 평균 체중은 67~68킬로 근처입니다. 제 키와 비교해 아직은 표준체중에서 벗어나지 않은 것 같지만 여기서 2~3킬로쯤 더 불면 예전처럼 순식간에 과체중이 될 수 있어 이제는 조정해야 할 것 같습니다. 그렇지만 아직 예전 입던 옷, 특히 바지는 허리가 한두 치수 이상 커서 여간 불편하지 않습니다. 체중보다 허리는 많이 늘진 않은 것 같군요. 아들 녀석이 입던 한 치수 작은 옷이 있어 근근이 버티지만. 미래의 미용과 건강을 위해서라도 이번 기회에 〈100 사이즈〉로 한 치수 줄여 고정시켜야겠습니다.

계절도 바뀌고 해서 옷을 사러 갔습니다. 학교에서 내려가 시장 입구 근처에 있는 중고 의류 판매점으로. 얼마 전 허리가 딱 맞는 바지가 있어 샀는데 이번에는 바지에다 긴팔 티와 셔츠 등도. 거긴 쓸 만한 바지나 티셔츠 등 중고 옷들 모두 삼천 원에 판매하니까 무척 싼 편이지요. 젊은이들 옷처럼 제법 핏도 팽팽하고, 별다른 허물도 없어서 중고품이지만 참 기분이 좋았습니다. 셔츠 세 개와 바지 두 개, 바짓단 길이 수선까지 해서 1만 8천 원이 들었는데 아마 일반 가게에서 그 메이커 수준으로 사려면 못

해도 10만 원을 훌쩍 넘으리라 생각합니다.

시장 안에는 제가 한 번씩 가는 가게가 또 있습니다. 각종 견과류와 미숫가루 등을 파는 곳이지요. 전에 체중을 조절하기 위해 아침에 우유와 함께 먹으려고 보름에 한 번쯤 가곤 했습니다. 그런데 문이 닫혔더군요. 휴일이라서 그런가 싶어 평일에 다시 갔는데 역시. 옆 가게에 물어보니 문을 닫았다고 했습니다. 고개를 끄덕였습니다. 그러고 보니 텅 빈 가게들이 몇 군데 눈에 띄더군요. 그랬구나! 장사가 잘 되지 않아서? 변두리 시장으로 보면 언제나 사람들로 북적여 활기찰 줄 알았는데 구석구석 이렇게 투명하게 사라지는. 할 수 없이 다른 것도 살 것이 있어 석대 다리 근처 반여 농산물 도매시장으로 갔습니다. 거긴 더 싸게 살 수 있지만 조금 멀어서 학교 밑 시장처럼 쉽게 가긴 어려웠습니다.

동료들과 술을 마시고 집에 가다 정류장 옆 가게에서 로또 복권을 샀습니다. 말은 익숙하지만 여태 한 번도 가까이 한 적이 없었는데 술 때문인지 그날따라 저도 모르게 가게로 들어갔습니다. 주인에게 얼마냐고 물어보니 한 장에 천 원이라고 하더군요. 그래 오천 원을 내고 다섯 장 달라니까 노란 종이 한 장을 주며 오천 원이라고 말했습니다. 알고 보니 오천 원 어치를 한 장에 팔기도 하더군요. 그런데 이미 번호가 인쇄되어 있어 내가 번호를 선택하는 게 아니냐니까 번호를 체크하라고 했습니다. √표시를 하고 건네니까 절 쳐다보다 자기가 검은 사인펜으로 동그랗게 다시 칠했습니다. 세상에, 로또를 처음 사는 사람도 다 있다는 표정으로.

어쨌거나 복권을 들고 집으로 돌아오며 온갖 근사한 상상을 했습니다. 만약 10억이 당첨되면 형과 누님들에게 각각 1억씩 주고, 새로 지은 멋진 아파트를 사고, 멋진 차도 하나 뽑고…. 당연히 모든 것은 제 상상 속에서만 존재했습니다. 그 행운이 제게 돌아온다면 그야말로 세상이 잠시 한눈 팔았다며. 확률론으로 보면 거의 제로였지만 귀신에 씌웠던 것 같습니다만. 결국 도박이나 카지노, 경마 등과 같은 사행(射倖)에 빠져버린 꼴이었지요.

싼 옷을 산다거나, 가게가 문을 닫았다거나, 로또 복권을 사는 사람들이 많다거나…. 이런 일들은 아마도 제가 특별히 어렵다기보다는 지금의 시대가 살기 힘들고, 불안하고, 미래가 암담하고, 당장 하루하루를 지내기가 어려운 사람들이 많다는 의미일 겁니다. 또는 정당하지 못한 방법으로 부를 축적한 사람들이 펑펑 소비를 함부로 하는데 자신은 당장 먹고사는 문제도 해결하지 못한다는 자괴감의 또 다른 모습을 상징하는지도.

며칠 전 신문에서 오십 대 남성이 딸의 결혼 상견례를 앞두고 스스로 목숨을 끊었다는 기사를 봤습니다. 시각 장애로 눈은 점점 나빠지고, 1억 가까운 빚은 쌓이고…. 살아봤자 자식들에게 부담만 줄 것 같아 자살했다고 합니다. 장례비까지 걱정하며 시신도 찾지 말라며. 가슴 뭉클하더군요. 너나없이 우리 모두 이처럼 감당할 수 없는 무거운 짐을 지고 암담한 마음으로 살아가고 있으니 남의 일 같지 않지요.

당장 하루하루 사는 것도 힘듭니다. 김장철을 앞두고 가뭄과 태풍으로 배추, 무, 대파, 생강 등의 생산량이 줄어 재료값이 급등하고 있다는 소식도 들리는군요. 주부 처지에서는 겨우내 가족이 먹을 수 있는 든든한 밑반찬을 장만하지 못하면 이만저만 걱정이 아닌데. 동네 골목에 구멍가게를 운영하는 분들은 대형 마트의 횡포로 장사가 되지 않아 몇 개뿐인 과자 봉지에 쌓인 먼지를 쓸며 문을 닫아야겠다고 생각하고 있으며, 중소기업은 재료비 상승에다 금융 문턱은 턱없이 높고, 제품은 판매 부진으로 창고에 쌓여 몇 푼 안 되는 직원들 월급 주기도 힘들다고 합니다. 시장 구석에서 좌판을 벌여 알뜰살뜰 모은 돈을 이자 많이 준다는 금융기업에 저금하고 번듯한 가게를 낼 단꿈에 젖었는데 느닷없는 부실로 퇴출되어 단숨에 날려버리거나, 대출받아 평생 처음 집을 장만해 아이들이 무척 좋아라했는데 집값이 폭락하고 금리는 올라 빚이 집값보다 많은 깡통아파트가 되어 길거리로 쫓겨나야 할 사람들이 엄청 많아져 곧 커다란 사회문제가 될 거라며 야단들입니다. 한 달 내내 오토바이 택배로 벌어봐야 얼마 되지 않는 푼돈인데 무척 크고 고급스런 외제차가 지나가며 순전히 자기가 오토바이를 살짝 스쳐 흠집이 났는데도 오토바이 책임이 30% 있다며 몇백만 원을 배상해야 하는 〈억억!〉하는 현실에 망연자실하여 빌딩 옥상 난간에 올라선 아저씨, 어쩔 수 없이 사채를 빌려 학비를 냈지만 아르바이트로도 갚을 길이 없어 학교를 그만두고 노동판을 전전하는 꿈 많고 똑똑한 젊은 청년, 시골에서 올라와 지하실 봉제공장에서 일하며 푼푼이 모은 적금으로 미래의 꿈에 부풀었지만 공장이 부도나는 바람에 전락에 전락을 거듭하다 결국 밤거리 여인이 되어 밤마다 술에 취해 따뜻한 어머니 품에 안겨 행복해하던 꿈속으로 달려가는 처녀, 있는 사람 껌값도 되지 못하는 국민연금 보험료마저 내지 못해 노후에 연금을 받지 못하게 된 베이비부머들의 암울한 이야기도 들립니다.

너도나도 〈워킹푸어〉, 〈하우스푸어〉가 되어 어쩔 줄 모르고, 자살은 하루도 멀다 하고 신문 지면을 장식하고. 얼마 전에 삼성 자동차에서 명예퇴직 신청을 받는다고 하더니 국내 굴지의 현대조선에서도 처음으로 명퇴의 칼바람이 불어오고. 제가 아는 분 중에 창원의 어느 조선소에서 열심히 일하던 사람이 있었는데 추락사고로 다리를 다쳤지만 노조에 가입하지 않았다는 이유로 제대로 치료를 받지 못하고, 몇 푼 받은 돈으로 술만 마시며 폐인처럼 지내고 있기도 합니다. 그 집 아이들이 참 착하고 똘똘했는데 뿔

뿔이 흩어졌다는 소식만.

자본이 뒷받침되지 못하는 민주주의는 돼지 목에 진주 목걸이 신셉니다. 자본은 민주주의를 품위 있게 떠받치는 기둥과 같으며, 자본주의와 민주주의는 동전의 양면과 같습니다. 아니 겉으로는 민주주의를 들먹이며 지상의 명제처럼 받들어 모시지만 실제로는 자본주의가 민주주의를 입맛대로 강제하는 형편입니다. 대부분의 서민들은 자본주의가 쌓아 올린 황금의 탑에 머리를 숙이고 충성을 맹세하기 바쁘지요. 만약 자본주의가 파괴되면 민주주의는 순식간에 전제(專制)의 칼날에 목을 늘어뜨리는 신세가 됩니다. 나치즘과 파시즘, 그리고 그 요란했던 잘난 코뮤니즘! 지난 시대 벌어졌던 대결과 학살의 역사가 이를 잘 드러내고 있지요. 동등한 가치가 서로 화합과 협력으로 구성되지 못한 아픔의 역사였습니다.

그러나 근래 들어서는 그런 정체(政體)들의 강제보다는 자본의 거만한 공습이 직접적으로 그 칼날을 대신하고 있습니다. 근본이랄 수 있는 민주를 교묘하게 부정하고 존재 가치를 형편없이 퇴화(退化)시킵니다. 화려한 집과 차, 명품, 우아한 사교와 주고받는 미소, 그리고 지시와 감독이란 신나고 화려한 뒤쪽에서는 산비탈 다닥다닥 붙은 개미집과 값싼 싸구려 노동, 푸석 꺼진 검은 얼굴, 쓴맛이 아닌, 차라리 토할 것 같은 술과 싸구려 안주, 거의 노예처럼 꾸역꾸역 처리해야 하는 산더미 같은 일… 악성 자본의 공격에 개인은 민주는커녕 함부로 소비되어도 좋은 소비재로 격하되어 존재를 부정당할 따름입니다.

오늘날 우리나라는 민주주의라는 인류 보편적인 체재를 충실히 따르고 있습니다. 개인이 그 무엇보다 우선하고, 그 바탕에서 사회와 집단의 원리가 존재하며, 모두는 행복할 권리를 누리고 있습니다. 그러나 자본이 그 본질만큼이나 욕심을 부리기 시작하면서 우리들 행복한 민주주의는 약육강식이 지배하는 비정한 정글로 변했습니다. 대형 마트는 지역의 강자로 모든 재화를 빨아들이며 지역 주민들을 주인이 아니라 착취의 대상으로 분류하고 있으며, 대기업은 중소기업을 맘대로 주무르고 생사여탈권을 남발하고 있으며, 금융 자본은 사람들을 자신들의 잣대로 등급 매겨 머리를 조아리게 합니다. 그들의 기침 한번으로 집이 날아가고, 사람은 거리로 내몰리거나 자살로 생을 마감합니다. 자본에게는 한 끼 식사보다 못하겠지만 민주에게는 가족의 목숨이 달렸는데도 말입니다. 청년은 일찌감치 밑바닥 인생을 살고, 처녀는 밤거리 여인이 되어 빨간 루즈로 떡칠하고, 노인은 폐휴지 쟁탈전을 벌입니다.

신빈곤층이란 용어가 한국 사회에 처음 등장한 것이 외환위기 이후인 지난 2000년부터라고 합니다. 이후 노동시장이 신자유주의 방식으로 재편되면서 자본은 기존의 업무를 외부에 하청주거나 해외 공장으로 이전하면서 소위 〈좋은 일자리〉는 줄고 비정규직이 양산되기 시작했지요. 비정규직은 낮은 임금과 불안정한 지위 때문에 일을 하면서도 가난할 수밖에 없습니다. 몰락한 중산층이 새로운 빈곤층으로 편입되고, 젊은이들은 화려한 스펙을 쌓고도 취업이 되지 않아 고시원을 전전하고, 부부가 함께 일해도 살림이 빠듯하고…. 자살률 1위라는 달갑지 않은 타이틀에 맞게 신빈곤층은 앞으로도 계속 늘어날 겁니다.

그런데도 자본의 시각은 여전히 개인에게 모든 책임을 돌립니다. 개인이 못나서, 능력이 없어서, 노력하지 않아서라고 앵무새처럼 지저귑니다. 그러나 가난은 사회적 원인이 누적된 결과일 뿐입니다. 전쟁이 개인을 함부로 휘둘리듯 그 틀 속에선 아무리 열심히 일을 해도 가난을 벗어날 수 없습니다. 가난은 개인이 감당해야 할 몫이 아니라 국가나 사회가 책임지고 감당해야 할 〈의무〉입니다.

그런 자본의 횡포와 그에 빠져 몰락하는 빈곤층의 모습은 벌써 19세기 '모파상'의 매혹적인 소설 『목걸이-La Parure』에서도 적나라하게 드러납니다. 사람들은 흔히 여주인공 '마틸드'의 〈허영심과 욕심〉을 주제로 한 소설이라고 간단히 평하지만 그건 너무 즉물적이고, 표피적인, 아니 모든 걸 개인에게 귀착시키는 무책임한 감상록에 다름 아닙니다. 그렇지요. 사람들은 시대 속의 개인으로 존재의 다층 구조와 근거라는 실존적 상황 속에서 살아가는데 면면한 인간의 삶과 시대를 몽땅 삭제하고 오직 개아의 행위로서 몇 가지 번지레한 말로 모든 책임을 지우는 편협과 오류를 참 쉽게 내리고 있습니다. 문예이론에서 작품은 직접적인 인과의 사실들에서 의미를 이끌어낼 수도 있지만 때로는 그 인과들의 기반과 역사적 맥락에서 찾아야 표피가 아닌 근원적인 의미를 밝혀낼 수도 있다고 알고 있습니다. 이 소설의 출발은 사실의 이면에 숨어 있는 당대 상류층의 〈자본 착취〉라는 선명한 바탕에 두고 이해해야 합니다. 어쩌면 작가가 이야기의 극적 결말을 위해 준비한 말과 행동과 근거들을 정교하게 구성한 소설적 얼개를 우선적으로 이해해버린 탓인 듯도 하지만.

유럽의 근대는 16세기 무렵부터 출발했지만 훨씬 뒤 19세기 당대까지 일반 민중들의 삶은 말이 근대시민계급이었지 실제로는 로마 시대 노예보다 못했습니다. 근대 시민으로서의 자부심은 시대의 격랑을 겪으며 발전해왔지만 제도나 과학, 의식과 교육 등이 뒤를 받쳐주지 못해 일반 민중들의 삶은 비참 그 자체였지요. 아마 연전에 책과 영화로 화제가 됐던 '파트리크 쥐스킨트' 원작의 『향수 : 어느 살인자의 이야기-Perfume : The

Story of a Murderer』란 영화를 보셨다면 온통 거리를 가득 채운 악취와 음산한 습기, 학대로 죽어나가는 시체들로 범벅된 〈어둠의 시대〉를 만나 보셨으리라 생각합니다. 어쩌면 야만으로 찌든 중세 시대에서부터 출발한 모습이지만 19세기 자본주의가 한껏 발흥하고서도, 아니 그래서 더욱 빛과 어둠 속에서 비참한 생활을 하게 되었습니다. 자본은 중상주의(重商主義)라는 지원군을 등에 업고 더욱 거대한 자본으로 부풀었고, 민주는 그만큼 쪼그라들어 기계보다 못난 소모품으로 전락했습니다. 굶는 조카를 위해 빵 한 조각을 훔친 죄로 19년을 복역한 '장 발장'의 원제(原題) 『레 미제라블-Les Miserables』은 〈비참한 사람들〉이란 뜻이라고 하더군요. 문호 '찰스 디킨스'는 어린 시절 혹독한 가난으로 학교도 가지 못하고 공장이나 가게 사환 등의 일을 하며 겨우 살 수 있을 정도로 어렵게 살아 그 경험을 『올리버 트위스트-Oliver Twist』에 투영하여 폭발적인 인기를 얻었지요. 산업혁명 뒤 경제적 부흥 뒤에 깔린 빈곤과 비인간적인 삶의 환경을 고아 소년 '올리버'의 시선에서 풀어내어 나중 '캐롤 리드' 감독이 경쾌한 음악과 춤이 돋보이는 뮤지컬 영화로 만들었습니다. 그럼에도 구빈원(求貧院)에서 너무 배가 고파 멀건 죽 한 그릇을 달라고 했다가 단돈 5파운드에 장의사 집으로 팔려가는 장면은 19세기 하층 민중들의 보편적인 삶의 모습이었습니다. 더럽고 냄새나는 동굴이나 흙과 판재로 얽어 만든 토막집, 질퍽한 길, 하루 종일 일해야 그날그날 겨우 연명할 수 있는 기약 없는 노동, 배움의 기회도 없고 자신을 꾸미고 싶어도 겨우 세수와 빗질이 전부인 꾀죄죄한 여인들, 다섯 살 어린이도 굴뚝 청소부 일을 하다 화상을 입어 흉측한 얼굴로 평생을 살아가야 했고, 전염병이 돌면 속수무책으로 죽어나고, 시체는 관은 고사하고 낡은 이불로 둘둘 말아 언 땅에 파묻고 막대 십자가 하나 달랑 꽂아놓으면 그나마 다행인 죽음…. 그게 아마도 '위고'나 '디킨스'가 쳐다본 19세기 주변부 민중들의 〈비참한 사람들〉 모습이었을 겁니다. 어쩌면 향수의 주인공은 그런 비참과 야만의 삶을 초월하기 위해 〈구원의 향기〉를 찾아다닌 건 아닌지! 영화에서 주인공이 수집한 향기로 사람들이 꿈속 같은 몽롱한 환상에 빠져든 걸 보면 분명히 느낄 수 있지요. 뭐 '귄터 그라스'의 『양철북-The Tin Drum』이나 '가브리엘 마르케스'의 『백년 동안의 고독-Cien anos de soledad』 등은 리얼리티가 마술적(魔術的)으로 펼쳐진 멋진 소설이라는 말이 있던데 쥐스킨트의 향수야말로 마술적 환상 속에 구원의 지평을 열지 않았나 생각되기도 합니다.

(아이고, 양철북은 을유판 전집에서 젊은 시절 끙끙거리며 읽었지요, 주인공오스카의 할머니 '안나 브론스키'는 들판에서 일곱 겹의 치마를 입고 감자를 캐고 있었는데 나중 주인공의 할아버지가 되는 탈주범 '콜야이체크'가 그 치마 속에 숨어 살아남는 장황한 도입부를 읽느라 꽤 고생했던 기억이 생생합니다. 그 때문인지 백년~도 역시 그 묵직한 두께로 쉽게 접근하기 어려워 아직도 대강 줄거리만으로. 아마도 끝내…) 아무튼 근래 가장 인상에 남은 영상이었습니다. 참, 아마도 그런 소설을 읽어서 그런지 그 후 한동안 꽤 자주 꾸었던 꿈도 생각나는군요. 어두운 하늘을 배경으로 제가 팔을 펴고 지느러미처럼 휘저으면 불쑥 하늘을 나는. 나중 꾼 꿈에서는 제 의지가 실려서인지 느리지만 건물 앞에서 방향도 마음대로 바꿀 수 있었지요. 산을 넘고, 바다를 스치며 솟구쳤던 아슬아슬한 장면도. 뭔가 새로운 구원을 바라며 초월하고 싶었던 열망이 담겼던가요? 그 후론 단 한 번도 꾸어보지 못한. 그 꿈을 다시 꿀 수 있기를 간절히 바랍니다만 그런 청춘의 시대는 벌써 전에!

그에 비해 일부 귀족과 상류층은 지금의 자본가들보다 훨씬 부자였습니다. 화려한 〈파티〉는 상류층의 일상이었고, 그 파티를 위해 소비되는 재화는 엄청납니다. 그 시절 남보다 못하다는 소리는 그 사회에서는 바로 죽어야 한다는 의미와 같습니다. 명예를 위해 목숨을 걸고 결투가 벌어지듯 자신의 계급, 평판, 혼맥, 사업 규모, 땅과 저택, 마차와 하인의 수, 화려한 실내 장식과 고급 옷, 그리고 음식과 초대받은 손님에 따라 자본계급 사회의 등급이 매겨지지요. 청춘남녀가 자신의 계급과 성숙을 확인하는 유일한 길은 그런 파티에 초대받아 사교계로 나가는 길뿐이었습니다. 19세기는 파티를 여는 자와 초대받은 자들이 벌이는 〈허영의 세기〉가 분명했습니다.

마틸드는 그 파티를 위해 친구에게 목걸이를 빌리지만 그만 잃어버리지요. 그리고 잃어버린 목걸이를 위해 십 년이나 비정규직처럼 열심히 일해 돈을 모아 목걸이 때문에 진 빚을 겨우 갚았지만 친구의 목걸이가 가짜였음을 알고는 허탈해합니다. 화려하고 아름답게 꾸민 파티의 〈공작부인〉 못지않았던 그의 아름답던 얼굴과 손은 이미 깊은 주름으로 거칠고 투박하게 변했고, 윤기 나는 머리칼은 허옇게 말라비틀어진 후였습니다. 사람의 추락을 담보로 자본이라는 요술이 부리는 허망을 모파상은 그 시대에 이미 간파하고 극적으로 구성했군요. 오늘날 목걸이로 상징되는 〈자본〉이 마틸드로 대변되는 〈민주〉를 그렇게 몰락으로 밀어뜨리고 있습니다.

'고골리'의 『외투』나 '스탕달'의 『적과 흑-Lerouge et le noir』 등도 따지고 보면 몰락하는 민주의 처참한 모습에 다름 아닙니다. 훨씬 뒤 한 시대를 주름잡은 배우들인 '몽고메리 클리프트'와 '엘리자베드 테일러' 주연의 영화 『젊은이의 양지-A Place In The Sun』나 '헨리 폰다'가 열연한 '존 포드' 감독의 뛰어난 걸작 『분노의 포도-The Grapes Of Wrath』들이 들려주는 서글픈 생에 대한 만가(輓歌)도 다 그런 자본에 희생당하는 개인의 모습을 뚜렷이 드러낸 《현대의 묵시록(默示錄)》이 아닐 수 없습니다. 아니, 우리의 저 매혹적인 탐미주의자 '金東仁'이 지은 사회성 짙은 단편소설 「감자」에서는 죽음마저도 돈으로 거래되는….

자본의 무한한 욕망은 화려한 불꽃놀이와 같습니다. 밤하늘을 화려하게 수놓으며 사람들을 욕망의 군무(群舞)에 초대하지요. 마치 자신들이 그 춤의 주인공이나 된 것처럼 부추기는. 사람들은 불꽃놀이에 들떠 너도나도 즐겁게 참여합니다. 그러나 욕망을 팔아먹고는 스러지는 불꽃처럼 사람들을 허공에 던져놓은 채 슬며시 떠나갑니다. 남겨진 사람들이야 어떻게 되든 상관없지요. 이미 욕망은 다 채웠으니까요.

오늘도 TV에서, 영화에서, 광고에서, 간판에서 욕망은 춤을 춥니다. 사람들에게 특별한 욕망을 채울 기회를 주기 위해 쇼호스트는 입에 발린 뻥튀기로 침을 튀기고, 명품 〈프라다〉 원피스를 걸친 여주인공은 붉은 카펫이 깔린 런웨이와 영화 화면을 종횡하고, 마법처럼 과장된 효능과 그림으로 도배된 광고는 마천루 꼭대기에서 마취제처럼 구석구석 빛을 쏘아대고…. 사람들은 자신이 특별한 사람이나 된 듯 흐뭇해합니다.

저는 여태 백화점을 가본 적이 손꼽을 정도입니다. 어디 손님을 만난다거나 동료 선생님들과 같이 움직일 때 따라가거나 할 때뿐이었습니다. 당연히 거기서 물건을 구입한 건 그야말로 전무(全無)가 아닌가 합니다.

앞에 중고의류점에서 삼천 원짜리 바지를 샀다고 했는데 백화점 물건들은 제 생각엔 너무 비쌉니다. 어떻게 양복 한 벌에 3~40만 원이나 할 수 있는지, 구두 하나에 2~30만 원, 벨트가 15만 원…. 제가 안목이 짧은 탓이겠지만 아마도 싼 게 그럴 겁니다. 진짜 비싼 물건들은 몇백만, 아니 천만까지 하는 걸로 알고 있습니다. 양복 한 벌에 5만 원 이상은 사본 적도 없고(아, 벌써 전에 낡아서 버렸기 때문에 무조건 단정을 못하겠는데 제 기억으로 결혼식 때 입었던 붉은 양복은 그 무렵 구입했던 옷인 걸로 알고 있습니다. 양복점에서 사거나 맞춘 기억이 없기 때문이지요. 아마도 서면 학교 근처에 있는 의류매장에서 할인할 때 낡은 느낌이 들지 않고 몸에도 잘 어울려 보기 좋다 싶어 신혼여행 때 입은 회색 양복과 함께 선택한.

화폐 가치로도 그 이상은 아닌 것 같고, 여선생님들이 새신랑이 이리 멋져도 되냐며 추어줘서 무척 기분 좋았던), 티셔츠는 만 원이 가장 알맞으며, 몇백에서 천만 단위까지 한다는 골프채는 거저 줘도 하나도 반갑지 않습니다. 아하! 힘 있는 사람들끼리의 사교로 전락해버린 뻔한 경기-, 저의 지리멸렬한 문화 수용 방식이겠지만 그래서 전혀 모르는 경기규칙은 하품이나 하기 일쑤지요. 현대에 와서 〈대중의 골프〉는 건전한 스포츠로서보다는 과시와 소비와 이권으로 범벅된 냄새가 진동하는 철저히 자본주의의 틀에 맞춰진 공정(工程)으로 자리 잡고 있다는 의심을 버릴 수 없습니다. 물론 IMF 시절 미국 US 오픈 골프대회에서 보여준 '박세리' 선수의 맨발 투혼으로 실의에 빠져있던 국민들에게 할 수 있다는 용기와 희망을 주기도 했고, 그래서 골프에 대한 새롭고 긍정적인 인식을 공유하게 되었으며, 지금도 골프 자체를 지키고 즐기는 사람들이 많지만 역시 우리 같은 사람들은 접근 자체가 어려운 신선놀음에 다름없고, 매스컴에서 자주 언급되듯 그 속에서 벌어지는 힘 있고 가진 자들의 요상한, 부정적인 양태는 여전하리라 생각합니다. 오히려 물 만난 세균처럼 늘어나는 골프장은 위화감만 부추길 뿐이지요. 그 물망 밑에 줄지어 선 고급 외제차들…. 명품 시계, 고급 가구, 최신 전자기기, 실내 장식품, 100년 된 양주…. 현대인의 욕망을 상징하는 기호들로 굳어진, 그러나 제가 가지거나, 입거나 마시면 단번에 소름이 쫙 돋을 그런 것들은 제겐 아무 가치도 없습니다. 잠시도 망설이지 않고 망치로 깨부숴 곧바로 쓰레기통으로, 아니 차라리 제가 좋아하는 소주 한 병을 대신 준다면 당장 바꾸겠습니다. 그런 것들은 소주 〈한 병〉보다 못한 허깨비들이니까 그만큼 제게 모욕을 당해도 싸지요. 바보 같다고요? 그렇군요. 참 제가 생각해도. 그러나….

메이커 제품이 품질에서 뛰어나겠지만 비메이커 제품에 비해 그렇게 비쌀 이유가 없습니다. 턱없이 과장된 과시와 도배된 광고와 마취된 욕망과 무슨 사기처럼 엄청 높은 이윤으로 범벅되어 배보다 배꼽이 훨씬 커져 버렸지요. 어쩌면 현대인의 마음속에 신화로까지 고착된 듯. 제 귀엔 차가운 쇠로 된 수갑이 상품과 상품 사이사이에 굳건히 맺어놓은 영업규약처럼 사람들을 욱죄는 소리로 쩔렁거리는군요.

백화점이란 곳은 자본주의가 만들어낸 소비의 최전선에서 화려와 허영을 판매하는, 교묘한 전술의 마취제를 뿌려대는 견고한 콤포지션(composition)입니다. 저는 사치한 광고로 본래의 가치를 뻥튀기한 가짜들은 꼭 필요하다 하더라도 아예 사지 않습니다. 아니, 공짜로 준다고 해도 이미 오염된 그런 것들은 칼로 잘라버릴망정 결코 제 소유로 만들지 않았습니다. 가진다는 자체가 소름 끼치는군요. 전 제 몸에 맞고, 제 필요에 부합하면 만족합니다. 그래도 메이커 제품을 치렁치렁 걸친 사람들보다 못하지 않으리라 자신합니다. 건방진 생각이지만 솔직히 마라톤과 체력훈련으로 단련된 제 키와 몸매, 인상은 다행히 자본으로 결점을 커버하지 않아도 될 정도는 된다고 자부하니까요. 은근히 중학 시절 근처 고등학교 누님들에게 〈X 동생〉으로 간택되어 강제로 맛있는 걸 많이 얻어먹은 기억도 있고, 젊은 시절 꽃미남, 또는 조각 미남 선생이라는 소리도 들은 적이 있어(죄송합니다. 가당찮은 표현이지만 사실 처녀 선생님의 대시도 몇 번 받았는데 '칸트'류의 엄격으로 무장하고 있는 제 정체를 알고는 모두 발걸음을 돌리더군요.) 아직은 제가 입고 있는 만 원 주고 산 양복 하나로도 몇백만 원 이상을 온몸에 차고, 걸치고, 낀 사람들보다 더 돋보일 수 있다고 생각합니다. 아하! 백화점 〈VIP 고객〉이란 사람들은 사실은 백화점에서 갖가지 프리미엄 서비스란 이름으로 던진 미끼를 덥석 물어버린 인질, 또는 포로가 아닌가 싶기도 하군요. 아니, 제 솔직한 생각으론 백화점에 주는 수익의 크기에 따라 1, 2등급으로 관리되는 한우 갈비쯤으로 취급되는! 참으로… 죄송하긴 한데 제가 만약 VIP로서 그런 대우를 받는다면? 아이쿠! 오싹 소름이 끼치는군요 단언하지만 백화점을 몽땅 공짜로 준다고 해도 단칼에 거절하겠습니다. 그건 차라리 모욕이니까요.

제가 눈이 부족하다보니 사람들이 소지하고 있는 옷이나 가방, 용품들을 잘 읽어내지 못합니다. 한껏 멋을 낸 여인이 매고 있는 세련된 가방과 누님이 아주 실용적으로 애용하는 낡은 가방이 어떻게 다른지, 크게 맘먹고 5만 원이라는 거금을 주고 구입한 제 도수 높은 안경과 점잖은 신사가 낀 세련된 안경이 얼마나 차이 나는지 눈치채지 못합니다. 10배, 아니 20배 이상 차이 난다는데 그야말로 수수께끼입니다. 물론 명품은 그 이름에 걸맞은 기업 정신이 집약된 상품으로서 철저한 공정과 품질, 자부심과 찬사로 존재하겠지만, 역시 그런 것과 관련 없이 존재하는 저에게는 한낱 수많은 상품의 한 종류에 지나지 않습니다. 학교 밑 시장의 흔한 메이커 제품과 백화점에서 파는 엄청나게 비싼 제품의 이름이 어떻게 다른지, 왜 그렇게 차이 나는지 알고 싶지도 않습니다. 저에게 명품은 철저히 마틸드의 목에 걸린 목걸이일 뿐입니다. 시어머니 혼수 가방이 몇백만 원이나 하는 것은 시어머니 스스로 자신을 모독하는 것 같군요.

마라톤을 하고 있어서 그런지 누군가가 세상에는 딱 두 종류의 사람이 있다고 하던 말이 떠오르는군요. 〈나이키〉를 신은 사람과 그렇지 못한 사람! 승리의 여신인 '니케'의 날개를 형상화했다는 엠블럼은 그냥 운동화가 아니라 고귀한 신분을 나타내는 상징이라고까지 하더군요. 하지만 전 그렇게 뻥튀기된 나이키 〈반의 반값〉에도 미치지 못하는 우리 지역의 덜 유명한 메이커 운동화를 신고 있지만 스스로를 빡빡하고 좀스럽다고 생각하지 않습니다. 몇 년째 해운대 달맞이 고개를, 백양산 산악을 타고 있지만 튼튼하고 다리를 잘 받쳐주고 있어 언젠가 대회에 출전할 때 문득 뽀뽀를 한 적도 있지요. 비싼 유명 스포츠웨어가 아닌, 재래시장에서 파는 만 원짜리 체육복을 입고 있어도 선생님들이 잘 어울린다고 해주셔서 더욱 당당합니다. 아니, 그런 것들 대신 시간을 종횡하는 선각들과 교우하며 흐흥흐흥 희롱을 즐기는 놀이에 빠졌다고 착각하기도 합니다. 소득이 늘었다고, 삶을 즐긴다고, 과시한다고 정신이 아닌 물신주의(物神主義)로 치장한 시대의 몰개성적 사치는 그야말로 미개인들의 치졸한 맹신에 다름 아닙니다. 일부 사람들은 이미 마취된 맹신도의 모습을 보이기도. 만약 저에게 그렇게 많은 급여를 받으면서도 〈짠돌이〉처럼 계속 소비를 외면한다면 국가 경제에 하나도 도움 되지 않으니까 정당하지 못하다, 그러니까 급여를 반으로 깎아야 한다고 주장한다면 물론, 당연히, 아니 나서서라도 그렇게 하겠습니다만 그래도 여전히 〈장물〉이나 다름없는 것들에 엉터리 소비를 펑펑하고 싶은 맘은 전혀 없습니다.

경제와 소비의 함수관계를 잘 알지는 못하지만 조금은 이해하고 있습니다. '케인즈'가 아니더라도 소비가 경제를 떠받치는 기반임을, 소비가 줄면 저성장의 늪에 빠지고, 그래서 나라 경제가 위축되는 건 물론, 사람들의 삶이 어려워져 팍팍해진다는 기초적 사실을. 오히려 재정을 풀고 세금을 깎아서라도 소비를 진작시켜야 한다는. 로또복권도 그 나름의 기여가 있음은 물론. 그러나 도를 넘은 과소비가 과연 정당한가라는 제 생각도 역시 정당합니다.

요즘 신문이나 TV를 보면 안타까운 일들이 참 많습니다. 집값 폭락에서부터 일가족 자살, 청년 실업, 파업, 노인 학대, 성폭력…. 딸의 결혼 상견례를 앞두고 스스로 목숨을 끊었다는 그 사연은 그런 세상의 부당이 가장 선명하게 투영된 안타까운 사연이 아닐 수 없습니다.

사는 게 왜 이리 힘든지! 희망이 없는 것 같습니다. 십 년 넘도록 한 푼도 허투루 쓰지 않고 아끼고 아껴 내 집 마련의 꿈을 키우다 드디어 24평짜리 아파트를 장만했는데 근래 곤두박질쳐서 몇천만 원이나 폭락하는 걸 보면서 무언가 〈정당한 가치〉들이 비웃음당하고 있는 것 같은 기분이 듭니다. 성실과 노력, 절약과 저축, 신뢰와 긍정의 가치들은 이미 시효가 지나지 않았는가 하는. 이래서야 우리 같은 사람들이 희망을 가지고 산다는 것 자체가 희극일 수밖에.

미래를 위한 준비는 하고 계십니까? 7~80년대 소시민들의 재산목록 1호였던 손때 묻은 저금, 적금통장을 잊어버린 건 아닌지요? 〈티끌모아 태산〉이란 구호를 되뇌며 배곯으면서도 푼돈을 모아 저축왕이 되어 국민훈장을 목에 건 앙상한 여공과 버스안내양의 사진이 신문에 났을 때 우리는 부러워하면서도 눈물을 흘렸습니다. 너도나도 그렇게 살았기 때문에. 저축은 미덕이었고, 오늘의 한국을 일궈낸 밑천이었습니다. 그런데 외환위기 이후 경기 회복을 위해 소비 진작이 정부 중요시책 과제가 되면서 찬밥 신세가 되더니 이젠 빚을 내서라도 소비에 동참하라고 야단입니다. 저축이 차지하던 미덕의 자리는 소비가 대신하고 있습니다. 그야말로 〈빚 권하는 사회〉가 도래한 것 같습니다.

지금은 풍성한 〈잔치의 시대〉가 아닙니다. 대형 마트에 갔더니 가트가 가득 넘칠 정도의 상품을 구입하는 사람들도 있지만 천 원짜리 물건도 망설이며 몇 가지 꼭 필요한 만큼만 구입하는 사람들도 많았습니다. 그것마저 돈이 부족해 아쉬운 눈으로 쳐다만 보는 사람들을 보고는 따라온 그 집 아이의 눈에 세상이 어떻게 비칠까 안타까워 대신 사줄 수 있다면 얼마나 좋을까 생각하고 순간 눈물이 핑 돌기도 했습니다. 분노는 아이의 마음에 주홍글씨로 낙인 찍혀 평생을 강박으로 물들일 테니까요. 잔치는 섬세하게 바라본 시대의 정의와 합리는커녕 세뇌와 부추김이 만들고 꾸민 허상일 뿐입니다.

단순 소박하게 말한다면 '케인즈'의 잔치는 아직 멀었습니다. 누가 말하더군요. 저축을 해야 경제가 성장한다는 '스미스'의 『국부론(國富論)』을 아직은 금과옥조로 새길 때라고. 현대의 거대하고 치열한, 조밀한 자본주의 사회에서 국부론은 시대에 뒤떨어진 낡은 시대의 유령에 지나지 않으며 케인즈의 경제학을 바탕으로 재정립해야 한다는 의견에 따를 수밖에 없겠지만, 그러나 우리 사회의 아직 미성숙한 자화자찬과 풍성한 〈묻지마 잔치〉는 스미스를 현실에 되살려 그에게서 일부러라도 혹독한 질책을 들어야 할 겁니다. 지금처럼 후대의 곶감을 미리 빼먹는 우리 도둑들의 전성시대는 조급한 시대가 만들어낸 허상, 가불인생에 다름 아닙니다. 당신의 아들 손자가 당신에게 원망이 가득한 손가락질 하는 그림이 저에겐 선명히 보이는데도….

요즘 은퇴 후 20년 이상의 수명을 평균 수준으로 살기 위해서는 매달 200만 원 이상이 필요하다고 하더군요, 집이 없다면 7억 이상이 있어야 한다는 이야기도. 뭐라구요? 당장 아이들 학원비에다 대출금 이자 내기도 힘든데 무슨 행복한 소리냐구요? 그렇지요? 미래는 고사하고 대출금이다, 학자금이다, 인상된 전세금이다… 생각하면 불안으로 잠을 잘 수 없는데 미래는 언감생심이지요. 지금 상태에서 병이라도 난다면…? 정말 끔찍한 일이 아닐 수 없습니다.

그래도 미래의 준비는 꼭 하셔야 합니다. 자녀들을 믿을 수 있는 세월이 아닙니다. 공부만 시켜주고 나머지는 스스로 해결할 수 있도록 해야 합니다. 저도 그렇게 하려고 하지만 두 녀석을 서울로, 해외로 유학 보내며 어쩔 수 없이 재산을 털어 넣고 있습니다. 이 나이에 아직 집도 없는데 말입니다. 이러다 자식은 고사하고 제 미래가 암울하지 않을까 하는 생각마저 듭니다. 자주 아픈데…. 아니, 졸지에 신빈곤층으로 떨어지는 건 아닌지…?

악착같이 살아야 합니다. 나중 후회해도 때는 이미 늦습니다. 미래 준비는 빠를수록 좋고 수월합니다. 당장 생활 주변에 돈이 줄줄 빠져나가는 구멍부터 냉정하게 살펴보시기 바랍니다.

(어쩌면 이 글을 읽으시는 분들이 모든 죄악과 책임을 자본(資本)에 두는 편협으로 이해할 수도 있겠다는 생각이 문득 드는군요. 우선은 그런 시선에서 쓰다 보니 일방으로 흘렀다는 생각은 드는데 물론 세상을 칼날처럼 단절하는 건 어리석은 자의 미망일 뿐이지요. 저는 자본주의에, 특히 우리나라의 경우 그 반대의 시선도 당연하다는 생각입니다. 저는 누구처럼 일방에서 소리치는 어리석은 사람이 되고 싶지 않습니다. 진실은, 삶은 수많은 인과와 그 조합에서 이루어지고 있으니까요.)

제(33)주 학습지도 계획안

(2012년 11월 5일 ~ 11월 9일) 4학년 2반

≡ 11월 8일(목)은 수능시험이 있습니다. 09 : 40까지 등교하면 되니까 조금 천천히 등교하도록 합니다.

좀비 전성시대

가수 '싸이'의 〈강남스타일〉 열풍이 부는군요. 어느 날 아침 일어나보니 세상이 뒤집힌 것처럼 그렇게 휩쓸며 무슨 조회수 1위니 빌보드 차트 2위니 하는 말들이 이전부터 당연히 볼 수 있었던 쉬운 일로 여겨질 정도로 폭풍처럼 세상을 강타하고 있습니다. 수갑을 찬 듯 두 손을 앞으로 내밀고 막춤을 추는 모습을 쉽게 볼 수 있고, 그 춤을 못 추는 사람이 없다는 듯 세상의 모든 사람들이 로봇처럼 똑같이 추는 팬덤 현상을 보면 오히려 공포스럽기까지 합니다. 세상 모든 것이 일률로 도배된 현대의 초상처럼.

예전에도 그 비슷한 노래와 춤이 유행을 탄 적이 있었지요. 〈세상은 요지경〉이라며 어느 여자 연예인이 신나게 춤추며 부르는 모습을 사람들이 흉내 내기도 했고, 〈서울 부산 대전 대구 찍고〉라는 경쾌한 노래도, 그리고 아직도 선명하게 들려오는 〈마카레나〉 라는 스페인 분위기를 풍기는 노래와 춤, 보기에도 경쾌하고 리듬감이 살아 절로 따라 추고 싶었던 무슨 세모꼴 댄서라든가 하는 춤 등이 우리 사회를 풍미하기도 했습니다. 그러나 그 춤들은 사실 모두 현대의 무의미한 일상에서 작은 반란처럼 한때 불

어 닥친 소용돌이에 불과했지만 강남스타일은 그런 수준을 훨씬 뛰어넘는 전지구적인 메가트랜드가 아닐 수 없군요.

그런데 사실로 말하면 저는 요지경도 모르고, 서울 부산을 어떻게 찍는지, 마카레나와 세모꼴 댄스는 어떻게 시작되는지 모릅니다. 모든 사람들이 당연히 알고 있는 강남스타일이 노랜지 춤인지도 모릅니다. 노래를 5초 이상 들어보지 않았고, 더욱이 춤은 수갑을 찬 듯한 손으로 다리를 들썩이는 그 한 동작만 알 뿐 전혀 따라 할 수 없습니다. 그저 TV를, 컴퓨터를, 신문을 보면 사진이 눈에 함부로 쳐들어왔고, 아이들이 〈오빤 강남스타일〉이라고 하니까 알게 된 수준이지요. 도대체 가사가 있는 노랜지, 두 손을 모은 모습의 막춤이 어떻게 변화되기나 하는지. 어쩌면 요즘 뜻 모를 가사 몇 줄과 '얼씨구, 좋다, 허어, 얼쑤' 같은 추임새 흥에 단순한 리듬으로 구성된 노래인지도 모르겠습니다. 보름 전 금정구민 축제에 참석했을 때도 어느 여성 세 분이 단상에 올라가 강남스타일을 동요 식으로 바꿔 예의 그 춤과 함께 공연하며 흥을 돋우더군요. 동요 식으로 변형했다는 말은 이미 온 세상이 다 알고 있고, 거기서 더 나아가 수많은 모습으로 분화, 발전되고 있었다는 말입니다. 그런데도 전…. 그 노랜지 무용인지에 대해 지구상에서 단 한 명도 거부하는 듯한 반응이 없다는 게 그저 놀라울 뿐입니다. 〈모두모두 대중문화에 손을 조아리고 찬양할지어다!〉인가요?

근래 연예인의 자살이 많아졌다고 합니다. '최진실'로부터 이름도 모르는. 그들의 고통과 절망과 아픔이 얼마나 심했기에! 그렇게 자연인으로서 그들을 동정하면서도 저는 그들의 이름이나 얼굴, 혹은 작품 등에 대해 아는 게 전혀 없습니다. 아니, 솔직히 알고 싶지도 않았지요. 최진실은 하도 이름이 많이 들려서 저절로 알고 있다는 생각이 드는데, 그래도 그가 어떤 사람인지는 역시 모릅니다. 영화나 드라마 등을 하나도 보지 않았으니까 어떤 이미지로 비치는지도 전혀 모르지요. 그래도 얼굴은 알고 있습니다. 야구 선수와 결혼했다 이혼했다는 이야기도 아는데 연예인이 그럼 그렇지 뭐 새삼스런 것도 아닌데… 라며 아무렇지도 않게 매정하게 관심을 끊어 버렸습니다.

뭐라고요? 모두 다 아는 〈유명인사〉를 모른다니 이상하다고요? 호호! 연예인이 유명인사라는 말은 참 동의하기 어렵군요. 제가 쳐다보고 생각하는 세상에서 바라보면 그런 말 자체가 치욕이며 세상의 저급을 스스로 드러내는 상투어가 아닐 수 없습니다. 연예인은 세상을 오늘도 굳건하게 운영되도록 만든 사람이 아닙니다. 유명인사는 인간 무리가 모여 살아가는 오늘의 세상을 만든 사람들이 들어야 하는 말입니다. 국가의 위난을 헤치며 자신을 희생한 독립운동가를 비롯한 그 모든 영웅적인 사람, 국민들의 삶을 향상시키기 위해 각 분야에서 헌신해온 사람, 또는 질병으로부터 사람들의 생명을 지키기 위해 연구해온 분들, 가슴이 터지는 극한 속에서도 조국을 위해 끝까지 투쟁해온 스포츠인, 한국문화의 심오한 모습을 만들고 지켜온 장인, 가난한 나라에 가서 의술과 교육으로 국위선양과 인류애를 펼치는 분들, 오늘도 밤새워 연구실에서 잠도 제대로 자지 못하고 수백 번 실험에 매달리는 과학자, 각자의 터전에서 맡은 바 일을 열심히 하며 사회에 공헌하는 사람들…. 그들은 오늘의 대한민국을 만들고 지켜낸 위대한 영웅들입니다. 아니, 이름 없이 그 과정에서 사라져간 사람들이 더욱 위대한지도.

그런 세상에 태어나 무료로 편승하여 덕분에 행복하게 살아가면서도 더욱 이름을 팔아먹는 사람들은 그저 쓰레기… 아니, 차라리 역적이라는 생각이 강하군요. 그들은 아무짝에도 쓸모없습니다. 제법 일가를 이루었다고 흐뭇한 미소를 짓는 다른 많은 유명 인사들도 대부분 제 속에서 내치는데 쓰잘데 없는, 아니 사람들의 의식을 갉아먹는 저질(低質)로 존재하면서도 유명인사라니 진짜 유명인사들이 저승에서 통탄할 일이군요.

저와 성과 본이 같은 '우장춘' 박사는 평생을 흰고무신으로 지냈지요. 대통령을 만나는 장면에서 본 흰고무신은 참 볼만했습니다. 세상의 유명은 그의 귀에 전혀 들려오지 않고 오직 우리나라 식물의 육종에만 평생을 바쳤습니다. 그저 바친 것이 아니라 세상이 놀랄 정도로 엄청난 업적을 쌓았지요. 오늘날 우리들이 당연하게 먹는 음식들은 대부분 그가 새롭게 육종시킨 종자들이었습니다. 감자, 배추, 무 등의 채소에서 감귤, 끈질긴 생명력의 꽃씨, 쌀과 그리고 대량생산… 굶기를 밥 먹듯 하던 그 시절 국민들 배를 든든하게 한 어머니 같은 사람이었습니다. 세상이 자기 아버지의 원죄를 비난해도 묵묵히 일에만 몰두하여 굶어 죽지 않게 한. 그는 자신뿐만 아니라 어쩌면 아버지마저 지켜낸 근대 한국, 아니, 당대 세계 최고의 〈유명인사〉입니다. 그러면서도 세상에 자신을 드러내기를 한사코 거부한.

당신은 그 사람 〈고무신〉 근처라도 따라가고 있습니까? 국민 모두를 배부르게 해줬습니까? 무엇으로 유명합니까? 자신의 유명을 위해 노력하지 않았다고 자부합니까? 제가 당신을 쓰레기라고 불러도 인정하고 참회할 정도로 훌륭한 사람이라고 자부할 수 있습니까? 참 씁쓸하군요. 말로서야 멋진 언어와 포즈로 분식(粉飾)하며 찬사와 추앙, 환호와 경애를 받지만, 그건 끼리끼리 상부상조하는 엄청난 과찬의 사교술임을. 그냥 가만히 있으면 오히려 찬사를 받을 수 있을 텐데도 거기서 더 나아가 온통 얼굴과 몸뚱이와 이름과, 그리고 거의 난도질 수준의 저질…. 그런 면으로 저 자신도 먼저 쓰레기라고 할 수 있지만 그렇다고 신이 아닌 인간이란 조건을 들이대며 엉뚱하게 호도할 필요는 없지요.

하긴 막무가내식인 제 생각이 올바르지 않다는 건 스스로도 잘 알고 있습니다. 전 강박이나 이념, 편집, 논리 등의 사항들을 내적으로 충만한 이성을 지렛대 삼아 균형을 잡고 제법 잘 제어하고 있으니까요. 다만 각 개인으로서의 존재는 긍정적인 부분들이 많은 사람들이겠지만, 그러나 사회에 비쳐지는 특성에 따라 새겨놓은 제 마음의 회로가 그렇게 흘러간다는 말입니다. 어느 누구 하나 그렇게 생각하지 않는다는 걸 또한 생각한다면 더욱. 어쨌든 강한 언어로 특정인을 질책해선지 마음이 편치만은 않군요.(자연인으로서 그녀의 불행한 죽음에 조의를 표합니다.)

유명 인사와 연예 전체의 존재 자체를 부정하진 않습니다. 삶은 다양한 모습을 하고 있고, 그게 우리들에게 재미와 위로, 웃음과 평안, 대화와 결속, 보상과 표상… 등을 주고 있음을 애써 부정하지 않습니다. 각종 대회나 행사들도 그런 삶의 한 부분으로 우리들 곁을 지키고 있지요. 스포츠와 노래와 영화, 유행과 패션과 화장, 음식과 여행과 자동차…. 모든 대중을 상대로 한 카테고리들은 삶의 한 부분으로 우리들 곁을 굳건히 지켜나가고 있고, 삶의 방향을 결정하기도 합니다. 사람들은 그 대중의 첨병 문화를 통해 도약과 활력을 얻음을 부정하지 않습니다. 젊음의 약동과 청춘의 표상, 또는 몸의 문화적 코드로도. 그렇지요. 그건 바로 인생 자체이기도 합니다. 본질적으로 말한다면 대중문화는 인간의 거대한 본능과 관련하여 가장 최전선에서 혈기왕성하게 생산되고 유통, 소비되고 있군요. 제가 무슨 말을 해도 그건 트집, 또는 바위에 계란치기 같은 무모한. 어제도 오늘도 내일도 대중문화는 도도하게 영위될 것이며, 엄청난 에너지로 인간을 휘어잡을 것이며, 그래서 정당성과, 오히려 추앙까지 받으며 불멸의 가치로 이어질 겁니다. 아무도 그 문화를, 존재하는 자체를 부정하지 않는데…. 그런 면으로 저는 반역적인, 반사회적인 폭력범으로까지 매김될 지도.

그러나 삶의 충실한 다른 문화를 압도적으로 내리누르며 사회의 모든 통로를 점령하고 온통 난도질해대는 엔터테인먼트 위주의 대중문화는 결코 제 속에서 용납할 수 없습니다. 제왕적인 무소불위의 권력적 형태로 세상사 곳곳을 장악하고 국민들에게 머릴 조아려 복종을 강제하는 현대에 와서는 더욱. TV를 켜면 유선 채널 전체가 엔터테인먼트와 그 형식의 프로가 온통 차지하고 있습니다. 요즘은 도를 넘은 엽기적인 프로들로 채널 생존의 곡예 속에서 춤추고 있더군요. 마치 복합 엔터테인먼트 전용 몰(Mall)을 작정한 것처럼. 저에게는 다 쓰레기일 뿐입니다. 인간 정신을 좀 먹고, 철저히 일률로 타락시키고, 헛된 망상을 심어주고…. 아니 인간의 심오한 정신과 상상력을 일률적인 쾌락 가치로 몰아가는 코드들로 범벅된 엔터테인먼트, 아니 〈딴따라〉는 그 타당한 존재 이유와 은유, 상징, 그리고 많은 이론가, 비평가들의 정당한 해석과 격려와 비판에도 불구하고 결코 받아들일 수 없습니다. 예전 고된 삶과 현실을 따스하게 보듬고 위로해주며 긍정적 의미를 좀 더 많이 가지고 있던 〈연예〉 근처에서 훌쩍 떠나 현대의 자본과 첨단 감각과 무조건적인 향유에 영합 되어 저 멀리서도 자체발광으로 빛나는 현대의 〈엔터테인먼트〉는 의미 자체도 고급스럽게 치장된 권력의 화신으로 변했는데 긍정적인 의미를 애써 찾는다는 것 자체가 이만저만한 난센스가 아닙니다. 〈군림〉과 〈과시〉와 〈사치〉와 〈차별〉과 〈섹시〉로 치장한 딴따라는 우리를 하인처럼 부리려고만 할 뿐 더 이상 사랑을 필요로 하지 않습니다. 얼굴과 이름을 무한정, 무료로 판매하고, 황금과 권력은 빠짐없이 낱낱이 긁어모으는. 그렇지요. 삶의 위로와 응원으로 존재했어야 할 〈연예〉가 오히려 거대한 권력의 주인공으로 뻥튀기되어 마법처럼 대중의 두뇌를 지리멸렬 해체시켜버렸으며, 예언적인 성찰까지도 줄 수 있었던 함축적인 형식을 잘못 이해하여 온통 난장판으로 만들어 대중을 좀비로, 로봇으로 변신시켜버렸습니다. 아이들을 가르치는 교사로선 아이들 유전자에 함부로 새겨지는 대중문화의 그릇된 메시지를 아무 비판 없이 수용할 수 없습니다. 거스를 수 없는 압도적 물결이지만 그렇다고 같이 휩쓸리지는 않겠다는 생각입니다. 물론 제 비판이 다른 교사, 사람들의 다른 생각들까지 간섭한다는 뜻은 아닙니다. 세상 사람들의 생각도. 그건 단지 제 개인이라는 특별한 조건과 반사 속에서 그렇다는 말이지요.

〈혁명은 TV에서 나오지 않는다〉란 책을 동네 주민센터에서 발견하고 제목이 특이해서 빌려 읽은 적이 있습니다. 게을러 다 읽지 못하고 기한이 되어 반납했지만 흥미로운 점이 많더군요. 일상성과 보편성에 가려진 문화의 의미와 문법에 대한 해석이 자못 재미있었습니다.

그 책의 작가가 내리는 비평은 조금 급진적이었습니다. 문화의 정치적 보수화에 대한 비판을 하고 있었기 때문이지요. 아마도 우리들이 무의식적으로 놓치고 있는 엔터테인먼트의 〈정치적 의미〉들을 애써 사람들에게 강요하기 때문인지.

〈무한도전〉은 신자유주의 시대 한국의 일상과 노동의 모습에서 각자의 선택에 따라 갈라지고, 분할되는 노동자들의 이기적 모습을 통해 비정규직과 계약직으로 대표되는 노동의 형태가 주어질 수밖에 없고, 그 본질적 모순 때문에 자본의 하수인, 또는 권력에 소외되는 아이러니를 보여주고 있다는 해석을 하더군요. 〈나는 꼼수다〉는 트위터나 카카오톡 등을 통한 개인의 행위로 정치를 만들고, 유통하고, 비판하는 스마트한 현대인의 행동에서 성찰이 아니라 스쳐가는 개인적 직관들에 둘러싸여 체제의 매끄러운 표면을 살짝 스치는 특성으로 자본주의가 이용하기 좋은 성향을 가진 개인들로 분류되고, 그래서 마음대로 조립하거나, 필요에 따라 재분배할 수 있는 인간형으로 만들 수 있으며, 〈슈퍼스타 K〉, 〈위대한 탄생〉, 〈나는 가수다〉 같은 서바이벌 엔터테인먼트 프로는 전국민을 오디션장으로 몰아넣은 후 다수의 실패를 딛고 하나의 성공신화 판타지를 보여줌으로써 〈만인의 만인에 대한 투쟁〉이란 자본주의 이데올로기 속으로 치환시켜버리지요. 패배자는 못잖은, 아니 더 뛰어난 능력에도 불구하고 철저히 외면되며, 승자는 과분하게 모든 찬양을 독차지하는 집중을 보여줌으로써 은근히 삶을 투쟁이란 난장판으로 몰아갑니다. 모든 엔터테인먼트들의 내부에서 누군가가 시니컬하게 웃는 모습을 잡아내는 저자의 솜씨는 참 훌륭하고 통쾌하기까지 했습니다.

그런데 전에 말했듯 저는 이 프로그램들을 아직 한 번도 본 적이 없습니다. 전국민이 열광하며 본다는 국민 예능을 말입니다. 〈나꼼수, 슈스케, 위탄, 나가수〉 등등의 말이 이 프로그램들의 줄임말이란 것도 일부는 이 글을 시작하면서 알았습니다. 대강으로는 눈치 채고 있었지만.

그런데, 그런데 말입니다. 지은이의 참신한 해석과 시니컬한 태도에 비슷한 비판 의식으로 박수를 보내면서도 〈엔터테인먼트〉라는 연예적 본질 따위를 소재로 삼았다는 죄 아닌 원죄 때문에 차라리 적의를 드러내고 싶을 정도더군요.(사실은 그래서 책을 읽다 띄엄띄엄 그만두기도 했지요.) 물론 그가 선택한 소재와 그 해석이 무조건 잘못됐다는 이야기가 아니라 그저 일견 정당한 면도 있지만 결국은 편협한 제 생각 안에서 받아들일 수 없는 〈형편없는 것〉들에 대한 관심과 과잉, 친절과 숭배, 그리고 가벼운 〈살짝〉 비평과 해설이 과연 정당한가라는 엉뚱한 생각이 들었습니다. 좀 더 〈치열한 정신이 깃든 문화 양식〉에 집중할 수는 없었나, 본래부터 쓸 데 없는 잡담 부스러기 같은 것들을 잡고 왜 그렇게 고생하며 해석해내어야 했으며, 어쩌면 더욱 즐기고 있으면서도 부정적 이미지를 생성해내어 〈비판적인 환호〉를 이끌어내는, 그래서 결국은 대중문화에 대한 사람들의 관심을 고양시켜 적절히 아부하는 행위로 자신을 덩달아 선전하는 게 아닌가란 괜한 억지와 트집을 잡기도 했습니다. 모든 프로그램 제작자들이 그렇게 깊은 상상력과 의미와 파장을 생각하며 만들지 않았을 텐데 말입니다. 아니지요. 겉으로는 현대 사회에 대한 메타포와 비판으로 해석할 수 있는 여지를 새겨놓고 있다고 생각합니다만 사실은 그런 외연의 뜬구름 같은 〈주제〉는 명목상의 과대포장이고 그 속의 〈줄거리〉에서는 교묘하게 더욱 철저히 감각적인 쾌락을 즐기겠다는 음흉한 욕망을 숨겨두고 있지요. 뒷골목에 흉하게 내던져진 쓰레기더미처럼 〈주제〉는 대접받지 못하고 있습니다. 오늘날 작가나 독자 모두 주제는 건성으로, 진지하게 쳐다보지 않습니다. 저는 지금의 시대가 주제는 휘발되고 거미줄처럼 번진 스토리와 그 사이사이에 숨겨둔 육체와 쾌락이 풍성하게 번성하는 〈감각의 시대〉라고 생각합니다. 주제는 명목상 걸어놓은 그럴듯한 문패일 뿐, 아니 그마저도 요즘은 거추장스러운 듯 아예 내팽개치고 쓰나미처럼 단도직입적으로 눈과 귀로 벌거벗은 오르가즘을 콸콸 쏟아내는 것 같더군요. 너도나도 직설적으로 쳐들어오는 화면과 일체가 되어 어디로 흘러가는지도 모른 채 감각의 제국 속으로 오늘도 내일도 빠져듭니다. 도대체 뭘 봤는지 설명이나 할 수 있을까요? 그래도 예전엔 「아리랑」, 「명랑」 같은 대중잡지에 연재된 삼류 소설, 또는 TV나 라디오 코미디 프로에서도 자신을 낮춘 절도있는 몸짓과 소리로 사람들에게 다가가 겸손하게 나름으로 진지한 주제를 좀 더 이야기하고 있었지만 이젠 그럴 필요가 없어졌다는 듯 맛보기도 없이 곧바로 난장판으로 쏟아붓더군요. 딴은 〈감동〉과 〈진지〉와 〈삶의 투영〉 등등 꾸며낸 끼리끼리 엉터리 수사학을 협찬까지 받으며. 길거리 똥개가 눈 것보다 더 못한 것들이 화려라는 옷까지 입고 첨단을 뽐내는 당당함으로 존재한다는 것 자체가 뻔뻔하고 천박한 시대의 자화상이 아닌가 합니다. 그런 형편에 주제는 무슨!

견고한 이성은 세상에서 추방되고 온통 본능적인 감각과 어디로 떠내려가는지도 모르고 그저 흘러가는 무의미에 중독된 이 비참한 시대! 그렇게 단 한 번도 보지 않았어도 충분히 느낄 수 있음에도 불구하고 무슨 의미가 있는 듯 폼을 잡고 심층적으로 분석하며 양념을 치는 건 돼지 목에 진주목걸이를 걸어주려는 과분한 해석이 아닌가 싶은 생각이 들었습니다. 우리 사회의 부정직한 현상을 자신의 목소리로 멋지게 평결하여 〈과시〉하고는 또 다시 다른 먹이를 찾아 나서는. 아니 지분을 쌓아놓았다는 〈경력〉, 또는 자신의 독특한 문화 해석에 자아도취하고 있는 일부 사람들처럼. 읽는 내내 검정 양복 윗도리를 입은 사람이 통 넓고 화려한 자수가 새겨진 치마를 입은 것 같이 부조리하다는 생각이 계속 떠나지 않았습니다. 나는 아예 쳐다볼 생각 자체도 않는데 어쩌면 그는 이런 뻔한 엔터테인먼트 프로를 보며 온통 웃기 바쁜 사람은 아닌가라는 쓸데없는 의심까지 더해서, 어쩌면 동료끼리 짜고 치는 고스톱일지도 모른다는. 이런 식의 얄팍한 대중 기호를 소재로 한 비평서는 동시에 그 대중들을 상대로 선전을 하고 있다는 매명의 저의가 뚜렷이 드러나고, 그렇다면 저도 얼마든지 값싸고 시의적절한 가벼운 책 몇 권을 만들 수 있겠다는 근거 없는 자만심도. 물론 대중문화의 압도적 쾌락성에 트집 잡는 제 생각이 전적으로 옳다는 것과는 다르지만. 2천년대 전후로 갑자기 여기저기서 보이기 시작한 〈문화비평가〉인가 뭔가라는 일부의 사람들은 대개 비평가라기보다는 비평을 핑계 삼아 자신을 과시하여 매명하려는 부류로 비쳐지는 건 저 만의 생각은 아닐 겁니다. 그들이 문화비평가라는 타이틀을 달고 출발하던 시대부터 뭘 하는 사람들인가 유심히 살펴봤는데 역시나 〈대중문화〉, 또는 〈섹스〉, 〈정치〉, 〈스포츠〉 같이 논란이 될 만한 것들만 찾아 요리조리 그럴듯한 멋진 언어로 조립하여 최종 평결을 내리고는 또 다른 먹이를 찾아…. 그래서 지금은 그렇게 이미 세상에 지분을 차지했다고 딴은 착각에 빠진 또 다른

○○○군, △△△양들-, 논리는 국외자인 제가 봐도 참 민망한 수준에서 머물고 온통 얼굴을 팔아먹기 바쁜. 누가 말했던가요? 〈먹잇감에 덤벼드는 똥파리들!〉

(아, 이 책의 저자는 이름마저 벌써 잊어버린 전혀 모르는 사람이고, 내용도 많이 잊어버린…. 사실은 다른 모든 부류를 빙자하여 말하고 있으며, 앞서 예를 든 ○군, △양들에 비해 자신만의 사고와 논리와 비판이 읽는 중에도 꽤나, 아니 매우 보기 좋은. 특히나 연예, 엔터테인먼트가 현대 사회 조직 속에서 획득할 수밖에 없는 정당한 근거라든가, 그 존재 방식의 틀로서의 의미 등등 당연히 세밀한 분석과 판단을 거친 논리로서보다 저처럼 즉각적인 〈감각〉과 〈호불호〉로 존재가치마저 재단해버리는 오류 등에 비해서는 월등한).

오늘날 엔터테인먼트 문화의 본질을 꿰뚫는 의미 축의 일부를 저는 〈육질문화(肉質文化)〉라는 두터운 지방질로 이해하고 있습니다. 누가 그렇게 이야기한 사람이 있는지는 모르지만.

전통적인 문화는 사람들의 눈으로 이해되기보다 머리로 그려내는 본질을 가지고 있지요. 음과 선, 형과 색체…. 사유와 고독, 치밀(緻密)과 정태(靜態)…. 이미지와 상상력, 직관과 감각의 세계에서 문화의 폭과 깊이를 아우르고, 그리하여 인간 정신의 깊은 울림과 자기 초월, 그리고 단아한 형식미를 확장 시켜왔습니다. 얼마 전까지 우리는 그런 문화의 향기를 음미할 줄 아는 〈文化人〉이었습니다. '서정주'의 「국화 옆에서」를 읽으며 언어의 음영 깊은 곳에 심어진 심미(審美)와 윤회(輪廻)의 간극 사이에서 울리는 이미지를 건져 올려 마음결에 정갈하게 새겨놓을 줄 알았고, 아이들이 진지하게 부르는 동요 「꽃밭에서」를 들으며 그 단순한 구조 속 깊은 바닥에 어쩌면 전쟁터에서 죽은 아빠에 대한 절제된 원망이 6/8박자 느린 음의 고저 깊은 곳에 침윤되어 있음을 눈치채고 아릿한 아픔에 눈꺼풀을 파르르 떨기도 했습니다. 뿐만 아니라 대중문화에서도 우리는 그렇게 마음 속 깊은 곳에서 감동을 찾아낼 수 있었습니다. 영화감독 '캐롤 리드'의 『제3의 사나이-The Third Man』를 보며 엇나간 이별(離別)의 정감을 그 극한까지 끌고 가는 롱 쇼트의 라스트 씬이 사실은 전후 오스트리아의 암울한 시대상을 흑백의 영상 언어로 풀어내고 있음을 눈치채고 역사와 운명의 아이러니에 무겁게 가라앉는 심상을 지켜볼 수 있었으며, 백 년에 한 번 나올까 말까 한다는 미성(美聲)의 가요황제 '남인수'의 「山有花」를 들으며 무덤가에 핀 한 송이 꽃 위에 핏자국처럼 선연히 물든 청춘의 아픈 통곡을 발견하고 그 가파른 소릿결 사이마다 새빨간 핏물을 새겨보기도 했습니다. 그렇게 사람들은 문화의 유적지에서 제각기 조각한 인생의 파편들을 건져 올려 아름답게 가슴 속에 담아두고 감동할 수 있었던 〈文化人〉이었습니다.

그러나 오늘날의 문화는 눈으로 바로 보이는 세상 앞에서 즉각적으로 쾌락 세포를 감전시킵니다. 물론 제 편협한 감각과 취향, 과도한 엄숙과 진실 등을 가볍게 누르며 긍정의 고개를 끄덕이게 하는 현대의 전설적 이미지나 메시지들도 보입니다만 대개는 오감(五感)을 매개로 소리와 동작, 현장과 직설, 투쟁과 승패, 즉물과 표면, 이벤트와 퍼포먼스…. 다이렉트로 눈앞에서 토해지는 육체 언어와 동태(動態) 언어는 현장성을 테마로 삼아 내 몸과 치열한 열교환을 하며 활활 타오릅니다. 이미지는 타버렸고, 메시지는 소음으로, 상상력은 현장성에 재가 되어버렸지요. 모두들 눈앞에서 당장 변화무쌍한 소리와 현란한 파노라마에 강제로 넋을 빼앗겨버렸습니다. K-POP의 쾌락과 맹목으로 엮은, 비유나 상징이 없는 사설(辭說) 같은 소리와(절대로 듣고 싶지 않아 멀리서 침략군처럼 달려오는 소리를 스치듯 한두 번 흘려들은 제 느낌으로지만), 거의 벌거벗은 엉덩이와 허벅지를 틱, 톡 반동시키는 도전적인 포즈에, TV 드라마의 한결같은 미모 지상주의와 비현실적으로 정형화되어 반짝반짝 헛돌고 있는 스토리텔링에, 풍자에 미치지 못하는 무의미한 일회용 유행어와 피에로 같은 몸짓을 마약처럼 쏟아붓는 개그에, 정치(精緻)한 마음결 대신 가벼운 일과(一過)성 고발과 거친 문법, 적나라한 모션의 이미지로 범벅된 영화에, 섹스와 배설과 가벼움과 과소비로 무장한 인터넷에, 평균으로 도배된 우민(愚民)과 잡담과 언어오염을 공중에 마구 뿌려대는 방송에, 고뇌 없는 직설과 단문의 트위터, 카카오가 사람들의 상상력을 깔아뭉개고 순간의 욕망을 속사포처럼 쏘아대는 스마트폰에, 〈나꼼수〉의 (아마도) 거침없는 말과 풍자와 조롱에, 승부와 흥행, 자본이라는 화려한 퍼포먼스에 깔려버려 이마를 흐르는 땀방울의 순수한 열정을 왜소하게 만든 스포츠에…. 그런 기름기 두터운 육질문화는 스스로를 한갓 값싼 소비재로 격하시키고, 언제든 하인처럼 부려먹을 수 있는 하위개념으로 정의해버렸습니다. 바야흐로 문화는 그 어떤 고상한 영역이라도 재미, 오락, 유머, 섹시… 들과 결합하지 않고선 대중의 호응을 받을 수 없게 됐으며, 호황을 누릴 수도 없습니다. 도처에서 〈이벤트〉라는 명목으로 벌거벗은 욕망이 질주하고 있고, 하도 우려먹어 식상한 〈패러디〉를 아무런 의미 없는 행위에도 접목시켜 마치 어떤 의미가 있는 것처럼 정신없는 요란으로 압박하고 있으며, 주제넘게도 간교한 마음을 숨긴 채 욕망의 그물을 끌어들이는 〈퍼포먼스〉가 설익고 조악하고 풍성한 육덕(肉德)만큼이나 짜릿한 전압으로 피곤과 폭력을 감전시키며 일상을 습격하고 있습니다. 어제의 문화인은 오늘날 바쁜 〈일상인〉이 되어 그 모든 문화를 섭렵한다고 잠시도 쉬지 못합니다. 정관(靜觀)은 비효율적인 구태가 됐고, 장인(匠人)은 무대에서 내려온 삼류 배우보다 못한 기성으로 찍혔고, 청정(淸淨)은 마구 쏟아내는 원색의 배설물에 익사해버리고 말았습니다. 문화는 시대를 잃어버리고 모두 박물관이나 기억 속으로 이장되고, 〈일상〉이 그 자리를 차지하고는 대중들을 선도하기 위해 호화찬란한 물량과, 직설적인 언어와, 즉물적인 행동으로 오늘도 시끌벅적, 야단법석, 박장대소, 백가쟁명, 부화뇌동, 요절복통, 자화자찬, 적반하장, 방약무인, 좌충우돌… 그야말로 점입가경이군요. 엔터테인먼트들의 〈肉質文化〉에서는 썩은 악취가 진동합니다.

요즘 신기한 공익광고 하나를 발견했습니다. 현대모비스에서 제작한 〈노벨프로젝트〉란 이름의 공익 캠페인 광고인데 주제가 〈아이들에게 과학을 돌려주자〉입니다. 콧물 흐르는 아이들이 높은 담벼락에서 낙하산을 매단 달걀을 떨어뜨리는 화면 위로 〈예전에는 많은 아이들이 과학자를 꿈꾸었는데〉란 소리가 나오다 곧바로 화려한 사이키 조명 아래 현란한 무대 옷을 입은 소녀와 소년이 나와 멋진 춤과 기타를 치는 화면으로 바뀌며 《그런데 언제부턴가 아이들이 같은 꿈을 꾸게 되었습니다. '아이돌'도 필요하지만 우리에겐 더 많은 '과학자'가 있어야 합니다》란 말로 끝맺는. 그야말로 아이돌로 대표되는 엔터테인먼트의 압도적 공격에 시들어가는 과학-, 학문과 문화를 되살려야 한다는 은근 화법이 탱크처럼 꾸짖는 질책으로 자꾸 눈에 들어왔습니다. 힘든 삶에 대한 긍정과 위로 같은 순기능에도 불구하고 전염병처럼 세상을 뒤덮어 군림하는 그 역기능으로 말미암아 개개인이 가진 본래의 원대한 정신들을 갉아먹고, 가두어버리고, 폐기해버린 것 같아 그런 부드러운 역공을 한 것이 분명하지요. 근래 소위 부모와 손을 잡고 뜰 기회를 노리는 어린 늑대와 여우들의 전성시대를 정면으로 비판한 최고의 공익광고인 것 같습니다.

현대의 엔터테인먼트는 질책과 비판을 외면하고, 겸손과 분수를 망각하고, 소리가 너무 커지고, 움직임이 거침없이 도전적으로…. 그래서 까지고 건방져버렸군요. 〈호강에 겨워 요강에 똥 싸는〉 이 육질 가득한 불량품들의 난장판은.

싸이의 강남스타일과 막춤도 물론 필요합니다. '김태희'도 필요하고, 〈무한도전〉과 〈도전 골든벨〉, 한류와 스마트폰, 미국 드라마와 세상의 모든 엔터테인먼트도 다 필요합니다. 대중이 모두 학문적 창조나 드높은 인간 정신의 고양에 매달릴 순 없습니다. 마치 모든 국민이 독립투사가 되어서는 안 되듯. 농부, 전기공, 보부상, 뱃사공, 주물공장 직원, 카페 여급…. 그런 이름 없는 국민들이 자기 자리를 단단히 지켜야 나라를 지킬 힘도 생기고, 그래서 독립투사의 희생이 더욱 숭고해지고….

그렇지만 미래의 과학, 정치, 예술, 학문, 연구 등의 재능을 펼칠 뛰어난 개인들이 현실에 함몰하여 그렇게 일률적으로 저급한 삶을 소비하는 걸 보면 아쉬울 뿐입니다. 얼마든지 개인의 존엄과 가치를 상승시킬 수 있는데도 불구하고 현실과 일상에 주저앉아 오늘도 내일도 밥만 먹으면 그저 TV 앞으로 가는, 오로지 연예인이 되기 위해 자신을 죽이는 변함없는 생물적 삶을 살아가는 것을 보노라면. 현대는 그렇게 사람들의 정신을 질식시켜야 하는 속성으로 구성되어 있는가요?

〈생활의 달인〉이나 〈세상에 이런 일이〉 같은 프로를 보면 그저 시중의 흔한 사람에 다름 아닌데도 엄청난 집념과 노력으로 상상도 할 수 없는 능력을 보이거나 작품을 만들어내는 사람들을 볼 수 있습니다. 일부러 공중에서 떨어뜨리는 차량의 시선으로 땅바닥에 붙어있는 종이에 쓰인 벼룩만 한 글자를 순간적으로 읽어낸다거나, 시각장애를 가졌지만 부단한 노력으로 전문가 못지않은 연주 능력을 가지게 된 시각장애인 오케스트라 단원들, 폐품과 다름없는 나무들을 다듬어 멋진 산수화를 만드는 주름 가득한 할아버지의 모습에서 긍정과 함께 인간의 능력이 무한하다는 각성을 일깨워주고 있습니다. 비록 삶의 한 장면에서 단련된 기술로 치부할 수 있겠지만 그 사람들에게는 삶의 정수가 직접(集積)된. 단언하지만 모든 사람은 누구나 칸트나 아인슈타인, 원효, 피카소, 주시경, 헤밍웨이, 세종대왕, 베토벤, 장영실…, 전문가나 장인이 될 수 있습니다. 누구나 다 정교한 이성과 합리적인 논리, 섬세한 색과 언어와 음들이 피워내는 마법 같은 감성의 파노라마를 제어할 수 있습니다.

특히 우리나라 사람들은 개개인 모두 뛰어난 이성과 감성을 가지고 있으며, 더하여 끈기와 부지런함과 창의력이 특별하다고 생각합니다. 세상을 살아오며, 사회적 관계 속에서 접해본 개개인은 거의 성자(聖者), 혹은 석학(碩學), 아니 달관한 도인(道人)이나 지사(志士)에 버금갈 정도의 수준을 보이더군요. 비록 이름을 떨치지는 못했지만 방외엔 엄청난 초인들이 가득합니다. 차라리 유명한 사람들이 그들의 자리를 뺏은 게 아닌가 생각될 정도지요. 얼핏 조금 단순하달 수도 있는 배구나 테니스, 마라톤을 하며 만나본 많은 사람들에서도 도대체 저런 뛰어난 능력을 지닌 사람이 어떻게 이런 곳을 기웃거리고 있나 싶은 경우도 많더군요. 노동판에서도, 문화계에서도. 이름을 떨치지 못해서 그렇지 방외엔 엄청난 지사, 초인, 성자들이 가득했습니다. 오히려 우리 사회 유명인들의 저력은 상대도 되지 않는. 어쩌면 우리의 저변에 산재한-, 거대한 저수지처럼 잠재된 이성과 감성의 전문가들!

자화자찬이겠지만 아마 세상 그 어느 나라도 우리 국민들만큼의 능력을 타고나지 못했다는 생각이 강하게 드는군요. 실제 나라를 잃고, 전쟁의 참화를 거치며 저처럼 옥수수로 만든 멀건 죽 따위나 원조를 받던 세계 최빈국이었던 우리나라가 단기간에 세상을 선도하는 첨단 산업부국이 되어 모든 세상의 부러움을 한몸에 받고 있는 기저에는 우리나라 국민들의 뛰어난 능력과 도전 정신이 바탕으로 하고 있기 때문입니다. 만약 외국의 침입으로 나라에 큰일이 생긴다면 우리 국민 모두는 전쟁의 배경과 피아(彼

我)의 장단을 정확히 진단하고 그에 따른 치밀하고 압도적인 과단성으로 준비하여 극복해낼 수 있을 겁니다. 세상 모두가 머릴 조아려도 모자랄 이순신 장군이나 세종대왕이 따로 있는 게 아닙니다. 미리 자신을 소심하고 용기 없는 소시민으로, 예술적 감성이나 재주가 없다는 자격지심으로, 새롭게 도전할 만한 여건이나 추진력이 없다는 패배주의로 언감생심 꿈도 꾸지 않기 때문에 현실에 함몰되어버리곤 합니다. 자신을 완성한 훌륭한 사람들은 지리멸렬한 나와 하나도 다르지 않습니다. 인간은 놀랍게도 모두 우주의 차원을 바꿀 수 있는 초인입니다. 세상은 초인으로 가득 차 있습니다. 지금 바로 당신의 머릿속에는 초인의 뇌관이 스파크를 일으키기만 기다리고 있습니다.

그러나 시각장애인이나 손가락 없는 사람이 악기를 자유자재로 다루기 위해서는 그야말로 엄청난 고난과 눈물의 과정이 있어야 합니다. 인생의 성패는 그런 자기 초월의 열정에 달려있습니다. 연예인 이름이나 알고, 싸이의 막춤을 잘 춘다고 그런 완성이 오지 않습니다. 아니, 좀 더 강하게 말한다면 그런 것들은 꿈과 열정을 포기해버린 기성의 안일과 고집과 무례가 만들어낸 그림자 같은 유령극이며 마취제를 흩뿌리는 장송곡일 뿐입니다.

그렇군요. 혹자는 작금의 우리나라가 새로운 문화융성기를 맞이하고 있다고 부추기고도 있습니다. 과연 그 말이 맞군요. 근래 경제발전과 관련하여 우리나라에서 나타나는 괄목할 만한 현상들을 보면 이전에는 꿈도 꿀 수 없던 일들이 일상처럼 벌어지고 있습니다. 거의 폭발적이라고 해도 틀리지 않을. 역시 우리 국민들의 뛰어난 능력의 일단이겠지만.

우리의 가요는 출발부터 비극적인 정한(情恨)에 사로잡혀 유랑과 눈물,

절망과 자학의 감상주의에 매몰되어 왔지만 근래 자신만만한 우리 젊음들의 도전과 결합하여 〈K-팝〉이란 국가적 트렌드로 성장하여 세상을 휩쓸고 있습니다. 유럽 화려한 클럽에선 오늘도 우리 아이돌 가수들의 노래가 스피커가 터질 듯 빵빵 울려오는 가운데 흥겨운 춤과 함성으로 가득하고, 사람들이 노래를 배우려고 한글을 배운다는 말이 있을 정도입니다.

값싼 자본으로 짧은 시간에 뚝딱 만들어낸 영화 속에서 사랑에 속고 돈에 우는 정형화된 화면만 보여주던 우리 영화계가 2천 년대로 접어들며 새로운 감성으로 무장한 스토리텔링과, 정교한 촬영기술과, 시대의 관심을 정확히 포착해낸 시점으로 흥미진진한 화면을 펼치며 꿈도 꾸지 못하고 부러워만 하던 할리우드의 대작들을 밀어내는 기적을 일으키고 있습니다. 「겨울여자」가 60만 관중으로, 「서편제」가 100만 관중을 돌파했다고 화제를 일으키던 때가 오래지 않았는데 이젠 1000만을 쉽게 넘기는 작품들이 여럿 나오고 있지요. 외화 쿼터에 목메던 게 엊그젠데 이젠 할리우드 거대 제작자들이 만든 초호화 대작들도 스크린 확보가 쉽지 않다고 푸념할 정도니까 얼마나 그 저변이 넓어졌는지 확실히 알 수 있습니다.

TV 드라마는 국내에서 방송되자마자 외국 TV에서 바로 방영되고, 더하여 비디오나 DVD로 무한 복제되어 아프리카 밀림이나 시베리아 유목민 천막에서까지 사람들이 둘러앉아 장동건과 이영애의 상큼한 사랑 놀음에 정신을 놓고 있습니다. 〈한류〉란 이름으로 우리의 가수, 배우, 탤런트들을 보기 위해 패키지 해외여행으로 우리나라를 찾는 사람이 부지기수며, 덩달아 한국문화를 공부하려는 사람들이 밀려들고 있습니다. 외국 유명대학에 한국학, 한국문화 강좌가 속속 들어서고 있으며 한국 관련 논문이 넘쳐난다는 이야기도.

꾀죄죄한 의료 시설로 겨우 피부에 난 상처나 치료하던 우리의 뒤떨어진 의료계는 오늘날 최첨단 시설과 기술로 무장하고 밀려들어오는 외국의 유명 인사들을 차례 세워 진료하고 있는 형편입니다. 외국에서는 포기해야 했던 환자도 우리나라에서는 거뜬히 치료하기도 하지요. 신묘한 의술이 아닐 수 없습니다. 그래서 외국 의사들의 필수 이수 코스로 우리나라에 부지기수로 연수하러 오고 있다고 합니다.

미로 같은 도심을 빈틈없이 경유하는 지하철은 외국에서 그 슈퍼 시스템을 서로 배워가려고 다투며, 의료보험 서비스는 부럽다 못해 몰래 불법으로라도 들어와서 치료하려고 안달이며, 시내버스 정류장 안내 모니터, 인터넷, 첨단 전자기기, 성형, 그리고 새롭게 조명되는 한옥과 한식과 한복…. 사회 각 분야에서 우리나라의 질 높은 문화는 상상을 초월할 정도로 세상에 잘 알려져 있습니다. 그야말로 한류 열풍이 세상을 집어삼키고 있지요. 이 조그만 나라에서 말입니다.

우리 역사에서 우리의 문화가 이렇게 세상을 휩쓸던 적이 있었던가요?

그러나 그렇더라도 역시 한류는 대부분이 소비적인 부문에 편중된 〈대중문화〉임이 틀림없습니다. 그걸로 세상을 정복한 듯 착각하고 있지요. 아니, 건방이 넘친다고 할까요? 세상에는 그런 것에는 전혀 관심을 두지 않는 사람들이 많습니다. 당장 저처럼 영화배우나 가수 몇 명밖에 이름도 모르는 사람들이 많습니다. 제가 가장 존경하는 사람은 연구실에서 오직 자기 일에만 몰두하는 사람입니다. 그렇군요. '마리 퀴리'! 예전 교과서에 러시아 장학관이 학교로 시찰을 나오면 재빨리 폴란드 교과서를 러시아 교과서로 바꾸고, 장학관 앞에서 역대 러시아 황제의 이름과 황실의 인명, 지위를 줄줄 외웠다는 이야기가 있었지요. 장학관이 돌아가면 서럽게 울었던 주인공이 마리 퀴리였다고 알고 있습니다. 세상이 모두 개인의 행복한 삶에 가치를 두고 있던 시절 퀴리 부인은 방사선이 자기 몸을 파괴하고 있음을 알면서도 부실한 환경에 굴하지 않고 X선에 파고들었습니다. 오히려 목숨을 주고라도 대신 눈으로 볼 수 없는 신비한 방사선의 맨얼굴을 보려고 했습니다. 노벨상을 두 번이나 받았을 정도로 역사상 여성으로서는 아마도 최고의 슈퍼우먼이 틀림없을. 퀴리 자신은 방사선에 의한 백혈병으로 죽어가면서도 《머리가 어지럽다… 라듐과 메스트륨을 섞으면 요쿠르트를 만들 수 있을 거야. 아마 38°로 가열하면 성공할 듯한데… 물을 마시고싶구나!》 라는 최후의 말을 남겼다고 합니다. 그렇군요. 오늘날 우리는 그의 목숨과 바꾼 X선을 실컷 향유하고 있군요. 그렇게 선각의 영웅들은 죽음을 뛰어넘는 《불굴의 정신》으로 살았습니다. 아니, 자신은 몸의 껍데기를 벗어버린 대신 사람들을 미래로 초월시킨 신(神)적인 존재였다고 할 수 있습니다. 그러나 현대의 유명한 사람들이 그렇게 살고 있다는 소리는 단 한 번도 들어본 적이 없습니다. 건강진단으로 X-레이는 열심히 찍으면서도 누가 외국의 유명한 고급차를 소유하고 있다는 처참한 이야기들만. 그야말로 《불구의 정신》들이 세상을 가득 채우고 있군요. (저는 1943년 미국 MGM사에서 제작한 '마빈 르로이' 감독의 흑백영화 『퀴리부인-Madame Curie』을 소장하고 있습니다. 퀴리 부인을 연기한 '그레아 가슨'의 불굴의 정신과 죽음을 지켜보며 눈가가 벌겋도록 눈물을 흘린.)

오늘날 우리 시대의 퀴리들은 가정을, 국가를 위해 삶의 현장에서 고단한 땀을 흘리고 있습니다. 그들은 유명을 바라지도 않고, 풍족을 위하지도 않습니다. 겨우 가족을 위해 몇 평의 집과, 음식을 구할 뿐입니다. 그게 인류의 발전에 헌신하는 올바른 방식이지요. 그 이름 없는 영웅들은 제 목숨을 바쳐서라도 받들어 모시고 싶습니다. 극단적으로 말해 배가 난파되어 이름을 드날리는 유명 문화인, 정치가, 예술가, 교수, 배우, 가수, 작가, 재벌 등등이 죽을 처지에 놓였다면 전 그들은 제쳐놓고, 아니 고귀한 얼굴을 짓밟고서라도 단번에 꾀죄죄한 옷을 입은 단 한 명의 연구원을 구하겠습니다. 저를 포함하여 나머지 사람들은 자신의 이익과 명성과 행복을 위해 엄청난 에너지를 함부로 빨아들이는 지구의 소비자에 머물 뿐 인류의 발전에는 눈곱만큼도 헌신하지 않는 참으로 요란한 악화들로 새겨져 있을 뿐입니다. 말로서야 다양한 찬사 속에 존재하지만.

무척 불쾌하지요? 그렇게 말하는 저 스스로도 불편한데 말입니다. 천박하고 표피적인 한류가 아닌 진정한 한국의 문화와 역사 등을 세계화해야지 그저 철저한 소비와 찰나적 만족, 저급하고 하향적인 《쾌락정신》을 팔아먹는 게 뭐 그리 대단하다고 융성이니 하며 희희낙락까지 하는 모습은 정말! 괜히 〈딴따라〉란 말이 만들어진 게 아닙니다. 프랑스는 예술, 독일하면 철학이 떠오르는데 우리나라는? 아, 아쉽게도 〈한류〉라는 미명으로 팔아먹는 〈딴따라〉와 〈저질〉이라는 투톱뿐이군요. 하긴 이 조그만 나라에서 세계를 주름잡는 노래와 드라마 등의 한류가 번성하고 국위선양까지 하는 걸 보면 참으로 대단하고, 그리고 현재는 그걸로 먹고살지만. 그러나 제가 생각하기엔 〈K-팝〉이나 벌거벗은 〈걸그룹〉의 춤 등등으로 대표되는 한류는 그야말로 유통기한이 정해져 있는 한때의 짧은 유령극일 뿐입니다. 언젠가는, 아니 몇 년도 지나지 않아 모두 다 떠난 불 꺼진 무대에서 엉거주춤 탄식할 게 뻔한. 은근하고 속 깊은 한류가 아닌 지금의 〈발딱 쇼〉 같은 3류 쾌락 문화로 영원히 호가호위할 수는.

우리 아이들은 연예와 패션과 만화와 스포츠와 드라마와 스마트폰… 등 오직 화려하고 자체발광으로 빛나는 소비적인 범주에 온전히 빠져있습니다. 그 나이에 당연한 일이고, 얼마든지 그럴 수도 있겠지만, 소비적 감각만 발달된 불균형은 아쉽기만 합니다. 통상 재주 많은 아이들과 관련하여 많이 쓰이는 〈-끼〉, 〈-꾼〉, 〈-둥이〉란 소리를 듣는 아이들은 모조리 연예적인 재주를 가진 아이들을 가리키는 말로 굳어진 것 같군요. 왜 과학과 예술과 학문과는 관계없는 말로 한정되어버렸는지. 그렇군요. '피카소'는

〈모든 어린이는 타고난 예술가다. 그러나 미래는 어찌 될지 알 수 없다〉고 했습니다. 누가 책임져야 할까요? 당연하지요. 모두 유령처럼 죽어버린 어른들의 무책임이 일찍부터 아이들을 화려한, 아니 섬뜩한《딴따라 새끼 좀비》로 만들었습니다.

미래를 창조해나갈 인재들은 지금 이 순간에도 그런 어리석은 생각들을 비웃고 각자의 터전에서 자신을 혹독하게 연마하고 있습니다. 초등학교 아이의 과학탐구 수상논문을 보면 전문 학자에 못지않을 정도로 정교하고, 운동에서 강세를 보이는 아이를 보면 허약한 어른은 꿈도 꿀 수 없을 정도로 엄청난 기능을 보이고 있고, 현란한 악기 솜씨를 가진 아이의 연주는 신의 숨결처럼 느껴질 정도입니다. 그 나이에 벌써 몇백 권 책을 읽은 아이는 속이 얼마나 깊은지 얕은 정신으로 살아가는 우리 어른들마저 한없이 부끄럽게 하고 있습니다. 그런데도 우리의 아이들은 비참할 정도로 초보적인 글쓰기조차 되지 못하고, 겨우 운동장 5바퀴에도 지쳐 쓰러집니다. 아니, 자기의 재능이 무언지도 모릅니다. 모두 스마트폰으로 잡담과 게임, 만화와 동영상, 가요와 연예, 사진과 노래…. 휴식과 충전이란 미명으로 마구 소비재를 빨아들이는 일률적인 행태를 보이며, 창조와 노력과 성취와 습득이란 부분에서 조금이라도 남들보다 앞서는 아이가 아예 없이 하향평준화된 것을 보면 미래의 모습을 예감할 수 있을 것 같기도.

전에도 말했듯 '레오나르도 다빈치'는 넘치는 인간의 에너지를 쏟아 세상을 탐험한 진정한 영웅이었습니다. 물리학과 의학, 천문학, 공학 등의 과학과 철학, 음악. 미술, 시 등의 예술…에 자신의 에너지를 융합시킨. 우리나라에도 그에 못잖은 영웅들이 많습니다. 정조임금 시대 목민심서(牧民心書), 경세유표(經世遺表)를 비롯한 뛰어난 저작물과 거중기, 천연두 치료법

등의 과학과 실용기술의 발명, 발견으로 오늘날 다산학(茶山學)이란 이름으로 세계의 관심을 받을 정도로 크나큰 업적을 쌓은 '정약용(丁若鏞)', 양반시대와 천민 출신이란 벗어날 수 없는 족쇄를 뛰어넘고 혼천의, 자격루, 측우기 등 시대를 앞선 발명품을 만들어 그 시대 조선의 위상을 한껏 떨친 '장영실(蔣英實)'! 어쩌면 그들은 우리 역사에서 초극(超克)의 정점을 보여준 가장 장쾌한 상징이 아닐 수 없습니다. 조선이란 폐쇄적인 나라에서 어떻게 그런 사람들이 등장할 수 있었는지! 통찰력이 뛰어났던 '스티브 잡스'는 〈언제나 죽음을 생각해야한다〉고 했지요. 그래서 더욱 심오한 통찰을 할 수 있었던가요? 시시각각 다가오는 무서운 멸망의 전주곡을 들으며 주어진 시간이 바늘 끝처럼 짧아지고 있었지만 대중들처럼 한순간도 허비하지 않았습니다. 컴퓨터와 아이팟과 스마트폰….

결국 그들은 꿈에서나 가능할 법한 일들을 가능하게 해준 마법의 삶을 산 사람들이었습니다. 시간을 정복한 고대와 근대, 현대의 영웅들입니다.

그러나 우리 대중문화의 화려한 유명인사들은 흡혈귀처럼 빨대를 우리 뇌에 깊숙이 박아 맛있게 빨아먹으며 시간의 변두리에서 헤매는 〈허깨비〉로 만들었을 뿐입니다. 좀비가 따로 없습니다. 세상 사람들은 그렇게 허망하게 재능을 강탈당하며 오늘도 내일도….

인간과 인생, 그리고 자연스런 삶을 거스르며까지 무모할 정도로 대중문화에 대한 부정과 외면과 질책을 이야기했군요. 어쩌면 막말까지도. 이야기가 길어지니까 그렇게 제 논리도 점점 뒤죽박죽 억지와 고집으로 흐르는 것 같습니다. 그러나 분명히 그런 점을 내포하고 있음도 사실이기 때문에, 그래서 당연히 절대(絶代)는 강요할 수 없지만, 그러나 절도(節度)는 이 경우 거의 강제되어야 하겠다는 생각까지도.

자본주의에 마취된, 아니 솔직히 말한다면 《최적화》된 현대인들의 민낯에 대해 불편하지만 이야기하는 사람이 과연?

그런데 최적화라니까 갑자기 어떤 〈풍경〉이 떠오르는군요. 생뚱맞은 것 같기도 하지만….

우리의 저 '이상(李箱)'이 모든 것을 빼앗긴 일제(日帝)라는 시대에 맞서 장난과 유희, 현학(玄學)과 조립(組立), 피곤과 충동으로 세상을 모멸시키다 레몬 향기를 맡으며 스스로를 위로하고 죽어갈 때, 아니 창백한 얼굴의 '카프카'가 우울한 프라하의 하늘을 쳐다보며 성(城)에도 들어가지 못하고, 비참한 벌레처럼 변신(變身)하다 끝내 모멸에 가득 찬 심판(審判)을 받고 내면의 지하실에 갇혀 칼로 심장을 찔려 죽어갈 때 배부른 흡혈귀들은 카페에서 술을 마시며 브라보를 외치는. 모두들 사교와, 편리와, 과식과, 향유(享有)와…. 너무 많이 〈당연〉으로 만들어버린 것들의 사용허가증을 가진 듯 온통 휘두르며 저를 포위하고 구토를 유발시키는 것 같습니다. 자신이 세련되고 화려한 현대인 자격증을 소유한 듯 트위터, 카카오로 파편화된 기호들을 기관총처럼 허공으로 〈타타타타〉 하루 종일 쏘아대고, 너나없이 무한정 만들어내 온통 인플레된 화려한 컬러 사진들이 눈을 찌르듯 〈차르르〉 허공을 날아다니고, 게임 속 정신없이 번쩍이는 광선총의 귀를 찢는 폭발 소리와 강렬한 원색이 천둥 폭포처럼 사람들 머리 위에서 〈번쩍번쩍〉 어지러이 휘날리고, 무슨 파노라마 화면처럼 멋대로, 함부로 만들어진 동영상들이 숨을 곳이 없다는 듯 〈구석구석가득가득〉 아니, 〈호화찬란〉하게 영사되고 있습니다. 오늘날 도처에서 고양된 감각들은 넘치고 홍수를 이루며 《실존의 환희》에 흠뻑 젖어있는데 역설적으로 무위로 떠나간 창백한 얼굴의 이상과 카프카! 그들이 그 모든 현대인의 〈가득한 당연〉에 대한 대가로 《실존의 부정》을 흠뻑 뒤집어쓰고 학살당한 것 같다는 생각을 아무래도 떨쳐버릴 수 없습니다. 그들에게 아무도, 단 한 명도 책임을 통감하고 돌아보지 않는데 말입니다. 어쩌면 〈하나도 당연하지 못한〉 정신이어서 위험인물로 사형선고를 받은 건 아닌지. 날개를 달고 탈출과 해방을 꿈꾸는 '나'처럼, 갑충(甲蟲)의 껍질을 벗고 그저 햇빛 비치는 거리를 소풍 가고픈 '그레고르 잠자'처럼 그렇게 순교할 수밖에 없는, 그래서 아무도 모르게 새겨놓은 이상과 카프카의 〈계시록-Revelation〉은 아닌지. 아무래도 저 혼자라도 대신 그들의 순교를 위로해야 할 것 같습니다. 가득한 《당연》에 대한 대가는 우리들에게도 언젠가 절대적인 《냉정》으로 돌아올.

삶이 어쩌면 이토록 허상에 빠져 모독으로 가득차버렸는지!

카르페 디엠(carpe diem)! 현대 문화의 교묘한 사탕발림에 속아 넘어가 함부로 시간을 죽이고, 세상과 역사의 수많은 기미(幾微)들을 외면하고 신나는 강남스타일만 죽어도 고집하는 오빠처럼 세월을 소비하는 사람들을 보며 영화 『죽은 시인의 사회-Dead Poets Society』에서 키팅 선생님이 들려준 《지금의 순간에 충실(充實)하라》는 명구가 새삼 떠오른 게 과장만은 아니란 생각이 드는군요. 어쩌면 충실마저도 〈enjoy-즐겨라〉로 모조리 바꿔치기해버린 이 악랄한!

※ 현대의 모든 사람들이 접하고, 소비하고, 추앙하는 신앙들이 얼마나허망한 마약에 다름 아닌지 다음에 좀 더 천착해보고 싶군요.

제(34)주 학습지도 계획안

(2012년 11월 12일 ~ 11월 16일) 4학년 2반

≡ 금요일인 15일 오전에는 서동도서관에서 〈독서교실〉을 실시합니다. 각자 도서관의 역할을 알아보고, 유인물로 나눠준 읽고 싶은 책 목록에 따라 읽어보는 기회를 가졌으면 합니다.

시간의 미망(迷妄)

날이 무척 차가워졌습니다. 제 감각으로는 낮의 따스함이 교실을 답답하게 하고 있어 아직도 반소매 옷의 유통기한이 남아있다고 생각하는데 갑자기 두툼한 패딩 점퍼나 오리털 파커를 입고 다니는 게 자연스러워졌군요. 가게에서는 부쩍 등산복과 전기 매트가 많이 보이고. 계절은 명확한 경계가 없는 탓인가 합니다.

저번 주 목요일은 조금 추운 날이었는데 어느 모임에서 술을 많이 마시고 집에 늦게 돌아와 취한 그대로 바닥에 쓰러져 잤습니다. 그런데 새벽부터 온몸이 떨리고 힘이 빠지며 정신이 어질어질하더군요. 틀림없이 감기, 몸살에 걸린 것 같았습니다. 출근은 했는데 1교시를 겨우 마치고는 도저히 견딜 수 없어 아이들에게 학습과제를 일러주고 보건실에서 전기 매트를 켠 채 오전 내내 비몽사몽 헤맸습니다. 보건 선생님에게서 빨리 병원에 가라는 야단을 듣기도. 점심도 먹지 않은 채 계속 누워 아이들과 전화로

연락만 하다 수업 마칠 무렵 교실로 올라가 집으로 돌려보내고 시장 안 현대병원에 가서 진찰받고 생전 처음 링거주사를 맞은 후 병실에서 저녁까지 누워있었습니다. 그랬더니 감기 기운이 잦아들며 힘이 나더군요.

그날 저녁 당장 어지럽게 널린 집안을 정리했습니다. 이리저리 널려 있는 반소매나 얇은 옷들을 몽땅 거두어 세탁기에 집어넣고 장롱 속에서 잠자던 겨울옷들을 꺼냈습니다. 얇은 여름 홑이불들도 좀 두툼한 이불로 바꾸어 깔고.

십여 년 전 병으로 고생하던 어머니가 세상을 떠난 후 혼자 살다 환절기만 되면 타이밍을 맞춰 생활의 모습을 바꾸는 게 참 어려웠습니다. 봄가을만 되면 겨울 살림과 여름 살림이 뒤섞여 좀체 적응할 수 없더군요. 게을러선지 쉽게 얇은 옷으로 다니다 갑자기 추워지면 겨울옷들을 어떻게 조합해서 입어야 하는지, 겉옷과 속옷의 매칭과 색상의 조합도 겨울과 여름 동안 죄다 잊어버리곤 하지요.

이번 주 화요일까지만 해도 자동차 좌석이 나무구슬로 된 낡은 여름 방석으로 덮여있었는데 그날 저녁 두터운 겨울 방석으로 바꿔 깔았습니다. 작년엔 차가운 핸들에 섬뜩하며 빨리 바꿔야지 하면서도 자꾸 미루다 새해가 돼서야 비로소 바꾸기도.

얼마 전 아직 어둠이 채 가시지 않은 새벽에 온천천을 걸어 출근한 적이 있습니다. 새벽의 싱싱한 공기는 찌든 정신에 벽력처럼 꾸짖는 느낌이 들기도 하거든요. 그런데 한 무리의 자전거 행렬이 제 곁을 추월하며 지나갔습니다. 미명 속에서도 가로등 빛을 받아 반짝이는 열댓 개의 은색 바퀴들이 쌩쌩 힘차게 돌아가는 모습을 한참 쳐다보다 문득 바퀴가 〈시간〉을 상징한다는 걸 깨달았습니다. 끝없이 돌고 돌며 내뿜는 회전의 소용돌이가 현재를 과거로 밀어내고 미래를 향해 굴러가는. 우리는 시간의 마법에 얽매인 존재임을.

계절이 바뀌듯 시간은 우리들 곁을 한결같은 흐름으로 둘러싸고 있습니다. 그리고 결코 그 흐름을 벗어날 수 없지요. 그것을 벗어날 수 있는 단 하나의 방법-, 그것은 무(無)로 돌아가는 것뿐입니다. 시간은 〈있음〉의 고리 속에서는 압도적으로 드리워져 있지만 〈없음〉에서는 〈막막〉과 〈먹먹〉이라는 무한대의 함장(陷場) 속에서 아무런 힘도 휘두르지 못합니다. 〈수억년〉이라 하더라도 그야말로 아무것도 아닌, 〈순간〉에도 미치지 못합니다. 끈질기게 제 어머니의 생명을 위협하다 결국에는 승리의 나팔을 불며 무(無)로 거두어갔던 시간은 일견 승리한 듯 의기양양해 했지만 이젠 반대로 〈없음〉으로 달려간 어머니에게 시간 따위는 이미 아무런 힘도 발휘할 수 없게 됐지요. 하지만 생명과 그 육신을 가진 상태에서는 시간의 수갑을 결코 벗겨내지 못합니다. 슬픈 일이지만 존재하고 있는 모든 것들이 어쩔 수 없이 받아들여야 하는 숙명이지요.

어린 시절부터 저는 시간과 그것이 깃들고 있는 세상에 관심을 많이 주었습니다. 왜 세상은 시간이라는 마법 속에 한정되어 있는지, 시간의 지평은 우주 너머 과연 어디까지 펼쳐져 있는지…. 시간의 무대인 광대한 우주, 달과 태양, '코페르니쿠스'와 '뉴턴'… 우리들 작은 인간의 눈높이를 떠나 신과 함께 우주를 종횡하며 거대담론을 주고받는 과학의 세상에 빠져들었습니다. 그에 비하면 인간의 이야기는 깊고 깊은 산 속 외딴 마을의 작은 이야기였습니다. 중학교 때부터 「전파과학」지 등을 탐독하며 미래의 로켓 조종사 꿈을 꾸기도 했지요. 지구 밖에서 지구를 굽어보고 우주를 조망하는.

중학교 때 학생들의 로망이었던 '학원'사에서 4 · 6배판 특별 단행본으로 펴낸 「20世紀 科學의 오늘과 내일」이란 두툼한 책은 제 좁은 사고의 지평을 넓혀준 보물 같은 책이었는데 군에 갈 때부터 없어져 50년 가까운 지금도 생각나면 찾는다고 열병이 도지곤 하는, 두고두고 아쉬움이 남는 책이었습니다. 지금 보면 기껏 최신 과학계의 동향에 대한 어설픈 해설서 수준이었지만. (그 책을 기억하는 사람이 과연 있을지!) 특히 우주에 관한 이야기들은 글자 하나하나를 달달 외울 정도로 읽고 또 읽었습니다.

그리고 한때나마-대부분 무책임한 속임수로 범벅된-SF소설들을 밤새워 읽기도 했습니다. 은하계 외곽 거대 우주선들의 무덤, 빛조차 빠져나올 수 없는 초중성자 별이나 블랙홀, 존재가 없는 검은 영(靈)의 기운이 지배하는 차가운 성간구름…. 일찍 그런 환상에서 깨어난 뒤에도 「사이언스」지나 「과학 東亞」, 「월간 科學」-지금도 발간되고 있다고 알고 있습니다-등을 정기구독하며 우주와 시간과 인간의 스펙터클을 만났습니다. 그러니까 60년대 나온 「전파과학」과 「과학과 공작」 창간호는 누렇게 낡았지만 아직도 책장을 지키고 있군요. 80년대 초에 창간된 「사이언스」와 중반에 나온 「월간 科學」은 각각 잡지사에서 제공한 바인더에 몇 권씩 합본하여 지금도 책장 맨 아래쪽을 무거운 行星(예전엔 일본식 명칭인 혹성-惑星으로 불렸습니다만)처럼 차지하고 있습니다. 우주에 관한 영화와 「2020년 우주의 원더키디」 같은 만화영화도 전편을 녹화하여 아이들에게 보여주기도 했습니다.

아마도 현실에서 패배하고 위축되면서 제 몸을 덕지덕지 감싸고 있는 현실의 허깨비들을 명료한 과학의 칼로 단번에 베어내고 싶은 욕망의 심리학이 숨어 있는 건 아닌지. 사람들의 제각각 다양한 인식을 올바르게 이어주고 해석하려는 철학적 시선, 그리고 현실을 오도하는 그릇된 인간사에 함부로 휩쓸리지 않기 위해 정교한 과학으로 무장하려는 두 가지 마음이 이루어낸 이중주는 아닌지. 결국 모든 건 압도적인 생활에 매몰되어 떠내려가버렸고 지금은 허깨비처럼 빈털터리로 남았지만 말입니다. 전에도 말씀드렸지만 단언컨데 과학과 철학은 고고한 학문의 씨줄과 날줄로 존재합니다.

인간이 이해할 수 없는, 그래서 영원히 계속되는 질문이 있습니다. 즉《시간》이지요. 생각하면 할수록 너무나 아득하고 먹먹한 관념이라서 어림할 수조차 없습니다. 도대체 시간이란 무언가? 시간의 시작과 끝은 있는가? 시간은 거꾸로 흐를 수도 있는지? 시간 여행은 가능키나 한 일인가? 시간은 가당찮은 관념일 뿐인가? 수없는 질문에 대답하기 위해 고대부터 철학자, 과학자, 탐험가… 많은 선철(先哲)들이 나름으로 설명을 했지만, 그렇다고 정확하게 답을 내린 사람은 없습니다. 천재 '뉴턴'도, '아인슈타인'과 '호킹'도. 시간은 오늘도 변함없이 굳건히….

시간에 대한 가장 오래된 기록은 '플라톤'이 우주에 관해 쓴 『티마에우스-Timaeus』라고 합니다. 뭐 〈조물주가 태고의 혼돈에 형태와 질서를 부여할 때 시간이 탄생했다〉라고 기술되어 있다고 하더군요. 화려한 언어의 기술로서는 그럴듯하지만 그야말로 과학이 없던 자연철학 시대의 전설에 불과한 수사학이지요. 기원전 120년경 고대 漢나라 유안(劉安)이 지은 이색적인 책 『회남자(淮南子)』에는 〈상하사방을 우(宇)라 하고, 고금왕래를 주(宙)라 한다〉고 적혀있다고도 합니다. 즉 시간과 함께 공간도 언급하고 있는 점에서 플라톤보다 훨씬 변증적, 형이상학적입니다.

생각나는 게 있어 그리스 신화의 '크로노스' 이야기를 찾아봤습니다. 널리 알려진 대로 신들의 탄생설화입니다. 천공(天空-하늘)의 신 '우라노스'가 대지의 여신 '가이아'와 결혼하여 아들과 딸인 '티탄'족을 낳았다고 합니다. 그런데 우라노스가 자식들인 티탄들이 자신을 유배하리라는 운명을 알고 죽이려고 하다 도리어 작은아들 '크로노스'에게 추방을 당하고 맙니다. 그 크로노스는 누이동생 '레아'와 결혼하여 자녀들을 얻는데 자신도 아버지처럼 자식들에게서 추방당하는 신세가 될 운명임을 알고 자식들을 집어삼키기 시작했습니다. 레아가 '제우스'를 낳고 대신 돌덩이를 주자 자식으로 알고 집어삼키고, 뒤로 빼돌린 제우스가 성장하여 크로노스를 추방합니다. 아버지에 이어 그 자신도 운명의 그물을 빠져나올 수 없었지요. 그 후 그의 자식들인 제우스는 하늘을 지배하고, '하데스'가 지옥, '포세이돈'이 바다를 다스렸다는.

그리스어인 크로노스는 보통명사로서 〈시간〉을 뜻한다고 합니다. 대개 신화는 상징을 바탕에 깔고 있는데 이 신화에서 나타나는 〈아버지 추방〉은 시간이 한순간도 머물지 않고 흘러 앞의 것이 뒤의 것에 밀려나는 것을 상징한 것입니다. 마치 굴러가는 은빛 자전거 바퀴처럼. 그러니까 태초부터 시간은 필연적으로 앞을 보고 흐른다는 걸 이 신화가 설명하고 있습니다. 현대의 시간 개념은 벌써 신화시대에서부터 출발함을 알 수 있지요.

동양에서도 시간은 신화 속에서 뚜렷이 존재합니다. 시간을 영겁(永劫)과 파괴의 순환으로 보는 힌두교에서는 최고신(神)이 셋 있는데 그 중 '브라마-Brahma'는 우주를 창조하고, '비슈누-Vishnu'는 우주를 유지하는데 반해 '시바-Siva'는 우주를 파괴한다고 하는군요. 시바는 시간과 동일시되는 신인데 파괴와 소멸이라는 면에서 불가에서 말하는 〈제행무상〉이란 현세를 덧없이 여기는 태도가 반영되고 있습니다.

결국 시간은 〈추방〉과 〈파괴〉와 〈소멸〉이라는 결정론으로 무게 중심을 두어야만 이해되는 것 같습니다. '라이너 마리아 릴케'가 그의 시에서

> 한 소년이 가져다준 노란 장미를
> 오늘 그 소년의 무덤에 조화로 가져갔네

어제 그 빛나는 소년의 눈은 눈물이 되었네.

라고 표현한 것이나, '두보(杜甫)'가 덧없는 '양귀비'의 삶을

미인은 황토(黃土)가 되었거니와
하물며 연지곤지랴
황금마차로 모시던 건 옛적
남은 거라곤 돌덩이뿐이로다.

라고 노래한 것도 따지고 보면 동서양을 막론하고 시간 속에 깃든 그런 추방과 파괴와 소멸의 정서를 읽었기 때문임이 틀림없습니다.

그런 소멸의 숙명을 초월하기 위해 많은 사람들이 시간의 본질에 대해 탐험의 길을 달려갔습니다. 적을 알면 백전백승한다는 말처럼. 실제로는 백전백패했지만.

본격적으로 시간에 대해 최초로 언급한 사람은 나무에서 떨어지는 사과를 보고 〈만유인력〉이라는 우주의 근본적 힘의 비밀을 밝힌 천재 '아이작 뉴턴'입니다. 그는 외부변화에 관계없이 독립적으로 시간이 존재한다는 〈절대시간〉의 개념을 내놓았지요. 절대시간은 인간이 이해할 수 없는, 신(神)이 내려준 계율이며, 모든 것에 우선해 존재한다고 했습니다. 그리고 그 시간의 품 안에서 운행되는 우주는 변하지 않고 영원히 현재 상태를 유지한다고 믿었습니다. 중세 미망의 껍데기를 차례차례 깨뜨리며 〈미적분학〉, 〈중력론〉 등을 주창하여 역사상 최고의 천재로 자리매김한 뉴턴이었지만 그러나 그 마지막 껍데기를 깨뜨리지 못하고 시간은 시작도 없으며

영원하다는 그 자신이 믿는 신(神) 본위적인 생각에 사로잡혀있군요. 시간은 천재 뉴턴을 통해 인간을 가볍게 창피 주려는 모양입니다.

과학의 정교한 이성주의로 우주의 얼개를 짜 맞추었다는 찬사를 듣는 20세기 최고의 과학자 '아인슈타인'마저도 시간에 대해서는 뉴턴과 별반 다르지 않군요. 우주는 한정(限定)이고 시간은 불변(不變)이라고 어정쩡하고 고답적인 해석을 했는데 '에드윈 허블'이(업적의 파급력 자체만으로는 오히려 뉴턴이나 아인슈타인보다 더 커다란, 인류역사상 우주의 근본구조를 밝혀낸 최고의 우주 과학자가 아닌가 싶은) 우주에서 오는 빛이 적방편이(赤方偏移-예전 5~60년대 쓰이던 말인데 요즘은 '적색이동'이라고 쉽게 말하더군요) 되는 걸 보고 우주가 지금도 확장되고 있다는 〈우주팽창론〉을 들고나오자 갑자기 확장되는 우주와 그에 깃든 시간의 재해석을 두고 자신의 실수를 후회했다고 합니다. 물론 그가 그 후 시간을 〈상대성〉이라는 개념으로 새롭게 분석하여 문명의 의식을 바꾸긴 했지만 역시 시간은 본래 그대로 변함없이 흐르는 건 마찬가지지요. 인류역사상 가장 뛰어났던 두 천재도 시간이란 무지막지한 괴물을 상대하기가 버거웠던 모양입니다. 어쩌면 시간은 그 문을 열어젖힌 신 자신도 어쩔 수 없어져버린 망나니가 분명한 것 같기도.

그런데 우주라는 공간이 어떻게 시간과 연결되기에 뉴턴도, 아인슈타인도 우주를 연구했을까요? 사실 시간과 공간은 따로 구성되어있지 않다고 합니다. 우리가 〈시공간〉이란 단어로 그 속성을 묶는 이유는 광대한 우주 공간 자체가 바로 시간이란 괴물이 똬리를 틀고 있는 껍데기와 같기 때문입니다.

예를 들면-, 우주의 가장 빠른 속도는 광속(光速)입니다. 빛은 〈질량〉이 없는 파동의 성질로도 설명되고 있는데 초속 〈30만㎞〉라는 극한의 속도를 가지고 있습니다. 간단히 말하면 지구와 달까지의 거리가 거기서 조금 더 되니까 빛은 1초 만에 갈 수 있겠군요. 지구라면 8바퀴 가까이 돌 수 있는. 그러나 질량을 가진 것들은 그 질량의 크기만큼이나 공간 속에서 받아들이는 저항계수로 인해 속도가 떨어지게 됩니다. 우리 인간이 만든 최상의 속도는 우주에서는 대략 초속 25㎞로 볼 수 있다고 하더군요. 지상처럼 중력이라든가 공기 같은 저항이 없기 때문에 로켓의 순수한 추력 그대로의 속도로 날아갈 수 있습니다. 흔히 총알 같다고 하는 탄환은 지상에서는 겨우 초속 1㎞를 넘지 않지만 우주에서는 그 고유의 속도가 100㎞라면 그대로의 속도로 〈한없이〉 날아갈 수 있지요. 성간(星間) 우주를 날아간다면 어떤 항성에 가까워진다든지, 혜성과의 충돌 등 여러 요소를 생각해봐야겠지만 별다른 변수가 없다면 아마도 몇백만, 몇억 년이 흐르더라도 그 속도 그대로일 겁니다. 중력을 거스르고 우주로 탈출하는 거대한 로켓이 아무리 발전해도 겨우 빛의 15,000분의 1에도 미치지 못한다고 하더군요. 빛의 속도가 되려면 〈질량이 없는 빛〉이 되어야 하기 때문입니다. 존재가 없어지고 빛이라는 파동으로 변해버린다는 말이지요.(파동과 함께 입자(粒子-光子)라는 이야기도 언급되고 있습니다만.)

빛의 속도는 만유인력처럼 우주가 엄중하게 정해놓은 〈절대속도〉입니다. 우주는 빛으로 요동치는 신비한 세상입니다.

그런데 그 빛의 빠르기로도 우리 〈태양〉까지 가는 데 8분 12초가 걸립니다. (계산이 복잡해서 다른 사람의 글을 인용했는데) 시속 100㎞의 자동차로 밤낮없이 달려도 170년 이상이 걸린다니까 얼마나 먼 거리인지 알 수 있습니다. 그런데도 한여름 태양빛에 노출된 피부가 벌겋게 타는 걸 보면 그 태양이 얼마나 커다란, 엄청난 불덩이인지 알 수 있지요. 태양계에선 완전히 절대적인. 아마도 태양은 1초 동안에도 핵폭발을 수천, 수만 개씩 터뜨리고 있다고 할 수 있을 겁니다. 태양 이외에 지구와 가장 가까운 항성으로 알려진 '프록시마 켄타우르스' 별은 4.3광년, 그러니까 빛으로도 대략 4년 4개월이 걸립니다. 지금의 최신 우주선으로(서울과 부산까지 20초 정도?) 간다고 하더라도 〈8만년〉 이상 걸린다고 하더군요. 인간의 한 세대를 단순히 〈100년〉으로 보더라도 손자의, 손자의, 손자의, 손자의… 〈800세대〉가 지나야 겨우 태양계 바로 곁에 붙어 있는 항성에 갈 수 있다니! 그러나 밤하늘에 보이는 별들은 거의 대부분 몇십만 년에서 몇백만, 몇억 광년 이상 떨어져 있습니다. 우리 태양계가 속한 〈은하계〉만큼 우리에게 친숙한 〈안드로메다〉 은하는 300만 광년에 가깝지요. 빛으로 300만 년이면 우리 우주선으로는… 계산할 필요 없이 그냥 무한대라고 해야겠군요. 심지어 퀘이사(Quasar)라고 우주 초기 때 형성된 십억, 백억 광년 이상 떨어져 있는 은하들에 비하면 안드로메다도 지구 바로 곁에 〈껌딱지〉처럼 단단히 붙어있는 것과 같습니다. 그래서 우리 은하계와 안드로메다 등등의 가까운(??) 은하들을 모두 묶어 또 한 무리의 〈은하단(銀河團)〉으로 부르고 있습니다. 그렇게 국부(局部)은하단들이 또 점점이 섬처럼 우주의 바다에 떠 있는. 그래서 지금 이 순간 우리가 보는 별은 제각각 8분, 4년, 몇만, 몇백만, 아니 몇백억 년 전의 별이란 이야깁니다. 어쩌면 공룡이 어슬렁거렸던 백만 년 전에 그 중 어느 별이 초신성이 되어 폭발하고 없어졌을지도 모르지만, 아니 무수히 그런 과정들을 거쳤겠지만 그 빛이 지구에 도달하기 전까지 백만 년이 지나기 전이라면 우리는 계속 그 별을 있는 것처럼 보고 있다는 모순을 안고 사는 지도. 하늘의 별들은 결국 〈지금의 실재〉가 아니라 몇십만, 몇억 년 전이란 〈과거의 실재〉로, 아니 유령으로 존재하고 있습니다.

또한 은하, 성운들은 제각각 다양한 모습을 보이고 있습니다. 그 중 그리스 신화에 나오는 사냥꾼 〈오리온〉에서 유래했다는 〈오리온자리〉는 겨울철 밤하늘에서 국자 모양의 〈북두칠성〉과 함께 구성되는 별들이 가장 화려하고 아름답게 어울린 모습으로 별자리의 왕좌를 차지하고 있습니다. 그 왼쪽 위에 지름이 우리 태양의 500배가 넘는 엄청난, 하지만 우주에서는 평균적인 크기에도 미치지 못하는 적색 거성(巨星) 〈베텔규스〉와 반대쪽 〈리겔〉을 대각선으로 하고 그 반대쪽 대각선을 이루는 2등성 2개로 이루어진, 허리가 잘록한 모래시계 모습으로 그 한가운데 늘어선 2등성 세 별(삼태성)의 균형은 한번 보면 그 매혹적인 모습을 잊을 수 없을 정도로 아름다운 별자리입니다. 삼태성 왼쪽에 검은 밤하늘을 배경으로 검붉은 빛을 띠는 희미한 성운이 있는데(물론 형편없는 근시인 제 눈은 물론 망원경처럼 밝은 사람의 눈으로도 당연히 보이지 않고 거대한 고성능 우주망원경으로나 탐지할 수 있음.) 그 속에 말의 머리처럼 불쑥 솟아오른 〈마두(馬頭)암흑성운〉은(무슨 기괴한 우주 영화 속 괴물처럼 딱딱한 이름인데 요즘은 〈말머리성운〉이라는 적절한 이름으로 부릅니다만.) 우리에겐 예전부터 지금까지 조금도 변하지 않고 말의 머리 형태를 한 구름 덩어리처럼 보이지만(지금부터는 제 생각을 조금 덧입혀서) 아마 지금 이 순간에도 빛에 가까운 엄청난 속도로 폭발하고 있는 중입니다. 은하 크기의 성운이 그런 엄청난 폭발을 계속하고 있는, 그래서 인류가 한 번도 경험한 적 없는. 그러나 그 폭발은 지구에서 〈너무나×너무나×너무나…〉 멀리 떨어져 있어 사람들에게는 원시시대에서부터 지금이나 말머리 모습 그대로 보입니다. 워낙 멀리 떨어져 있어서 그 엄청난 부풀음이 지구에서 몇십만 년을 보더라도 마치 정지된 거나 마찬가지란 말이지요. 〈뱀자리〉에 있는 M-16이란 성운에도 말머리성운과 꼭 닮은 세로로 된 검은 구름 같은 성운 3개가 보인다고 하더군요. 지금 당장 머리를 들어보면 우주는 그렇게 역동적인 확산을 거듭하고 있습니다. 아마 몇천, 몇억 년 후 지구가 그대로 존재한다면 우리의 후손들은 위치가 달라져 변형된 오리온 별자리를 엉뚱하게 〈거북별자리〉로 부를지도. 아니, 우주 자체가 온전히 달라져 버린. 마치 유령을 보듯 시간과 거리라는 무한 속에서 벌어지는 실존의 거대한 운행에 갑자기 먹먹해지고 인간이 너무나 왜소한 존재로 다가오는군요. 개미보다도 못한! 실제로 우리 은하계, 또는 국부은하단 자체도 현재 폭발을 하며 부풀고 있다고도 할 수 있겠습니다. 거대 존재 또는 신이 몇백억 년이라는 시간을 조망하고 있다면 우리가 속한 은하계 자체가 〈폭발의 한 단계〉이며 우리 인류와 지구는 말머리성운처럼 폭발 속 찰나적인 〈현재〉로 존재하는지도 모릅니다. 갑자기 〈막막〉과 〈먹먹〉이 인간을 가볍게 만들어버리는군요. 인간의 지성이란 그야말로 개미보다, 원자보다 못한 수준의 섬광은 아닌지! 아마도 거대 우주의 운행은 모두 그렇게 인간의 지성과 다른 차원에서 펼쳐지고 있다고 할 수 있겠습니다. 깨알 같은 자잘한 시간은 우리가 인지할 수 있지만 진정한 시간은 단언하지만 인간, 지구에 있지 않고 우주에서만 존재한다고 할 수 있는.

우리 백 년 수명의 인간이 손톱만큼 가까운 켄타우르스까지 가는 데도 8만 년 남짓이니까 상상도 할 수 없는 거리와 시간이군요. 하물며 몇십만 광년 멀리 떨어져 있는 별들을 방문하겠다는 건 상상만으로도 불경스런 도발에 다름 아닙니다. 하늘의 별들은 대부분 몇십만에서 몇백만, 아니 몇억 광년 이상 떨어져 있으니까요. 옛이야기 속 견우성(Altair)과 직녀성(Vega)이 은하수를 건너 한번 만나려면 〈1년〉이 아니라 인간의 시간으로 〈무한대에 또 무한무한대〉가 지나야 합니다. 그 별들은 사랑과는 아무 관계 없는, 서로 무한의 거리에 떨어져 있는데 사람들이 낭만적인 아름다운 전설로 만들었지요. 결국 공간-우주는 시간이 겹쳐있는, 서로가 다르지 않고 같다는 의미가 되지요.

그런 면으로 소위 외계인이라든가 UFO, 우주전쟁 류의 흥미로운 이야기들은 몇백억 단위의 우주적 시간으로 볼 때 천만, 1억분의 1초 단위의 아주 짧은 순간으로 존재해온 인류의 우주에 대한 무지, 혹은 성급한 바람과 자신, 아니 경외(境外)의 상상력이 투영된 허상이나 기껏 미신에 지나지 않습니다. 어쩌면 인간의 상상력을 부풀려주려는 우쭐한 선민의식의 시혜에 불과할지도. 우주 전체를 관통하는 신(神)이 있어 우주를 내려다본다면 여기저기 무수한 별들에서(지구처럼 항성 주변을 도는 행성들이 있다면.) 엄청나게 뛰어난 문명들이 들끓는 거품처럼 나타났다 순간적으로 사라지는 곰탕처럼 보일 겁니다. 그 거품 하나하나마다 몇억, 몇십억, 아니 몇백억 년이라는 시간이 갇혀있는데도. 우리 지구, 아니 태양계도 그런 순간의 거품, 아니 거품 속의 또 다른 거품 속, 거품 속… 찰나적인 거품과 다르지 않습니다. 태양계를 포함해 은하계 속 억만 개의 항성들 모두 수억 년 이상의 거품으로, 그러나 신의 시선에서는 순간적인 곰탕의 거품으로 존재할 뿐입니다. 안드로메다도, 다른 계(系)의 무수한 은하들도 역시. 마찬가지로 여러 요인들의 가능값들을 고려해 만든 〈드레이크 방정식〉에서 유추할 수 있는 것처럼 무한의 우주에서 지성을 가진 외계인은 거품처럼 〈얼마든지〉 존재할 수 있지만, 아니 『스타워즈』 속 어느 행성처럼 괴상하게 생긴 외계인들이 엄청나게 득시글거린다고 〈분명히〉 말할 수 있지만, 그러나 고립된 지구처럼 제각기 무한의 거리에서 고독한 섬처럼 떨어져 존재하기 때문에 같은 곳에서 득시글거릴 수는 없습니다. 더욱이 지구에 쳐들어온다든가 하는 설정은 그야말로 미개인의 가십이 만들어낸 지구적 상상에 머물 뿐입니다. 1947년 미국 로스웰에서 추락한 비행접시 잔해와 외계인 사체를 미군이 수거했다는 이야기 등의 끈질긴 〈UFO 이야기〉나 미항공우주국 나사(NASA)가 일부러 외계인과의 만남을 발표하지 않고 있다, 또는 지금까지도 의심을 버리지 못하고 있는 〈달 착륙 조작설〉 등등은 그 자체로 〈합리적 의심〉이었지만, 그러나 〈상식적인 비전문가〉들의 의심일 뿐입니다. 세상 속에서 벌어지는 조작과 거짓, 혼돈과 착각 등에 기초하여 그야말로 합리적인 의심을 제기했지만 정교한 과학의 진실로서는 아니었습니다. 물론 저도 〈합리적 과학〉의 세상을 모르기 때문에 주장할 수는 없지만, 그러나 그런 조작들로는 달 착륙과 태양계 탐사가 보편과 당연으로 된 현대의 우주과학이 존재할 수 없다는 비합리에 빠지지요. 물론 우리들 지구에서 볼 때 아직 완벽히 해명되지 못한 부분들이 얼마든지 있을 수 있는데 그건 우리의 우주과학 수준이 아직 발전되지 못한 탓일 뿐, 지금의 우주는 우리가 무슨 의심을 하든 말든 그 자체로 〈합리적〉입니다. 우주는 지구, 아니 인간의 상상과 스토리로 존재하기에는 거리와 시간이라는 견고한 코어(core)로 수백억 년 이상 존재해왔습니다. 하루살이의 꿈보다 짧은 인류의 상상과 무지는 가장 비합리적입니다. '스티븐 스필버그' 감독이 번득이는 영상 감각으로 신비와 환상, 그리고 모험이 가득한 동화(童話)로 만들어낸 영화 『ET-The Extra Terrestrial』는 그 아름다운 영상과 순진무구한 동심이 어우러진 명작 중의 명작이라고 생각합니다만, 그러나 역시 사람들이 꾸며낸 상상, 아니 온전히 거짓으로 범벅된 〈잔혹동화〉일 뿐입니다. 인간의 상상력이 지구 타입의 이야기로 범벅하여 꾸며낸 거짓 이야기지요. 그 영화가 정말 사실이 되려면 〈몇십, 몇백억 년〉이 지난 뒤가 되어야 합니다. 예전 언뜻 들어봤던 〈가이아의 것은 가이아에게 돌려줘야 한다〉는 말이 문득 떠오르는데 고대 그리스의 모신(母神) 가이아(Gaea)를 인간의 상상으로 이야기할 수는 없다는 뜻인 것 같고, 그래서 우리들 상식적인 비전문가들에게 들려주는 이야기가 아닌가 싶군요.

아인슈타인의 상대성 이론으로 속도에 따라 시간이 느려진다는 지체(遲滯) 현상을 이야기하는 사람들이 있고, 그에 따라 우주여행과 전쟁 등의 이야기들이 무성한데 너무 성급하고 엄청나게 과장시키는군요. 그것도 태양계처럼 손가락 마디처럼 짧은 거리와 시간이라면 〈10만분의 1초〉 쯤 영향을 미칠 수 있겠지만, 우리 은하계 소용돌이 한쪽 팔에서 다른 쪽 팔까지 아주 가까운 수억 년에서도 혹시 시간이 늦게 가니까 찾아갈 수 있다고 생각할지 모르지만 워낙 멀어 만 년의 수명으로 산다고 하더라도 역시나 사라지고, 사라지고…. 자신의 생명을 수십, 수백만, 수억 년으로 확장하여 건너뛴다 하더라도 그래도 먼지로 흔적도 없이 사라질 뿐입니다. 그러니까 항성간, 은하간 우주여행은 여행 자체가 아닌 찰나의 꿈으로서 전혀 고려할 사안이 아니지요. 영화 〈스타트랙-Star Trek〉의 우주선 〈엔터프라이즈호〉에는 시간과 장소를 뛰어넘는 기계가 있던데 역시 상상일 뿐 신(神)도 그렇게 할 수 없습니다. 육체가, 세포가, 분자를, 아니 원자를 다시 원래 모습으로 환원시켜 다른 시공간으로 보낸다는 것은 신도 불가능합니다. 그 어떤 경우라도 〈거리〉는 〈시간〉이 감당할 수 없어 내팽개친 사생아에 불과할 따름입니다. 실제 우주 건너편에서 영화 속 슈퍼맨보다 몇천 배 더 뛰어난 능력을 지닌 〈초초초초초…울트라 슈퍼맨〉이 지구로 오는 상황이 사실이라고 해도 그는 물론 우주선에서 태어난 그의 아들의, 손자의, 손자의, 손자의… 들도 모두 바짝 마른 미라(mirra)가 되어 멸망한 그의 항성계를 조금도 벗어나지 못하고 그 자리에서 맴돌 뿐만 아니라, 또는 지구처럼 바로 곁에 있는 다른 위성계에 추락해 한줌 불꽃으로 사라졌을 뿐입니다. 극도로 발달한 외계 문명이 존재해서 《백만 년 전》 비행접시를 타고 지구로 쳐들어오려고 출발한 상황이 사실이라고 하더라도 지구에 도달하려면 아직 《몇백, 몇천억 년》이 지나야 하며, 그래서 그 문명 자체가 시간에 포박되어 원자들로 분해되어 《백만 년 전》에 벌써 사라져버렸지요. 또 다른 우주인들이 10억 년 전 계속해서 지구여행을 떠났더라도 모두 〈출발점 근처〉를 벗어나지도 못했을 뿐만 아니라 이미 《10억 년》 전에 소멸되어버렸습니다. 질량은 속도에 종속된 비극적 운명을 절대로 벗어날 수 없습니다. 외계인이나 UFO는 실제 한다 하더라도(앞에서 분명히 말했듯 저는 이 우주에 원시생명 뿐만 아니라 인간과 대등하거나 슈퍼맨 같은 우주인들이 놀랄 정도로 가득하다고 생각합니다. 우리 인류가 바로 그 〈우주인〉의 하나이며, 하등 생명에 비하면 엄청난 〈슈퍼맨〉임을 증명하고 있지요.) 〈우주인의 침략〉은 거품 속 찰나로 존재한 인간이 만들어낸 소설 속 상상력일 뿐입니다. 아니 우리 지구 자체도 몇억, 몇십억 년 후 다른 항성이나 은하들에 흡수되어 사라져버릴 확률이, 아니 분명히 그렇게 되지요. 그때쯤 지구가 존재한다 하더라도 인간은 현재의 인간과 완전히 달라진, 그야말로 상상 속의 〈우주인〉으로 진화되었을까요? 아니지요. 역시나 인간 자체도 태양계와 함께 몇억, 몇십억 년 후 우주에 흔적도 없이 이미 사라져버렸습니다. 생명의 진화보다 차라리 새로운 생명의 창조가 오히려 훨씬 간단한 일이거든요.

우주는 한없이 거대하지만 제각각의 별들은 깨알보다 작은, 순간이란 시간 속의 티끌에 다름 아닙니다. 우주는 절대 탈출할 수 없는, 신도 꼼짝 못하고 갇혀버린 〈감옥〉입니다. UFO 사진을 찍었다든가 외계인과 만났다는 등의 뉴스는 반대로 지구인의 미개성(未開性)를 증명하는 것과 다르지 않습니다. 물론 그 사진이나 뉴스들은 충분히 존중받아야겠지만, 그러나 역시 UFO와는 관련 없는 〈이상한〉 사진과 이야기일 뿐입니다. 기막히게도 어느 우주비행사마저도 지구 궤도에서 UFO를 봤다며 마치 영화처럼 신비한 현상을 이야기하더군요. 한때 한국인도 열광하며 봤던 TV 시리즈 『X-파일』은 그런 우주인에 대한 상상과 이해할 수 없는 신비한 현상들, 그리고 주인공 '멀더'와 '스컬리'가 엮어내는 흥미진진한 이야기로 충실한 팬 그룹이 만들어졌을 정도로 화제가 되기도 했지요. 하지만 제겐 대중에 영합한 정교한 스토리로 꾸며낸, 그러나 거짓으로 범벅된 이야기의 하나일 뿐입니다. 신비한 이야기로 구성하여 시청자들을 만족시키며, 마치 실제로 있을 수 있는 이야기처럼 꾸민. 그 뒤에서 은근히 미소 지으며 만족해하는 〈작가〉의 모습이 뚜렷이 떠오르는군요. 그래선지 작용반작용의 법칙대로 저 역시 그의 미소에 대해 무슨 영화 제목처럼 〈나는 비밀을 안다〉는 말을 그 작가에게 강력하게 들려주고 싶은 심술로 입속이 자꾸 들썩이는군요. 자신이 무슨 황당한 거짓 이야기를 했는지 깨닫지 못하고, 아니 일부러 꾸며서 세상에 영합한 미소를 말입니다. 아무튼 UFO 이야기가 사람들에게 얼마나 널리 받아들여지고 있는지를 알 수 있습니다만 그러나 만약 〈원자〉처럼 가까운 우리 태양계에 지구처럼 문명이 발달한 지성체가 존재한다면(화성인 등등) 가능하겠지만, 우리는 자신의 확증편집(분명한 UFO 사진)에 사로잡힌 미개한 원시인에 불과합니다. 천둥번개에 놀라 하늘에 제사 지내는 것과 다름없는. 어쩌면 일부 조작된 부분도 있는.

70여 년 전인 1938년 미국 CBS 라디오에서 엄청난 소리가 급박하게 들려왔습니다. 훈련이 아니라 실제 사건이라면서 "오늘 밤 조지아주의 농가에 착륙한 화성 침략군이 살인광선으로 도시를 파괴하고 있으며, 미 공군기들이 맥을 추지 못한 채 모조리 피격당하고, 사람들이 엄청나게 죽어간다"며 긴급 대피해달라는 절규에 가까운 뉴스가. 놀란 사람들이 급히 피난 간다고 도시는 아수라장이 되었고, 지구가 방금 멸망할 것처럼 공포에 떨었지요. 사실은 나중 천재적인 영화감독으로 불려지는 '오손 웰즈'가 라디오 방송국 프로듀스 시절 내보낸 한 프로그램을 실제 사건으로 오인한 소동이었습니다. 외계인은 있고, 언젠가는 지구로 쳐들어올 거라는 잠재된 공포를 이용한 해프닝이었지요. 뭐 『인디펜던스 데이-Independence Day』나 『화성 침공-Mars Attacks』, 『우주 전쟁-War of the Worlds』 같은 영화도 외계인이 지구인을 무차별 살육하는 황당한 내용으로 외계인에 대한 본능적인 공포를 담보로 한다는 점에서는 오손 웰즈의 화성인 침공과 똑같습니다만 모든 것은 지구를 중심으로 그저 우리들 머릿속에서 스파크 되는 원시적 상상을 현실처럼 꾸민 허상일 뿐이지요. 아니, 어쩌면 우리 인류가 우주인의 자격으로 다른 별의 미개인들을 공격하는 상상을 역설적으로 표현한 건지도. 대체로 대중 매체는 우리에게 사실을 알려주는 게 아니라 믿음을 강요하고 있을 뿐입니다.

그러나, 그러나… 무한 속에서 벌어지는 세상은 정말로 《神의 꿈》인지도 모릅니다. 우리는 존재가 아니라 신의 꿈속에서 현현하는 허상은 아닌지! 앞에서 〈막막〉과 〈먹먹〉이란 말을 했는데 현대 과학이 파악하고 있는 무한의 우주도 기껏 거품이란 허상에 불과하며 막막과 먹먹을 초월한 우주의 끝은 또 다른 대등한 거품으로 영속되고 있는지도. 예전 80년대 한동안 정기구독했던 「월간 과학」이란 책에서 〈프랙탈(fractal) 기하학〉이란 신묘한 수학 분야에 대해 해설한 글을 읽은 적이 있는데 거기에 컴퓨터로 구현해낸 〈망델브로(Mandelbrot) 집합도형〉에서 드러난 도형을 보면 선인장처럼 그 테두리에 본래 모양과 똑같은 작은 도형들이 돋아나고, 그 작은 도형을 또 계속 확대해보면 축소 카피한 것처럼 처음 도형과 모양이 똑같은 작은 도형이 테두리에 되풀이해서 계속 나타나더군요. 자기상사성(自己相似性)이란 성질이라고 하는데 컴퓨터 그래픽으로 표현된 환상적인 도형의 신비는 우주 속에 또 다른 아기 우주가 무한 계속된다는 의미를 나타내는 것 같았습니다. 그런 의미로 볼 때 앞에 거론한 『화성 침공』보다 더욱 형편없는, 역사상 최악(?最惡)의 영화임이 분명한 『맨 인 블랙-Men in Black』이 뜻밖에 그런 우주의 보편성, 대등성, 상사성을 드러내고 있는 게 아닌가 싶은 생각도 들더군요. 그저 만화적 스토리의 확장으로 간편하게 차용한 상상이었지만 말입니다. 그 영화 속 우주는 고양이 〈딸랑이 방울〉 속에도, 마트의 〈물품 보관소〉 속에도 존재했습니다. 그 엄청난 은하가 방울 속에서 운행되고 있었으며, 물품 보관소 안에서도 갖가지 우주인들의 세상이 펼쳐져 있었지요. 우주는 보편이며 방울처럼 우리들 미시의 세상 속에서도 무한히 존재한다는 〈다층우주론〉은 놀라우면서도 일견 아주 간편한 생각이었습니다. 우리가 속한 무한의 거리와 무한의 시간 속에 운행되는 우주는 또 다른 차원의 대(大)우주 속 지구 같은 세상에서 누군가 기침하며 뱉어낸 〈침 속 분자 속에 들어있는 우주〉일지도. 아니 제 피부 세포 하나하나 속에는 우리처럼 또 다른 〈우주〉들이 가득 운행되고 있고, 또 다른 세상의 〈나〉가 존재하는지도. 아니아니, 그래서 아주 짧은 순간 수명을 다한 제 세포 껍질이 지금 〈3초〉 동안 피부에서 떨어져나가고 있는 중에도 그 껍질 속 3초간에 지구와 태양, 또는 북두칠성 같은 망델브로 우주가 만들어져 〈백억 년〉 동안 운행되고 있었는지도. 그 껍질 속에서 '조지 루카스'의 『스타 워즈-Star Wars』가 왁자하게 펼쳐지고 있는지도. 무한소(無限小) 속에 그렇게 무한대(無限大)가 영원한 굴레로 되풀이되고 있는지도. …정말로 호킹의 말처럼 우주는 호두 껍질에 불과한지도.

그러나 그럼에도 불구하고 그 절대성을 깨뜨리기 위해 사람들은 끊임없는 노력을 계속해왔습니다. 〈시간의 원형〉을 보려는 인간의 어리석음은 신이 혼자 있기 무료해서 심심파적으로, 아니 우리 인간을 희롱하기 위해 일부러 마련해둔 한갓 장난일지라도.

원시인들은 하늘의 천둥과 번개가 공포스러웠을 겁니다. 동굴 안에서 벌벌 떨며, 때로는 제물을 바치며 제사를 지내는. 하물며 하늘의 별은 언감생심이었습니다.

탈(脫) 시간의 욕망은 고대인들이 별을 보며 별자리와 전설, 그리고 점

성술을 발전시키기도 했습니다. 철학과 기하학의 아버지로 불리는 '탈레스'는 별을 관찰하다 우물에 빠졌다고 하고, BC 3세기 신들이 세상을 지배하던 아득한 희랍 시절 이오니아 사람인 '아리스타르코스'라는 사람은 놀랍게도 지구가 우주의 중심이 아니라 다른 행성들과 같이 태양 주위를 돈다는 〈지동설〉을 설파했다고 합니다. 아니, 거기서 더 나아가 하늘에 무수하게 반짝이는 별들은 달과 화성 등을 제외하곤 모두 태양과 같은 불덩이(항성)이며 그 거리도 측정할 수 있다는 놀라운 예측을 했지요. 19세기가 되어서야 현대적 의미의 천문학이 발전하면서 비로소 비근한 거리 측정을 하기 시작한 걸 보면 그가 얼마나 시대를 초월한 사람인가를 확인할 수 있습니다. 〈번개처럼 갑자기 세상에 툭 나타난〉, 그야말로 신에 도전한 고대의 파이오니어가 아닐 수 없습니다.

중세의 암흑 속에서도 그런 개척자들은 우주의 불빛을 훤히 밝혔습니다. 현대 천문학의 창시자로 불리는 '코페르니쿠스'는 '프톨레마이오스' 이래 굳게 믿어져온 〈지구중심설〉을 깨뜨리고 〈태양중심설〉을 주창하며 흔히 말하는 〈코페르니쿠스적 전환〉을 이끌어냈지요. 그러나 그도 사실은 아리스타르코스보다 무려 2천 년 가까이 지나서 지동설을 〈부활시켜 확인한 것〉에 다름없었군요. 아니, 코페르니쿠스보다 100년 전에 독일의 '니콜라우스'라는 사람도 지동설을 주장했다는 기록이 있는 걸 보면 코페르니쿠스가 살았던 시대 자체가 〈중세의 억압과 미망〉에 갇혀있었던 셈입니다. '갈릴레오'는 법정에서 지동설을 철회하라는 판결을 받고 나오며 〈그래도 지구는 돈다〉라는 유명한 말을 남겼다고 하는데 그렇게 억압과 미망의 시대는 저물어갔습니다. '케플러'는 세 가지 법칙으로 행성의 운동 법칙을 밝혀냈습니다. 물론 '제논'이나 '아리스토텔레스', '아우구스티누스'와 후대 현상학의 아버지 '후설'이나 '데카르트', '칸트' 같은 철학자들도 우주와 시간이란 괴물 같은 주제들을 다루기도 했다고 합니다.

아인슈타인이 『특수상대성이론』을 발표했을 때 사람들은 과거의 시간을 찾아 여행할 수 있다는 희망을 한때 가지기도 했습니다. 그러나 앞에서 말했듯 질량을 가진 우주선이 빛의 속도로 움직일 수는 없지요. 만약 우주의 법칙을 무시하고 빛보다 좀 더 빠른 속도의 우주선이 있어 특정 장소, 특정 순간의 빛과 평행하여 달리거나 조금씩 더 빨리 달린다면 단순하게 말해 거꾸로 가는 과거와 만날 수 있겠지만(청년에서 소년으로) 그 훨씬 전에 우주선 자체가 아예 빛으로 소멸하여 질량이 무(無)로 되어버리니까(쉽게 말해 우주선이 녹아 산소나 수소 등의 원소로 분해되어 없어져버린다는 이야기지요) 과거를 만날 수는 없습니다. 과거는 나와 이별하는 순간 영원의 허공으로 함몰되어버릴 뿐입니다. 우리는 모두 자신을 과거로 밀어내는 (과학적으로는) 엄청난 요술을 아무렇지도 않게 자행하고 있습니다만, 그래서 인간의 기술로도 뒷받침되지 못하는 이론과 상상은 다만 희망에 불과할 뿐입니다. 실제적으로 우주개발 초기에서부터 〈다이달로스〉 계획이니 〈오리온〉, 〈램제트〉, 〈아폴로〉 계획 같은 초기 지구 주변 프로젝트들은 과학 기술의 발전과 함께 대개는 성공의 과정을 거쳤지만 태양계를 벗어난 항성과 은하들 세상을 이야기할 땐 완전히 상상에서 머물고 있습니다.

1977년 유명한 행성천문학자 '칼 세이건-Carl Sagan'이 행성간 탐사의 개념으로 제안하여 발사된 보이저(Voyager)호는 오늘날까지 우주 탐험의 아이콘처럼 널리 알려져 〈우주의 척후병〉이란 영광스런 별칭으로 불리고 있습니다. 아폴로 계획처럼 달에 국한된 수준이 아니라 본격적으로 태양계를 탐험하기 위해 시작된. 총알 속도의 17배인 시속 6만 5천㎞라는 지구 역사상 가장 빠른, 엄청난 속도로 우주를 날아 명왕성을 지났지만, 그러나 역시 40년이 가까운 아직까지 탁구공, 아니 구슬만한 태양계를 벗어나지 못하고 있습니다. 빛이라고요? 그야 지금 지구를 출발하여 5시간 남짓이면 40년 먼저 날아간 보이저를 따라잡을 수 있지요. 빛의 속도가 놀랍다고요? 천만에! 좀 전에 말했듯 빛도 우주에서는 느림뱅이 거북 취급을 받고 있습니다. 엄청난 빠르기를 표현하기 위해 〈광년-光年〉이란 속도 개념을 도입했는데 그 빛으로도 〈몇 · 백 · 억 · 년〉을 가도 도달하지 못하는 별이나 은하가 부지기수거든요. 어쩌면 〈느림뱅이〉 빛 때문에 우주가 지금처럼 운행되고 있는지도. 뭐 그래선지 지금은 광년 대신 〈파섹-parsec〉이란 단위를 사용한다는 이야기도 들려오더군요. 3.3광년을 1파섹이라고 한다던데 빛으로 3년 4개월 가야 1파섹이 되니까 어마무시한 속도처럼 들리는데 몇백억 년의 우주에서는 역시 그게 그거나 마찬가지군요. 아마도 실용계산을 위해 도입된 단위인 것 같습니다만.

아무튼 인간의 상상력은 실제와 비교하면 얼마나 과장되었는지를 여실히 느낄 수 있습니다. 보이저호는 곧 태양계 행성 탐사를 마친 후 태양계의 경계면을 벗어나 성간우주(interstellar space)로 날아간다고 합니다. 거기에 금으로 입혀진 〈지구의 소리〉라 이름 붙인 골든 디스크가 동체에 부착되어 있다고 하더군요. 디스크에는 '베토벤'의 5번 『운명교향곡』 제1악장 제1테마의 그 유명한 〈따따따 딴~〉하는 4음 동기 소리를 비롯하여 달과 지구, 목성 등의 태양계와 인간의 몸에 대한 정보, 그리고 '루이 암스트롱', '바흐'등 음악가와 혹등고래가 내뿜는 소리, 인간의 몸에 대한 정보 등등을 실은 사진, "안녕하세요"라는 한국어 인사말도 들어있다고 합니다. 모두 외계 생명체에게 발견되기를 바라는 지구의 메시지입니다만 모두 다 꿈같은 이야기와 다르지 않습니다. 우리 태양계에 인간 같은 우주인이 존재한다면 가능하겠지만 그야말로 허황된. 태양계를 지나 보이저의 원자력 전원마저 소멸되면 그저 우주의 빈 공간을 흘러가다 최소한 몇천만, 억 년 지나 강력한 인력을 띠는 어느 별에 추락해 사라지는. 어쩌면 외계인에게 발견될 수 있겠지만 그때는 까마득히 멀어진 우리와는 이미 아무 관련도 없어진. 아니, 보이저 자체가 〈벌써〉 원자들로 분해되어 사라져버린. 〈세티-SETI〉라고 은하계에서 오는 외계인의 문명적 신호를 찾아보려는 계획도 아직까지는 하릴없이 세월만 흘러가고 있을 뿐입니다. 솔직히 말해볼까요? 그렇습니다. 〈영원히〉 신호를 포착할 수 없습니다. 실제 가까운 은하에서 누군가가 신호를 보냈다 하더라도 느림뱅이 빛, 또는 전파 때문에 아마 몇백만, 천만년 지나면 포착할 수도 있겠지만 그때는 이미 지구, 아니 태양계 자체도 흩어지는 좁쌀처럼 수천억 개 이상의 태양들 사이 우주 어딘가로 사라져버렸을 게 틀림없을. 하물며 인간이란 그저 먼지처럼…! 아이들 장난 같은 상상력을 혹시나 싶어 실제처럼 과장한, 아니, 착각한! 하긴 미래를 예단한다는 건 논리적이지 않다고 생각되는데 그런 상상력으로라도 가능태(可能態)에서 현실태(現實態)로 실현될 꿈을 간직하고 건설할 수밖에 없습니다만, 그러나 0.000000…%로도 가능성 없는 마뜩잖은 거짓말임을 알면서도 손을 놓아버릴 수는 없는. 오늘날 〈웜홀〉, 〈암흑물질〉, 〈공간 이동〉을 통한 우주여행의 가능성, 또는 빛보다 빠르다는 가설상의 초광속(超光速) 소립자 〈타키온〉의 발견이란 호들갑들도 결국 과학을 빙자한 허망한 희망, 아니 원시적 주술에 다르지 않습니다. 그 주술은 SF적인 상상력으로 발휘되어 앞에 언급한 『이티-(ET)』와, 『2001년 스페이스 오딧세이-2001 A Space Odyssey』, 『미지와의 조우-Close Encounters Of The Third Kind』 같은 얌전한 우주영화에서부터 『V』, 『스타트랙』 같은 드라마를 거쳐 『혹성탈출-Planet of the apes』, 『에일리언』, 『스타워즈』, 『우주전쟁』 등 우울한 미래의 모습을 오히려 화려한 영상으로 표현한 영화로까지 발전되어 사람들의 지대한 관심을 끌었습니다. 근래 『아바타』 같은 영화는 컴퓨터그래픽의 발전으로 원색의 생생한 리얼리티를 눈앞으로 가져와 엄청나게 확장되는 상상력을 대신 달래주고 있지요. 하지만….

모든 것은 인류의 머릿속에서 스파크 되는 환상, 아니 뻔뻔한 거짓, 사기일 뿐입니다. UFO도, E·T도, 우주전쟁도…. 인간이 상상하는 그런 것들은 그저 상상일 뿐 〈실재〉가 되려면 아직 몇억 년이 지나야 하며, 그건 인간의 시간으로는 그야말로 불경하기 짝이 없는 일이군요. 차가운 우주는 생명이, 아니 티끌보다 못한 지구 따위가 감히…, 절대로…, 영원히… 초월할 수 없는 영역입니다. 그저 무한에 대한 경외(敬畏)만으로! 〈시간은 사물을 먹어버린다〉 는 말이 문득 떠오르는데 세상, 아니 무(無) 자체도 그저 시간 속에 아득히 함몰될 뿐! 우리는 지금 〈수백억 년〉 전의 빅뱅으로부터 시작된 우주력으로 겨우 0.000000…초에서 그저 있거나 말거나!

그러나…, 제 몸에는 남들처럼 몇 가지 흉터 같은 것들이 있습니다. 전에 언젠가 이야기했는데 등대 근처 도꾸라미라는 바위에서 다이빙하다 날카로운 암초에 배를 찔려 피와 함께 시커먼 창자가 쏟아져 나와 동네 병원에서 양철 조각으로 배를 기워 생긴 자국처럼 어느 순간 물리적으로 피부에 가해진 흔적들입니다. 〈시간의 흉터〉지요. 그 흉터는 제가 살아있는 한 그대로 있을 것이고, 그 원인이 되는 시간도 심상 속에 존재합니다. 아니, 제가 죽어 사라져도 억겁부터 현재까지 이어지는 〈시간의 띠〉 어딘가에 제 삶의 모습이 분명 새겨져 있을 겁니다. 비록 찰나의 순간으로 찾을 수는 없지만 뚜렷한 흉터처럼.

남산동 영락원에 가면 제 어머니의 유골이 있습니다. 좁은 봉안당에 고운 가루로 곱게 모셔져 있지요. 한때 자주 찾았는데 흐릿해지는 시간의 방해로 어느덧 가끔 생각으로 대신하곤 하지만.

흉터나 유골은 억겁처럼, 오로라처럼 펼쳐지는 시간의 파노라마 그 어느 띠에선가 그 일이 발생했다는 사실을 말해줍니다. 다시 말하면 시간은 흔적을 남기고 제 몸에, 어머니의 유골에 갇혀있는 걸 뜻합니다. 결국엔 시간의 파괴력이 저를 절대 무화(無化)의 심연으로 가라앉히겠지만 현재는 분명 제가 그 시간을 〈함께〉하고, 그래서 마음대로 〈행동〉, 〈생각〉하고, 심지어 〈희롱〉할 수도 있습니다. 시간은 그래도 부처님처럼 인자한 얼굴로 굽어보겠지만 시간의 노리개였던 개인이 오히려….

파도처럼 밀려왔다 또 밀려가는 일상-, 어제가 그제가 되고, 오늘이 다음 달 오늘이 되는 세월이 쉬지 않고 우리와 함께 흐르는군요. 〈신선놀음에 도끼자루 썩는 줄 모른다〉는 속담은 그래서 만들어진 것 같습니다. 젊은 날은 다른 많은 것들에 관심을 주고, 그것과 가깝게 지내며 열정과 고뇌와 아픔과 희망에 휩쓸리며 대개 시간의 마법을 잘 이해하지 못하지만 나이가 들면서 겹눈처럼 보이지 않던 커다란 시야가 길러지고, 인생의 법칙 같은 것들이 머릿속에 사용설명서처럼 들어앉아 객관으로 돌아볼 수 있게 됩니다. 그러나 곧 끝없는 무의 함정 속으로 빨려들어 가지요. 모든 것은 환영처럼 사라져버립니다.

그러나 사람은 제각각 흉터처럼 가두어둔 시간들이 있습니다. 첫사랑의 환희와 절망도, 성공과 실패의 시소도, 꿈과 환상의 젊음도…. 비록 원자보다도 더더욱 보잘것없는 시간의 〈찰나〉겠지만.

다음에는 환영처럼 그렇게 흘러가버린 사람들이 시간의 미망 속에서 제각각 그려왔던 삶의 모습과 그 흉터들을 되살려보고 싶군요. 찰나 속의 삶을 사는 인간의 보잘것없는 존재성을, 그러나 그래서 더욱 사람들이 엮어내는 운명이 애수(哀愁)란 이름의 안타까운 회한으로 가슴을 뒤흔드는, 그리하여 시간 속 돛단배처럼 흘러가는 인간에 대한 안타까운 헌화(獻花)와 경배를!

※ 이번 주는 2001년 현재 서울대학교 철학과 교수를 역임하고 명예교수로 있는 '소광희(蘇光熙)' 선생이 문예출판사에서 펴낸 「시간의 철학적 성찰」에서 몇 가지 좋은 내용들을 인용할 수 있어 글의 짜임을 제대로 꾸밀 수 있었습니다. 예전에 어디선가 비슷한 글들을 읽고 고이 기억에 새겨놓았지만 긴가민가했는데 이 책에서 정확히 확인할 수 있어 얼마나 기뻤던지. 앞으로 그 책을 완독하여 '칸트'나 '헤겔', '베르그송', '하이데거' 등 선철들의 철학적 시간론의 의미와 표상, 그리고 변증법 등을 '아인슈타인'이나 '스티븐 호킹' 등 과학자들의 시간론과 비교하며 좀 더 내재화해야겠습니다. 하지만…. 제게 시간이 많이 남아있지 않다는 자각, 그리고 재질과 열정의 부족, 소모되는 생리적 퇴화로 인한 부담과 두려움은 어쩔 수 없군요. 고백하자면 시간에 대해 좀 더 정교한 시선, 철학적인 정신의 확산을 얻기 위해 진작 구입해뒀던 한길사 간행 '후설'의 『시간의식』도 볼 때마다 그는 물론 제자인 '하이데거'까지도 정확히 포착해야지 하는 마음만 앞설 뿐 쉽게 다가오지 않는 생경한 언어들에 막혀 여태 처음 몇 페이지 근처에서 헤매며 읽을 엄두를 내지 못하고 있는…. 더 이상 그 언어들을 제 속에 받아들일 틈이 없는 것 같아 마음이 아픕니다. 찰나의 꿈처럼 존재하는 인생이 우주와 삶의 전면을 조망한다는 것 자체가 모순인 것 같은, 겨우 기미만, 그것도 포즈로서.

안타까운 존재의 멸망과 허망은!

제(35)주 학습지도 계획안

(2012년 11월 19일 ~ 11월 23일) 4학년 2반

구름보다 빨리 사라지는 사람들

- 저는 작년까지 9인제 생활체육 배구계에 몸담고 있어서 그쪽 관련 소식들을 꽤 잘 알고 있다고 생각합니다. 배구 경기도 자주 보고 있지요. 그런데 방송에서 〈몰빵배구〉라고 이야기들 하는데 기막히게도 저는 한동안 〈물빵배구〉로 잘못 알고 있었습니다. 워낙 새로운 말들이 함부로 만들어져서 몰아친다는 뜻의 〈沒放〉을 의미론적으로 보지 않고 쉽게 귀에 들어오는 대로 가볍게 스쳐 지나듯 각인한 탓인가 합니다. 몰빵 보다 물빵이 발음상 자연스럽지만 이 경우는 제 섬세함이 부족한.

지난 33주차 주안에서 〈**꼭지점** 댄스〉를 〈**세모꼴** 댄스〉라고 잘못 말했군요. 그 춤은 채널을 돌리며 본 기억이 있어 세모라는 동작과 연결 지어 각인한 것 같습니다. 그래도 〈꼭지점 댄스〉라는 시대의 유행어에 대응되는 〈세모꼴 댄스〉라는 새로운 유의어를 만들어낸 것에 스스로가 대견하다는 생각이 들어 씁쓸하기도 하군요. 이만하면 나도 당당한 현대인의 속성을….

그런데 그때 '싸이'의 「강남스타일」에 대해 이야기하며 그 춤도 〈막춤〉이라고 했는데 알고 보니 〈**말춤**〉이라는 걸 이번에 문득 깨달았습니다. 그러고 보니 말을 모는 동작 같기도 하군요. 〈몰빵〉을 〈물빵〉으로 기억한 경

우와 비슷한 상황인 것 같은데 그보다는 제 눈엔 그냥 〈막〉 추는 것으로 봐서 그렇게 기억한 것 같습니다. 현대인의 말뜻을 재빨리 알아채지 못하는 제 특성 탓이겠지만 그래도 이 경우엔 어째 하나도 부끄럽진 않군요. 이래저래 제겐 아무 뜻도 없는 그야말로 막춤이니까요.

저는 텔레비전을 자주는 아니지만 그래도 조금씩은 봅니다. 신문이나 책 등은 제가 특별히 선택해서 읽어야 하고, 그만큼 마음의 준비와 긴장과 다양한 의미의 판단들을 해야 하지요. 그러나 텔레비전 화면은 그런 준비를 할 필요가 전혀 없습니다. 오히려 머리가 텅 빌수록 좋지요. 그림과 소리들이 제멋대로 눈과 귀에 꽂혔다 뒤통수로 쏙쏙 빠져나갑니다. 저는 스쳐 지나는 회로처럼 그냥 통과시키기만 하면 됩니다. 글자는 심상에 다양한 모습과 그 사이를 떠도는 의미와 상징의 모습들로 두런두런 간섭하며 고문처럼 부침하지만, 화면과 소리는 통과만 하니까 아무런 부담이 없습니다. 어디선가 들은 것 같은데 텔레비전 시청은 〈인간이 깨어나서 하는 가장 정지된 행동〉이라고 하더군요. 그야말로 저는 안테나처럼 그림과 소리가 물처럼 흘러가도록 자동화시켜 놓을 뿐입니다.

대개 그렇게 멋대로 흘려보내거나 멍한 상태로 보지만 그렇다고 아무 프로나 함부로 보진 않습니다. 주로 뉴스를 시청하고, 교육방송의 특집 같은 것도 잘 봅니다. 〈내셔널 지오그래픽〉, 〈사이언스〉, 〈BBC〉 등에서 볼 수 있는 교양과 다큐, 「동물의 왕국」 같은 가벼운 재미와 자연의 모습을 보여주는 프로그램, 「세상에 이런 일이」나 「인간만세」, 「오지」 등등 삶의 기미들을 되새겨볼 수 있는 차분한 기획물, 「한국의 美」, 「러시아 동구의 문학과 예술」, 「12人의 작곡가」, 「차마고도」, 「팝스의 고향」, 『실크로드-Silk Road』, 『코스모스-Cosmos』, 『지구대기행』, 『우주의 신비』 등등 삶과 자연의 다양한 모습으로 인간의 보편적 가치나 깊숙한 예지를 일깨워주는 프로들이지요.(물론 이런 프로들도 모두 긍정으로만 볼 수 없는, 고약한 자본주의의 끼워팔기식 습성들이 있습니다. 시간이 나면 그런 면들도 이야기하고 싶습니다만) 또는 한때 저와 관련 맺었던 운동-, 테니스와 배구, 마라톤 대회 등도 가끔 봅니다. 대한민국 국민 모두가 열광한다는 야구는 젊은 시절까지는 봤는데 40대 무렵부터 발길을 돌려버렸다고 했지요. (야구가 스스로의 순결을 버리고 엔터테인먼트처럼 두툼하게 변해버린 것 같다는 그 심리적 기저를 말씀드린 것 같은데….) 축구도 비슷하지만 이젠 국제대회나 조금 볼까, 예능이나 드라마, 개그, 가요, 퀴즈 등등은 아예 쳐다보지도 않는다고 이미 말씀드렸지요. 돈 준다고 해도 어마, 뜨거라며 단번에 채널을 돌려버릴. 이념과 한 시대적 가치, 또는 퇴폐와 억지, 가볍게 스치는 감각적인, 유행적인 이미지들로 떡칠한 현대의 대다수 프로그램들도. 어쩌다 순간적으로 마주치는 화면이 전부입니다. 가족이나 누구와 함께 있으면, 그리고 때에 따라 특별히 봐야 할 필요가 있을 경우 가끔 보기도 합니다만. 그런 프로들은 돈을 줄 테니 보라고 해도 보지 않습니다. 쳐다보면 엄청난 자본과 시간, 그리고 에너지를 쏟아부어 제작했을 텐데 과연 그럴 가치가 있는지, 아니 시간과 견고한 정신을 잡아먹고 바보로 만드는 역설을 어떻게 견뎌내야 하는지 한두 시간이 여간 고역이 아닙니다. (그런데 새삼 생각해보니 놀랍게도 지난 5~6년 TV 방송을 제대로 시청한 기억이 없군요. 구석에서 먼지를 뒤집어쓴 TV가 무척 낯설기도. 혼자 사는 생활적인 문제도 있었고, 한번 흥미를 잃으니 집이 아니라 가게나 터미널 등에서 스치듯 눈에 들어온 화면이 전붑니다. 아마 하루 TV를 본 시간으로 따진다면 10분 안팎이나 될까요? 제 나이쯤 되면 그 어떤 화려와 물량과 과시와 약동과 제조된 뻔한 감동들이 아무런 의미도 없다는 것을 잘 알게 되지요. 과연 지금 어떤 프로그램들이 있는지 이 글을 쓰며 제목이나마 알게 된 몇 개 프로를 빼면 도대체 감이 잡히지 않습니다. 한땐 제법 고전영화나 앞서 열거한 멋진 다큐 등등을 녹화한다고 열정에 들떴던 때도 있었는데 말입니다. 아마도 대부분 쓰레기 프로그램들이 뻔뻔한 얼굴에 빨간 루즈를 요염하게 칠하고는 사람들을 유혹하고 있는 건 아닌지.)

어쨌든 굉장히 까다롭고, 또 꼰대답게 무척 고답적이지요? 누누이 말씀드린 대로 대중문화에 대한 적의로 스스로를 그렇게 단속하는 이유가 있습니다만, 그러나 좀 더 엄밀하게 말하면 저번 주 말씀드린 것처럼 거역할 수 없는 시간의 절대성에 갇힌 인간이 〈속절없이 패배할 수밖에 없는 근원적인 허무〉 때문이라는 게 더욱 정확할 것 같습니다. 자신이 시간이라는 양철지붕 위에서 고통스럽게 몰락해가는 허무한 고양이 신센 줄 모르고 무조건적인 향유와 과시와 포즈와 만끽에….

저희 교실에는 꽤 많은 화분들과 함께 햄스터와 물고기 등이 살고 있습니다. 예전부터 작물 등과 함께 냇가에서 잡아온 송사리나 가재, 새우, 다슬기와 우렁이 등등을 길렀는데 작년 이 학교로 전근 와서 실과 전담을 하며 아이들에게 사육과 재배의 모습을 보여주기 위해 학교를 뒤져 창고 속 먼지를 뒤집어쓴 어항을 찾아 다시 기르기 시작했지요. 3년 전 시골 학교 시절의 어항보다 좀 더 크고 스테인리스로 테두리를 조립하였기 때문에 아주 단단하여 금붕어는 물론 변두리 계곡에서 채취한 생물들을 많이 기를 수 있어 횡재했다는 생각이 들 정도로. 저로서는 재배나 청소 등등 여러모로 신경 쓰이지만 작은 학교여선지 1학년은 물론 6학년 아이들까지 자기 반처럼 수시로 찾아와 쳐다보며 종알거리는 모습이 참 보기 좋습니다. 덕분에 여름방학에도 자주 출근하여 돌보고, 제가 오지 못할 땐 돌봄반 아이들이 돌봐줬지만.

그런데 햄스터의 눈은 우리들과 많이 다르다고 하더군요. 원숭이는 사람처럼 원근, 입체, 색깔까지 볼 수 있지만, 개와 고양이는 흑백으로만 보고 쥐는 윤곽, 원근, 입체감도 뚜렷하지 않다고 합니다. 햄스터는 집 위에서 내려다보는 거대한 저를 잘 인식하지 못하는 것 같습니다. 3차원에서 내려다보는 저를 소리로만 이해하지 당장 눈앞의 명확한 모습으로는 아닌 것 같더군요. 제가 손으로 만지면 아마 햄스터는 하늘에서 갑자기 툭 나타난 거대한 문어발 같은 물체가 자기를 밀어낸다고 당황할 게 틀림없을 것 같습니다. 마치 우리가 4차원의 세계를 모르듯 쥐는 자기 키만큼의 2차원 평면에 머문다고 할 수 있겠군요.

젊을 때는 약동하는 에너지가 넘쳐 시간을 가볍게 보게 됩니다. 시간이 가지는 무심과 파괴력은 그저 먼 나라의 이야기일 뿐 젊음에 아무런 흔적도 남기지 않지요. 부모 형제의 죽음이라든가, 주름진 얼굴로 지팡이를 들고 병원 벤치에 앉아 멍하니 지나가는 사람들을 쳐다보는 노인…, 그럴 때 시간이 행사하는 본질적인 폭력성을 얼핏 느끼기도 하지만 눈 앞에 펼쳐진 흥미진진한 삶의 화려함 속으로 또 순식간에 빠져듭니다. 접안렌즈와 대물렌즈가 알맞게 조합되어야 미세한 세균과 까마득히 떨어진 달을 살펴볼 수 있듯 다양한 시간들이 겹쳐져야 그 간극에 새겨지는 인생의 의미도 선명하게 드러납니다. 그냥 젊음의 한 줄기 시선만으로는 수수께끼 같은 사람들의 삶과 운명, 가치와 존재, 현상과 행동의 이면들을 입체적으로 이해하기 어렵습니다. 햄스터처럼 2차원 평면 속에 갇힌 정신으로 존재하는 젊음은 눈앞에 보이는 '現實'만이 삶의 전부이고 가치 있는 세상이며, 그리고 모든 생각과 판단의 절대기준을 현실이란 잣대로 대입합니다.

젊음의 특권은 얼마든지 찬양받아 마땅합니다. 원대한 꿈은 아름답기 그지없고, 싱그런 미소를 띠면 보는 사람이 행복해집니다. 탄력 있는 탄탄한 몸은 볼수록 황홀하고, 그 움직임은 행복에 충만하며, 오뚝이 같은 도전정신은 그저 부러울 뿐입니다. 거기에… 만약 삶을 이해하려는 시선을 가질 수 있다면 신의 혜안(慧眼)도 부럽지 않을 겁니다.

《그 눈으로 부모가 굵은 주름이 가득한 보잘것없는 늙은 사람으로서가 아니라 자기가 지금 보는 드라마처럼 한때 〈현실〉의 주인공으로 화려한 사랑의 역사를 펼치던 젊음의 주인공으로 존재했음을, 무료 급식소에서 허름한 모습으로 허겁지겁 밥을 먹는 꾀죄죄한 할머니가 그 옛날 대중의 선망 속 화려한 무대에서 사뿐사뿐 춤을 추던 프리마돈나였음을…. 아니, 공사장에서 모래 질통을 메고 시멘트 먼지가 휘날리는 고층을 오르내리며 땀 범벅된 아주머니에게는 얼마 전 행정고시에 합격한 잘 생긴 아들이 있고, 술 한 잔에 고기 한 근을 사들고 흥얼거리며 걸어가는 작업복 차림의 아저씨 머릿속에는 백 점 맞은 딸아이에게 줄 선물을 고르며 세상에서 가장 행복해하는 사람임을 읽을 수 있다면…. 까마득한 옛날 「학도가(學徒歌)」를 부르며 비감과 열정으로 독립의 의지를 다지던 조선 청년의 울분이 남대문역(서울역)에 메아리쳤음을, 〈북만(北滿)의 눈보라와 남항(南港)의 동백꽃〉을 벗 삼아 오늘은 북간도로, 내일은 전라도로 떠돌던 막간 가수와 배우들의 신산(辛酸)스런 삶을 알아차린다면…, 그래서 현재 자신이 마음 놓고 실컷 즐기는 현실에 사실은 다른 그림들이 마법처럼 알알이 박혀있으며, 또한 그렇게 사라진 옛날 시간의 파노라마 속에 촘촘히 박혀 외롭게 스러진 타인들의 그림자처럼 곧 그렇게 자신도 보잘것없는 그림들 중 하나로 무화(無化)되어야 하는 섭리를 겸허히 받아들인다면 그야말로 시대를 초월한 현자(賢者)가 될 것입니다.》

햄스터처럼 자신의 차원으로만 보고, 느끼고, 즐기는 에고(ego)의 맹목을 걷어내고 시간의 마법과 그 속에 갇힌 인간의 운명-, 웃음과, 눈물과, 애처로움과, 행복과, 탄생과, 죽음을 함께 할 수 있어야 시간의 폭력을 이겨낼 수 있을 겁니다.

영화 『백 투 더 퓨처-Back to the Future』나 『박물관이 살아있다-Night at the Museum』, 『흐르는 강물처럼-A River Runs Through

It』, 『벤자민 버튼의 시간은 거꾸로 간다-The Curious Case of Benjamin Button』 같은 영화들은 물론 『이상한 나라의 앨리스-Alice in Wonderland』, 『모모-Momo』 같은 동화들은 시간이 현재만으로 이루어진 것이 아니라는 요술을 새삼 펼쳐주지요. 과거와 현재, 미래가 뒤섞여 구분할 수 없을 정도로 시간을 역전시킵니다. 〈박물관이 살아있다〉에서 비행기를 타고 최초로 대서양을 횡단한 여성 파일럿인 '아멜리아 에어하트(Amelia Earhart)'가 단지 역사 속의 이름으로서가 아니라 당대 세계 최고의 화제를 몰고 다니던 화려한 존재로 되살아납니다. 엇나간 시간대의 태평양 밑바닥에 가라앉아 가물가물한 이름만으로 숨죽이고 있다가 지금 당장의 현실과 연결된, 아니 더욱 생생하게 피가 통하는 탄탄한 젊은 육체로 〈나 지금 여기 있소〉라고 강하게 어필하고 있지요. 과거는 더 이상 과거가 아닌 현재성으로 얼마든지 변신 될 수 있다며. 그런 비밀도 모르고 마치 세상이 자기가 살고 있는 현실만으로 이루어져 있고, 그래서 행복한 현실을 무한 폭식하는 젊음들에게 시간은 좀 더 진지한 성찰이 필요함을 가르쳐주고 있습니다.

그런 영화들 중 특히 『시네마 천국-Cinema Paradiso』은 시간의 수수께끼를 극명하게 돌아보게 하는 신호들이 가득한 영화라고 할 수 있겠군요. 마을 사람들 마음의 안식처 같은 역할을 하던 하나뿐인 극장 〈시네마 파라디소〉가 새로운 시대를 맞아 무참하게 헐릴 때 오랜 세월 극장을 사랑했던 동네 사람들은 시간의 마법에 휩쓸려 떠내려가는 자신의 청춘과 인생에 대한 이별 때문에 울먹였습니다. 추억도, 젊음도, 환희와 수고도 모두 허무하게 무너지는 건물처럼. 마지막 시간의 여정을 찾아 귀향하는 주인공에게 영사기사가 남겨둔, 흑백의 수많은 〈키스 씬〉은 마치 아름다운 추억을, 그러나 사라진 배우들의 잔영으로 더욱 서글픈 추억들을 모조리 편집해놓은 듯했습니다. 이미 귀향과 만남은 극장처럼 무너져 사라진 젊은 날의 미련일 뿐이지요. 모든 것은 폐허가 되었고, 스크린에 감동하며 울먹이던 이웃들은 시간의 강물에 떠내려간. 시네마 천국은 멀찍이서 아무렇지도 않은 듯, 그러나 아주 자상하게 젊음들에 〈시간의 충고〉를 들려주고 있습니다.

어쩌면 시간을 거스르는 것은 불경(不敬)하며, 그 은밀한 음모에 속아 넘어가면 현실을 잃어버릴 듯 외면하는지도 모릅니다. 기껏 마음속에서 추억의 옷을 입고 〈인자하게 미소 짓는〉 시간대 속에서만 〈멋〉으로 돌아볼 뿐이지요. 그러나 그건 자기만족에 지나지 않습니다. 아무런 겹눈도 없는 현실의 연장에 불과한. 연전에 화제가 됐던 〈엄마 아빠 젊었을 적에〉 같은 기획이나 7080이란 주제로 전개되는 드라마, 노래 등등의 문화현상을 보노라면 대개 자신이 충분히 인지하고 잘 알고 있는 젊음의 그림에서 머무는 아쉬움을 느끼게 됩니다. LP 속에서 들려오는 감미로운 포크의 낭만에 엇그제 젊음의 감성에 젖어들고, 앙증맞게 꾸며 놓은 초가와 우물, 지게 등의 인형전에서 지난 시절의 피폐를 확인하며 그 시절 풍경으로 가벼운 추억을 겉멋으로 스쳐 지나고…. 7~80년대 청춘 시절의 감성을 그 뿌리까지 건드리는 안타까운 그림들에 거의 눈물을 흘릴 정도로 추억은, 시간은 화려한 현재를 치장하는 그림에 지나지 않습니다. 아니 시간은 애완용 장난감일 뿐입니다. 이제는 자신과 동떨어진 작은 이미지에 현실을 투사하여 오히려 즐기고 있지요. 아니, 추억이란 사치로 자기만의 단단한 성을 쌓고 그 속에서 위로받고 있는 건 아닌지. 그보다 훨씬 더 안타깝게 사라져가는, 아니 죽어버린 시간들에는 전혀 관심도 없으면서 말입니다.

그렇다고 백년 전이나 그 전의 시간을 말하는 건 아닙니다. 그건 나와 아무런 관련 없는, 이미 역사의 늪으로 깊숙이 잠겨들어 어떤 마음의 그리움이나 풍경으로 남아 있지 않거든요. 사진을 봐도 그저 그랬구나, 신기하다 수준입니다. 하물며 〈사육신〉의 처절한 죽음에 눈물과 분노와 고통의 감정이입은 일어나지 않지요. 그야말로 〈역사의 세상〉이기 때문입니다.

그러나 내가 이해하는 건너편, 아직도 미약하지만 우리들에게 끊임없이 각성을 일깨우는, 우리들이 눈치채지 못하는 시간대의 신호들은 분명 아직 살아있습니다. 삶의 형태와 사람들의 의식이 현실과 분명히 달라지는! 아마도 아버지, 어머니, 혹은 할아버지 연배의 어른들은 그런 신호를 알고 있을 겁니다. 그야말로 망각과 이별의 자장대(磁場帶)을 지나며 우리와 영원히 이별하고 시간의 파노라마 뒤쪽으로 달려가는, 시간이 내뿜는 망각의 마취제에 패배하여 형편없이 사라져간! 그래서 더욱 우리와의 이별이 애처롭고 아쉬운. 〈진정한 추억〉은 그렇게 온전한 이별이어야 한다고 생각합니다. 요즘의 젊은 추억팔이는 아직 그런 이별이 아닌, 그저 엊그제 이별한 생생함을 조급증으로 가불 해서 보는 얍삽한 〈유행〉에 다름 아닌 것 같더군요. 역사의 당자들이 아직 정정하게 살아있는 짧은 시간대를 추억하며 사진을 마구 찍어대는 인플레로 마치 시간을 정복한 듯…. 제 나이도 그런 풍경을 온전히 풀어내지 않고 아직은 재워두고 있는데도 말입니다. 〈추억은 나이를 먹어야 진정으로 다가갈 수 있다〉고 누군가가 말했다지요. '릴케'였던가? 역사는 감정의 조급으로는 조금도 다가갈 수 없습니다. 당신은 나이가 충분히 들었습니까? 당신은 당신의 부모들이 살아왔던 세상의 그림을 이해하고 있습니까? 혹 당신의 추억은 또래들과 함께하는 유행의 사치한 〈열차여행〉에서 머물지 않습니까? 예를 들면 친구들과 함께 이미 흘러가버린 학창, 청춘 시절을 수놓은 가수들의 감미로운 가사와 부드러운 멜로디에, 또는 이미 늙어버린, 그래서 더욱 느끼한 열창으로 자극하는 오빠들의 〈콘서트〉에서 까르르 눈물까지 흘리며 열광하는 건 아닌지? 추억이 살아있어 오히려 낭만으로 호도한, 아니 오도된 즐거움으로? 그 앞 시대의 추억은 가슴에서 내치지 않았습니까? 3~40년대 당대 민중들의 좌절과 절망과 탄식과 허무에 찌든 절망의 시대를 노래하며 함께 아파했던 일세(一世)의 명곡 「애수의 소야곡」과 「목포의 눈물」들은 케케묵었다는 듯 온전히 돌아보지 않으면서도 60년대 청년문화의 아픔과 이별과 감성과 질곡에 함께 아파했던, 아니 감미로웠던 기억만은 놓치지 않겠다는 듯 악착같이 눈물과 함께 열광하는. 서구적 감성의 칼날로 마치 절벽처럼 시간을 단절시켜놓고는 자기들 시대의 섬세한 감성만은 천년만년 지켜내야 한다는 듯 성을 쌓는. 당신에게 그 추억은 아직 유효기간이 남은 보편적인 삶의 파노라마인데도? 그렇군요. 추억은 사치한 이기(利己)에 다름없었군요. 단칼에 잘라낸 그 단면에서 들려오는 쓸쓸한 회한은 눈치채지 못하는, 그야말로 너무 쉽게 죽어버려 아무도 찾지 않는 역사의 터널로 잠겨드는 안타깝고 고통스런! 당신과 나는 같은 시간대를 사는데도 이렇게나 달라져야하는지! 하긴 지금은 당신들이 주연인 시대고, 생생한 추억은 무조건 아련한 향수와 안타까운 눈물을 흘리게 하는 것을. 그리하여 저는 그 앞에 이미 까마득히 흘러가버린 화석인 것을! 아니, 당신들의 청년문화도 곧이어 등장할 재기발랄한 디지털 감성들에 형편없이 패배하고 무덤 속으로 끌려가야 할!

하긴 이런 내 억지는!

저는 일찍부터 시간에 대해 과도할 정도로 애증의 시선을 보였습니다. 시간의 폭력과 그 무참한 패배, 그래서 사라져간 사람들에 대해 한없는 눈물과 경의를 바쳤지요. '박종화'와 '이광수'의 역사소설을 읽으며 삶의 아이러니 속에서 무너져가는 인간의 운명을 으슴푸레 느꼈으며, 섬세한 펜터치로 동양화의 실사(實寫)에 바탕을 둔 '김종래(金鐘來)'의 「엄마 찾아 三萬里」, 세밀하지만 부드러운 삽화로 인기를 끌었던 '박기당(朴基堂)'의 「萬里鐘」 등등 마치 소설을 읽는 것 같은 해설이 들어있던 서사적인 만화들을 보며 일찍부터 역사 속 주인공들의 삶을 생생한 현실로서 받아들였습니다. 어쩌면 처음 단순한 그림으로 접근했지만 차츰 그 이면에서 서사(敍事)와 운명 같은 예언적인 삶의 이미지들이 머릿속으로 치고 들어오며 스스로 풍덩 빠져들었던 것 같습니다. 나만의 젊음과 시간을 즐긴 것이 아니라 다층의 시간들과 그 미로 속에서 사라져버린 〈젊음〉들을 함께 했습니다.

역사학자 '카(E.H.Carr)'는 그의 저서 『역사는 무엇인가』란 책에서 《역사란 역사가와 사실 사이의 계속적인 상호 작용의 과정이며, 현재와 과거 사이의 끊임없는 대화》라는 아주 유명한 말을 했지요? 이 말은 〈나〉와 〈현재〉만의 절대주의가 아닌 〈나와 너〉, 〈현재〉와 〈과거〉라는 상대주의가 시간과 역사의 주인임을 깨우쳐주고 있습니다. 지금의 추억팔이는 대개 〈너〉가 사리진 〈나〉만의 절대주의로 역사를 옹달샘처럼 작은 장식품으로 가둬 단절시키고 있다는 생각이 강하군요.

그런 시간의 상대주의를 소재로 한 프로그램들이 연전에 꽤 방송되었습니다. 〈EBS 文化史 시리즈〉란 캐치프레이즈로 만들어진 「동양극장(東洋劇場)」, 「야인시대(野人時代)」, 그리고 「명동백작(明洞伯爵)」 같은 드라마들이었지요. 동양극장은 일제 시대 동양극장을 중심으로 활동했던 연극의 주인공들-, '황철(黃澈)', '차홍녀(車紅女)', '박진(朴珍)', '임선규(林仙圭)', '최독견(崔獨鵑)', '심영(沈影)'… 등등의 모습과 그 시절 장안의 최대 히트작 「사랑에 속고 돈에 울고」를 되살려냈습니다. 야인시대는 일제로부터 해방과 전쟁 후까지 이어진 유명한 주먹 황제 '김두한(金斗漢)'과 시라소니, 이정재와 구마적, 하야시, 최동열 대기자, 미야 경부 등등이 출연하여 그 시대 야인(野人)들의 세상과 삶을 호쾌하게 펼쳤지요. 그리고 명동백작은 식민지와 전쟁과 환도, 그리고 60년대 초중반까지 우리나라 문화예술의 중심지로서 화려한 꽃을 피웠던 〈명동시대〉를 재조명했습니다. 물론 「대조

영」이나 「왕건」 등의 드라마도 있었지만 이 경우 우리들이 그 인물들의 삶에서 감지할 수 있는 시간의 진폭이 너무 광대해져버려 객관적인 사실 수준으로 받아들일 뿐 그렇게 절절한 현실로는 다가오지 않았습니다. 정몽주의 피살? 그렇지요. 아무런 감동도 없이 밥을 먹으며 그저 흥미로운 드라마로 쳐다볼 뿐이지요. 역사의 고비를 넘는 순간의 압도적인 현장성은 사라지고 다만 건조한 스토리의 한 페이지로 다가올 뿐입니다. 물론 저보다 더 젊은 사람들은 동양극장과 야인시대와 명동백작의 시간대에서마저 같은 식으로 감성이 휘발되어 화석화된 객관적 사실만을 느끼겠지만.

제 연배를 포함하여 앞선 또래들은 동양극장에서 황철과 차홍녀의 유랑과 월북(越北), 덧없는 죽음 등을 통해 억압의 시대를 예술혼으로 초월하려던 예인(藝人)들의 〈애틋한 현실〉을 아련한 기억이나 책을 통한 뒤늦은 전설로나마 함께 이해했으며, 야인시대에서 주먹들의 우정과 다툼, 시대와의 마찰에서 하나씩 무너져갔던 〈역사와 낭만의 아픔〉을, 명동백작에서 가난과 우정, 열정과 낭만, 실존과 피폐 속에서 역사의 지층으로 떠내려간 문인과 예술가들의 〈패배와 자조〉를 바로 곁에서 느꼈습니다. 특히 저는 제 시간 속에 그런 경계선상의 시간들을 겹쳐 시간을 이겨내고 되살아나는 실존의 심장 소리를 강력하게 담아두었습니다.

꿈결처럼 되살아난 주인공들! 그러나 그들은 현실에서 사라지고 없다는 냉혹한 인식에서 언제나 회한을 불러일으킵니다. 그들의 청춘과 사랑, 열정과 고뇌, 피곤과 자살… 을 아무리 되살린들 당장 잠자리에 들 때는 손을 흔들며 어둠 속으로 희미하게 사라져버립니다. 당대에 주고받던 이야기들도 함께 숨 막힐 듯 잦아들지요. 그들은 〈없음〉이란 봉인에 꽁꽁 묶여 다시 시간의 감옥으로 유폐되어버리곤 합니다. 대신 현대를 주름잡는 화려한 젊음들이 시간의 빈틈을 공기처럼 채우고 마치 자신들의 세상은 영원할 것처럼 약동하고 있습니다. 어느 누구도 사라져버린 존재를 깨우치지 않습니다. 그게 곧 자신들의 미래 모습임을. 아니 너무 잘 알아 일부러 더욱 젊음의 현실에 빠져드는 허무주의인가요?

그렇게, 그렇게 사라져간 당대들의 축적이 인생이라면 아마도 시간은 연쇄법의 마법사가 틀림없을 겁니다. 각 시대마다 개인들에게 비슷한 청춘을 부여해 주고, 그리고 빼앗고, 파노라마 같은 사진첩에 재워두고, 가끔 저처럼 어수룩한 사람에게 슬쩍 보여주고…. 역사의 지층은 우리들 젊음의 발밑에서 언제나 마지막 숨을 거두곤 했습니다.

그렇게, 또 그렇게 사라지는 것들은 아름답습니다. 아니, 처절하지요. 시적 문체와 서정이 돋보이는 '황순원(黃順元)'의 단편 「소나기」의 남자 어린이는 죽은 여자 어린이를 영원의 '베아트리체'로 가슴 속에 품고 칠백년 세월을 건너뛸 후대까지 새겨놓았을까요? '이효석'의 메밀밭에서는 지금도 하얀 달이 뜨고 고단한 여정의 냇가 섶다리 밑엔 장돌뱅이들이 모닥불 앞에 둘러앉아 성서방네 처녀 이야기를 나누고 있는지? '윤심덕'의 절망은 제비표 라벨의 새까만 SP 레코드 속에서 허무를 탐(耽)하는 「사(死)의 찬미(讚美)」를 지금도 처절하게 절규하고 있으며, 사라진 '나운규'의 영화 「아리랑」 속에서는 '영진'이 피워낸 독립의 불길이 사람들 가슴 속을 옮겨 다니며 여전히 활활 타오르고 있을까요?

그렇지요. 모두 음화(陰畵)처럼 아련히 침몰했을 뿐입니다. 괜히 그런 사람들을 오늘에 되살려 운명의 아픔을 맛보게 하는 내 이런 미련이라니!

'제임스 카메론' 감독의 『타이타닉-Titanic』을 보고 서양 사람들도 그런 회한에 젖을 수 있다는 당연함을 새삼스레 느끼고 감동한 적이 있습니다. 마지막 심해 속 침몰선의 잔해에서 서서히 되살아나는 화려한 샹들리에의 연회장과 마치 살아있는 것처럼 미소 짓는 사람들, 그리고 반대로 마지막엔 살아남았지만, 그러나 곧 어둠의 심연으로 잦아들 게 틀림없을 늙어버린 여주인공의 깊은 주름이 병렬시키는 아슬아슬한 시간의 이중주에서 결국 벗어날 수 없는 인생의 아픔이 눈시울을 벌겋게 했지요.

그리하여…, 잘 가거라. 한때 시대의 주인공으로서 흥미진진한 운명을 짜 맞추며 화려한 시간을 보낸 그대들, 그러나 시간 앞에 패배하여 형편없이 사라져간 그대들! 그대들이 떠난 자리엔 또 다시 젊어서 철없을 수밖에 없는 일견 멋스런 짧은 낭만이 이 시대를 온통 주인인 양 채운다. 그래, 알고 있다. 우리는 모두 그대들의 도돌이표임을, 젊음이란 그야말로 순간의 환영에 다름 아닌 것을, 우리들도 시간의 옷을 껴입으면 그대들처럼 허망하게 스러질 운명임을, 지금도 목을 치려는 듯 시간의 조리개가 째깍째깍 조여 오는….

거역할 수 없는 시간의 폭력과 허무… 는!

「사랑과 계절」이란 대중가요가 있습니다. 〈사랑하는 마음은 4월의 꽃 피는 마음이지만 이별하는 마음은 찬바람 부는 겨울〉이라는. 시간은 사랑과 이별이라는 서정에 얽매여 휘둘리고 있음을 역설적으로 감미롭게 불렀습니다. 인생은 그렇게 4월의 젊음으로만 존재하지 않습니다. 젊음이 영원히 계속될 것처럼 스쳐 지나는 다른 것들에 신경을 주지 않지요. 피고 지는 봄의 꽃처럼 그저 자기들 현실의 〈화려〉와 〈낭만〉과 〈열정〉과 〈고독〉과 〈아픔〉이 전부입니다. 그 앞 세대의 화려와 낭만과 열정과 고독과 아픔이 늙은이의 주름진 얼굴 속에 숨어있음을 눈치채지 못합니다. 자기들의 현재도 또다시 찬바람 부는 겨울처럼 뒤에서 슬쩍 다가오는 새로운 젊음들에 순식간에 밀려나야하는 걸 모르고. 어쩌면 '시지프스'의 도로아미타불(헛수고)은 부조리한 숙명처럼 밀리고 밀리는 인간군상에 대한 '크로노스'의 원죄인지도 모릅니다.

그 원죄처럼 당대 자기들에게 배당된 몫을 다 소비하고 시간의 봉인 속으로 떠나가야 하는 서글픔을 토해낸 책 중에 「明洞」이란 책이 있습니다. 바로 〈명동백작〉으로 자타가 공인하는 소설가인 '이봉구(李鳳九)'가 추억과 회한에 가득 찬 젊음을 회고하는 내용이지요. 10년 전 방송으로 만난 「명동백작」은 그 중 몇몇 중요한 부분들을 발췌해 방송했습니다만.

그 책을 처음 읽은 건 67년 고등학교 때입니다. 도서출판 〈三中堂〉에서 꽤 히트한 기획물인 〈라이온 북스〉의 4·6판 우철(右綴) 세로 1단에 320쪽의 깜찍한 문고본으로 나왔지요. 부제가 「세월따라 바람따라」였습니다. 그때 그 책을 읽으며 왜 그렇게 사람들은 쉽게 죽고, 하나씩 기억 속의 이미지들로 퇴색되기만 하는지 안타까워했던 생각이 납니다. 3~50년대의 폐허와 그 속을 살아간 인간 군상들의 낭만과 청춘과 정열, 그리고 속절없이 구름처럼 떠내려간 삶의 본질들이 이봉구의 회한 속에서 독버섯처럼 피어나서 눈물을 흘린 기억도. 그런 까마득한 전설이 현실로 되살아난다면 내 그 안타까움과 눈물, 그리고 허망함도 어느 정도는 위로를 받을 수 있으리라 생각하며.

거기에 '이상(李箱)' 때문에 술을 마시고, 청춘의 고독 때문에 노래 부르던-, 술에 취해 서른 한살을 일기로 눈뜨고 죽은 '박인환(朴寅煥)'의 명동샹송 「세월이 가면」이 있었지요.

…
나뭇잎은 흙이 되고 나뭇잎에 덮여서
우리들 사랑이 사라진다 해도
지금 그 사람 이름은 잊었지만
그 눈동자 입술은 내 가슴에 있네

내 서늘한 가슴에 있네.

詩 「세월이 가면」은 그렇게 사라지는 시간 속의 이름과 눈동자와 입술에 대한 청춘의 만가(輓歌)였습니다. 명동을 살아간 사람들의 안타까운 이야기는 그 시대를 이해하고 있는 우리 연배에게는 서늘하게 살아있지만 오늘의 명동을 화려하게 수놓으며 오가는 젊음들에게는 함부로 사라져도 좋은 역사의 그림자일 뿐입니다. 시대의 주인공으로서 흥미진진한 운명을 짜 맞추며 화려한 시간을 보냈지만 시간에 패배하여 형편없이 사라져간 그들. 어쩌면 빗속에서 노래를 부르고 춤을 추는 그들의 꿈을 꾸기도 한 것 같습니다. 자기들을 기억해줘서 고맙다며 손을 흔드는.

현대 대중문화의 〈비극〉은 시간을 알맞게 잘라내어 항상(恒常)이라는 앰풀주사로 마비, 또는 익사시켜버리는 데에 있습니다. 그것은 사람들에게 생생한 원색의 화면 속에서 너울대는 율동과 웃음, 꿈틀대는 육체와 땀, 꿈결 같은 환상과 터치…, 화려한 〈현대성〉을 주입하며 끊임없이 현대를 이어줍니다. 그러나 그 순간에도 뒤쪽에서는 쉴 새 없이 사람들의 현대를 토막 내어 시간의 함정 속으로 던져버리지요. 〈시간〉이라는 앰풀의 약효가 줄어들면서 사람들은 뒤늦게 세상을 둘러보며 어느새 자기도 몰래 잘려나간 추억에 젖어봅니다만 그마저도 자신을 채색하는 사치로 바꿔버리지요. 아마도 죽을 때가 되어야 진정한 〈과거〉를 보고 깨달을지도 모르겠습니다. 대부분은 그런 깨달음도 알아채지 못하고 사라지기 일쑤겠지요.

앞에서 줄기차게, 여태 고집스레 말씀드린 것처럼 제가 대중문화의 현란한 폭주에 대해 유달리 까탈스럽고 고답적인 태도를 보인 것은 결국 그 자체의 화려함 때문이 아니라 반대로 그런 《시간의 절대성이 가지는 허무의 심연과 대비되어 멸망의 그림자로 달려가야 할 운명의 에스컬레이터를 강렬하게 느끼기 때문》이라는 게 더욱 정확할 것 같습니다. 두 얼굴의 야누스처럼, 타이타닉의 늙어버린 여주인공처럼 우리들 양철지붕 위 신나고 화려한 놀이 뒤에서는 멸망의 시퍼런 칼날이 속살을 파먹고 있는데도….

우리 아이들이 시간에 관심을 가지게 되는 때는 언제가 될까요? 아마 언젠가는, 아니 곧 다가오는 시간의 틈새에서 느끼게 될 겁니다. 어느 날 문득 자신이 왜 여기서 어슬렁거리는지, 고왔던 내 얼굴이 왜 이렇게 변했는지. 아마 그때 자신의 실존을 감지하고 언제든지 원하는 대로 기회를 부여할 것처럼 친절했던 시간이 사실은 뒷전에서 엉큼하게, 화살처럼 재빠르게 내 몸을 갉아먹고, 영혼을 매장시키고 있었음을. 하지만 그때는 이미 늦어버린 것을. 돈과 명품과 자동차와 아파트와 직책과 미모와… 몸에 잔뜩 걸친 온갖 현대의 신화들이 사실은 자신을 사육시킨 미끼인 것을. 아비도, 할애비도, 까마득한 선조들도 다 그렇게 시간의 파노라마 속에 박제되어버린 것을. '핑클'과 '소녀시대'는 그렇게 잘 포장된 일회용 뇌물임을 눈치채지 못하고 우리들이 무조건 열광했음을. 아니, 열광하는 현재의 나 자신도 그런 유령 같은 어둠의 씨앗을 조금씩 키우고 있음을. 그래서 너무나 쉽게 〈구름처럼 사라지는 불쌍한 사람들….〉

그 당시 저와 교유하고 있던 몇몇 사람들에게서 「명동백작」을 방송한다는 이야기를 듣고 그런 멸망의 안타까움에 떨며 글을 한 편 썼습니다. 사실 그분들의 강권에 따른 셈이었지만, 사람들에게 그런 일상의 뒤편에서 사라져가는 사람들의 안타까운 모습을 알려주고 싶다는 강렬한 욕망도. 그런데 그게 갑자기 정전으로 달아나버려 얼마나 허무하던지! 모두에게 뛰어난 명작을 쓰겠다고 큰소리치며, 그래서 무척 고생하며 쓰고 있었는데 그게 너무 억울해서라도 방송 전날 밤 내내 끙끙거리며 새로 써서 방송사 홈페이지 게시판에 올린 적이 있습니다. 명동에 대한 일종의 만가(輓歌)에 해당되겠지요. 세상에는 아직 이런 그림들도 있다는 것을 사람들에게 강력하게 알려주려는.(어쩌면 명동에 대한 개인적인 해설, 아니 사람들에게 자랑을 하고싶었던 건 아니었을까 싶기도 한. 언젠가 한번 홈페이지를 찾아봤더니 있더군요. 얼굴이 화끈거릴 정도로 엉망인.) 이 자리엔 어울리지 않는다고 생각되지만 지금까지 주제넘은 제 글을 읽어주신 학부모님들께 여태 써왔던 글들의 중심을 관통하는 의미와 관련하여 부합되는 부분들이 많은 것 같고, 어쩌면 쉽게 접할 수 없는 흥미로운 내용들일 수도 있어 새로 손을 봐서 첨부하니까 읽어주시면 감사하겠습니다. 조금 과장이 앞서 주저스럽기도 하지만, 아마 동감하는 분들도 계시리라 생각합니다.

오늘은 시간의 환영 속에 담긴 인간의 아이러니를 느껴보았으면 합니다.

〈첨부〉

명동백작(明洞伯爵)!, 그 사라진 환영들을 만나며…

인터넷을 돌아다니다 우연히 EBS에서 3~50년대 우리 문화의 한 전형으로 에포크된 애틋하고 그리운 명동 사람들의 삶과 풍경을 주제로 한 드라마 「명동백작」을 시작한다는 소식을 읽었다.

명동이 어딘가? 우리의 저 선소리꾼 '李鳳九'가 일찍 묘사했듯이 멋과 인정, 예술과 고독, 낭만과 유행, 술과 음악, 사랑과 커피, 그리고 광란과 자살…. 압제와 전쟁으로 피폐해진 세월을 살아낸 문화예술인들의 당대 삶의 체취가 짙게 깔려있는 곳이 아닌가?

하지만 너무 쉽게 우리들 감성의 실버타운으로 유폐되어 흔적도 없이 사라진 안타까운 청춘의 엘도라도일 것이다. 무한질주가 최고선인 시대에 화려한 압구정동에 매몰된 〈銀星〉과 〈東邦싸롱〉을 돌아볼 수 있다는 것은 거의 오르가즘을 일으킨다. 전에 KBS에서 「東洋劇場」을 본 후로 우리들 한 세대 전의 과거로 여행하는 기쁨을 맛보지 못했는데 참으로 감격스런 일이다.

나는 비록 현대를 살고 있지만 현대를 잘 알지 못한다. 현대가 요구하는 문명의 모습과 그 메커니즘을 어느 정도는 알고 있지만 매우 낯설다. 겉으로는 현대가 요구하는 다양한 장면들과 그 의미, 그리고 기술적으로 필요한 사고와 행위를 무난하게 처리해나가지만 사실 속으로는 식은땀을 흘린다. 현대는 차가운 회로처럼 얼마나 정밀한 곳인가! 예전 어수룩한 인정과 순수의 세상만 알던 나로선 지금의 칼날 같은 세상에서 행위를 능숙하게 하는 사람들이 거의 경이롭다. 잘 알면서도 따라가지 못하는 서툰 나는 빙하기를 견뎌내지 못하고 얼어붙은 매머드 화석처럼 몰골사나운 죽음의 잔해(殘骸)로만 남은 것 같다.

현대는 내게 절망을 강요한다. 모든 현대적인 것은 내게 소속되어 있지 않다. 현대는 나를 추방한다. 나는 독방에 갇힌 채 대신 역사의 몫으로 선포된 책이라든가 희로애락의 인생이 스며들어 들으면 들을수록 안타까운 신음처럼 감정을 빗질하는 흘러간 옛노래, 빗줄기 흐르는 흑백화면 속에서 무너져가는 인물들의 그림자로 남은 낡은 영화 등의 고색창연한 오브제 속을 거닌다. 거기서 유령처럼 속이 훤히 보이는 모습의 인간들이 어떻게 반응하는가 살피고 그들과 남몰래 연애를 한다. 아무도 내 행동을 이상하게 보지 않고 당연하게 보아주며, 내 모습도 얼마든지 받아준다. 얼마나 편안한 곳인가! 나는 거기서 그야말로 〈실존〉할 수 있다. 그런데 현대는…

.

현대인으로 살아남기 위해 나도 가끔 드라마도 보고, 개그 프로도 본다. 뉴스도, 영화도 보고 가요도 듣는다. 그러면서 웃고, 슬퍼하고, 분노도 터뜨린다. 그러나 기억에 남겨지지 않는다. 보통 사람들의 대화 주제인 드라마나 영화 등은 사실 하나도 보지 않았다. 대한민국 모든 사람들이 시청했다는 「대장금」-아직도 제목이 무얼 뜻하는지 모르겠다. 가야금 악단 단장?-이나 「파리의 연인」-제목을 몰라 한참 인터넷을 뒤져 겨우 알아냈다. 아, 내용을 모르니 물어볼 수도 없고-같은 드라마는 물론 관객 동원 신기록을 세웠다는 「태극기 휘날리며」와 무슨 상인가 수상했다는 「올드 보이」 등의 영화들도 하나같이 보지 않았다. 가요로 보면 솔직히 70년대 이후의 노래는 전혀 모른다. 근래 무척 유행했던 「사랑의 미로」나 「옥경이」 등등도 고백하자면 한두 소절밖에 모른다. 게다가 올림픽 역도에서 아쉽게 은 메달을 딴 여자 선수(아, 갑자기 이름이 생각나지 않는다. 잘 알았는데. 이 선수에게는 참으로 죄송스런 일이다)가 만나고 싶다던 '권상우'라는 탤런트가 누군가 했더니 요즘 텔레비전 CF에서 가끔 본 젊은 사람임을 겨우 알았다. 여자들이 환호하는 몸짱이라던데 과연 이런 한심한 나를 눈치챈다면 오히려 얼마나 신기하게 생각했겠는가?

내게 현대의 주연들은 아무 가치가 없다. 없어도 하나도 아쉽지 않다. 오히려 철없는 아이들을 딴따라로 유도하는 악화(惡貨)일 뿐이다. 그런 따위 저급이 왜 현대의 첨단으로 행세하는지 이해가 되지 않는다.

아니, 사실은 잘 알고 있다. 근본적인 원인으로는 세상을 받아들이는 방식의 유리(遊離) 때문이리라.

인간을 포함한 모든 생명들의 존재성은 어떤 뜻을 가지고 있는가! 시간은 존재에게 어떤 의미를 가지고 있는가? 시간의 폭력 앞에 파괴되는 생명 일반의 형식은 정당한가? 또는 《역사는 시간이라는 악성 코드와 투쟁하며 그려 가는 욕망으로 점철된 존재의 탈주선(脫走線)》인가?

세상과 존재의 의미에 시선을 주고 풀 길 없는 이해에 얽매인 몽매한 인간에게 돌아오는 것은 절망과 허무뿐, 하늘에 휘황찬란하게 물들이다 사라지는 오로라처럼 그저 뜻 없이 화려하게 현현(顯現)하는 현상일 뿐이다. 존재에 의미와 가치를 둔다는 것은 그런 것을 뛰어넘으려는 허망한, 눈물겨운 몸짓이다. 삶은 바로 그런 허무의 바다 위에 그려진 관념이다.

허무의 바다로 떠내려간, 그래서 이제 유령으로 변신한 존재는 눈물겹다. 화려하게 살다 간 사람일수록 허망함의 무게는 더욱 커진다. 존재와 무화(無化)! 그 극단적인 대비는 삶의 수수께끼를 비추는 거울이다. 그 거울 속에서 햇빛과 그늘처럼 화려한 삶과 허망의 경계선은 뚜렷하다.

당대의 화려함은 무슨 뜻을 가지고 있는가? 예술과 인생을 논하고, 청춘의 몸짓으로 젊음의 밤을 보내던 그들은 어디로 갔는가? 그렇게 무(無)로 떠내려갈 운명이라면 차라리 존재하지 않았음이 조리(條理)하지 않는가? 그런데도…. 존재의 유(有)와 무(無)는 부조리(不條理)하다.

하여 불쌍하여라! 있었음의 기억이 있는 데도 저 시간의 지층으로, 억겁의 세월 속으로 흔적도 없이 사라지는 존재들! 그대들 화려했던 당대가 눈물겹다. 그대들 삶의 모습을 돌아볼 수 있다면 차라리 그대들을 내 속에서 다시 만날 수 있으리라. 그리하여 화려(華麗)의 값을 지불하고 사라져간 그대들을 한없이 가여운 눈으로 볼 수 있을 것을.

이른바 내 의고주의(擬古主義)는 그렇게 출발한다.

'권상우'와 '핑클'은 시간의 지층 속에 있지 않다. 그들은 현실의 화려함 속에서 마음껏 존재를 향유한다. 메탈 냄새가 진동하는 강력한 언어와 화려한 원색의 옷으로 패션 리더의 역할을 다하는 당대의 아이돌 스타는 자기들이 곧 욕망이라는 이름의 전차를 타고 허무(虛無)라는 회색 모노톤의 하데스-죽음의 세계로 가야된다는 걸 모르는 것 같다. 무서운 식욕으로 현실을 마음껏 향유할 뿐 자신을 초월하는 진지함을 만들지 못하는 이들은 그래서 내겐 아무런 의미도 없다. 또 다른 아이돌 스타라는 허무를 쫓는 아류들을 열광케 하는, 그야말로 저급한 에피고넨일 뿐이다. 현대의 화려는 시체의 관을 꾸며주는 꽃의 허망에 다름 아님을.

6~70년대 내 청춘시대를 수놓았던 '이미자', '신성일', '윤정희', '문희' 등등은 내 속에서 이제 그런 화려한 시간을 반추하고, 그리고 새삼 주름진 얼굴을 마주 보며 허무를 조우하고 있기도 하리라. 그래, 어쩌면 세상에 비친 자신을 초월하고 쉽게 세상의 욕망에 휩쓸리지 않으려는 견고하고 단아한 인생을 꾸미고 있는지도 모르겠다. 아니 조금은 내 의고의 경

계를 건너고 있기도. 하지만 역시 그들은 아직 욕심꾸러기처럼 화려란 이름으로 현실에 고집스레 뿌리내리고 있고, 열광하는 사람들이 여전히 에워싸고 있고, 이름이 사람들의 머리 위에서 떠돌고 있고, 그리고 결정적으로 〈시간의 지층〉으로 내려가는 전차를 타지 않았다. 누구에게나 그 이름은 아직 당연으로 불리고 있다. 화려와 허망의 경계선 어디에도 두 발을 온전히 담그지 않았다. 그들은 현재도 사라지지 않고 현실에 간섭한다. 그런 사람들은 내게 존재의 페널티를 얻지 못한다. 아직은 내 젊음의 추억과 함께 한 현재진행형일 뿐이다. 아직은 아니다. 지난날 향유했던 전성시대(全盛時代)의 먹성으로 본의 아니게 삼켜버렸던 모든 것들에 대한 값으로는. 멸망과는 거리가 멀다. 주름진 늙은 얼굴을 보며 그저 조금 씁쓸해할 뿐.

하지만 당대의 화려함을 버리고, 세상을 떠돌던 이름도 거둬들이고, 까마득한 함정처럼 먼 시간 속으로 사라지며 이제 그 값을 〈충분히〉 치른 사람들은 내 시간의 파인더 속에서 전설로 되살아난다. 그들이 살았던 세월은 지금 없다는 것만으로도 존재의 의미를 일깨워주고, 삶의 진정성을 진지하게 말해준다. 그들은 허무의 바다에 잠겼는가? 그래, 그들이 웅얼거리는 눈물겨운 속삭임이 들려온다. 비로소 그들이 없어졌음을 자각한다.

사라진 전설 속의 사람들은 우리들이 잊고 있는 소중한 것들을 들려준다. 바로 자신들의 삶을. 無의 세계라는 무서운 법칙을 거스르고 자신들의 청춘과 꿈을, 술잔과 낭만을, 편지와 연애를, 절망과 탄식을, 열정과 죽음을, 그리고 시와 노래와 무대를….

그들은 애원한다. 당신만은 우리들이 존재했음을, 결국 시간 속에 마멸되겠지만 그래도 우리들이 어떻게 청춘의 꿈을 꾸었으며, 어떻게 시를 낭송했으며, 어떻게 술잔 속에 절망을 담아냈으며, 어떻게 노랠 불렀는지를. 그래, 우리들이 어떻게 존재의 풍경화를 그려왔는지 당신이 증명해줬으면.

나는 머리를 끄덕인다. 당신들은 사람들에게서 까마득히 떠나고 이미 존재의 증명을 할 수 없는 억겁으로 떠난 사람들이 아닌가? 화려의 값을 멸망으로 이미 지불해버린. 그것만으로도 당신들은 눈물겹다. 난 충분히 당신들을 위로하리라. 그래서 현대인들에게 자기들이 사는 현대만이 전부인 것처럼 말하지만 사실 잃어버린 시간 속에 당신들이 있었음을, 그리하여 생생한 피가 도는 당신들의 청춘과, 낭만과, 절망과, 사랑이 전설로 살아있음을 이야기해주리라. 화려했음으로 행복했던 사람들이 존재했음을 각성시켜줄 것이다.

하긴 이것은 마냥 화려한 시대의 키워드들이 개인에게 반동으로 새겨준 관념이고 퇴행적 사고방식이며 세련된 센티임을 인정한다. 자기 연민이 만들어낸 소화불량일 수도. 아니, 어쩌면 파천황(破天荒)의 밑그림일지도 모른다.

그러나 그렇게 사라져간 사람들은 내게 감격을 준다. 어쩌면 시간의 맨얼굴을 그들에게서 볼 수 있을지도.

무대에 꿈같은 라임라이트가 쏟아진다. 그러자 어둠 속에서 사람들이 귀화(鬼火)처럼 돋아난다. 낯익은, 그러나 이미 살아서는 볼 수 없는…. 연극 무대처럼 제각기 자리를 잡고 내게 손을 흔든다. 어두운 배경 그림 속 구석에 있는 낡은 책장에서 사람들이 둘러앉아 토론을 하고, 안주 몇 개와 술병이 어지러이 널린 탁자에서 왁자하게 기염을 토하는 소리도 들려온다. 3~50년대 사람들의 가슴 깊이 숨겨둔 서글픈 시대의 미장센이 어쩌면 그렇게 디테일하단 말인가? 어둠 속으로 사라지기 전 마지막 자신들의 연극 무대를 펼치려고 하는 모양이다. 문득 환영처럼 화려한 흰색 야회복을 휘날리는 프리마돈나가 일어나 손을 허공으로 뻗으며 열창을 쏟아낸다. 그 뒤를 빛줄기가 따라가며 비춰준다. 그러자 여기저기서 이젠 자기 차례라는 듯 제각기 연기를 펼친다. 빛 속에서 그들은 되살아난 불꽃처럼, 혜성처럼 찬연한 빛을 발한다. 모두가 주연이 되어 혼신의 연기를 펼친다. 사람들이 박수를 친다. 앙코르 소리가 와르르 쏟아진다. 여기저기 무대가 왁자하고 환하다. 조금 전의 어둠은 어디로 갔는가? 과거는 이미 과거가 아니다. 현실로서 떨어지는 빛 속에서 생생한 축제를 벌인다. 시간의 옷을 껴입은 그들의 축제는 하나도 지겹지 않다. 이 시간이 지나 멸망의 문이 열리면 다시는 기회가 없다. 맘껏 춤춰라. 이 밤이 지나도록. 나는 시간을 파괴하는 호위무사가 되어 그대들을 지켜줄 것을….

누군가가 슬레이트(Slate. 영화 촬영 시작을 알리는 네모난 나무판)를 딱 치는 소리가 나면서 무대 한쪽 구석에 빛이 떨어진다. 명동 다방 낙랑(樂浪)! 은막의 스타요 무대의 모란꽃인 '김연실(金蓮實)'이 싱글벙글한다. 프런트 위에 놓인 나발 축음기에서 가요 초창기인 1930년 〈빅터 레코드〉에서 취입했던 그녀의 노래 「아리랑」이 흐르는 가운데 촬영기사로 전도가 양양한 '김학성(金學成)'과 수줍고 얌전한 촌색시처럼 흰 저고리와 검정 치마를 입은 여배우 '최은희(崔銀姬)'가 초대된 사람들에게 인사와 함께 술잔을 올린다.

- 오늘 밤은 내 동생 학성이 결혼을 축하하는 날이야요. 변변찮은 음식이나마 들고 마음껏 축하해주시라우요.

일제 시대 억양을 타고 김연실이 싱글벙글한다.

- 난 은근히 최은희 양을 짝사랑했는데 이를 어째?
- 어쩌긴 어째. 오호호! 시시한 기자 노릇 때려치우고 나하구 살문 되지.
- 에게게! 마누라 알면 난 죽은 목숨이야.

김연실 말에 신문 기자 '최봉식'이 손으로 목을 치는 시늉을 하면 무대가 페이드 아웃과 인으로 연결된다. 이번엔 짙은 〈라이방〉을 쓰고 메가폰을 든 '신상옥'의 〈레디 고〉 신호에 따라 미망인 최은희가 피아노 뚜껑을 열고 '쇼팽'의 『즉흥환상곡』을 치며 사랑방 손님인 '김진규'를 향한 엘레지를 한숨처럼 토한다. 클로즈업되는 최은희의 얼굴은 한국적 리리시즘의 절정을 전설로 풀어낸다. 하지만 어쩌랴! 〈사랑〉은 우리가 어쩔 수 없는, 면면히 속으로 흐르는 강인 걸! 숙명을 그저 감당하고 무겁게 가라앉을 수밖에. 떠나는 김진규의 영상 위로 최은희의 남자들인 김학성과 신상옥의 몽타주가 겹치며 차례로 지나간다. 과거에서 현재, 그리고 미래로 달려가는 운명의 인생선을 타고 최은희가 비로소 삶 자체가 〈꿈〉이었음을 깨달았다는 듯 피아노 뚜껑을 닫고 잠시 날 쳐다본다. 나는 고개를 살짝 끄덕여주었다. 그녀는 나를 한참 쳐다보다 알았다는 듯 쓸쓸히 웃으며 페이드 아웃된다. 인생은 모자이크처럼, 강물처럼 그렇게 모두 품고 흘러가지 않겠는가! 굿바이!

무대 한가운데-, 새하얀 달빛 속 기둥과 기와가 무너져 함부로 뒹구는 성터 뒷전에 봉긋 솟은 무덤 둘! 주변엔 귀뚜라미 소리가 적막에 감염된 듯 처량하다. 그런데 어디선가 〈화자, 화자〉라고 환각처럼 들리는 남자 소리에 뒤이어 여자가 까르르 웃는 꿈결 같은 소리도 들린다. 점점 커지는 소리와 함께 무덤에서 연기가 피어오른다. 괴괴하게 뿜어져 나오는 붉은 연기 속에서 아무렇지도 않다는 듯 살랑살랑 걸어 나오는 여자! 화장 진한 분장과 길게 땋은 머리칼을 찰랑거리는 '이화자(李花子)'가 옷고름을 잡은 왼손을 요염하게 돌리며 외씨버선을 신은 듯 사뿐사뿐 무대를 돈다. 마치 나 잡아봐라! 놀이하듯. 뒤이어 푸른 빛 무덤 속에서 머슴 머리띠를 두른 '김용환(金龍煥)'이 무대로 뛰어들며 두리번거리다 화자를 발견하고 달려간다. 오호호호! 웃는 화자 소리가 무대를 가득 채운다. 화자! 화자! 용환이 애타게 부른다. 한 바퀴 돌면 달빛을 타고 천천히 그네가 떨어진다. 화자가 냉큼 올라탄다. 용환이 올라가는 그넬 잡고 애타는 눈으로 쳐다본다. 자신이 데뷔시켜 만인의 연인으로 만들었지만 이젠 오히려 자신을 하인처럼 부리는 화자! 허릴 숙여 용환이 귀에 속삭인다. 아이쿠, 오라바니! 오늘은 단옷날! 홀로 그넬 타는 처량한 날 위해 노랠 불러줄 수 있겠수? 그럼 그럼. 외로운 자넬 위해 뭔들 못하리! 용환이 씩씩하게 무대 앞으로 나와 관객에게 투우사처럼 인사하고 「황성옛터」를 차용한 개사곡(改詞曲)을 열창한다.

- 오월이라 단옷날에 뻐꾹새야 울지 마라.
  능라도 수양버들에 그네를 내가 메고
  내가 뛰면 임이 밀고, 임이 뛰면 내가 밀고.
  얼씨구, 좀도 좋구나, 단옷날의 아가씨야!

막걸리처럼 특유의 털털한 머슴 소리로 화자를 올려보며 열창한다. 화자가 미소 지으며 쳐다보다 문득 고갤 홱 돌리고 그네를 굴린다. 용환이 어쩔 줄 모르고 앞뒤로 돌며 애끓는 눈으로 쳐다본다. 쓸쓸한 화자와 함께할 사람은 자기뿐이라고 호소하듯. 붉고 푸른빛이 등불처럼 비치는 그네 위에서 댕기를 찰랑이며 색기(色氣) 가득한 콧소리가 무대를 가득 채운다.

- 일촉 간장 다 녹이는 고운 밤 달무리
고요한 깊은 밤에 당신만 생각하오.
수평선을 흘러가는 무정한 갈매기야
언제나 임이라고 불러서 살겠나.

노래가 끝나자 객석이 떠나갈 듯 열광한다. 용환과 화자가 손을 잡고 무대 앞으로 나와 인사를 하고 왈츠를 추며 바람처럼 한 바퀴 휘~ 돌다 퇴장한다. 아! 어쩌면…, 그들은 정말로…, 어둠의 심연으로 퇴장하려는 건 아닐까? 당대 화려한 가요계를 휘어잡고 온통 화제의 중심을 떠나지 않던 그들이 막간 같은 세상과 이별하고 무덤 속으로 떠난다는 게 믿어지지 않는다.

붉은 빛이 새어나오는 어둠의 문을 막 들어가려는 순간 화자가 돌아서 나를 보고 멈칫한다. 나는 엉거주춤 엉덩이를 들고 한 손을 든다. 화자가 살짝 웃으며 마지막 선물처럼 섹시한 눈을 찡긋한다. 그리고 곧 흑백영화 화면처럼 색(色)을 버리고 어둡고 투명한 무늬처럼 변해 홀연 무덤 속으로 사라진다. 아아! 난 〈벌떡 일어나서 그들에게 손을 흔들며 왈칵 눈물을 흘렸다. 그림자처럼 공기처럼 투명해지는윤곽그속으로사라지면아무도기억하지못하….〉

화자! 화자! 잘 가거라!

널찍한 무대 한가운데 짧은 단발머리 보드빌리언(vaudevillian) 박단마(朴丹馬)'가 특유의 꾀꼬리 목소리(黃鶯聲)로 1인 2역이 되어 한창 유행하는 스케치(才談, 漫談) 「견우직녀의 결혼생활」을 손가락질까지 하며 과장되게 들려준다.

직녀 - 오! 오날이 七月七夕! 이 밤이 발거가니 저 닥이 홰를 치면 다시 삼백 예순네 밤을 한숨지며 헤어야 은하작교(銀河鵲橋) 이 물가에서 눈물에 어리워 당신을 보겟구려 아이, 나는 실여-. 흐으!

견우 - 어이구, 좀 그만 좀 우러두, 웬! 예편네 눈 속엔 수통고동이 박혓나바!

직녀 - 듯기 실어욧! 나는 그래두 男子라고 용단이 잇서 아버지에게 말이라도 할 줄 알엇드니, 아~조 바보 멍텅구리란 말이얏!

견우 - 멀 엇재? 용단이라니! 공단보다 좀 갑이 싼 거야?

애교가 철철 넘치는 사랑의 티격태격에 객석이 데굴데굴 구른다. 한 바퀴 돌고 퇴장하면 커튼콜이 요란하다. 다시 나와서 이번엔 경쾌한 동작으로 자신의 히트곡 「나는 열일곱살이에요」를 간드러지게 부른다. 손가락으로 나를 가리키며 부채처럼 춤추는 동작이 화려하다.

나는 가슴이 두근거려요.
당신만 아세요 열일곱살이에요.
가만히 가만히 오세요…

그런데 노래 중에 갑자기 총소리가 요란하게 들리며 판초를 뒤집어쓴 위로 커다란 솜브레로를 어깨에 걸치고, 치렁치렁한 노랑머리를 풀어헤친 그대로 진하게 화장한 눈을 치켜뜬 무뢰한 '윤부길(尹富吉)'이 무대로 달려 나온다. 요란한 건맨 흉내와 쌍권총 소리가 무대를 압도한다. 어머, 어머 하며 당황해하는 박단마를 윤부길이 달려와 당대 아메리카 최고의 섹시 가이(Sexy Guy) '루돌프 발렌티노'처럼 덥석 껴안는다. 그리고 과장되게 혀를 빼고 해죽 웃으며 영화 속 연인 '빌마 방키'에게 하듯 박단마의 입술에 키스를 하려고 한다. 박단마가 검지로 그의 입술을 막고는 유인하여 무대 한가운데로 나온다. 그리고 날 향해 한쪽 눈을 찡긋한 후 치마를 살짝 들치고 섹시한 허벅지에 차고 있던 총을 꺼내 윤부길의 가슴을 겨눈다. 〈내 나이 아직 어릴 때, 어머니에게 물었어요, What will I be?〉…. 경쾌한 멜로디가 깔린다.

산초! 내 이날을 기~ 다리며 얼마나 황야를 돌아다녔는지 모른다. 오늘 드디어 그 보답으로 내 사랑의 워~언쑤를 갚게 됐으니 이제 죽어도 좋아. 내 총을 받아랏!

박단마가 과장된 소리를 내지르며 노랑 머리 왈가닥 총잡이 『컬러미티 제인-Calamity Jane』 흉내를 내며 빵 쏜다. '도리스 데이'의 경쾌한 노래 『케 세라 세라-Que sera sera』를 타고 무법자 윤부길이 가슴을 움켜쥐고 흰자위를 내돌리며 코믹하게 무대를 돌다 쓰러진다. 객석의 사람들이 웃다웃다 숨이 막혀 담배며 땅콩을 던진다. 휘파람 소리도.

- Que sera, sera.
What will be, will be.

어디 불꽃 같은, 혜성 같은 축제가 우리나라뿐이랴!

반대쪽 무대 구석에서 이별의 왈츠 『올드 랭 사인-Auld Lang Syne』이 무거운 음표를 타고 어둠 속에서 돋아나 무대 한가운데로 달려온다. 왈츠가 멈추는 『워털루 브릿지-Waterloo Bridge』 위에 전화(戰禍)의 꽃 '마일라'는 '로이'와의 이별에 한없이 무너진다. 삶의 여력이 다한 듯 비탄의 얼굴이 강물에 어린다. 애수 짙은 그 눈빛에 가슴이 아릿하다. 허무의 심연을 담은 눈을 본 적이 있는가? 그 눈을 또렷이 뜨고 결심한 듯 찻길로 내려서는 '마일라'. 번쩍이며 가득 달려오는 헤드라이트! 마치 운명의 통곡처럼 달그락거리며 그녀와 함께 아픈 시대를 과거의 문으로 끌고 가버린다. 그 위로 겹쳐지는 '로이'는 아릿한 가슴을 쓰다듬으며 흑백의 추억 속에 겹겹이 마일라를 감싸고 있던 고독하고 처절한 운명을 펴올린다. 삶이 어쩌면 그리…. 속절없이 무너지며 안타까워하던 로이는 마일라의 핏물이 스민 다리 위에서 붙들고 있던 슬픈 추억의 마스코트를 쳐다보다 운명을 떨쳐내듯 몸을 부르르 떤다. 하늘에 걸린 달과 별도 함께 떨고 있음을 문득 쳐다보고는 코트 깃을 세우고 이내 어둠 속으로 사라진다. 그 뒤에서 슬픈 애수(哀愁)의 메아리가 마약처럼 따라온다. 모두 떠나고 남겨진 우리는 그와 함께 차가운 어둠 속에서 오싹 떨며 서럽게 너울대는 『올드 랭 사인-Auld lang syne』에 감염된 듯 같이 파르르 몸을 떤다. 인간의 아픈 선험(先驗)들을 모두 간직하고 천년을 이어 온, 아아, 애수(哀愁)의 굴레!

인생과 청춘과 사랑은 애수 속에서 익사한다.

야호! 야야호! 〈재담〉과 〈슬랩스틱〉과 〈풍자〉라면 빠질 수 없다는 듯 30년대 미국의 아이콘 '마르크스-Marx' 형제는 오늘도 바쁘다. 산적같이 커다랗고 능글맞은 첫째 '치코'는 『고 웨스트-Go West』에서 곰 발바닥 같은 손으로 피아노를 연주한다. 어쩌면 피아니스트의 섬세한 손이 부러워할 정도로. 그러다 디즈니 만화영화처럼 손가락이 제각각 살아있는 듯 온갖 재주를 부리며 신묘한 피아노 솜씨를 보인다.

부풀어 오른 곱슬머리에 중산모를 쓰고 레인코트를 입은 둘째 '하포'는 마임의 달인답게 한마디 말도 없이 『러브 해피-Love Happy』에서 양쪽

귀로 기차 연기를 로켓처럼 쏴아~ 뿜어낸다. 커다란 눈을 휘둥그레 굴리며. 그리고 옆에 끼고 있던 달님의 악기-, 하프를 켜면 날개 달린 요정이 달빛을 타고 너울거린다. 감미로운 소리에 기대 모두 소녀처럼 손을 턱밑에 모은 채 눈을 감는다. 와우! 천 마디 말보다 더 감동인.

화장용 기름으로 그린 새카맣고 무성한 콧수염과 눈썹, 샌드위치맨 안경을 낀 채 허리를 숙이고 웅크린 난쟁이 오리걸음으로 걷는 셋째 '그루초'는 냉소적이고 전혀 예측할 수 없는 엉터리 따발총 대사와 추리의 재담으로 견고한 현대 사회조직의 권위와 근엄의 허상을 한껏 비웃는다.

그래, 오늘은 『오페라-A Night At The Opera』가 열리는 날-, 셋이 모여 연희 단원인 남녀 가수를 돕기 위해 요절복통을 벌인다. 좁은 선실에 청소원, 엔지니어, 음식 배달원이 몰려 천장까지 층층이 샌드위치가 되어 도대체 말도 되지 않는 요란법석을 벌이는가 하면, 경찰을 만나 이 방에서 저 방으로, 이층에서 바닥으로 유쾌하고 코믹하게 뺑뺑 돌며 시대의 권위를 놀려먹는다. 이젠 기억 속에서도 까마득히 떠나버렸지만 이렇게 돌아와 여전히 바쁘게 〈뱅뱅〉 도는 걸 보니 눈물겹다. 진정으로 재담과 슬랩스틱과 풍자는 그들에게서 나왔지 싶다.

어둠 속에서 서서히 조명이 떨어진다. 넓은 무대. 제단엔 나무가 켜켜이 쌓여있고 그 위에 눈을 감은 '툴루즈 로트렉'이 누워있다. 몽마르트르의 나이트클럽 〈물랭루즈-Moulin Rouge〉를 사랑한 난쟁이 화가! 그를 어찌 아무렇게나 보낼 수 있으랴. 40년 가까운 평생을 무희와 가수와 캉캉만을 사랑하며 그려온.

무희와 가수와 지배인과 손님들이 제단을 에워싼다. 살아생전 아무도 그를 환영하지 않았지. 이젠 우리들이 그를 떠나보내리.

악단이 레퀴엠(Requiem)을 연주한다. 모두 손을 잡고 제단을 돈다. 무겁게 가라앉는 소리도 같이 한 바퀴 돈다. 그런데 무대가 갑자기 밝아진다. 악단장이 잠시 멈칫하다 숨을 고르고 단원들에게 눈짓을 한다. 그러자 레퀴엠은 순식간에 화려한 캉캉(CanCan)으로 변해 가쁜 숨을 내뿜기 시작한다. 빨간 풍차가 바람개비처럼 돈다. 가수 '라 글뤼'가 화려하고 농염한 소리를 속사포로 토해내면 반짝이 의상을 입은 빨강머리 '잔느 아브릴'을 중심으로 무희들이 함께 열을 맞춰 무대를 행진하며 희고 붉은, 알록달록한 롱스커트를 들고 흔든다. 드러난 페티코트와 이곳저곳 바느질로 기운 스타킹이 시계추처럼 요란스레 흔들린다. 오직 캉캉만을 사랑한 로트렉을 위해.

〈딴 딴 따따따따〉 리듬이 점점 빨라진다. 내뻗는 다리 따라 캉캉이 화르르 쏟아진다. 스커트가 요란한 꽃무더기처럼, 수레바퀴처럼 뒹군다. 검정, 빨강, 노랑 스타킹을 신은 다리를 앞뒤로 벌리고 왼쪽에서 오른쪽으로 이어지는 파도처럼 차례로 무너지면, 이어서 해바라기처럼 둥근 원을 만들어 하늘로 쭈욱 뻗은 한쪽 다리를 모으고 캉캉을 타고 회전목마처럼 빙글빙글 돌며 커다란 모자를 불꽃처럼 화르르 던진다. 열정과 땀과 흥분이 분출하고 관객들은 일어나 일제히 열광을 터뜨린다. 귀가 터질 듯, 숨이 막힐 듯 캉캉이 무대를 온통 뒤흔든다.

어느새 로트렉이 일어나 자신만을 위한 캉캉을 보고 있다. 마치 짧은 다리가 자라나 춤추기라도 하듯. 그 눈에서 눈물이 하염없이 흐른다.

누군가 소리친다.

"로트렉의 짧은 다리를 위하여~!"

"그의 눈물과 고독, 그리고 캉캉과 그림을 위하여~!"

눈물을 가득 머금은 로트렉은 쏟아지는 캉캉의 원색을 화폭에 담는다.

자신을 위한 마지막 축제를.

그런데…. 갑자기 불이 꺼지며 캉캉이 스러진다. 가야 할 시간! 악단과 무희들도 손을 흔들며 어둠 속으로 사라지면 약속한 듯 손님들도 뒤따라 두런두런 소리를 감아 들이며 희미해진다. 풍차는 멈추고 소리도, 빛도 없는 침묵이 무대를 둘러싼다. 아, 이상도 하지. 허공에서 메아리처럼 돌아나는 무희들 소리는!

- 앙리! 서른일곱 당신을 이렇게 먼저 떠나보내게 해서 슬퍼요. 우리들의 화려한, 그러나 치마로 감싼 굵은 허리, 화장으로 감춘 처진 피부와 구멍 뚫린 스타킹처럼 애써 숨겨둔 짙은 애수를 못내 사랑해준. 당신은 우리들의 진정한 친구였지요. 당신과 함께 했던 캉캉은 당신의 그림 속에서 영원히 춤과 노래를 계속할 거예요. 하지만 … 인생은 환영(幻影)! 우리도 방금 당신 뒤를 따라갈 거예요. 먼저 하늘에서 기다려줘요. 굳-바이, 굿-빠이~ 내 사랑! 앙~ 리!

로트렉의 얼굴을 감싸주던 소리가 메아리로 스러지고, 가물거리는 마지막 미소마저 어둠에 잠겨들면 물랭루즈가 심연의 그림자 속으로 풍덩 빠져버린다.

아-, 축제는 끝났는가….

아무렴! 무대 뒤 벽에 흑백의 파노라마가 차르르 영사되며 사라진 시대의 축제는 시네마천국으로 연결된다.

〈서울의 로트렉〉으로 불린 곱추 화가 '구본웅(具本雄)'의 기이한 우인상(友人像) 속에서 시대를 맘껏 희롱하던 '이상(李箱)'이 입술에 물고 있던 파이프의 연기를 모멸찬 시대의 한가운데를 향해 시니컬하게 훅 뱉어내면, 관부연락선 덕수환(德壽丸) 갑판에서 비상구를 꿈꾸며 시대를 건너뛴 〈모던 껄〉 '윤심덕(尹心悳)'이 절망에 찌든 피곤한 눈으로 현해탄의 검푸른 바다를 바라보다 연인 김우진(金祐鎭)의 팔을 잡고 더 이상 시대의 질곡을 짊어지는 게 너무 힘들다는 듯 고개를 끄덕이다 문득 나비처럼 서로 껴안고 뛰어내린다. 뒤이어 화려의 최전선을 살았지만 이념과 사상의 독배에 꺾인 조선의 〈이사도라 던컨〉 '사이쇼키(崔承喜)'가 그의 예술혼을 허공에 던지듯 길고 하얀 천을 휘날리며 파노라마 밖으로 날렵하게 돌아 나오고, '최남선' 보다 앞선 한국 최초의 여류시인에서 〈일체 우주와 절대적 자아의 합일〉이란 무아론(無我論)으로 기독교에서 불가로 귀의한 '김일엽(金一葉)'이 청춘과 사랑의 허무를 산사의 고적 속에 묻으며 무연히 눈을 감는다. 가식(假飾)의 삶을 거부한 괴짜 시인 '대한민국 김관식(金冠植)'이 거실에서 익살 넘치는 소리로 미당(未堂)을 위시한 선배 시인들을 향해 "자네 시는 요즘 맹맹한 게 뭔 말을 하는지 모르겠어"라며 한바탕 뻥뻥 내지르는 소리가 들려오고, 한국의 조르쥬 상드 '변동림(卞東琳)'은 이상(李箱)에게선 '금홍(金紅)'이란 이름의 퇴폐적인 상상력으로, '수화(樹話)'에게선 '김향안(金鄕岸)'이란 이름으로 뮤즈의 여신이 되어 지금쯤 「어디서 무엇이 되어 다시 만나」고 있는지. 인형의 집을 뛰쳐나와 행려병자로 떠돌던 페미니스트 '나혜석(羅蕙錫)'이 시대와의 불화 속에서 지쳐버린 몸을 시립병원 무연고자 침대에 누운 채 한 방울 맺히는 눈물 위로 신음을 흘리다 절친한 동무 김일엽의 환영을 떠올리며 허공으로 천천히 손을 들다 스르르 고개를 꺾고, 검은 눈, 검은 머릿결, 검은 옷과 머플러로 폭발적인 죽음의 신화를 만들었던 영원한 문학소녀 '전혜린(田惠麟)'은 어두운 가로등 아래서 바싹 말라버린 〈알핀 바이올렛〉을 껴안고, 「그리고 아무 말도 하지 않는」 누군가를 초조히 기다리고….

그리고 명동은 그런 전설들이 화수분처럼 가득한 시장이다. 그 시장에 가면 물컹 되살아난 사람들이 정겹게 악수를 청한다.

바아 〈바타비아〉의 어두컴컴한 백열등 밑에서 그리움과 회한의 테너 '임만섭(林萬燮)'이 좌중을 둘러보며 한손을 들고 명동 샹송 「세월이 가면」을 잔뜩 감정을 실은 채 부르면, 그 바아 입구에서는 엉뚱하게 낡은 수건으로 머리를 두르고, 한 손엔 콧물로 범벅이 된 아이 손을 잡고, 또 한 아이를 업은 후줄근한 여인이 한창 유행하는 「가거라 삼팔선」으로 당당히 맞불 놓으며 동정을 구걸하는 절망의 그림을 연출한다. 〈스타다방〉에서는 언제나 말없이 그림자처럼 앉아 있던 스물일곱 젊은 시인 '전봉래(全鳳來)'가 문득 결심했다는 듯 주머니에서 페노발비탈을 꺼내 입 속에 털어 넣고 《다만 정확하고 청백히 살기 위하여/미소로써 죽음을 맞으리다/'바흐'의 음악이 흐르고 있소.》란 유서를 쓴 후 벽에 걸린 모나리자 그림을 한참 쳐다보다 슬로비디오처럼, 영원을 향한 회귀처럼 스르르 고개를 꺾고 옆으로 무너진다. 자기 노래에 대한 자부심이 가득했던 시인 '김초향(金草鄉)'은 카페 〈포엠-poem〉에서 게슴츠레 눈을 뜨고 자신이 작시(作詩)한 「달도 하나 해도 하나」를 부르며 명동의 마지막 갈매기를 자처했지만 전쟁 와중에 서울을 빠져나가지 못하고 달도 해도 없는 어둠의 심연 속으로 날개를 접고 떠내려갔으며, 자수를 잘 놓던 이대(李大) 출신의 미녀 '황정란(黃正蘭)'은 소설가 '최태응(崔泰應)'의 애인이었지만 아픈 사랑의 묘약 대신 마약에 빠져 결국 우물 속으로 뛰어들며 삶과 청춘의 고통을 명동 천지에 파문처럼 고(告)한다. 낮에도 어두컴컴한 골목살롱에선 눈곱에다 부스스한 머리를 한 덩치 큰 공예가 '강창원(姜菖園)'이 자존심 때문에 아침을 굶었으면서도 나비넥타이 '뭇슈 최'를 상대로 마치 자신이 만주 시라무렌(西拉木倫) 강변 찻집의 야화(夜花)라도 되는 양 눈을 가늘게 뜨고 「요이마치쿠사노 야르세 나사(宵待草-달맞이꽃. 밤거리 여인)」을 눈물까지 흘리며 감미롭게 부른다.

〈東邦싸롱〉에선 '이봉구', '박인환'이 진을 쳤고, 〈文藝싸롱〉은 '金東里'와 '趙演鉉'이 일찍 터를 잡아 문인들과 문학청년들이 뻔질나게 드나들었으며, 〈靑銅다방〉은 터줏대감 '공초 오상순(空超 吳相淳)'이 맛있는 담배 연기 속에 금붕어처럼 뻐끔뻐끔 허무와 폐허를 뿜어냈으며, 클래식만 줄창 틀어대던 〈돌체-dolce〉는 '전혜린'과 '김수영'의 감수성을 비틀었고, 〈포엠〉은 값싼 맥주와 리베라 위스키로 문화예술인들의 사랑방으로 통했다. 그리고 아, 그 유명한 〈銀星!〉 '최불암'의 어머니 '이명숙'이 운영하며 최후까지 명동을 지킨 대표적인 낭만의 술집이었다. 바야흐로 현인(玄仁)의 샹송 「베사메무초」가 바람처럼 거리를 휩쓸었고, 나애심(羅愛心)이 「미사의 종」을 열창하며 화려의 여왕으로 등극했다.

아무렴, 명동은 어느 골목이나 꺾어들어 안으로 들어가면 각박하지 않은 우리 삶의 원형이 향수처럼 가득했다. 순결했던 사람들이 슬픈 전설 속에서 되살아나는!

사라진 환영들을 만나는 건 황홀하다. 멸망으로 떠내려간 그들의 눈물과 절망과 시와 노래와 편지와 술과 죽음이 불꽃 속에서 하나하나 되살아난다. 그리고 동백꽃 창부(娼婦) '마그리트'와 그녀에 미친 귀족 청년 '아르망'의 슬픈 전설처럼 누선을 자극한다. 운명이 그 면면한 미소 속에 감춰둔 냉정한 무위(無爲)의 미소를 그들의 안타까운 얼굴에 겹치며. 강남이 아무리 현대 서울의 중심으로 화려함을 자랑하지만 그 지하실에는 아직도 銀星과 東邦싸롱의 전설이 육질 가득한 날숨처럼 숨 쉬고 있다. 그리고 그 전설을 못 잊어 헤매는 사람들의 꿈도. 어쩌면 당신도 그런 세상의 숨결을 못잊어 하는 건 아닌지?

2004년 9월 11일

※ 내용 중에 시인 전봉건은 사실 부산 피난 시절 광복동 〈스타다방〉에서 자살했습니다. 김동리의 소설 「밀다원시대」의 주 테마로 인용되기도 했지요. 그러나 그도 명동이란 자장 속에서 사람들과 어울렸고, 그런 특수한 감상의 세상에 연결된 사람으로서 오히려 글의 내용을 풍부하게 하는 의미가 있어 소재로 했음을 이해해주시기 바랍니다.

※ 김용환과 이화자, 그리고 박단마는 저의 어쭙잖은 상상력으로 거칠게 조립해낸 한바탕 막간극입니다. 그러나 실제 악극에서 민족가요의 엘레지인 「황성옛터」는 그만큼 가장 많이 개사(改辭)되어 불려지기도 했지요. 예를 들면 「효녀 심청」, 「회전의자」 등의 노래로 유명한 김용만이 취입한 「명사백리」란 노래(일천칠백도 남쪽 바다 갈매기 잠든 밤~)도 황성옛터를 개사하여 새로 취입한 노래 중의 하나입니다만 사람들은 그 노래 자체도 또 개사하여 시중에서 신나게 불려졌지요.

일천칠백도 남쪽나라 무궁화 다시 피고
삼십육년 압박 끝에 왜놈은 간 곳 없네
아~ 한없는 이 설훔을 가삼 속 깊이 품고
산을 넘고 물을 건너서 삼팔선 깨뜨리자.

황성옛터는 슬픈 엘레지면서도 민족의 가슴에 절절이 심어진 절망과 고통을 씻어주는 역설적 의미의 씻김굿 소리로 돌아오는군요. 위 김용환과 이화자가 부른 노래는 어릴 적부터 제 마음 속 깊이 각인된 개사곡(改辭曲)입니다. 아마도 어머니, 아니 색시들에게서 들은 것 같기도. 가사의 수려함으로 보면 어느 유명 작가의 시구가 틀림없을 것 같은데 현재로선 확인할 수 없습니다. 다만 가사로 유추해봤을 때 가요극 「춘향전」의 한 주제가인 〈단오날의 아가씨〉 등으로 불려지지 않았을까

하는 막연한 생각이 들지만 지금은 다만 머릿속에 화석처럼 남아있는. 아, 내 어린 날 어머니와 슬픈 얼굴의 여인들은 어쩌면 이런 노래들까지도 제 가슴 속에!

덧붙이는 글

얼마 전 시도 때도 없이 무슨 〈응답하라 199×년〉 같은 유행어가 보이던데 보지 않아 모르겠지만 이곳저곳에서 응용하는 말들을 들어본 제 느낌이 맞다면 그야말로 〈얍삽한 추억팔이〉에 다름 아닐 거라는 생각이 드는군요. 급격한 변화 속에서 개인으로서 사라진 아쉬운 그림들이 겹쳐있겠지만 그래도 그렇지 겨우 10년 전후가 무슨 추억이라고, 모두 버젓이 떵떵거리며 아직 살아있는데. 현대인의 시간과 추억을 참아내는 한계가 겨우…. 아니, 거의 폭력적으로 삭제해버린! 그러니까 현실만으로 존재하는 〈철없는 시대〉라는 말을 듣게 되고…, 〈응답하라~〉란 일견 재미있는 말장난을 전략적인 카피로 만들어 팔아먹는 작가란 사람들은 참! 추억은 기왕에 사라진 시대의 심연 속에서 그림자처럼 비쳐오는 것을!

당시 EBS 교육방송에서 방송된 〈명동백작〉 1~24화 전편을 비디오로 녹화한 후 〈WMV 컴퓨터 파일〉로 변환하여 소장하고 있습니다. 책보다는 내용이 허술하고 듬성듬성 생략된 부분들이 많지만 꽤 깔끔한 화면이어서 가끔 되돌려보며 추억에 젖어보기도 하는. 더불어 시나리오(콘티?)까지도.

훨씬 뒤 우연찮게 인터넷에서 이 글이 떠돌고 있는 걸 봤습니다. 저처럼 낡은 시대의 감수성으로 존재하는 사람들이 아직도 방황하고 있는 모양입니다만 어쩐지 쓸쓸함을 감출 순 없군요.

일반적으로 강창원이 부른 「宵待草」란 노래는 백란(百蘭)이 구르듯 화려한 목소리의 가수 '백난아'가 부른 「황하다방」이란 노래를 가리키는 걸로 알고 있습니다.

~목단꽃 붉게 피는 시라무렌 찻집에 칼피스 향기 속에 조으는 꾸냥…!

제(36)주 학습지도 계획안

(2012년 11월 26일 ~ 11월 30일) 4학년 2반

양식화(樣式化)의 슬픈 자화상

아이들을 가르치는 학교에서는 일반 사회와는 조금 다른 독특한 문화가 있습니다. 아직 지적 능력이 완성되지 못했고, 정신의 토대가 단단하지 못한 채 미분화된 상태며, 자신과 주변과의 통합적인 균형을 잡지 못하는 아이들을 가르치는 특수한 사회이기 때문입니다. 자칫 방심하면 바람직한 민주 시민의 자질 함양은 고사하고, 사회의 말초적 욕망과 가치들이 무차별 치고들어와 아이들의 인성을 파괴하고, 가지고 있는 소질을 발휘할 기회를 아예 박탈해버릴 수도 있습니다. 요즘 자주 문제가 되는 학교폭력이라든가, 연예인 흉내나 말투 등 일부 어른들의 무분별한 행동을 따라 하려는 모습들은 가치와 판단이 따라가지 못하는 본능적인 흉내의 모습이라고 할 수 있을 겁니다.

그런 면으로 학교에서는 아이들 특성에 맞는 문화가 만들어지고 있지요. 특히 초등의 경우는 잠재된 능력을 통합적으로 이끌어내기 시작하는 시기이기 때문에 섬세한 교육과정과 특별활동, 체험활동 등 다양하고 풍부한 경험의 기회를 부여하여야 합니다. 글짓기와 그리기 등의 기초적인 예능활동과 다양한 체육활동, 독서발표회, 장애 체험, 교통 봉사, 고적 탐

사, 과학 행사… 등등 학교별로 제각기 필요한 활동 등을 선별하여 실시하고 있습니다. 그런 과정을 통해 세상이 이루어지는 원리와 바탕을 체화시키고 있습니다.

그중에서 가장 대표적인 행사로 운동회와 학예회를 들 수 있겠군요. 모두 일제 시대부터 시작되고 장려된 행사들입니다. 군국(軍國) 일본의 이념과 표상을 심기 위한. 일률과 복종, 책임과 희생이란 강제된 덕목을 우리 한국민에게 이식(移植)하였습니다. 그러니까 일제는 그런 학교 문화의 본질을 오직 일본의 이념과 가치에 맞췄을 뿐입니다. 일본 천황이 있는 동쪽을 향해 절을 해야 하는 동방요배(東方遙拜), 일본의 신을 모신 신사를 찾아 참배해야 하는 신사참배(神社參拜) 등은 그런 군국이념을 가장 뚜렷이 드러내고 있습니다. 학생들은 그런 일본을 구축하기 위한 소비재였을 뿐입니다.

그러나 해방 이후 동방요배와 신사참배는 사라졌지만 운동회와 학예회는 살아남았습니다. 군국이념은 이승만 정권의 대한민국에서도 필요한 덕목이었고, 자유와 충성, 애국과 보국이란 이름으로 변형되어서 신생독립국의 표상으로 자리 잡았습니다. 오히려 힘들고 피곤한 신생독립국의 피폐한 현실을 대신 위로해줄 수 있는 기능으로 널리 장려되기도 했지요. 피란지나 환도 후의 학교에서 대규모로 개최된 운동회와 학예회는 지역의 주민들이 꼭 참여해야 하는 필수 행사였습니다. 아직 사회적인 문화의 틀이 제대로 잡히지 않았고, 그와 함께 눈앞의 가시적 모습은 더욱 돋보였으며, 열정과 낭만의 문화가 그런 것을 부추기기도 했습니다. 아이들의 재롱잔치에서 어두운 시대의 고통을 잠시나마 잊을 수 있었고, 지역과 학교, 가족 간의 유대를 더욱 돈독히 할 수 있는 좋은 기회라고 여기기도 했습니다. 이후 시대에 따라 가치가 조금씩 변질되며 이기와 과열의 부작용이 사회문제가 되기도 했지만 조금씩 모습을 달리하며 계속 이어져 내려왔습니다.

21세기 들어 시대가 급변하며 사람들의 가치와 판단, 수단, 방법적 측면에서 삶의 모습이 예전과 엄청나게 많이 달라졌습니다. 굳이 학교의 일률적인 운동회나 학예회를 통하지 않고서도 아이들의 능력을 보여줄 기회는 많아졌고, 개인주의의 확산, 생활환경의 변화, 욕망의 다양화는 대규모 집단의 일사불란한 틀이 차츰 몸에 맞지 않는다고 느끼게 되었습니다. 학력이 다른 어떤 능력보다 더욱 우선시되고, 교육환경의 현대화는 아날로그적인 학예회와 운동회를 자꾸 변두리로 몰아가고 있습니다. 모두들 눈앞의 책무와 분주 속에서 정해진 잣대에 휘돌리며 열정과 낭만을 희석시키기 바빴지요. 언제부턴가 집체적인 학예회와 운동회의 기억이 가물가물하기도 합니다. 아예 실시하지 않거나 해마다 번갈아 소규모로, 거의 학교 자체만의, 아니 학년별 체육행사처럼 형식적 수준으로 끝내기도 했습니다.

근래 그 존재의의와 가치를 잃어가는 듯하던 학예회, 운동회가 순수와 열정, 축제와 화합의 의미를 띠고 다시 되살아나고 있습니다. 어쩌면 개인들의 내면으로 무너지는 고독, 외부와 격리된 소외, 나약에 빠진 자신에 대한 반작용으로 그 옛날 어려웠던 시절의 꿈과 희망을 향한 열정, 시들어가던 힘과 감성을 원시적인 폭발력으로 되새김질하고 싶은 건 아닌지. 미국의 사회학자 '데이비드 리스먼'은 현대가 베풀어준 풍요는 각 개인들을 마치 고치처럼 자신만의 세상에 갇힌 존재로 만들고, 사람과 사람의 관계에서 주체의 자세로 나설 용기를 내기가 쉽지 않게 되고, 말을 할 줄 알아도 마음 속의 말을 주고받기 어렵고 불편하게 만들었다고 『고독한 군중-The Lonely Crowd』에서 말하기도 했습니다. 그러니까 고독은 이미 전시대부터 벌써 현대의 주요 의제로 자리 잡고 있었군요. 아마도 디지털 시대의 고독한 유목민들이 옛 학예회와 운동회에서 약동하는 근육질의 불끈불끈하는 힘을 발견하고, 그 속에서 함께 어울리며 통섭(通涉)의 말들을 시원하게 쏟아내고 싶었던 건 아닌가 합니다.

올해 저희 학교에서는 운동회를 좀 더 간단한 학년 단위 체육행사로 끝내고, 대신 가을에 지역 주민들이 참여하는 학예회를 열기로 했습니다. 비록 작은 학교라서 화려한 대규모 행사는 아니지만 우리들은 은연중에 학교 문화에서 가장 비중이 큰 행사로 생각하고 있었지요. 무엇보다 가르치는 처지에서 아이들에게 어린 시절의 좋은 추억을 가슴에 곱게 재워놓는 건 무엇보다 바꿀 수 없는 훌륭한 덕목인 바에야.

그리고-, 엊그제 학예회를 무사히 마쳤습니다. 모두 열심히 연습했지만 생각보다 훨씬 더 다양하고, 짜임새 있고, 화려하고, 볼거리가 많았습니다. 선생님들의 노고가 컸겠지만, 그보다 더 힘든 연습 과정을 이겨내고 훌륭한 무대를 완성한 학생들의 모습을 잊을 수가 없습니다. 돈이 많이 들어가거나, 보여주기 위한, 또는 학생이 주체가 아니라 관객이 주체가 되는 과열된 학예회가 아니라 아이들 스스로가 주체가 되고, 각기 맡은 역할을 소화하여 단결된 주제를 구현하는 차분하고 내실 있는 학예회였습니다. 비록 화려한 옷은 아니었고, 실수하기도 했지만 그런 수수한 모습이 오히려 학생다운 천진함으로 친근하게 다가왔고, 직접 만든 간단한 소도구나 배경들은 공장에서 제조된 것들보다 훨씬 더 무대와 합일되었습니다.(호호! 딴은 제 미술적 경험도 아주 조금은 함께했지만.) 학부모님들께서도 보셨겠지만 저희 반은 「숲 속 친구들의 선물」이라는 이야기를 각색하여 뮤지컬로 공연했습니다. 편하게, 쉽게 접할 수 없는 〈연극〉이라는 고급 문화를 변두리 서민들도 얼마든지 향유해야한다는 고집과 열정이 저를 이끌었는지 모르지만.

산 속 동물대장 호랑님의 생일을 맞아 동물들이 잔치를 하다 나무를 마구 캐는 벌목꾼을 깨우쳐 환경 보전을 기약하는 중간중간 노래와 춤으로 흥을 돋우는. 만든 소도구였고 어색한 연기였지만 제각기 맡은 역을 혼신을 다해 표현했고, 다양한 구성과 이야기 흐름이 제법 짜임새가 있어선지 학부모님들께서 호응의 박수를 더욱 크게 해주셨습니다. 아이들의 서툰 동작과 말, 그리고 표정과 최선을 다하는 모습이 어쩌면 그렇게 귀여웠던지! 「산중호걸」 노래에 따라 호랑님 역을 맡은 무지막지한 덩치를 자랑하는 '현수'의 춤은 배꼽을 빠지게 했고, 「지구가 아프대요」 노래에 맞춰 아이들이 팬터마임으로 슬픈 표정에 머리를 숙이고 무대를 돌 때는 숙연하기도 했습니다. 「나무를 심자」 노래에 맞춰 '지훈'이의 태엽 장난감 인형을 닮은 뒤뚱뒤뚱 움직이는 모습은 정말 기가 막힐 정도였지요. 아이고! 저는 우리 아이들의 무한한 가능성을 보고 교직에서의 마지막 학예회를 이끌며 감격에 떨기까지 했습니다. 무대 인사를 하고 아이들과 퇴장하며 이제 정말로 이 녀석들과 헤어져야하는구나 하는 감정으로 갑자기 눈물이 맺히기도. (학교에서 동영상을 찍었으니 나중 아이들 추억의 소중한 기억이 될 수 있도록 홈페이지에 파일을 탑재하도록 하겠습니다.)

아이들은 그런 학예회를 통해 꿈과 환상, 이해와 배려, 그리고 긍정을 배울 수 있었다고 생각합니다. 우리들이 펼쳐낸 무대가 바로 미래의 아름다운 꿈과 환상임을, 너와 내가 함께 힘을 합쳐 이해하고 서로 배려해야 삶의 무대가 조화롭게 완성됨을, 그리고 무엇보다 세상의 뒤편에서 고통과 어려움을 열정으로 이겨내어야만 목표가 이루어질 수 있다는 긍정의 가르침을.

요정 '오드리 햅번'이 출연했던 뮤지컬 영화 『마이 페어 레이디-My Fair Lady』는 긍정이라는 덕목이 인생을 어떻게 바꿀 수 있는지에 대해 다시 한번 되돌아보게 했습니다. 우리들이 펼친 무대처럼 꿈과 노력과 열정으로 남루한 옷과 품위 없는 말투의 햅번이 아름답고 세련된 언어를 구사하는 완벽한 여인으로 변하는 모습을 보여줬습니다. 아마도 그리스 신화의 『피그말리온』 이야기에서 따온 영화로 알고 있는데 근래 무척 유행했던 〈긍정의 힘〉, 〈꿈은 이루어진다〉란 말처럼 우리 아이들도 그렇게 긍정과 믿음, 기대를 가지고 노력하면 미래의 자신을 완성 시킬 수 있으리라 생각합니다. 이번 학예회는 자신의 꿈을 가슴 속에 곱게 수놓는 좋은 기회였다고 생각합니다.

저도 까마득한 60년대 초 운동회나 학예회를 생각하면 지금도 설레는 군요. 피난민들이 눌러앉은 변두리 산자락에 있는 학교였지만 학생 수가 많아 운동회나 학예회를 하면 지역 주민들이 모여들어 커다란 운동장과 강당이 미어터질 정도였습니다. 노래와 무용은 기본 프로그램이었고, 지금의 개인기랄 수 있는 몇몇 아이들의 장기 자랑도 펼쳐져서 사람들을 웃기게 만들었고, 일본 소설 『곤지키야사-금색야차(金色夜叉)』를 한국 이야기로 변용한 「장한몽(長恨夢)-통상 이수일과 심순애」에서 삼월 십오야 대동강변 부벽루에서 주고받는 신파 분위기의 꺾어지는 대사는 배꼽을 쥐게 하였습니다.

- 듣기 싫다. 더~ 러운 년! 김중배의 다이야 반지가 탐이 났단 말이~냐? 다이야 반지와 네 절개를 바꾸었단~ 말이냐? 에이~, 이 옷을

놓아라. 전당포에서 빌린 망토다. 찢어지면 물어줘야한단 말이~ 다!

학생들을 위한 독자적인 문화가 아주 부족한 시대에 어른들의 가치와 원망이 투영된 거친 시대의 그림들이었지만 그래도 세대를 뛰어넘어 합일되는 현장성으로 가볍게 받아들일 수 있었던 시대의 학예회였던 것 같습니다. 전 코믹한 그 대사와 노래를 4절, 아니 지금은 사라져버린 5절까지도 부를 수 있습니다만. 운동회 마지막에 학생회장과 부회장이 주연으로 등장하는 계백장군과 김유신장군의 〈황산벌 전투〉는 TV 방송의 시대극처럼 많은 출연자들이 벌이는 웅장한 분위기를 자아내어 그 시대의 원망을 잘 수렴하며 마무리하곤 했지요.

당시 4학년이던 저는 학예회 때 담임선생님이(아마 여선생님인 듯) 연출한 아프리카 토인 춤에 출연했습니다. 검은 옷을 입고. 하얀 분필 가루로 얼굴과 몸에 칠하고, 풀로 만든 치마와 나무 창, 몇 겹의 하얀 종이를 이어붙인 뼈다귀를 코에 걸고(당시 우리는 아프리카 토인이라면 거의 식인종 수준으로만 생각했습니다), 남학생과 여학생이 편을 갈라 「우스크다라」 노래에 맞춰 전진과 후진을 하며 춤추고 싸우는 코믹 동극이었습니다. 〈우스크다라 바다 건너 찾아서갔더니 세상에서 다시 없는 신기한 나라〉 라는 한국식 가사 때문이겠지만 지금도 뜬금없이 아마존 밀림이나 서역, 오끼나와 남쪽 섬나라, 또는 중국 고산들에는 여자들만 사는 여인국(女人國)이 정말 있지 않을까 하는 생각이 문득 드는 건 순전히 그 노래 덕분입니다.

특히 배경음악으로 사용한 리드미컬하고 경쾌한 리듬, 다양한 악기의 혼성음이 만들어내는 환상적인 소리가 가사와 어울려 신비감을 더했지요. 〈우스크다라 지데리켄 알디다 비리양 무~〉라는 소리에 이끌려 뜻도 모르고 신나게 부르곤 했습니다. 나중에야 우리나라의 아리랑에 버금가는 터키 민요이며 사랑하는 님과 이별하는 안타까운 마음을 나타낸 노래라는 걸 알았지만.

우스크다라에 갈 때 손수건 한 장을 보았네.
그 손수건 안에 lokum이 들었네
… …

lokum은 터키식 젤리라고 합니다만 아무튼 노래 자체는 애절한 내용이었지만 역설적으로 즉흥적인 멜로디 라인에 끌려 뒤에 가사를 바꿔 신나게 부르기도 했습니다.

두들기면 목탁소리 난다 율부린너 대갈통
숲속에서 연애하다 들킨 신성일과 엄앵란
장총의 명사수는 존 웨인이 아니라
달라스의 이름 높은 오스왈드다.

카리스마 넘치는 눈매와 시원한 대머리로 유명했던 영화배우 '율 브린너-Yul Brynner'는 잘 아시겠군요. 그 무렵 '케네디' 미국 대통령을 저격했던 '오스왈드'의 충격적인 사건을 가져와서 젓가락 장단으로 바꿔 부르기도 했습니다

덩치 크다 자랑 마라 스티브리브스야
덩치 작은 고재봉은 도끼 들고 찍었다.
지하의 김광수야 서러워 말아라
안동의 신하사는 수류탄을 던졌다.

'스티브 리브스-Steve Reeves'는 40년대 〈미스터 유니버스〉 출신의 유명한 근육질 배우입니다. 『봄베이 최후의 날-The last days of pompeii』, 『헤라클레스-Herakles』 등에서 활약했는데 영화사상 가장 우람한, 아니 아름다운 가슴 근육을 지녔고, 지금의 아이돌 못잖은 미남이었지요. 고대의 대표적 조각상인 '미켈란젤로'의 '다비드-David'를 완벽히 닮았습니다. (그가 출연한 영화 〈봄베이~〉를 어렵게 구했을 때 참 감동스러워 했던 기억이 새삼스럽군요. 아니, 그보다 좀 더 솔직히 고백하자면 『대장 부리바-Taras Bulba』에도 나왔던 '크리스틴 카우프만-Christine Kaufmann'을 이 영화에서 함께 볼 수 있었기 때문에 더욱 감동스러웠다고 할 수 있을 겁니다. 아마도 영화 역사상 가장 청순한, 순수한 마스크의 여배우였습니다. 이 부분은 같은 여성들도 동의하리라 생각합니다만 특히 남성들에게는 거의 여신으로 매김되는.) 그리고 '고재봉'이나 '김광수', 신하사 등등 당대 우리 사회를 떠들썩하게 했던 여러 사건들을 짜깁기하여 시대를 풍자하기도 했습니다.

기타 〈~오디 머피 쌍권총에 케리 쿠퍼 녹았네〉 등등의 가사들도 있는데 좀 민망스럽기도 하고, 그리고 세상을 희롱하는 내용들을 노래에 담아냈다는 건 『우스크다라』 노래가 그만큼 유명했다는 이야기며, 거기에 시대상을 반영한 다양한 개사(改詞)들로 형님들 연배를 따라 즉흥적으로 바꿔 부르기도 했습니다.(또 옆길로 샜군요. 죄송합니다.)

아무튼 지금도 신기하게 생각하는 게 우스크다라 노래를 어떻게 큰 강당에서 들려줬는가 하는 점입니다. 그 시절은 아주 부잣집이 아니면 턴테이블 시스템을 갖출 수 없었습니다. 노랠 들으려면 큼직한 라디오나 벽에 고정된 채 〈ON-OFF〉만 될 수 있는 일종의 유선 스피커뿐이었고, 그 당시 휴대용 전축은 갓 등장한 듯한데 좀체 구경할 수 없는 형편이었습니다. 대중화되기 시작한 건 아직 몇 년을 더 기다려야 했습니다. 아마도 그 선생님은 음악에 관심이 많아 벌써 첨단 기기인 노란 휴대용 전축을 사용하여 돌아가는 레코드판에 마이크를 대고 강당에 들려준 것 같습니다만 지금은 한바탕 아마겟돈이 휩쓸고 간 것처럼 카세트, 비디오테이프는 물론 CD나 DVD도 낡은 문법이 되어버렸지만.

지금에 와선 아련한 추억으로 남은 희미한 옛 그림자에 불과하지만 평생 잊어버리지 않고 떠올리며 빙그레 웃을 수 있는 어린 시절의 학예회였습니다.

하지만 그런 순기능에도 불구하고 운동회와 학예회에서 일제 시대의 일률과 복종이란 〈강제〉된 덕목, 답지 않은 〈세련〉으로 제조된, 그리고 현대의 〈양식화〉된 문화의 아이콘들이 혼재된 모습을 발견하는 게 그리 어려운 일만은 아니더군요.

과열이 당연하게 받아들여지던 얼마 전까지만 하더라도 운동회나 학예회를 하려면 선생님과 아이들이 함께 땀을 흘리며 연습을 했습니다. 부모님들을 기쁘게 해드리기 위해서 수업 결손을 각오하고라도 매달려 가르치고, 동작을 익히고, 소리를 지르고, 달렸지요. 프로 못잖은 아이돌 가수와 탤런트처럼 하나하나 세분화해서 정교하게 구성한 장면들에 가장 어울리는 현장성을 꾸몄으며, 부족하면 외부에서 전문가를 모셔서라도 좀 더 세련되고 화려하게 꾸몄습니다. 대중은 지배자의 위치에서 최종적인 모든 기준을 자신들의 기호에 두었고, 선생님과 아이들은 피지배자로서 그들의 기호에 맞춰 좋은 상품을 만드는데 여념이 없었습니다. 그들의 기호에 영합하여야만 열광과 칭찬의 박수를 쳐주었습니다. 그래서 정작 행사를 마치고 나면 보람은커녕 겨우 통과의례를 마친 듯 한숨을 내쉴 수 있었습니다. 아이들에게는 재롱이 아니라 수많은 대중을 모시고 최선을 다해 열연해야 하는 콘서트나 다름없었고, 녹초가 된 선생님은 씁쓸한 속을 한잔 술로 달래곤 했습니다.

그러나 현대에 와서는 강제된 그런 세련이 극단적인 양식화(樣式化)의 단계까지 오지 않았나 생각됩니다. 운동회와 학예회에서뿐만 아니라 사회구조의 형식으로 양식화는 거미줄처럼 정교하게 구성되고 발휘되고 있다는.

요즘은 운동회나 학예회를 이벤트 전문회사에 맡겨 실시하는 학교가 늘어난다고 하는군요. 대충 열 곳 중 서너 곳 비율이라는 이야기도. 학교에서 준비하다보면 수업 결손이 늘어나고, 방과 후 학원이나 체험 학습의 증가로 준비할 시간이 없다고 합니다. 이벤트 회사에서는 애드벌룬, 게임용구, 인쇄된 여러 벌의 배경화면, 정교하고 깔끔한 가면이나 복장, 눈에 확 띄는 다양한 색과 모양의 레크리에이션 도구, 사회자와 보조진행자들의 일사불란한 진행…. 2~3백만 원의 돈으로 모두 해결할 수 있는데 일부러 고생할 필요가 없지요. 일정한 공정처럼 양식화시켜놓으면 깔끔하고, 흥미를 유발할 수 있으며, 효과도 만점입니다.

하지만 이벤트 업체는 흥미 위주로 운동회와 학예회를 진행할 뿐입니다. 마치 TV 예능프로그램을 연상시키듯 화려하고 번잡하게 확산시켜 모든 사람들을 굴복시키려 드는 것 같군요. 이래도 감동하지 않을 거냐고 으쓱거리듯. 교사와 아동의 상호 작용 속에서 인내와 질서, 진정과 협동이라는 덕목을 거쳐 완성을 향해나가는 교육의 근본 자체를 전도시키고 있습니다. 양식화된 경제 원리에 교육이 허덕이며 따라가기 바쁘군요.

작년엔 현장체험으로 남해 갯벌로 갔습니다. 넘실대는 바다와 미끄러운 갯벌, 싱싱한 고둥과 집게발이 제법 큰 칠게, 만지면 찰싹 달라붙는 낙지와 못생긴 문절망둑, 갈매기가 끼룩 소리 내는…. 그런 원시의 자연을 생각했지요. 이미 많이 이야기 드렸듯 저 자신 바닷가 뱃놈 출신이어서 봄에는 붕장어(일본말로 속칭 '아나고'), 멸치 통발선을 타고 남해안으로, 이른 여름부터 가을까지 내내 이까발이 배를 타고 동해 최북단인 간성, 고성에서부터 오징어를 따라 계속 남하하며 울릉도, 대화퇴, 속초, 주문진, 묵호, 죽변, 강구 앞바다까지 떠돌기도 했지요. 가끔 선실에서 모두 잠든 밤에 선장 대신 혼자 배를 몰며(이미 배의 기동(起動)을 잘 알고 있었던) 다음 기항지로 내려올 때 검은 바다에서 삶의 심연이 절 빤히 쳐다보며 비웃는 것 같아 까닭 모를 불안과 고독으로 몸을 떨기도 한 기억이 나는군요.

그즈음 어머니가 빚으로 장사를 접고 가족이 흩어져 어렵게 살던 때라 목돈을 벌기 위해 그 전해에도 탔던 〈미조 2호〉라는 9~10톤짜리 아주 큼직한 이까발이 배를 타고 여름 내내 동해안을 떠돌았습니다. 묵호, 속초 등지는 휴전선 가까운 곳이어선지 '야끼다마' 엔진을 장착한 1~2톤 정도의 작은 배도 신형 디젤 엔진의 우리 배 못잖게 빨랐던 기억이 특별히 나는군요. 그러나 하필 그해 때를 잘못 만났는지 한탕 벌기는커녕 시꼬미(고기잡이 준비)로 당겨쓴 주부식값은 물론 피칭(Pitcing-앞뒤의 흔들림)과 롤링(Rolling-좌우 흔들림)으로 자주 끊어지는 주낙(긴 낚싯줄)과 그 줄에 오징어를 유인하는 돈부(발광체) 및 여러 개 바늘을 빙 둘러 끼운 비싼 낚시 2~30개값 등등으로 선주에게 빚만 잔뜩 져서 침울한 마음이었지요. 올해는 글렀고, 내년엔 8~90톤이 넘은 커다란 기선 저인망 배를 타고 북해도 동쪽 4~5개월 항차(港次)의 북양 명태나 오징어잡이에 가서 돈 좀 벌어야겠다고 생각하며 남하하다 구룡포 근처에서 저녁 찬거리로 낚시를 내렸습니다. 달밝이(보름달)에다, 커다란 물풍(물속 낙하산의 일종. 해류의 속도와 방향을 일정하게 조절하여 옆 사람의 낚싯줄과 엉키지 않게 조절)도 당연히 내리지 않았지요. 그런데 무거운 쇳덩이 추가 어디 걸렸는지 내려가지 않고 헐렁하더군요. 작은 고랜가 싶어 밤바다를 훤히 밝혀주는 집어등 20개 전부를 켜서 보니 세상에! 바다를 가득 메운 오징어 떼로 부글부글 끓는 것 같았습니다. 그래서 칸막이 의자에 앉아 〈노리다이〉라 부르는 채 낚기 어구에 낚시를 두세 개만 내려 재빨리 잡아 감아올렸지요. 낚시 하나에 한 마리가 아니라 대여섯 마리 오징어가 다대기(가득)로 걸릴 정도였습니다. 그러나 저는 곧 그것마저 팽개치고 뜰채로 퍼 담았습니다. 세상에, 오징어를 뜰채로 잡다니! 마치 귀신에 홀린 듯 두름(20마리)이 아니라 바리(100두름)로 서너 바리 이상 며칠 신나게 잡았습니다. 갑판을 가득 덮어 내 것, 네 것 가릴 수도 없었지요. 가을이 되어 남하하는 거대한 오징어 떼를 용케 만나 횡재한 셈이었습니다. 오징어가 내뿜는 먹물을 가득 뒤집어쓴 얼굴로 서로 엄지를 치켜세웠습니다. 세상에 태어나서 처음 〈하느님, 감사합니다〉라고 미소지으며. 오징어가 회유하는 길목을 잘 잡아 일년 농사를 잘 지었다며 저는 물론 모두 선주의 보너스까지 듬뿍 받았지요. 그렇게 여름 한 철 벌어야 할 돈을 단 며칠 만에 벌어 부산 전포동 구석에서 어머니와 누님이 작은 식당을 열고 가족이 다시 모여 살 수 있게 된 건 특별한 기억이었습니다. 당시 월간지 등에서 무슨 논픽션 공모가 보이던데 응모해서 상금이나 타볼까 하는 허황된 생각을 해보기도.

가끔 해녀들과 동반해 한달 이상 해산물이 풍부한 제주도 서쪽 애월 근처 바다로 원정물질을 가기도 했고, 가을과 겨울엔 아예 남해안에서 살며 후까(상어)배나 곰장어(먹장어) 통발선을 타고 사량도, 욕지도 등의 섬들을 전전하기도 했습니다. 여름부터 늦가을까지 손은 가시에 찔리고 소금 독, 먹물 독이 올라 갈라진 피부 껍질을 떼어내면 누님이 여자처럼 곱다고 했던 제 손도 너덜너덜해졌지요.

제가 특별히 열흘이나 걸려 만든 명품 작살로(흔히 고무줄 새총(Y)처럼 생겼는데 날카로운 미늘이 달린 두 갈래 쇠창살을 곧은 대나무에 단단히 끼운 후 그 시절 귀했던, 속이 뻥 뚫린 굵은 기저귀용 노란 고무줄을 어렵게 구해 대나무 끝에 단단히 묶어 강하고 정확하게 쏠 수 있도록 묶은 후 손잡이에 인두로 제 이름을 새겨 누구나 잘 알 수 있도록 만든) 볼락, 우럭, 고등어 등 작은 고기는 물론 감성돔이나, 낭태, 또는 운 좋을 땐 눈 먼 농어 등등의 커다란 고기를 찍어내기도 했고, 5m 이상 깊이 잠수하여 괭이로(2~30㎝ 정도의 나무에 무쇠 갈고리를 끼워 바위틈이나 돌 밑에 있는 해산물을 캐내는 도구. 부두에서 인부들이 쌀가마니를 찍어 어깨에 멜 때 사용하는) 커다란 굴이나 조개, 홍합, 개불, 해삼 등을 캐거나 다시마, 우뭇가사리, 진주말. 모자반, 운 좋을 땐 해초 더미나 돌바닥에 숨은 물꽁(아귀), 문어 등도 잡아 망태(망사리. 뭐 해녀들이 물에 띄워 놓고 채집한 해산물을 담는 망태를 제주 등 남해 지역에선 〈태왁〉이라고 부르기도 하는)에 가득 따 용돈(보다 훨씬 많은)은 물론 맛있는 저녁 술안주로 파티를 열기도. (93년경 북구의 〈명덕국민학교〉에서 친목회장을 하며 한 남자 선생님의 고향인 남해 〈사량도〉로 남교사들끼리 휴양을 갔는데 제가 가물가물한 깊은 물 속에 있는 시퍼런 청각을 따오르며 휘파람 소리를 길게 냈더니 어떻게 그리 오래 물속에 들어갈 수 있느냐고 놀라더군요. 바다라는 삶의 치열한 현장을 잘 알지 못하는 분들에겐 제 잠수가 분명 경이로웠을 겁니다. 시장에서 사면 값이 꽤 비쌀 텐데 김장할 때, 또는 무쳐 밑반찬으로 먹거나 국에 넣어 향긋한 맛을 낼 때 쓰라며 모두 공짜로 봉지에 가득가득!) 뭐 요즘은 톳, 도방, 곰피 같은 해초나 군수(군소), 담치, 거북손, 따개비(삿갓조개) 등등도 따서 별미로 먹는다는데 그 시절엔 돌팍(바닷가 바위)에 널린 그런 꾀죄죄한 것들은 쳐다보지도, 먹지도 않았지요. 하긴 짧은 침의 보라성게를 긁어 올려 꽉 찬 노란 알을 떠서 고추장과 함께 밥에 비벼 먹으면 특식으론 그만이었지만 대신 손톱 깊숙이 가시가 박혀 바늘로 뺀다고 고생하기도.

어쩌면 바다는 거칠고 단순한 인간의 본원성에 가장 가까운 삶의 현장이 아니었나란 생각도 듭니다. 그래서 자연과 떨어져 매일매일 정해진 규율과 수업으로 질식할 것만 같은 아이들에게 해방감과 자연의 광대함을 가르칠 수 있는 좋은 기회라는 생각도.

그러나 그런 제 생각은 미심쩍었지만 당일 바로 작은 바위 둑 안쪽 꾀죄죄한 바닷물을 만나며 가당찮은 착각이었음을 곧바로 깨달았습니다. 좁은 모래톱과 겨우 손톱 크기 칠게나 고둥 조금, 물결에 휩쓸리는 잘린 미역 등등이 떠다니는 더럽고 탁한 바닷물, 그리고 무릎 높이의 물 위에서 십여 명이 고무보트를 타고 실시한 형식적인 해양 레프팅! 상업적인 시설이다 보니 많은 사람들이 체험을 오고, 그래서 근처 바다에서 통발로 잡아 온 작은 게, 고둥, 불가사리 등을 미끼로 조금씩 모래톱에 깔아놓는다고 하더군요. 카탈로그와 간판에서 본 화려한 현장은 잘 꾸며진 쇼-윈도였고, 흥미롭고 다양한 프로그램의 이면에 숨어있는, 양식화된 실제 모습을 본 것 같아 씁쓸했던 기억이 납니다. 제가 경험했던 바다와는 달나라만큼이나 다른 모습으로.

그러고 보니 언제부턴가 학교급식도 당연해졌군요. 아니 사람들이 모인 곳이라면 어디 없이 급식판에 담긴 음식을 매일 먹고 있습니다. 전에는 도시락을 먹거나 동료들끼리 이곳저곳 식당을 찾아 골라 먹는 재미도 있었는데 90년대 중반부터 급식실이 만들어지고, 거기서 만든 똑같은 음식을 수십, 수백 명이 같은 급식판에 담아 먹고 있습니다. 내가 먹고 싶은 건 전혀 고려할 필요가 없습니다. 정해진 식단표에 따라 만들어진 음식을 무슨 공정(工程)처럼 꾸역꾸역 말없이 먹어야 할 뿐입니다. 어쩌면 가축처럼 사육당하고 있다고 할 수 있겠지만 워낙 익숙해지다 보니 아무도 거역할 수 없게 되어버렸습니다. 급식의 양식화는 이미 항상(恒常)적인 습관으로 굳어졌습니다. 잘 정리된 은색 급식판의 일률적인 모양처럼. 언젠가 바빠 혼자 늦은 식사를 하다 급식판에 비치는 스스로를 보고 마치 불순분자로 체포되어 교실에 갇힌 채 허겁지겁 던져주는 먹이에 머릴 박은 것 같은 생각이 들어 씁쓸해한 기억도 나는군요.

전 군대 가기 전 젊은 한때 양복은 물론 와이셔츠도 맞춰 입은 적이 있었습니다. 어머니가 경영하던 중앙동 곰탕집 옆에 각종 옷과 단추, 벨트, 스카프 등을 파는 양품점이 있었는데 양복도 만들어주곤 했지요. 거기서 양복 깃을 제비 꼬리처럼 길게 위로 뻗은 V자 형태로 만들거나, 단추를 반짝이는 더블버튼으로 처리해 바람쟁이처럼 한껏 멋을 내기도 했습니다. 태종대 숲속에서 장발에, 주황색 양복을 입고 시집(詩集)을 든 채 돌 위에 앉아 수평선을 바라보는 댄디(dandy)한 사진도 있는데 쉽게 소화할 수 없는 화려한 패션임에도 불구하고 지금도 전혀 어색하지 않더군요. 게다가 나무색 체크무늬 원단에 한껏 멋을 낸다고 어깨 견장을 달고, 금색 단추에다 색상을 달리한 양쪽 주머니 덮개로 가슴에 포인트를 준 와이셔츠 차림으로 울산 현대조선(아님 울기 등대?) 바닷가 돌 위에서 사색에 잠긴 포즈로 찍은 사진도 있습니다. 지금은 까마득히 낯선 풍경이 됐지만 새삼 쳐다보니 참 젊고 키 크고 잘 생긴 이 청년이 바로 저였군요! 한때 교유하던 친구들과 자주 만나던 용두산 공원 밑 광복동 일본책 거리 입구 〈名文다방〉에서 부산 MBC에서 발간한 「어린이 문예」라는 잡지를 통해 童詩로 등단한 아가씨가 그 사진을 보고 멋지다고 치켜 줘서 괜히 가슴 설레던 기억도. 누구에게나 청춘의 봄날, 절정은 있는 모양입니다.

하지만 지금 대부분의 사람들은 기성복을 입습니다. 치수별, 체형별로 양식화된 표준이 있어 대량으로 생산된 옷을 각자 자기 몸에 맞춰 입을 뿐, 개성은 이미 한물간 유행처럼 아무 필요가 없습니다. 개인은 치수의 틈새에서 함몰해버렸지요. 〈통계〉나 〈표준〉은 개인을 지워버리고 양식으로 포장해버리는 현대의 몰개성을 상징하는 덕목이 아닐 수 없습니다.

(여담입니다만 당시 명문 다방은 저녁이 되면 새가 둥지를 찾아 모여들 듯 말 그대로 교수, 작가, 무대 예술가, 방송인 등등 부산의 내로라하는 문화인들이 많이 모여 낭만을, 때론 격론을 벌이는 곳이기도 했지요. 지금은 희미해졌지만 '사르트르'와 '까뮈'는 현존재를 각자 어떤 식으로 받아들이고 달리 이해했는가, '키에르케고르'의 단독자는 인간을 그저 신(神)에게 귀의시키는 피동적인 허무주의의 원본이 아닌가 등등 지금 생각하면 당시 열풍을 몰고 왔던 〈실존주의〉에 대한 저, 또는 각자의 생각들을 열띤 토론으로 펼쳐내기도 했습니다. 겨우 국민학교 교사에 지나지 않는 저였지만 제법 드나드는 사람들과 어울릴 정도는 된 듯하다고 생각합니다만. 저와 눈인사는 나누던 호리호리한 키 큰 젊은 건축과 교수는 '르 꼬르뷔제'가 건물의 공공성이란 개념에 따라 어떻게 확장 배치했는가를 신나게 이야기할 땐 무식하게 '꼬르륵'도 아니고 무슨 그런 이름이 있나 되풀이 물어보기도 한, 같은 국민학교 선배교사로서 신춘문예를 통해 등단했던 한 소설가와는 '손창섭'과 '장용학'의 실존적 차이를 자학과 열정으로, 그렇게 서로 다른 이미지를 가지고 있다고 풀이해내는 등 지금은 뜬금없이 허황해진 유령을 두고 이곳저곳에서 강의실 같은 토론을 이어갔습니다. 가끔 직접 주방에 들어가 커피를 뽑아내(그만큼 주인 마담과도 격의 없이 가까웠던) 돌리는 심부름꾼 노릇도 했지만 사실 엉터리 겉멋만 잔뜩 들었던.)

아무튼 우리들 삶의 주변은 온통 양식화된 편리와 몰개성이 포위하고 있군요. 고급 아파트는 양식화의 가장 경직된 모습이며, 우리는 그게 케이진 줄도 모르고 편안히 소파에서 똑같은 드라마와 개그를 TV를 통해 보고 있습니다. 결혼식은 웨딩플래너가 맞춰주는 양식에 딸린 무슨 공정(工程)처럼 신랑신부가 생산되고, 돌잔치는 이벤트 회사에서 돈을 뜯어내려고 설익은 갖은 양식을 범벅하여 사람들을 감동시키고 있습니다. 전에 우리는 학원이나 과외도 없이 오로지 혼자 밤늦게 공부하고 입시를 치렀는데 지금 수능시험은 개인을 떠나 입시학원이란 전문 학원에서 족집게를 자처하며 모아 가르치고 있으며, 일부에서 구인, 구직은 편리하게 양식화된 전문 헤드헌터에게 맡기기도 한다더군요. 심지어 세상을 떠나는 사람들도 가족 대신 상조, 장례 회사에서 만든 양식화된 절차를 거쳐 마지막 삼베옷을 입고 떠납니다.

저는 조금 내성적이어서 자주 마음 속 깊은 곳에 가라앉아 있다 보니 현실적인 감각이 부족한 편입니다. 세상의 습속을 미처 따라가지 못하는 어수룩한 면이 많지요. 그래서 현실에서 벌어지는 다양한 모습, 유행, 습관, 양식들을 뒤늦게 깨닫고 따라간다고 허덕이기 일쑵니다. 그런데 세상은 놀랍게도 제가 따라가려고 허덕이는 그런 모습과 양식들을 벌써 한물간 심드렁한 대상으로 여기는 경우까지도 있는 걸로 압니다. 저와 세상이 현실을 받아들이는 심리적, 감각적인 속도 차이가 일견 더더욱 덜떨어진 저를 만드는 게 아닌가 싶은! 예를 들면-, 저는 뷔페를 가본 적이 거의 없어서 그런지 어쩌다 가면 온갖 화려한, 그리고 엄청나게 다양한 음식들과 실내의 모습이 영 낯설기만 합니다. 남들 따라 음식을 담아 먹어보면 세상에 이런 맛있는 음식도 다 있나 놀라기도 하지요. 어쩌면 이런 음식을 내가 먹을 자격이 없는 것 같아 겁이 나기도. 아직 중학교 입시에 합격하여 어머니가 사주신 중국집 자장면에서 헤어나지 못하는 제 수준에서는 놀라울 따름입니다. 더구나 필경 버려질 게 틀림없을 먹다 남은 호화로운 음식들도. 그런데 사람들은 아무렇지도 않게, 귀찮다는 듯 몇 점 먹고는 심드렁해하더군요. 도대체 이해할 수 없습니다. 그 화려가 이미 화려가 되지 못하는 수수께끼를. 이미 세상은 제가 생각하는 그 세상보다 훨씬 더 멀리 점핑해버렸지 싶은.

선생님들과 함께 제주도 여행을 가봤는데 제가 상상하는 제주도는 자유롭고 아름다운 그림들로 가득했지요. 멋진 경관을 자랑하는 곳도 일일이 둘러보고, 맛있는 회나 감귤 등의 특산물도 실컷 먹어보고…. 그런데 꼼짝 못하고 차에 갇힌 채 짐짝처럼 이리저리 왔다 갔다 하기 바빴습니다. 음식도 미리 정해진 커다란 식당에서 전국에서 온 많은 여행팀들과 함께 똑같은 음식을 마치 무슨 공정처럼 시간에 쫓기며 허겁지겁 먹기 바빴지요. 사람들은 그게 당연한 듯 이쑤시개로 쑤시며 유쾌하게 웃었습니다. 마치 다녀왔다는 증명이라도 남기려는 듯 사진이나 몇 번 찍은 기억밖에 나지 않습니다.

뷔페나 여행은 이미 너무나 당연한 양식이 되어 이젠 설렘과 기대는커녕 심드렁한 보편으로 각인된 것 같습니다. 어쩌면 아직도 만끽에 대한 기대와 가슴 떨림에 빠져있는 저로서는 화살같이 변화무쌍한 시대의 부진아로 도저히 따라갈 수 없는 펄에서 허우적거리는 것은 아닌가 하는 생각이 들기도. 그렇게 점점 더 덜떨어진 허수아비가 되는 것 같습니다. 어쩌면 그런 양식화는 문명의 발전 속에 정교한 회로처럼 미리 예약되어있는 것 같다는 생각이 강하군요.

양식화는 양면성이 있습니다. 편리와 감옥! 만약 기계주의가 인간의 역사라면 그 필연인 양식은 편리를 주었지만 대신 미처 알아차리지 못하는 중에 우리 스스로를 우리 속의 돼지로 사육하는….

인간의 삶은 모두가 쉽게 동일화될 수 있는 틀이 있고, 그 틀 속에서 간결성을 획득하는 것 같습니다. 우리의 정신이 가장 많이, 그리고 편리한 느낌을 주는 형식이 평가되고, 선호되고, 그리고 선택되는 건 아닐까요? 어쩌면 간결한 구조적 형태는 시각적, 미적 쾌감을 주기도 하는 것 같습니다.

그러나 현대적 의미의 양식화는 스스로 능동적인 접촉행위를 시도함으로써 실용성을 가장 중시하게 합니다. 그 실용성을 좇다 보면 너도나도 강제된 규격 속이 차라리 편안해지고, 어둡고 습한 통 속에서 억압적으로 제조되는 콩나물처럼 그 틀 속의 분자식으로 존재하게 되지요. 콩나물은 콩을 강제로 변형시킨 기이한 모습이라던데 우리는 아무렇지도 않게, 푸른색이 아닌, 비실비실 병든 것처럼 노란 새싹을 당연하게 먹습니다. 강제는 편리를 무기 삼아 시간을 잡아먹고, 곰삭은 한식 같은 은근한 정신마저 파괴시키지요. 결국 사람은 양식화의 케이지 속에서 사육되는 닭과 하나도 다르지 않습니다. 점점이 불 켜진 아파트 속에 제각각 갇혀 있는 우리들이 우리 속의 닭이나 돼지를 보며 의기양양 우월해할 형편이 아님을. 우리 아이들도 그렇게 똑같은 일률로 사육되고 있습니다. 당장 너도나도 머릴 조아리고 빠져드는 스마트폰만 보더라도. 만약 양식화가 역사 속에 이미 예약되어 있다면 인간의 미래는 어떻게 변모되는지, 그 속의 존재들이 가지는 의미는 어떻게 정의되어야 하는지 혼란스럽군요.

어쩌면 세상은 양식화와 그걸 거부하는 정신이 대립하는 역사로 이루어지는 건 아닌지 모르겠습니다.

누군가의 말이 가슴에 처연하게 다가오는군요.

- 육체의 중량만을 가진 채 황금빛 하늘을 배경으로 평범한 윤곽선으로 존재하는 현대의 양식인!

덧붙이는 글

요즘은 그때 오징어잡이와는 또 좀 다르더군요. 사람이 아니라 모터로 돌아가는 기계식이어서 〈노리다이〉와 〈물레〉도 저절로 돌아가는. 우리 때는 물레를 감을 때 상황에 따라 미묘하게 강약과 단속(斷續)을 달리하며 유인하였기 때문에 개인의 기술에 따라 수확량 차이가 꽤 있었는데 지금은 모두 똑같이 나누는 것 같더군요. 물론 선장과 기관장은 몫이 좀 더 크겠지만. 아무튼 모두 자동화시켜 대량 수확만을 목적으로 한 재미없는 〈노동〉이 되어버린 것 같습니다. 바다의 〈낭만〉이라고는 조금도 없는. 양식화는 이미 인간의 노동과 가치라는 측면은 전혀 고려할 필요도 없는 비정한 삶의 거미줄로 존재하는.

덧붙이는 글2

쓰다 보니 추억의 그림들이 또 주마등처럼 떠오르는군요. 제 교직의 출발과 함께했던 화려한 〈학예회〉도. 아니, 솔직히 말한다면 젊은 날 방황하던 제 청춘의 초상, 그래서 어쩌면 여태까지 바다라는 이상스레 엇나가는 이야기 속에서 수상스럽게도 보였을 게 틀림없을 제 정체까지도.

철원 최전방에서 군대 생활을 하다 제대를 하고 딱히 갈 곳이 없었던 저는 마침 시(詩)를 쓰는 친구(최연창, 최연길 형제)의 소개로 사립인 〈○○고등공민학교〉에서 자격증 없는 국어 선생이 되어 학생들을 가르쳤습니다. 형제 친구의 큰형님이 교감이란 직책으로 학교를 운영하고 있었지요. 지금은 어떤지 모르겠는데 그 당시는 배움의 기회를 놓치거나 여러 가지 사정으로 정규학교를 다닐 수 없는 아이들을 가르치는 공민학교, 새마을 학교나 사립 여상(女商), 또는 기업체 부설(附設)학교 등이 있었습니다. 거기서 제 평판이 좋았던지 당시 전직 국회의원이었던 모씨가 운영했던 ○○여상에 가서 몇 달 국어를 가르치기도 했습니다. 그분의 따님이 나중 미스코리아가 됐다고 한때 세간에 화제가 되기도. 그러나 출퇴근 거리가 너무 멀어 중간에 공민학교로 되돌아왔습니다. 같은 재단이었기 때문에 사정에 따라 선생님들이 서로 오가기도 했지요.

아무튼 한창 나이에 여러 가지 사정으로 정규학교를 다니지 못해 소외감과 그만큼의 그리움으로 청춘의 변두리를 헤매는 아이들이 대부분이었습니다. 처음엔 제게 반항을 하기도 했지만 따뜻한 마음으로 다가갔더니 제 앞에서는 담배를 피우지 않았고, 별달리 말썽을 부리지도 않았습니다. 지금도 가끔 다대포, 월내 해수욕장에 해양훈련을 가서 찍은 당시 사진을 보면 아직 새파란 학생 모습들을 볼 수 있어 빙그레 미소가 떠오르는군요. 졸업시킬 때 아이들이 저와 사진을 찍으려고 해서 보람을 느끼기도 했습니다. 나중 일반 회사에 잠시 근무할 때 몇몇 잘못된 행동을 하던 여학생 4총사가 찾아와 급하다며 돈 얼마를 빌려달라고 해서 줬다가 연락을 끊어버리는 바람에 더 이상 그 아이들을 만날 수 없게 됐구나 하고 안타까워한 적도. 그림을 잘 그리는 여학생도 생각나는데 미남선생님이라고 절 보고 잘 웃던 아이는 출석부에 붙여둔 제 증명사진을 보고 초상화를 그려 주기도 했습니다. 자신의 특기를 살려 화가가 되었기를 바라지만 과연 삶의 무게가! 지금도 남아 있는 그 시절의 제 모습들을 보면 꽤 잘 생긴 미남이란 착각이 드는 걸 보면 누구나 청춘의 봄날은 있는 모양입니다. 집안 형편으로 이래저래 말썽을 잘 부리던 고등부 '김상수'라는 남학생은 77년 현충일날 학교에서 빌빌거릴 때 마침 학교에 들른 '정순남'이란 여학생과 함께 UN 묘지로 데리고 가서 많은 이야길 나누며 미래를 위해 지금이라도 공부를 하라고 야단 겸 격려를 했더니 뒤에 직장을 가져 열심히 산다고 했습니다. 나중 순남이가 고향인 서울로 갈 때 상수와 '신오홍', '이점이', '김효업'… 등의 아이들과 함께 우정의 단체 사진을 찍으며 아쉬움 속에 떠나보내기도. 사진 속의 남녀 아이들은 앳된 저와 나이 차가 겨우 10살 안팎이라서 지금은 비슷하게 늙어가고 있겠군요. 새삼 그리운 아이들!

역시 그 계통에서는 서로 선생님들이 교환하여 다른 곳에서 가르치기도 했는데 다음 해엔 전포동 뒷길에 있던 〈부산진 새마을학교〉에서 교감이란 직함을 가지고 중등 국어와 고등 사회 두 과목을 가르쳤습니다. 학교가 두 군데로 나눠 있어 언덕 위 교실에서 수업 마치고 3~4백 미터 아래 큰길 옆 교실로 뛰어가서 수업하던 기억이 뚜렷합니다. 얼마 전까지 이름을 알았는데 이상하게 지금은 죽어도 생각나지 않는 부산진구청장이 졸업식 때 와서 축사를 하고 장학금도 내준 사진이 남아있군요. '이영만' '유향자', '이춘만', '송봉조', '여순옥' 등등 당시에 이미 다 큰 아이들! 한창 나이에 가정형편 등 여러 가지 사정으로 정규학교를 다니지 못해 소외감과 그만큼의 그리움으로 청춘의 변두리를 헤매는 처녀총각들이었습니다.

그때 전포동 자동차 부속골목에서 회사를 운영하던 누군가가 학교 운영권을 매입하여 선생님들이 떠나야 할 때 저도 마침 동래 안락동에 있던 〈도남모방〉이란 부산에서 제법 큰 모직회사 내 부설학교에 교감이란 직책으로 소개받아 갔습니다.

〈도남부설여자실업학교〉에서 저와 나이가 비슷한 다 큰 처녀 직원들에게 국어와 한문을 가르쳤습니다. 공장 안 학교 건물 앞에 있던 등나무 벤치, 그리고 해운대 동백섬에서 휴가로 찍은 희미한 사진 속 처녀 학생들은 아득한 옛날 흔적도 없이 세상 속으로 스며들어가버렸고, 살아있더라도 아마 골골하는 할머니로…! 지난날 쓸쓸한 방황 속을 더듬었던 제 청춘의 초상이 아직도 흘러가지 않고 이렇게 늙어버린 가슴 속에 그림자처럼 끈질기게 들어앉아 있었군요. 지금도 남겨진 사진을 펼쳐보며 흔적도 없이 사라진 학교와 칠순을 마주하고 있을 처녀 제자들 얼굴이 시큼한 눈물과 함께!

그러다 여러 가지 사정으로 잠시 학교를 그만두고 미래에 대한 불안으로 방황하기도 했습니다. 앞서 ○○고등공민학교에서 영어를 가르치다 그만둔 친구가 사직동 2층에 영어학원을 차리고 있었는데 구석 콘크리트 바닥에 나무토막들을 세워 그 위를 판재로 깔고 만든 차가운 방에서 술을 마시고 덜덜 떨며 자곤 했지요. 어느 날 그 친구가 신문을 내밀더군요. 그 당시 국민학교 교사 부족으로 일반인을 상대로 아마 처음이자 마지막으로 〈국민학교 준교사 자격시험〉을 실시한다는 내용이었습니다. 그래서 같이 정식으로 교육공무원이 되어보자 결의하고 조방(조선방직) 근처 성남국민학교에서 이틀에 걸쳐 시험을 쳤습니다. 교직실무, 과목별 수업지도안 짜기와 실습, 음악과 미술 실기 등등이었습니다. 좀 애매한 부분들이 있었지만 최선을 다했더니 다행히 합격할 수 있었습니다. 그 친구는 시험공부 하다 그만두고 배움에 갈망하는 성인(成人) 상대 학교를 만들어 지금은 부산에서 그 계통의 유일한, 가장 크고 역사가 깊은 학교의 이사장으로 근무하고 있습니다.

(한번 찾아야 한다는 생각으로 찾아봤는데 자리를 비워 만나지 못했습니다. 그 후론 이상하게 갈 기회가 없었군요. 죽기 전에 만나 방황하는 청춘의 그림들을 가슴 속에서 정리해야겠습니다.)

아무튼 자격증을 받아들고 감격스러워했던 기억이 뚜렷합니다. 그 자격증은 아직도 소중히 가지고 있지요.

그렇게 공식적인 자격증을 소지하고 이어진 국민학교 교육공무원 임용 시험을 거쳐 2학기가 시작되기 직전 80년 8월 21일 북구 사상공단(工團)에 있는 〈○○국민학교〉 3학년 8반 담임으로 발령받아 드디어 정규 교직의 출발을 시작했습니다. 지금도 가지고 있는 학교장 명의의-컴퓨터 시대가 아니라서 타이프로 만든-노란 〈공무원증〉 속 싱싱한 제 모습에 그동안의 방황과 관련되어 더욱 정겹게 다가오는군요.

지금도 그렇지만 국민학교는 중등처럼 교과(教科)담임제가 아니라 전과(全科)담임으로 과목 모두를 담임이 가르치는데 아이들이 1학기 동안 담임도 없이 지내다 제가 발령받아 정식 담임으로 와서 하루 종일 같이 지내게 돼서 그런지 제 옆을 졸졸 따라다녔습니다. 어디 살아요? 저번 선생님처럼 또 떠날 거예요? 이모가 있는데 선생님은 결혼했어요? 라며 이리저리 조잘거리는 아이들이 어찌 그리 귀여웠던지! 제 품에 자꾸 안기려는 녀석도 있어 좀 성가신 부분도 있었지만. 가르치는 틈틈이 여러 가지 이야기들을 들려줬습니다. 신기한 바다 이야기와 군대, 그리고 위인들의 어린 시절과 동화, 만화 등등을 섞어 재미있게 이야기했더니 무척 신기해하더군요. 초롱초롱한 눈과 재잘거리는 아이들이 저를 둘러싸서 그야말로 행복을 만끽했습니다. 그동안 방황했던 시절을 만회하려는 듯 저 스스로 아이가 되어 조잘재잘 같이 장난치며 즐겁게 지냈고, 그래선지 부모님들과도 가까워져 스스럼없던 시절이었습니다. 어쩌면 그때가 본격적으로 세상에 나와 처음 느껴본 행복이었고, 그리고 지금까지도 짜릿한 기억으로 남아있습니다.

그렇게 비가 오면 운동장이 잠기는, 매연이 가득한 회색 공장지대-, 담임도 없는 학급에서 풀이 죽어 지내던 아이들과 생활하다 문득 번개 같은 생각이 떠올랐습니다. 여러 가지로 쓸쓸한 기억만 쌓고 있던 아이들에게 가장 아름다운 경험을, 어른이 되어서도 결코 잊을 수 없는 기억을 심어줘야겠다는.

초롱초롱한 눈으로 제 곁을 자꾸 달려드는 순수한 마음에 애잔한 생각이 들어 짠~ 하더군요. 이 아이들을-, 2학기는 곧 지나갈 테고, 저는 중간에 땜질로 그저 쉽게 가르치다 4학년으로 올려보내는 건 제가 느끼던 행복에 대한 배반이란 생각이 들어 받아들이기 어려웠습니다. 짧은 시간이지만 그 안에서 1~3학년, 그리고 이어질 학년과의 연결과 긍정의 보상을 심어주고 싶었습니다. 그래서 생각해낸 게 〈학예회〉였습니다. 보통의 아이들은 초등학교 시절 내내 그런 경험을 하기 쉽지 않고, 그래서 학예회라는 다양한 모습과 가치들을 거치며 담임 교체라는 상처를 치유할 수 있겠다는 생각을 했지요. 제가 대강 내용을 예를 들어 설명하며 아이들과 이야기를 하다 보니 생각보다 훨씬 관심을 가지고 각자 생각들을 말하더군요. 제가 안내를 하고 아이들도 가능한 범위 내에서 종목과 준비물 등을 토의했습니다.

당시 '이수정'이란 급장(지금은 반장이라고 하지요.) 학생의 부모님을 만나(나중엔 언제나 맘대로 드나들며 밥도 자연스레 먹을 정도가 된) 의견을 들은 후 유인물을 만들어 학부모님들께 나눠드렸습니다.

…아이들과 함께 하는 생활이 너무 행복하다, 저만 쳐다보며 졸졸 따라다니는 이 아이들 초롱초롱한 눈과 미소를 생각해서라도 대강 가르치고 헤어질 순 없다, 저는 중간에 땜질로 가르쳐서 쉽게 4학년으로 진급시키고 싶지 않고, 외로움을 가슴

에 담고 있는 이 아이들 마음에 짧은 시간이나마 행복한 추억을 심어주고 싶다, 모든 건 제가 계획을 세워 미리미리 준비하고, 실시해나가겠다, 바쁘게, 열심히 살고 계신 부모님들께 부담을 드리지 않겠다, 그저 간단한 준비물, 그리고 박수와 격려만 해주시면 참 고맙겠다….

그렇게 학부모님들의 동의를 얻어 학예회를 실행할 수 있게 됐습니다.

그리고…, 10월 한 달 동안 겁도 없이 우리 반 아이들과 연습에 연습을 거듭하여 〈80년 11월 8일〉 학예회를 열 수 있게 되었습니다. 지금 생각하면 새내기 초임교사가 어떻게 그런 굉장한 사건을 벌였는지 저 스스로도 믿어지지 않는군요. 어쩌면 초임교사로서의 제 열정을 시험하고 싶었던 건지도 모르겠습니다만.

40년을 건너뛴 지금도 남아 있는 제 학예회 시나리오(? 프로그램)를 보면 갖가지 다양한 종목과 출연 아이들(지금은 50대에 접어들고 있겠군요.) 이름이 빼곡히 적혀있습니다. 개회사와 국민의식(지금의 국민의례)에 이어 첫 순서로 반장인 '이수정'의 「시낭독」, 전체 합창으로 교과서에 나오는 「옥수수 하모니카」, 그리고 담임인 저의 독창으로 「섬집 아기」, 무용극 「산아가씨」의 '박은아' 외 10명, 특기 자랑으로 민요창(박국희)을 비롯하여 마술(박경태, 배필환), 칼춤(박은아), 디스코(서보민, 하기영) 등등이 신나게 이어지고 있군요. 「미스(미스터)월드」 뽑기로 한국의 '이성진'과 '허선'을 비롯해 미국(강소정, 서정철), 일본(백경미, 신종호), 프랑스(오선화, 성낙희), 아라비아(김현미, 배필환), 아프리카(이수정, 김태원) 등등 각국의 미남미녀들이 비닐이나 풀로 만든 옷들을 입고 출연했고, 마당놀이로 「수영야류」의 할미(소정희), 할비(김종달), 각시(원선주), 의원(김윤기), 소경(이경수), 그리고 심사위원역으로 학부모 2분도 참여했습니다. 마지막 연극 프로그램으로 당시 3학년 국어책에 나오는 극본 「외다리 거위」를 '조중원', '손창우', '유창우', '남현주' 등 여러 아이들이 왕자와 신하, 요리사, 나팔수 등등의 역할을 맡아 열연한 후 제 축하와 교가 제창으로 끝을 맺는. 다양한 종목에 한 명도 빠짐없이 모두 출연했습니다. 어머니들의 적극적인 참여로 쉽게 구할 수 있는 재료로 직접 소도구나 복장을 만들었으며, 학부모님들은 물론 연습 과정에서 알게 된 교장, 교감 및 여러 선생님들도 와서 참관했습니다. 일개 학반이 아니라 학교 전체 학예회에 버금갈 정도로. 지금 해보라면? 열정과 젊음을 떠나보낸 지금은 당연히 자신 없군요. 무엇보다 그 당시 최우선적으로 생각했던 건 새내기 선생님으로서 아이들을 이용하여 자신의 욕망, 매명(賣名)을 하려는 이상한 선생님의 의미로 변질되지 않으려 무척 신경을 썼고, 그래서 교직의 화려한 〈간판〉으로 매김 되지 않도록 일체의 외연을 끊어냈습니다. 오직 아이들과만 신나게 놀았고 그 아이들에게 긍정적인 추억을 심어주고 싶었을 뿐입니다. 지금까지 남아있는 단 하나의 사진은-커튼으로 만든 무대 막 앞에서 학생들과 선생님, 학부모님들에게 시작하는 인사말을 하는-제 교직 생활 중에서 가장 보람찬 시간을 되돌아보게 합니다.

그래선지 다음 학교에서는「꿈나무」란 제목으로 아이들이 직접 쓴 삐뚤빼뚤한 글과 그림으로 꾸민 국판 350쪽의 두툼한 학급문집도 만들었습니다. 대청동에 있던 출판사 사장님이 좋은 책이라며 싸게, 그래도 월급을 몽땅 털어 넣은! 지금도 가끔 읽어보며 보람찬 교육의 한 장(場)이었다는 기억과 젊은 날의 추억을! 아마 그 아이들은 아직도 간직하고 있을 게 틀림없을! 그렇게 제 젊은 날 보석처럼 새겨진 그림들이 있었다는 건 인생 최고의 보람이었다고 생각합니다. 가끔 기회가 되면 아이들 글 그대로 사진판으로 인쇄하여 책으로 출판했으면 하는 생각을 하기도 했는데 과연!

그러나, 그러나 지금은 모두 시간의 함정 속에 매몰되어버렸고, 낡은 유전자로 남은 비실거리는 늙은이로 바뀌었군요. 그렇게 시간은 기억 속 희미한 그림자를 연기처럼 허공으로 날려 보내며 멸망의 어둠 속으로 내던지려고 협박을 하는 모양입니다. 아쉽지만 받아들여야 하는!

제(37)주 학습지도 계획안

(2012년 12월 3일 ~ 12월 7일) 4학년 2반

어째 여태 어쭙잖은 글이나마 계속 쓰다 보니 어떤 과정, 계획, 설계, 또는 질서 같은 것들이 작용하지 않았나 하는 생각이 문득 드는군요. 생각 자체를 하지 않았는데 가만 보면 어떤 심리의 설계도에 따라 기술되고 있었다는. 글의 전개라든가 생각의 덩어리들이 일정한 순서에 따라 진술되고 있는 듯한. 제 마음속에 깊게 각인된 무언가가 있었던 걸까요? 아마 스스로도 각성하지 않은 가운데서도 삶을 해석하는 큰 줄기가 여기까지 끌고 왔다는 생각이 듭니다. 결과적으로 학교와 교실, 학생들과 연관 없는 이야기들로 채워지고 있어서 죄송한 마음입니다만. 그리고 이왕 여기까지 왔으니 그게 어떤 식으로 이어질지 확신하지 못하지만 지금처럼 가슴을 차지하는 무언가가 이끄는 대로 계속 진술하고 싶은 마음입니다. 호불호, 관심과 주저, 수용과 반발…이 존재하더라도 우리 모두는 사회인이며, 그 속에서 개인의 특별한 내면을 돌아보는 긍정으로 보아주시기를 간절히! 새삼 죄송한 말씀을 드립니다.

잃어버린 원본(原本)-우리들의 초상

현대의 컴퓨터, 또는 IT 기반 정보기술 산업이 만들어놓은 세상은 참으로 놀라울 정도입니다. 아니 놀랄 정도가 아니라 이미 그런 세상에 둘러싸여 있다고 할 수 있겠군요. 디지털 기술은 아날로그적인 생활의 틀을 완전히 바꿔버렸습니다. 교통, 금융, 교육, 산업, 과학, 예술…. 모든 분야가 컴퓨터와 정보기술을 이용하지 않으면 원시시대로 돌아갈 정도입니다. 그런 세상에서는 카드 하나로 지하철을 타고, 은행에 가지 않고도 돈을 지불하거나 이체할 수 있습니다. 외출 중에도 보일러를 켜거나 조명, 커턴 조절 등을 할 수 있다고 하고, 요즘은 〈바이오-매트릭스〉라고 지문이나 홍체, 안면 인식 기술로 본인확인도 쉽게, 정확히 할 수 있다고 하는군요. 아마 앞으로는 TV나 냉장고, 세탁기 등에도 인공지능이 심어져 말로 명령하면 스스로 알아서 운전하는. 때가 많으니 두 번쯤 돌리라면 세탁기가 〈네 알겠습니다. 깨끗이 세탁해놓겠습니다〉라고.

교육의 틀 자체도 어느 틈에 많이 달라졌지요. 예전에는 교과서로 담임에 따라 제각기 다른 방식으로 특색 있게 아이들을 가르쳤습니다. 도움을 받는다 해도 겨우 「새교실」이나 「교육자료」 같은 월간지뿐인데 지금은 대개 〈*T*-나라〉나 〈I-Scream. 통상 아이스크림〉이란 사이트에 가입하여 인터넷으로 가르치고 있습니다. 교육과정에 따라 각종 자료나 동영상, 깔끔한 그림들로 가득 차서 교사나 아이들 모두 중독이 될 정도여서 점점 선생님 개인의 특화된 교수법이 설 자리를 잃어가고 있는 형편입니다. 에듀넷이나 교육정보원 등에서 제공하는 다양한 자료 등까지 더해 어쩌면 기계적, 일률적 교육환경으로 흘러 학생들 개개인에 맞는 언어 발달이라든가 지적인 나름의 훈련 등을 할 기회가 적어 아쉬움을 주기도 합니다. 교육은 인간과의 만남인데 그런 게 무시되고 오직 기계적인 반응만으로.

혹시 학부모께서 아시는지 모르겠는데 교실에서 오르간(풍금)이 사라진 지도 꽤 오래됐습니다. 예전엔 교실마다 교탁 옆에 예쁜 덮개로 감싼 오르간이 있어 그 위를 꽃병으로 장식해놓곤 했는데 이젠 미처 처리하지 못한 낡은 폐품처럼 창고 구석에 처박혀 고색창연한 먼지를 풀풀 덮어쓰고 있지요. 우리가 국민학교, 아니 중, 고등학교 다닐 땐 학교 음악실에 윤기 나는 커다란 피아노가 딱 한 대 있었습니다. 예쁜 여선생님이 단정히 앉아 건반을 누르면 그에 따라 앵무새처럼 예쁘게 앉아 노랠 부르던 기억이 새삼스럽군요. 학창시절에 건반이라곤 도통 눌러 본 기억이 전혀 없습니다. 그래서 음악 수업은 미리 오르간으로 제재를 연습한다고 다른 과목보다 좀 더 고생해야 했습니다. 전담 선생님 제도가 생겨 좀 편해졌지요. 하지만 지금은 교육 사이트에서 프로그램된 악보를 클릭하면 마디별, 단락별로 순차적으로 계이름과 가사가 나와 아이들이 참새처럼 따라 부르는 형편입니다. 제재에 대한 이론적인 부분들도 클릭 한 번으로. 이미 음악이란 가슴 설레는 감성은 휘발되고 그저 기계적인 단계를 따라 가르치고 부르는 맹맹한 과목으로 전락한 지 오래됐습니다.(제가 늙다리가 되어 기악 기능이 조금 부족하다 보니 언제나 아이들에게 죄송한 마음입니다. 그저 이론적인 것보다 오르간이나 각종 악기를 이용하여 직접 가르쳐야 하는데 겨우 리코더나 가능할까, 대부분 음악 사이트에서 간접적으로 들려주거나, 가끔 피아노를 잘 치는 여선생님과 교환하여 지도하다 보니 죄송스럽기만.

그렇지요. 요즘은 교사의 필수품인 분필도 잘 사용하지 않습니다. 아이들 청소 당번이나 시간표 등도 미리 한글 파일로 만들거나 T-나라 등에 있는 알림장 등으로 TV에 띄워 보여주는 경우가 많습니다. 선생님과 아이들은 몸과 소리, 감정을 서로 공유해야 그 속에서 인간의 거리와 마음의 씨앗을 튼튼하게 연결시킬 수 있는데 지금처럼 어정쩡한, 아니 밍밍한 관계망은 그런 연결을 해체 시켜 개인들을 제각각 섬처럼 고립시켜버리지요. 아이들은 분필로 칠판에서 장난치는 게 당연하고, 지금 와선 오히려 반가와해야 할 정돕니다. 우리의 아이들에겐 그런 밀착이 정말로 필요하겠다는 생각이 강합니다.

그래선지 제가 가끔 칠판에 여러 가지 그림을 그려놓기도 했습니다. 저번 시골 학교에 있을 당시 인기 많았던 TV 드라마(꽃보다 남자)의 타이틀을 복사하여 조금 변형시켜 그렸지요. 〈남자〉 대신 제 이름을 짜깁기해서. 다음 날 아침 아이들이 난리 났습니다. 전교 학생들이 모두 저희 교실에 와서 귀가 아플 정도로 와글와글! 수업 때 지우려고 했더니 이 녀석들이 울고불고, 심지어 칠판을 점령하고는 제가 가까이 오지 못하게 막기도. 사실 그림은 전날 오후 저희 교실에서 교무 회의를 할 때 그 드라마 이야기가 나와 옆 반 여선생님이 저보고 그려보라고 해서 5분여 간단히 그렸던 겁니다. 아이들이 좋아할 테니 〈지우지 마세요〉란 글을 교무 선생님이 옆 모퉁이에 직접 쓰더군요.

어떻게 생각하면 우리 아이들은 그런 퍼포먼스를 매개로 서로의 마음과 마음을 일치시켜 삶의 깊숙한 교류를 확인하고 나누는 소망을 절실히 바란 건 아닌지. 그래서 교육은 유치하다 싶을 정도로 아이들 시선에서 출발해야 함을. 덕분에 며칠 시장처럼 아이들로 시끄러웠고 칠판 사용을 하지 못했습니다.

아이들에게는 말보다 몸으로 다가가야 교육의 정당성이 세워질 거라는 생각입니다. 어쩌면 울긋불긋 망가진 피에로가 가장 용이한 접근법이 될지도. 이후에도 몇 가지 주제의 시리즈로 그려봤는데 큰 학교로 옮기며 도통 흥이 나질 않아 저절로 그만뒀습니다. 요즘 슬슬 손이 근질거리는데 이 녀석들 놀려줄까 싶군요. 미진한 음악 대신 그림으로 대신하려는 보상심리는 아닌지! 요즘 칠판을 잘 사용하지 않는데 전체를 꽉 차는 멋진 대작으로 그려볼까 하는 생각입니다. 가만있자, 요즘 아이들이 관심을 두는 게 뭐가 있는지? 비록 빨강, 파랑, 노랑, 하양의 4가지 색분이지만 아이들에게 좋은 추억으로 새겨졌으면 합니다.

학년 초 환경정리 같은 것도 예전엔 밤새워 불을 켜고 톱질까지 하며 새내기 열정을 내뿜기도 했는데 이젠 이미 스티로폼으로 깔끔하게 만들어진 타이틀 등을 구입해서 설치하거나 아예 업체에서 환경 전체를 깔끔하게 구성해주기도 하고,

특히 상업적인 디지털 기술의 발전은 놀라울 정도입니다. 예전에도 영화에서 비현실적이거나 환상적인 장면 등은 카메라 기술에 의지해 부실하게나마 처리했는데 근래 디지털 기술은 머리카락 한 올도 실제처럼 정밀하게 표현해낼 정도입니다. 『터미네이터』에서 사이보그가 철망을 투과하는 장면이라든가, 액체금속 상태에서 서서히 사람으로 되살아나는 장면 등을 보며 그 불가능을 깨부순 컴퓨터그래픽 기술에 박수를 치지 않을 수 없게 했습니다. 그러나 터미네이터를 가볍게 낡은 영화문법으로 만들며 『쥬라기 공원-Jurassic Park』이 세상에 온통 공룡을 풀어놓은 후 이제는 아무 영화나 함부로 컴퓨터 그래픽을 이용하기 시작했습니다. 『스타워즈』 4~6부가 내용상으론 후대의 이야기지만 80년대에 먼저 만들어져 2000

년대에 새롭게 제작된 1~3부에 비하면 화면이 훨씬 원시적임을 비교하면 잘 이해할 수 있지요. 시간의 역설, 짜깁기란 아이러니에 어쩐지 씁쓸함을. 그렇군요. 이젠 모든 영화, 아니, 그저 평범한 멜로드라마에도 알게 모르게 컴퓨터 그래픽이 함부로 사용되고 있는 걸로 알고 있습니다. 컴퓨터 그래픽 만능주의는 세상을 엉터리 판타지로 꽉 채워 자물쇠로 단단히 가둬 놓은 것 같아 아쉽기도 하군요. 요즘 『반지의 제왕-The Lord Of The Rings)이나 『나니아 연대기-The Chronicles of Narnia』 등등의 판타지 영화들이 많이 보이던데 우리 아이들의 필수 관람영화처럼 인식될 정도로 굉장한 인기를 얻고 있더군요. (언젠가 컴퓨터 그래픽이라든가 스마트폰 등등 현대의 신화들이 우리들 삶의 전면을 신의 영역으로 격상시킨 듯한, 그러나 사실은 허위로 가득 채워 버린 악덕임을 이야기하고 싶군요. 누군가 그렇게 이야기한 사람이 있는지 모르지만.)

어쨌든 그 후 나타난 영화들 중 『매트릭스-matrix』와 『아바타』가 기억에 남는군요. 원래 매트릭스란 단어는 수학에서 쓰이는 말로 '여러 개의 숫자나 문자를 몇 개의 행과 열로 나열하는 것'을 뜻한다고 합니다. 다시 말하면 개개의 개체들이 어떤 틀이나 구조를 형성하는 것을 말하는데 거기서 더 나아가 촬영한 영화 필름을 작가가 의도에 맞게 편집하는 것도 이야기의 틀을 구성한다는 점에서 매트릭스라고 할 수 있겠습니다. 오늘날은 좀 더 다양한 분야에서 변조하여 사용하고 있는데 세포 단위의 구성이나 전자부품들의 회로나 장치, 또는 모세혈관과 림프, 신경조직의 네트워크 등을 가리키기도.

결국 매트릭스는 영화와 관련하여 디지털 기술에 기반한 가상의 세상으로서 실재하지는 않지만 우리들이 얼마든지 만들고, 간섭하고, 복제할 수 있는, 그러면서도 인간처럼 스스로 진화하고, 통제하고, 욕망을 분출하는 또 다른 현실이랄 수 있습니다.

그런데 터미네이터, 쥬라기 공원, 매트릭스, 아바타 등과 함께 이 영화들이 표상하는 이미지나 기호가 포스트모더니즘의 주요 경향인 《脫 현대》라는 독특한 생각을 피력하는 일단의 사상가, 이론가들과 닿아있다는 글들이 자주 보이더군요. 그게 현재 우리들을 둘러싸고 있는 현실과 부합한다는 점에서 의미 있는 영화라고 할 수 있을 겁니다.

예전 6~70년대 시내 번화가 사무실 거리에는 〈청사진〉이란 간판을 단 복사가게가 많이 있었습니다. 서류를 감광지와 함께 복사기에 넣으면 글과 그림 등은 하얗게 나오고 대신 종이 전체가 파란색으로 복사되어 나와서 그런 이름을 붙였지요. 초창기 복사기 시대의 풍경입니다. 지금이야 사무실마다 흔한 복사기지만. 또한 그때는 타이피스트, 필경사(筆耕士)란 직업도 있었습니다. 컴퓨터 이전 시대 타자기 글자판에 한 글자씩 손가락으로 자판을 눌러 자모가 뒤쪽 굴대에 걸린 잉크 띠를 종이에 압착하여 글자가 새겨지는. 지금은 컴퓨터 자판기가 그 역할을 대신합니다만. 필요한 서류가 있을 때 깔끔하게 정리해주는 타이피스트는 그 시절 여성들에게는 선망의 직업이었습니다. 아마 그때부터 여직원을 〈직장의 꽃〉이라고 한 것 같은데 주로 단정하고 깔끔한 여성들이 책상에 앉아 타타타탁 하는 소리와 함께 자판을 두들기는 모습은 한 떨기 청아한 백합처럼 아름다웠습니다. 함부로 갈겨 쓴 글씨를 인쇄 글처럼 단정하고 정확한 글자로 정리해서 서류로 건네주면 마치 천사가 마법의 손길을 내미는 것처럼 생각될 정도였지요. 또한 학교나 회사에서 보통 사람들이 쓴 평범한 글씨로는 결제를 맡거나 외부로 보낼 때 조금 문제가 있어 글씨를 예쁘게 잘 쓰는 필경사(筆耕士)가 철필로 정서하여주면 등사하여 활용하기도 했습니다.

90년대까지만 해도 타자기와 등사기는 사무용품의 정점에서 언제나 우리들 곁에 존재했습니다.

그런데 정확하게 말하면 연필로 갈겨쓴 서류는 〈원본〉이고 청사진이나 타이핑된 서류는 〈복사본〉입니다. 그리고 원본은 쓰레기통으로 가고 소통되는 건 복사물 몫이지요. 칠판에 제가 그린 드라마 타이틀 그림도 복사본이라고 할 수 있고. 영화 매트릭스와 아바타의 무대도 디지털 기술에 기반한 가상의 세상으로서 실재하지 않는 복사, 복제의 세상입니다.

이 경우 원본과 복제물과의 사이에 정체성(正體性)의 문제가 발생하는데 현실적으로 더욱 중요한 건 복제물입니다. 그것도 그냥 복제가 아니라 실제처럼 유통되고, 가치를 획득하고, 주체가 되는 이런 가짜, 모조품들을 '질 들뢰즈', '자크 데리다', 그리고 '장 보드리야르' 등 그쪽 포스트(post) 계열의 사람들은 《시뮬라크르-Simulacre》라고 명명하더군요. 그리고 그런 복제물이 유통되고, 대접받고, 가치를 획득하는 개념을 《시뮬라시옹-Simulation》이라고도. 프랑스 말이어선지 어째 혀가 미묘하게 돌아가서 발음도 어렵고, 헷갈리기 쉬우며, 앞에 언급한 철학자들에 따라 제각기 개념도 달리하여 이해하기도 어렵지만 찬찬히 생각해보면 일면 수긍되기도 합니다.

컴퓨터 시대답게 저는 옛날 사진 중 중요한 몇 장을 스캔해서 컴퓨터 파일로 저장해두었습니다. 생각보다 사진이 쓰이는 경우가 많더군요. 그런데 어느 날 다른 사진이 필요해서 앨범을 찾았는데 도저히 찾을 수 없었습니다. 며칠을 찾지 못하며 이살 자주 다니다 잃어버렸는가 하다 문득 깨달았지요. 예전 나무로 제작되어 사진앨범으로 쓰던 상자가 낡고 부서져서 버리고 대신 문서를 정리하는 비닐 파일에 하나씩 끼워 다른 서류들과 함께 책장에 두었음을. 오랫동안 찾지 않아 까맣게 잊고 있었던 셈이지요. 결국 복제한 사진은 언제든 가까이서 볼 수 있지만 원본은 어디에 있는지도 모를 정도로 저에게서 멀어져버렸습니다. 제 젊은날들도 파일 앨범에 감금되어 하릴없이 제 손길이 미치기를 기다리는 원본 신세가 되었습니다.

90년대 후반 컴퓨터를 사용하여 처음 아래한글 2.5버전으로 문서를 만들었을 때의 감동을 잊을 수 없습니다. 그저 낙서 비슷한 글 몇 자와 조잡한 표로 된 문서에 불과했지만 인쇄글로 문서를 작성할 수 있다는 것이 꿈처럼 부럽게 쳐다본 여자 타이피스트와 관련하여 무척 감동스러웠습니다. 지금이야 자유자재로 갖가지 문서를 멋있게 꾸밀 수 있지만. 얼마 전 집에서 수업 관련 파일 몇 개를 USB에 담아 학교에서 작업하다 수정할 부분이 있어 고치고 저장했습니다. 집에 가서 USB에 저장된 문서를 본래 문서에 덮어씌웠습니다. 그야말로 순식간에 원본은 사라지고 복제본이 원본이 되어 버젓이 본래 이름으로 저장되었습니다. 그 후로도 계속되는 문서는 어제 쓴 원본에 덮어씌우고, 또 내일의 복제로 자꾸자꾸 덮어씌웁니다.

어느새 세상은 원본은 사라지고 이런 복제본이 원본처럼 우글거리는 세상으로 변했습니다. 전국 곳곳 도심의 영화관에는 사라진 원본인 중생대 공룡들 대신 복제된 공룡이 오늘도 하루 종일 은막에서 커다란 머리통을 흔들며 으르렁거리고, 복제된 모나리자 그림이 빌딩 계단 벽면을 커다랗게 점령하고 신비한 미소를 지어 보입니다. 원본을 구경할 형편이 못 되는 우리는 그저 가짜 그림으로도 고마워하며 '어머나, 역시!' 하며 감탄하지요. 힘들게 꾸민 서류는 파쇄기에서 가루가 되고 대신 복제된 서류가 무역 전쟁의 최전선에서 유통되고, 아예 원본 자체가 없어져도 공장에서 서로서로 무한 복제된 버스와 전철, 택시가 오늘도 시민들의 발이 되어 하루 종일 시내를 누비고 다닙니다. 영화 『토탈 리콜-Total Recall』의 '슈왈제네거'는 복제된 기억 속에서 지구와 화성을 혼란스럽게 오가고, 『아일랜드-The Island』의 주인공 '이완 맥그리거'는 자신이 복제품임을 알고는 원본 맥그리거를 찾아 좌충우돌 모험을 떠나지요. 장 보드리야르식으로 말한다면 세상은 〈시뮬라크르〉들로 둘러싸여 빵빵 시끄럽게 법석대는 〈시뮬라시옹〉으로 변했다고 하겠습니다. 원래의 현실보다 복제된 현실들이 더 실제적인 의미를 획득하는. 아니, 복제가 현실을 베끼는 것이 아니라 현실의 사람들이 그 복제를 보고, 획득하고, 이용하며 〈거꾸로〉 베끼는 역전현상이 일상이 되고 있습니다. 홈쇼핑에서는 오늘도 〈복제된 의상〉을 사람들이 획득하고 이용하라고 부추기고, 미장원에서는 표준 양식으로 전시된 다양한 머리 스타일의 〈미용 사진〉을 보고 같은 모양으로 복제하여 꾸미고…. 가상의 매트릭스 세상의 대표주자인 '스미스' 요원이 현실의 '레오'를 위협하듯 원본과 복제가 전복되기도 합니다.

이렇게 볼 때 원본과 복제, 즉 가짜와 진짜의 구분은 무의미한 것 같습니다. 『아바타』에서 늘씬하고 파란 인형인 아바타는 원형을 대리하는 대체물, 복제품에 불과합니다. 그런데 영화 속에서 아바타는 바로 주인공의 인생 자체가 되어버리고, 원형으로서의 지구인은 시체처럼 누워있을 뿐입니다. 깜박 잊고 있던 제 사진처럼.

다른 별에서 살아가는 아바타는 가짜 인생일까요?

원본은 어디로 갔을까요? 타이핑 전 연필로 갈겨쓴 종이와, 젊은 모습이 고스란히 살아있는 저의 사진과, 천박하게 변형된 짝퉁이 아닌 신비한 미소가 살아 움직이는 모나리자와, 본래의 자기 머리 모양은? 칠판에 그려논 드라마 타이틀 그림의 원본은 어디에 있는가요? 아니, 복사하기 전 원본으로서의 기원(基源)은 처음부터 없었던 걸까요? 세상은 복제와 꾸밈과 허상으로부터 출발하였을까요? 글쎄, 그건 너무 허무하다는 생각이 드는군요. 존재의 망실(亡失)! 인간의 부재! 정말 그렇다 하더라도 우리는 만들어서라도 본래적인 어떤 기원, 〈오리진-origin〉을 가져야 할 것 같습니다.

그와 관련하여 일찍 플라톤은 『국가-Politeia』에서 동굴의 우화를 통해 〈이데아〉라는 개념을 제시했습니다. 지하 동굴 속에 갇힌 죄수는 두 팔과 다리가 묶였고, 머리도 결박당해 좌우로 돌릴 수도 없이 동굴의 벽만 보고 삽니다. 등 뒤에서 비추는 횃불에 의해 벽에 비치는 여러 가지 그림자로 된 세상만이 전부로 알고 있지만 동굴 밖에 호수와 나무와 동물들, 그리고 밝은 햇빛이 비치는 세상이 있다는 것을 인식하지 못합니다. 플라톤은 이데아를 동굴 바깥의 세상으로 비유하고, 이데아는 모든 것들의 본질과 원인이지만 현실 세계로 태어날 때 〈레테의 강〉을 건너면서 이데아에 대한 기억을 모두 잃어버렸고, 그래서 모든 감각을 떨치고 명료한 이성으로 봐야 이데아를 기억할 수 있다고 했습니다. 그리고 그 죄수 중 한 명이 탈출에 성공하여 동굴 밖의 호수와 나무와 동물들을 보고 비로소 이데아라는 개념을 되찾을 수 있었다고 했지요.

플라톤의 이데아는 잃어버린 원본에 대한 일종의 향수였습니다. 오늘날 원본, 본래적인 나, 이데아는 복제에 포위되어 사라져버렸습니다. 아무도 자신이 무얼 잃어버렸는지도 모른 채 부나비처럼 욕망의 시뮬라크르들에 둘러싸여 휩쓸려갑니다. 동굴 속에 갇혀서는 밖의 세상을 떠올리지 못하며, 기원의 이데아를 인식하지도 못합니다. 어쩌면 종교는 그런 오리진의 이미지를 찾아 헤매는 인간의 원망(願望)과 연관되어있는 건 아닌지.

버스를 타고 가는데 부산대학교 앞에서 여고생들 몇 명이 타더군요. 그 나이대의 발랄한 학생들처럼 좀 짧은 치마를 입었지만 소위 노는 타입의 아이들은 아닌 것 같고 그저 평범한 학생들이었습니다. 모범생처럼 얌전하게 생긴 아이도 보였지요. 그런데 그 아이 중 2명은 처음부터 손거울을 들고 있었는데 자리에 앉자마자 얼굴을 매만졌습니다. 화장에 대해 잘 모르는 제가 봐도 어울리지 않다고 생각할 정도로 얼굴에 짙은 화장품을 바르고, 입술에 핑크색이 도는 무슨 투명한 루즈를 바르고, 그리고 가위처럼 생긴 기구로 눈썹을 치켜올리더군요. 다른 아이들도 그게 당연한 듯 같이 이야기하며. 버스 타고 가는 내내 손이 얼굴로, 머리로, 그리고 스마트폰으로, 다시 거울을 보며 머리로….

문득 어떤 말이 생각났습니다. 〈페르소나-persona〉! 심리학에서 쓰이는 말로 타인에게 비치는 외연적 성격을 나타내는 용언데 원래는 그리스의 고대극에서 배우들이 쓰던 가면을 일컫는 말이라고 합니다. 그걸 '구스타프 융-Carl Gustav Jung)'이 차용하여 심리학 이론으로 사용하기 시작했습니다.

융은 인간은 천 개의 페르소나(가면)를 지니고 있어서 상황에 따라 적절한 페르소나를 쓰고 관계를 이루어 간다고 합니다. 페르소나를 통해 개인은 생활 속에서 자신의 역할을 반영할 수 있고 자기 주변 세계와 상호관계를 성립할 수 있게 되지요. 그리고 페르소나 안에서 자신의 고유한 심리구조와 사회적 요구 간의 타협점에 도달할 수 있기 때문에 개인이 사회적 요구에 적응할 수 있게 해주는 〈인터페이스〉의 역할을 하게 된다는 말도.

그 여학생들의 행위를 저의 선부른 판단으로 가둘 수는 없습니다. 왜냐면 그 아이들은 자신들을 둘러싸고 있는 세계를 받아들이는 방식으로써 필요한 페르소나를 선택했기 때문입니다. 어쩌면 그들이 속한 세상이 그걸 강요하는 면도 있을 수 있고. 그게 가치의 잣대가 될 수는 없습니다. 다만 그 아이들은 자신이 인식하지 못하면서도 타인들이 하는 행위를 복제하고 있었고, 세상과 상호관계를 만들고 있었습니다.

보통의 여성들은 화장을 하지요. 세계 속에서 구성되는 행위를 나타내는 기호입니다. 그 기호는 보편적으로 복제라는 기의성(記意性)과 결합합니다. 사람마다 헤어스타일, 화장하는 방법, 때에 따라 달라지는 표정, 기분에 따라 톤이 달라지는 말…. 그런 것들은 사실 제각각 개성적이고 독창적인 페르소나처럼 보이지만 사실은 그 자체가 남들로부터 베껴서 꾸미고 살아가는 방식일 뿐입니다. 나만의 페르소나는 존재하지 않습니다. 기원은 없어졌지만 무한정 복제되고, 형성된 보편적인 페르소나입니다. 누군가의 헤어스타일을 보고 나도 그렇게 복제하여 머리를 꾸미고, 표정을, 말을, 생각을 복제하여 같이 따라합니다. 한때 엄청난 유행을 탔던 〈워크맨〉과 〈MP3〉는 그 복제의 폭풍 속에서 흥망성쇠를 이어가다 지금은 무소불위의 능력을 과시하는 〈스마트폰〉에게 그 자리를 넘겨줬지요. 아이가 말을 배우는 건 복제의 메커니즘이 작동하기 때문에 가능하며, 어머니의 감정을 느끼고 복제하여 일체가 됩니다. 만약 복제의 기제가 없다면 삶은 통일성이 없어지고, 과열되며, 중구난방처럼 함부로 굴러갈 겁니다. 연속성이 끊어져버립니다. 어떻게 보면 복제는 인간을 연쇄시키고 한 가지로 묶어주는 유대(紐帶)의 의미도 가지고 있군요.

근래 몸에 대한 자각이 많아졌습니다. 다이어트 열풍이 불고, 요가나 수영 등의 운동을 하는 사람들이 급격히 늘어났습니다. 예전처럼 오직 생활에만 매달리지 않아도 되는 여유 때문인지 몇백만 원이나 하는 자전거를 타고 전국을 돌아다니거나, 산과 들을 달리며 고통 속에서도 풀코스를 완주하는 마라토너, 또는 잠수복을 입고 바다를 헤엄치는 사람도. 요즘은 텔레비전에서도 다이어트 프로그램이 있어 적게 감량한 사람을 탈락시키는 모습도 보입니다. 얼마 전에 선생님들에게서 들었는데 무슨 〈렛미인〉인가 하는 프로그램이 있어 얼굴이나 몸에 대한 콤플렉스가 있는 사람 중에 선별하여 성형을 시켜주는 기발한, 아니 망측한 프로그램도 있다더군요. 모두 복제의 기호를 선택하여 자신을 드러내고 싶은 모양입니다.

성형은 오늘날 특히 여성들의 키워드라고 생각합니다. 얼짱, 몸짱이란 말과 함께 너도나도 성형의 대열에 합류하는 것 같습니다. 자그만 흉터를 제거하는 것에서부터 각진 턱을 깎는다든가, 팔자주름을 편다든가 하는 것은 기준이 되는 사회적 표상을 정해놓고 자신의 부족한 부분을 메워 그에 맞추려는 복제의 의미가 담겼습니다. 모두 성형외과에서 제시하는 얼굴형을 구매하고 그대로 복사하며 비로소 만족해합니다. 남들과 다르면 극심한 스트레스를 받게 되고, 똑같으면 안심하는 현대인의 초상이 아닐 수 없습니다. 성형외과가 도심지 중심에서 성황을 보이는 것은 그런 복제의 전성시대와 맞물렸기 때문이라는 생각이 문득 드는군요. 앞의 여학생 화장처럼. 원본과 같이 복제된 내 얼굴과 만족을 가짜가 아닌 진짜 인생이라고 할 수 있을까요?

우리는 이제 순수하게 우리에게 속하는 원본적인 것과 다른 것으로부터 복제된 것을 구별해내지 못합니다. 〈원형적인 것 또는 근본적인 것〉과 〈복제된 것 또는 첨가된 것〉을 칼로 자르듯 나누기란 불가능해졌습니다. 원본과 가짜는 레슬링 경기처럼 뒤엉켜있거든요. 아니, 가만 보면 이 시대에 원본은 벌써 전에 까마득히 사라져버렸고 모두 복제된 시뮬라크르로만 존재한다고 할 수 있습니다. 우리들 삶은 한바탕 정교하게 꾸며낸 가짜, 이미테이션(imitation-모방. 흉내)의 모습으로 마치 현실의 주인공처럼 존재하는 게 아닐까요? 당신의 얼굴과 표정은 정말로 당신의 모습이라고 자신할 수 있습니까?

저는 사람들과 잘 사귀지 못하지만 〈교사〉라는 사회적 포지션으로 존재하다보니 가끔 여러 사람들과 어울릴 때가 있습니다. 그럴 때면 상황에 따라 조용히 있거나, 가끔 적극적으로 의견을 개진할 때도 있습니다. 미소를 짓거나, 웃기도 하고, 어떤 때는 시무룩한 표정을 짓기도 합니다. 대개는 조용히 있는 모습이지만.

흔히 현대인의 자아(自我)나 주체성을 표현하는 말 중에 〈연극적 자아〉,

또는 〈거울 자아〉라는 말이 있더군요. 본래의 자신이 아닌 여러 극중 인물을 연기하듯 자기 모습을 그럴듯하게 꾸며 남에게 보이는, 언제나 자신의 모습을 거울에 비춰보며 가식(假飾)하는, 다분히 타자지향적인 현대인의 모습을 묘사한 말일 겁니다. 살다 보면 여러 가지 인연과 상황들에 마주치게 되고, 그 한계를 살아가는 현대인들은 행동의 메뉴얼을 즉각 찾아 그 맞춤법에 어울리는 얼굴표정을 지을 수밖에 없습니다. 그러지 못하면 탈락과 낙오, 또는 혼란과 폭력이란 비상한 상황이 빚어질 수도 있습니다. 어쩌면 인간이 사회적 행위라는 조건 속에서 존재하는 한 그런 가면-복제된 나는 또 다른 나의 모습으로 굳어버리는 것이나 아닌지.

그렇군요. 가만 보면 사람들은 저를 포함하여 순수함이 많았던 시절을 잃어버리고 온전히 복제된 거짓 표정과 행동으로 자신을 꾸미고 있습니다. 그것도 자신만만한 미소와 함께. 의도적인 복제는 필요악일까요? 아니, 지금의 시대는 시뮬라크르라는 허구들로 구성된 허깨비 시장인가요? 우리는 순수를 잃어버린 허구의 삶을 살고 있는가요?

현대는 그런 징후들로 차고 넘칩니다. 우리는 허구를 먹고 허구의 얼굴을 하고 허구의 멋진 폼을 잡고 살아갑니다. 화장과 옷으로 매일매일 변신하고…. 무슨 세포의 증식처럼 똑같이 반복되는 복제의 메커니즘을 수행하는 중간자들로 가득 찼습니다. 마치 개개의 일상을 물처럼 흘려보내듯 자신의 존재를 인식하지 못하며, 무슨 일을 하고 있는지 자각하지도 못합니다. 그런 면으로 영화감독 겸 배우였던 '찰리 채플린'은 영감이 가득한 천재였습니다. 제목 자체가 시대를 건너뛰어 메아리로 울려오는 1936년 작 『모던 타임즈-Modern Times』에서 그는 복제의 〈너트〉로 거대한 컨베이어 벨트에서 시뮬라크르들을 쉴 새 없이, 강박에 빠져버릴 정도로 복제해냅니다. 그러나 그의 너트는 복제의 요술방망이였지만 대신 자신은 부속품으로도 존재하지 못하는군요. 기계 속에 빨려 들어간 그의 모습은 시뮬라시옹과 화합하지 못하는 기괴한, 인간의 값어치마저도 부정당하는 지극히 상징적이고, 쉽게 볼 수 없는 채플린만의 영상문법이라고 할 수 있을 겁니다. 영화 속에서였지만 대량생산이라는 자본주의의 명제는 개인이란 존재를 부정하고 거대한 메커니즘의 한 모듈로 치환해버리지요. 먹는 것마저 기계가 대신해주는. 결국 현실이란 복제의 정교한 일관성을 잃어버리고 정신병원이라는 유적지에 내던져지는 신세가 됩니다. 기계에 혹사당하고 모멸 받는 개개 인간-노동자의 추락은 모던 타임즈 속 현대인에게 주어지는 시뮬라크르의 함의(含意)를 명확히 드러내고 있었습니다. 우리 모두는 알고 보면 그렇게 기괴한 〈인간부재〉의 늪에서 바람에 휘날리는 보리밭처럼 허우적거리며 살고 있는 건 아닌지. 마지막 여주인공 '폴렛 고다르'와 함께 역광(逆光) 속 넓은 신작로를 행복을 찾아 걸어가는 흑백의 실루엣, 그러나 가만 보면 역시 또 목적을 상실하고 계속되어야 할 그의 방랑은 자본주의에 대한 슬랩스틱 코미디, 아니 씁쓸한 블랙 코미디의 시선 속에서 현대인들에게 제공된 복제품 같은, 모래알 같은 존재의 휘발성을 상징하는 미래의 슬픈 구도였습니다. 모던 타임즈는 36년의 시점을 75년이나 건너뛰어 그야말로 2012년 오늘도 관통하고 있는 〈Modern Times〉였군요.

결국 제가 자주 강조하던 과학과 철학은 마치 로봇들의 일사불란한 조립라인 풍경처럼 존재하는 자신을 자각하고 원본적인 존재의 가치를 획득하려는 강력한 도전의 의미를 가지고 있는지도 모르겠습니다. 그러나 동시에 우리들 모던 타임즈는 결국 실패할 수밖에 없는 구조로 꿰여 있으며, 복제의 자화상에서 제각각 절망과 침묵의 방정식 속 고리로 감금되어있는 것 같다는 생각도.

과연 현재도 제각각인 우리 아이들은 어떤 표준을 가지고 자신의 모습-, 초상을 꾸며나갈지 궁금합니다. 바라는 건 이 아름다운 얼굴과 표정을 거친 모던 타임즈의 공격 속에서도 계속 지켜낼 수 있으면, 순수한 생명력을 잃지 않으면 합니다만, 그러나 안타깝게도 우리들 삶을 휘감고 내동댕이치려는 시간의 〈분장술〉에 결국은.

'노자'가 말했다고 하더군요. 진정으로 행복한 삶은 〈보여지는 나에 대한 남의 평가에 달려있는 게 아니라 진정한 주체로서 나 자신에게 진실로 가치 있고 의미 있는 것을 성실히 추구해 나가는〉 데에 있다고. 가끔 자신의 페르소나-, 가면을 벗어두고 정말로 자신의 주체적 삶을 살고 있는지 돌아봐야 할 겁니다. 비록 현실에 패배하여 그런 가면으로 행세할 수밖에 없더라도. 아마 잠들기 전 어떤 원대한 정신이 그렇게 장하게 살아가는 우리를 따뜻이 위로해줄 겁니다.

그런 면으로 이 아이들의 얼굴을 일일이 기억해야겠습니다. 제각각 다른 얼굴이지만 역시 똑같은 개구쟁이 얼굴들을. 작년 체육 전담을 하며 평가를 위해 학교 전체 학생들 얼굴 사진을 찍어 놨는데 자신의 모습을 그대로 간직한, 본래적인 순수를 아직 잃지 않은 모습을. 아마도 미래의 어느 날 변함없는 그 모습을 발견하고 미소를 지을 수 있었으면 하는 바람으로. 하긴 사진도 복제된 나일 수밖에 없지만.

덧붙이는 글

몇 년 전 한참 뜬 광고가 있었지요. 박카슨가 하는 드링크 광고인데 어느 소녀가 기타 종류의 악기를 치며 〈졸리고 나른한 봄날에 카페인 필요한 걸까요? 얘는 요, 그런 거 없어요. 참 착하네요.〉라고 부르고 나서 마시는. 제가 볼 땐 현대적인 세련된, 복제된 꾸민 미모보다 단정하고 수수한, 전형적인 대학생 모습에 가까워 참 긍정적이더군요.

그러나 저는 압니다. 이 순박해 보이는 소녀도 그걸 무기로 자신을 팔아먹는 자본의 첨병이 될 것을. 아마도 어느 정도 〈단정〉과 〈순박〉을 팔아먹고는 더 이상 그걸로 효용 가치가 없어지면 다른 많은 변절자들처럼 이 시대 복제의 정석이 되어버린 섹시한 이미지로 꾸미고 온통 TV를 들쑤시는 〈잔혹동화의 주인공〉이 될 것을. 자본에 꼬리 치는 우리들 처참한 초상으로. 석유등잔 밑에서 밤새 실패 감던, 그러나 화려한 드레스에 보석 귀걸이와 다이아 반지를 끼고 클럽에서 노래하며 춤추는 「에레나가 된 순이」를. 달콤한 자본주의가 던져주는, 아무도 거절할 수 없는 이 치욕적인 복제의 사육을!

그런데 제가 아무래도 그쪽 세상에는 과문한 탓인 듯한데, 그래서 잘못 생각하는지 모르지만 이 소녀는 다른 수많은 엉터리 복제품들과는 달리 아직 본래의 견고한 모습에서 크게 벗어나지 않고 좀 더 잘 지키고 있는 것 같습니다. 단정, 순박을 그런대로 지켜나가고 있는. 많은 시간이 지났지만 TV 등등에서 잘 보이지는 않는데 가끔은. 기억해놔야겠군요. 양철지붕 위에서 자신의 원본을 내던지고 온통 난동 부리며 소비에 최적화된 이 시대 넘치는 시뮬라크르들과 부디 거리를 계속 두기를!

술을 마시고, 술김에 '손로원' 작시, '한복남' 작곡, '안다성' 노래의 「에레나가 된 순이」를 오랜만에 들어봤습니다. 비극적인 운명에 휩쓸려 떠내려가야 하는 인간의 아픔에 눈물을 애써 감추며 계속 술잔만! 우리들에게 주어진 미래-, 순이처럼 원본을 잃어버리고 어딘지 모르는 복제의 틈새로 흘러가다 사라져야 하는 인생의 굴레가 아프게 가슴을!

제(38)주 학습지도 계획안

(2012년 12월 10일 ~ 12월 14일) 4학년 2반

소비. 그 본원적인 프로파간다

저번 주에 '장 보드리야르'를 위시한 일단의 사회철학자들이 〈시뮬라크르〉란 개념을 내세워 현대 사회현상의 이면에 감춰진 모습을 어떻게 해석했는지에 대해 이야기를 해봤습니다. 본래적인 자신을 잃어버리고 타자지향적으로 가식(假飾)하는 복제를 통해 본래의 자신을 잃어버리고 부유하는 현대인의 초상에서 과연 개인으로서의 자아가 존재할 수 있는가란 불편한 회의론도.

그런데 그들 사회철학자들은 복제된 세상이란 개념과 함께 〈소비〉라는 또 다른 중요한 현대의 징후를 포착해서 이야기하고 있더군요. 아마도 60년대 이후 서구 사회의 특징을 정확히 해석해낸 의미 있는 작업이라고 할 수 있을 겁니다. 어쩌면 그들의 시선이 마주친 연장선에 오늘날 우리 사회의 자화상이 선명하게 드러나는 것 같기도. 전부터 이 지면을 통해 현대의 〈소비적 행태〉에 대해 언급을 자주 한 이유도 그런 자화상에 물들어가는 우리의 아이들과 어른들 때문임을 부정할 수 없군요.

《유한계급(有閑階級)-The Idle Class》이란 말이 있습니다. 그야말로 모

두들 열심히 생산적 노동에 허덕이고 있음에도 불구하고 소유하고 있는 자산으로 비생산적인 〈한가한〉 소비 활동만 하는 집단을 말한다고 하더군요. 이 말을 처음 만든 사람은 미국의 경제학자 '소스타인 베블런'이란 사람이라고 합니다. 그가 살던 19세기는 과학의 폭발적인 발달에 따른 급속한 공업화와 도시화로 신흥부자들이 생겨나던 시기였습니다. 전기, 철도, 석유, 철강, 화약, 자동차, 섬유, 금융 등 산업의 황금기를 거치며 그 이전 구대륙의 모든 재화보다 더욱 많은 재화를 '록펠러', '듀퐁', '카네기', '모건', '포드' 등의 거상(巨商)들이 독점했습니다. 소위 말하는 〈그랑 부르주아〉들이지요. 아마도 『자이언트-Giant』란 영화에서 하인처럼 지내던 '제임스 딘'이 석유를 발견하여 주인인 '록 허드슨'보다 훨씬 돈 많은 대부호가 되는 모습을 떠올리면 쉽게 이해할 수 있을 겁니다. 제목인 〈자이언트〉란 말 자체가 부를 가져다준 〈광활한 땅〉이란 은유로 제임스 딘에 중의(重意) 시키고 있지요. 아마도 19세기는 그 이전 모든 세기를 통틀어서도 진정으로 자이언트란 언어가 탄생한 〈기원의 시대〉가 아닌가 합니다.

그러나 그들은 이전 14~8세기 이탈리아의 '메디치'나 '알베르티', 독일의 '로스차일드'처럼 예술가, 인문학자, 과학자들을 통해 세상을 새롭게 혁신하는데 기여하기 위해 300년이 넘도록 전무후무할 정도로 엄청난 재원을 후원해온 명망가처럼 사회적 헌신을 하지 못했기 때문에 계급적으로 콤플렉스를 가지고 있었습니다. 그래서 자신의 부와 권력을 과시하기 위해 엉뚱하게 그 아래 중소상인(같은 부르주아라도 이 사람들을 〈쁘띠 부르주아〉라고 하더군요.)은 물론 노동자, 농민 같은 일반 사람들은 감히 꿈도 꾸지 못할 정도의 재력으로 엄청난 소비 행태를 보이는 사람들이 나타나기 시작했습니다. 방의 수가 50개를 넘을 정도로 들판 같은 대저택을 짓고는 집안에 동물원을 만들거나 풀장을 꾸미기도 했지요. 승마 그라운드나 골프 코스, 심지어 철도를 깔기도 했다고 하는군요. 파티를 위해 식기를 보석으로 치장하고, 황금으로 화장실을 꾸미기도 했으며, 믿거나 말거나 100달러짜리 지폐로 궐련을 말아 피우고, 다이아몬드 목걸이를 매단 푸들 강아지를 위한 생일 파티를 성대하게 열기도. 연간 유지비만 수십만 달러나 들고 승무원도 스무 명이 훨씬 넘는 호사스런 원양 요트는 그 시절에도 쉽게 소유할 수 없는, 그러나 그들에겐 필수품이었고, 자가용 비행기로 사업장들을 둘러보기도 했습니다. 심지어 철도 때문에 자기 차가 다니기 불편하다며 공공재인 철도를 없애버리는 거만한 배짱을 부리기도. 당시 〈소더비〉나 〈크리스티〉 같은 미술품 경매에서 이런 사람들의 싹쓸이는 유명했다고 합니다. 물론 〈돈으로 사들인 문화적 교양도 한몫해서 '램브란트' 그림 하나쯤은 벽에 걸어두어야 행세〉할 수 있었기 때문이지요.

특별히 영화 『타이타닉』은 그런 소비의 모습을 팔려가는 여주인공의 독백을 통해 명확히 보여주었습니다. 호사스런 왕의 행차와 다름없는 화려한 여행을 하는 대부호는 몰락한 유럽 명문가의 신부(新婦)를, 아니 껍데기뿐인 가문 이름을 헐값에 〈구입〉하고 타이타닉을 타고 뉴욕으로 돌아갑니다. 팔려가는 여주인공에게 타이타닉은 다른 사람들에겐 신세계를 향한 〈꿈의 배〉였지만 자신은 손발이 묶여 비명을 지르며 미국으로 팔려갈 수밖에 없는 〈노예선〉이라고 처참하게 말했습니다. 당대 몰락한 유럽 명문가를 향한 〈신부 수집〉은 19세기 황금이 넘쳐 줄줄 흘러내릴 정도로 거대한 소비의 적나라한 모습이었습니다.

그러고 보니 영화 타이타닉은 〈재난〉과 〈사랑〉을 매개로 19세기를 점령했던 막강한 유한계급에 대한 섬뜩한 비판을 기저에 깔고 있었군요. 산처럼 거대한 배, 수많은 고급 차, 기름기 흐르는 뚱뚱한 사람들…, 아마도 화려한 일등석 연회장에서 벌이는 가식과 허위, 진심과 동떨어진 대화와 미소, 눈치로 능청스레 체면을 지켜내는 모습은 그야말로 속물들의 경연장이 틀림없습니다. 그러나 구석진 곳에 있는 삼등석 서민들의 왁자하고 격의 없는 파티는 흥이 충만하고 생생한 생명력이 펼쳐지는 다른 세상이었습니다. 〈불편〉과 〈답답〉이 깨끗이 씻겨나가듯 흥겨운. 여주인공이 그런 사람들과 어울려 함께 춤을 추는 모습은 자신의 껍질을 깨뜨리고 새롭게 탄생하는 모습이 분명했습니다. 재난이 닥치자 일등석 사람들은 일부 구명보트를 독점하고 구출되지만, 하급 선원들과 삼등석 서민들은 어쩔 수 없이 죽음과 마주해야했지요. 물이 차오르는 선실에서 두 아이에게 무슨 이야기로 달래며 함께 죽어간 여인을 비롯한 허술한 옷차림의 서민들과의 대비…. 이런 장면들에서 저도 모르게 눈물을 짓기도 했습니다. 가끔 그런 눈물이 저도 모르게 찌든 정신을 맑게, 깨끗하게 정화시켜줌을 새삼 이해하겠더군요. 아마도 그리스 비극이 주는 역설은 그런 터전에서 출발한 건 아닌지. (쓸데없는 말이지만 영화에서 세계적으로 널리 알려진 〈구겐하임 미술관〉이란 이름의 원주인인 철강왕 '벤자민 구겐하임-Benjamin Guggenheim' 같은 유명한 사람들도 나왔지만, 그보다는 물이 차오르는 선실에서 두 아이에게 이야기를 들려주며 죽어간 그 여인은 『터미네이터 2 심판의 날-Terminator 2 Judgment Day』에서 미래 인류 지도자인 어린 '존 코너'의 양어머니로 단 세 컷 출연해 액체금속 로봇인 'T-1000'에게 죽는 단역을 맡았는데 여기서도 승선 때와, 갑판에서 불가능한 탈출을 기다릴 때를 포함해 딱 세 장면에서 엑스트라로 나왔군요. 제 눈이 정확한지는 모르지만 '제임스 카메론' 감독은 곳곳에 그런 자그마한 유닛(unit)들로 정교하게 구성하여 세상의 바탕을 드러내고 싶었던 모양입니다.)

괴물 같은 거대한 타이타닉의 뒤집힌 모습과 살아남은 여주인공의 표상은 19세기가 가지고 있는 그런 의미를 선명하게 드러내는 장면이 아닐 수 없습니다. 아비규환의 침몰선에서 탈출을 포기한 현악 4중주단 단원이 연주하는 유명한 찬송가 〈내 주를 가까이 하려함은~〉은 아마도 19세기 허구의 자이언트를 떠나보내는 〈장송곡〉이 틀림없을. 그러고 보니 카메론 감독은 아마도 현대의 신화들에 대한 섬뜩한 부정과 회의의 이미지를 영상으로 가장 잘 드러내는 감독인 것 같습니다. 『에일리언』과 『터미네이터』와 『아바타』와…. 비록 정교한 스토리와 역동적인 액션에 묻혀 동양적인 정치(情致)한 마음의 행로는 아쉽지만, 그리고 컴퓨터 그래픽이라는 역설적인 수단을 통해서였지만 압도적으로 영상의 문법과 생생하게 드러나는 상징을 정교하게 구성하고 펼쳐내는 상상력은 거의 현대의 새로운 신화(神話) 탄생을 눈앞에서 지켜보는 듯 놀라웠습니다.

제 생각으로는 〈유한계급〉이 명쾌하고 직설적인 해석과 함께 미래에도 분명히 존재할 게 틀림없을 자본주의의 턱없는 몰아주기식 자만심으로 대척적 지점에 있는 마르크스의 『자본론』과 함께 앞으로도 시대를 초월해 가장 큰 영향을 미칠 책이 아닌가 싶군요.

현대적인 소비에 관해 또 다른 통찰의 시각을 제공하는 사람이 '피에르 부르디외'입니다. 그는 주로 예술과 관련하여 〈문화적 구별 짓기〉란 해석을 《아비투스-habitus》란 개념을 도입하여 설명했습니다. 아비투스는 일종의 문화적 행동 양식, 혹은 취향을 의미하는데 그 양식의 차이로 지배계급과 피지배계급이 나눠진다고 하는군요.

그는 인간의 행동은 엄격한 합리와 계산으로서보다는 일정한 기억과 습관, 그리고 사회적 전통의 영향을 훨씬 더 많이 받는다고 설명했습니다. 즉 개인의 인식과 행동을 결정하는 것은 순수한 지식이 아니라 사회적으로 구성되고 전수되어온 도식, 표상이며, 문화의 성향을 만들어내고, 사회적 행위에 일정한 코드를 형성하여 〈계급적 질서가 생산〉된다고 합니다. 예를 들면 영화관에 가는 사람과 전위예술을 관람하는 사람들의 선택은 개인적이고 우연적인 것이 아니라 사회 내의 계급적 위치에 따라 길들여진 독해력에 따라 강요된 것이라고 하는군요.(저를 예로 들면 이해하기 어려운 따분한 전위예술을 둘러보느니 신나는 영화를 보겠습니다. 제 독해력이 별로 고급스럽지 못하거든요. 아무래도 제 계급의 아비투스는 형편없는 게 틀림없습니다.) 그리고 그런 위치는 저절로 얻어지는 게 아니라 어린 시절부터 철저하게 교육된 안목으로 선택한다고 합니다. 즉 자본이 문화를 한정하고, 계층을 구분하여 지배문화와 피지배문화를 만들게 되지요. 오페라 한 편을 보려면 일반 대중의 한 달 용돈이 고스란히 들어갈 것이며, 미술 관람은 아무나 할 수 있지만 내용적으로 세련된 감식안을 가진 사람은 바로 자본으로 교육된 지배계급에게서만 실현될 뿐 일반 대중에게는 역시 어렵습니다. 예술적 감수성은 교육과 훈련을 거치지 않으면 그저 미로처럼 난무하는 움직임과 소리, 색으로만 남기 쉬울 것이기 때문입니다. 몇억에서 몇백억이라는 터무니없는 비싼 값으로 거래되는 미술작품들은 〈한정된 계층〉을 구분하는 가장 강력한 지표로서 비싸면 비쌀수록 더욱 높은 아비투스를 과시할 수 있습니다. 저야 도대체 이해할 수 없는 요술처럼 생각되는데 요즘 유명 경매에서 쓰잘머리 없어 보이는 미술작품들도 화가 〈이름값〉으로 엄청난 액수로 매매된다는 소식을 들으면 참으로 씁쓸한 마음을 감출 수 없습니다. 유행에 편승한, 그리고 감각적인 시대의 과시가 득세하며 삶의 정당한 가치관 같은 양식이 허무맹랑해지고, 나아가 부(富)의 범죄적 불균형으로 오히려 현대의 신화처럼 뻥튀기된 그게 정말로 정당한 값인지, 사회적 합의를 얻고 있는지를 알고싶습니다만 과연…. 전 그런 작품들을 볼 기회가 아예 없으리라는 걸 알고 그냥 〈세계의 名畵〉란 제목의, 그러나 이름 없는 화가의 사진 파일 몇백 장을 가지고 있습니다. 바탕화면 배경으로 깔아놓았는데 그런대로 보기 좋군요. 아무튼 유명 작가의 비싼 작품들은 솔직히 말한다면 현대에 새롭게 해석되는 의미도 있겠지만 거의 대부분 있어도 없어도 좋을, 아니, 장난 같은 작품들 모두를 폭파해버리고 싶기도. 한 끼 먹고 살기도 힘든데 〈천년〉을 화려하게 보낼 수 있는 돈을 세상에나 그림 한 점에! 2천 원짜리 칼국수 한 그릇의 맛에 한없는 찬사를 보내는 저에게는 그야말로 허깨비 난전에 다름 없는. 아비투스는 과장과 선동과 과시와 욕망의 가식된 가면이 틀림없는 것 같습니다. 그럼에도 폼을 잡는 유명 미술가를 향해 고개를 끄덕이며 흐뭇한 미소를 짓는 소장가, 관람자들은 제가 볼 땐 아비투스란 과장법의 카르텔에 엮인 졸개나 정신이상자들은 아닌지! 그러나 받들어 모시는 졸부들에 둘러싸인 여왕개미는 언젠가는 일개미들에게 조각조각 뜯겨 죽어야 하는. 그래서 아비투스는 아무런 의미가 없다는 뜻이며, 작품 자체도 유령과 다르지않다는 사형선고를. 과격하다고 할 수 있겠지만 장난삼아 만든 한 컷짜리에 불과한 〈소품〉 하나가 수십 년 배를 불려주는 식량보다 우위에 있다는 시장가치가 존재하는 한! 제겐 공짜로 준다고 해도 시궁창에 내던질 작품, 아니 폼을 잡는 여왕개미 자체를 똥통에 던져버릴 정도로. 온갖 미사여구로 신화화된 작가보다 진정을 다해 작품을 만들어내는 이름 없는 화가의 소품 하나가 훨씬 아름다울. 1945년 전설적인 표현주의 영화의 거장인 '프리츠 랑' 감독이 만든 『스칼렛 거리-Scarlet Street』란 흑백 고전영화에는-한국에선 『진홍의 거리』란 제목으로 알려진-무명화가의 그림을 둘러싼 주변 인물들의 뺏고 빼앗기는 요절복통을 잘 표현한 명작이었습니다. 허영에 빠진 사람들의 욕망을 생생하게 드러낸.

제 집에는 30호쯤 되는 해변 풍경화가 현관에 떡하니 걸려있습니다. 드나들 때마다 철썩대는 파도 소리로 절 쳐다보며 맞이하는. 아무나 척 봐도 진품이 아닌 속성으로 뽑아낸 조악한 싸구려 그림임을 눈치챌 수 있지만 제겐 〈모나리자〉를 준다고 해도 바꿀 생각이 전혀 없는. 어쩌면 제가 예전에 그렸던 만화나 극장 간판이 더욱 정겹고 소중한!

일부 쁘띠 부르주아들도 스스로가 피지배자가 아닌 문화적 혜택을 누릴 수 있는 계급으로 오인하고 명품, 외제차, 루이뷔똥… 등등의 천박한 소비 행태를 보이는 것도 문화적인 아비투스가 높아진다고 오해하기 때문입니다. 아마도 전국민적인 해외여행의 자유화는 일부 그런 오인된 소비의 확장된, 아니 비참한 모습을 보인다고도 할 수 있겠군요. 힐링으로서의 의미보다 마음의 소비로 더욱 비쳐지는. 지배계급이 자가용 비행기로, 최고 수준의 일류 호텔에서, 화려하고 우아한 사교 파티 속에서 문화를 만끽하는 건 그냥 졸부들의 행진이라 하더라도, 연착된 비행기나 기다리다 지치고, 시장처럼 북적이는 외국 변두리나 구경하고, 더럽고 냄새나는 버스로 문화재를 얼핏 스쳐 지나며 겨우 표피만 〈관광〉했으면서도 그 모든 문화의 알갱이를 살펴봤다는 착각으로 무슨 개인 홈페이진가 블로그에 여행기다, 사진이다 하며 법석을 떨며 으쓱해하는. 대부분 너도나도 제멋대로 베껴낸 뻔한 글에다(맞춤법마저 엉망이더군요), 함부로 생산해낸 마구잡이 쓰레기 사진들로 온통 도배한 줄도 모르는. 역사에 남겨지지 않는 일부 쁘띠들의 값싼 허영이 가소롭다기보다는 참으로 씁쓸하고 안타깝군요. 그 뒤에서 진짜 훈련된 안목의 부르주아가 언뜻언뜻 비웃는 모습이 보이는 것 같습니다. 아니, 징그러운 듯 몸을 떠는. 그들의 아비투스는 경계선에 철조망을 치고 출입을 통제하며 징그러운 불순분자들을 수용소로 몰아넣어야 안심을 하는 것 같습니다.

자본이 가르고 빗장 지른 아비투스의 파쇼가 새삼 가슴 아프군요.

소비에 관한 또 다른 시야를 보인 사람으로 '제프리 밀러'란 사람이 있습니다. 1965년생의 똑똑하고 전도양양한 젊은 학잔데 그는 〈진화심리학〉이라는 애매하고 복잡한 개념과 〈마케팅〉이라는 단순하면서도 기발한 수단을 결합하여 세상의 질서를 소비의 광장으로 불러냈습니다. 그의 논리와 전개는 아마도 '프로이트'와 '심리학'을 헌신짝처럼 내던지기라도 하듯 고답적인 저에겐 무척 신선하게 다가왔습니다. 그가 지은 『스펜트』란 (650쪽이 넘는 압도적인) 책은 소비 자체보다는 마케팅과 관련하여 활용되는 숨겨진 의미를 깊이 천착하고 있는데 경제에 대해 별달리 개념이나 지식이 없는 저에겐 무척 긍정적인 도발로 다가왔습니다. 어쩌면 그 옛날 「학원」이란 잡지에서 읽은 듯한, 또는 「월간과학」 같은 잡지에서 '마음의 진화' 류와 비슷한 해석의 뿌리를 본 것 같기도 합니다만.

소비와 관련하여 간단히 말하면 그는 진화심리학적 관점에서 생물학적인 《적응도 지표》, 즉 생존과 번식에 유리한 형질. 체격, 운동능력, 건강, 지능, 번식력… 이라는 개념을 내세워 인류가 번식을 위해 그 지표(指標)를 타인들에게 〈광고-과시〉하기 위해 어떤 식으로 표현하는가라고 풀어낸 해석은 흥미진진하더군요.

예를 들면 로마인 어깨를 감쌌던 〈망토〉는 지위를 나타내는 지표였습니다. 황색(黃色-황금색)은 황제에게만 허용되었고, 관리는 두 가지 색, 농민은 한 가지 색으로 물들인 망토만 허용되어 높은 계급의 지위를 〈표시, 과시〉하는 도구의 역할을 했습니다. 색과 관련하여 우리나라에서도 오방색 중에서 황색은 우주의 중심을 나타내는 고귀한 색으로 취급되어 주로 임금님의 옷을 만들 때 사용되었다고 하지요? 용을 수놓은 화려한 〈곤룡포〉는 오직 임금님만이 입을 수 있었고. 색은 인간의 지위와 계급을 나타내는 가장 뚜렷한 상징으로 지표 되었습니다.

그와 비슷한 의미로 사자의 갈기나 공작의 꼬리, 사슴의 뿔, 코끼리의 상아, 코뿔새의 알록달록하고 거대한 부리… 등등은 생존에 크게 도움 된다기보다는 짝짓기를 위해 우월한 형질을 소유하고 있다는 〈과시〉를 위한 기관의 역할을 하고 있습니다. 제가 동물 암컷이라 하더라도 풍성한 털로 왕의 위엄을 뽐내는 듯한 사자의 갈기, 화려한 첨단 컴퓨터 광고작품을 보는 듯한 매혹적인 공작의 꼬리, 하늘 높이 뻗은 우아하고 정교한 조각 같은 뿔, 세상의 모든 도전을 걷어챌 듯 하늘을 향해 뻗은 거대한 상아와 부리…. 동물 세계의 모든 수컷들이 과시하는 기호들은 오금을 저리게 할 정도가 틀림없을 것 같습니다. 문득…, 그렇군요. 우리나라 야산에서 흔히 볼 수 있는 꿩마저도 그런 과시의 기호로 잔뜩 치장하고 있었군요. 수수한, 아니 형편없는, 그야말로 마른 풀과 다름없어 보이는 까투리(암꿩)에 비해 장끼(수꿩)는 공작만큼의 화려는 아니지만 선명한 붉은 볏과 깃털, 눈과 목을 두르고 있는 고리 같은 새하얀 띠, 하늘을 향해 잔뜩 치켜올린 꼬리를 자세히 보면 암컷을 향한 혈기왕성한 과시의 종합전시장이 틀림없음. 덕분에 매에게 습격당하는 경우도 많지만 그래도 과시는 검붉은 본능인 것 같습니다. 아마도 전혀 실용적이지 못한 명품에 매달리는 사람들의 행태도 이런 짝짓기란 본성에서 출발하는 게 아닌가 싶군요. 예를 들어 출퇴근용으로 자동차가 필요하다면 보통의 국산차로 충분함에도 불구하고 〈포르셰〉를 구입하는 것은 성 선택의 우월성을 차지하고 사회적 지위를 획득하기 위해 경쟁하는 인간 본성에 기인한 것이라고 해석되고 있습니다. 스스로에 대한 자극과 사회적 과시로 나르시시즘을 채우기 위한 상품을 비싼 대가를 치르고 구매함으로써 자신의 지표-매력을 이성에게 호소할 수 있다고 생각하는 셈입니다. 그런 면으로 우리를 둘러싸고 마냥 뽐내던 《화려》는 겨우 수꿩의 치장술과 다름없는 모습이었던가요?

아, 어디선가 읽은 것 같은데 한국에서 〈페라리〉는 고속도로에서의 200㎞ 주행보다 길 막힌 강남역 사거리에서 더욱 빛을 발한다는 이야기도 따지고 보면 결국 과시의 메시지에 다름 아닙니다. 남성이 짝짓기에 가장 관심이 많을 때 과시적 소비가 늘어나고, 그 성공률을 높인다는 뜻을 담고 있지요. 영화에서 멋진 차를 모는 남성 옆에 꼭 걸맞은 여성이 동승하고 있는 것도 그런 이유로 설명되고 있습니다. 무척 공감되는 이야기가 아닐 수 없습니다.

여성도 다른 여성보다 높은 지위를 획득하기 위해 명품으로 치장하는 과시욕을 은연중에 드러냅니다. 어쩌면 찡과는 반대로 인간은 의지와 판단을 과시하는 지성체로서 사회관계망 속에서 존재하는 여성성이 남성보다 좀 더 명품에 적극적으로 관심을 보이는 경향이 있고, 그래서 자신의 높은 지표를 과시하기 위해 광고를 하는 심리의 기제가 바탕에 깔린 모양입니다. 하긴 명품 마케팅이란 소비도 따지고 보면 인류의 발전이란 커다란 틀을 구성하는 측면에서 그 타당한 값을 가지고 있다고 할 수 있지만.

그런 관찰과 연구를 바탕으로 밀러는 결혼 상대자이자 친구들에게 자신을 과시하기 위해 탐내고, 일하고, 사는 모든 행위가 현대소비자본주의의 〈구조적 틀〉을 만들어냈다고 말합니다. 그의 연구를 제대로 살펴보지 못했는데 대강 일별하더라도 좀 더 깊고 넓은 이미지들로 책을 가득 채우고 있는 것 같아 언젠가는 완독하여 파헤쳐보고 싶다는 욕심을 불러일으키는군요.

(그런데 사람들은 결국 그런 적응도 지표에 속지 않고 오히려 〈마케터〉에게 속는다든가, 인간이 짝을 유혹하고 자녀를 양육하기 위한다는 건 자신보다 남들에게 〈좋은 인상〉을 심어주기 위해서이므로 오히려 소비가 최종목적이 아니)라는 이야기 등등은 주제에서 벗어난, 본말이 전도된 것 같아 혼란스럽기조차 하지만 좀 더 섬세함이 필요할 것 같은.)

하지만 소비에 관해 가장 독창적이고 섬세한…, 현대인의 마음에 투명한 언어처럼 숨겨진 욕망의 심리학을 가장 예리하게 드러내고 해석한 사람은 역시 〈포스트모더니즘의 고승〉이라 불리는 '장 보드리야르'입니다. 그의 책이 두어 권 있지만 미처 다 읽지 못했는데 아마도 〈시뮬라크르〉와 〈소비〉는 그의 사상을 대표하는 큰 타이틀이 아닌가 싶군요. 이 부분을 이해하면 그의 난해한 나머지 각론들은 저절로 해석되리라 생각되기도. 제

프리 밀러와 마케팅이란 부분에서 겹쳐지는 이미지들도 보이지만.

그는 사람들이 물건을 살 때 〈기능〉, 〈효율〉, 〈가격〉을 따지기보다 《기호》를 선택한다는 기발한 주장을 합니다. 쉽게 말하면 치약을 사는데 치약의 기능에 충실하고 가격도 좋은 치약을 사는 게 아니라 〈20대에서 80대까지〉라는 감성적인 카피-기호에 돈을 지불한다는 뜻이지요. 음식을 차게 보관해주는 냉장고 그 자체를 사는 게 아니라 〈여자라서 행복해요〉라는 매끈한 기호도 마찬가집니다. 현대인의 소비는 보드리야르에 의해 〈사물〉을 떠나 무수한 의미의 기호와 코드로 무장한 욕망의 질주를 시작했다고 하겠습니다. 현대에 와서 마케팅의 카피는 드라마에도, 정치적 구호에도, 소설의 제목에도 그런 멋지고 별난 기호들이 와글거리고 있다고 알고 있습니다. 아마도 그의 기호론은 현대인의 욕망을 가장 투명하고 상쾌하게 들여다보는 것 같군요. 제가 그런 쪽으로 잘 몰라서 그렇지 아마 멋들어진 기호들이 생각보다 훨씬 많은 듯. 얼핏 제목으로 기억된 「엄마를 부탁해」 같은 단순명쾌한, 그러나 마음을 콕 잡아끄는 제목에서도 아마 그런 이미지가 덧입혀져 있는 듯싶군요.

예전 한국은 정체된 농업 국가였습니다. 산업은 생존에 부합하는 의식주에 머물렀고, 소비는 그 테두리에서 꼭 필요한 만큼만 이루어졌습니다. 그러다 60년대를 거치며 근대화로 질주하기 시작했지요. 고속도로가 뚫리고, 공장이 들어서며 빠르게 경제성장이 이루어졌습니다. 제 어릴 적 의식주도 제대로 해결하지 못하던 시절이 꿈같은 그림으로 사라져갔습니다. 서울올림픽 무렵 벽이란 벽에 모두 붙어 있던 표어가 생각나는군요. 《1000불 소득 100억 불 수출!》 지금 국민소득이 2만 불이라니까 이십여 년 만에 스무 배로, 수출은 5천억 달러를 넘어섰으니까 오십 배나 커졌군요. 오늘날 일개 기업의 수출액이 당시 국가 전체의 수출액을 가뿐히 넘겨버리는 걸 보노라면 상상도 하기 힘들 정도입니다. 그동안 컬러 TV가 방송되었고, 프로 스포츠가 창단되며 열기를 뿜기 시작했습니다. 통금이 해제되고, 자동차가 수출을 위해 부두 야적장을 가득 채웠고, 도시의 라인은 하루가 다르게 솟아올랐습니다.

노동자는 넘치고, 화폐가 꿈틀거리며 욕망이 분수처럼 솟아올랐습니다. 세계 11위의 경제대국답게 상품과 소비는 급속히 늘어났습니다. 《나는 소비한다. 고로 존재한다》는 말은 대중소비시대의 슬로건이 되었고, 소비가 미덕인 시대에 지난날의 절약 정신은 이제 더 이상 효용 가치가 사라져버렸습니다.

자본은 온갖 미디어를 동원하여 욕망이라는 주술을 걸고 있습니다. 이 차를 타면 당신은 세련된 도회의 남자가 되고, 비키니를 입은 팔등신 늘씬한 미녀가 육체를 드러내고 음료를 마시면 마치 자신도 그렇게 늘씬해질 것처럼 욕망을 불끈 일으켜 세우고, 버튼 하나로 동작하는 반짝이는 가전제품은 당장 집에 들여놔야 할 우아한 문화의 기호-아이콘이 되어버립니다. 광고에 노출된 현대인은 무의식적으로 세뇌되어 이제 선택의 순간에 조건반사를 일으킬 정도가 되었다고 하더군요. 우유 하나 사면서도 〈아, 이 우유는 DHA가 많이 들어있다고 했지?〉 라는 기호에 마취되어 자동적으로 소비를 선택한다는 이야기도 들려오고.

광고는 소비자가 필요로 하는 대상을 이야기하는 것이 아니라 소비자의 〈욕망〉을 자극할 뿐입니다. 자동차와 음료와 가전제품은 당장 필요한 것이 아님에도 불구하고 소비자에게 강력한 기호로 굳어졌지요. 〈노스페이스〉의 엠블럼은 기호화되어 산이 아닌 노상에서도 문신처럼 너도나도 몸에 찍어 바르고 있습니다. 학생이고 노인이고를 떠나 너도나도 4천만 국민이 순식간에 〈애니콜〉이라는 기호를 선택하며 사회에서 선택됐음에 안도합니다. 그러나 그것도 잠시, 단순한 휴대폰도 낡은 기호로 추락해버리고 이젠 거의 대부분이 스마트폰으로 완전무장한.

소주 광고는 그 기호의 꼭짓점을 보이는군요. 전지 크기의 커다란 선전 포스터 속에서 벌거벗은 섹시한 여배우가 소주를 마시라고 최면을 겁니다. 사람들은 소주가 아니라 여배우를 소비하기 위해 오늘도 내일도 소주를 마시며 늘씬한 미녀와 눈을 마주칩니다. 심지어 소주잔 밑바닥에 여배우 사진을 인쇄하여 그 잔에 술을 부어 마시기도 하지요. 기호를 소비하면서 실재 여배우를 소비한 것처럼 생각하게 합니다. 과연 소비의 욕망은 자유의지와 선택이 아니었습니다. 주체적으로 숙고해서 취득한 것이 아니라 자본이 구성한 깜찍한 기호에 세뇌되어 스스로 무장 해제한 것에 불과합니다.

어쩌면 우리는 기능이 아니라 심리의 만족을 더욱 선호하는 본능으로 살아가는 건 아닌가 싶군요. 그냥 옷이 아니라 〈브랜드〉라는 기호로 각인된 명품을 선택해 그 브랜드가 공고히 쌓아둔 차별적인 영역으로 편입되고 싶은. 그러니까 기능보다 남이 알아주고 찬사를 보낼 수 있는 시선이 더욱 중요해졌지요. 예전에는 너도나도 똑같은 제복 같은 상품으로 차별적인 시선이 달리 필요하지 않았지만 지금은 개성적인 제품으로 자신을 꾸미고 드러내어 사람들의 시선을 끌어들이는 일이 무척 중요해진 것 같습니다. 그 역할을 명품 브랜드에 기대 시선을 모아두려고 하는 것인지도. 명품 브랜드는 아마도 상품으로서보다 마음에 맹목적인 선명한 프로파간다(煽動)로 새겨진 것인지도.

그렇지요. 어쩌면 저는 이런 대중에 대한 선동과 그 기법을 본능적으로 체득했는지도 모르겠습니다. 책으로 이해하게 된 건 그리 오래지 않았지만 졸부들의 콤플렉스에 의한 부의 과시, 지배계급의 아비투스로 옹호한 문화적 선민의식, 그리고 과시적 나르시시즘으로 짝짓기의 우월함을 드러내려는 욕망의 틀, 또는 기호들의 환상이 만들어내는 자본의 무한한 식욕… 등의 냄새나, 혹은 귀를 때리는 무성한 소음을 알아채고, 허망한 소비주의에 거세당한 대중에 대한 반역을 꿈꿔왔는지도. 마치도 각성한 선지자나 된 것처럼 무심한 듯, 아니 천박함을 비웃기라도 하듯, 어쩌면 부러움 한 조각 숨겨두고 그렇게 애써 반대로 각성하며 살아온 건지도. 숨어있는 신처럼 그가 휘두르는 욕망의 마취제에 함부로 휘둘리지 않겠다는 장렬한, 아니 우둔한 돌격 정신으로 무장하며 살아온 건지도. 그러나 그래도 역시 인간의 본능적인 욕망은 어쩔 수 없고, 삶은 그런 욕망의 집적에서 이루어지고 있으며, 그래서 제 반역은 결국 허망할 뿐이며…!

제가 타는 차는 3기통 800cc의 낡아빠진 〈티코〉입니다. 경차 중에서도 역대 최고의 경차지요. 아마 배우 '김혜수'가 티코로 남편을 출근시키며 〈손님 차비 주셔야죠!〉 라고 말하는 광고가 기억나는 분도 계실 겁니다. 티코 타이어에 껌이 눌어붙어 움직이지 못한다거나, 터널 속에 들어갔다 거미줄에 걸려 대롱거린다는 등의 깨알 같은 추억의 〈티코 개그〉가 한동안 세상을 떠돌기도 했지요. 물론 비하하는 의미였지만. 벌써 오래전에 단종되어 지금은 대도시인 부산에서도 일 년에 몇 번 정도나 구경할 수 있을까요? 96년부터 탔으니까 벌써 17년을 저와 함께 한 차군요. IMF 시절 집도 잃어버리고 정신을 놓아버린 어머니와 함께 시골 빈집에 들어가 살아야 했던 어려웠던 때 기름값이라도 아끼기 위해 새 차나 다름없던 깔끔한 〈뉴엘란트라〉를 주고, 덤으로 100만 원을 더 얹어서 바꾼 찹니다.(당시 티코의 인기가 최절정일 때였지요.) 제법 덩치 큰 제가 제일 작은 차를 타니까 어딘지 갑갑해 보인다는 분들도 없지 않지만 바꾸고 싶은 생각은 전혀 없습니다. 정이 들어서라는 말은 하고 싶지 않군요. 뒷 유리창을 개폐하기 위해 회전 레버를 돌려야 하고, 작년부터 카세트데크가 고장 나 좋아하는 노래도 들을 수 없고(당장이라도 바꿀 순 있지만 좀 게을러서. 아마 안에 동전인가 뭐가 들어가서 그럴 거라고 생각되지만), 배보다 배꼽이 크다고 몇 해 전부터 찻값보다 비싼 콤프레샤 고장으로 에어컨이 잘 되지 않아 여름엔 창을 열고 다녀야 하며, 한쪽 백미러가 고장나 일일이 손으로 조정해야 하지만(얼마 전에 제가 순간접촉제로 고무조각을 덧대어 헐렁거리지 않도록 아주 깔끔하게 고쳤습니다.) 아직 기관과 차체 등이 탄탄하고 잘 작동되는데 폐차시켜 그 생명을 끊고 싶은 생각은, 아니 권리가 솔직히 저에겐 없습니다. 인간 존재의 값이 물체보다 얼마나 초월적인 지위에 있는지는 모르지만 〈수고〉는 향유하는 인간이 지불할 수 있는 최소한의 예의가 되기도. 늙고 병들었다고 부모를 버릴 수 없듯이 말입니다. 얼마 전 경주에 다녀올 일이 있어 100㎞ 전후로 달리고 있었는데 다른 차들이 티코를 가소롭다는 듯 빵빵대고 추월하며 누군가 저에게 계속 손가락질을 하여(아마도 쉽게 볼 수 없는 티코가 고속도로를 달리니까 신기해서라고 좋게 생각해보지만) 본의 아니게 삼십여 분 150㎞ 전후로 분노의 질주를 한 적이 있습니다. 수동이라 단번에 가속되는 역동적인 추력과 제 익숙한 핸들링으로 곧바로 손가락질을 한 대형차를 따돌리고 멀찍이 앞서 달려나갔지요. 무슨 커다란 외제차가 건방지다는 듯 저와 속도 경쟁을 한다고 바짝 따라붙기도 했지만, 그래서 더욱 거침없는 가속 회전으로 내달렸더니 겁을 먹었는지 금방 뒤처지더군요. 아마도 티코가 낼 수 있는 최대의 역치(閾値)로 회전한 게 틀림없을. 다른 차들도 대부분 따라올 생각을 하지 않았습니다. 고속도로에서 감히 티코가…. 아마도 혀를 끌끌 차는 소리가 뒤통수로 들려오는 것 같기도. 하긴 티코 계기판은 160㎞까지 표시되어 있지만 140㎞부터는 흰색이 아닌 빨간색 눈금으로 표시되어 있어 과속경고를 하는데, 그래서 공중에 붕 뜬 것처럼 느껴져 지금 생각하면 과속했다는 반성, 아니 위험했다는 생각도!

그렇지요. 이제 와선 티코는 아무나 〈함부로 탈 수 있는 차〉가 아닙니다. 사회생활을 하며 남의 눈치를 보고 사는 사람으로서 짜증 나는 기호의 쓰나미에 휩쓸려 사라져버린 티코를 배짱 좋게 탈 수 있는 사람은 거의 없으리라 생각합니다. 평균으로 존재하는 것만으로도 눈치를 보게 되는 시대에 더구나 티코라니! 산비탈 기어들어가고 나오는 집에 살면서도 차는 고급차를 타야 하는, 웬만한 월급쟁이도 외제차를 들먹이고, 뚜껑 없는 스포츠카로 폼을 잡은 이 시대엔 턱도 없지요. 어디 모터쇼 같은 게 열리면 사람들로 가득 넘쳐난다던데 저는 온통 화려하게 꾸며놓고 사람들을 홀리는 사기성 행사가 아닐까 싶군요. 정말입니다. 늘씬한 몸을 드러낸 레이싱걸이 두툼한 젖가슴을 한껏 흔들며 호객행위를 하면, 바람잡이가 나타나 당장이라도 달나라에 갈 수 있을 것처럼 침을 튀겨가며 미끼를 소개하고, 눈치 좋은 고객은 직접 시승해보고 맞장구를 치며 마치 금방 살 것처럼 고개를 끄덕이며 쇼에 동참하지요. 차를 소개하는 현장에 엉뚱하게 고급 창녀 같은 벌거벗은 여자가 존재한다는 것 자체가 진실이 아닌 섹스 사기 쇼로서 소비를 최종 목적으로 하고 있음을 증명하고 있으며, 그래서 마취제에 흠뻑 취한 한바탕 쇼가 끝나면 그게 과연 우리 삶을 이끈 기억으로 남겨질 정도로 의미가 있는 건지.

차는 이제 편리한 이기의 효능을 뛰어넘어 고급문화의 기호로까지 확대되었습니다. 존재의 전면에서 가치, 사고, 심리의 영역까지 규정하는. 어쩌면 차 자체는 사물로서의 존재를 초월해 정신을 소유한 〈실존〉으로까지 격상되었다고 하겠습니다. 그렇지요. 분신! 구원의 존재! 사람들은 그런 매끈한 차를 어루만지며 또 다른 자아(自我)를 마주하고 무언의 대화를 나누는 것 같기도. 세상을 다 가진 것처럼 행복해하는 표정도!

하지만 전 그런 소비의 매끄러운 기호를 잘 이해하기 때문에라도 티코를 넉넉히 타고 다닐 수 있습니다. 고급 소재를 적용한 내·외장 스타일, 첨단 전자기술로 구현한 안전, 편의 사양, 어제가 구식이 되는 차원이 다른 제품 경쟁력 등등 고품격 프리미엄을 뽐내는 차들은 압도적인 현대의 기호로 신(神)적인 권력을 휘둘러대지만 제게 그런 기호는 구토를 동반한 반역기호로 작용하고 있습니다. 차가 작아서 사고 나면 위험하다고요? 그럴 거라고 생각은 하지만 17년이 넘도록 사고 한번 나지 않았는데? 보험회사만 배를 불려준 셈이나 마찬가집니다. 차가 작아서 불편하다고요? 역시 그럴 거라고 생각은 하지만 저는 운전석에서 정교한 메커니즘을 구현하듯 편하게, 손과 발로 핸들과 브레이크, 기어와 클러치를 제어하며 오늘도 신나게 달립니다. 큰 누님과 작은 누님도 몸집이 꽤 큰 셈인데 제 티코를 가끔 탑니다. 처음엔 바꾸라고 자주 이야기하더니 이젠 뭐 익숙해져서 작다는 느낌도, 남 눈치 보이지도 않는다고 하더군요. 〈크기〉는 자본주의가 세뇌 시켜 과장한 엄살의 한 부분도 분명 있을 겁니다. 갖가지 껍데기를 벗어버리면 선명히 드러나는 허상! 전 그런 따위에는 조금도 관심 없습니다. 아니 애초부터 느껴보지도 못한. 제 견고한 각성의 최전선에서 티코는 오랜 친구처럼 가장 편안합니다. 만약 모터쇼의 덩치 큰 고급차가 주어진다면 그 매끄럽고 반질반질한 자본과 소비의 이중주에서 촌놈이 고급 양복을 처음 입었을 때처럼 무척 불편하게 될 것 같군요. 아니, 화려하고 반짝이는 차체의 고급스런 윤택에 미리 주눅 들 것 같은. 제겐 애초부터 그런 《화려》가 주어지지 않았으리라는 자학, 아니 자각도 함께, 문화의 자존심으로까지 격상된 차를 당연히 몰아야 하고, 그게 또한 사람들의 〈정당한 삶〉이라 하더라도 티코 역시도 저에게는 정당으로 존재합니다. 정당은 상대적으로 다가오지 일률적인 가치로 규범 되지 않습니다. 타인의 시선처럼 저도 타인이 되어 다른 차들을 쳐다보는. (그런데 사실 정당한 삶이라니까 하는 말이지만 뉴스에 가끔 나오듯 일반적으로 그 정당을 받치는 자본과 권력의 더러운 결탁이나 농간으로 획득한 경우도 있지 않을까 상상만 해도 즐겁군요. 그렇게라도 번쩍이는 고급차를 꼭 타야 하는 집요한 논리와 불쌍한 욕망! 과연 소득이라든가 지위, 명예에 비해 어울리지 않는 경우도 꽤 있지 않을까 의심하는 제 불구화된 생각이 잘못인지.)

하긴 제프리 밀러의 짝짓기를 위한 매력들이 벌써부터 감가상각 되어 엉성한 늙은이를 향해 달려가고 있지만, 그래도 흔들리지 않고 집념에 가까운 균형으로 15년을 훌쩍 넘길 동안 여전히 주저 없이 탈 수 있다는 장한 마음을 버리고 싶지 않습니다. 아하! 그렇다고 생활의 최전선에서 목숨을 걸고 치열하게 살아가는 사람들의 고급차를 흉보는 건 아닙니다. 그건 제 이야기와는 다른 이야기지요. 어디까지나 해당되는 사람들 이야깁니다. 저에게는 티코가 가장 최적화된 타자(他者)입니다.

티코는 그 긴 세월을 저와 함께하며 어느덧 하나의 인격체로 자리 잡아 이젠 제 마음대로 처분할 수 없는 자격으로 당당히 존재하고 있습니다. 앞에서 분노의 질주를 했다고 이야기했는데 어쩌면 저는 반대로 티코라는 사라져가는 존재에 바치는 저 나름의 강력한 실존(實存)의 항변으로서는 아니었는지. 제가 버리면 틀림없이 폐차될 텐데 150킬로를 넘나들며 고속 질주하는 장면을 뒤로하고 형편없이 찌그러지고 눌려져 고철로 변하는 허망을 어떻게 받아들여야 할지 막막하기만 하군요. 그보다는 쉽게 사용하다 내다 버리는 살림처럼 더 쉽게 기억 속에서 사라져간 시간 속의 수많은 얼굴들을 떠올린 건지도.

아, 그러니까 여담입니다만 저는 자동차의 얼굴과 엠블럼을 잘 구별하지 못하는 편입니다. 자본주의와 부의 상승적 가치를 반짝반짝 대변한다는 차를 말입니다. 그래선지 세상 모든 사람들이 다 알고 있는 것 같던데 저만 그러니까 신기한 일이지요. 아니, 아예 관심도 없었다는 게 정확하겠지만. 요즘은 도대체 국산찬지 외제찬지 애매한 차들이 어찌 그리 많은지. 언뜻 탱크처럼 무서운 얼굴을 한 차들도 보이는. 그래도 살아오며 이래저래 이름들은 들어봤기 때문에 아우디, 인피니티, 쿠페 등등 도대체 감이 오지 않는 낯선 차들을 빼곤 대강 알고 있습니다. 역사가 오래된 듯하지만 벤츠, BMW, 포드, 시보레, 폴크스바겐, 롤스로이스, 캐딜락, 크라이슬러…. 예전부터 꽤 들어본 이름들이지요. (하긴 실체는 전혀 기억나지 않는데 어쨌든 6~70년대 젊은 시절 〈포드 20 M〉과 〈크라운〉이라는 차 이름이 아직도 강력하게 기억으로 새겨진 부분도 있군요.) 하지만 자동차 자체는 관심이 없다 보니 사실 차 모양과 엠블럼인가가 낯섭니다. 기막힌 일이지만 동그라미 안에 풍력발전기 날개 같은 뾰족한 팔이 세 개인 모습은 자주 눈에 들어오던데 무슨 찬지 모르다 그게 바로 벤츠임을 이 글을 시작할 무렵 비로소 알았습니다. 어느 지인이 알려주며 이상하다는 듯 쳐다보는! 자주 봤는데 관심이 아예 없어선지 서로를 매치하지 못했던 스스로도 한심하군요. 〈메르세데스 벤츠〉라고 이미 각인되어 제 입에서도 술술 나오는데 말입니다. 아니, 솔직한 마음으론 스스로도 조금 충격을 받았습니다. 제가 이렇도록 〈현대〉와 까마득히 떨어져 있었나 싶은. 참, BMW도 이름만으로 알다 둥근 테두리 안에 이니셜이 들어있어 이번에 새삼스레 확인했습니다. 사탕 과자처럼 둥근 모습은 꽤 본 것 같은데 그게 그 유명한 〈BMW〉였다니! 동그라미만, 껍데기만 무의식처럼 새겨놓고는 이니셜은 행방불명 시킨. 아니, 실체를 외면한. 아무래도 제 의식이나 각성의 구조는 치밀한 면이 있으면서도 또 한편으론 원시인처럼 맹탕 엉터리가 뒤섞여 있는, 롤러코스터 같은 불균형으로 짜깁기 되어있는 게 틀림없는 것 같습니다. 폴크스바겐은 동그라미 안에 'V'인가 'W'가 겹쳐있는 익숙한 엠블럼인데 BMW처럼 역시 이번에 서로 연결되어 제 시선에 잘 포착시켜놨습니다. 근데, 뭐라더라? 요즘엔 〈폭스바겐〉이란 말이 보이던데 혹시 다른 차는 아니겠지요? 시보레는 요즘 〈쉐보레〉로 불리며 납작한 황금십자가가 확실히 눈에 들어오고.(그래도 한참 매치하지 못했습니다. 익숙한 발음으로 쉽게 말하던 시보레가 쉐보레로 불리다니? 도대체가 이해할 수 없는데 가만 생각해보니 아마도 예전 일본식 발음이어서 새롭게 세련된 발음으로 바꾼 것 같은.) 캐딜락은 예전부터 엄청 고급차로 알고 있는데 아마 장례식에 많이 쓰이는 차체가 엄청 긴…. 엠블럼이 전혀 기억나지 않는군요. 근데 자주 본 것 같은데 커다란 원이 서너 개 옆으로 겹쳐있는 건…. 얼마 전 일부러 들어봤는데 또 잊어버렸군요. 아마도 일제 〈오메가〉라던가? 앞에서 언급한 포르셰나 페라리, 또는 롤스로이스 등은 전혀 짐작조차 되지 않고, 크라이슬러는 포드나 GM처럼 예전부터 미국차로 알고 있는데('디트로이트'라는 단어가 이상스레 자꾸 겹쳐지는군요. 아니, 시카고? 자동차 도시라고 알고는 있지만.) 엠블럼이 확실하진 않지만 독수리 날개처럼 좌우로 길고 짧은 선들이 겹친…. 설명하기 힘들군요. 아마도 군대 시절 꽤 본 기억으로. 아, 리무진은 아마 대통령 취임이나 외국 국빈 등을 맞이할 때 사람이 일어서서 손을 흔들 수 있도록 오픈된 최고급 차인 것 같고.

마치 세상과 담을 쌓고 사는 사람 같습니다. 실제론 제법 상황에 맞는 말도 하고, 나름으로 기발한 이야기도 하지만 언제나 내면으로 돌아와 바깥과 담을 쌓다 보니 가장 가까운, 당연한 것들에서 희극적인 모습을 보이기도.

네? 그럼 어떻게 이런 밝고 정교하게 돌아가는 현대를 살아갈 수 있느냐고요? 그럴 땐 저도 본능적인 눈치가 있어 먼저 입을 닫아버리지요. 그러면 제 정체를 아무도 모릅니다. 외연만으로 당연히 자기들과 같은 〈그룹〉으로 인정해주는. 아무도 모르는 저 혼자만의 콤플렉스에 다름없지만 다른 사람들에겐 이상한, 아니 불편한 마음을 주기 싫어 아예 언급 자체를 하지 않고 있습니다.

아, 그렇군요. 고백하자면 모두 다 반짝이는 새 차로 폼을 잡는 이 시대에 티코가 저와 만나 17년을 배필처럼 함께 해줘서 얼마나 고마운지 모릅니다. 늙고 상처투성이 몸으로도 150킬로라는 노장의 자존심을 굳건하게 버텨주며 끝까지 제 곁을 지켜주는 티코는 〈신의 은혜〉란 생각까지 드는 군요. 차에 대해서 아마도 이런 〈특별한〉 고마움을 느껴보는 사람들이 많지는 않으리라 생각되는데 그런 면으로 저는 참 커다란 행운을 가졌습니다. 아마 몇 년 더 타고 20년을 채워 그때 상태를 봐서 이별해야된다면…. 실존의 종말에 한동안 실의에 빠져 먹먹해질 것 같군요. 제 성향으론 아무래도 상처가 아물 때까지 다른 차를 소유하지 못할 것 같습니다.

그런데 엉뚱한 이야기지만 사실 티코가 참 잘생겼다는 생각이 자주 드는 건 어쩔 수 없군요. 당시에도 굉장히 고급스러웠던 〈투톤 컬러〉에 후면 유리창을 가로지르는 바(barre)는 그 깜찍한 모습으로 무척 매혹적입니다. 크기와 폭과 높이의 균형이 잘 잡혀 고속에서도 바닥에 착 달라붙을 정도로 안정적이고, 곡선과 직선의 흐름이 자연스러워 깜찍하게 다가오는 미녀를 닮았다고나 할까요? 요즘 차들은 어딘가 무서운 얼굴을 하고 마구 들이대는 것 같아 겁이 나던데! 하긴 티코도 일본차를 바탕으로 하여 개발한 것으로 알고 있지만. 아무튼 티코는 경차라는 〈사회적 색맹〉만 벗으면 그 모습이 현대의 최첨단 차와 비교해도 절대 촌스럽지 않은.

아무래도 티코의 최후를 위해서라도 구석구석을 일일이 기억하고, 초상(肖像)으로 사진도 찍어놔야겠습니다. 제 인생의 많은 날들을 함께 해 준 티코에 대한 예의와 의식을! 참, 초상이라니까 생각나는데 보험에 들 때 회사에서 보험 계약을 유지하고 있는 티코는 얼마 안된다고 했던 것 같습니다. 잘못 들었는지 모르지만 어쨌든 전면 번호판과 주행거리가 나오는 계기판 사진을 보내주면 보험료를 깎아준다며. 제 티코는 현재 역사의 기억 밖으로 마지막 주자가 달리고 있는 모양입니다. 형제들이 모두 사라진 〈최후의 인디언〉 같은 존재로!

가끔, 아니 근래 들어 자주 티코가 저에게 푸념처럼 말을 걸 때가 있습니다. 삶이 구성되는 방식과 그 본질적인 의미들을. 그걸 일부러 외면하고, 오히려 개인의 과도한 생각을 핑계로 호도할 필요까지 있겠는가? 그냥 낡은 유령과 이별하고 세속의 보편을 받아들여 편하게 사는 게 좋을 텐데. 그동안 사실 나도 힘들었는데 그러면 당신에게서 편히 떠날 수 있다고. 그러면 저도 핸들을 쓰다듬으며 말해주지요. 반짝반짝 빛나는 압도적인 현실에서 그래도 외로움 같은 눈물을 느낄 수 있다는 건 오히려 커다란 행운이다, 난 너에게서 그 눈물의 원소들을 치밀하게 느낄 수 있다는 것이 마치 나에게만 베풀어진 신의 은혜 같아 얼마나 고마운지 모른다. 그저 지금처럼 너라는 존재가 주는 많은 것들을 계속 만나고 싶을 뿐이다. 걱정마라. 난 균형과 절도까지도 아울러 생각하고 있으니까. 그러면 티코는 말없이 제 손에 자기 몸을 맡기지요. 영화 『그의 충실한 여인-his girl Friday』의 '캐리 그랜트'와 '로잘린드 러셀'의 해피엔딩처럼. (그 영화를 소장하고 있습니다. 40년作 흑백영화지만 자막과 더빙판으로 깨끗한. 귀가 아플 정도로 티격태격 쏟아내는 따발총 대사와 함께 결별(訣別)의 줄타기를 하지만 결국 해피엔딩으로 끝나는, 저와 티코의 갖가지 애증을 좀 더 드라마틱하게 부풀린…. 하지만 'Friday'라는 단어는 영국 작가 '다이넬 데 포'가 지은 소설 『로빈슨 크루소-Robinson Crusoe』에서 크루소의 하인 이름에서 유래했다고 알고 있는데 평등이 아니라 주종(主從), 비서 등의 의미가 담겨서 티코와 저와의 관련으로는 어울리지 않는 것 같습니다. 그냥 영화 속 평등한 연인 관계 수준-아니, 뭐 쓸데없는 이야길 장황하게…. 죄송합니다.)

뭐라고요? 그래서 페라리를 줄 테니 바꾸자고요? 후후! 가만있자…, 그래요. 10대를 준다고 해도 값비싼 〈장난감〉 같은 그런 차와는 바꿀 생각이 전혀 없습니다. 모욕하지 마세요. 제 티코는 현대의 유명론(唯名論)으로 칠갑을 하고 뇌쇄적인 펄서를 반짝반짝 쏟아내는, 그러나 결국 〈자동차〉 같은 멍텅구리 사물이 아닙니다. 저와 깊은 교유를 나눌 수 있는 유일한 〈친구〉지요. 17년 세월 속에 담긴 시간들을! (어쩌면 쏟아질 눈물 때문에 자꾸 이별을 유예 시키고 있는지도.)

⇒ 저번에도 쓰다 보니 자꾸 길어져 분재(分載)한 적이 있는데 아무래도 이번에도 그렇게 되는 것 같습니다. 어쩌면 제 글들의 중심축 근처를(? 그런 생각을 해보지도 않았는데 계속 쓰다 보니 자연스레 그런 생각이 드는군요.) 지나면서 제어하지 못하는 부분도 있는 것 같습니다. 아무튼 개인의 과도한, 그리고 편협한, 어쩌면 굉장히 난삽한 이야기들인데 아무렇지도 않은 듯 여과 없이 진술된다는 게 저도 좀 신기하긴 하군요. 어떤 관성 같은 힘이 잡아끌고 있는 것 같은. 오늘내일 바짝 써서 학급 홈에 게시하겠습니다. 여러모로 죄송합니다.

덧붙이는 글

퇴직하고도 9년을 지나 벌써 칠순을 훌쩍 넘긴 지금 제 티코는 아직도 건재합니다. 작년까지 그래도 두어 번 본 적이 있었지만 올핸 전혀! 이젠 세상에서 볼 수 없어져버렸는가요? 자잘한 상처야 없을 수 없지만 마치 방금 회사에서 출고된 것처럼 깔끔한 모습으로. (3년쯤 전 어디 TV에선가 2018년 현재 전국에서 운행되는 티코는 40여 대분이라는 뉴스를 들은 것 같습니다. 하루가 다르게 무섭게 사라지고 있다는 말과 함께. 그러니까 티코는 부산에선 이미 사라졌습니다. 무슨 모임이 있어 작년 진주 시골 〈새미골〉이란 곳에 갔을 때 한 농막에 미처 처분하지 못하고 버려진 티코를 봤습니다. 녹이 많이 슬어 이미 운행이 불가능한. 아마도 올해 안에 그런 티코마저도 온전히 사라지겠군요. 아니, 부산에서는 이미 볼 수 없어진. 그러나 제 빨간 티코는 오늘도 고속도로를 쌩쌩 잘 달립니다. 경주, 사천, 합천 서울 등지의 마라톤 대회에 참가할 수 있도록 그 먼 거리도 씩씩하게 데려다주는. 2017년 2월 서울 국회의사당 옆 한강변에서 개최된 〈제14회 동계 풀코스 마라톤 대회〉에 참가한다고 5만원 가득 기름을 넣었더니 부산에서 서울까지 오후 동안 충분히 갈 수 있었습니다. 그 덕분인지 막판에 좀 지쳐 목표했던 기록에는 조금 미치지 못했지만. (저는 대한민국 교통안내 표지판이 썩 잘 되어있다고 생각합니다. 웬만하면 그걸로 어디든 다 찾아갈 수 있거든요. 하긴 포털 지도에서 미리 상세한 길을 메모했지만 워낙 서울 길이 복잡해 막판에 좀 헤매긴 했는데 그래도 아직 GPS 따위에 머리 숙이고 의지하지 않을 정도는 된다는 당당한 마음입니다.) 기타 오래전인 18년 풀코스로 〈사천 노을마라톤〉, 〈조선일보 춘

천마라톤〉 19년엔 〈섬진강 꽃길마라톤〉, 〈동아 서울마라톤〉, 〈경주 벚꽃마라톤〉, 〈군산 새만금마라톤〉 등의 여러 대회, 또는 누님과 함께 친척들이 살고 있는 김천 등등 지방에 갈 일이 있을 때마다 제 티코는 어김없이, 상큼하게, 빠르게 절 데려다주었습니다. 어쩌면 근래 남해나 경부고속도로에서 몇 번 상쾌하게 질주하는 빨간 티코를 봤다는 사람들도 있을 것 같은.)

그렇다고 고장으로 정비공장엘 가본 적도 별로 없군요. 저희 동네에 대우자동차 정비공장이 있지만 타이어 공기주입이나 엔진 오일, 또는 필터 교환 등등에만 찾아가지요. 하긴 자잘한 부품도 몇 번 교환했지만. 사장님이 대우자동차에서 표창장을 줘야겠다고 자주 농담하지만 웬걸, 저는 국가 경제발전을 가로막는 〈개인의 옹고집〉 때문에라도 사양해야 마땅하다고 생각합니다. 늙는 건 경제발전에 아무런 도움도, 아니 차라리 생산과 투자, 소비라는 사이클에 태클 거는 것과 같지요. 뭐 늙어 대접받는 건 호박뿐이라는 말을 하던데 전 호박보다도 못난, 아니 몇 년 전에 떠돌았던 말처럼 자본주의의 본질에 대한 아주 자그마한 〈악의 축?〉이란 과장된 표현에 어울릴지도. 삶의 연속성이란 넓은 시선으로 보면 그 자연스런 흐름에 제가 조그맣게 반항하는 것에 다름 아님을. 아무튼 자주 씻고, 닦고, 조이고…, 알뜰살뜰 남들처럼 제대로 잘 돌봐주지 못하지만 말입니다. 그러다 폐차될 때가 되면? 지금 진정으로 바라는 건 제가 먼저 늙어 면허증을 반납하는 순간까지 같이 할 수 있기를. 어쩌면 남들은 느껴보지 못했을 우리들만의 은밀한 만남을 계속…. 화려하고 사치한 현대의 감각으로 온통 업그레이드된 세상에서 수수한 촌색시처럼 저를 향해 은근히 미소 지으며 쳐다보는 숨타는 애정을, 서로 기대 노을을 바라보며 인생의 먼 지점을 가늠하는! 하지만 아직은 아닙니다. 언제가 될지 모르지만 앞으로도 계속. 그렇군요. 제 아이들이 어릴 때부터 서른을 훌쩍 넘겨 어른이 된 지금까지 27년을 하루같이 탔으니까 이제부터라도 조금씩 우리들 이별의 양식을 생각해봐야겠군요. 그 왜 은혼식 같은, 아니 장장 4반세기에 걸친 대활약에 대한 경의에 찬 마지막 경례를. 보잘것없는 작은 차 하나에 이토록 슬픔을 예비한 마음이! 아니, 진정으로 행복했음을! 제 마음을 잘 알겠다는 듯 아프다는 소리 한번 지르지 않고 언제나 미소와 함께 맞아주는. 갑자기 눈물이 나는군요. 우리 모두는 사라져가는 것들이 바로 우리들 존재의 본질이며, 그래서 좀 더 감각과 화려와 과시의 허상을 꿰뚫어 볼 수 있는 이성의 고향을 돌아봐야 함을. 그 속에서 허깨비들이 아닌 인생의 본질들과 만나는.

(2021년 현재 도로를 달리는 차들 중에서 까마득한 그 옛날 기아마스터 〈삼발이〉 트럭이나, 울진 원자력발전소 같은 대형 토목공사장에서 대활약을 하던 힘 좋은 구식 〈인타〉 덤프트럭이 아직도 있다면 모르지만, 그러나 아무래도 제 티코가 최고의 연식에 가까울 것 같군요. 작년까진 한 두 번 본 것 같은데 올해 들어선 지금까지 한 번도 보지 못한. 정말 부산에선 이제 전멸인가요?

아무튼 모든 차들은 제 티코를 만나면 〈어르신! 안녕하십니까?〉라며 받들어 모시는 인사를. 후후!)

올해가 지나면 아날로그 방송이 완전히 끝나고 디지털 방송으로 바뀐다고 하는군요. 이미 화려한 영상과 감미로운 프로그램들이 춤추는 방송을 시청하기 위해 대부분의 사람들이 디지털 TV로 바꿨다고 합니다. 3D 방송을 시청할 수 있는 TV도. 양판점을 지나다 보니까 과연 크고 선명하다 못해 현실로 착각할 정도로 화려한 각양각색의 TV가 벽면을 가득 채우고 있더군요. 욕망의 구조를 하나도 빠짐없이 화면에 꽉 채울 듯 당당한, 현미경적인 섬세한 디테일이 완벽히 구현된. 각 가정의 거실마다 경쟁적으로 커다란 디지털 TV와 최신형 오디오 시설이 현대 교양인의 버킷리스트인양 번쩍이며 자릴 잡고 폼을 잡기도. 저도 몰래 언제 이렇게 현미경처럼 세상이 변한 건지!

그렇지만 저는 15년쯤 전 부전전자상가에서 중고였지만 새것 못잖게 깨끗했던 23인치 구닥다리 브라운관 TV를 아직도 가지고 있습니다. 현대의 디지털 TV처럼 윤곽이 마이크로 단위로 뚜렷하지 않고, 요즘 들어 자세히 보면 왼쪽 아래 화면이 조금 왜곡되어 보이기도 하지만 뭐 TV가 빛

줄기처럼 꼭 선명하고 화려해야만 하는 건 아닙니다. 차라리 배불뚝이 브라운관 TV가 피로하지 않는 선명과 조도로 눈에 부담을 덜 주는 것 같습니다. SD 화면은 말 그대로 〈스탠다드〉니까요. 삶은 그렇게 딱 잘라내듯 〈화려〉와 〈선명〉으로만 경계되어 있지 않지요. 그 TV는 한때 금성이나 삼성, 대우전자 등에서 〈아트비젼〉이니 〈카멜레온〉, 〈라벤드 브라운관〉, 〈수퍼 미라클〉, 또는 〈중저음 수퍼 우퍼〉 등의 첨단 기능과 걸맞은 이름으로 화려한 각광을 받았던 시절이 있었지요. 그 시절은 없었던 걸까요? 60년대 말 등대 동네 최고 부잣집인 유치원 집에서 14인치 흑백 TV로 지켜봤던 아폴로 11호의 달 착륙 모습이 떠오릅니다. 주먹을 불끈 쥘 정도로 감격스러웠지요. 그러나 지금의 방송은 솔직히 아까운 컬러로 방송할 필요가 없을 정도로 쓰잘데 없는, 썩은 냄새가 진동하는 화면들로만 구성된 심심풀이 땅콩에 그치고 있습니다. 세상의 모든 순간과 장면들을 빠짐없이, 낱낱이 체포해 들여다보겠다는 듯 선명한 컬러 속에서 쾌락이 현실 속으로 비누방울처럼 퐁퐁 끝없이 쏟아져 나오고 있습니다. 인생이 그렇게 명백한 선명으로만 전개되어 있을까요? 여백 없이 눈앞을 가득 채우는? 때론 흐릿한 세상이 더욱 삶의 보편성을 이야기하지 않을까요? 제 TV에서는 삶의 여백이 차분하게 펼쳐지고 있습니다.

그러나…, 그럼에도 달 착륙처럼 정말 선명한 컬러로 봐야 하는 프로는 잘 눈에 띄지 않습니다. 아니, 값싼 흑백 TV로도 아까울 정도의 섹스와, 범죄와, 소란과, 장난과, 잡담과, 잘난 체와, 과장과, 선전과, 겉멋과, 편향과, 왜곡과, 저질과, 거짓과 강제…. 도대체가 긍정적인 부분이라고는 눈곱만큼도 찾아볼 수 없는 역겨운, 지금의 TV는 그저 무한쾌락으로 범벅된 복마전일 뿐입니다. 누군가가 우리를 그렇게 마음의 〈색맹〉으로 마취시키기 위해 퍼뜨린!

얼핏 TV에서 무슨 걸그룹의 노래를 방송하며 뭐, 〈자랑스러운 우리 문화, 한류〉라고 아나운서가 말하더군요. 떼거리로 몰려나와 노래를 밀어내버린 그 벌거벗은 섹시 춤이? 아이고나, 제 얼굴이 화끈거리는군요. 도대체 그 아나운서는 차라리 연예인으로 나가지 아나운서 자릴 차지하고는 왜 절 욕보이는지! 세계의 양심들이 〈눈 부끄러운 것〉을 봤다며 고갤 돌리며 혀를 끌끌 차는 소리가 생생히 들려오는 것 같습니다. 자기들 딴에는 섹시를 표현한다며 도전적인 눈을 게슴츠레 뜨고 몸을 비비꼬는 게 꼭 욕정에 함몰해 거의 미치는 모습처럼 보이는데 말입니다. 그들의 춤에-, 보여주기 위해 비틀고, 벌리고, 돌리고… 〈노랫말과 관련하여 어떤 의미와 가치와 메시지〉가 있는지! 아니, 의미는 내팽개쳐버리고, 압도적인 감각으로 무장한 〈청춘의 약동〉으로 호도하기에는 쾌락이 너무나 전면으로 불거진. 하긴 세상에 의미 없는 게 어디 있겠느냐마는. 제가 알 수 없는 삶의 엄청난 비판이나 메타포, 또는 섬세한 기미, 벅찬 감동, 시대의 허무 등등도 있겠지요. 그런 게 없다면 인간의 행위가 아닌 멧돼지의 저돌에 버금갈 무위(無爲)일 테고, 그건 음악 자체가 성립되지 않는 물결이나 낙엽 등의 자연적 움직임과 같은 의미로 매김될 테니까. 딴에는 디테일과 부합되는 감각적 모션으로 현장성을 휘어잡는다고 할 수 있겠지만, 아무튼 움직임의 의미와 이미지의 타당성 등은 제쳐놓더라도 한꺼번에 몰려나와 허벅지와 유방을 흔들며 〈압도적〉인 보여주기식 섹시는 가요의 정당성을 허무하게 만들 뿐입니다. 종(從)이 주(主)에 앞서 행세하는. 예전에도 듀엣이나 트리오 등 합창의 앙상블을 보여주는 가수들도 있어 멋진 화음으로 깊숙한 노래의 메아리를 들려주기도 했지만 이건 그런 모습은 눈곱만큼도 없습니다. 그저 뜨내기 장터 약장수처럼 흥청망청 쏟아내는 쓰레기 잔치판일 뿐이지요. 청춘의 발산? 그 섹시, 아니 섹스가? 흐흥흐흥! 제 눈에는 디즈니 만화에선가처럼 목 잘린 돼지들이 서치라이트 밑에서 춤추는! 가요가 아니라 퇴폐적인 지하에서 벌어지는 섹스파티나 다름없는.

아아, 그래도 현대의 문화와 불화하는 제 생각을 너무 나무라지 않기를. 말을 안해서 그렇지 다른 많은 사람들도 저와 같은 생각을 하고 있더군요. 물론 저도 젊은 시절 특별한 날 등에 동료들과 클럽에서 고고, 트위스트 같은 여러 가지 춤들을 춰보며(그것도 슬쩍 따라 하는 포즈로서) 사람들과 어울리기도 해봤으니까 일부러 가르쳐줘서 새로운 의미를 알게 되면 좋겠지만 그렇다고 그럴 생각은 전혀 없군요. 이미 하급, 아니 쓰레기 문화로 각인되어 있는데 말입니다. 오해를 떠나 그 압도적인 퍼포먼스에 구역질부터 나는데 어떡할까요? 전 고답적이라거나, 혹은 무식이 겁나 솔직한 마음을 숨기고 싶지 않습니다. 앞에서 말했듯 청춘의 발산? 열정? 본능? 허무? 좋군요. 히피처럼 반문명적인 비판? 삶에 대한 새로운 창조성? 몸이 저절로 따라가는 본능적인 표현 방식의 다름? 언더그라운드 해방구의 무정형? 옳거니! 모두 다 절절이 받아들이겠는데 그렇더라도 인정하고 싶은 마음은 역시 조금도 없습니다. 아니, 이미 눈길 자체를 돌려버리는데 어쩌나? 어떠한 방식으로 옹호하더라도 제 마음 속 풍경은 배부른 삼겹살 쓰레기들의 몸짓에서 조금도 벗어나지 않습니다. 그 육체의 〈반질반질〉과 움직임의 〈감각적 화려〉를 위해 하루 종일 붓다시피 퍼부어졌을 시간과, 그것이 민주주의 세상에서 정당한 개인의 권리로 인정된다고 하더라도 말입니다. 세상에 대한 이기적인 향유와, 삶의 정면에 대한 외면과, 그리고 그것이 온전히 정당한 것처럼 미소와 함께 거리낌 없이 드러내어져야 할, 그러나 그만큼 묻혀졌을 찬란한 인간의 정신현상학은! 역사상 육체를 매개로 가장 추악하게 돌격하는, 무조건적인 일방의 가치로 오욕시킨! 누가 절 악마라고 부른다면 차라리 그렇게 남고 싶군요. 대중문화라는 정당성으로 합리화하려는 건 스스로가 쓰레기라는 고백에 다름 아닙니다. 아마도 세월이 지나 그런 몸짓이 보편으로 자리 잡게 되면 제 생각이 화석처럼 낡은 관념으로 매김되겠지만. 아니 이미 늙어버린 삼겹살들이 늘어지고 주름진 육체에 허망해하는!

인간의 내면에 깊이 자리한 사색(思索)과 관조(觀照)는 거추장스럽다는 듯 〈화려〉와 〈섹시〉와 〈액션〉과 〈과시〉와 〈포즈〉로 칠갑을 한 퍼포먼스를 터뜨리며 이성과 감성을 간단히 깔아뭉개는 이 허무한! 〈머릿속이 텅 빈 연예인 나부랭이〉란 속된 말이 떠돌던데 그걸 굳이 확인하기 위해 머리칼 한 올까지 섬세하게 표현할 수 있는 디지털 TV를 구입하라고? 《반질반질한 현대적 세련으로 꾸민 멍청한 로봇 같은 얼굴과, 풍선처럼 통통 아래위로 출렁이도록 사육시킨 유방과, 스스로 한겹한겹 매끈한 삼겹살로 덧칠한 허벅지와, 뒤에서 보면 황소보다 훨씬 더 커다랗게 출렁이는 엉덩이》의 합창을 더욱 자세히 보기 위해 화면을 클로즈업으로 당기는 디지털 TV를? 갑자기 기술이 그렇게 쾌락을 위해 일방적으로 발전한다는 것에 강력한 분노가 일어날 정돕니다. 어쩌면 '히틀러'나 '스탈린' 등등의 독재자들은 그런 또 다른 분노의 아웃사이더에서 증오와 파괴와 살생의 욕망을 쌓아왔던 건 아닌가 싶은 생각이 갑자기 뇌리를 때리는군요. 감옥과 학살과 파멸과…. 평범한 가장(家長) 같던 나치 독일의 장교 '아이히만'이 사실은 수백만 명의 유태인을 학살한 장본인이었으면서도 총통 지시에 따라 아우슈비츠 수용소로 보냈을 뿐이라고 강변한다든가, 『쉰들러 리스트-Schindler's List』에서 평범하고 감성적인 수용소 소장으로 나온 '에몬 괴츠'('랄프 파인즈' 粉)가 2층 발코니에서 수용소 유태인들을 향해 〈장난같이〉 총으로 쏘아 죽이는 장면 등과 관련하여 '한나 아렌트'가 말한 《악의 평범성-the banality of evil》이란 말이 자꾸 입속을 떠도는군요. 엉뚱한 오만과 마취된 편견에 사로잡힌? 괴물이 된 건가요? 제가?

(쓰다 보니 고삐 풀린 듯 거칠게 이야기들을 풀어놓았군요. 이야기를 차분히 이어가야 하는데 중구난방 휘날리는 생각을 단속(斷續)하지 못하고 과장시킨, 아니 반역적인. 제가 좀 이렇습니다. 하하! 뭐 그렇다고 지우기는 그렇고, 옳고 그른 걸 떠나 그렇게 생각할 수도 있겠구나 하며 그저 양해 바랄 뿐입니다.)

되풀이 말하지만 저도 젊었던 시절엔 제 시대의 열정에 어울리는 당대의 세련들을 그렇게 강력하게 멀리 하진 않았지만(앞에서 말했듯 그저 동료들과 함께 따라갔던 것뿐이었지만), 걸그룹의 섹시한 노래와 춤이 현대인의 감각에 맞고, 또한 정당하다고 하니까 그 수준에서 인정하겠으며, 제 생각에 반박하겠다면 흔쾌히 받아들이겠습니다. 청춘의 발산은 무엇보다도 현실로서 존재하니까요. 우리들 젊음의 낭만 감성에 한없는 청춘의 꿈을 실어준다는 의미에서 어쨌든 인정되어야 하겠군요. 세상이 모두 의미를 부여하며 열광하고 있으니까요.

그렇더라도, 그들의 언어와 몸짓에 세상에 대한 〈비판〉과 〈냉소〉와 〈깨우침〉과 〈열정〉의 의미가 있다한들(정말 그런가요? 전면에 내세우는 방식의? 포즈로서가 아닌 독립군처럼 목숨을 바칠 정도의 진정이? 괜한 형용사란 의심이 드는데?) 압도적인 음탕한 몸짓과 의미 없는 소음으로 쾌락을 전면에 내세우는 행태는 변함없는 사실입니다. 겉으로는 정당성을 얻은 듯 메시지를 가진 듯 항변하겠지만 제겐 포즈, 감각, 선전, 퇴폐, 과잉…, 〈참으로, 정말로〉 못난 기성에 대한 비판과 냉소는커녕 오히려 현대적인 세련된 양식으로 치장하고, 더해서 젊음의 열정이란 좋은 말로 호도하고는 온갖 위세와, 찰나의 쾌락과, 선택된 향락과, 박수와, 황금과, 퇴폐와…, 마치 복마전처럼 현대를 정복하고는 〈참으로, 정말로〉 못난 위세를 떨치고 있군요. 이미 삶의 메타포는 쪼그라들어 해골 같은 화석 부스러기로 박살됐고, 겸손한 억양은 유배 보내버렸고, 절제(節制)는 무분별의 향락에 숨을 거두어버렸고, 타락은 세상이야 어쨌든 향유 해야 한다는 듯 마구마구 설사처럼 쏟아내고 있습니다. 말로서야 너도나도 쉽지만 오늘도 그런 몸짓과 소리로 온통 세상을 뒤덮고 있군요. 대중문화가 아니라 지하실의 〈퇴폐문화〉가, 아니 이미 음탕을 훌쩍 뛰어넘은 포르노가 뻔뻔하게 지상을 점령하고 마구 횡행하고 있는 건 아닐까요? 당장 TV와 인터넷에서 너도나도 벌거벗고 커다란 유방을 흔들어대며 포즈 짓는 모습은 이미 가수나 배우, 모델, 레이싱걸, 치어리더, 아나운서(요즘은 아나운서도 자신을 연예인이라고 주장하려는 듯 지적인 단단함을 던져버리고 적극적으로 카드 섹션 같이 돋보이는 화려한 명품 옷을 두르고, 좀 더 헤픈 얼굴과 몸매 자랑놀이에 푹 빠진)가 아니라 온통 삼겹살 비계를 팔아먹는, 고급스럽게 꾸미고 전방위적으로 영업하는 〈현대의 창녀〉가 틀림없습니다. 자극적인 타이틀로 꾸민 붉은 등이 여기저기 손님맞이 하려고 뇌쇄적인 펄스를 번쩍이는 것 같군요. 젊음과 청춘과 낭만과 열정이라니! 당치도 않습니다. 자기가 먹을 밥 하나 지을 줄이나 아는지 의심스러울 정도로. 하긴 주범(主犯)과 다름없는 대중의 열광은 외면하고 줏대 없고 멍청한 종범(從犯)에게만 악담을 퍼붓는 제 이런 독선은!

각 시대마다 대중문화의 계층과 양상과 표상이 드러나는바 그 의미가 크게 달라지고, 그게 부정적인 부면이 돋보인다면 제 생각도 의의가 있으며, 그건 긍정에 대해 등가(等價)로 해석되어야 할 것입니다. 무엇보다 나타냄의 표상이 당대들의 전적인 박수를 받더라도 다른 많은 사람들에게서 전적인 긍정으로만 받아들여지지 않는 한에는. 만약 그렇다면 제게 예전 노래나 영화 등등의 문화적 의미들이 가지고 있는 긍정과 부정적인 의미와 대비하며 그 사회현상학적으로 해석해달라면 얼마든지 이야기 드릴 수도 있습니다. 실제 몇 편 적어보기도 했으니까요. 이 시대의 정의는 걸

그룹, 아이돌 등등에게 쥐어져 있고, 세상의 찬양을 온통 수렴하고 있다고 해서 제 생각이 몽땅 허깨비로, 헛소리로 의미가 없어지지는 않을 겁니다. 과연 걸그룹의 노래와 섹시 춤이 이전의 노래처럼 라디오, 또는 흑백의 텔레비전만으로도 존재할 자신은 있을지? 욕망을 삭제한 그림만으로? 〈어마, 뜨거라!〉며 쳐다보지도 않을 게 뻔합니다. 물론 세상의 모든 젊은이들의 열광과 영향 등 다른 많은 〈긍정〉은 지금 생각하기도 싫군요. 그러고 보니 서로가 상대를 적대적으로…. 하긴 점잖게 돌려 말하지 않고 직설적으로 말해 미안하긴 하군요.

어쨌든 제 생각으론 EBS 교육방송과 KBS I 채널(목숨을 건 매스컴, 또는 기자 정신은커녕 마냥 정권의 개, 시녀, 나팔수, 홍위병, 아니 약장수, 저질 포주 노릇에나 앞장서는 부정적 행태는 여전하지만) 등 한두 개의 공중파 채널을 제외하고 아마도 좋게 봐서도 하루 종일 방영되는 전파의 총량 중 거의 90% 이상이 〈절대로〉 필요 없는, 아니 걸레나 다름없는 내용들로 오염 칠갑을 하고 있다고 생각합니다. 뭐 3류 대중잡지에도 미치지 못하는 상식, 여행, 연예, 토크, 패션, 코미디… 요즘은 예전 동네 유선방송도 아닌 대기업 케이블 채널이 보편적이어서 무려 900단위까지의 채널이 있더군요. 누님 집에 가서 리모컨으로 채널을 돌리는데도 엄청나게 시간이 걸리는. 무슨 〈이코노미 TV〉라고 최소한도인 100번 채널 안쪽인 저로서는(그것도 어찌된 셈인지 반 이상이 그림만 나오고 소리는 먹통이군요. 그나마 리모컨으로 누르면서도 90% 이상은 단 10초라도 시청해본 적 없는) 도저히 이해할 수 없습니다. 삶을 허비하는 허깨비 채널들이 호화찬란한 영상을 구역질하듯 쏟아내는데 그만 질려버릴 정도입니다. 사람들이 언제부터 이렇게 쓰레기들을 벗 삼고 인생을 자학하고 있었을까요? 자본주의의 방자한 난전(亂廛)에서는 온통 썩은 냄새와 비릿한 오물과 불결한 쾌락이 줄줄, 좔좔, 콸콸, 흥청망청 흘러내리는군요.

요즘은 좋은 의미로 만든 프로라고 생각은 하는데 실제론 일반인들을 참여시켜 교묘하게 오락이나 연예, 또는 일방의 시선과 결합된 포맷으로 편성하는 〈짬뽕?〉 같은 프로들도 꽤 많이 보이더군요. 물론 많은 사람들이 프로에 같이 참여하고 자신의 생각을 표한다는, 일견 민주주의 정신에 부합되는 방식이라고 생각은 합니다. 열성을 다해 주어진 배역을 훌륭히 소화해내며 메시지를 완성시키는. 그러나 가만히 살펴보면 사람들은 프로그램에서 핵심으로 활동하는 것이 아니라 이미 정해진 액션 범위 내에서 들러리 배역에 불과한 엑스트라라고 할까요? 프로그램을 위해 양념처럼, 어릿광대처럼 투입되고 소모되는. 결국 명분은 살리고 실속은 온전히 주연에게, 사회자에게, 제작진에게, 방송국에게 다 돌아가는. 그런 포맷과 방식이 정당하다 하더라도 결론적으로는 일회용 소모품들을 속임수로 동원하는 쇼에 다름 아닌. 한국 사람들은 정공법보다 그렇게 짬뽕을 좋아하는 것 같습니다. 다시 살펴보면 여태 정말 필요하고, 훌륭한 프로라고 생각했던 것들에서 〈차별〉과 〈시혜〉와 〈이용〉과 〈관리〉와, 그리고 〈무관심〉, 심지어 〈사기〉 등등도 많이 발견할 수 있을 겁니다. 나는 참여하는 것이 아니라 타이밍에 맞춰 자동 반응하는 배경으로 존재하는. 대중은 그저 값싼 일회용 소품에 불과한. 아마 앞으로도 좋은 프로를 위해 출연한다는 착각에 빠진 대중의 〈열광적 환영〉 속에 걱정 없이 더욱더욱 번성할 듯.

아무튼 케이블과 종편은 말할 필요도 없이 썩고 썩은 오물들로 떡칠하고 있지만 민방을 비롯한 공중파도 실제보다 훨씬 과장법으로 덮어쓴 황금색 오물을 하루 종일 끝없이 싸질러대고 있군요. 드라마와, 영화와, 가요와, 연예와, 스포츠와 광고…, 그리고 다시 예능과, 토크와, 퀴즈에 또 광고와 광고! 편성표를 보면 뉴스 빼곤 거의 모든 시간을 그런 오물들을 무슨 명품이라도 되듯 하루 종일 주우~욱! 상업 민방으로서 그럴 수밖에 없겠지만 오락이 그렇게 전방위적으로 구축된 모습이라면 존재 가치 자체도 없겠군요. 방송국 자체가 저질과 섹스와 연예에 코가 꿰어 끌려다니느라 PD 등등이 손을 비비며 아부한다고 고생하는 모습이 보기 안쓰럽습니다. 모든 프로의 저질화, 코믹화, 장난화, 사치화로 삐까번쩍하다가 곧이어 그런 것과 관계없다는 듯 《근엄(謹嚴)하고 심각한 얼굴》로 밤 9시 종합뉴스를 전달하는 걸 보면 어떻게 희극도 이런 희극이 없는 것 같습니다. 두 얼굴의 야누스를 보는 것처럼. 차라리 한창 잘 나가는 모모 개그맨을 메인 뉴스 앵커로 내세워 진행하면 오히려 더욱 잘 어울릴 듯. 〈캬캬캬〉 웃으며 주변을 휘어잡는 소리와 표정 연기 하난 기가 차거든요. 왜? 9시 뉴스는 그렇게 하면 안되는가요? 바로 앞 프로의 저질과 코믹과 장난은 자기와 관계없다는 듯 꼭 근엄으로 꾸며야 하는가요? 근엄이 예능보다 수준이 높단 말인가요? 코믹은 장난이란 말인가요? 연예는 뭐고 근엄은 뭐지요? 아니 앞에 짬뽕은 뭐고 9시 뉴스는 짬뽕으로 포맷해서는 왜 안되는지요? 이미 〈진정〉과 〈체면〉과 〈사실〉은 태생부터 〈텔레비전〉과는 상극이라는 걸 눈치채고 있는데? 하긴 제 생각처럼 되면 소란은 사라지는 대신 〈좀비들의 잔치〉처럼 무거운 침묵의 영상으로만 남겠군요. 제 스스로도 엄청나게 과도한, 편향된 묻지마 아집(我執)임을 인정하고 있으며, 세상의 단 한 사람도 동의하지 않을 테지만.

가끔 텔레비전을 보며 문득 그 오물을 흠뻑 뒤집어쓰고는 실없이 웃고 있는 저 스스로에 흠칫 놀라기도 합니다. 정당한 문화의 향기보다 오직 풍성한 컬러와 디지털 기술, 매끈하고 감각적인 화면들로 떡칠한 현대의 폭식, 아니 이율배반적인 선동주의가 삶을 자신도 모르게 허깨비로 포위해 버렸습니다. 시청료가 너무 아깝지만, 그래도 몇몇 필요한 부분들이 있어 차마 끊진 못하고 있는 제가 무슨 인질로 잡혀있는 듯. (아마 제가 참혹할 정도로 매도한 상품화된 여성의 육체가 세상을 휩쓸기 시작한 것도 이런 현대적인 디지털 기술의 발전에 따른 선명(鮮明)과 대응되고 있는 게 아닌가 하는 의심이 들기도 합니다만.) 아무튼 현대의 방송은 매스컴이기는커녕 어른, 아이 할 것 없이 전국민에게 쏟아붓는 《만능 오락키트》에 다름 아닙니다. 없어도 조금도 아쉬울 것 없는. 희망과 이성과 창조를 유배 보낸 기성이야 그렇다 하더라도 놀랄 정도의 창조성으로 가득한 아이들마저 연예와 오락과 감각의 〈귀신〉으로 타락시킨. 매스컴이라니! 절대로 당치않습니다. 매스컴은 쪼그라들어 흔적도 없이 사라졌고, 채널마다 오락과 쾌락의 울긋불긋한 자극적인 간판으로 불야성을 이루는 집장촌 같은. TV에 기대 기생하는 사람들 모두 포주에 다름없는! 차라리 적국에서 전폭기가 침공하여 방송국 건물 자체를 폭파해버린다면, 그래서 황금색 오물을 싸지르는 쓰레기, 세균 같은 종자들도 낱낱이 불태워버린다면 오히려 두 팔을 활짝 펴고 환호할. (아, 이제 보니 제가 무시무시한 괴물이 되었군요! 순진했던 저를 이렇도록 참혹하게 만든 것들은…!)

제 TV로도 컨버터를 달면 디지털 방송을 볼 수 있다고 하던데 저는 공짜라도 신청할 생각이 전혀 없습니다. 제 TV는 한때 그 자체로 반짝반짝, 정정당당했습니다. 모욕적인 시대를 만나 엉뚱한 컨버터라는 걸 혹처럼 달고 프랑켄슈타인이나 키메라 등의 혼혈, 혹은 잡종으로 변신하여 억지로 연명하고 싶은 생각은, 아니 더럽힐 생각은 추호도 없습니다. 브라운관 TV로도 충분한데 따로 돈을 더 주면서까지 최신 3D TV를 덩달아 사고 싶지 않고, 아니 디지털 방송이 시작되면 브라운관 TV로는 시청할 수 없다고 하던데 그 기회에 지금도 별로 보지 않는 TV와 아예 인연을 끊어버릴 생각입니다. 아하! 그러고 보니 놀랍게도 지난 5~6년 TV를 본 기억이 별로 없군요. 거실을 주인공이나 된 듯 차지하고선 당당하게 떡 버티고 있는 TV가 주인을 잘못 만나 찬밥 신세가 됐다고 불평하지 않겠는가고 가끔 생각은 해봤는데 그럴수록 냉정히 외면하곤 했지요. 어쩌면 잠들기 전 잠깐 뉴스 같은 것들만 듬성듬성 본 것 같은. 돈을 준다고 해도 보고 싶은 생각이 전혀 없는, 인류 역사상 최고 똥덩어리들의 합창으로 떡칠한 TV를 애써 컨버터까지 달아가며 볼 이유는 조금도 없으며, 선동으로 충만한 소비 시대의 대표적인 신기루이며 그 기만적인 속성에 이끌려 일률적인 소비의 행렬에 끼고 싶은 생각도 전혀 없습니다. TV는 그 많은 장점에도 불구하고 스스로를 타락으로 자해한 현대의 악덕, 그 대표주자가 되어버렸습니다. 역사상 가장 환호받았던-, 그러나 사실 심심풀이 땅콩으로 집안을 점령하고는 인간을 가장 비참하게 타락시킨! 아담과 이브의 뱀은 차라리 서사적(敍事的)인 의미를 가진 귀여운 악당이라고 할 수 있을 정도로. 그렇군요. 모두가 똑같은 모습과 잘 조직된 일률적인 세포처럼 변해버린 버킷리스트는 개성과 만족과 행복처럼 위장한, 그러나 우리가 도저히 알아볼 수 없는 〈지하 소프트웨어〉로 제어되는 강제된 감옥의 헤드라이트처럼 느껴지는군요. 자신이 조종되고 있는 줄도 모르고 흐뭇해하는! 버킷리스트는커녕 제겐 무슨 〈바께츠 리스트〉만도 못한. (역시 노인들이 주로 TV를 보며 힘든 생활의 위안을 얻고 있는 것을 일률적으로 매도하는 건 아닙니다. 얼마 후면 저도 그런 처지가 되겠군요. 그 업종에서 더욱 선명한 TV를 만들어 나라 경제를 떠받치는 사람들에게는 오히려 찬양을.)

문득 양판점에 진열되어 있던 수많은 디지털 TV들이 구석구석 숨을 곳이 없다는 듯 반동분자인 절 체포하려고 일제히 헤드라이트를 쏘아대는 것 같습니다. TV는 무슨 수사관처럼 화면 뒤에서 절 감시하는 것 같군요. 과연 누가 그 수갑을 벗어날 수 있을지!

그러고 보니 작은 오디오와 비디오카세트도 TV 위에서 하릴없이 몇 년 먼지를 뒤집어쓰고 외롭고 애처로운 눈으로 절 쳐다보고 있었군요. 한때 자신만만한 폼으로 시대를 온통 휘저으며 전방위적으로 폭력을 일삼았던, 그러나 지금은 참혹할 정도의 침묵으로, 반성과 후회로 연명조차 못하고 있는. 디지털 기기로 대체된 지금 시대엔 무슨 삼국 시대 유물처럼 숨도 쉬지 못하고 생매장된. 갑자기 가슴이 뭉클합니다. 제가 모질지 못한 단점이 있는데 무덤 속에서 반성하는 모습이 안쓰럽고 애잔해서라도 오늘은 책상 속에 〈부장품〉처럼 유폐된 테이프들을 들어봐야겠습니다. '박목월'이 잃어버린 빛나는 청춘의 꿈을 정제된 시어(詩語)에 눈물방울처럼 아로새기고 '김순애'가 혼신을 다해 직조(織造)한 음의 고저에 담아 가슴을 시리게 하는 「4月의 노래」, '손석우(孫夕友)' 특유의 세련되고 감각적인 작사 작곡에 '송민도(宋旻道)'의 새침하면서도 고급스런 허스키로 괜스레 가슴 깊은 곳 애잔한 사랑의 정감을 건드리는 「나 하나의 사랑」을. 그리고 전쟁이 앗아간 사랑의 상처가 풀길 없는 수수께끼처럼 불면(不眠)의 가슴으로 아릿하게 저며 오는 '김기덕(金基悳)' 감독의 「南과 北」, 매혹적인 눈빛이 그윽한 '샤를르 보와이에'와 짙은 음영이 두드러진 마스크의 '잉그리드 버그만'이 섬세한 심리의 시소를 타며 욕망의 파탄 끝으로 달려가는 '조지 쿠거' 감독의 『가스등-gaslight』을. 화려한 욕망에 찌든 컬러를 배제한 흑백의 단아한 감성이 샘물처럼 심장을 감싸주고, 그래서 더욱 서늘한 눈물로 달래주는!

⇒ 아무래도 하루에 다른 일 다 제쳐놓고 글을 쓰기가 어렵군요. 이번에도 여기서 마무리하고 월요일이나 화요일까지 나머지 부분을 써서 게시하겠습니다. 재주는 비천하고, 생각은 스스로도 생경하고, 어쩌면 형평은 무너지지 않은지도 모르겠습니다. 우선은 이번 주 주제인 〈소비〉를 어서 빨리 완결하고픈 생각입니다. 죄송합니다.

덧붙이는 글

아날로그 방송이 끝나고도 자동으로 기존 〈중계유선방송〉으로 계속 시청할 수 있더군요. 그리고 유선방송회사에서 목소리 예쁜 여자가 다양한 〈케이블 채널〉이

가득한 상품으로 갈아타라고 잊을만 하면 전화로 줄기차게 유혹했지만 단번에 거절하곤 했습니다. 그런데(지금도 똑똑히 기억하는데) 2017년 1월 5일에 중계 유선도 아날로그 방송을 끝내고 디지털 방송으로 전면 바뀌었습니다. 갑자기 화면이 나오지 않아 고장인가 싶었지만 그냥 두다가 한 달쯤 후 목소리 예쁜 여자의 전화가 왔을 때 물어봤더니 이제 예전 TV로는 볼 수 없고, 다만 수상기를 디지털 TV로 바꾸면 아직은 볼 수 있다고 하더군요. 전부터 형님 집에 조카며느리가 시집올 때 가져온, 제가 볼 땐 엄청나게 커다란 〈디지털 TV〉가 있어 제게 준다고 했지만 차제에 TV 방송을 완전히 끊어버렸습니다. 문득 삶과 인생을 돌아보게 하는 심금을 울리는 프로그램들과 헤어져야 한다는 마음의 아쉬움, 그리고 세상에 제 존재의 흔적을 거의 완전히 지우고 스스로를 무화(無化)시켜버렸다는 안타까움이 들었지만, 그보다 더욱 압도적으로 속이 후련해지더군요. 화면을 점령한 꾸미고 넘치는 생각들과 잡담, 인간의 자격을 동물 수준으로 끌어내려 허무한 시간으로 마취시키면서도 마치 절대선으로 착각하고 오락으로 칠갑을 한 당치 않은 세련된 그림들, 독약인 줄 모르고 전방위로 쏘아 올리는 무성한 이야기, 아니 농담들, 너도나도 유행어를 만들어 한탕 뜨려는 듯 오늘도 내일도 새롭게 들려오는 이상한 말들, 논리라고는 전혀 없어서, 아니 내팽개친 듯(그래서 전혀 가치가 없는) 일방의 교묘한 편집으로 강요하는 오도(誤導), 뻔한 이야기에 제조된 눈물과 감동을 버무려 꾸며낸 두 얼굴의 값싼 이야기들, 엔터테이너를 우상으로 작정한 듯 너도나도 그렇게 꾸민 개성 없는 얼간이들…. (근래 어느, 아니 몇몇 여자 아나운서는 눈에 뜨일 정도로 몸의 굴곡을 돋보이게 하는 밀착된 의상과 찰랑거리는 풍성한 머리, 번쩍이는 고급 하이힐로 꾸미고는 탱탱한 삼겹살 뭉치 같은 가슴과 엉덩이와 허벅지를 한껏 부풀리고 사뿐사뿐 스튜디오를 오가며 〈미소〉를 보내고 있군요. 옷이야 뭐 그래도 받아들인다 하더라도 얼굴 표정과 시선의 각도, 몸의 포즈는 척 보면 알 수 있는. 아마도 태생부터 창녀가 싫은 폼으로 네모 상자 속에서 유혹하는.) 구역질이 납니다. 세상의 모든 서식지에서 자신을 팔아먹기 위해 제각각 꾸민 포즈로 휩쓰는. 천하에 다시없을 악착같은 사기꾼들에게서 이제 드디어 벗어났다는 해방감이 마치 오르가즘처럼 뇌수를 휘젓는군요. 이제 공중파라도 보려면 옛날처럼 안테나를 설치하면 가능할까요?

아아, 그렇다고 삼겹살 알레르기가 있는 것처럼 저를 〈과민성 비계증후군〉 환자로 보지 않기를! 전 강박이나 일방, 또는 편견 등은 철저히 사절하니까요. 건강한 육체 언어에 값하는 그림이라면 적극 옹호할 수도 있지요. 그만큼 작금의 〈과민성 엔터테이너증후군〉 환자들의 쾌속 판매가 도를 넘은…. 거의 대부분 사람들이 아마도 절 비난할 것 같지만, 일리가 있다는 사람들도 몇 명은 있겠군요.

아, 가을쯤 종합유선방송회사에서 갑자기 고지서가 날아왔습니다. 6개월 넘도록 내지 않은 유선방송비와, 약정 기한을 채우지 못해 60만 원 넘는 해약금도, 그리고 무슨 컨버턴가 모뎀인가를-, 예전 처음 가입할 때부터 100번 채널 안쪽인 기본 유선 방식의 시청으로 계약했는데 가지고 왔다 필요 없는데도 무조건 떠맡겨 아직 한 번도 사용해보지, 아니 본 적도 없는 것 같은 장비 2개를 분실했다며 그 돈도 함께. 할 말이 없더군요. 조금도 가치 없는, 아니 허깨비 같은 것들이 펀치를 휘두르며 저를 형편없이 구석으로 몰아대는 것 같은 부조리가…! 회사에서는 당연히 해야 하는 말이라고 생각되긴 하는데, 그래도 약정한 기본 채널을 계속 보려고 하는데 그럴 수 없는 건 회사 탓이지 제 탓이 아니라는 좀 일방의 억지를 부려보기도 했습니다. 며칠 뒤 기사들이 두 번이나 와서 제 TV로 볼 수 있는 방법을 연구해봤지만 결국 가능하지 않다는 결론을 내리더군요. 저도 유선 방식의 케이블 방송 배선의 메커니즘과 실행에 대해선 기사들 비슷한 수준으로는 할 수 있다고 자부하지만(예전 90년대 초중반 지역유선방송 시절, 제가 소장하고 있는 오백여 편이 넘는 영화들을 유선방송사가 빌려 방송하려고 연락을 줘서 연결된 적이 있어 방송, 그리고 동축케이블의 조작과 배선의 메커니즘을 기사들 못잖게 터득했지요.) 도대체 가정에서 거꾸로 디지털 신호를 아날로그 신호로 바꾼다는 자체가 무리한. 마지막엔 40인치 최신 디지털 TV를 새로 3년 약정에 무상으로 제공해주겠다는(자기들로서는) 엄청난 제안을 했지만 단번에 거절했습니다. 원시인은 현대인으로 살 수 없다는 도무지 이해할 수 없는 말과 함께. 그리고 그렇게 제안을 받아들이다보면 그걸 핑계로 새로 3년 약정으로 또다시 코가 꿰여 끌려갈. 그 후 기사가 와서 살펴보더니 다음에 오겠다며 가버렸습니다. (앞에서 말씀드렸듯 저는 아직 〈비디오 카세트-video cassette〉를 사용하고 있습니다. 필요한 영화나 좋은 다큐 등등을 녹화하려고. 비록 최근 몇 년 TV를 보지 않아 잊고 있었지만. 아마도 비디오라는 아날로그 단계를 한번 거치며 디지털 입력 신호 변환이 쉽지 않은 듯.)

다음 해 초에 서울 본사에선가 기술자라는 3명이 또 와서 이리저리 살펴보고는 자기들끼리 이야기를 하더니 다음날 힘들게 구했다는 비닐 커버도 벗기지 않은 아주 〈작은〉 새 컨버터를 가지고 와서 TV와 비디오를 이리저리 동축케이블로 복잡하게 연결하더니 결국 방송을 시청할 수 있게 해줬습니다. 시청 방식이 예전 비디오로 채널을 선택하던 것과 달리 TV 채널을 3번에 고정시킨 채 새 컨버터로 채널을 조정해야 하는. 그리고 비록 〈종편〉 일부를 포함한 반 이상의 유선 채널은 화면이 심하게 흔들리거나, 또는 벙어리처럼 그림만 나오지만 아예 쳐다보지도 않는 악질 채널들이니까 오히려 귀라도 조용해서 더 좋습니다. 2018년 대한민국 마지막 아날로그 시청자로서 〈세상에 이런 일이〉에 나올 법한 희한한 일이라고 말하더군요. 아마도 지금은 사라진 시대의 무슨 유물 같은 〈비디오〉 때문이라는 생각도 해봤지만, 아무튼 저로서는 잘 보지 않더라도 예전과 같이 흘러간 영화나 다양한 다큐 등등 몇몇 프로그램을 계속 시청, 녹화할 수 있게 됐고, 장비값까지 더해 150만 원을 훌쩍 넘는 해약금도 아깝고, 그리고 본사에서 기술자들이 출장까지 와서 시청할 수 있도록 한 감동을 물리칠 수 없어 계속 시청하기로 했습니다. 생각보다 우리나라에서 사업을 하는 사람들이 마냥 이익만 생각하진 않고 오히려 소비자를 위해 헌신과 정성을 다하고 있는 부분도 있구나란 긍정적인 생각도.

한데 근래 재래시장의 좁은 좌판 가게에서도 할머니나 아주머니들이 저처럼 아직도 14인치 작은 브라운관 TV로 연속극 등을 잘 보고 있던데 아마 제 집에 달린 컨버터처럼 그렇게 새로 개발된 제품인지? 해를 넘겨가며 괜히 그 고생을 했나 싶어 어쩐지 유선방송회사에 속은 듯한 생각도. 아마 아직도 그런 TV를 사용하는 곳이 많아 예전 컨버터를 재사용하는 건지도 모르겠습니다만. 그리고 요즘 길을 걷다 보면 가끔 제 것과 같은 낡고 커다란 브라운관 TV가 버려진 걸 볼 수 있는데 이대로 가다간 혹 제가 마지막 브라운관 TV 시청자가 되는 건 아닌지? (오히려 그야말로 제 견고한 의지가 돋보이는 것 같습니다만.)

그런데 아, 이런! 그 후에도 한 달에 한두 번쯤은 목소리 예쁜 여자가 잊을 만하면 화려하고 다양한 프로그램이 가득가득한 케이블 채널로 갈아타라며 어쩌구저쩌구~! 아이고, 그 끔찍한 쓰레기들을? 그야말로 《我耳苦 頭也》란 과장된 조어가 딱 들어맞는 경우라서 기가 차는군요.

⇒ 이번 주를 넘기지 않으려고 다른 일 제쳐놓고 다음 이야기를 이어서 썼습니다. 무척 고통스러웠지만 어떤 관성 때문인지 아무튼 이렇게라도 게시할 수 있어 다행이군요. 생각에 따라 받아들이기에는 조금 주저스런, 아니 힘든 내용들일 수도 있을 텐데 그러려니 하고 이해해주시면 감사하겠습니다. 참으로 죄송한 마음 금할 수 없군요.

요즘은 강아지도 여권이 있다고 하더군요. 휴가철이면 너도나도 해외로 여행을 떠납니다. 목적이야 제각기 있겠지만 대체로 지친 몸과 마음을 쉬게 하고, 우물 안에 갇힌 견문을 넓히며, 삶의 여유와 충전을 얻으려는 비슷한 의미를 가지고 있을 겁니다. 아마도 주 5일제 이후 더욱 활발해졌으리란 생각도. 배낭여행을 떠나는 대학생들도 있고, 평생 처음 자식 덕분에 해외여행을 가는 노인도 있습니다. 알뜰살뜰하게 값싼 여행사 패키지 상품을 이용하는 사람도 있지만, 일부 부자들은 몇백만 단위의 돈을 단 한 번의 여행으로 소비하기도. 뭐 꼭 그런 의미보다 사업상 상대방 국가를 방문하기 위해, 국제 대회에 참가하려고, 특별히 필요한, 귀하고 좋은 물건을 직접 가서 구하기 위해, 중요한 일을 끝내고 마음의 휴식을 얻기 위해, 선진국 국가경영의 기법을 공부하기 위해…. 다양한 여행의 목적과 변이 있을 겁니다. 가끔 문제가 되는 국회의원들의 본말이 전도된 〈악착같은〉 현지 연수도 그런 면이 없다고는 못하겠습니다. 너절한 여행 자체가 실제 목적이라면 그야말로 세상에 다시없을 불쌍한 사람들이지만.

그렇지만 전 아직 〈여권〉을 가져본 적이 없습니다. 해외에 나가기 위해 알아야 할 것이라든가 필요한 것 등등을 포함하여 어디서 어떻게 해야 하는지 절차 등도 전혀 모릅니다. 여권은 국가 간 왕래란 특성상 아마 주민 센터나 구청 수준에서는 취급하지 않고 시청 이상에서 취급할 것 같긴 한데! 뭐 여행과 관련하여 〈면세점〉이란 말도 5년 전 시골 학교에 있을 때 선생님들과 함께 제주도로 현장연수(거창하지요? 저번 36주에 언급한) 갈 때 공항에서 보긴 했는데 세금을 부과하지 않는다는 의미는 짐작되지만 그게 왜 공항과 연결되어 이야기되는지 조금도 알고 싶지 않아 이 나이 되도록 여태 모릅니다. (하긴 제가 생각해도 너무 바보 같아 이번 기회에 나이값으로나마 따져 얼추 꿰맞추고 있다고 생각하지만 그래도 여전히 애매함이 가시지는 않는.) 그렇군요. 〈비자〉라는 말도 익숙한데 새삼 생각해보니 〈여권〉과 정확히 어떻게 다른지도 애매하긴 마찬가집니다. 이 글을 쓰며 곰곰 생각해보니 여권은 다른 나라에 가기 위해 국내에서 허가해주는 서류로 이해되는데, 그것만으론 다른 나라에 갈 수 없을 것 같군요. 무슨 영화처럼 테러리스트가 함부로 자기 나라에 들어오면 큰일이니까. 그러니까 특정 국가에 가려면 그 나라의 허락을 얻어야 할 터이고, 그 허락이 비자인 것 같은데 (제 추측이 거의 맞는 거 같은? 그렇더라도 일부러 그런 말을 확인해보고 싶은 생각은 눈곱만큼도 없습니다.) 만약 10개 국가를 간다면 비자만 10개가 되어야 하는지? 아마 한 개의 수첩에 제각각 도장을 찍은 비자를 첨부한…? 아니, 그보다 비자는 어디서 발급받아야 하는지? 주재 대사관? 항만, 공항에 파견 나온 직원? 그야 아무튼 저는 특별히 가야 할 곳이 있는 것도 아니고, 필요한 것도 없습니다. 실제 현장에 가서 보면 훨씬 이해가 잘 되고 기록으로서의 가치, 또는 진실로 인간의 삶과 세상에 대한 성찰을 얻을 수도 있겠지만 그렇다고 꼭 해외로 나갈 생각은 눈곱만큼도 없습니다. 거기에 쏟아붓는 비용과 대비해서 저에겐 엄청난 과소비로 여겨지는데 그걸 정당화하고 싶은 마음도. 당연히 국제적 감각과 세계 속 우리의 위치, 국가 발전 모멘텀의 방향 등에 대한 수준 이하의 이해력, 아니 좁은 시야로 인한 해악 등까지 고려하고라도 〈로봇의 행진〉처럼 너도나도 해외로 진군하는 대열에 끼인다는 건 차라리 소름끼치는 일이군요. 국가대표 선수로 올림픽에 참가하는 것도 아니고, 과학 실험을 하려고 극지방을 떠도는 연구원도, 학술 발표하러 가는 학자도, 어쭙잖은 책 하나 출판하기 위해 취재라는 멋진 구실로 선글라스를 쓰고 폼 잡고 해외로 여행하는 문화인도 아니며, 연암 박지원(朴趾源)처럼 정부의 대표로 청나라로 출장 가서 그 시대 국제 사회의 돌아가는 정세들을 보고 듣고 느낀 점을 「熱河日記」라는 훌륭한 책으로 펴낼 수 있는 센스 있는 정치가는 더더욱 아닙니다. 당연히 땀 흘려가며 번 제 돈이고, 그래서 얼마든지 소비해도 되지만 학교 밑 시장의 2천 원짜리 칼국수 한 그릇에도 감사함 없이 무소불위의 정정당당처럼 당연으로만 받아들이는 것도 조심스러운데 하물며 다른 건 더욱. 문득 이 시대 세상의 번잡하고 화려한 문명과 문화, 그리고 유명(有名) 밑에 깔려 흔적도 없이 사라져버린 찬란했던 인간의 정신들이 시체처럼 어두운 얼음 장벽 속에 갇혀 창백하게 절 쳐다보는 것 같은 그림이 떠오르는군요. 우리들은 너무나 쉽게 순수했던 정신들을 솔선수범으로 떠나보낸 건 아닌지!

갑자기 망발 같은, 아니 그래서 사실은 전부터 떠올려본 근사한 생각도 떠오르는군요. '사르트르'가 노벨상을 거부했다는데 만약 제가 무슨 업적으로 수상자로 지명되어 스웨덴으로 가야 하는 말도 안되는 상황이 닥친다면? 단언하지만 아마도 관계자가 직접 와서 시상한다면 받아들일 수 있을지 모르지만 제가 직접 가서 수상해야 한다면 필연 매몰차게 거부할 게 틀림없을 겁니다. 아니 거부해야겠지요. 제가 왜 꾸역꾸역 머리 숙여가며 찾아가야 할까요? 당연히 받아야 하는 《주체》는 제가 되는데 말입니다. 상은 시혜(施惠)가 아니라 〈헌정(獻呈)〉이거든요. 아니, 상 따위는 본질이 아닌 세속의 허망한 사교(社交)에 불과함을 잘 아는 제가 받을 이유가 없군요. 《미래에도 지워지지 않을 낙인(烙印) 같은 수상자의 명단》에 제가 버젓이 오른다는 것만으로도 소름이 끼칩니다. 세상을 〈멋지고 화려하게 운영〉했을 게 틀림없을 제 흔적이 말입니다. 저는 어쩔 수 없이 시상식에 불참했다는 『고도를 기다리』는 '사무엘 베케트'도 아닙니다. 아하! 무엇보다 《여권이 없어 노벨상을 타러 갈 수 없다》는 초유의 국가적 희비극, 아니 전지구적 토픽이 벌어지겠군요! 어쩌면 국가에서 급히 나서서 제 여권과 항공탑승권과…. 호호! 상상만 해도 신나는! 하지만…, 아무래도 국민적 성화가 엄청날 것 같아 사이코 같은 제 생각 따위는 어린애 투정으로 치부될 게 틀림없을. 상상 자체를 끊어버려야겠군요. (하지만 제가 그렇게 생각한다 하더라도 노벨상을 탄 개인들과 그들의 업적, 작품들 자체는 과연 위대한 게 틀림없군요. 워낙 흔한 일상적인 일이 되어서 예전만큼 찬양 소리가 크진 않지만, 그러나 '퀴리 부인', 『닥터 지바고』 등의 인물과 작품 등등은 아무리 칭송해도 모자랄 정도지요. 그야말로 인류의 위대한 전범(典範)임에 틀림없습니다. 노벨상은 앞으로도 영원히 계속되어야 할!)

꼭 필요한 경우가 있다면 어쩔 수 없겠지만 일반적인 여행의 의미에 머문다면 단칼에 베어내고, 차라리 국내에서 좋은 책을 읽으며 영혼의 자유와 제가 모르는 숨겨진 진실, 또는 눈이 번쩍 뜨일 정도로 시선을 끄는 사유(思惟)와, 탄복을 자아내는 절묘한 시구(詩句)나 문장(文章)을 탐구하는 재미를 실컷 즐기겠습니다. 그건 세상의 재미있는 것들 모두를 더한 것보다 훨씬 감동스럽지요. 세상을 그런 글 속에서 이해한다는 건 어쩌면 신이 숨겨둔 퍼즐을 풀어내는 듯한 행복을 주기도 합니다. 이젠 시력과 열정, 도전 자체가 형편없이 찌그러진 형편이지만. 제가 찾아낸 좋은 문장들-, 꽤 많이 있는데 갑자기 생각이 잘 나지 않는군요.

- 시간은 무수한 수수께끼의 터널
- 오래전에 지나가버린 퍼레이드에 손을 흔드는
- 세상은 화려하지도 않고 마분지와 거울로 만든 영화 세트장
- 북만(北滿)의 눈보라와 남항(南港)의 동백꽃을 벗 삼아 떠도는 유랑인생
- 여자의 맹세는 물 위에 적어놓는다
- 부천 복사골에 더 이상 복사꽃이 없듯, 안양에 포도밭이 남아 있지 않듯
- 그리움을 하나씩 가슴에 달고 있는 노인들
- 첫사랑이 이루어지면 돌로 남고, 이루어지지 않으면 보석으로 남는다
- 피라미드를 전세 내고, 스핑크스를 빌려서 당신을 감시하게 했소
- 부지런함이 잠들면 가난은 창으로 넘어온다….
- 태양신의 황금수레가 여명과 황혼을 거느리고 세상을 한 바퀴 주유하던 시대
- 우리 둘이 있는 곳을 빼곤 모두 멀리 있길 바라오. 저 산은 달 위에. 저 바다는 태양 위에

생각보다 꽤 많이 있는데 일일이 기억해내기 어렵군요. 무슨 영화 셰리프 같은 사랑의 달콤한 말들도. 그런데 이제 보니 새삼스레 일부러 멋을 살려 제조한 의혹이 강한 문장-, 〈여자의 맹세는~〉, 〈부지런함이 잠들면~〉 등등도 보이는 걸 보면 마냥 좋기만 한 건 아니군요. 명언집이나 무슨

무슨 명사(名士)들의 수필집 속에 가득가득한. 앞으로 그렇게 가볍고 멋들어진 문장들엔 빨간 밑줄을 쳐서 지하 감옥에 가둬둬야겠습니다. 두더지처럼 슬금슬금 머릴 내밀라치면 망치로 머리통을. 감시하는 재미가 꽤 솔솔할. 〈북만의 눈보라와~, 태양신의 황금수레가~〉 등의 문장은 '이문열'과 '이병주'의 소설에서 따온 것 같은데 이번에 문득 생각나서 찾아보니 〈북만의 눈보라~〉는 제가 흘러간 우리 옛날가요 중 유장(悠長)한 소리의 가수 백년설(百年雪)이 1942년 〈K1810〉이란 번호로 OK 레코드사에서 출반한 SP레코드 「천리정처-千里定處」라는 노래에 대한 감상, 또는 해설문을 쓸 때 이미 쓰여 있는 걸로 봐서 원전(原典)이 따로 있을 거라는 혼란스런 생각도.

-「北滿의 눈보라와 南港의 동백꽃」을 벗삼아 떠도는 몸이라고 했던가? 그는 그야말로 그렇게 떠도는 유랑자였다. 내 학창 시절 이 구절이 그런 유랑자 인생의 허무와 비장에 결합되면서 엄청난 체적으로 가슴 속 심연에 심어졌다. 뒤에 이문열의 어느 소설에서 이 구절이 사용된 걸 알고 나처럼 유랑에 중독된 사람도 있구나 하고 고소를 머금은 기억이 난다.

그러니까 제 학창 시절에 저, 또는 술집 색시들은 이미 이 문장을 알고 있었다는 말이 되는군요. 뭐 그런 건 좀 더 시간이 지나면 관련 옛날가요 연구가 등등에 의해 밝혀질 수도 있겠지만 아무튼 이병주의 문장과 함께 압도적으로 멋을 살린 표현이긴 하지만 그보다는 문학과 철학의 〈낭만〉과 〈서사〉의 특징으로 표현되어 오히려 더욱 보기 좋아졌다고 할 수도 있는. 이런 문장들은 언어의 인력을 뛰어넘어 세상의 섬세한 기미와 결정들을 생생하게 돌아보게 하는 촉매가 아닐 수 없습니다. 어쩌면 황금 따위는 아무런 가치도 없다는.

물론 제가 만든 꽤 괜찮은 문장들도 있지요. 역시 망치로 내리쳐야 할 것들도 있지만.

- 청춘은 영탄법(咏嘆法)으로 가고, 과거는 과장법(誇張法)으로 남는다
- 과학은 세상을 휩쓰는 어쭙잖은 신념과, 정의로 포장된 미신과, 개인에 기초한 오류를 단번에 체포해 가두어버리는 〈신의 도량형〉이며, 철학은 과학이 스며들지 못하는 세상 속 사람들 삶의 현상을 명징하게 해석하는 〈신의 독심술〉이 아닐까?
- 첫사랑이 이루어지면 돌로 남고, 이루어지지 않으면 보석으로 남는다
- 피라미드를 전세 내고, 스핑크스를 빌려서 당신을 감시하게 했소
- 부지런함이 잠들면 가난은 창으로 넘어온다….
- 낙화(落花)는 시간의 빗질에 함부로 휘날리는 우리들 청춘의 초상이며, 유수(流水)는 세월의 습기에 침윤(浸潤)되어 영원으로 흘러가는 우리들 인생의 눈물
- 이미 흘러간 노래는 시간의 음표에서 달그락거리는 우리들의 꿈은 아니었을까?
- 서정시처럼 감미로운 입맞춤과 셰익스피어의 연극처럼 극적인 포옹을 사람들은 기대하리라.

등등… 찾아보면 더 많은 멋진 문장들이 있는데 잘 생각나지 않는군요. 무척 설레며 만든 문장들인데 이젠 헷갈려 남의 글을 정말 제가 만든 문장으로 잘못 기억하는지도 모르지만 어쨌든 제겐 문장 한 줄보다 못한 게 해외여행입니다. 삶의 기미를 날카롭게 잡아낸 보석 같은 글 하나는 전 지구를 섭렵하는 여행에서 얻는 것들 모두를 합친 것보다 훨씬 소중합니다. 어쩌면 단 한 줄의 문장이 한 사람의 생을 가름할 수 있기도. 해외여행이 힐링의 의미와 함께 고단한 삶에 주는 배려는 소풍을 가는 아이처럼 가슴을 설레게 하는, 첫사랑과의 수줍은 첫 키스의 추억을, 낭만과 열정의 젊음에 청춘의 마법을 새겨주는, 삶의 파노라마를 풍성하게 펼쳐주는 신

의 은혜처럼 당연한 거라고 이해하며, 그래서 저에게도 꼭 필요하지만 지금처럼 지상(地上)의 명제처럼, 아니 권리처럼 시정의 너무나 당연해진, 그래서 줄 서서 기다리며 〈북적이는〉 압도적 유행으로서는 아닙니다. 누군가의 말처럼 아마도 세상에서 가장 쓸데없는 걱정이 여행사의 여행객 모집이 미달 되지 않을까 싶을 정도로. 거대한 시대의 요구와 필요성은 타인들의 몫이지 그저 이름 없는 개인에 불과한 저에게는 해당되지 않습니다. 꼭 소비를 동반한, 눈과 귀, 혀에 자극을 주는 것만이 힐링이라는 생각에 동의하지 않습니다. 영혼과 진실을 탐구하는 게 얼마나 힐링에 도움 되는지 사람들이 잘 모르는 것 같더군요. 기본적으로 제가 게으르고, 사유의 진폭과 깊이가 많이 부족하다보니 도처에 가득한 정신들을 찾아보는 시간도 부족한데 그런 따위 넘치고 당당한 〈향유〉를 힐링이라는 과장법으로 정당화하고 싶은 생각은-, 아니 차라리 악덕으로 다가오는군요. 새삼 세상의 지극히 〈당연한 상식〉조차 반역으로 받아들일 수 있음을. 그리고 그 당연을 깔아뭉개는 〈견고한 정신〉도 지극히 당연할 수 있음을.

이제 와서 저는 제 여행의 항목을 월든 시대의 '소로우'나 쾨니히스베르그의 '칸트'처럼 처녀림이란 엄격으로 남겨두겠다는 치열함을 갖고 싶습니다. 비록 나라나 회삿돈을 펑펑 쓰며 해외여행을 이웃집 가듯 별다른 생각 자체도 하지 않는 사람들에게선 웬 〈몬도가네?〉 라는 의아함으로 받아들여지더라도, …그래도 칸트의 말처럼 저는 《Es ist gut!-그걸로 충분히 만족합니다.》

몬도가네라니까 기막히게 또 이런 생각도 떠오르는군요. 전부터 가끔 생각해보긴 했는데 예전에는 꿈도 꿀 수 없었지만 지금은 수학여행으로 외국을 가는 게 그렇게 보기 어려운 일이 아니라고 하더군요. 뭐 요즘은 아이들이 더욱 극성스레 원한다던가? 또는 교장 승진 코스로 단체로 연수

받으러 해외여행을 가기도. 그런 여행의 필요성도 있겠지만 아무리 시대의 추세와 격식과 세련이 그렇다 하더라도 그렇게 업그레이드해야 하는 당위를 아직 온전히 이해하고 받아들이지 못하는 제가 그때 만약 담임이라면, 혹은 교장 승진을 앞두고 있다면, 그래서 제 치열함을 거두어야 하는 경우가 생긴다면? 아니면 굳세게 지켜서 담임도, 교장도 될 수 없는 상황에 닥친다면 그게 과연 정당한 상황인지, 제 마음이 반역적인지…. 아무래도, 아니 제 정당은 개인의 고집으로 치부되어야 하겠습니다. 이 글로벌 시대, 치열한 경쟁 세상에서 말입니다. 어쩌면 당연을 뒤집는 코미디 같기도. 물론 제가 이해하고 받아들일 수 있다면 인정하겠지만. 아니, 솔직히 자신의 의지나 신념과 다른 가치들 속에서 현대인의 필수 조건을 채울 수 없어 고민하는 사람이 저 말고 하나라도 있기나 할까요? 제가 생각해도 정말 꼴통에 완벽한 또라이 같아 기가 찰 일이 아닐 수 없습니다. 시대를 외면한…. 당연히 다른 분들의 다른 생각까지 덤터기 씌울 의도는 전혀 없습니다. 그건 다른 분들의, 아니 꼭 필요하고 당연한 인간의 논리니까요. 저도 가보고 싶은 곳들이 있지만, 그러나 제 인식의 인력 속에서 자꾸만 편향되며 가중되는 세속적 관광으로서의 의미라면 단칼에 잘라낼 것 같군요. 관청을 다니며 여권과 비자를 발급받고, 멋진 포즈로 캐리어를 끌며 공항 길을 걷고, 줄 서서 비행기를 기다리고, 손을 흔들며 미소 짓는…. 전혀 따르고 싶은 생각이 없군요. 그런 향유의 의미라면 정당과 가치의 의미를 떠나 제 스스로 시중의 논리에 함몰되어버리니까요. 하지만…, 저는 과장된 망집(妄執)의 허깨비에 포박당해 시대를 잃어버리고 헤매고 있다고 하더라도 힐링이 필요한 현대인의 〈비극적 표정〉을 위로할 수 있는, 소박한 쉼표의 의미로 이해되는 여행을 폄하(貶下)할 생각은 추호도 없습니다. 그건 각 개인들의 삶의 좌표에서 꼭 필요한 요소일 수도 있으니까요. 앞에서 말했듯 청춘 시절의 아름다운 낭만이라든가 고달픈 삶의 여정에서 여유로운 휴식을 찾고 싶은 의미에서라도 차라리 장려되어야 하겠다는 생각이 들기도 하군요. 평생을 억압적인 직장생활을 하다 과감히 떨치고 세상을 향해 나아가려는 사람, 또는 특정 장소, 예들 들면 북극지방에서 빙하와 오로라를, 남양(南洋)에서 원주민들이 바다를 벗 삼는 원초적인 삶의 모습을 꼭 가보고 싶어 오랜 시간 돈을 모으고, 여기저기 자료를 찾고, 여정을 짜보고… 그런 분들은 제가 돈을 보태서라도 도와주고 싶습니다. 그건 삶의 보람이나 원망(願望)과 관련 있는 의미 있는 행사니까요. 그분들의 바람은 꼭 이루어져야 하는, 어쩌면 눈물겨운 삶의 본질로 다가오기도 합니다. 그래선지 이번 기회에 일부러 여행의 정당성에 대한 긍정의 의미도 찾아봤더니 많은 선현들이 이야기했더군요. '다니엘 드레이크'라는 의사는 자신의 직업에 맞게 여행을 〈모든 세대를 통털어 가장 잘 알려진 예방약이자 치료약이며 회복제〉라고 했고, 우리의 저 위대한 동화작가 '안데르센'은 〈정신을 다시 젊어지게 하는 마르지 않는 샘〉이라며 동화 못잖게 그 의미를 확장시켰습니다. 모로코 출신의 유명한 여행가인 '이븐 바투타'는 〈여행은 당신의 심장에 날개를 달아준다〉라고 여행의 정당성을 한껏 띄워주었으며, 로마의 철학자 '세네카'도 〈여행과 장소의 변화는 정신에 활력을 준다〉고 인간 심리의 근저를 차분하게 펼쳐내기도 했습니다. 어쩌면 더불어 알게 된 그의 다양한 삶의 부침이 여행과 관련 있는지도 모르겠습니다만. 아무튼 여행은 삶에서 최상의 덕목이 틀림없다는 생각이 드는군요. 인간에게는 원시시대에서부터 그런 유목(遊牧)의 여정이 유전자처럼 내장되어 있으며, 그래서 인간이란 형이상학적인 존재로 작렬해온. 그런 면으로 강철 같은 저의 옹고집은 오히려 본질적으로 드러내어지는 삶을 억압 또는 적대로 만들 수도 있겠다고 할 수 있겠군요.

자라나는 우리 아이들이 소비의 최면을 이겨내고 약동하는 미래를 위해서라면 얼마든지 이해할 수 있습니다. 자식들 키우며 고생만 하신 늙으신 부모님에게 생전 처음 해외여행을 보내드리고 싶어 하는 자식의 마음은 참으로 아름답군요. 아, 그러고 보니 저도 여태껏 한 번도 만져보지 못한, 아니 생각해본 적도 없는 우아하게 반짝이는 캐리어를 〈끌고〉 자식들에게 손을 〈흔들며〉 당당히 공항을 〈걷고〉 싶은 그림이 맘속 깊이 숨겨져 있는 건 아닌지. 사실 고백하자면 제 자식들도 지금 몇 년째 외국을 돌아다니고 있는 형편입니다. 딸애는 영어와 독일어를 완벽히 습득하기 위해 그쪽의 대학에 입학까지 한. 그럼에도 솔직히 제 자식들에게는 잣대를 그렇게 견고하게 들이대지 않음을 고백합니다. 하긴 이미 성인이 된 자식에겐 그게 가능하지도 않겠지만. 구구하게 변명하지 않겠습니다. 절 보고 이현령비현령이라고 탓하면 겸허히, 아니 통절(痛切)히 받아들이겠습니다. (그러고 보니 6학년 담임을 아주 많이 했는데 다행히 제 시대에는, 그리고 그런 학교에 근무한 적이 없었군요.) 그야말로 제가 온전히 천연기념물 수준인가요?

어쩌면 여태 이 자리를 통해 현대인의 행태에 대해 당당하게 날선 공격과 심할 정도의 꾸중을 할 수 있었던 것도 세상과 삶에 대해 나름의 의식적 거리감이 있었기 때문이 아닌가 하는 생각도 드는군요. 특별히 각성하고 그렇게 살아왔다기보다는 제 존재가 스스로 그런 강철 같은 신념의 울타리 속에서 차츰 적응하며 살아왔다는 것이 옳을 것 같습니다. 또는 언행일치라는 일견 쉽게 사용하지만 실제로는 몸서리칠 정도로 실천하기 어려운 말도. 만약 저도 제 몸과 어울리는 차를 타고, 즐겁게 해외여행을 다니며 사진을 찍고, 스마트폰과 디지털 TV 등… 현대의 화려한 문명의 이기들을 주저 없이 실컷 향유하며 〈지지배배〉 재미있게 살면서도 이렇게 제 식으로 세상을 비판했다면 겉 다르고 속 다른 속물이랄 수 있을 겁니다. 칸트처럼 철학을 가지고 일생을 보낸다는 건 이 밝은 현대에서 보면 엄청난 구속과 불편을 감수해야 하는, 아니 거의 불가능한 고행입니다. 제가 니체가 말한 어디 일방적 의미의 〈超人〉은 아니지만 누구처럼 철학이나 이념이 입 주변에서만 요란하고 손발과 몸뚱이는 딴 살림을 차리는 건 배반의 삶이지요. 그 구속과 불편을 즐겁게 향유하려면 합일된 정신이 아니면 어렵습니다. 요즘 보면 그렇게 말과 행동이 다른 사람들이 더욱 크게 자가발전하는 경향이 많은 것 같기도. 정치가, 소설가, 기업가, 교수, 문화인, 종교인, 스포츠 스타, 연예인…. 옳고 그른 걸 떠나 저에겐 그 이름의 빈도만큼 덕지덕지 달라붙는 욕망의 깡통들이 달그락거리며 귀를 때리는 것 같아 욕이 나올 정도입니다. 왜, 왜 그렇게 자기 이름과 얼굴을 이곳저곳 함부로 내미는지. 좀 괜찮다 싶다가도 그 이름과 얼굴이 자주 보이면 그만 만정이 떨어집니다. 자기 이름을 단속하는 사람이 하나도 없군요. 단속은커녕 얼굴까지 버젓이 이곳저곳 내밀지 못해 안달까지 하는. 단언하지만 자기 이름을 걸고 나대는 사람들 대부분, 아니지요. 모두 다 그렇다고 생각합니다. 현재 유명한 사람들 단 한 명의 예외도 없이 모조리 제 단단한 언행일치의 그물을 빠져나갈 수 없으리라 생각합니다. 당신이 아무리 훌륭하다고 생각하는 사람 한 명 이름을 이야기하더라도 저는 그 사람의 당연한 듯한 모습에서 과시와 뻔뻔과 황금을 얼마든지 뽑아낼 수 있을 것 같군요. 제가 그렇게 느낄 기미를 준 게 그 사람들이거든요. 그 치열한 열정으로 가득한 드높은 학문, 역사를 섭렵하는 신념과 진실을 추구한 작품 세계, 새롭게 인생을 해석해내는 빛나는 예지, 영광과 좌절을 아우르며 국민적 열망을 이끌어낸 스타의 눈물, 삶을 아름답게 채색해주는 헌신과 희생…! 더 없이 찬양받아 마땅하지만, 그러나 강단(講壇)과 책과 작품과 직책과 TV와 그라운드와… 본래의 서식지에서 더 나아가 그것들과 관계없는 〈행사〉와 〈초청〉과 〈受賞〉과 〈판매〉와 〈과시〉와 〈선도〉와 〈광고〉의 자리에까지 나와서 왜 자신을 드러내는지? 변명은 온전히 간과되어야 하겠군요. 제가 그렇게 생각한다는 말입니다. 그런 건 순수가 아니지요. 그렇습니다. 소비라는 건 물질만으로 한정되지 않고 〈이름팔이〉라는 행위에도 확대되는군요. 업적이나 자격, 평가가 아무리 훌륭하다 해도 그걸 미끼로 세속의 장면에 얼굴과 이름을 당당하게 내민다는 건 창녀처럼 자신을 능동적으로 〈팔아먹는〉 것에 다름 아닌 것 같습니다. 차라리 창녀는 삶의 아이러니에 휘둘리는 안타까운 눈물을 담보로 한다는 의미로 오히려 어찌할 수조차 없는 인간의 조건에 얽매인 긍정과 동정으로 받아들일 수 있지만, 이 경우는 소비의 경계를 넘어선 능동적인 《賣春》이 아닐 수 없습니다. 이름과 얼굴을 발가벗은 듯 사람들에게 마구마구 들이대는. 어떨 땐 제가 그 사람들과 정말 엮여있는 게 아닌가 싶은 착각이 들 정도로 선명한 이름과 얼굴과 주렁주렁 달린 프로필이 꿈에서도 나타나 화려한 퍼레이드를 벌이는. 물론 꼭 필요한 경우가 많겠지만, 그리고 '나'는 그런 생각이 전혀 없다고 항변하겠지만 제가 볼 땐 예외 없이 합리화로 꾸민 쓸데없는. 그게 스스로의 마음속에 날카로운 비수로 고집스레 낙인찍는 줄 모르고 흐뭇한 미소를 짓는. 솔직히 말해 세속의 가벼운 관심과 찬양과 선망을 칼날처럼 단칼에 잘라낼 사람이 단 한 명도 보이지 않는군요. 오히려 먼저 요염한 눈길을 던지는, 비실비실 손을 비비며 아부하는. 어쩌면 젊음과 전성기는 그야말로 신기루처럼 아주 짧은 순간에 지나가버린다는 걸 재빨리 눈치채고는 유효 기간 동안 남김없이 유명과 황금을 뽑아내려는 건지도. 그런데도 몇몇 유명했던 사람들이 어째 잘 보이지 않아 이제 세속의 허깨비에서 깨어난 모양이라고 생각하곤 했는데 웬걸, 엄청나게 쪼그라진 모습인 줄도 모르고 철없이 세상의 전면에 다시 나타나 활동하더군요. 딴은 거장이니, 전설이니, 양심이니 떠벌리며 비열하고 더러운 면상(面像)과 이름을 말입니다. 아니 이름은 그렇다 치더라도 이미 세월의 때가 잔뜩 낀 면상은 보는 것만으로도 구역질 나는. 시간은 한번 가면 되돌릴 수 없고,

자기에게 배당된 시간은 그저 역사 속으로 흘러가게 내버려둬야 하는 것을. 영화 『벤자민 버튼의 시간은 거꾸로 간다』는 그런 역설의 시간 속에서 돛단배처럼 흘러가는 운명을 애틋하게 보여주었지요. 〈화려〉와 〈처절〉이란 운명의 이중주에 그냥 맡겨 흘러가는 게 인생의 본질임을, 나머지는 바람처럼 희미해지는 겉모습임을. 어린 아기가 된 벤자민이 사실은 그런 역설로 존재하고 있음을! 차라리 세기인(世紀人-100年)이라면 오히려 축복을 보낼 수도 있을.

아무튼 그런저런 세상에 눈을 크게 뜨고 찾아보는 것보다 차라리 제가 눈을 감아버리는 것이 엄청 쉬울 것 같습니다. 하긴 삶이 구성되는 방식이 그런 식으로 짜여있고, 그게 바로 삶의 보편으로 받아들여야 할 수도 있지만 지금처럼 모두 다 지나치게 부풀려 세상을 휩쓸수록 반대로 강력하게 구축한 엄격으로 과도하게 재단하다 보니 제 생각의 함정에 스스로 빠져 그렇게…. 제 자식들이라 하더라도 절대 동의하지 않을. 그러나 어쨌든 제 엄격은 나름으로 더욱 가치를 획득할 수도 있음을. 자신을 숨기는 사람이 단 한 사람도 없는 이 시대의 과장된 자가발전은!

한때 현대문학의 최고 걸작이란 평까지 들었던 소설 『호밀밭의 파수꾼』을 지은 '데이비드 샐린저'는 공식적인 회견 등을 포함해 문학적 화제에는 일체 얼굴을 들이밀지 않고 울창한 산림 속 오두막집에서 살았다고 합니다. 거리를 걸어가면 아무도, 심지어 친구도 알아보지 못했고, 누군가가 그의 소설에 대해 물어보면 아무 것도 모르는 것처럼 슬며시 사라지곤 했습니다. 아니 실제로 그는 자기 작품에 나오는 인물에게까지 비밀의 장막을 치고 있었습니다. 자신이 창조한 가상의 인물인데도 전혀 모르는. 그저 작품 같지 않을 정도로 슬며시 던져놓은 소설 이외는 스스로를 삭제해버렸습니다. 사라짐! 소멸! 그렇지요. 작가는 작품으로서만 말하지(어쩌면 그것마저도 아닌) 얼굴과 이름, 또는 해설과 잡문으로 말하지 않는다는 올곧은 정신을 실천한 사람입니다. 그런 그를 세상에서는 별스런 옹고집으로 단정지어버렸지요. 세상은 정의와 양심과 지성이 조화를 이루며 잘 영위되고 있는데 그에 적응하지 못하고 강박된 의식 구조에 함몰된 은둔자로, 해괴한 성격파탄자로까지 말입니다. 아무도 그와 함께하지 않았습니다. 기가 차는군요. 도대체 한 인간의 내면 하나 제대로 해석해내지 못하는 세상 자체가 얼마나 수준 낮은 미개(未開)로 점령되어 있으며, 더욱 끼리끼리 교통하는 사기꾼 세상임을 자각하고 지금이라도 그에게 머리 숙여 빌어야 하며, 동시에 오염의 하수구에서 구더기처럼 꿈지럭거리는 게 바로 자신임을 자각하고 통절히 반성해야 합니다. 물론 저도 그에 대해서 아는 게 하나도 없으며, 그가 재작년 구순(九旬)에 조용히 별세했음을 근래 우연히 알았습니다만.

그렇군요. 전에 언급했던 소설 『향수』의 저자 '파트리크 쥐스킨트'도 〈구텐베르크 문학상〉을 비롯한 여러 상을 모두 철저히 거절하고, 인터뷰는 물론 사진 찍히는 것조차 화를 내며 피했다고 합니다. 자신에 대해 누가 선의로라도 이야기했다면 악담을 퍼부으며 부모든 친구든 절연하고 은둔자로 숨어버렸다고도. 어쩌면 〈향수〉라는 소설은 자신의 굳센 폐쇄성을 드라마에 입혀 역설적으로 통쾌하게 세상을 조롱해낸 건지도. 아무튼 샐린저보다 더욱 과격하게 자신을 삭제시켜왔습니다. 오직 자신의 서식지 안에서 이름만으로 존재하는. 그런 괴짜들이 세상에 존재했다는 게 어찌 그리 신기하고 통쾌한지! 박수를 보냅니다. 자신의 시대가 끝났다는 걸 알고 세상에서 자신을 단번에 거두어버린 은막의 전설 '그레타 가르보', 오직 이성에만 눈을 주고 세상과 철저히 단절해버린 철학자 '칸트'…. 매끄러운 미소와 능란한 동작으로 우아하고 세련된 폼을 지으며 세속의 전면에서 활약하는 사람들의 세상에 저 혼자 유령 같은 관념으로 존재하지 않겠느냐고 생각했는데 그렇게 두텁게 뒤를 감싸주는 사람들이 있었다니! 그들에 비하면 자기를 세상이 맘껏 소비하라며 글이 아닌 얼굴로 시정에, 재능이 아닌 명성으로 신문에, 뛰어난 성과를 자가발전하며 세상에, 황금과 값싼 대중의 열광에 우쭐한 얼굴로 TV에, 수수가 아닌 번잡과 화려로 SNS에…. 돈으로, 미모로, 명성으로, 성과로 엉뚱한 곳에서 룰루랄라~ 휘파람 부는 사람들은 〈똥통의 구더기〉보다도 더 가여운 사람들이 아닐 수 없습니다. 아마도 똥통인 줄 모르고 향기론 냄새를 피워내는 먹이가 가득한, 안온하고 편안한 세상으로 철썩 같이 믿고 있는. 정말로 지구 전체가 풍덩 구더기 똥통에 빠져버렸으면 하는 생각이 들 정도로. 모든 건 비록 제 과장된 망집 속에서지만. (제가 일부러 자세히 알아보진 않았는데 얼핏 우리나라에도 셀린저나 쥐스킨트 비슷한 면을 보인 사람이 있었다고 기억합니다. 아마도 황순원이 그런 비슷한 성향으로 존재했다고 생각해온 것 같은데? 만약 그렇다면 전 그를 제 신전에 모셔두고 매일 엎드려 경배할 생각입니다. 좀 더 자세히 알아봐야겠습니다만 과연 제 기준을 맞출 수 있을지!)

당신은 세상에 자신을 얼마나 많이 소비시켰나요? 욕망을 적게 가지면 그만큼 행복해진다는 말이 있지요? 뜻밖에 '칼 마르크스'가 말했더군요. 《존재가 작을수록, 삶이 덜 표출될수록 더 커다란 것을 얻고, 그러면 삶은 거인처럼 커진다》고. 그의 고단하고 견고한 삶과 관련하여 아마 역설적으로, 반동적으로 말한 듯하지만 어쨌든 삶의 장면에서 마주하는, 세상에서 가장 뛰어난 아포리즘이 아닌가 싶은. 마치 작은 인간을 돋보기로 자세히 관찰하려는 듯. 과연 그의 돋보기 속에서 정말로 거인처럼 커다란 존재가 이 시대에 있기나 하는지? 오히려 얼굴과 이름을 덤핑처럼 마구마구 쏟아내는 이 더러운 구더기 같은!

그렇군요. 사람들은 자신의 이름과 얼굴과 평판을 세상이란 소비의 광장에 주저 없이 던집니다. 맘껏 소비하라며. 아니 굳은 신념과 실천의 그늘 속에 숨겨둔 교묘한 안락과 쾌락과 명예와 권위를 실컷. 어쩌면 그건 인간, 혹은 생명을 약동시켜주는 〈본성〉이라고도 할 수 있는. 삶이 이루어지는 당연하고 절대적인 열정의 형식으로 짜인. 그러나 인간을 그렇게 무조건 긍정으로 한정시켜버리면 그 또한 도그마에 갇혀버립니다. 우리는 욕심은 욕심대로 다 찾아 먹고도 한없는 성자(聖者)처럼 자신을 꾸밉니다. 가능하다면 드높은 명예마저 차지하려고 하지요. 그런 본성과 속성을 이해하면서도 모두들 굳게 자신을 꾸미는 걸 보노라면 그야말로 인간의 지리멸렬한 존잿값이 아쉬울 뿐입니다. 초인의 반대가 《소인배》라고 누군가가 말했다지요? 니체였던가? 그런 사람들은 영혼을 팔아먹은 사람들입니다. 한 방울의 에너지도 낭비하지 않으려고 하기는커녕 욕심꾸러기처럼 귀한 에너지를 이기적 만족을 위해 함부로 소비하는 지구의 배반자이기도. 입을 닫아버리든지, 아니면 손발과 몸뚱이를 구속하든지. 만약 그런 소인배들의 유명(有名)과 자본(資本)을 제가 가지게 된다면 소름이 끼쳐 한 순간도 견뎌내지 못할 것 같습니다. 아니 치욕으로 몸을 부들부들 떨게 될 것 같은. 하긴 저도 절대적 도덕성으로 보면 엄청나게 타락한, 실제로 부도덕한 면도 많은 현실적 삶을 사는 소인배임이 분명합니다만. 부당과 슬픔과 체념과 허무가 이 시대 사람들 가슴 마다에 줄줄이 달려있는데 얼굴을 슬쩍, 아니 악착같이 고귀한 이름을 널리…. 구역질이 나는군요. 왜 인간은 적절한 균형과 절제와 겸양을 할 수 없는지. 〈오컴의 면도날〉이란 말을 제 나름으로 해석하여 참 좋아하는데 지금처럼 쓸데없는 말을 이리저리 쏟아내는 저를 포함하여 제법 미소까지 띠며 여기저기 두더지처럼 돋아나는 불필요한 소인배들을 모두 단칼에 벼려냈으면 하는 생각이 과한 것만은 아니라는 생각이 드는군요. 하늘이 그들에게 《얼굴 없는 익명으로

만 존재하라》고 선고한다면 과연 어떤 선택을 할지. 말할 필요도 없이 너무 자명하겠군요. 피식 비웃는!

우리나라에도 역사를 뒤져보면 그 비슷한 이야기들이 있습니다. 〈토황소격문(討黃巢檄文)-귀신들마저 '황소'를 죽일 것이다〉란 글로 오늘날까지 우리나라는 물론 오히려 중국에서 더 숭앙하는-유(儒), 불(佛), 선(仙)에 통달했던 신라 말의 대시인, 대문장가로서 한문학(漢文學)의 조종(祖宗)으로 불리는 고운(孤雲) '최치원(崔致遠)'은 자신에게 향하던 세속의 화려한 명성과 직위와 부와 존경 등 소비와 연관된 모든 것을 버리고 어느 날 숲속에 〈갓과 신발〉만 남겨둔 채 홀연 깊은 산속으로 사라져버렸다고 합니다. 아마도 산속 토막에서 홀로 수수한 촌부로 살다 죽었거나 아니면 사람들 말처럼 정말 신선(神仙)이 되었거나. 당대 세계 최고의 석학인 그가 말입니다. 하긴 자신의 정견(政見) 등이 조정에서 받아들여지지 않고, 강력한 골품제에 따른 새로운 인물의 등용 등등으로 자신의 자리가 차츰 좁아져 가는 실망 때문이라는 해석도 있다고 알고 있지만. 그리고 아마도 지리산이라는 산을 많은 사람들이 드나들며 성가시게 그를 찾았을 게 틀림없고, 때론 그들과 어느 산곡(山谷)에서 인연을 맺기도 했겠지만 결국에는 자신을 〈완전히〉 숨겨버렸습니다. 그의 호 고운(孤雲)처럼 외로이 홀로 떠 있는 구름으로, 세속의 화려한 꾸밈의 삶을 버리고 백지처럼 맑고 깨끗한 자연으로 스며들어갔군요. 아마 그래서 그가 신선(神仙)으로 불리는 모양입니다. 해운대 동백섬에 가면 그의 동상과 시비(詩碑)가 있지요. 35년쯤 전 산업체 실업학교에서 국어교사로 있을 때 학생이지만 저와 나이가 엇비슷한 교양반 숙녀들과 동상 앞에서 단체로 찍은 사진이 있는데 이번에 새삼 살펴보니 평범하고 간단한 그 시들이 〈세상의 것들을 많이 가진 존재〉에 대한 통렬한 비판을 가하고 있더군요. 세상을 버리라고 하는 말이 이토록 깊은 울림을 가지고 있었나 싶어 가슴을 멍하게 합니다. 그는 결국 작품만을 남기고 삶을 삭제해버렸습니다. 그가 그렇게 세상을 버리지 않았으면, 화려한 세속의 감투로 계속 존재했다면 작품뿐 아니라 그 존재 자체도 더렵혀졌을 게 틀림없을. 역사 속 영웅들도 제 마음속에서 잘라낸 이들이 무척 많거든요. 아무런 뜻도 없는 개인의 옹고집이지만. 아, 그래서 그런지 또 연이어 생각나는데 백발을 풀어헤치고 술병을 든 채 물속으로 들어간 '백수광부(白首狂夫)'와 오늘날 「공무도하가(公無渡河歌)-또는 공후인(箜篌引)」으로 알려진 노래를 부르며 따라 몸을 던져 죽은 그의 아내 '여옥(麗玉)'이 이상하게 겹쳐지기도.

공무도하(公無渡河)-님이여 물을 건너지 마오
공경도하(公竟渡河)-님은 결국 물을 건너시네
타하이사(墮河而死)-물에 빠져 죽었으니
당내공하(當奈公何)-장차 님을 어이할꼬

아득한 옛날 「구지가(龜旨歌)」, 「황조가(黃鳥歌)」 등과 함께 한자를 빌어 지은 사언체(四言體)의 노래로 오늘날 우리 민족에게 연연히 이어온 한(恨)과 정서(情緒)가 발현된 서정시의 원형으로 매김된 노래입니다. 아마도 그들은 고대의 미치광이로서가 아니라 노래로 자신들을 승화시킨, 아니 역설적으로 현대의 무수한 이름팔이를 희롱하는 존재는 아닌지? 그런 전설처럼 세상의 것을 모두 훌훌 삭제하고 사라지는 사람은 정녕 없는가요? 서정(抒情)에 취해 목숨마저 깨끗이 버릴 정도의 신선 같은 무아(無我), 무류(無類)의 순백한 영혼은? 직함, 기대, 명망, 출세…? 당신은 거기에 얼마나…? 정녕 볼 수 없는 꿈인가요? 추하지 않은! (더 이상 나가면 스스로의 역설을 감당하기 어려울 것 같군요.)

이 시대 아무도 관심을 두지 않고 무한폭식을 당연시하는 때 그에 대해 뜻밖의 야단이나 관심 환기를 할 수 없다는 것은 이 시대 맹목과 뻔뻔과 이기와 무관심이 보편적 선(善)으로 치환되었다는 의미는 아닐까요? 진정과 예의가 사라져 모두가 당당해진 이 시대!

생명이 한 번뿐이란 건 그런 못난 인생에 대한 응징인 것 같은 기분이 드는 건 어쩔 수 없는 제 허무주의 탓인가 합니다.

(어쩌면 우리는 우리도 모르게 악덕이 베푼 시혜에 취해 스스로를 멸망으로 이끄는 건 아닌지. 문명의 발달과 인간의 행복이란 섭리가 사실은 스스로를 파괴시키는 자살특공대의 또 다른 얼굴로 자연의 원대함 속에 미리 예비 되어있으리라는 생각이 문득 드는군요. 〈소돔과 고모라〉는 그런 못난 인간에 대한 신의 냉정한 심판은 아니었는지? 어쩌면 베스비어스 화산에 의해 멸망한 고대 도시 〈봄베이〉는 그런 우리들 욕망과 소비의 파편으로 묻혀버린 것 같다는 생각도. 그런 예언적인 것도 책임지는 자세가 필요한지도 모르겠습니다.)

지금도 아마존이나 아시아, 아프리카의 원시 부족들은 몸을 가리지 않더군요. 우리라면 부끄러워 가리기 바쁘겠지만 그 사람들은 마르든, 뚱뚱하든 중요 부위만 가리고 온통 온몸을 드러내고 있습니다. 그리고 하루 먹을 만큼만 식량을 구하고, 적으면 적은 대로 전부 똑같이 나눠 먹습니다. 화려한 기호로 떡칠한 옷을 입고, 내 것, 네 것으로 가르고, 맛있는 것을 무한 폭식하는 문명의 관습에 익숙한 눈으로 보면 출렁이는 유방을 드러내는 게, 징그러운 벌레를 먹는 게 미개로 보이겠지만 현대 기계문명인들에 비해 오히려 그들이 그 모든 과전(過電)된 소비에서부터 해방된 〈상쾌한〉 존재가 분명해보였습니다. 문명이 꾸며 놓은 기호들은 모조리 추방됐고, 허구의 이미지는 단순화시켜 생활 속에서 사라지게 했습니다. 요즘에야 무슨 「아마존의 눈물」이니 하는 다큐 등등에서 보듯 압도적인 문명이 함부로 쳐들어가 훼손하고 있지만.

이미 기성의 역겨운 기호로 도배된 육체에 세뇌된 우리의 여학생들은 손에 거울을 필수품처럼 들고 시도 때도 없이 자신을 가꾸는 소비의 〈쪼올~ 병〉이 되었습니다. 스스로 의식하지 못하는 사이에 사람들에게 자신을 실컷 소비하라고 광고하는. '소녀시대'는 (물론 다른 아이돌과 마찬가지로 스쳐 지나는 화면으로 흘깃 쳐다본 게 전부지만) 전시용 이미지로 소비의 극점을 치닫고 있습니다. 하나 같이 허연 몸뚱이를 드러내고 엉덩이를 〈틱! 톡!〉 비트는 섹쉬한 허벅지에서 〈A++〉란 파란 소비의 기호가 선명히 찍힌 고깃덩이의 악취가 진동하는 것 같습니다. 개그가, 연예가, 정치가, 스포츠가….

하긴 조금의 여유도 없이 '스크루지'처럼 딱딱하게 굳어버린 늙다리의 과도한 관념, 아니 엄청난 옹고집이 쌓아 올린 삶의 자세에 대한 병적인 집착이랄 수 있겠군요. 자신의 내면에 뼈대로 굳혀온 개인의 옳음에 대한 과도한 자신임을. 전면적인 절도(節度)가 되지 못하는 세부적인 개개의 망집(妄執)! 제 스스로도 그렇다고 확신합니다. 어쩌면 자기중심적인 궤변으로 모든 것을 부정하고 세상을 어지럽히는 현대의 〈소피스트-Sophist〉가 바로 저인지도. 그럼에도 세상이 개인에게 지워주는 의미가 퇴색되지 않는 한 제 시선도 온전히 값을 잃어버리지는 않는다고 생각합니다. 비록 문명이 준 이기(利己)와 편리란 소비의 기호에 익숙해진 현대인들은 그런 〈평온〉과 〈낙천〉과 〈관조〉를 오히려 안쓰럽다는 눈짓으로 보게 되더라도.

인터넷과 스마트폰과, 연예와 게임과, 트위터와 페이스북과, 이벤트와 퍼포먼스와…. 놀랍고도 압도적인 기호들의 연쇄적인 소비 속에서 표류하는 우리 아이들에게 어떻게 세상을 해석하고 존재해야 하는지 가르칠 수 없어 막막하기만 하군요. 하물며 부모님들이야! 저 자신 소비의 굴레에 꿰이지 않은 독립적인 존재로 매김되고 싶지만 과연!

그런데 앞에 이야기한 최치원의 동상과 시비는 주인의 뜻과 달리 이름이 너무 화려하게, 당당하게, 우뚝…. 그래서 세상 사방팔방으로 판매, 소비되는《상품》이 된 것 같습니다. 해운대가 그토록 그와 깊은 관련으로 맺어졌는지? 왕을 수행해 잠시 둘러봤다는 이야기가 있는 것으로 알고 있는데 그야말로 관광진흥이란 목적으로 지나치게 부풀린 인연임이 틀림없을 것 같군요. 그저 지리산 등 어느 한 곳을 정해 수수한 나무 말뚝 하나만 버려진 듯 박혀있으면, 그래서 어쩌다 지나는 사람들이 그냥 쳐다보고 고갤 끄덕이며 가면 좋았을 것을 말입니다. 돌(碑石)은 어쩐지 죽어서까지 권세와 과시와 불협화의 고집처럼 다가오지만 옹이가 박힌 굽은 나무는 자연과 합일된, 유무(有無) 자체가 투명으로 어울린 모습으로 다가오거든요. 그런 면으로 배꼽을 잡는 해학 속에 서늘한 눈물을 가득 담은 우리의 저 불우한 천재 시인 난고(蘭皐) '金삿갓'도 후대의 못난 사람들 때문에 동상이다, 유적지다, 문학관이다, 문화제다 하며 불려 다니느라 실컷 고생하는군요. 살았을 때는 모두 쳐다보지도 않았으면서 말입니다. 모두 그냥 없었다는 듯 그들의 수수한 삶처럼 버려두면 좋았을 것을. 드러냄은 오히려 그들을 진열장에 전시하고 팔아먹는 것에 다름 아닌 모독임을, 사람들 마음에 그저 지문처럼 버려뒀으면. 제가 가진 「김삿갓 시집」처럼 낡은 이미지로 남겨뒀으면! (부산시나 해운대구청에 가서 눈곱만한 인연으로 최치원을 더 이상 희화화(戲畵化)하여 모욕하지 말고 커다란 돌덩어리 시비를 모두 걷어내라고 하고 싶지만 저만 정신이상자로 몰려 끌려 나올 게 틀림없어 모른 체하고 있습니다. 행정가들은 대상을 언제나 자신들의 업적으로 치환해버리는 전문가들이기 쉽거든요.)

결국 이번 주는 글이 두서없이 아주 길어져버렸습니다. 200자 원고지로 250장을 가볍게 넘길 듯. 그것도 개인의 가쁜 호흡을 풀어내며 쓰다 보니 스스로도 숨이 막히는 것 같습니다. 틈틈이 생각나는 것들을 메모해 놓곤 하지만 결국 〈소비〉라는 카테고리 속에 삶의 모든 이미지들을 일부러 통합시키려고 하다 보니 길어졌습니다. 어쩌면 한 편의 글을 구성하는 정교한 짜임에서 약점을 보일 수도. 그래도 속이 후련하군요. 여태 써왔던 제 글들 전체를 관통하는 중심 되는 이야기를 풀어내서 그런 건 아닌지. 임금님 귀는 당나귀 귀라고 소리친 복두쟁이(가쁜 호흡 때문인지 갑자기 이 말이 표준말인지 애매해지는군요. 복두장이?) 심정인지도 모르겠습니다. 아무튼 마냥 죄송할 따름입니다.

그런데 써놓고 보니 제가 무슨 끔찍한, 아니, 정신병자처럼 느껴지는 부분도 있군요. 이 글로벌 대중 시대에 반역과 저주의 감옥에서 절규하는! 인정하겠습니다. 다만 그런 기미들도 있을 수 있겠다는 일말의 긍정적 배려로 받아들여주시기를!

오랜만에 김삿갓의 〈난고 평생시〉를 일부러 읽어보았습니다. 그 속에 그림자처럼 박혀있는, 역설적으로 풀어낸 자학과 해학, 풍자의 맨얼굴 뒤에 담겨있는 평생의 한(恨)을 마주하니 그도 역시 인간이었군요. 그는 아마도 한국이 낳은 최고의 가객이 분명한가 합니다.

제(39)주 학습지도 계획안

(2012년 12월 17일 ~ 12월 21일) 4학년 2반

치매. 생명에 대한 부채

⇒ 겨울철 에너지 절약을 생활화하여야겠습니다. 적정 실내온도인 20도를 유지하고 내복을 입어 체온을 유지하는 것도 좋은 방법입니다. 필요 없는 전열기 플러그는 뽑고, 하루 2번, 2시간(10시-12시, 17시-19시)씩 전기를 아끼는 운동에 동참해야겠습니다. 제 경험으로는 추위에 떨지 않을 정도의 실내온도가 두뇌활동을 가장 활발하게 해주는 것 같습니다. 과도한 온도는 아무래도 몸의 긴장을 해체 시켜 정신줄을 풀어놓는.

⇒ 대통령은 시대의 역사가 정당하다는 상징입니다. 그는 우리들 민주주의와 국민들의 삶을 이루어질 수 있도록 앞에서 도와주는 권리를 위임받은 사람이지요. 그래서 자신이 생각하는 후보에게 한 표를 행사하는 건 민주주의를 지켜나간다는 상징이며, 어느 누가 당선되어도 그건 선택됐다는 의미일 뿐 국가를 지키고 국민을 보살펴야 하는 의무는 똑같습니다. 나의 정당과 다른 사람이 선택된다 하더라도 그 역시 나의 정당을 위해 직무를 수행해나갈 테니 축하해줄 수 있는 성숙함이 필요하리라 생각합니다. 이번 수요일 대통령 선거에 모두 빠짐없이 투표를 하였으면 합니다.

⇒ 저번 주는 제가 주제넘게도 과도하게 개인적 진술을 한 것 같습니다. 가치는 모두에게 등가(等價)로 주어지며, 각자는 제각각의 가치로 자신을 영위해오는 것을. 어느 누구도 타인의 삶을 함부로 비판과 제단(制斷)할 수 없는 것을. 하긴 제 진술도 무조건적으로 비난받을 것만은 아니며, 일정 부분 세상의 부정적 양상에 다가가는 부분도 있다고 생각합니다만. 그럼에도 불편한 마음으로 읽어주신 분들에게 사죄하고 싶습니다. 절대는 있을 수 없으며, 삶은 다양한 교집합 속에서 이루어지는 것을 알고 있으면서도 말입니다. 다만 그런 삶의 양상도 돌아보는 기회가 되었다면 고맙겠습니다.

저는 비교적 빠른 시간에 술과 담배를 배웠습니다. 변두리 해안 지대에서 태어나 마취제 같은 바닷바람과 어딘가 운명에 부대끼는 사람들이 주는 거친 절망감 같은 것인지는 몰라도 일종의 폐허(廢墟) 의식이 언제나 마음속 한가운데 자리 잡고 자주 의식을 각성시켰습니다. 바다를 터전으로 하루하루 살아가야 하는 사람들, 그들의 깊게 파인 주름을 닮은 피폐한 삶, 파도에 밀려온 쓰레기, 구석에 쌓인 부서진 낡은 생선 상자, 허름한 술집과, 유행가와, 술에 취해 쓰러져 울먹이는 색시, 등대를 두드리며 포말처럼 끊임없이 부서지는 파도, 그리고 흔들리는 우중충한 배들…. 그런 을씨년스런 풍경들이 주는 묘한 긍정과 부정의 관념을 상처처럼 가슴 속에 깊게 새겨놓았습니다. 어쩌면 그런 삶의 풍경들은 울고 웃는 인생을 어루만져주는 낭만주의로 길러져 먼 세월을 돌아 나이든 지금까지 몽매에도 잊지 못하는 마음의 짐으로 남아 있는 것 같기도. 그 풍경 속 사람들은 비록 꾀죄죄하고 보잘 것 없지만 잠자리에 들 때면 천정을 가득 채우는 거인으로 자라나 저를 향해 미소를 보내주지요. 우리 집까지 흘러온, 저와 소꿉동무처럼 가까웠던, 그러나 고향을 그리워하며 울던 아직 어린 색시 순이, 절벽에서 떨어져 자살한 동네 형, 같이 배를 타며 동해로, 남해로 떠돌다 사라진 굵은 주름으로 남은 술주정꾼 노씨…. 그들과 이야기를 한참 나누다 보면 어느새 잠이 들고. 그 이야기들로 삶에 대한 글을 좀 써보고 싶다는 욕망이 강렬하여 몇 번 글을 써볼까도 했지만. 언젠가 다른 자리가 주어진다면 그 시절의 풍경을 한번 이야기해볼까 싶기도 하지만 이미 시효 지난 허깨비에 다름 아닌.

그런 우울은 한창 사춘기인 고등학생 때 몇몇 친구들과 어울리며 담배를 배우게 했습니다. 뭐 회화나 문예반 언저리를 돌던 몇몇과 어울리며 호기심과 멋으로 가끔 피워보는 수준이었지만. 술은 학생이어서 역시 많이 마시진 않았지만 이미 해안 지대 생활 속에서 동네 형들에게 배워 꽤 익숙했습니다. 그때부터 마신 술은 평생을 마시게 되었지요. 지금은 많이 약해졌습니다.

아마도 제 기억이 맞다면 군대 가기 전 〈진달래〉부터 피운 것 같습니다. 필터 없이 종이로 말아 양쪽을 그대로 잘라낸 양절 담배로 속칭 막권련이었습니다. 그야말로 구석에서 철없는 아이들 몇이 콜록콜록 멋으로 조금 피우는 수준이었지만. 군에서 지급되는 〈화랑 담배〉는 본격적으로 피우게 된 담배였는데 힘든 생활을 달래주는 좋은 친구였습니다. 진지 작업 후, 혹한기 훈련 후 전우들과 나눠 피우는 담배는 그야말로 '화랑 담배 연기 속에' 피어나는 전우애를 나눌 수 있는 좋은 매개였습니다. 제대를 하고 사회생활을 하면서부터 참 많이 피웠습니다. 어쩌면 담배라는 기호품-라기보다는 당시 앞날을 장담할 수 없었던 피곤한 삶을 잊고 싶은 심리적 기제는 아니었던지.

꼬박 하루 한 갑은 피운 셈입니다. 담뱃대에 담배 가루를 밀어 넣고 피우는 봉지담배 〈풍년초〉도 피워봤고, 산뜻한 지붕 도안으로 상징되던 〈새마을〉, 신라 금관이 가운데 인쇄된 화려한 〈금관〉, 구름과 학으로 꾸며낸 고급스런 도안의 〈청자〉, 화사하고 산뜻한 인쇄가 돋보인 〈개나리〉와 〈한산도〉, 그리고 〈태양〉, 〈은하수〉, 〈거북〉…. 그 시절 영화를 보면 김승호(金勝鎬)가 아내 최은희와 딸 엄앵란이 함께 이야기하고 있는 안방에서 담배를 피워도 당연하게 생각했고, 만원버스 안에서 피워도 아무도 말하지 않던 시절이었습니다.

그렇게 이십여 년 피운 담배가 언제부터인가 몸에 무척 부담으로 다가왔습니다. 가슴에 무언가가 걸린 듯 답답하고, 목은 언제나 쉬고, 목소리가 제대로 나지 않고…. 담배 때문임을 알았고, 담배의 해악도 익히 알고 있었지만 쉽게 끊을 수는 없었습니다. 몇 년을 끊으려 했지만 의지가 약해 실패했습니다.

그런데 어느 날 목에서 피가 뭉텅 쏟아졌습니다. 빨갛게 물든 이불을 보며 놀라 그날 당장 담배를 쓰레기통으로 던지고 끊어버렸습니다. 피는 그저 감기몸살 때문이었지만 아무튼 그렇게 끊은 게 벌써 이십여 년을 넘기고 있군요. 그 여파로 목은 아직도 자주 쉬고, 그런대로 꽤 불렀던 노래도 이젠 음정이 무너져 높은 소리는 잘 나오지 않습니다. 호흡은 안정되어 제법 건강한 듯하지만 흡연의 기억은 유전자에 변이를 줘 언젠가는 천형(天刑)처럼 드러나 제가 지은 죄의 대가를 치르게 할 겁니다. 암, 치매…. 그 죗값으로 마라톤을 시작했는지는 모르지만.

현대인의 마음에 공포로 다가오는 질병이 바로 〈암〉과 〈치매〉입니다. 그 가장 치명적 원인은 당연히 흡연입니다. 흡연의 죗값은 불치(不治)로 다가옵니다. 물론 당장 죽을 수 있는 다른 병들도 있겠지만. 암으로 확정되면 사람들은 대개 그때부터 죽음이 가까이 다가온 것으로 생각하지요. 어느 날 문득 암을 발견하고는 그동안의 삶과 앞으로 할 모든 것들을 포기하고 세상을 떠날 때를 기다리는 식물생활을 하게 됩니다. 생을 가불하고 정지시키는 무서운 병이 아닐 수 없습니다.

그러나 치매는 특히 현대인들이 암보다 더 무서워하는 병입니다. 수명이 늘어나면서 반대급부로 인간 이하의 치욕적인 모습-, 사람으로서의 존엄을 버리고 짐승처럼 몸과 마음이 변형되는, 소위 벽에 똥칠하는 모습으로 자신이 변한다는 것은 거의 절망적입니다. 오죽하면 사람들의 소망이 '99-88-23-4'라고 하더군요. 〈구십구〉 세까지 〈팔팔〉하게 살다가 〈이삼〉일 아프고는 곧 〈죽는〉. 노인들의 가장 큰 소망이라고 하는군요.

그러나 제 과도한 생각으로는 암과 치매는 태어나기 전부터 유전자에 미리 설계되어 있고, 그래서 사람에 따라 각각 시기만 다를 뿐 언젠가는 발현하게 되어있다고 일부러라도 믿고 있습니다. 대개 노년이 되면 걸리는데 젊고 팔팔한 청년에게 찾아오기도 합니다. 그렇다고 90세까지 건강하게 살았다고 안심할 수 없습니다. 91세든 100세든, 그리고 지위나 이름과 관계없이 언젠가는 슬며시 찾아오니까요. 〈노인 세 명 중 한 명이 걸리는〉게 아니라 세 명 모두 치매를 앓게 되어있습니다. 왕후장상이 따로 없지요. 치매는 우리가 살아오면서 섭취하는 음식이나 담배, 공기, 물 등에 있는 독성, 예를 들면 베타 아밀로이드, 또는 타우 등 독성화된 단백질이 뇌에 쌓여 세포 자체가 소멸되는 지극히 생물적인 현상이며, 신체의 꾸준한 변화처럼 모습도, 소리도 없이 찾아오는 자기 암살자입니다. 제가 오랫동안 죽지 않는다 해도 예전에 피운 담배 때문에 결국 암이나 치매가 제 몸을 파괴할 게 분명한 것처럼.

남들이 부러워하는 화려한 전성시대를 산 사람들 중에서도 많은 사람들이 그렇게 치매로 삶을 치욕 속에서 살다 세상을 떠나기도 했습니다. 5~6년 전 영화사상 가장 아름다운 미모의 소유자로 〈세기의 미녀〉라 불렸던 '엘리자베드 테일러'가 치매로 죽어가고 있다는 소식을 들었을 때 도저히 믿어지지 않았습니다. 치매는 일반 사람에게 해당되지 그런 〈화려〉한 사람과는 어울리지 않았거든요. 1944년 12살의 어린 나이로 『녹원의 천사-National Velvet』로 데뷔하고 이어서 『작은 아씨들-Little Women』로 아메리카의 국민 여동생이 되어 〈Star child-별에서 온 아이〉란 찬사를 들었고, 성인이 되어서는 『젊은이의 양지』, 『자이언트』, 『클레오파트라-Cleopatra』 등의 영화에 출연하여 아카데미 여우주연상을 두 번이나 받으며 미국 영화뿐만 아니라 세계적인 은막의 여신으로 군림했습니다. 뮤지컬의 고전 『사랑은 비를 타고-Singin' in the Rain』의 여주인공이자 절친한 친구였던 노래하는 작은 요정 '데비 레이놀즈'의 남편을 빼앗아 결혼하고, '리처드 버튼'과 이혼과 재혼을 거듭하는 등 무려 8번이나 결혼식을 올려 세기의 미녀로서의 이름값도 톡톡히 했지요. 맑고 커다란 눈으로 때론 하얀 순수(純粹), 혹은 진한 입술로 붉은 정염(情炎)의 여신이란 찬사로 당대를 섭렵하며 화려함을 세상에 아낌없이 뿌려댔던, 그야말로 영원한 〈현대인〉이었던 그 리즈도 아마 작년 초 결국 치매로 죽은 걸로 압니다. 천년만년 화려의 극치로만 존재할 것 같았던 미의 여신(女神)도 그렇게 잿빛으로 시들어 비참한 삶의 함정으로 굴러떨어졌습니다. 그렇군요. 오랫동안 지켜봤던 아름다운 영상들이 빛바랜 채 눈앞에서 우수수 떨어져 내리는군요.

70밀리 와이드 스크린을 꽉 채우며 질주하는 마차 경주가 압권이었던 『벤허-Ben Hur』의 주인공 '찰턴 헤스턴'도 마찬가지였습니다. 중세(中世)의 묵직한 분위기를 풍기는 용모와 중후한 목소리로 『엘 시드-El Cid』, 『십계-The Ten Commandments』 등 서사적인 역사물에서 영웅적 풍모로 강렬한 인상을 각인시켰던 그도 치매로 기억을 완전히 상실하고 캄캄한 육체의 감옥 속에 갇혀 폐인처럼 지내다 2008년 죽었습니다. 리즈와 헤스턴 같은 대배우들도 자신들의 엄청난 화려함과, 언제나 존재하고 있다는 항상성(恒常性)을 거두고 역사인이 되어 결국 시간의 진열대에 박제되어버리는군요. 그 어떤 영화(榮華)도, 화려도, 부와 명예도 그들의 지리멸렬 파괴된 전두엽을 되돌려놓지 못했습니다. 인간은 역시 생물학적인 한계 속의 존재라는 비극적인 〈인간 조건〉이 새삼 절망으로 다가오는군요. 어쩌면 그들의 화려한 잔치는 거만한 인간에 대해 신이 마련해둔 달콤한 부채였고, 그 값으로 그들을 육체의 감옥 속에 가두었는지도 모를 일입니다. 봄날은 한번 가면 되돌려줄 수 없다는 냉정한 청구서일 수도.

80년대 초 흑백 TV 시대의 범죄 시리즈 『형사 콜롬보』로 유명했던 미국 영화배우 '피터 포크'를 아십니까? 그도 역시 치매로 죽어갔습니다. 담배를 물고, 낡은 트렌치코트를 걸친 작은 키에 사팔뜨기 의안(義眼)을 굴리는 어수룩한 모습이었지만 본능적인 육감과 집요한 추적으로 범인의 자백을 받아내는 모습에서 우리는 당대 우리 사회에 만연한 울분과 억압, 통제와 침묵, 그리고 박제된 감정을 깨뜨리는 통쾌한 카타르시스를 느끼곤 했습니다. 불의와 거짓이 횡행하고, 헐벗고 굶주린 절망에 찌들고, 거대한 벽처럼 가로막고 있던 자본과 권위에 짓밟히던 시대 콜롬보는 어수룩함을 무기로 그런 시대를 해체하는 영웅의 보편성을 널리 퍼뜨렸지요. 그가 언제 호주머니를 뒤져 쪽지 등의 단서를 제시하는지, 돌아서며 나오다 언제 뒤돌아보며 결정적인 한 마디 〈just one more thing!-참, 한 마디 더!〉를 던지는지 조마조마하며 지켜보았습니다. 오늘날 『CSI』나 『크리미날 마인드』 등의 화려한 문명과 자본을 바탕으로 벌어지는 비인간성과 잔인함, 섹스, 황금, 그리고 정교한 과학수사와는 다른 전통 탐정의 전형을 보여준 미국 드라마였습니다. 그런 사람이 범인은커녕 처자식과 형제도 알아보지 못하는 치매를 앓다 죽었다는 것이 믿어지지 않습니다. 제 비디오 속에서 좀 멍청한 표정의 콜롬보는 오늘도 범인을 찾아 뒷골목 쓰레기통을 뒤지는데 말입니다.

미국 서부 영화 배우로 '로날드 리건'이란 사람이 있었습니다. 구두 세일즈맨의 아들로 태어났지만 나중 영화배우가 되어 많은 여배우들과 구설수를 남길 정도로 미남이었지요. 그러나 그의 배우로서의 명성과 인기는 별로였고. 대신 내심 뜻을 뒀던 정치에 뛰어들어 캘리포니아 주지사를 거쳐 미국 제40대 대통령으로 당선되었습니다. 그가 바로 '로날드 레이건' 대통령입니다. 재임 때 강경하고 보수적인 태도로 미국의 힘을 한껏 과시하여 당시 국민들의 애국심을 고취시키기도 했습니다. 그가 활약하던 때가 엊그제 같았는데…, 이름과 얼굴과 대통령의 모습이 어제 저녁처럼 생생한데 이제 보니 대통령직에서 〈물러날 때〉가 제 나이 겨우 40대가 시작되던 해였군요. 앞서 언급한 콜롬보처럼 시간은 바람처럼 슬며시 숨어들어와 청춘을 함부로 축약시키는….

하지만 세계 최고국가의 대통령을 지낸 그도 치매를 피해가지 못했습니다. 퇴임 후 5년이 지나 치매 진단을 받고 10년간 투병하다 2004년 93세를 일기로 돌아가셨다고 합니다. 일체 가십에 오르내리지 않았지만 사실 그 10년 동안 새겨졌을 악몽 같은 치매 증상들은 상상만으로도 끔찍합니다. 다만 그가 치매를 앓던 시절 그의 부인인 '낸시 데이비스'가 헌신적인 간호를 하였고, 남편이 죽은 이후엔 언론을 피해 조용히 살아가고 있다는 이야기를 듣고 영부인이었던 사람이 그토록 조신(操身)하고 헌신적인 모습을 보인 것에 감동했던 기억이 나는군요.

우리나라도 이제 100세 시대에 접어들고 있다고 합니다. 남자들의 평균 기대 수명은 78세, 여자는 85세라고 합니다. 곧 90세를 돌파할 기셉니다. 어쩌면 나이는 이제 무의미해졌는지도 모릅니다. 전에는 경로당에 60대가 대접받으며 자리를 차지하고 있었는데 이젠 찾아볼 수 없다고 하는군요. 70대가 제일 젊어 궂은일을 다 해야 한다고 합니다. 미래학자이며 경영학의 대가인 '피터 드러커'는 〈한가한 때는 존재하지 않는다. 일을 하지 않으면 대신 책을 읽어야 한다. 다시 말해 늘 바빠야 한다〉고 했습니다. 언젠가 90대에 접어든 그가 인터뷰 중에 은퇴에 대한 이야기가 나오자 수첩을 꺼내들고 여름부터 가을에 이르기까지의 빡빡한 일정을 보여주었습니다. 그러면서 〈이게 바로 은퇴일세!〉 라고 말했습니다. 은퇴란 없다는 말이지요. 그러고 보니 은퇴(retire)라는 말도 타이어를 새롭게 갈아 끼우는 것(re-tire)에 다름없다는 이야기도 들려오는군요.

드러커만큼은 아니지만 사람들은 이제 은퇴 후 2~30년 이상의 삶에 대해 여러 가지로 걱정하는 이야기도 들려옵니다. 100세 시대에 대한 논문이나 연구서가 많이 발표되고, 건강하고 보람차게 노년을 보낼 수 있는 다양한 접근법이 베스트셀러가 되기도 합니다.

그런 사람들의 주된 관심사가 건강이며, 그중에서도 치매에 대한 걱정을 적잖게 이야기하고 있습니다. 차라리 가난한 건 걱정되지 않는데 치매만은 걸리지 않으면 좋겠다며 나름으로 활발한 사회활동을 하는 사람들이 주변에 많아졌습니다. 은퇴 이후의 삶은 그냥 흘러가는 대로 두는 것이 아니라 새롭게 설계해야 한다고 전문가들은 말합니다. 그래서 젊은 날 가족을 먹이고 가르치기 위해 미뤄뒀던 악기를 꺼내 새삼 연주 활동을 하거나, 젊은 날 꿈으로 남겨두었던 연극의 열정을 펼치기 위해 뜻 맞는 사람끼리 모여 새삼스레 무대에서 땀을 흘리기도 합니다. 더 늙기 전에 좀 더 넓은 세상을 여행하며 새롭게 배움의 갈망을 풀거나 소중한 추억들을 사진첩에 곱게 재어놓기도. 마치 인생 2막을 어떻게 보내느냐에 행복과 불행이 갈린다는 듯.

그러나 치매는 드러커가 더 살았다면 그에게도 분명 찾아왔을 것이며, 새롭게 인생을 설계하는 그 모든 사람들에게도 결국은 찾아오게 되어있습니다. 늙어가는 육체로 존재하는 한 누구도 억지로 미루거나 도망갈 수 없지요. 마치 죽음이 절대적인 운명으로 다가오듯. 아니, 치매보다 죽음이 먼저 다가오는 게 오히려 축복일 수도.

2012년 현재 우리나라 치매 환자는 53만 명 정도라는군요. 이는 전체 노인 인구의 10%를 차지하는 수준으로서 노인 10명 중 1명이 치매의 덫에 걸려 있다는 말입니다. 노인이 있는 열 몇 집에 한 집은 치매 노인이 있으며, 길거리에서 마주치는 노인들 중 상당수가 정신없이 헤매고 있을 수도 있습니다. 이 수치는 실제 생각보다 상당히 높으며, 더욱이 수명이 늘어날수록 치매 노인의 수는 획기적으로 증가할 겁니다. 보건복지부에 따르면 2025년에는 치매 노인이 100만 명을 넘을 것으로 추정하더군요. 아마도 남부끄러운 병이라서 실제로는 숨겨지는 환자가 훨씬 더 많을 겁니다.

그 환자들을 돌보는 사람들은 누구일까요? 자녀? 배우자? 물론 노인장기요양보험제도에 따라 요양소에서 도움을 받고 있는 사람들도 있겠지만 실제 그 혜택은 일부에 그치고 있다고 합니다. 결국 아직도 대부분 가족이 떠맡고 있는 형편입니다.

A씨의 예를 들면 부인이 치매에 걸려 5년째 돌보고 있습니다. 처음에는 자녀들이 차례로 맡아 간병하기로 했는데 그 약속이 잘 지켜지지 않았다고 합니다. 자녀로서 어머니가 망가지는 걸 도저히 볼 수 없고, 몸과 마음이 지쳐 자신이 먼저 죽을 것 같아 손을 들었다고 하더군요. 나중에는 형제들끼리도 만나면 서로 상대방을 비난하면서 싸우게 됐고. 결국 어머니만 이집 저집 돌아다니다 실컷 고생하고 자식들 마음에 분란만 일으킨 셈입니다. A씨는 할 수 없이 부인을 일 년 만에 집으로 데리고 왔는데 세

상에서 가장 행복한 미소를 짓더라고 합니다. 남편은 그래서 자식들에게 맡기지 않고 죽을 때까지 자신이 돌보겠다고 결심했습니다. 그 꽃 같던 아내를 되찾겠다는.

그러나 몇 년 지나며 이제는 체력이 바닥난 느낌이라고 합니다. 치매는 본인은 호강하고 간병인은 고생해야 하는 질병이기 때문이지요. 그러다 보니 마음까지 무너지며 극심한 우울증세가 찾아왔습니다. 사람들을 만나지 않고 세상과 대화도 나누지 않으며 집안에서 갇힌 듯 지내고 있습니다. 지금 바라는 건 부인이 그만 숨이 멎었으면 하는 거라고, 그래야 자신도 마음 편히 죽을 수 있다며.

치매 환자를 돌보는 사람은 대부분 배우자인 노인이 돌보고 있다고 합니다. 자식들은 좀체 부모의 치매를 받아들이지 못하고, 여건상 간병에 전력을 쏟을 수가 없습니다. 그래서 늙은 배우자가 돌볼 수밖에 없습니다. 이른바 〈노노(老老) 간병〉 시대입니다. 그러나 지금까지는 젊은 배우자 간병이 많지만, 앞으로는 나이도 인플레 되어 70~80대 노인이 90~100대 노부모를 간병하는 새로운 형태의 〈초노노 간병〉도 증가할 겁니다. 그런 세상에서는 어떤 일이 벌어질까요?

뚜렷이 기억나는 장면이 있는데 2004년 3월인가 부산에서 치매 치료를 받던 늙은 어머니를 을숙도 공원에 버려서 돌아가시게 한 50대 아들이 경찰에 잡힌 적이 있었습니다. 요양원 병원비가 부담스러워 할 수 없이 퇴원시킨 후 돌보다 너무 힘들어 거동이 불편한 어머니를 차에 태워 을숙도 공원으로 데리고 가서 벤치에 홀로 남겨둔 채 자리를 떠나버렸지요. 버려진 어머니는 이틀 뒤 공원에서 4Km 이상 떨어진 다대포 모래톱에서 숨진 채 발견됐습니다.

얼마 전 서울의 한 70대 노인이 치매에 걸린 아내를 돌보다 지쳐 목 졸라 죽이고 자신도 목을 매달았다는 기사를 봤습니다. 이른바 〈간병살인〉 이었습니다. 눈물이 나더군요. 얼마나 힘들었으면 그런 극단적인 생각을, 그리고 앞뒤 없이 열심히 일하며 미래의 꿈으로 살아왔는데도 결국 마지막에 그런 상황으로 내몰린. 자식들도 아버지를 원망하지 않는다는 말을 했습니다.

아직 우리나라는 치매에 대한 인식이나 준비 등이 선진국에 비해 무척 부족한 편입니다. 겨우 걸음마 단계지요. 국력에 걸맞은 기반은 고사하고 무조건 미친 듯 앞만 바라보고 살아왔기 때문입니다. 그 틈새에서 치매에 걸린 개인과 가족은 속절없이 무너져 내렸고. 그동안 쌓인 그들 아픔의 총량은 우리 사회의 불행한 자화상으로 남았습니다. 누군가의 말처럼 죽음의 기술이 아직 초보 단계를 벗어나지 못한 것 같습니다.

제 부친은 절 낳고 얼마 지나지 않아 전쟁터에서 돌아가셨습니다. 지금의 저보다 20여 년 훨씬 젊은 38살 창창한 젊은 날에. 저는 거의 유복자나 다름없이 태어나고 자랐습니다. 기억은 고사하고 아버지의 사진 한 장도 남아있지 않아 어떤 분인지도 알 수 없습니다. 제가 많이 닮았다고는 하지만. 지금도 가만히 속으로 〈아버지〉라고 불러보면 신기하기도 하고, 그보다는 도저히 이해 못할 감상에 젖기만 합니다.

당시 북한의 남침에 따라 대통령령으로 국군을 도와 탄약을 나르거나 통신, 보급업무를 담당할 민간인을 징발하여 〈보국대〉를 편성했는데 우리 동네에서도 젊은 장정들을 소집했습니다. 그런데 거기 가면 죽는다고 모두 피해 도망가기도 했다는데 착하기만 했던 아버지는 국민 된 도리를 피할 수 없다며 스스로 보국대로 갔습니다. 그 후 양평 어디엔가 배속되어 탄약 보급을 하던 중 적탄에 맞아 돌아가셨다고 같이 간 사람이 전해주었지요. 그런데 어린 5남매를 키우기 바쁜 어머니는 신고를 제대로 하지 못해 돌아가실 때까지 국가의 혜택을 전혀 받지 못했습니다. 남은 우리 자식들도. 증인이 되어 줄 수 있는 동네 사람들도 이미 흩어져 사라져버린. 작은 누님이 언젠가 관련 부대를 찾아가서 아버지의 흔적을 찾으려고 했지만 어떤 물증이나 증인을 찾을 수 없어 입증할 수 없었다고 합니다. 어떻게 생각하면 아무도 알아주지 않는 개죽음인 것 같기도 합니다만 아무튼 약삭빠르지 않고 순진하기만 했던, 그래서 나라를 위해 돌아가신 아버지에 대한 원망은 없습니다. 아들이 〈국군유해발굴단〉에 자기 유전자를 등록하여 부대에서 가끔 연락이 오긴 하지만 기대는 하지 않고 있습니다. 아버지의 빼앗긴 인생을 충분히 보상해드리지 못하는 못난 막내지만 그래도 아버지라는 존재의 증명을 찾을 수 있다면 얼마나 좋을까요!

어머니는 아버지와 10년 조금 너머 함께 사셨는데 두 분의 정이 특별히 각별했다고 합니다. 두 분 다 어린 시절부터 외롭게 자라서 그랬다고 형님과 누님들이 이야기하더군요. 그러나 5~70년대 그 어려운 시절을 살아내며 자식들을 다 키워낸 어머니는 몇 년 치매로 고통받다 13년 전 돌아가셨습니다. 자식들도 번듯하게 살지 못하고 어렵게 살고, 어머니 당신도 돈 한 푼 모을 겨를이 없다 보니 제대로 된 도움도 받지 못한 채.

어머니의 턱없이 무너진 모습을 아버지가 보셨다면 하늘에서라도 얼마나 눈물을 흘렸을까요? 그 옛날 자신이 끔찍이 사랑했던 아내가…. 저로서는 그런 부조리한 장면들을 외면할 수 없었습니다. 시간 속 흘러간 자취들이겠지만 두 분 존재의 흔적을 끝까지 지켜드리고 싶어 저도 미친 듯 살았습니다. 때마침 보증 문제로 제 집도 잃어버리고, 그래서 아내와 아이들을 친정으로 보내고 저 혼자 어머니와 함께 변두리 시골 산속 움막을 전전하며 살았습니다. 당시는 6년여에 걸친 어머니 간병으로 무척 고통스러웠지만 지금 와서 보면 제 행위가 두 분에 대한 마음의 부채를 조금은 보상하지 않았나란 생각이 들어 차라리 행복했다는 생각이 들기도 하군요. 물론 저 나름으로 조홍시가(早紅柿歌)를 불렀지만 두 분은 아마 천상재회를 하셔서 전쟁이 앗아간 못다 한 사랑가를 불렀을 겁니다. 그리고 핏덩이 막 내였던 제 이야기를 하며 고개를 끄덕일지도. 눈물이 나는군요. 그래요. 제가 가장 좋아하는 노래의 하나로 '금사향(琴絲響)'이 부른 「님계신 戰線」이란 노래가 있습니다.

태극기 흔들며 님을 보낸 새벽 정거장
기적이 울었소
만세 소리 하늘 높이 들려오던 날
지금은 어느 전선 어느 곧에서
지금은 어느 전선 어느 곧에서
용감하게 싸우시나 님이여 건강하소서

국민학교 3학년 무렵 언젠가 학교를 마치고 집에 돌아왔을 때 방에서 청소하고 있던 어머니가 혼자 가늘게 떨리는 소리로 부르던, 저도 그 노래를 잘 알고 있었지만, 순간적으로 그 〈님〉이 아버지였음을 단번에 알아챈, 고갤 돌려 절 멀끔히 쳐다보다 쓸쓸히 미소 짓는 어머니가 10여 년 전 그 옛날의 아버지를 여태도 그리워하고 있음을, 슬픔을 가슴 속에 꼭꼭 숨겨두고 살아왔음을! 그래서 그 후 가끔 지나는 말처럼 아버지 이야기를 나누며 3절까지 어머니에게 불러드렸습니다. 세상에 아버지처럼 그렇게 착한 사람이 없다더군요. 그리고 자신을 그토록 사랑해준 아버지를 만난 건 세상에 다시 없을 축복이었다며. 어느 날 저녁 어머니가 무슨 일로 목욕탕 어머닐 만나러 갈 때 어리광부린다고 어머니 허리를 감싸고 엉덩이를 뺀 모습으로 따라가며 크게 부른 기억도 나는군요. 마지막 구절을 〈님이여 어디로 갔나요〉로 바꿔 부르며. 〈오늘 얘가 왜 어리광을 부리나!〉 라며 웃던 모습이 선합니다. 금사향의 소리도 절박해서 좋았지만, 무엇보다 어머니의 절절한 소리를 통한 역설적인 원망(怨望)과 원망(願望)을 잘 표현하여 지금도 술을 마시면 어머니 생각으로 자주 부르는 노래입니다.

하지만, 하지만 이젠 모두가 흘러가버렸습니다. 사랑과 슬픔의 기억도, 제 그 미친 듯이 살아낸 세월도…. 제각각 개인들의 눈물이 이렇게 아무도 모르는 역사 속으로 잠겨드는데도 오늘의 세상은 그저 밝기만 하군요. 인생은 제각각 함부로 소비되는지!

고통스럽던 그 당시 어느 날부터 〈문득〉 일기를 쓰기 시작했습니다. 대학노트에 깨알 같은 글씨로 무슨 평생의 원한이라도 되듯 미친 듯 갈겨썼습니다. 재주도 없는 제가 매일 원고지로 열 장 이상 되는 일기를 장장 일년 동안 365일 〈하루도 빠짐없이〉 쓰는 건 중노동이었지만 어머니를 지켜내려는 마지막 임무이기나 한 것처럼. 그보다 더욱 부모와 자식이라는 강력한 실존의 관계가 무(無)의 영원한 나락으로 사라지려는, 그래서 우리들 개인의 인연과 사랑과 역사가 안타까워서라도 더욱 무섭게 애착의 끈을 잡은 것인지도. 아버지의 존재는 지금 없다고 처음부터 없었던 걸로 생각해도 될까요? 그래서 외면해버려도 될까요? 아닐 겁니다. 두 분은 유장(悠長)한 시간의 띠 어딘가에 지금도 사랑하며 존재하고 있습니다. 전 그 희미한 시간의 흔적, 그리고 그 속에서 피어난 두 분의 이야기들을 외면할 수 없었습니다. 일기는 어쩌면 아버지에게 두 분 삶의 완결을 위한, 365일간의 처절한 보고서인지도. 아버지! 걱정하지 마세요. 어머니는 이 막내가 잘 돌봐드리고 있으니까요. 하늘에서 자식 잘 뒀다고 실컷 자랑하세요…. 덕분에 원고지로 약 4천 장 안팎의 방대한 일기가 남았습니다. 솔직히 아무도 그렇게 치열한 마음으로 쓴 일기가 없다는 자부심으로 나중 기회가 된다면 손봐서 책으로 묶어내고 싶다는 생각도. 하긴 내용이야 별 게 없지만 저와 할머니에 대해 자세히 알지 못하는 자식들이 우리들이 어떻게 살아왔는지, 내면의 아픔이 어떤 것이었는지 알아만 준다면…. 일기는 어머니와 함께 그렇게 집도 절도 없이 떠돌아다니던 황폐한 상황을 견뎌내기 위한 나름의 비상구가 아니었나 싶은 생각도 드는군요.

치매에 대한 학부모님들의 마음을 새롭게 가다듬어보는 의미로 일기 중 어느 하루를 옮겨보겠습니다. 돌아가시기 일 년쯤 전 저와 단둘이 살던. 비록 당시 〈비틀린 감각〉과 〈헝클어진 관념〉으로 미로를 헤매던 모습이지만.

(미리 말씀드리지만 제 어머니를 흉보는 게 아닙니다. 제 마음 속 어머니는 세상의 모든 존재들 앞에서 찬란히 존재하는 분입니다. 어머니는 비록 보잘 것 없는 사람이었지만 저와 함께하며 제 존재와 삶의 근거를 확인시켜주는 하느님 같은 분이셨지요. 당신 자신이 일찍 부모를 여의고 고생했던, 그래서 누구의 도움도 받지 않고 홀로 다섯 자식을 번듯하게 키워낸. 전 그 어머니와 살아오며 만난 모든 사람들과, 바다와, 등대와, 골목과, 사연과, 유행가와…, 눈물과 함께 세상의 의미를 모두 품에 안을 수 있었습니다. 남들은 절대 알 수 없는, 세상 모두를 주고라도 지켜내야 할 그 풍경들을. 비록 시간 속에 사라져버릴 우리들만의 그림 속에서지만 하늘 가득 든든히 버티고 있는 당당한. 엄마! 그렇군요. 눈물이…!)

어느덧 2학기도 마무리되는 시간입니다. 시간은 생물학적 단계에 따라 분비되는 〈도파민〉의 양에 따라 다르게 인식된다고 하더군요. 나이가 들수록 줄어드는 도파민으로 영속(永續)되는 시간의 띠 사이사이 틈새들을 자꾸 잃어버려 양적 부피가 축소되기 때문에 시간의 페이지를 빨리 넘기는 것 같습니다. 그렇게 깜박깜박 사라지는 기억들 때문에 어른들은 축시법(縮時法)의 고수가 되어 시간을 2배, 3배로 과속시키는데 아이들은 활발한 도파민 분비로 시간의 틈 사이사이를 온전히 함께하기 때문에 하루하루가 꽉 짜인 것처럼 느껴져 지겹다고 하는군요. 역사의 주인공은 그렇게 아이들의 몫으로 이월되는 모양입니다. 우리 세대는 아이들이 개인의 찬란한 역사를 축조하는 과정을 도와주고 떠나는 자의 역할로 만족해야 하는 듯한 느낌도 드는군요. 아마도 퇴직하면 저도 2배 이상으로 빨리 사라지는 시간의 틈새에서 어디서 어떤 모습으로 살아가게 될지! 모든 존재는 현재를 멀리 밀어낸 엉뚱한 〈미래의 당연〉으로 이항(移項)될 수밖에 없기 때문에. 게다가 〈베타아밀로이드〉라는 단백질이 두뇌에 쌓여 뇌세포를 조금씩 죽여 버리기 때문에 2배, 3배로 줄어들면 저도 점점 어머니를 닮아 가겠지요. 하하! 뭐 그렇다고 인생의 파노라마가 그렇게 흘러가는 것을 벌써 심각하게 과장할 필요는 없을 겁니다. 쓸데없는 말, 죄송합니다!

이번 방학에는 아이들이 자신의 위치를 깨닫는 시간이 되었으면 합니다. 아버지와 어머니는 어떤 사람이었고, 어떻게 성장해왔으며, 우리 집안이 어떤 과정을 거쳐 이루어졌으며, 어떻게 세상과 소통하며 이해하고 받아들이는지를. 그래서 그 중심에서 아이들이 어떤 몫으로 살아야 하는지를 깨닫고 좀 더 가족이 사랑하고 화기애애한 가정이 되는.

그리고 삶이 마음대로 행복으로만 축조되어 있지 않고 눈물과 고통과 죽음이 배합되어 있음을 상기하고 좀 더 겸손하고 깊숙한 눈으로 세상을 응시할 수 있도록 성장했으면 합니다. 그래야 부모를 잊지 않고 역사를 이어갈 수 있을 겁니다. 연쇄법의 고리에 인과(因果)된 삶을 위로하고 싶군요.

아이들에게도 말했지만 방학 동안 할 일 없이 빈둥대면 학교로 보내주십시오. 가르쳐줄 것들이 참 많습니다. 학년 초에 계획했던, 그러나 여러 가지 사정으로 실시하지 못했던 연날리기를 이번 겨울 방학에 해볼 생각입니다. 학교에서 연날리기를 하기가 쉽지 않지만, 우리 학교처럼 언덕 위에 하늘과 닿아있는 하늘정원에서는 가능하리라 생각합니다. 우리 반뿐만 아니라 돌봄반 아이들에게도 말해놨으니 선생님 따라 직접 만들어보고 며칠 차분히 날리는 법을 익혀봐야겠습니다. 방학 끝날 때쯤이면 꽤 잘 날릴 수 있을 것 같기도. 다른 학년 형님 오빠들도 함께 모여 즐거운 경험을 쌓는 기회가 되었으면 합니다. 연은 틈틈이 재료를 많이 구해놨고, 혹시 몰라 일반 연실뿐만 아니라 재봉용으로 구입해둔 질긴 나일론 연실도 많으니까 모두 모자람 없이 날릴 수 있을 겁니다. 나일론 연실로 까마득히 날릴 정도의 실력이 된다면 저보다 훨씬 뛰어나다고 할 수 있겠군요. 아마 아이들이 커서 잠들기 전 추억의 그림으로 떠올려진다면, 그래서 빙그레 미소로 돌아볼 수 있다면 그야말로 축복받을 추억이 되겠지요. 돌봄반에서 따뜻한 어묵국과 빵도 먹고, 「두껍아 두껍아」, 「꼬마야 꼬마야」, 「똑 똑 누구십니까」 같은 줄넘기 놀이와, 햄스터에겐 미안하지만 복도에서 또 달리기 시합도 하고, 그리고 머스마 들은 신나는 뻥축구도!

하하! 어째 어머니 생각으로 가라앉는 마음을 과장시키는 것 같군요. 죄송합니다.

〈첨부〉

〈1998년 1월 14일〉

비가 온다. 테니스를 하러 가야지 했는데 비가 온다. 이상하게 무언가 맞지 않는 느낌이다. 아이들도 겨우 이틀만 코치에게서 배웠고, 난 하루도 레슨받지 못했다. 그러면서 벌써 이달도 반이 후딱 지나간다. 제대로 배우지 못하리라는 전조나 아닌지 모르겠다. 내가 ○○초등학교로 발령받지 못하게 되든지, 오늘 가더라도 여러 가지 여건으로 테니스를 제대로 레슨받지 못하게 되든지. 오늘 비로 봐선 내일도 틀렸다.

오전 내내 집에 있었다. 밥도 먹기 싫었다. 어머니에겐 뻑뻑한 고깃죽을 만들어 빵과 함께 먹였다.

배고픈 줄도 모르겠다. 특별히 하는 일 없이 누워있었다. 빗소리가 끊임없이 울렸다. 문득 귀신이 나를 유폐시켜놓고 잘 있는지 점호하는 소리처럼 들렸다. 그러자 정말로 깊은 지하실에 유폐된 것 같은 기분이 들었다. 빗줄기 창살 속에서 꼼짝달싹 못하는 오늘!

갑자기 처량했다. 내 곁에 아무도 없다. 아이들도 내 곁에 없다. 나에게 있는 거라고는 어머니뿐이다. 오랜 시간 어머니와 갖가지 씨름을 하면서 고독을 키워 나왔다. 그것은 나의 일상이 되었으며, 나는 그 일상을 당연하게 생각했으며, 애초부터 나에게 주어졌던 거라고 생각했다. 아무리 쓸어내고 털어내도 나에게 꼭 달라붙어 절대 떨어지지 않는 이 고절!

이젠 모든 것이 나를 조롱한다. 책이, 볼펜이, 달력이, 바퀴벌레가 내게 남겨진 절실한 친구처럼 나와 함께 하면서도 오늘 같은 날은 오히려 조롱하기 일쑤다. 바보같이 유폐되어 화석처럼 가라앉아가는 나를. 나는 그것들을 노려본다. 그러나 오늘따라 그것들이 더 강력하게 반발한다. 책이 텔레비전 위에서 삐딱하게 쳐다본다, 볼펜은 꼼짝 않고 책상 위에서 뾰족한 혓바닥을 내게 날름대고, 달력은 떨어진 귀퉁이 조각을 혓바닥처럼 내밀고 노골적으로 욕설을 쏟아낸다. 단언하지만 바퀴벌레는 날 아예 바보로 아는지 벽에서 도통 움직이지도 않는다. 이것들은 내 분노 따위는 아랑곳없다. 무얼 믿고 저렇게 날 조롱하는 걸까? 내가 한번 집어서 날리면 구석에서 와장창 부서질 텐데도…. 전에 실제 볼펜을 들어서 던지려고도 했다. 그때는 잘못했다고 혓바닥을 감추고 빌어서 봐 준 적도 있다. 그러나 오늘은 차갑게 쳐다볼 뿐이다. 볼펜은 전처럼 와들와들 떨지 않았다. 책도 마찬가지였다. 달력도, 바퀴벌레도.

그것들은 내 존재를 비웃을 수 있는 위치에 있는가? 의지와 인식을 소유한 〈인간〉을 〈물체〉가 어떻게 비웃을 수 있단 말인가? 의지와 인식이 그토록 연약한 기반에 근거하고 있단 말인가? 하긴 그것들도 〈현상〉으로서 내 의식밖에 스스로 존재한다. 내가 내 모습으로 존재하듯. 서로 대등할 수밖에 없지않는가? 다만 내 의지와 인식이 그것들을 〈이용〉하는 수준으로 계약되어 있을 뿐, 우월하다는 식으로 규정되어 있지 않다. 괜히 우월하다는 착각으로 우쭐대다 그렇지 않다는 걸 알고 아차 싶어 불안과, 절망과, 그리고 고독이라는 한계 상황에 빠져 허우적거리다니. 다 내 탓이다. 내 이 어쩔 수 없는 자격지심으로 이렇게 침몰한다.

생각을 바꾸자. 생각을 바꾸면 모든 것이 달라진다. 나는 존재한다. 내 방 모습도 현상으로서 존재한다. 각자는 각자로서 존재할 뿐이다. 나는 달력이, 달력은 나를 필요에 의해 서로를 이용, 또는 사용하기로 조건지어졌다. 그러니 서로를 비웃거나 우월하다고 뽐낼 하등의 이유가 없다. 그래, 계약이란 얼마나 단호하고 단순한 것인가! 그 계약에 의해 조금씩 변질되는 〈관계〉가 제자리로 단번에 끌려오고, 다시는 헛된 망상 따위를 못하도록 단죄한다. 나는 비와 맺은 계약대로 비만 느끼면 된다. 유폐되었다거나 고독, 절망 따위의 변질된 관계로 헛된 망상에 빠질 필요가 없다. 책은 텔레비전 위에 그저 함부로 놓여 있고, 볼펜은 쓰다 만 채 책상 위에 역시 던져져 있다. 달력은 귀퉁이가 찢어져 달랑거리고 있으며, 커다란 바퀴벌레는 추위 때문에 며칠이나 벽에서 죽은 듯 붙어 있을 뿐이다. 볼펜으로 살짝 밀면 귀찮다는 듯 옆으로 조금 움직이는. 나는 유폐되지도 않았을 뿐만 아니라 고독하지도 않고 자유롭다. 내 마음대로 움직일 수 있다.

일어섰다. 그리고 비디오테이프를 들고 나왔다. 달력과 책과 볼펜과 바퀴벌레가 갑자기 날 쳐다본다. 여태 함께 잘 어울려 놀던 놀이를 그만두려는 나를 이상하다는 듯. 그들에게 '안녕. 어머니를 돌봐줘' 라고 이야기하고 집을 나왔다. 과학교육원 영상 자료실에 복사할 만한 비디오테이프들이 많이 있어서 전부터 몇 개 복사해와야지 하고 생각해 왔는데 마침 오늘은 그곳에 가봐야겠다는 생각이 들었다.

전에도 몇 번 가봤는데 담당자가 바뀌었다. 교육 연구원에 있던 강○○ 씨가 전근 와서 근무하고 있었다. 그와는 학습비디오 복사 때문에 알게 되었는데 마침 〈겨울 과학동산〉 때 몇 개 알아봐 두었던 걸 오늘 복사 부탁하러 갈 작정이다. 비싼 기획물 등도 많이 구입해두곤 하는데 우리 같은 교원들에게 많이 복사해준다. '칼 세이건'의 『코스모스-Cosmos』 같은 큰 반향을 일으키며 방영된 작품들도 있어 전에 복사한 적이 있었다.

영상 자료실이 잠겨 있어서 먼저 총무과에 가서 식권을 끊었다. 아침도 먹지 않아 배가 고파서 식당에 갔다. 바로 밑에 있는 교원 연수원과 식당을 같이 사용하는데 방학 중 영어와 컴퓨터 연수받는 사람들이 가득하기 때문에 점심시간이 되기 전에 먼저 먹어야 빨리 일을 끝낼 수 있다.

밥을 먹고 있는데 오전 연수가 끝났는지 잠시 동안에 수백 명이 늘어선다. 얼마나 다행이냐 싶다. 그 많은 사람들 중 아는 사람이 보이지 않는다.

그런데 식기를 모으는 곳에 두고 나올 때 17~8년 전 ○○국민학교에 같이 있었던 강선생을 만났다. 영어 연수받으러 왔다고 한다. 올핸 나도 받아야 될 것 같다. 그동안 영어 기초라도 익혀놔야겠다.

강주사가 아직도 오지 않았다. 복도 끝 어두운 곳 나무 의자에 앉았다. 햇빛도 잘 비치지 않는다. 조용하다. 오랜만의 적요가 편안하다. 어둠 속에서 눈을 감았다.

어렴풋이 어제 생각해본 '李花子'의 얼굴이 떠올랐다. 생전 한번 보지 못한 그녀가. 아니 어쩌면 동그란 증명사진으로 본 것도 같다. 육덕이 푸짐한, 두툼하고 선이 굵은 여인이었다. 아마 1917년 안팎쯤 경기도 부평에서 태어났으리라. 찢어지게 가난한 집에 태어나 겨우 13살의 어린 나이로 술집에 나왔고, 거기서 인생의 쓴맛 단맛을 다 봤을. 비단결같이 곱고 가냘픈 목소리였지만 콧소리에 색정이 넘쳐 뭇 한량들의 인기를 끌었던 것 같다. 상다리 장단에 세류춘풍 같이 곱고 연연한 가락이 어울리면 누군들 빠져들지 않겠는가? 게다가 아마도 틀림없이 치마를 살짝살짝 걷어 올려 한량들이 침을 질질 흘리며 혼쭐 빠지게 했을 게 틀림없다. 뒤에 뜨거운 사랑의 염문을 불러일으키게 된 성적 탐닉도 이때 길러졌고.

아무튼 1935년 여름 가수 '김정구'의 이복형인 '김용환'이 부평에 노래 잘 부르는 술집 여자가 있다는 말을 듣고 찾아와 드디어 가요계에 발을 들여놓게 되었다. '포리돌레코드사'에 전속되어 「초립동」을 취입했는데 레코드가 나오자마자 대히트하여 레코드 가게 문전마다 모여든 사람들로 인산인해를 이루었다고 한다. 당시는 레코드 가게에서 가사지를 무료로 나눠줘 스피커에서 흘러나오는 노래를 따라 배우던 시절이라 모두 초립동을 배우려고 모여든 것이다.

이화자 이전에 '왕수복'이나 '신카나리아', '선우일선', '박부용' 등 많은 민요 가수가 있었는데 그녀가 나오자 갑자기 그 빛을 거두게 될 정도로 그녀의 노래는 독특했다. 창의 멋을 그대로 살리면서도 〈아리아리 살짝 쿵 흥~, 스리스리 살짝 쿵 흥~〉 하며 간드러지게 넘어가는 타령은 천부적인 색정이 철철 넘쳤다. 아무도 그런 소리로 부르지 않았다. 그녀는 그야말로 삽시간에 가요계의 여왕이 되어 2천만 민족의 애인이 되어버렸다. 이어서 「꼴망태 목동」, 「화류춘몽」, 「목단강 편지」 등이 스피커를 타고 흐르자 세상은 온통 그녀의 노래 일색으로 변했다. 일본에서는 극장에 손님을 끌기 위해 가짜 이화자 소동까지 벌어지고, 〈조선 악극단〉 같은 공연단체에 특별 출연하여 만주로, 함경도로 지방공연까지 이어졌다. 풍류 한량들이 그녀를 보기 위해 은쟁반에 그때 돈으로도 어마어마하게 큰돈인 백 원, 이백 원을 자기 명함과 같이 바쳐도 며칠 후에나 겨우 〈알현〉의 통지가 올 정도였다고 한다.

여러 남자를 거치는 중에도 그녀는 면사포 한번 써보지 못했는데 아마 자신의 과거가 작부였다는 강박 때문이 아닌가 싶다. 남들과 다른 출신, 갑자기 닥쳐온 인생의 절정, 거기서 그녀는 인생의 허망한 본질을 본 건 아닐까? 골초에 아편까지 손대기 시작하고, 성의 환락에 빠져든 것도 지울 수 없는 정체성의 혼란이지 싶다.

그녀의 시대는 어느덧 썰물처럼 빠져나가고 팍삭 늙은 모습으로 몇 번 무대에 섰다가 1949년 어느 날 불기 없는 냉방에서 혼자서 쓸쓸히 죽어갔다. 50년이나 지난 지금 나는 그녀를 조상한다. 아무런 관계도 없는 내가.

나는 이 여인을 살려낼 것이다. 바람처럼, 구름처럼 흔적도 없이 사라져 가는 인간의 이야기가 얼마나 아름다운지, 얼마나 진득한지, 얼마나 장려한지 증명할 것이다. 시간의 쓰레기통 속에서 이미 썩어버린 그녀를 끄집어내 새로 살을 붙이고, 화장하고, 옷을 깨끗이 입혀 시간의 진열대에 올려놓을 것이다. 그녀를 보고 모두들 〈화려〉와 〈처절〉이라는 엇갈린 운명이 주는 인간의 아픔이 어떤 것인지, 아니 패배 되지 않으려고 발버둥치는 몸부림이 어떤 것인지, 그러면서도 속절없이 패배 되는 그녀에게서 오히려 인간이 얼마나 찬란한 존재인지를 역설적으로 발견할 수 있게 할 것이다.

성급하진 않으리라. 충분한 조사와 상상력, 그리고 극적 구조를 구축한 뒤에 쓸 것이다. 아마 2년은 걸리지 않겠나 싶다. 하나씩 하나씩 찾아보고, 물어보고….

강주사가 늦게 왔다. 복사할 테이프를 찾아내어 공테이프와 함께 넘겼다. 멀기 때문에 찾으러 오기 힘들고 마침 박선생이 컴퓨터 연수 중이니까 며칠 뒤 찾아오라고 해야겠다.

오면서 메가마켓에 갔다. 돈은 만 오천 원뿐인데 라면이나 하나 사야겠다. 요즘 사재기가 일어난다는데 있을지 모르겠다.

그러나 물자는 풍부했다. 금액만 다소 올랐을 뿐. 라면 한 상자를 사니 마음이 넉넉해진다. 예전엔 연탄 10장만 들여놔도 온몸이 훈훈했고 보리한 말만 사도, 김치 다섯 포기만 있어도 배가 불렀다. 그 시절 어려움에 비하면 지금은 얼마나 풍성한가?

어느 시인은 밥이 왕이라 했다.

- 하루 세 번
  한 끼도 거름 없이
  너를 향해 머리 조아리는
  이 거룩한 시간
  밥은 곧 왕이다.

식량에 대한 고마움과 풍성함, 그게 주어졌다는 것은 존재를 정당화시켜주는 동인이다. 이 어려운 IMF 시대에 그래서 어느 교수는 신문에서 이 시를 인용했지 싶다.

불안한 마음으로 서둘러 방으로 들어오니 벽과 바닥이 온통 대변으로 어질러졌다. 어머니 입가엔 대변도 묻어 있다. 보니 작은 소변 그릇에 누기는 했는데 종이가 엉망으로 흩어져 있고, 변이 손에 반죽이 되어 바싹 말라 있다.

한두 번도 아니고 이젠 익숙한 풍경이다. 거리낄 것 없다. 대변이야 얼마든지 치울 수 있다. 다만 잊어먹고 아침에 손가락으로 미리 뽑아내지 못하고 나와서 이럴 뿐이다. 그런 건 얼마든지 감당할 수 있다.

그러나 혼자 방에 남겨져 자존심을 내던지고 그저 달력이나 볼펜처럼 〈주어진 물체〉로 존재했다는 것에 눈물이 핑 돈다. 어제는 짜증이 나서 어머니를 잡고 소리도 질렀는데…. 아서라, 어머니는 육체의 감옥에 갇혀 비명을 지르고 있는데 아들이 그 마음을 몰라준다면 얼마나 슬퍼하겠는가. 어머니는 그 옛날 날 먹이고, 씻기고, 재워주셨다.

물을 데워 어머니를 씻기고 닦았다. 몸에 묻은 더러운 것들이 마치 천 년 동안 어머니를 덮어 누르는 돌덩이나 되듯 빠짐없이 닦았다. 땀이 흠뻑 난다.

얼굴이 깨끗하다. 처녀 시절 모습이 언듯 비치는 것처럼 느껴진다. 하지만 시선이 흔들린다.

-어머니, 무슨 생각합니까?

-몰라. 넌 누군데?

-당신 아들이잖아요. 막내아들! 제 이름이 뭡니까?

그러나 한참 보더니 고개를 가로젓는다. 그리고 옆으로 스르르 무너진다. 오늘따라 기억이 온전히 사라졌는가! 어머니의 정신을 일으켜 세우기 위해 노랠 불렀다.

눈보라가 퍼붓더라도 험한 파도 밀려 닥쳐도
술잔 위에 흘린 그 청춘 남매 위해 바친 그 모습
어머님 굳센 정에 쇠사슬도 풀리웠네
성녀~ 성녀~ 아름다운 어머니.

제목을 모르지만 내가 어머니에게 바치는 헌가(獻歌)다. '진방남'의 「어머님 사랑」보다 훨씬 더 절절한 노래가 아닌가? 등대에서 술집까지 하며 홀로 우리 다섯 자식을 키운 어머니! 운명에 휘둘리던 모정(母情)에 바친 성스러운 사미인곡(思美人曲)임이 분명하다. 그런데 그 어머니는 지금 이렇게 인간의 행동을 잃어버리고 그냥 던져진 존재로 있을 뿐이다. 눈물이 난다.

그런데 어머니가 두 소절 만에 단번에 따라 부른다. 저 형편없이 녹아버린 뇌 속 깊은 곳에 인생의 울음소리, 풍경 같은 것들이 아직도 사라지지 않고 남아 있단 말인가? 인간의 파편이나마 남아 있단 말인가?

비록 의식은 없지만 노래를 따라 부른다는 것은 내 무너지는 슬픔을 충분히 위로한다. 나는 신이 나서 계속 불렀다.

울지마라 문풍지야 외로웁게 살아가는 어머닌데
늙으신 어머님과 단둘이 사는데 너마저 왜 우느냐

아~ 험한 세상 파도 속에 시달리는 모자등아
눈물 속에 세월은 간다.

이번에는 고개를 갸우뚱한다. 어머니 애창곡인데도. 2절도 불렀다. 그랬더니 내 안다며 먼저 부른다.

아~ 자식 하나 잘못 두고 고생하신 어머님
목이 메어 사죄합니다.

나는 그만 어머니 손을 잡고 눈물을 흘렸다. 아, 어머니! 당신은 어쩌면 그렇게 훌륭합니까? 제가 이끄는 대로 달려오신 당신이 너무나 훌륭합니다. 아아, 어머니! 당신을 사랑합니다. 제가 당신을 〈당당한 존재〉로 돌려놓겠습니다. 어머니!

나가이 다비찌노 고까이 오예떼
후네가 미나또니 도마루 요루

일본말을 몰라 그냥 들은 대로 배운 일본 노래지만, 그래서 엉터리 단어들이겠지만 그러나 등대를 살았던 어머니는 '미소라 히바리'의 『항구의 13번지』를 잘 불렀다. 그랬더니 어머니는 역시 단번에 따라 부른다.

우미노 구로오 구라수노 사께니
민나 와수레루 마도로스 사까바
아~ 미나또 마찌 주산반찌

그렇다. 어머니는 아직 온전히 과거와 결별하지 않았다. 겉으로는 형편없는 몰골이지만 저 몸속 어딘가에는 지난날 5남매를 데리고 등대에서 힘든 현실을 감당하는 당당한 존재로 살 때의 기억이 오롯이 들어있다. 누가 이 어머니를 가소롭게 볼 것인가? 비록 귀신같은 모습이지만 어머니는 내게 안타까운 과거의 신호를 보내고 있지 않는가!

붉은 등 푸른 등 네거리 반짝일 때
사랑하는 님을 두고 나 홀로 떠나갑니다.
사요나라, 사요나라, 오레와 사비시인다
아노고오 와까레데 히도리 다비혜 유꾸

나는 끈질기게 어머니를 현실로 불러올렸다. '후랑크 나가이'의 『오레와 사비시인다-내 마음 쓸쓸해』를 익숙한 우리말로도 바꿔 불렀다. 그러나 이번에는 쉽게 현실로 귀환하지 못한다. 지쳐서 그런가? 어머니는 다시 뇌수 안쪽 깊은 감옥으로 잠겨 드는 모양이다. 그 어두운 지하에서 어머니는 시간이라는 괴물에게 얼마나 희롱당하고 있을까? 혹시 날 간절히 부르는 것은 아닐까. 제발 살려달라며….

모욕을 당하는 어머니의 비명이 분명히 들린다. 안된다. 어머니를 그렇게 무책임하게 검은 함정에서 희롱당하게 둘 수 없다. 내가 구출해 과거의 기억 속에서 편안한 시간을 보내게 해야 한다.

잘 아는 노랜데 왜 기억나지 않을까? 다시 2절도 불렀다. 〈미가에루 아노마찌 호시모 나이떼 이루~〉

그러나 내 눈물겨운 노력에도 불구하고 어머니는 함정 속으로 끌려 들어가고는 다시 현실로 돌아오지 못했다. 나는 절망의 한숨을 쉬었다. 내 간단없는 노력은 결국 실패했다. 언제나 그렇게 실패로 끝나기만 했다.

오랜만에 달걀까지 넣어 라면을 두 개 끓였다. 너무 맛있다. 어머니도 후루룩 잘도 받아먹는다. 난 라면을 조금 남겨 안주 삼아 소주를 마셨다.

학부모 한분이 전화를 했다. 지난 일 년 동안 아이들과 돈독한 정으로 이끌고 가르쳐 주셔서 감사하다고 말한다, 그리고 저녁을 한 그릇 꼭 대접하고 싶다고. 거절하지 못해 모레 16일이 출근일이니까 그때 연락드리겠다고 했다.

먹는 게 걱정 없다 싶으니 배포가 커진다.

덧붙이는 글

위 노래 중 '눈보라가 퍼붓더라도~'는 〈눈물의 여왕〉이란 애칭으로 유명했던 배우 '全玉'(배우 '최민수'의 외할머니)이 주인공으로 출연해 58년 개봉한 유명한 영화 「눈 나리는 밤」의 주제가로 '金世一'이란 가수가 불렀습니다.(지난 9월 26주 차 주안에서 인터넷에서 다시 확인해봐야 할 자료를 검색하며 무려 20여 화면 뒤쪽에서 겨우 찾을 수 있었다고 했는데 바로 이 가수를 찾았습니다.) 제목은 「어머니의 사랑」. 메인타이틀인 「눈 나리는 밤」이란 제목의 노래 〈몸부림치고 울며 굳세던 성녀/청춘도 한 시절 눈물에 시들어 떠도는 신세/아~, 울고 가네 눈길을 밟고 가네〉는 '백연(白蓮)'이란 예명으로 활약한 '오정심'이란 미녀 가수가 불렀지만 크게 히트하지 못했고, 오히려 서브타이틀인 이 노래는 히트하여 변두리 특별한 계층에서 꽤 많이 불려졌습니다. 일제 시대 활발했던 악극(樂劇)을 개작한 영화로 주정뱅이 남편 밑에서 아들을 판사로 키워낸 어머니가 결국 남편을 죽이고 그 아들에게서 재판받는다는 비극적인 내용이었지요. 흐릿하게 기억나는 장면이 있는데 눈 나리는 밤에 집에서 엄마를 기다리다가 엄마가 오지 않아 어린 남매가 찾으러 나갑니다. 엄마가 돌아와서 아이들이 없으니 이번에는 엄마가 남매를 찾으러 나가지요. 하얗게 눈 나리는 밤에 이렇게 서로 오가며 어긋난 길을 헤매는 장면이 국민학교 1학년에 지나지 않는 제 기억 속에서 뚜렷이 생각나는군요. 특히 제 어머님의 인생을 표상하는 듯해서 이 노래에 대한 절절한 감상문을 썼더니 옛노래를 좋아하는 사람들에게 많이 알려져 그 세계에선 이제 너도 나도 좋아하는 유명한 노래가 됐습니다. 가사 중 〈성녀〉는 영화 주인공의 이름으로 〈최성녀〉였지만 영상의 실체는 모호한 상태로 어머니와의 관련 속에서 거의 〈聖女〉로 전의(轉義)하여 기억한 것 같습니다. 그만큼 어머니는 저에겐 삶의 기미와 의미, 그리고 표상 전체로 자리 잡고 있었지요. 지금도 가끔 혼자 허공에 대고 〈엄마!〉라고 불러보고는 눈물짓는.

'울지마라 문풍지~'는 가요황제 남인수의 모창(模唱) 가수로 유명한 '남강수'의 〈눈물의 모자등〉이란 노래로 역시 어머니와 저 사이의 교감과 잘 연결되는 노래로 특별한 의미를 지니고 있습니다.

일본 노래들은 아마 80대 전후의 연배에서는 들어보셨으리라 생각되는군요. 새삼 발굴하여 되살려준 노래를 사랑하는 사람들에게 고마움을 전합니다. 다만 그 시절 변두리 등대를 터전으로 살아오던 사람들의 마음속에 심어진 감상의 조그만 풍경으로 이해해주시기를. 혹 현대의 엉뚱한 이념적인 접근과 제단(裁斷), 시비는 여기서는 당연히 사절입니다.

영락원에 모셔둔 어머니의 유골은 15년 뒤인 2015년 계약 기간이 끝나(재계약할 수 있지만) 영원으로 떠나보내기 위해 찾았습니다. 어머니를 동굴 같은 조그만 상자 속에 갑갑하게 가둬둘 수는 없었지요. 어머니는 저 우리들 찬란했던 영광의 시절, 번성했던 삶의 현장, 그 등대로 보내드려야 마땅하다고 생각합니다. 활기 넘치던, 펄떡이는 생선 같은, 그래서 세상의 모든 안타까운 운명들이 모여들던 그곳, 어머니의 신산(辛酸)스런 삶이 펼쳐졌던 그곳은 어머니 자신도 간절히 바랄 게 틀림없을. 큰형님과 함께 유골을 들고 오랜만에 남부민동 등대를 찾았습니다. 비록 오래전에 바다를 매축하며 반이나 육지로 변했고 나머지도 테트라포드로 둘러싼 지네 같은 흉물로 남아 기억 속의 모습은 아니었지만 바다 내음과 파도 소리와 기억 속에 오롯이 남은 모습들은 그래도 우리와 어머니를 안온하게 거두어주겠지요. 어머니의 고운 뼛가루를 한 움큼씩 외해 쪽으로 뿌리며 기억 속 우리들 전성시대와 작별을 고했습니다. 어머니와 함께 우리들도 이젠 등대의 음울한 해명과 거기 실린 흐릿한 그림들과 이별해야 할. 어머니! 우리들 인생은 그렇게 제각각 영원의 세상으로 떠나겠지요. 그 기억의 꼭지에서 어머니가 제 어머니였음은 저의 행복이었고, 자랑이었고, 영광이었습니다. 저는 어머니 앞에서 언제나 철없는 어린이로 남았으면 합니다. 어머니의 옷을 잡고 콧물을 흘리며 쳐다볼 때의 그 커다란 어머니의 미소를. 아아, 어머니! 당신을 영원히 사랑합니다. 아마 얼마 지나지 않아 저도 그 영원으로 달려가 어머니의 품에 파고들 겁니다. 어깨춤을 추며 못다 한 어리광을 실컷 부려보고 싶습니다.

남은 제 인생, 외롭더라도 지난 시간들을 생각하며 추억의 터널 파노라마 속에서 행복했던 기억으로만 살겠습니다. 그때까지 안녕히 계십시오.

엄마! 엄마!

제(40)주 학습지도 계획안

(2013년 1월 28일 ~ 2월 1일) 4학년 2반

당신은 모든 생각과 행동의 뒤쪽으로 가세요

갑자기 40주 학습지도안을 배부하라고 하는군요. 방학 마지막 주인 1월 30일(수), 31일(목), 2월 1일(금) 3일분을. 처음에는 별생각 없이 개학과 함께 내면 되겠다고 간단히 생각하고 일기니 뭐니 하며 부산을 떨었는데…. 제가 지도안에 대한 압박이 많아서 그런지 모르지만 아무튼 여러모로 생각이 짧았다고 생각합니다. 개학일인 수요일에 바로 수업을 하니까 학습계획안을 보시고 방학 과제와 교과서, 토요스쿨 준비물 등을 모두 챙겨옵니다. 아, 수저 없으면 밥 못 먹어요. 후후!

마음은 급한데 새벽에 일어난 꿈마저 뒤숭숭합니다. 그런데 그 속에서 어떤 이미지가 떠오르더군요. 가끔 그 비슷한 혼란스런 꿈들을 꾸곤 했는데, 앞이 아닌 뒷전에서 그림자같이 비밀스런. 그래서 전부터 이런 흐릿하고 가슴이 아릿한 그림들을 떠올리며 언제 한번 글로 표현했으면 하는 욕망도 했는데…, 그래서 오늘 그야말로 떠오르는 대로 써봤습니다. 얼핏 우리 선조들의 정취가 가득 벤 고가(古歌)를 빌어서. 지난 지도안에 첨부했던 글들처럼 무슨 목적적인 의미나 주제, 그리고 틀을 가졌다기보다는 그냥 함부로 다가오는 마음으로 만나면 오히려 제가 몽롱하게 느끼는 마음에 더욱 잘 다가설 수 있으리란 생각도. (그런데 쓰다가 짝을 맞춰야겠다는 생각이 뒤늦게 들어 일부러 고향 등대의 이미지로 꾸민 뒷글을 만들어 이어붙이다 보니 조금 어울리지 않는 느낌도 드는군요. 뭐, 그저 제 마음의 풍경을 담긴 했습니다만.) 아무튼 죄송합니다.

1

환영으로 잠을 자다 깨다 했다. 흐릿한 풍경이 눈앞을 가득 채운. 눈을 감았다. 조금씩 호흡도 잦아든다. 환영은 어느덧 남자로 형상되어 앞을 걸어간다. 꿈결에 몇 번 봤던 어깨가 처진, 피곤함을 등에 매단. 누군데 저렇게 발뒤꿈치가 천근이나 되듯 힘겹게 한 걸음, 한 걸음을….

아-, 나는 고개를 끄덕였다, 그의 발뒤꿈치를 뒤따르며 달그락거리는 조각들을! 비록 현실에서 패배한 얼굴로 뒷골목을 터전으로 살아가지만 그의 가슴에는 화면을 가득 채우는 빛나는 이야기가 보석처럼 숨겨져 있음을. 그 이야기들이 그를 천사처럼 뒤따르며 내게 들려주고 있음을!

그가 나를 돌아보고 손을 흔든다. 손에는 시든 꽃 한 송이가 들려있다. 꽃을 들고 흔들며 싱긋 미소를 보낸다. 조각들이 모여 그림을 그린다. 그 옛날 고향 물레방앗간에서 가슴 설레던 처녀와 꿈결 같은 사랑을 나눈 아름다운 청년의 그림이. 그는 꽃을 들고 「헌화가(獻花歌)」를 부르려는 모양이다. 절대의 아름다움을 남루함 속에 담아 둔.

딛배 바고 갓희 (붉은 바위 가에)

자부은 손 암쇼 노히시고 (암소 잡은 손 놓으시고)

나흘 안디 붓그리샤든 (나를 아니 부끄러워 하신다면)

곶흘 것가 받ᄌᆞ오리이다 (꽃을 꺾어 바치오리다)

그는 그 기억만으로도 세상에 패배되지 않으리라. 비록 현실의 그늘에서 먼지로 풀풀 흩어지더라도, 오히려 낙화유수(落花流水)의 처량을 벗하며 거대한 환상을 눈물겹게 꽃피우리라고. 어쩌면 소를 치는 〈견우〉였던지도!

2

어떤 여자가 내 곁을 스치며 지나간다. 낡은 수건을 머리에 두르고 보자기를 든 힘없는 발걸음으로. 그 뒤를 쓸쓸한 바람이 휘~잉 뒤따른다. 뒤돌아보는 얼굴이 주름지고 거뭇하다. 낯익은, 어쩌면 까마득한 기억 속 등대에서 유행가를 부르던? 아! 그래, 순이! 겨우 열여덟에 어머니의 집으로 흘러왔던. 풋사랑에 어화둥둥 다가온 아기는 먼저 하늘로 떠났는데, 그래 이제 자신도 병들어 저자를 다니며 꿈속을 더듬는…. 한(恨)과 기다림의 정읍사(井邑詞)로 위로해보려 한들 전락(轉落)한 서푼짜리 인생은 벌써 등대와 함께 사라졌는데도 아직…?

달하 노피곰 도ᄃᆞ샤 (달님이시여 높직이 돋으시어)
어긔야 머리곰 비취오시라 (아아, 멀찌기 비추십시오)
어긔야 어강됴리

전져재 녀러신고요 (님은 저자를 다녀가시는가)
어긔야 즌ᄃᆡ를 드디욜세라 (진흙을 드디(踏)할까 걱정입니다)
어긔야 어강됴리

어디이다 노코시라 (다 놓아버리시이다)
어긔야 어강됴리

어쩌면 아직도 달을 보고 아이 꿈을 꾸는, 자신처럼 진 데를 디딜까 두려워하는! 우리네 인생은 어둠의 침묵으로 잠겨들지라도, 오히려 지상의 꽃들을 곱게 피워 달빛의 여신으로 돌아오는. 그래, 순이는 달빛으로 젖은 길을 고웁게 짜는 직녀(織女)는 아니었던지!

3

갑자기 비가 온다. 굵은 빗줄기 위로 도시의 직선이 차갑게 자리 잡는다. 모든 자신만만함과 당당함과 고집과, 그리고 명예와 부(富)의 번잡함이 잡초처럼 직선 위에서 돋아난다. 어디에도 견우와 직녀는 없다. 그러나 나는 달콤한 솜사탕을 입에 머금고 그들이 사라져간 비밀의 공간으로 미소를 보냈다.

눈을 떴다. 내 눈에 눈물 한 방울이 맺혔다.

당신은 모든 생각과 행동의 뒤쪽으로 가세요
아름다운 환영이 피어나는 곳으로.

시든 꽃을 바치리라
부끄럽지 않아요.
자신만만하지 못하지만
당당하지도 않지만
내 사랑, 그저 꽃을 기억하면 족하오.

아이를 바치리라
곱게 키워주소서

돈은 필요없어요

명예도 바라지 않으리라

내 사랑, 그저 빛나는 달을 닮으면 족하오.

환영은 메아리로 사라지고

꿈은 신기루로 흩어지고

눈물은 거품처럼 사라질 뿐이지만

새벽의 환영은,

치열한 상술로 닳아빠진 얼굴을 쓰다듬어주고

화려한 주인공의 열변으로 들뜬 목을 축여주고

빛나는 보석으로 치장한 마음을 달래주고...

내 환영은

아아! 솜사탕처럼 눈물겹다

- 2013년 1월 28일 새벽

우리 아이들, 아니 모든 사람들이 인생의 뒤란, 그 유적지처럼 한랭한 곳의 풍경을 보듬을 수 있는 눈을 가졌으면. 앞이 아닌 뒤편에서 낙화유수(落花流水)로 살아가야 하는 인생을 이해할 수 있는 입체적인 눈을 가졌으면. 부와 명예와 정의와 자신만만함과 당당함보다 헐벗고 이름 없는, 작고 꾀죄죄한, 자꾸 움츠러들고 자신 없어 하는 사람들을 깊숙이 바라볼 수 있는 사람으로 자랐으면. 아아, 정말 꿈속에서라도 읽어낼 수 있는!

3학년 교과서에 「미운 돌멩이」라는 이야기가 나옵니다. 이리저리 굴러 다니다 개울가에 자리 잡은 평범한 돌 이야깁니다. 그런데 사람들이 자꾸 예쁜 돌만 주워가서 남은 건 자기처럼 미운 돌멩이뿐이었습니다. 지나가는 하늬바람에게 물었더니 〈사람들이 가지고 간 돌멩이는 겨우 방 한 칸을 꾸미지만. 넌 이 지구를 아름답게 꾸미고 있지 않니?〉라고.

안데르센의 동화 『미운 오리새끼』도 그런 면으로 많은 것을 생각나게 하는 이야기였습니다. 다른 오리는 물론 칠면조, 심지어 병아리에게서까지 미움받지요. 그러나 결국 화려한 백조로 자라나 커다란 날개를 활짝 펼치고 힘차게 날아오르는.

사람들은 가끔 착각을 하지요. 어쩌면 일상의 마취주사를 맞고 망각하고 있는지 모르겠습니다. 자신이 바로 고귀한 사람임을. 미운 오리처럼 여기서 천대받고, 저기서 괄시받고… 그래서 스스로 죽는 사람들도 있지만 사실 미운 돌멩이를 닮은 사람들이 바로 우리 사회를 지탱하는 가장 중요한 사람임을. 자신이 고귀한 견우와 직녀임을.

※ 생각나는 대로 함부로 갈겨 써 연결과 표현이 자연스럽지 않은 글이지만 마음만은 치열하군요. 오늘은 이상하게 고양된 나 홀로 감상을 위하여.

제(41)주 학습지도 계획안

(2013년 1월 28일 ~ 2월 1일) 4학년 2반

귀거래사-歸去來辭

교감선생님이 제 교실로 와서 교육청에서 〈정부포상 근정훈장〉 교사 추천이 왔는데 제가 해당되니까 어떻게 할까 물어보더군요. 우린 서로를 꽤 잘 알고 있습니다. 속 깊은 이야기는 별로 나눠보지 않았지만 일상에서 자주 대화를 나누며 친구처럼 지내기도 하거든요. 이 〈학교에서 부치는 편지〉도 교감 전결(專決)이니 제 생각들을 잘 알고 있습니다. 하긴 외부로 절대 발설하지 말라고 협박해놨지만. 그 훈장으로 다른 잘못한 일이 있어도 감경해준다는 믿거나 말거나한 이야기도 있지만 뭐 이젠 아무 필요도 없고, 그래서 그 자리에서 바로 훈장을 포기한다는 각서를 써줬습니다. 훈장으로 저를 치장, 아니 가두고 싶지 않거든요. 제가 말했습니다. 당신도 결국 교장이 되지 못하고 교감으로 교직을 마치는데, 그래도 당신은 받아야 할 거라고. 씁쓸한 웃음으로 절 쳐다보더군요. 축하를 해줬습니다. 학부모님들도 여태 이 편지를 읽으며 제 심리의 굴절을 어쩌면 이해해줄 수도 있을 거라고 생각은 듭니다만!

퇴직하고 여유가 있다면 고향 등대로 가서 예전처럼 뱃사람이 되고 싶습니다. 아, 그렇군요. 매축하여 지금은 반이나 육지로 변했고, 나머지도 이상한 모양으로 달라졌으며, 더구나 바다의 온갖 오물로 더러워진 남항과 등대는 고기잡이로는 언감생심인. 해운대나 송정 끝머리엔 아직 작은 어촌이 있으니 가능하겠지만 제겐 역시 타지나 마찬가지인. 아무튼 1톤쯤 되는 작은(혼자 타기에는 그래도 꽤 커다란) 발동선 하나 구입해 가까운 남해안 근처 등대를 닮은 곳을 찾아 뒤늦게라도 귀거래사(歸去來辭)를 유유자적 읊고 싶지만 장담은 못하겠습니다. 황혼에 바다를 방황하는 유령 같은 그림이 아직도 남아있다니! 아니 교사가 뱃놈이 되다니! 저 스스로도 무슨 서글픈 코미디 같은 이야기라고 생각을 합니다만, 그러나, 그러나 죽어도 잊을 수 없는 등대는!

배는 매일 같이 동거해야 말썽을 부리지 않습니다. 날씨에 따라 등대 안으로 피난도 시켜야 하고. 가끔 육지로 끌어올려 배 밑바닥에 달라붙은 따개비나 거북손, 미역 등을 떼어내거나, 바닥에 박힌 돌을 스치며 갈라진 밑창도 수리하고, 콜타르나 끓인 벙커C유(油)로 덧칠도 자주 해줘야 하고 …. 하긴 그물과 낚시, 기름값 등을 생각하면 비용이 만만찮을 겁니다. 아무래도 생존보다 낭만적인 소망이 분명 크다고 할 수 있을. 하여튼 부산 근교나 남해안 해변과 섬마을들을 돌아보고 가능하다면 돔이나 숭어 등의 고기나 문어, 게 등등을 잡으며 〈바다 通信〉 같은 글을 남겨보고 싶기도. 이제야 먼 길을 돌아 땀과 함께 하는 분주한 삶의 현장으로 들어가 〈삶의 철학〉을 만끽하고 싶지만 이미 시간을 놓쳐버린, 아니 망상이 분명할.

저번 18주에 발목이 아프다고 이야기한 적이 있습니다. 테니스와 마라톤을 할 때부터 무릎과 발목이 조금 아팠지만 특수반 선생님의 요청으로 아이들과 학교 뒤 윤산을 탐험하다 2미터가량의 절벽에서 떨어져 인대가 일부 찢어졌다는 진단을 받아 수술해야 할 것 같다고. 뭐, 마라톤을 하며 그만큼 아프지 않은 사람이 없는데…, 그래서 대수롭지 않게 넘겼고 생활에 크게 불편한 점도 없어 단단히 조여 주는 발목 보호대를 차고 그냥 달리기도.

하지만 근래 발목이 점점 더 아파오고, 가끔 계단을 걸어 올라가는 게 쉽지만도 않더군요. 오후가 되면 꽤 아파 교실에 자리를 펴고 계속 누워있기도. 한번 정확한 진료를 받아야겠다고 생각했습니다.

지난 금요일 오후 교감에게 이야기하고 해운대 〈효성시티병원〉엘 갔습니다. 그 병원 바로 옆에 있는 학교에 근무할 때 학생들에게 멀리뛰기 시범을 보이다 엉뚱하게 모래에 박혀 있는 꽤 큰 돌에 발뒤꿈치가 충격을 받아 족저근막 파열 진단을 받고 일 년 동안 지겹게 물리치료를 받은 적이 있었기 때문에-아직 온전히 낫진 않고 밍밍한 감각은 그대로-일부러 그쪽을 택했습니다. 낯익은 의사 선생님을 만나보고 사진을 찍었는데 왼쪽 종아리 아래에서 발바닥으로 내려가는 큰 인대에 검은 선 같은 것이 보이더군요. 인대가 찢어졌고 뼈도 금이 가 있어 수술해야한다고 했습니다. 아이고!

좀 어리석은 이야긴데 마취하지 않고 수술할 수 있느냐고 물어서 웬 뚱딴지 소리냐는 핀잔을 듣기도 했습니다. 하긴 술 때문인지 속이 많이 쓰려 그 선생님이 내시경으로 제 위를 살펴볼 때 마취를 하지 않겠다고 하여 고개를 끄덕여주긴 했지만, 그러나 이건 피부만 가르는 것도 아니고 인대를 잘라내고, 뼈를 망치로 깎아내고, 톱으로 썰어야 하는데 그런 말을 했으니 제가 생각해도 기가 차더군요. 전신마취를 해야 하는데 이순신 장군도, 무슨 만화에 나오는 무림(武林)의 고수도 아닌 제가!

어차피 해야 할 수술이라면 빨리 해야했습니다. 이번 기회를 놓치면 보험 혜택도 어떻게 될지 모르고, 여러 관련 서류들도 현직에 있을 때 준비해야 어렵지 않기 때문에. 미리 보험사 직원과 이야기도 맞춰봤습니다. 수업에 크게 지장이 없는 7일 수술한다고 교장, 교감 선생님과 여러 선생님들에게도 말했습니다.

그리고-, 수술이 끝나고 의식을 찾았을 때 붉은 소독약이 가득 묻은 사진을 보여주더군요. 제 이름과 날짜가 적힌 종이 아래 왼쪽 발목 피부를 사각형으로 갈라 무슨 집게 같은 기구로 벌려 고정해 논. 붉은 근육과 하얀 인대, 피범벅이 된 살덩어리와 잘린 뼈가 드러나 토할 것만 같았습니다. 간단한 수술로만 알았는데 이렇게 큰 수술이었다니! 석고 다리에 목발을 짚고 몇 걸음 움직여보니 그런대로 견딜 만했습니다. 며칠 입원하고, 그 뒤에도 계속 병원엘 다녀야한다고 했지만 바쁜 학년 말이니까 집에서 다니겠다고 하고 퇴원했습니다. 그래도 교직을 마무리하며 내내 신경이 가던 문제를 해결해 마음은 편했습니다만 20㎝를 훌쩍 넘는 반원형 수술 자국은 평생을 함께 할.

문득…. 정부포상 근정훈장 이야기 때문에 지난 17년을 돌아보니 제 결혼과 어머니가 돌아가실 때 6~7일간(그것도 토, 일요일이 낀) 출근하지 않았다는 생각이 드는군요. 물론 그건 〈결근〉이 아니라 당연한 삶의 연결고리로서 〈권리〉라고도 할 수 있겠지만 저는 그것에서마저도. 언제나 학교에서 아이들과 만나며 〈현재〉를 흠뻑 느끼며 살아간다는 것에 행복해했습니다. 물론 걸맞게 좋았던 선생님이라고 자신할 순 없지만. 요즘은 아이들도 6년 개근상을 받지 않으려고 일부러 결석하기도 한다더군요. 저는 조금의 여유 자체에도 스스로를 엄격으로 몰아갔다고 생각합니다. 학교는 제 존재의 표준문법이었습니다.

제(42)주 학습지도 계획안

(2013년 2월 11일 ~ 2월 15일　　　　　　○○초등학교 4학년 2반

구분	금(3/2)	월(3/5)	~ 수(3/7)	목(3/8)	금(3/9)
행사	시업식			국가수준 교과학습 진단평가	
1 교시	창의적 체험활동	국어	국어	국어	영어
	학교행사 시업식 참석 자기 소개하기	학습준비(1/2) 국어공부의 달인되기	1. 생생한 느낌 그대로(2/10) 이야기 듣고, 장면에 대한 생각과 느낌 나누기(듣말쓰 8-13쪽)	국가수준 교과학습 진단평가	1단원 학습하기
2 교시	창의적 체험활동	수학	창의적 체험활동	수학	수학
	〃	학습준비(1/2) 수학교과서 살펴보기	자기 이해하기	국가수준 교과학습 진단평가	1.큰 수(2/10) 다섯자리 수를 쓰고 읽기(6-7쪽, 익 8- 9쪽)
3 교시	창의적 체험활동	국어	영어	사회	창의적 체험활동
	교실 정리정돈	학습준비(2/2) 국어공부의 달인되기	1단원 학습하기	국가수준 교과학습 진단평가	교실 정리하기
4 교시	사회	체육	체육	과학	국어
	학습준비(1/2) 교과서 훑어보기	1.건강활동 (1/24)단원 도입 및 기초 체력의 뜻과 종류(7-11쪽)	1.건강 활동(2/24) 스트레칭을 통한 유연성 기르기(12-13쪽)	국가수준 교과학습 진단평가	1. 생생한 느낌 그대로(4/10) 독서감상문 쓰는 방법을 알고 알고 쓰기(듣말 14-19쪽)
5 교시		과학	음악	영어	사회
		학습준비(1/2) 교과서 살피기	1. 종달새의 하루 (1/2) 쉼표가 있는 리듬꼴(6-7)	국가수준 교과학습 진단평가	1.우리 지역 자연 환경과 생활 모습 (2/17) 위치와 영 역 살펴보는 방법 알아보기(8-11쪽)
6 교시					
			1. 형과 색(2/14) 형과 색 놀이 (풍선 놀이, 색 카드 놀이)(6~7쪽)		
준비물			스케치북,색연필, 체육복, 운동화, 리듬악기, 잡지책		

사랑의 선물

드디어 그날이 다가왔군요. 일부러 외면해왔던! 교문 입구까지 경사가 큰 언덕길과 그 밑 올망졸망한 집들이 들어찬 마을, 교통 당번을 서던 횡단보도, 매일 보던 학교와 아이들, 죽은 햄스터를 묻어 준 화단과, 축구하며 함성을 지르던 운동장, 아이들과 연을 날리며 신나게 웃던 담벼락, 방학 때 홀로 학교에서 현관 지붕의 국기를 내리던, 아이들과 회동 수원지 밑 수영천에서 고기를 잡던, 일찍 출근한 저와 보일러실에서 같이 세수하던 야간 당직 김주사님과…. 모두 헛헛한 기억으로, 아니 세상에서 온전히 삭제되는. 이미 흘러간 꿈이 되었음을. 당연했던 그림들이 이제 당연하지 못하는 시간 속 마법의 소용돌이 속으로 사라지는. 시간은 우리들 마음 속에 들어앉아 매일매일 마취제를 흩뿌린.

저저번 시골 학교를 마치고 떠날 때 어느 학부모님이 아이 공책에 곁들여 보내주신 글로써 마무리할까 합니다. 놀랄 정도로 잘 쓰셔서 무척 감동했습니다. 이런 글을 쓰시는 학부모님들이 계시는데도 전 제 잘난 듯 그때나 지금이나 멋 부리며 콧대를 높이고, 어깨를 으쓱거리고 있었군요. 가슴이 뜨끔합니다. 아이고, 겸손이 가장 무서운 줄도 모르고 함부로!

과분한 칭찬에 몸 둘 바를 모를 정도로 황송스러웠습니다. 전 그 언저리에도 미치지 못하는데 그분의 글은 향기롭기 그지없는, 눈이 죄스러운, 아니 황홀한! 이런 글을 〈마지막 선물〉로 받은 저는 세상에서 가장 행복한 교사가 아닌가 합니다. 점점 퇴색될 교직의 낭만을 그래도 한껏 맛볼 수 있게, 아니 제 스스로 흠뻑 느껴볼 수 있다는 응원, 또는 정당으로 받아들이고 싶은 엉뚱한 자위인지도.

제 글 규격으로 맞췄지만 글자 하나 고치지 않았습니다.

사랑의 선물

월요일, 큰 아이가 학교에서 우렁이를 잡았다며 연신 얼굴이 함박꽃이었다. 집에 돌아오기 무섭게 우렁 이야기를 좌악 펼쳐놓는다. 마치 아이의 몸과 마음에 행복 바이러스가 스멀거리는 듯.

아이의 얘기를 들으며 나는 이미 타임머신을 타고 국민학교 시절로 되돌아가고 있었다.

추억의 앨범에 곱게 재어놓은 우렁이, 미꾸라지, 개구리를 잡으며 소리치던 함박웃음이 뽀얗게 되살아났다. 잊지 못할 고향의 내음과 내 단발머리 소녀의 환한 미소도 같이.

'그래, 내 웃음과 내음과 미소를 우리 아이도 느끼고 있구나!'

아이가 선생님께 소중한 선물을 받은 것 같아 감사했다.

사랑도 받아본 사람만이 사랑을 줄 수 있고, 행복도 느껴본 사람만이 다른이의 행복을 빌어줄 수 있는데. 그런 소중한 사람인지 모르고 그저 새털처럼 가볍게만 살아가는 아이들, 아니 우리들…!

수년 전 한 시집을 읽으며 내 삶의 뒤안을 조용히 돌아볼 수 있는 기회를 가진 적이 있었다. 많은 걸 생각해봤는데, 그 후로 주변을 느낄 수 있는 여유를 가지게 되었고, 놀랍게도 스스로를 향기로움으로 마주할 수 있었다.

그 신선한 충격이란!

지금 알고 있는 걸 그 때도 알았더라면

지금 알고 있는 걸 그 때도 알았더라면
내 가슴이 말하는 것에 더 자주 귀 기울였으리라.
더 즐겁게 살고, 덜 고민했으리라.
…

진정한 아름다움은 자신의 인생을 사랑하는 데 있음을 기억했으리라.
부모가 날 얼마나 사랑하는가를 알고
또한 그들이 내게 최선을 다하고 있음을 믿었으리라.
…

설령 그것이 실패로 끝난다 해도
더 좋은 어떤 것이 기다리고 있음을 믿었으리라
지금 내가 알고 있는 걸 그 때도 알았더라면.

- 킴벌리 커버거

그래, 신이 아닌 이상 인생을 어찌 알 수 있을까? 아쉽게도 우리는 인간이기에 모두 경험하거나 생각할 수 없고, 그래서 시간이 내 모든 것을 삼키고 유야무야 흘러간 후에야 알게 된다. 내가 인생의 주연으로서가 아니라 조연으로서, 방관자로서 살아왔음을, 그게 한 번뿐인 내 인생임에도 불구하고.

아이들은 사랑받기 위해 세상에 태어났다. 가슴 속에 '사랑'이라는 둥지를 튼 아이들은 연습이 주어지지 않는 인생무대에서 자신감과 당당함으로 자신을 아끼고 사랑하며 살아가리라. 자신이 얼마나 왜곡된 눈으로 세상을 보았는가를 까맣게 잊고 '사랑'의 충만을 흠뻑 느끼며.

사랑은 한지에 조용히 번지듯, 요란과 화려한 뒤쪽에서 은근하고 수줍게 흐른다. 절대 메마르지 않지만, 그러나 여백같이 너무 푸근해서 알아채기도 어렵다. 하물며 감정표현이 서툰 요즘 아이들임에야.

그러나 내 아이가 너무 자랑스럽다. 그런 선물을 이미 알아버린!

지금은 알고 있는데 그땐 몰랐던 게 무엇이었을까요? 아마 우리 아이들도 상급학년으로 올라가는 지금은 느끼고 있을 것 같습니다. 뒤늦게 사랑의 선물을 주신 그분께 고마움을 표합니다!

교감선생님이 말렸지만 졸업식에는 목발을 짚고 참석할 생각입니다. 작년 가르친 아이들인데, 아니, 수시로 제게 붙잡혀 축구다, 등산이다, 동네 정화 활동과 방과 후 돌봄 활동이다 하며 끌려다닌. 참 수고 많았습니다. 졸업을 축하합니다.

이제 와서 보면, 아니 진작부터 아이들과의 이야기가 아닌, 턱없는 개인의 내밀한 생각, 고백을 스스로 그 잘났다는 착각에 빠진 글재주로 폼을 잡고 함부로 토해낸 게 틀림없는. 하지만 그렇더라도 그 과정이 쉽지만은 않았던. 일주일 내내 주제를 생각했고, 자료를 찾는다고 고생도 많았습니다. 모두 엊그제만 같은데 이제 미련을 끊고 모두 놓아버려야 하는!

갑자기 어떤 소리가 들려오는군요. 둘째 주에 〈언제나 마음은 태양〉이란 영화 소개를 하며 드린 말.

- 세상은 너희들을 기다리고 있어. 너희는 멋진 아이들이야!
- 선생님, 사랑해요!

지금도 생생하게 들려오는 그 말을 새삼 떠올리니 가슴이 울컥합니다. 이제 정말로 이별해야 하는. '헨리 반 다이크'의 『무명교사 예찬시』에서처럼 저를 향해 불어주는 나팔 소리와 황금마차는 없지만, 금빛 찬란한 훈장이 가슴을 장식하지도 않지만 사랑한다는 그 말을 가슴 속 깊숙이 새겨두고 힘들 때마다 떠올리며 살아가겠습니다.

너희들 모두, 돌봄반 모두, 아니 1~6학년 한 명, 한 명 모두 기억의 보석함에 소중히 담아둘게. 이해하고 베풀어주신 부모님들께도. 모두모두 감사를 드립니다.

안녕히 계십시오!

덧붙이는 글

2020년 무렵부터 조금 충격적인 소식이 들려오더군요. 낙후된 지역 재생사업의 일환으로 주변 학교들과 함께 통폐합된다는 소식이. 개발 바람이 불어오는데 어쩌면 제가 알던 고만고만한 낮은 건물들과 구석구석 좁다란 골목 자체도 사라지고 아파트 단지로 변할 게 틀림없을. 그리되면 제 추억의 대부분은 깜깜한 시간의 침묵 속으로 가라앉겠지요. 어쩔 수 없는 일이지만 그렇게 인생은 다른 세상으로, 허망한 추억 속으로 사라져야 하는. 언제 한번 시간을 내어 추억이 사라지기 전 마지막 순례를 해봐야겠습니다. 설마 교문 앞 육교와 칼국수를 파는 서동시장은 그대로?

저번 38주에 저의 차 티코에 대해 이야길 한 적이 있습니다. 그리고 정기검사 시기가 다가와 〈2021년 2월 2일〉 해운대 검사소에서 검사를 받았지요. 그런데 배기계통 손상으로 유독가스가 기준치보다 많이 배출된다는 판정을 받았습니다. 5일간 시간을 줄 테니 정비하여 새로 검사를 받으라고 하더군요. 불합격하면 환경오염 때문에라도 〈폐차〉해야 한다며. 그래서 며칠 연산동 쉐보레 서비스센터나, 제가 가끔 가는 동네 서비스센터, 그리고 경남 덕계의 자동차 고물상 등등을 찾아다녔는데 다른 부속은 있었지만 배기 계통의 부속들은 구할 수 없었습니다. 너무 오랜 세월이 지나 아마도 찾을 수 없을 거라고 하더군요. 몇 가지 구하기 어려운 다른 부속들도. 결국 얼마 남지 않은 이별의 시간을 헤아리며 안타까워해야 하는. 다른 분에게는 대수롭지 않을, 아니 차라리 잘됐다고 하겠지만 제 티코는 그 작은 몸으로도 4반세기를 넘긴 장장 27년을 하루도 빠짐없이 한 몸처럼 함께 해왔으니까요. 제 마음을 잘 안다는 듯 시간의 틈새에서 티코가 빼곡 고갤 내밀고 오히려 절 달래주었습니다. 기나긴 그 시간 동안 늙은 자신을 버리지 않고 잘 돌봐줘서 너무 고마왔고, 그리고…, 이제 영원으로 가서 쉬어야겠으니 그만 놓아달라고.

모든 존재의 진정한 의미는 산뜻한 모습 뒤에 숨겨진 또 다른 멸망의 그림자가 아닌가 합니다. 우리는 현실의 시간 속에서 곡예를 타고 있지만, 그러나 결국은 슬쩍 다가오는 그림자에 형편없이 패배할 수밖에 없는 존재일 뿐!

밤 깊은 시간, 유령처럼 일어나 온천천 옆 철망 담벼락에 주차해 둔 티코의 구석구석을 쓰다듬었습니다. 핸들과, 수동변속기와, 잡다한 것들로 가득한 수납함! 그리고 괜히 창문 개폐 단추, 시트를 밀고 당기거도. 영원으로 떠나보내야만 하는 고독한 길벗, 아니 제 영혼의 반려자와 기어이 이별해야만 하는! 숨 쉴 수 없을 정도로 고통스런 눈물이 앞을 가렸습니다.

골목 옆 2층집에 사는 뚱보 영감님이 어떻게 알았는지 문을 열고 나오더군요. 가끔 천변 간이 의자에 앉아 함께 술을 마시던. 자기가 타는 커다란 은색 SUV와 비교하며 바꾸라고 자주 이야기하면서도 티코에 대한 제 마음만은 알아주던. 폐차하기로 했다고 말했습니다. 제 손을 잡아주더군요. 막상 듣고 나니 자기도 어느새 익숙해진 티코와의 마지막이 아쉬운 듯.

티코도 고개를 끄덕이며 마지막 미소를 보내주었습니다. 기나긴 시간-, 사랑해준 기억만을 가지고 멸망으로 가겠다는.

그 밤, 늦도록 어두운 적막 속에 바닥의 돌을 휘감아 도는 천변 물소리가 하염없이 가슴을 때리는!

그리고, 그리고 마지막까지 남겨둔!

어머니가 등대에서 장사하던 〈김해집〉까지 흘러온 어느 나이든 색시가 남겨둔 메모도 서랍 속에 아직 남아있습니다. 등대가 전해주는 흔해빠진 감상이 가득한 낙서에 가깝지만 삶의 회한과 아픔이 물컹 담긴. 그 색시들은 삶의 무게를 지고 허덕이다 벌써 전에 등대와 함께 어둠 속으로 퇴장해버렸지만, 당시 중학생이었던 저는 본능적으로 낡은 그 메모를 무슨 보물처럼 아직도 간직하고 있는. 어쩌면 저도 그렇게 어딘가로 흘러가게 될 예감에 떨며, 아니 실제로 그렇게 바다를 떠돌게 됐지만. 아마도 등대의 마지막 전성기 센티한 수작, 아니 유작(遺作?)이 아닌가 합니다.

귀엽이, 순영이. 경자, 요시꼬 누나들…. 옥순, 애자, 윤정이, 하가이 이모들….

우리 집을 거쳐 삶의 뒤편으로 흘러간, 아! 바라노니 살아만 있어준다면.

어머니와 함께 시간의 그림자 속으로 스며든 그들을 조상합니다.

회한(悔恨)

그래 주정부리는 년은

꽃을 좋아하면 귀신이 잡아가니?

작부 좋아한다 늙은 뱃놈 주제에.
왜? 이래봐도 ○○고녀 출신이야
대신동 꽃마을에서 왔어

뭐라구?
불타던 가슴이 재 되어 흩어졌다구?
얼씨구! 시시한 소리 그만 해
센치멘탈이 밥먹여주던?
나라구 그런 추억 없는 줄 알아?

빌어먹을 폐병쟁이.
등대사진만 남겨두고 뒈질 건 또 뭐야
정 때문에 나도 울만큼 울었다구.
달없는 창가에서 어쩌구저쩌구!
왜? 술집계집은 울면 안되냐구?

근데 뱃놈, 노래나 불러봐.
젓가락 장단은 내가 쳐줄테니.
이왕이면 뒈진놈 좋아한 추억 불러봐.
도미 있잖아.
전주에 깔리는 나레숀이 멋있는.

젠장! 눈물은 왜 흐르는거야.
피곤해 죽겠어.
꽃도 인생도 이렇게 흐르나봐.

아, 근데 저 벚꽃 좀 봐. 우수수!
고은정 소리처럼 아름답다. 그치!
숨막혀 죽겠어.

어이, 뱃놈. 늙은 색시라고 욕만 하지 말고
술 한잔줘.
난, 난 말이야… 죽을 거야.
얼마나 좋아.
모두 기다리고 있다구.
술마시고 하늘로 갈거야.

제 생전 이렇게 가슴을 후벼 파는 글을 만난 적이 없습니다. 꿈 같은 추억의 그림 속에서 벌써 전에 영원으로 흘러가버린! 읽으면서도 눈물이, 아니 인생이 마주해야 할 아픔이 가득 가슴을 휘젓는군요.

제목이 없었지만 그래도 있는 게 좋을 것 같아 제가 붙여봤고, 알아볼 수 없는 희미한 부분들도 채웠습니다. 오늘날 지난 시절 번성했던 등대와 거기까지 흘러와 살아가던 변두리 술집의 아픔을 이해하고 받아들일 수 있는 사람이 과연 남아있을지!

그 누님의 삶을 되돌아봤습니다. 아마도 어머니가 장사하던 〈김해집〉을 거쳐간 색시들 모두의 애절하고 안타까운 얼굴이 녹아있을 게 틀림없는, 아니, 등대 자체도 시간의 그림자 속으로 벌써 전에 속절없이 흘러가버린. 제 작은 누님과 함께 찍은 사진 한 장만 남겨둔!

쓸데없는 부록 같은 이야기가 틀림없습니다만, 글 속에 언급된 노래 「추억」은 아무래도 '월견초' 作詩, '백영호' 作曲, '도미(都美)'의 노래가 아닌가 합니다. 위의 메모에서도 〈달없는 창가에서~〉란 노랫말이 나오지요. 전주에 귀뚜라미와 흐르는 물

소리가 시간의 터널로 안내하다, 곧이어 60년대 라디오 연속극에서 화려한 콤비로 드날렸던 성우 '이창환'과 '고은정'의 내레이션이 꿈결처럼 흘러나오는 멋진, 아니 눈물겨운 노래였습니다.

(휘파람 소리~. 이어진 대사)

고은정-영민씨, 저 달은 왜 이렇게도 휘영청 밝고 다정할까요?

이창환-정애씨 얼굴이 더 예뻐보이려고.

고은정-아이, 싫어요.

이창환-소월의 시도 있잖아. 못 잊어 생각이 나겠지요. 그런대로 한세상 지내시구려. 사노라면 잊힐 날이 있으오리다.

고은정-(전주 시작) 홀로 잠들기가 참 외로워요. 밤이면 사무치게 그리워요.

이창환-우리가 늙어지면 오늘 이 밤도 추억이 되겠지요.

고은정-아~, 추억!

1. 아득한 로맨스가 내 사랑 실어가고
   불타던 내 가슴은 재 되어 흩어졌네
   몸이여 늙어도 추억은 젊어가는
   아~ 아~ 달 없는 이 창가에서
   옛노래 불러본다.

2. 고요한 물결 따라 내 사랑 흘러가고
   뜨거운 몸과 마음 지금은 식었고나
   밤이슬 맞으며 거닐던 언덕길을
   아~ 아~ 그대의 추억 찾아서
   이 밤도 묻고 왔소

2절은 1절이 끝난 후 위의 2절 가사와 똑같은 고은정의 내레이션이 흘러나오고 이어서 노래가 시작됩니다.

일반적으로 너무 감상으로 흐른 노래임이 분명한데 한 개인에게 새겨지는 인간의 흐름, 운명, 회한 같은 이미지로서는 그만큼 절절한 노래도 없을 것 같군요. 그림자마저도 시간 속으로 흘려보낸 애자 이모와 경자 누나들. 오호! 제발 오늘 밤 꿈에서라도 나타나 내 추억 속 잃어버린 등대라는 안온한 고향의 품에 안겨 위로받을 수 있다면, 그래서 오늘도 배회해야 하는 인간의 아픔도 어루만져주었으면!

(인터넷으로 노래를 찾아보니 어렵지만 보이기는 하는데 대사가 없는 노래들뿐이더군요. 물론 저는 '이창환'과 '고은정' 콤비의 내레이션이 들어있는 원곡을 가지고 있습니다만. 화려한 소리의 주인공들–, 이창환은 이미 돌아가셨고, 고은정은 아직 생존해있다고 알고 있습니다.)

학교에서 부치는 편지

1판 1쇄 발행 2021년 11월 01일

저자 우길주
편집 문서아

펴낸곳 하움출판사
펴낸이 문현광

주소 전라북도 군산시 수송로 315 하움출판사
이메일 haum1000@naver.com **홈페이지** haum.kr

ISBN 979-11-6440-859-7(03800)

좋은 책을 만들겠습니다.
하움출판사는 독자 여러분의 의견에 항상 귀 기울이고 있습니다.